Laura Mercuri
Das Treiben der Blätter

Das Buch

Wenn man das Leben und die Liebe beschreiben müsste, dann genau so. Ein neuer emotionaler Roman der italienischen Erfolgsautorin Laura Mercuri.

Ein schüchterner junger Mann, eine von ihrer Ehe gelangweilte Professorin und eine wütende junge Frau treffen in Rom zufällig aufeinander. Sie werden sich kennenlernen, gegenseitig beeinflussen und am Ende werden sie andere Menschen sein.

Inspiriert von seiner Professorin ändert der zurückhaltende Student Daniel seine Pläne und lernt in einer rauchigen Bar die Sängerin Anita kennen. Es ist der Beginn einer dramatischen Liebesgeschichte, die die Türen zu ihrem eigenen Selbst öffnet. Aber auch Daniels Professorin will aus der Langeweile ihres privaten Alltags ausbrechen und ihr Leben grundlegend ändern: Sie macht sich auf die Suche nach Selbstbestimmung und Zufriedenheit. Doch ob alle ihr persönliches Glück gleichermaßen finden werden, kann letztlich nur das Leben selbst beantworten.

In einem einfühlsamen Roman führt Laura Mercuri drei unterschiedliche Schicksale auf bewegende Weise zusammen. So entstehen eine wundervolle Liebesgeschichte und eine beeindruckende Liebeserklärung an das Leben.

Die Autorin

Laura Mercuri ist gebürtige Römerin. Nach ihrem Studium der Psychologie mit dem Schwerpunkt Familientherapie war sie achtzehn Jahre lang als Psychotherapeutin tätig. Im Jahr 2013 brachte sie ihren Roman »La vita di carta« heraus. Sie lebt mit ihrem Sohn und ihrem Ehemann an der Küste.

LAURA MERCURI

Das Treiben der Blätter

ROMAN

Aus dem Italienischen
von Felix Mayer

Die italienische Ausgabe erschien 2016 unter dem Titel
»Il solo modo per coprirsi di foglie« bei De Agostini, Novara.

Deutsche Erstveröffentlichung bei
Tinte & Feder, Amazon Media EU S.à r.l.
5 Rue Plaetis, L-2338 Luxembourg
Dezember 2017
Copyright © der Originalausgabe 2016
By Laura M. Leoni
All rights reserved.
Copyright © der deutschsprachigen Ausgabe 2017
By Felix Mayer

Die Übersetzung dieses Buches wurde durch AmazonCrossing ermöglicht.

Umschlaggestaltung: bürosüd⁰ München, www.buerosued.de
Umschlagmotiv: © Elena Schweitzer / Shutterstock; © mcherevan / Shutterstock; © Africa Studio / Shutterstock; © nld / Shutterstock; © SP-Photo / Shutterstock; © KsushaArt / Shutterstock; © g13dr3 / Shutterstock; © waku / Shutterstock
Lektorat und Korrektorat: Verlag Lutz Garnies, Haar bei München, www.vlg.de
Printed in Germany
By Amazon Distribution GmbH
Amazonstraße 1
04347 Leipzig, Germany

ISBN 978-1-503-95414-4

www.tinte-feder.de

Es ist wohl wahr, dass weder die Jugend weiß, was sie kann,
noch das Alter kann, was es weiß.
José Saramago, *Das Zentrum*

Prolog

Als er auf dem Treppenabsatz ankommt, hat er noch immer ein Lächeln auf den Lippen. Er ist langsam heraufgestiegen, in Gedanken noch bei dem gerade vergangenen Abend, an sie, an ihre weiche Haut unter seinen Lippen, an ihre Haare auf dem Kopfkissen, ihren Duft. Er weiß, dass er ein bisschen zu viel getrunken hat, und vielleicht führen die Nachwirkungen des Alkohols oder auch das anhaltende Glücksgefühl dazu, dass er nicht merkt, dass da etwas hinter ihm ist. Er will den Schlüssel ins Schloss stecken, ist aber nicht schnell genug und wird plötzlich nach hinten gezogen. Jemand hat ihn an den Schultern gepackt und um die eigene Achse gedreht. Das Licht im Treppenhaus ist schwach, aber er glaubt zu erkennen, dass sie zu zweit sind.

»Was …?« Er kann die Frage nicht beenden, weil ihn in diesem Moment der erste Faustschlag in den Magen trifft. Der Schmerz ist so stark, dass er sich zusammenkrümmt. Jemand stützt ihn und zwingt ihn dazu, sich wieder aufzurichten, dann prasseln ihm weitere Fausthiebe ins Gesicht. Er hat das Gefühl, als würde sein Gehirn gegen das Innere seines Schädels geschleudert.

Er kann sich nicht mehr auf den Beinen halten.

Nicht jetzt, bitte nicht, so kann es doch nicht zu Ende gehen, jetzt, wo sich alles zum Guten wendet.

Der alte schwarz-weiße Steinfußboden kommt ihm schwankend entgegen. Er sackt zusammen, aber die Schläge hören nicht auf. Jetzt treffen ihn keine Fausthiebe mehr, sondern wütende Fußtritte.

Er will nach ihr schreien, aber das Einzige, was seinen Mund füllt, ist der Geschmack von Blut.

Kurz bevor er ins Dunkel stürzt, hört er, wie die Wohnungstür aufgeht und eine vertraute Stimme seinen Namen ruft.

Kapitel 1

Langsam geht Daniel durch die kleinen Straßen des Universitätsgeländes. Unter seiner blauen Wollmütze, die er an diesem milden Septembertag in Rom gar nicht bräuchte, lugen dunkelbraune Strähnen hervor. Er sieht aus wie die anderen Studenten auch: Er trägt Jeans und Turnschuhe, eine etwas abgenutzte Wildlederjacke und ein kariertes Hemd über einem T-Shirt. Aber während die anderen schnell ihrer Wege gehen und sich offenbar bestens auskennen, zögert er bei jedem Schritt. Ohne stehen zu bleiben, zieht er ein zusammengefaltetes Blatt Papier aus der hinteren Hosentasche und wirft einen Blick darauf. Dann schaut er sich um und sucht Blickkontakt mit der Studentin, die gerade seinen Weg kreuzt. Beide bleiben stehen.

»Entschuldige«, spricht er sie an. »Weißt du, wo das Rektorat ist?«

Er spricht mit ausländischem Akzent, rollt das R etwas zu sehr und verbiegt das L ein bisschen, ist aber bestens zu verstehen. Die Studentin weist mit der Hand auf die Straße zu ihrer Linken. Daniel bedankt sich mit einem Kopfnicken und geht, weniger zaghaft als zuvor, in die angegebene Richtung. Die Studentin bleibt stehen und sieht ihm nach, und vielleicht bedauert sie, dass sie nicht wenigstens ein paar Worte mit ihm gewechselt hat. Er ist ja wirklich ziemlich süß. Aber der erste Regentropfen, den sie auf der Nase spürt, reißt sie aus ihren Gedanken.

Als er die große Aula betritt, ist sie voll besetzt, und vorn auf dem Podium zu Füßen der fächerartig angeordneten Sitzreihen hat bereits jemand zu sprechen begonnen. Noch ist das Gemurmel zu hören, das zu Beginn eines Vortrags herrscht, wenn der Redner noch nicht die volle Aufmerksamkeit des Publikums hat. Daniel bleibt stehen, und sein Blick fällt auf das gewaltige Gemälde an der Rückwand, das den ganzen Saal beherrscht. Er betrachtet es lange, ohne darauf zu achten, was der Typ mit dem Mikrofon erzählt.

Die Sitzplätze sind fast alle von Studenten wie ihm belegt, alle im gleichen Alter und mit leicht orientierungslosem Gesichtsausdruck. Anstatt sich auf den einzigen freien Platz zu drängen, den er sieht, und dadurch mindestens eine halbe Reihe zum Aufstehen zu nötigen, setzt er sich neben einen Studenten auf die Treppe, die hinunter zum Podium führt.

»Entschuldige«, fragt er ihn leise, »was hat er denn bis jetzt gesagt?«

»*Nothing much*«, antwortet der andere leicht genervt.

»… und wir freuen uns sehr, so viele ausländische Studenten bei uns willkommen zu heißen, die hier in Italien, in Rom, einen Teil ihrer universitären Laufbahn absolvieren wollen.«

Während der Vortrag weitergeht, denkt Daniel: *Viel Geschwätz und kaum praktische Tipps. Im Gegensatz zu uns musst du dir ja auch kein Dach über dem Kopf suchen.*

Nach einer Weile überlässt der Redner das Mikrofon dem Nächsten, und schließlich tritt der Star der Veranstaltung auf, der Rektor. Auch er heißt die Studenten willkommen, auf

Englisch, Französisch und Deutsch, und schließt dann auf Italienisch: »Studiert und amüsiert euch!«

Daniel hat genug gehört. Er steht auf und rempelt dabei aus Versehen jemanden an, der hinter ihm steht.

»Entschuldigen Sie …«, sagt er umgehend zu der Frau, die ihn erst kurz zerstreut anlächelt und dann wieder nach vorn sieht. Vielleicht ist es ihr etwas weltentrückter Blick, der ihn dazu veranlasst, in dieselbe Richtung zu schauen. Sie sieht nicht auf die Redner auf dem Podium, sondern auf das riesige Fresko, das sich hinter ihnen erhebt und das Daniel schon aufgefallen ist, als er die Aula betreten hat. Während alle um sie herum geräuschvoll aufstehen und dem Ausgang zustreben, hört Daniel, wie die Frau leise seufzt.

»Es war so ein herrliches Gemälde …«

»Wissen Sie, wer es gemalt hat?«, fragt Daniel. »Es ist mir gleich ins Auge gefallen, als ich vorhin hereingekommen bin.«

Die Frau wirft ihm mit ihren leuchtend grünen Augen einen sorgenvollen Blick zu. Sie ist keine Studentin, dafür ist sie zu alt, und ihre Kleidung spricht dafür, dass sie eine Dozentin ist.

»Es stammt von einem berühmten Künstler, Mario Sironi. Er hat es 1935 gemalt.«

»Es ist wirklich … großartig. Sehr eindrucksvoll.«

»Aber später hat man es verändert und alle faschistischen Symbole entfernt. Dadurch wurde es vollkommen verschandelt. Geradezu entstellt. Dabei hat doch die Kunst mit der Politik nicht das Geringste zu tun.«

Die Frau deutet auf das Gemälde.

»Der Himmel hat azurblau geleuchtet, die Berge darunter lagen in finsterem Dunkelbraun … und jetzt ist alles nur noch grau.«

»Aber könnte man nicht versuchen, den Originalzustand wiederherzustellen?«, fragt Daniel voller Hoffnung. In der

Stimme der Frau liegt eine Spur von Traurigkeit, die in ihm den Wunsch weckt, sie zu trösten.

»Leider kann man die Zeit nicht zurückdrehen«, entgegnet sie. »Niemals.« Dann schüttelt sie ihr glattes Haar, das betörend nach Pfirsich duftet, dreht sich um und geht auf ihren schlanken Beinen rasch und leichtfüßig hinaus. Im nächsten Moment sind ihre kastanienbraunen Haare hinter der Tür verschwunden.

Daniel bleibt noch kurz stehen und betrachtet das Fresko. Als er bemerkt, dass außer ihm niemand mehr in der weiträumigen Aula ist, geht auch er hinaus. Das Geräusch seiner Schritte hallt durch die Stille.

Es regnet, als käme die Sintflut über die Welt. Wie aus Kübeln gießt es, das Wasser ist kalt, und im Handumdrehen hat Daniel kein trockenes Stück Stoff mehr am Leib. Selbst die Boxershorts bleiben nicht verschont. In seinen Turnschuhen schlittert er über den rutschigen Gehsteig und flüchtet sich in die nächstbeste Bar. Das Lokal ist klein, hat schon einige Jahre hinter sich und ist vollgepackt mit Ständern, in denen sich Tüten mit Chips und Süßigkeiten stapeln. Hinter der Theke steht eine junge Frau. Sie stützt sich mit den Händen auf dem Spülbecken ab und dreht sich gerade so weit um, dass sie Daniel sehen kann. Er erwidert ihren Blick, ohne ein Wort zu sagen. Kurz darauf bricht sie in Lachen aus.

»Du bist der erste Gast seit zwei Stunden!«

»Weil es regnet«, erwidert Daniel.

»Wie meinst du das? Dass niemand kommt, weil es regnet, oder dass du gekommen bist, weil es regnet?«

Jetzt lacht auch Daniel.

»Beides, wahrscheinlich.«

Er hat Hunger, doch das, was in der veralteten Vitrine liegt, macht ihm nicht wirklich Appetit: zwei schlaffe Panini, aus denen gelblicher Käse hervorquillt. Aber nichts zu konsumieren wäre ihm unangenehm.

»Eine Cola?«, sagt er vorsichtig und bemerkt vielleicht gar nicht, dass er seine Worte wie eine Frage ausspricht.

»Ich hätte eine da, wenn du eine willst.«

»Ja, sehr gerne.«

Die junge Frau beugt sich nach unten und öffnet eine Kühlschranktür. Daniel geht in dem winzigen Gastraum auf und ab.

»Willst du ein Glas dazu?«, fragt sie, als sie die geöffnete Flasche auf die Theke stellt.

»Nein, danke, es geht auch so.«

Daniel nimmt einen Schluck. Die Frau sieht ihn unverwandt an.

»Italiener bist du keiner«, sagt sie überzeugt. »Aber du beherrscht die Sprache.«

»Meine Mutter ist Italienerin.«

Sie lässt den Blick nicht von ihm, als würde sie auf etwas warten. Er nimmt noch einen Schluck von der eiskalten Cola. Die Frau scheint sich weitere Auskünfte zu erhoffen.

»Und mein Vater ist Engländer«, fügt er hinzu.

Die Frau nickt. Sie scheint zufrieden zu sein.

Daniel wendet sich zur Tür und sieht enttäuscht nach draußen. Es regnet noch immer.

»Daran müsstest du doch eigentlich gewöhnt sein, oder?«, fragt die Frau. »Bei euch regnet es doch andauernd.«

»Aber so heftig schüttet es fast nie.«

Sie zuckt mit den Schultern, als wolle sie sagen: Na ja, im Grunde ist es ja nur Wasser.

»Bist du für ein Auslandssemester hier?«

»Ja. Wie kommst du darauf?«

»Hier um die Ecke ist ein Hostel, das jedes Jahr um diese Zeit voller ausländischer Studenten ist, die noch kein Zimmer haben.«

»Ich suche auch noch eins.«

»Wir alle suchen irgendetwas«, erwidert die junge Frau, senkt den Blick und macht sich daran, ein Glas zu spülen.

Daniel betrachtet sie etwas eingehender. Ihre schwarzen Haare werden von einer Spange zusammengehalten und ihre blaue Schürze ist fleckenübersät. Sie ist ganz blass im Gesicht. Sie müsste etwa so alt sein wie er, wirkt aber unendlich viel älter.

Mit einem Mal wird ihm diese kleine Bar, die genauso trostlos ist wie die Erscheinung der Frau hinter der Theke, unerträglich. Er stellt die leere Flasche auf den Tresen und fragt, wie viel er schuldig ist.

»Das geht aufs Haus. Dafür, dass du mir ein bisschen Gesellschaft geleistet hast.«

»Vielen Dank.«

Sie zuckt nur mit den Schultern.

»Also, bis dann«, sagt Daniel zum Abschied.

Sie antwortet mit einem Kopfnicken. Als er hinaustritt, regnet es noch immer. Langsam geht er die Straße entlang. Er ist schon nass bis auf die Knochen – weshalb sollte er da noch rennen?

* * *

Das Sechsbettzimmer im Hostel ist leer. Alle Bewohner sind unterwegs, um sich eine andere Bleibe zu suchen. Daniel sollte es ihnen gleichtun und sich ebenfalls auf die Suche machen, aber mittlerweile ist es fast dunkel und es regnet. Und er wüsste auch nicht, wo er anfangen sollte. Er lehnt die Zimmertür an, zieht die durchnässte Kleidung aus, fischt einen Jogginganzug aus seinem Koffer und schlüpft hinein. Morgen, so überlegt er, wird er in die Uni gehen, wo es Schwarze Bretter geben soll, auf denen WG-Zimmer angeboten werden. Dann öffnet er das Fenster. Im Grunde mag er das Prasseln des Regens und den Geruch des nassen Asphalts, der von der Straße heraufsteigt, auch wenn hier trotz des sintflutartigen Unwetters noch immer der Gestank des Smogs in der Luft hängt, während zu Hause in England der Geruch des Meeres in sein Zimmer dringt. Er holt seine Gitarre aus dem Koffer und steigt damit auf das Stockbett. Als er hier ankam, hatte er die Wahl und entschied sich für das obere Bett, weil er unten nicht schlafen kann. Als er mit Ellie in Amsterdam gewesen war, hatten sie auch ein Stockbett und er hatte ihr gesagt, dass er nicht schlafen kann, wenn er unten liegt. Sie hatte ihn erst wie ein bockiges Kind angesehen, aber schließlich hatten sie gemeinsam oben geschlafen. Während er auf der Gitarre herumklimpert, kommt ihm Ellie wieder in den Sinn. Er hat schon lange nicht mehr an sie gedacht, und jetzt fühlt er sich schwermütig. Er ist einsam, will aber auch niemanden um sich haben und hat sein Handy ausgeschaltet, um nicht ständig das Piepsen neuer WhatsApp-Nachrichten ertragen zu müssen. Er schlägt den ersten Akkord von »Little Black Submarines« an, singt leise die erste Strophe, hört dann aber wieder auf. Ellie brachte ihn zum Lachen, manchmal küsste sie ihn, als wäre es das Letzte, was sie auf dieser Welt tun würde. Dann aber hatte sie per SMS Schluss gemacht, und er hatte Monate gebraucht, um sich wieder zu fangen.

Er versucht noch einmal zu spielen, aber es gelingt ihm nicht. Der Gedanke an Ellie hat ihn regelrecht fertiggemacht. Er lehnt die Gitarre an die Wand, streckt sich auf dem Bett aus und starrt an die schmutzig gelbe Decke.

»Hörst du schon auf?«, fragt jemand auf Englisch. Eine männliche Stimme.

Daniel dreht sich zur Seite. In der halb geöffneten Tür steht ein junger Typ mit langen schwarzen Haaren, die zu einem Pferdeschwanz gebunden sind, und schaut ihn an. Er trägt Shorts und ein Unterhemd.

»Mir ist die Lust vergangen«, antwortet Daniel.

»Darf ich mal?«, fragt der Typ. Er kommt herein und streckt die Hand aus.

Daniel reicht ihm die Gitarre und setzt sich mit baumelnden Beinen an den Rand des Bettes. Der andere setzt sich auf die untere Matratze in dem Bett gegenüber und stimmt kurz das Instrument. Dann fängt er an zu spielen. Ein klassisches Stück. Daniel kennt es, auch wenn ihm der Titel nicht mehr einfällt. Es ist ein schönes Stück, und der Typ spielt wirklich exzellent. Eine Weile ist er ganz in sein Spiel versunken, dann hält er inne und sieht Daniel an.

»Du spielst klasse«, meint Daniel.

Der andere lächelt, antwortet aber nicht.

»Hast du Musik studiert?«

»Ja, sieben Jahre lang.«

»Und willst du Musiker werden?«

Der Typ schüttelt den Kopf.

»Ich würde es zumindest gerne versuchen, aber mein Vater will, dass ich in seine Anwaltskanzlei einsteige. Und deswegen …«

»… studierst du jetzt Jura.«

»So ist es. Aber ich habe ihm damit gedroht, alles hinzuschmeißen, wenn ich kein Auslandssemester machen darf.«

»Bravo!«

»Aber ich musste die Gitarre zu Hause lassen.«

»Echt?«

»Ja, leider. Deswegen konnte ich mich nicht zurückhalten, als ich dich gehört habe. Mir fehlt es, meine Gitarre in den Händen zu halten. Als wäre sie meine Freundin. Die hier ist zwar nicht meine, aber Mädchen ist Mädchen!«

Beide lachen schallend los.

Dann springt Daniel vom Bett und reicht ihm die Hand.

»Ich bin Daniel«, stellt er sich vor.

»Jan.«

»Und woher kommst du?«

»Aus Hamburg. Und du?«

»Aus Brighton.«

»Danke, dass du mich hast spielen lassen«, sagt Jan und geht zur Tür.

»Klar doch. Wenn du wieder mal Lust hast, komm einfach vorbei. Ich spiele nicht besonders gut, und vielleicht braucht sie einen, der seine Hände auf ihr zu gebrauchen weiß.«

Wieder lachen sie beide, dann verabschiedet sich Jan und geht.

Ellie ist aus Daniels Gedanken verschwunden. Auch Hunger hat er bekommen. Er zieht sich um und macht sich auf die Suche nach einer Pizzeria.

* * *

Der Wasserfleck ist nicht zu übersehen. Er prangt an der Decke wie ein Schrei. Rund und riesig sitzt er in einer Ecke des Zimmers, und als Daniel ihn sieht, wird er fast sauer. Von all den unakzeptablen Wohnungen, die er bis jetzt angeschaut hat, hat ihm diese hier noch am besten gefallen, jedenfalls bis gerade eben, bis einer der beiden Bewohner ihn in das Zimmer geführt hat, das zu vermieten ist. Daniel tritt unter den Fleck und nimmt ihn in Augenschein.

»Vor einer Weile hatten wir einen Wasserrohrbruch«, sagt der andere. »Aber der Typ, der über uns wohnt, hat ihn reparieren lassen. Der Fleck ist noch da, aber es läuft schon lange kein Wasser mehr aus. Garantiert.«

Daniel nickt, entgegnet aber nichts. *Da kann ich ja auch mal eben drüberstreichen*, denkt er. Das Zimmer ist geräumig, die Möbel zerfallen nicht in ihre Einzelteile, es gibt einen Schreibtisch, einen großen Schrank und Bücherregale. Er setzt sich auf das Bett, das sich unter seinem Gewicht nicht durchbiegt, und tritt dann vor das einzige Fenster des Zimmers.

Anders als die Fenster fast aller anderen Zimmer, die er besichtigt hat, geht dieses hier nicht auf einen Innenhof, sondern auf die Straße.

»Also, überleg's dir einfach«, sagt der andere und zieht sich die Jogginghose hoch, die auch schon bessere Zeiten gesehen hat. Er hat lange, zerzauste Haare und ist ganz offensichtlich gerade erst aufgestanden. »Wenn du willst, dann schau doch heute Nachmittag noch mal vorbei, so gegen drei. Dann kannst du Sergio kennenlernen, der in dem anderen Zimmer wohnt. Der studiert auch, ist aber schon fast fertig.«

»Und du wärst einverstanden, dass ich hier einziehe?«

»Absolut. Deine Art zu reden ist wirklich witzig. Wo kommst du noch mal her?«

»Aus England, aber meine Mutter ist Italienerin.«

»Ah, okay. Sergio steht total auf London. Er redet andauernd davon, dass er da mal hinziehen will. Du kannst dir vorstellen, wie toll er das fände, mit einem Engländer zusammenzuwohnen …«

»Gut«, unterbricht Daniel ihn. »Also, ich denke darüber nach und komme heute Nachmittag noch mal vorbei, um Sergio kennenzulernen. In Ordnung?«

Der andere nickt und schlurft zur Wohnungstür.

»Dann bis später«, sagt er zum Abschied und öffnet die Tür.

Daniel grüßt ihn mit einem Nicken und macht sich auf den Weg.

* * *

»Solche Flecken an der Decke sind ein Anzeichen dafür, dass das Haus feucht ist.«

Daniels Mutter spricht mit hoher Stimme, als würde sie jeden Augenblick losschreien. Aber so klingt sie immer, wenn sie sich Sorgen um ihn macht, und er weiß, dass sie nicht losschreien wird.

»Sie haben mir versichert, dass der Schaden behoben ist«, versucht er sie zu beruhigen.

»Natürlich. Das würden sie doch auch sagen, wenn es nicht so wäre.«

»Jedenfalls ist das noch das beste Zimmer, das ich bis jetzt angeschaut habe. Du kannst dir nicht vorstellen, was hier alles vermietet wird. Bei manchen Zimmern wundert man sich, dass die Leute sich nicht schämen, sie anzubieten.«

»Ich finde, du solltest weitersuchen. Sonst sind deine T-Shirts schon feucht, wenn du sie aus dem Schrank holst.«

»Mach doch nicht immer alles schlecht, Mama!«

Daniel glaubt, am anderen Ende der Leitung ein Lächeln zu hören. »Ich weiß doch, wie die Italiener sind. Und ich darf das sagen, ich bin selber eine!«

»Aber in London werden doch auch die übelsten Löcher zu völlig überzogenen Preisen vermietet.«

»Na gut, Danny. Tu, was du für richtig hältst. Wie immer.«

Daniel schweigt einen Moment. Durch die Leitung hört er seine Mutter atmen.

»Und Papa?«, fragt er.

»Der ist in der Arbeit.«

»Geht's ihm gut?«

»Ich glaube schon.«

»Was soll denn das heißen, ›ich glaube schon‹?«

»Ich weiß doch nicht, was in seinem Kopf vorgeht, Daniel! Wenn er isst, schläft, auf Fragen antwortet und hin und wieder lächelt, dann geht es ihm in meinen Augen gut. Oder täusche ich mich da?«

»Schon gut. Ich muss jetzt los, ich muss um drei Uhr dort sein.«

»Wenn ich dir einen Rat geben darf …«

»Danke, Mama, ich weiß, du wartest sehnsüchtig darauf, dass ich mit dem nächsten Flug nach Hause komme. Aber das werde ich nicht tun. Ich werde dieses Zimmer nehmen und hier in Rom bleiben.«

* * *

Seit über einer Stunde sitzt sie nun schon vor dem Computer. Die Augen tun ihr weh, und auch der Zeigefinger, mit dem sie die Seiten hoch- und runterscrollt, ist ganz steif. Für Oktober ist es ziemlich warm, was sie nur noch missmutiger macht. Der Sommer ist ihr zuwider, und dieses Jahr scheint er sich einfach nicht verabschieden zu wollen. Gestern ist ein gewaltiger Wolkenbruch über der Stadt niedergegangen, aber danach war es noch schwüler als zuvor.

Sie geht auf die YouTube-Seite und sucht dort das Lied, das bis jetzt noch jedes Mal ihre Stimmung gehoben hat, aber heute hilft ihr nicht einmal das. Sie fühlt sich wie in einem Sumpf, wie im Treibsand: Noch kann sie sich bewegen, auch wenn es schon zu spät ist, sich zu befreien, und früher oder später werden ihre Kräfte sie verlassen, der Morast wird ihr in die Kehle dringen und sie ersticken.

»Anita!«

Sie fährt auf ihrem Drehstuhl hoch. Zum Glück hat sie die Zimmertür abgesperrt. Die Klinke bewegt sich auf und ab, während ihre Mutter versucht, die Tür zu öffnen.

»Ja?«

»Wieso sperrst du denn ab? Was soll das?«, ruft ihre Mutter von draußen. »Musst du heute nicht in die Uni?«

»Und du, musst du nicht in den Laden?«

»Ich weiß schon, wo ich hin muss! Los jetzt, du bist spät dran!«

Die letzten Worte waren kaum noch zu hören, ihre Mutter hat sie schon im Weggehen gesagt. Warum lässt sie sie nicht einfach in Ruhe?

Lustlos steht sie von dem quietschenden Stuhl auf, nimmt ihren Rucksack und ihre Jacke und dreht den Schlüssel im Türschloss. Wenn sie Glück hat, kann sie sich mit einem dahingeworfenen »Tschüss« unbemerkt an der Küche vorbeistehlen.

* * *

Daniel klingelt zweimal, aber niemand öffnet. *Dabei ist es schon zehn nach drei*, denkt er und hört seine Mutter schon sagen: »Wundert dich das etwa? Die Italiener sind ein Haufen unorganisierter Chaoten! Wenn du einen Termin ausgemacht hast, kommen sie eine halbe Stunde zu spät und halten es nicht mal für nötig, sich zu entschuldigen!« Ratlos sieht Daniel sich in dem heruntergekommenen Treppenhaus um. Die Wohnungstür ist um das Schloss herum mit Kratzspuren übersät, als hätte jemand wieder und wieder erfolglos versucht, den Schlüssel hineinzustecken. Nach einer Weile öffnet sich die Tür.

»Ah! Also war das doch die Klingel. Komm rein!«

Der Typ, der ihm geöffnet hat, ist derselbe vom Vormittag, allerdings trägt er jetzt ein Hemd und Jeans. Daniel folgt ihm in die Küche. Dort sitzt der andere Mitbewohner am Tisch. Er ist etwas älter und sieht kaum von seinem Teller auf, als er Daniel zur Begrüßung zunickt. Er wirkt erschöpft und hat Ringe unter den Augen, als schlafe er zu wenig, und sein dichtes schwarzes Haar ist auf einer Seite zusammengedrückt. Der andere, der Daniel hereingebeten hat, verschwindet in seinem Zimmer. Die Kücheneinrichtung ist uralt, an der weißen Spüle bröckelt stellenweise die Emaille ab, und an einem der Hängeschränke fehlt eine Tür. Daniel sieht sich um. Im Großen und Ganzen scheint die Wohnung sauber zu sein.

»Hallo«, sagt der Typ, der am Tisch sitzt, und isst weiter. »Entschuldige, aber ich habe einen Riesenhunger. Setz dich doch. Möchtest du auch was?«

»Nein, danke. Ich esse normalerweise nie zu Mittag«, erwidert Daniel und setzt sich ihm gegenüber.

»Richtig, du bist ja Engländer. Ihr frühstückt dafür ordentlich, stimmt's? Eier, Schinken, Pilze ... Also für mich wär das nichts. Ich glaube, ohne Cappuccino und Hörnchen am Morgen könnte ich nicht leben.«

»Ehrlich gesagt, trinke ich morgens nur ein Glas Milch. Meine Mutter ist Italienerin.«

»Echt? Kein Bacon, keine Würstchen, ernsthaft?« Er sieht Daniel völlig entsetzt an und hört sogar auf zu essen.

»Nein. Mein Vater macht sich Eier und Toastbrot, aber ich habe noch nie gesehen, dass er sich zum Frühstück Schinken gebraten hätte.«

»Also hast du heute Morgen ein Glas Milch getrunken und hast jetzt keinen Hunger?«

Daniel schüttelt den Kopf.

»Du hast's gut. Man sieht, dass du wenig isst«, sagt der andere und schaut auf seinen Bauch, der ihm das Hemd spannt. »Aber diese Nudeln hier musst du probieren!«, fügt er hinzu und dreht sich, ohne aufzustehen, zu der Anrichte hinter ihm um. Er zieht eine Schublade auf, holt eine Gabel heraus und reicht sie Daniel.

»Pasta mit Butter! Oder ›Pasta der Gehörnten‹, wie wir sie nennen. Ein fantastisches Rezept! Kostet fast nichts, ist im Handumdrehen fertig, und bis zum Abend hast du keinen Hunger mehr.«

»Warum nennt ihr sie denn so?«

Der andere bricht in Lachen aus. »Wenn deine Frau den ganzen Nachmittag mit ihrem Liebhaber im Bett war, dann hat sie keine Zeit, eine Soße zu kochen, wenn sie nach Hause kommt. Dann kann sie dir nur noch das hier vorsetzen.«

Daniel zieht leicht irritiert die Augenbrauen hoch. Er hat den gleichen Humor wie sein Vater und lacht nur selten. Der andere scheint ihn gar nicht zu beachten. Er macht sich wieder über seinen Teller her, isst weiter und gibt ein zufriedenes Grunzen von sich.

»Dann bist du Sergio, oder?«, fragt Daniel und legt die Gabel auf den Tisch. »Wenn du einverstanden bist, würde ich das Zimmer nehmen.«

»Ja, klar. Auch wenn ich gehofft hatte, dass du ein bisschen englischer bist. Aber das einzig Englische an dir scheint deine blasse Haut zu sein!«

Daniel lächelt, allerdings nicht, weil er diese Worte zum Schmunzeln findet, sondern weil er ahnt, dass Sergio genau das erwartet.

»Und was machst du in Rom?«

»Ein Auslandssemester. Ich studiere Kunstgeschichte des Mittelalters. Und was studierst du?«

»Jura. Ich bin gerade mitten im Examen. In drei Wochen habe ich die letzte Prüfung, dann kommt die Abschlussarbeit. Und vormittags arbeite ich in einer Anwaltskanzlei.«

»Jetzt schon, während des Studiums? Da hast du ja Glück.«

»Mach dir mal keine falschen Vorstellungen. Ich stehe da am Kopierer, und wahrscheinlich wird das nach dem Examen auch so weitergehen.«

»Warum das denn?«

Sergio seufzt und lächelt verbittert. »Daran merkt man, dass du nicht aus Italien kommst. Glaubst du vielleicht, die stellen mich danach als Anwalt ein? Wenn ich irgendwo ein Praktikum ergattern kann, wäre das schon ein Riesenglück. Vielleicht sollte ich ins Ausland gehen.«

»Und warum versuchst du es nicht wenigstens? Schreib Bewerbungen, verschick deinen Lebenslauf …«

»Wenn es doch nur so einfach wäre. Aber so läuft das nicht«, entgegnet Sergio, steht auf und stellt den Teller in die Spüle. »Also, putzen tut jeder für sich. Wenn du gegessen hast, spülst du dein Geschirr ab, und wenn du das Bad schmutzig gemacht hast, machst du es wieder sauber. Das eigene Zimmer putzt jeder selbst, und die Gemeinschaftsräume machen wir reihum. Okay?«

»Okay.«

»Und die Miete ist immer zum Monatsersten fällig«, fügt Sergio hinzu, während er sein Geschirr abspült. »Hast du einen Job?«

»Noch nicht.«

»Was kannst du denn?«

»Nichts.«

Sergio sieht ihn an und nickt. »Du bist ein grundehrlicher Mensch, oder? Na ja, irgendwas wirst du schon finden. Und um als Kellner zu arbeiten, muss man ja kein Professor sein.«

»Einmal habe ich einen Sommer lang in einem Restaurant als Kellner gearbeitet. Mir ist andauernd das Geschirr aus der Hand gefallen, und irgendwann haben sie mich dann rausgeschmissen.«

Sergio lacht, aber Daniel verzieht keine Miene.

»Na dann alles Gute! Ich muss jetzt lernen. Also bis dann.«

Daniel bleibt allein am Tisch in der Küche zurück. Er nimmt die Gabel, steht auf und legt sie wieder in die Schublade. Aus einem der Zimmer ist durch die geschlossene Tür Musik zu hören. Eminem, so glaubt Daniel zu erkennen. Dann geht er zur Wohnungstür, öffnet sie und tritt hinaus.

Als Anita am Hörsaal ankommt, ist die Tür bereits geschlossen. Wieder einmal wird der Professor seine Vorlesung abrupt unterbrechen und sie wird unter den Augen aller Anwesenden verstohlen auf den nächstgelegenen freien Platz schleichen müssen. Vielleicht, so hofft sie, benutzt er heute den Beamer. Sie öffnet die Tür einen Spaltbreit. Sie hat Glück, im Hörsaal ist es dunkel. Sie huscht hinein, bleibt kurz stehen, damit sich ihre Augen an die Dunkelheit gewöhnen können, und hält Ausschau nach einem freien Platz. Ganz in der Nähe entdeckt sie einen und setzt sich. Erst jetzt atmet sie wieder aus.

Wieder einmal fragt sie sich, warum sie weiterhin in die Vorlesungen geht. Ärztin zu werden, ist so ziemlich das Letzte, was sie will. Aber wenigstens ist sie dann nicht zu Hause, wenn Andrea aufsteht.

Kapitel 2

Als Andrea das erste Mal bei ihnen war, konnte Anita nicht glauben, dass er wirklich mit ihrer Mutter Lisa zusammenleben wollte. Seine Ruhe und seine Gelassenheit hatten sie vom ersten Moment an beeindruckt, sein samtweiches Lächeln, die Art, wie er ihr die Hand auf den Arm legte, um sie zu beruhigen. Fasziniert beobachtete sie ihn und konnte kaum glauben, dass ein Mann so sein kann. Wenn er sie mit seinen grünen Augen eindringlich ansah, fühlte sie sich wie ein aufgespießter Schmetterling auf dem Labortisch eines Insektenforschers. Nur zu gern hätte sie erfahren, was er über sie dachte. Und was suchte ein Mann wie er bloß in ihrer Wohnung? Ihre Mutter war unübersehbar vollkommen überwältigt. Normalerweise kann Anita die Gedanken der Frau, die sie auf die Welt gebracht hat, lesen, als wäre ihr Schädel durchsichtig und als befände sich darin ein hochauflösendes Display. Die Gedanken laufen über den Bildschirm, und stillschweigend liest Anita sie. Sie spricht ihre Mutter nie darauf an, sie kann ihr nicht helfen, denn sie ist ja die Tochter. Sie ist es, die Unterstützung braucht, doch ihre Mutter scheint sich dessen nicht bewusst zu sein. Sie kann mit dieser jungen Frau nichts anfangen, und wenn sie sie ansieht, erscheinen auf dem Display die Untertitel »Ich verstehe dich nicht Ich verstehe dich nicht Ich verstehe dich nicht«. An jenem Abend lief die Anzeige extrem langsam, nur vereinzelte Buchstaben huschten darüber hinweg, niemals ganze Wörter, geschweige denn Sätze. Nur einmal konnte Anita unmissverständlich einen Satz erkennen, der sie hochfahren ließ: »Warum sieht Andrea Anita denn so an? Er ist doch wegen mir hier, oder?« Das Warum wiederholte sich noch etliche Male, dann war Schluss. Wieso hatte sie nicht bemerkt, wie Andrea sie ansah? Vielleicht, weil sie nach der Begrüßung immer nur zu Boden gesehen und während des Essens auf ihren Teller gestarrt hatte? Er sprach langsam und mit angenehmer Stimme, in einem sanften Ton, bei dem nicht vorstellbar war, dass er jemals schroff werden könnte. Er erzählte von seiner Arbeit, von der Bar, die er kurz zuvor eröffnet hatte, und von seinen Plänen, dort einmal in der Woche Livemusik zu präsentieren, eine Bühne war ja vorhanden. Er suchte noch Personal und hatte auch schon Anzeigen aufgegeben.

»Braucht einer deiner Freunde einen Job, Anita?«, hatte er lächelnd gefragt. Das Grün seiner Augen war so unendlich, dass sie sich darin zu verlieren drohte, weshalb sie rasch den Blick abwandte.

»Ich habe kaum Freunde«, hatte sie geantwortet.

»Wie kommt's?«

Was war denn das für eine dämliche Frage? Er hätte mit einem zurückhaltenden Mhm antworten und es dabei belassen sollen. Er war doch wegen ihrer Mutter hier, also was wollte er dann von ihr?

»Ich bin gerne allein«, hatte sie knapp entgegnet.

Er hatte nur genickt, als hätte ihn diese Antwort tief in ihr Inneres blicken lassen. Den Rest des Abends hatte sie darauf geachtet, nicht mehr aufzusehen, um weder seinem Blick noch dem ihrer Mutter zu begegnen. Sie wollte nicht mehr lesen, was ihr durch den Kopf ging. Nach dem Essen hatte sie sich in ihr Zimmer zurückgezogen.

Als sie in der Nacht auf die Toilette ging, kam sie am Schlafzimmer ihrer Mutter vorüber. Die Tür war nur angelehnt, und Anita konnte der Versuchung nicht widerstehen, einen Blick hineinzuwerfen. Andrea und ihre Mutter lagen im Bett. Ihre Mutter schlief, bedeckt vom Laken und Andreas nacktem Körper, der zur Zimmertür gewandt dalag. Mit weit offenen Augen fixierte er sie, ein scheinheiliges Lächeln auf den Lippen. Anita machte vor Schreck fast einen Satz zurück und lief wieder in ihr Zimmer. *Wieder ein gefährlicher Mann im Haus*, hatte sie gedacht. Offenbar konnte ihre Mutter ohne solche Kerle nicht leben.

Ein Meer von Köpfen, schemenhafte Gesichter im Dunkel. Das Licht des Diaprojektors fällt auf Claudia, als stünde sie auf einer Bühne im Rampenlicht. Und genau so fühlt sie sich auch jedes Mal. Sie ist Dozentin, sie muss bei ihren Studenten Interesse wecken, sie begeistern und überzeugen und bei jedem Dia ihre Schauspielkünste unter Beweis stellen. Jede Erläuterung ruft eine andere Reaktion hervor: Die eine findet Anklang, eine andere stößt auf Gleichgültigkeit, die nächste löst Begeisterung aus (vielleicht scheint es aber auch nur so), und die letzte wird als belanglos empfunden, da muss sie sich etwas Neues einfallen lassen. Schließlich ist die Vorlesung vorbei, jemand schaltet das Licht wieder ein. Claudia atmet tief durch und lauscht dem Lärm der Sitze, die hochgeklappt werden, während die Studenten grußlos hinausgehen. Sie liebt dieses Getöse. Schweigend steht sie mit dem Rücken zum Saal, sortiert die Dias wieder in die Mappe ein und denkt daran, dass sie sich gleich in ihr Büro zurückziehen, die Augen schließen und eine Zigarette rauchen wird.

Als sie hinter sich ein Geräusch hört, erschrickt sie fast und dreht sich um. Aber da steht nur ein Student, der den Hörsaal noch nicht verlassen hat. Claudia erkennt ihn auf Anhieb, es ist der, mit dem sie bei der Auftaktveranstaltung des Rektorats in der großen Aula über das Fresko von Sironi gesprochen hat.

»Hast du noch eine Frage?«, wendet sie sich an ihn.

Er steht neben dem Platz, von dem er gerade aufgestanden ist, in der Hand eine blaue Wollmütze, und wirkt etwas zögerlich.

»Dieses eine Dia …«, sagt er, fährt dann aber nicht fort.

Ein Auslandsitaliener, denkt Claudia. Das hatte sie schon beim letzten Mal vermutet. Einer von denen, die ihr Auslandssemester in Rom absolvieren.

»Welches?«

»Die Skulptur mit der stehenden Frau.«

»Giacometti.«

Sie holt das Dia wieder hervor, das sie schon weggesteckt hatte.

»Könnte ich es noch einmal sehen?«, fragt der Student.

Claudia zieht verwundert die Augenbrauen hoch. Was spricht dagegen? Sie schaltet den Projektor wieder an und schiebt das Dia hinein. Weil im Hörsaal jetzt Licht brennt, ist das Bild nicht mehr so deutlich zu sehen wie vorhin, aber man erkennt es noch. Der Student betrachtet es gebannt, und auch Claudia wirft einen Blick darauf, obwohl sie es schon unzählige Male gesehen hat.

»*Amazing*«, sagt er. *Beeindruckend*, das ist genau das richtige Wort.

»In der Tat. Findest du sie schön?«, fragt Claudia neugierig.

»Nein«, entgegnet Daniel rasch. »Sie ist viel zu beängstigend, um schön zu sein. Aber sie raubt einem den Atem.«

»Die Galleria Borghese zeigt gerade eine Giacometti-Ausstellung. Schau sie dir doch einmal an.«

Er nickt.

»Danke, dass Sie sie mir noch einmal gezeigt haben.«

Claudia schaltet den Projektor aus und steckt das Dia wieder zurück. Daniel geht langsam zur Tür. Kurz bevor er den Hörsaal verlässt, dreht er sich noch einmal um.
»Was ich noch sagen wollte …«
»Ja?«
»Die Vorlesung war wirklich außerordentlich interessant.«

Die Stille, die Einsamkeit und die Zigarette haben heute nicht die beruhigende Wirkung wie sonst. Claudia sieht sich in ihrem winzigen Büro um, das gerade einmal Platz für den Schreibtisch und die beiden Stühle bietet. Die Einrichtung ist zweckmäßig und trostlos. Graues Resopal, schmutzige Jalousien vor dem schmutzigen Fenster – dem einzigen des Zimmers –, in der Ecke eine alte Plastikpflanze. Dann holt sie aus der Mappe mit den Dias die Aufnahme der »Stehenden Frau« von Giacometti, hält sie gegen das Licht und betrachtet sie noch einmal. Wieder einmal fragt sie sich, warum so viele Leute diese Skulptur als »wunderschön« bezeichnen. Sie selbst war immer anderer Ansicht, so wie dieser Student. Gewaltig, eindrucksvoll, das ja – aber schön? Auf keinen Fall. Sie wirkt erstarrt, wie in Habachtstellung, hat die Arme in einer unnatürlichen Haltung an den Körper gepresst, als würde sie dazu gezwungen. Und eine Frau, die zu etwas gezwungen wird, kann nicht wunderschön sein.

Auch Claudia ist in einer Zwangslage und fühlt sich alles andere als schön. Ihr ganzes Leben ist von Zwängen bestimmt, obwohl sie, als sie es sich nach und nach zusammengesetzt hat, immer geglaubt hat, sie würde selbstbestimmte Entscheidungen treffen. Vielleicht erkennt man den Käfig nicht als solchen, während man ihn baut, sondern hält ihn vielmehr für ein Nest, aus dem man jederzeit nach Belieben entfliehen, in das man aber auch wieder zurückkehren kann, um Schutz zu suchen. Jeden Tag fügt man einen Zweig hinzu, um das Nest stabiler und gemütlicher zu machen. Und wenn man dann behutsam sein Junges hineinlegt, kommt man auf die Idee, auch eine Abdeckung anzubringen. Ehe man sichs dann versieht, ist aus dem Nest ein Käfig geworden, der zwar Schutz gegen Eindringlinge von außen bietet, aber auch einen selbst einsperrt und keinen Fluchtweg eröffnet. Dann bleibt einem nichts anderes übrig, als sich im Inneren des Käfigs einzurichten und die Stäbe zu ignorieren, bis man vergisst, dass sie da sind. Man schmiegt sich an sein Junges und verbringt die Zeit damit, ihm zuzusehen, wie es wächst und gedeiht. Und eines Tages wird es zu groß für das Nest, und man sieht sich wieder den Käfigstäben gegenüber. Das Kleine, das jetzt schon groß ist, durchbricht das Gitter und fliegt davon, und du siehst zum Himmel hinauf und hoffst, dass du jetzt endlich auch wieder fliegen kannst. Aber deine Flügel sind steif geworden und vor lauter Angst, dir wehzutun, bringst du nicht einmal den Mut auf, es zu versuchen.

Claudia schaut auf ihr Handy: zehn nach zwölf. Sie muss los, Mattia vom Kindergarten abholen, mit ihm nach Hause fahren, das Mittagessen kochen und ihn dazu überreden, Mittagsschlaf zu machen. Sie schlüpft in ihren Mantel, auch wenn es noch so warm ist, dass sie sich fragt, warum sie ihn überhaupt anzieht. Dann öffnet sie die Tür ihres winzigen Zimmers einen Spaltbreit und wirft einen Blick in den Flur. Kein Mensch zu sehen. Sie verlässt ihr Büro und eilt zum Treppenhaus. Als sie die ersten Stufen hinuntergeht, hört sie, wie hinter ihr jemand lachend aus dem Aufzug kommt.

Daniel vertrödelt weiter seine Zeit. Wenn er so weitermacht, hat er jeden Tag wegen etwas anderem ein schlechtes Gewissen. Heute wegen der Vorlesung dieser Dozentin. Als er an dem Hörsaal vorbeigegangen ist, hat er ihre Stimme sofort erkannt: die etwas niedergeschlagene Frau, die gesagt hatte, dass man die Zeit nicht zurückdrehen kann, während sie nachdenklich das Gemälde mit der Allegorie Italiens an der Rückwand der großen Aula betrachtet hatte. Sie heißt Claudia Riganti, jedenfalls stand es so auf dem Aushang neben der Hörsaaltür. Daniel hat einen Blick ins Dunkel geworfen und sich dann hineingeschlichen. Eigentlich hätte er eine Vorlesung zur Kunst des Mittelalters besuchen sollen, doch stattdessen hat er eine Stunde lang begierig eine Vorlesung über moderne Kunst gehört, nach der er bei Weitem noch nicht genug hatte. Vielleicht lässt sich sein Studienprogramm ja noch ändern. Das könnte er wahrscheinlich im Sekretariat oder bei der Infostelle für ausländische Studenten erfahren, aber er weiß nicht, wo die ist. Er kennt sich auf dem Universitätsgelände kein bisschen aus, alles ist so verstreut, ein Institut hier, das andere da, oft in verschiedenen Gebäuden, die kilometerweit auseinanderliegen. Einige Abteilungen der Geisteswissenschaften sind irgendwo am Ende der Welt, angeblich in der Nähe des Zentrums für fremdsprachige Philologien. Aber um Auskünfte zu bekommen, muss man erst einmal erfragen, wo man überhaupt Auskünfte bekommt. Zum Glück spricht Daniel Italienisch. Es ist ihm ein Rätsel, wie die anderen ausländischen Studenten klarkommen, die sich nicht so gut verständigen können. Vielleicht, indem sie einfach drauflosreden und sich durchfragen. Daniel dagegen verabscheut es, sich durchzufragen. Er will auch nicht um jeden Preis Freundschaften schließen. Wenn es sich ergibt, einverstanden, aber wenn nicht, dann ist es für ihn auch in Ordnung und er verbringt seine Zeit allein. In Jans Gesellschaft fühlt er sich wohl, Jan ist genauso zurückhaltend wie er selbst. Er hat ihn aber angerufen und sie haben sich in einer Bar verabredet, die ganz in der Nähe der Uni liegt und erst vor Kurzem aufgemacht hat.

»Meine Gitarre hat schon nach dir gefragt«, sagt er an diesem Abend zu Jan, als sie das Lokal betreten.

Jan findet das ziemlich komisch.

»Du fehlst ihr«, fährt Daniel fort. »Ich habe inzwischen ein Zimmer gefunden. Du musst mich unbedingt mal besuchen, ich weiß nicht, wie ich sie sonst trösten soll.«

»Klar besuche ich dich. Und sag ihr ruhig, dass auch ich oft an sie denke.«

Beide lachen. *Es ist schön, jemanden zu haben, der einem ähnlich ist und mit dem man sich verbunden fühlt, auch wenn man sich noch nicht lange kennt*, denkt Daniel.

Sie setzen sich an die Bar und bestellen zwei Bier.

»Ich habe auch ein Zimmer gefunden«, erzählt Jan. »Aber ich glaube, die haben mich reingelegt. Eigentlich war ausgemacht, dass ich das Zimmer allein bewohne, aber schon am zweiten Tag stand noch ein Bett drin, in dem ein Typ lag, der gepennt hat.«

»Das ist ja unglaublich!«

Jan sieht Daniel mit einem bitteren Lächeln an. »Doch, so war's. Sie haben gemeint, das sei nur vorübergehend, aber der Typ liegt da jetzt schon seit einer Woche und schnarcht wie ein Schwein.«

Jetzt müssen beide wieder lachen.

»Ich hab Glück gehabt«, gesteht Daniel und schämt sich fast ein bisschen. »Ich bin allein in meinem Zimmer, das Fenster geht auf die Straße und die Mitbewohner sind ziemlich entspannt. Soll ich dir Bescheid sagen, wenn ich was von einem Zimmer höre?«

»Brauchst du nicht. Ich muss jetzt erst mal einen Job finden.«

»Das muss ich auch.«

Plötzlich sind zwei grüne Augen auf die beiden gerichtet.

»Hab ich recht gehört, dass ihr Arbeit sucht?«, fragt sie der Mann neben ihnen auf Englisch. »Ich bin Andrea, mir gehört der Laden hier.«

Daniel und Jan nicken und sehen ihn erwartungsvoll an.

»Ich habe erst vor Kurzem aufgemacht und brauche noch jemanden für die Bar und jemanden, der bedient. Die Bar mache ich im Moment noch selbst, aber ein bisschen Hilfe könnte ich gut gebrauchen.«

Daniel und Jan sehen sich an.

»Entschuldigt, dass ich euch belauscht habe.«

Daniel antwortet als Erster, auf Italienisch.

»Schon in Ordnung. Da waren keine Geheimnisse dabei.«

»Sprichst du Italienisch? Das ist ja perfekt«, entgegnet Andrea. Sein Interesse scheint schlagartig gestiegen zu sein.

»Tut mir leid, aber für die Arbeit hinter der Bar bin ich völlig ungeeignet. Ich kann die Schnäpse nicht auseinanderhalten«, gesteht Daniel. Aus Rücksicht auf Jan spricht er jetzt wieder Englisch.

»Und du?«, wendet sich Andrea an Jan.

Jans Gesicht erstrahlt in einem seltsamen Lächeln.

»Das ist ja kaum zu glauben. Ich habe in Deutschland drei Sommer lang hinter der Bar gearbeitet«, erklärt er.

Andrea lächelt begeistert. Seine Zähne sind makellos. Daniel denkt an seine eigenen, vor allem an die Lücke zwischen den beiden mittleren Schneidezähnen. Er hätte die Spange regelmäßig tragen und sie nicht jedes Mal herausnehmen sollen, sobald es irgendwie ging, weil seine Mutter nicht in der Nähe war. Manchmal läuft es eben so im Leben. Man bittet um etwas und man bekommt es. Manchmal jedenfalls.

»Dann könntest du ja bedienen«, schlägt Andrea vor.

»Das habe ich vor einer Weile schon mal versucht. Ich habe ständig die Gläser fallen lassen.«

»Aber vielleicht stellst du dich inzwischen geschickter an«, meint Andrea und zeigt seine strahlend weißen Zähne. »Ich mach dir einen Vorschlag: Beim dritten Glas, das zu Bruch geht, fliegst du raus.«

Daniel findet, dass der Kerl zu viel grinst. Aber vielleicht beneidet er ihn auch nur um seine perfekten Zähne.

»Ich weiß nicht so recht. Kann ich noch mal darüber nachdenken?«

Andrea sieht ihn verständnislos an. Er sucht doch einen Job, oder? Er bietet ihm einen an, und was sagt er? Dass er nachdenken muss. Daniel wird wieder einmal bewusst, dass dieser Charakterzug befremdend auf andere wirkt, aber er hat noch nie Entscheidungen auf der Stelle getroffen, er kann das einfach nicht. Während er und Andrea einander schweigend ansehen, stellt sich eine junge Frau an die Theke. Im selben Moment wendet sich Andrea mit seinen samtgrünen Augen ihr zu.

»Anita! Schön, dass du da bist!«

Daniel und Jan drehen sich zu ihr um. Sie erwidert Andreas Lächeln nicht. Sie hat lange dunkle Haare und schöne volle Lippen, die sie aber streng aufeinanderpresst.

»Gibst du mir ein Bier?«, sagt sie kurz angebunden zu Andrea.

»Bist du schon alt genug?«, witzelt Andrea.

Daniel denkt, dass Andrea zu viel lacht. Wirklich. Und die junge Frau scheint das alles überhaupt nicht lustig zu finden.

»Hör auf mit dem Unsinn«, gibt sie zurück.

Daniel sieht sie weiterhin an, und schließlich wendet sie sich ihm zu.

»Hast du irgendein Problem?«

Daniel schüttelt den Kopf, lässt sie aber nicht aus den Augen.

»Und wieso starrst du mich dann die ganze Zeit an?«

Daniel spürt, wie er rot wird, und dreht sich weg. Andrea hat das Bier auf die Theke gestellt. Anita schnappt es sich und verschwindet in den hinteren Teil der Bar.

»Meine einzigartige Stieftochter«, kommentiert Andrea und sieht ihr nach. »Immer auf hundertachtzig.« Wieder lächelt er.

Daniel fällt auf, dass Andrea in jeden Satz eine besondere Betonung legt, wie ein Schauspieler auf der Bühne. Seine Stieftochter mag das offenkundig nicht besonders. Wie heißt sie noch mal? Anita? Hieß so nicht auch die Frau des Freiheitskämpfers Garibaldi?

»Also, wie hast du dich entschieden?« Andreas Stimme reißt ihn aus seinen Gedanken.

»Wegen was jetzt?«

»Na, wegen des Jobs. Alles okay bei dir?«

Daniel hat keine Lust, für diesen Typen zu arbeiten. Aber er braucht Geld, und wenn er hier arbeitet, bekommt er vielleicht hin und wieder diese Anita zu sehen. Wenn ihm dabei ein paar Gläser kaputtgehen, was soll's? So schnell wird Andrea sein makelloses Schauspielergrinsen schon nicht vergehen.

»Ich bin dabei«, antwortet er schließlich.

»Na endlich!«

Andrea streckt ihm die Hand hin, und Daniel schlägt ein. Er hat ihm noch nicht einmal gesagt, wie er heißt, und Andrea hat ihn auch nicht danach gefragt. Das geht ja gut los.

Mattia ist quengelig und schmollt. Er ist erst vier Jahre alt, also hat er wohl kaum einen schweren Tag im Kindergarten hinter sich. Wahrscheinlich brütet er eine Krankheit aus, was für Claudia neue Schereien bedeutet. Im Auto schläft er ein. Sie beobachtet ihn im Rückspiegel, in seinem gepolsterten Kindersitz auf der Mitte der Rückbank. Er ist so schön, wenn er schläft, mit seinen strohblonden Haaren. Claudia hofft inständig, dass sie später einmal nicht dunkel werden. Sie wünscht sich, dass Mattia ein hübscher blonder Junge wird, nach dem sich alle Mädchen umdrehen, wenn er die Straße entlanggeht. Oft stellt sie sich vor, wie sie mit ihrem erwachsenen Sohn spazieren geht, er ist schon größer als sie und hat einen Arm um ihre Schultern gelegt, so wie Paolo es am Anfang immer getan hat. In der kühnsten ihrer Fantasien verliebt sich ein Mädchen in Mattia und wird eifersüchtig auf sie, weil sie noch so jung aussieht und das Mädchen nicht weiß, dass sie Mattias Mutter ist. Meist verjagt sie diese Bilder rasch aus ihrem Kopf, weil ihr diese Vorstellung inzestuös erscheint. Wie kommt sie nur auf solche Gedanken? Wie ist sie nur in einen solchen Zustand geraten? Wahrscheinlich durchlebt sie gerade eine Art Midlife-Crisis und träumt davon, die Zeit zurückzudrehen und noch einmal eine junge Frau zu sein, die das Leben mit all seinen unendlichen Möglichkeiten noch vor sich hat. In diesem Moment wacht die Verkörperung einer dieser unendlichen Möglichkeiten auf und fängt sofort wieder an zu quengeln. Und Claudia sieht den Rest ihres Lebens vor sich, der von Gewissheiten bestimmt ist, die wie Grabsteine den vorgezeichneten Weg durch ihre Zukunft markieren.

Kapitel 3

»Ich fass es nicht!« Jan ist völlig aus dem Häuschen. »Wir gehen einfach nur ein Bier trinken und schon haben wir einen Job gefunden!«

»Allerdings.«

»Freust du dich denn gar nicht? Ja, okay, in einer Kneipe zu bedienen, ist jetzt kein Traumjob. Aber denk an all die Mädels, die wir hier kennenlernen werden!«

»Und die uns keines Blickes würdigen werden, weil wir einfach nur die sind, die ihnen die Getränke hinstellen«, erwidert Daniel.

»Quatsch! Zum Aufreißen gibt's nichts Besseres! Denn in unseren Händen liegt die Macht über den Alkohol.«

Jan kriegt sich gar nicht mehr ein wegen dieser Arbeit, die ihnen aus heiterem Himmel zugefallen ist, und Daniel beschließt, nicht länger den Miesepeter zu spielen. Er selbst ist nicht halb so optimistisch, aber er will Jan den Abend nicht verderben. Immerhin hatte der Besuch hier auch für ihn sein Gutes: Er ist Anita begegnet. Sie ist zwar nicht ohne Grund so schnell abgezogen. Sie hat ihn mit ihren Fragen dumm dastehen lassen und ist dann im Halbdunkel des Lokals verschwunden. Aber als sie an der Theke neben ihm stand, hat sich das für ihn so angefühlt, als verursache ihre Gegenwart einen leichten Luftzug, der ihm den Geruch von Puder entgegenträgt. Er will sie unbedingt wiedersehen, und dabei ist ihm egal, ob sie ihn ansieht oder nicht, denn wenigstens kann er dann sie ansehen.

»Kommst du noch mit zu mir?«, fragt er Jan, als sie vor dem Lokal stehen.

»Na sicher! Ich kann es kaum erwarten, deine Gitarre wieder in die Arme zu schließen.«

In Daniels Gedanken verschwimmt Anitas Bild allmählich im Dunkel der Erinnerung.

Als Daniel die Tür öffnet, schlägt ihm intensiver Marihuanageruch entgegen. Sein Mitbewohner Marco raucht in beachtlichem Umfang, und vielleicht sieht er deshalb vormittags immer so aus, als sei er gerade unter die Räder eines Zuges geraten. Daniel hat noch nicht herausgefunden, wovon er eigentlich lebt. Er verlässt sein Zimmer so gut wie nie und bekommt oft Besuch von Freunden, die genauso ungepflegt und geistesabwesend sind wie er. Daniel führt Jan in die Küche. Er hat heute Vormittag eingekauft, und weil die beiden nach dem Besuch in der Kneipe Hunger bekommen haben, hat er Jan auf einen Teller Spaghetti mit Tomatensauce eingeladen.

»Der qualmt ja ganz ordentlich«, meint Jan und rümpft leicht die Nase.

»Das kannst du laut sagen. Im Wohnzimmer ist die Luft jeden Morgen zum Schneiden! Ich komme mir selbst andauernd ein bisschen bekifft vor.«

Jan antwortet mit einem Lachen, und Daniel stellt einen Topf mit Wasser auf den Herd.

»Ein Engländer, der Spaghetti kochen kann!«, stellt Jan bewundernd fest.

»Ich habe einen gewissen Vorsprung: Meine Mutter ist Italienerin.«

»Und wie hat es sie nach England verschlagen?«

»Sie war dort mit ein paar Freundinnen im Urlaub. Dabei hat sie meinen Vater kennengelernt und ist nie wieder nach Hause zurückgekehrt.«

»Dann muss das ja die große Liebe sein.«

»Von wegen. Wenn man die beiden heute sieht, kann man sich nicht vorstellen, dass sie jemals ineinander verliebt waren. Sie wohnen unter demselben Dach, leben aber ansonsten völlig nebeneinander her. Manchmal explodiert meine Mutter, noch immer ganz Italienerin, und schreit ihn an. Und je lauter sie wird, desto mehr verstummt er, oder er geht einfach in ein anderes Zimmer.«

»Du scheinst deinem Vater nicht unähnlich zu sein«, bemerkt Jan. »Du wirkst nicht wie einer, der schnell wütend wird oder herumschreit.«

»Vielleicht, weil ich als Kind erlebt habe, wie meine Mutter bei der kleinsten Kleinigkeit in die Luft geht. Aber um mich auf die Palme zu bringen, musst du dich ganz schön anstrengen.«

»Du Glücklicher! Ich rege mich andauernd über irgendetwas auf, aber das hilft mir meistens auch nicht weiter. Meine Familie ist da nicht anders. Sie wissen immer ganz genau, was das Richtige ist. Vor allem, was für *mich* das Richtige ist.«

Daniel hat während des Gesprächs Knoblauch und Chili anschwitzen lassen und gibt jetzt die Tomaten hinzu. Der Duft verbreitet sich in der Küche und vermischt sich mit dem des Marihuanas.

»Und kochen kannst du auch noch«, sagt Jan. »Der ideale Ehemann. Du siehst gut aus, bist ein ruhiger Typ … Wenn ich nicht auf Frauen stehen würde, dann hätte ich bestimmt schon ein Auge auf dich geworfen.«

»Trotzdem lassen sie mich immer sitzen. Alle haben mich früher oder später verlassen, die letzte sogar per SMS!«

»Warum das denn?«, fragt Jan verblüfft.

»Was weiß denn ich! Nach einer Weile fangen sie alle an zu gähnen, wenn wir etwas unternehmen. Die Höflichen unterdrücken es, aber es ist nicht zu übersehen. Und nach zwei oder drei Abenden voller Gähnen geben sie mir den Laufpass. ›Du bist wirklich unendlich lieb, und ich hab dich wahnsinnig gern, aber wir passen einfach nicht zueinander.‹ Ich habe nie verstanden, was das heißen soll: ›Wir passen nicht zusammen.‹ Ich habe mich nie mit einer von ihnen gestritten, wir hatten nie Meinungsverschiedenheiten oder Auseinandersetzungen …«

»Vielleicht hätten sie manchmal gern gestritten. Du weißt doch, Sex nach einem Streit ist phänomenal.«

»Aber warum denn streiten?«, fragt Daniel und wirft die Spaghetti ins kochende Wasser. »Wenn du jemanden liebst, willst du dich doch mit ihm vertragen, oder?«

Jan sieht ihn verständnislos an. »Mir scheint, du warst tatsächlich noch nie verliebt. Liebe bedeutet Leidenschaft, und aus Leidenschaft macht man dummes Zeug, wird eifersüchtig und handelt irrational. Und dann tust du Dinge, die du nicht tun solltest, verletzt den anderen, streitest mit ihm, läufst aus dem Zimmer und schlägst die Tür hinter dir zu …«

»So was habe ich noch nie gemacht.«

»Ich schon, und mehr als einmal«, verkündet Jan und wirkt dabei fast ein wenig stolz. »Einmal habe ich mir meine Freundin auf die Schulter geladen und aus der Kneipe getragen. Als ich sie wieder abgesetzt habe, hat sie mir eine geknallt. Und ich habe ihr die Ohrfeige zurückgegeben. Dafür schäme ich mich heute noch.«

»Also sollte man sich nicht von der Leidenschaft hinreißen lassen, wenn man dafür sorgen will, dass die Beziehung von Dauer ist«, bemerkt Daniel.

»Aber es geht doch nicht darum, ›dafür zu sorgen‹, dass die Beziehung von Dauer ist. Sie muss von sich aus von Dauer sein, trotz aller Hindernisse«, erklärt Jan überzeugt. »Wenn du immer nur darauf achtest, nichts kaputt zu machen, dann wirst du irgendwann feststellen, dass euch eine wunderbare Freundschaft verbindet. Aber dann liebt ihr euch nicht mehr.«

Daniel hat sich von den Worten seines Freundes ablenken lassen, und jetzt fällt ihm plötzlich ein, dass er die Spaghetti abgießen muss. Er ergreift den Topf, um ihn vom Herd zu nehmen, aber die Henkel sind glühend heiß und er lässt den Topf sofort wieder los. Seine Handflächen brennen. Im selben Moment hat Jan den Wasserhahn aufgedreht.

»Hier drunter!«

Allmählich lässt der Schmerz nach, und als Daniel den Hahn zudreht und sich die Hände trocknet, sieht er an den Innenseiten seiner Hände zwei große Brandwunden.

»Du bist wirklich unglaublich!«, sagt Jan. »Kein Laut! Nicht mal geflucht hast du.«

»Na ja, wenn ich fluche, tut es auch nicht weniger weh.«

Jan starrt ihn mit offenem Mund an. »Jetzt ist mir auch klar, warum das bei dir mit den Mädels nicht hinhaut«, meint er, als hätte er gerade eine sensationelle Entdeckung gemacht. »Du musst endlich aufwachen, Danny! Dieses Herz hier muss endlich heftiger schlagen!« Er klopft Daniel auf die Brust.

Daniel lässt sich auf einen Stuhl fallen und bleibt regungslos sitzen, die verbrannten Hände von sich gestreckt.

»Und wie soll ich das anstellen, Jan?«

Jan lächelt ihn an, als sei er ein Kind, und fährt ihm mit der Hand durch die Haare.

»Das zeig ich dir schon, keine Sorge.«

Mit einem weinenden und herumzappelnden Kind im Wagen in einem überfüllten und lauten Supermarkt einzukaufen, ist nicht gerade das höchste Vergnügen, denkt Claudia. Aber was hätte sie sonst tun sollen? Sie kann den Kleinen ja nicht allein zu Hause lassen. *Hin und wieder einen Babysitter zu haben, wäre wirklich eine tolle Sache.* Die Idee mit dem Babysitter hatte Claudia zum ersten Mal vor einem Jahr gehabt, als Mattia in den Kindergarten gekommen war. Paolo und sie hatten sich häufig darüber gestritten.

»Er ist bis mittags im Kindergarten, und anschließend willst du ihn in die Hände einer Fremden geben?«, hatte Paolo ihr entgegengehalten.

»Aber so ist das für mich ein andauerndes Hin und Her, und ich muss darum kämpfen, dass ich meine Vorlesungen immer nur am Vormittag halten darf. Außerdem muss ich ihn überall mit hin nehmen. Wenn ich allein mit ihm bin, wird schon ein einfacher Einkauf eine Riesenaktion!«

»Das hättest du dir vorher überlegen können. Aber du wolltest ja unbedingt ein Kind.«

»Soweit ich weiß, ist er auch dein Kind!«

»Aber ja, natürlich, und ich kann meinen Chef jederzeit darum bitten, früher gehen zu dürfen, weil meine Frau gerne alles in Ruhe erledigen möchte. Sag mal, bist du noch bei Trost? Du weißt doch, dass ich mir in meinem Job nichts erlauben darf! Draußen vor der Kanzlei stehen Dutzende, die meine Stelle haben wollen. Bei dir ist das anders, dich können sie nicht rausschmeißen.«

Damit war das Vorhaben mit dem Babysitter gestorben, und Claudia musste ihren Tagesablauf an den Bedürfnissen ihres Sohnes ausrichten. Ihr war klar, dass es allen Müttern so ging, aber sie fand es trotzdem ungerecht und hatte deshalb ein schlechtes Gewissen. Nach Mattias Geburt hatte sie eine lange Auszeit genommen, um sich ganz um ihn zu kümmern. Als sie dann nach zwei Jahren an die Universität zurückgekehrt war, hatte sie Paolos Mutter Sandra um Hilfe gebeten, die auf ihn aufpasste, wenn sie selbst arbeiten musste. Sie konnte einfach nicht mehr den ganzen Tag zu Hause sitzen und Lego spielen oder mit dem Kinderwagen die Alleen im Park auf und ab gehen, ohne mit einem anderen Erwachsenen ein Wort zu wechseln. Wieder Vorlesungen zu halten, war geradezu eine Befreiung gewesen, dabei hatte sie diesen

Teil ihrer Arbeit nie besonders gemocht. Ihr war die Forschung lieber. Sie arbeitete gern allein in Bibliotheken oder reiste herum und besuchte Ausstellungen, doch damals sehnte sie sich so sehr nach dem Austausch mit Menschen, dass es sie glücklich machte, wenn die Studenten morgens in den Hörsaal strömten.

Ein schriller Schrei Mattias holt sie in die Gegenwart zurück. Er hat in einem Regal etwas entdeckt, das er unbedingt haben will. Sie nimmt die Schachtel, auf die er deutet, und gibt sie ihm. Sie hat schon lange kein schlechtes Gewissen mehr, wenn sie verschämt ihren Sohn verwöhnt, nur damit er aufhört zu schreien. Sie schiebt den Einkaufswagen weiter vor sich her, in dem Mattia sitzt und die Beinchen baumeln lässt, und achtet kaum darauf, was sie aus den Regalen nimmt und in den Wagen wirft. Dabei hält sie sich an die bewährte Methode ihrer Mutter: erst das Unentbehrliche, dann der Luxus. Während Mattia nach Kräften versucht, die Schachtel aufzureißen, die sie ihm gegeben hat, und sie selbst zwischen Thunfisch im eigenen Saft und Thunfisch in Öl schwankt, hört sie, wie jemand nach ihr ruft.

»Claudia!«

Sie hasst es, wenn sie Menschen begegnet, die sie kennen, an die sie sich aber nicht oder kaum noch erinnern kann.

»Hallo, Claudia! Wie schön, dich zu sehen!«

Diesmal lässt ihr Gedächtnis sie nicht im Stich. Eine ehemalige Studienkollegin, wie hieß sie noch gleich? Anna, genau.

»Hallo, Anna.«

Anna ist ohne Frage eine umwerfende Erscheinung. Lange blonde Haare, in denen nicht eine einzige Strähne aus der Reihe tanzt, ein schöner schwarzer Mantel, Lederstiefel. Sie ist schlank und elegant und sich dessen ganz sicher in jedem Augenblick bewusst. Dass sie in einem Supermarkt steht, wirkt irgendwie absurd. Muss auch eine Göttin essen und Toilettenpapier kaufen?

»Ist dieses Prachtkerlchen hier dein Sohn?«, fragt sie.

Warum fragen die Leute immer nach Dingen, die offensichtlich sind?

»Ja. Er heißt Mattia.«

»Und du, wie geht's dir? Was machst du so?«

Außer dass ich versuche zu überleben, meinst du?, denkt Claudia.

»Ich unterrichte Kunstgeschichte der Moderne an der Uni. Und du?«

»Ich kuratiere Ausstellungen. So gut wie überall auf der Welt. Dass ich mal zwei Tage am Stück zu Hause bin und die Füße hochlegen kann, kommt praktisch nie vor!« Anna sagt das mit gespieltem Bedauern und lacht dazu, als täte sie sich selbst leid.

»Toll«, antwortet Claudia. Sie will dieses Gespräch möglichst schnell beenden und ihren Einkauf zu Ende bringen, auch weil Mattia immer unruhiger wird. »Entschuldige, aber ich bin schon spät dran.«

»Aber wir haben uns seit Jahren nicht mehr gesehen. Komm, wir gehen einen Kaffee trinken und quatschen ein bisschen.«

»Dem Kleinen geht es nicht gut. Wir gehen besser nach Hause.«

»Ich finde, er wirkt, als ginge es ihm prächtig«, erwidert Anna. Sie sieht Mattia prüfend an und streichelt ihm vorsichtig den Kopf, wie einem Welpen, bei dem man Angst haben muss, dass er beißt, und sei es nur aus Spaß.

»Ich muss aber noch einkaufen«, versucht Claudia es noch einmal.

»Ja, richtig. Dann würde ich sagen, wir treffen uns in zehn Minuten vor dem Eingang. Komm schon, ich freue mich so, dich wiederzusehen!«

Anna verschwindet, bevor Claudia die Zeit oder die Kraft hat, neue Ausreden vorzubringen, um den Vorschlag abzulehnen.

Sie sitzen vor einer Bar an einem schmiedeeisernen Tisch, der entgegen allen Verordnungen zur Nutzung des öffentlichen Raums mitten auf dem Gehsteig steht. Mattia rutscht unruhig auf seinem Stuhl hin und her und verschmiert sich das Gesicht mit einem Eis, das Claudia ihm nicht hätte kaufen sollen. Aber irgendwie musste sie ihn ja ruhigstellen. Während Anna von ihrer sagenhaften Arbeit erzählt und davon, dass sie bewusst auf Kinder verzichtet und sich als »Weltbürgerin« fühlt, denkt Claudia daran, dass Mattia heute Abend wahrscheinlich nichts mehr essen will und dass Paolo sich aufregen wird, wenn er ahnt, dass sie ihm etwas außerhalb des normalen Zeitplans gegeben hat. Wie nervig!

»Und da habe ich zugesagt«, erzählt Anna und unterbricht Claudia in ihren Gedanken. »Italien wird mir fehlen, aber zwei Jahre in Peking sind zwei Jahre in Peking!« *Ja ja …*

»Ja, klar, eine einmalige Gelegenheit«, meint Claudia.

»Und du, wie kommst du an der Uni zurecht? Ich stelle mir das interessant vor, mit so vielen jungen Leuten zu tun zu haben.« Ein kurzes Lachen.

Du kannst mich mal …

»Ja, doch. Es ist wirklich anregend.« In diesem Moment legt Mattia seine mit Eis verschmierte Hand auf Annas Arm und hinterlässt auf ihrem eleganten Mantel einen klebrigen erdbeerfarbenen Fleck. Anna rückt zur Seite, schnappt sich ein paar Papierservietten und versucht, die Stelle zu säubern, macht dadurch den Schaden aber nur noch größer.

»Verdammt! Und ich habe keine Zeit mehr, ihn in die Reinigung zu geben.« Mit einem Ruck steht sie auf. »Ich probier's mal mit Wasser.«

Sie verschwindet in der Bar. Claudia steht ebenfalls auf, nimmt ihren Sohn auf den Arm, drückt ihm einen Kuss auf die Wange und geht.

Kapitel 4

Anita öffnet die Augen, die sie wie immer beim Singen geschlossen gehalten hat. Die Trostlosigkeit dieses Ortes, die sie während des Vorsingens vergessen hatte, springt ihr jetzt wieder ins Gesicht: Das Lokal ist alles andere als ein Undergroundschuppen, der an London erinnert, sondern einfach nur ein mit alten Möbeln vollgestelltes Kellergewölbe, das eher an die Vorstädte in den Filmen von Pasolini denken lässt. Der Keyboarder, der Anita begleitet hat, sieht überrascht hinter seinem mit Aufklebern übersäten Instrument hervor.

»Wow! Das war richtig gut.«

Anita antwortet mit einem Nicken, ohne jedoch zu lächeln.

»Wir spielen hier an zwei Abenden die Woche, immer samstags und mittwochs. Normalerweise ist nicht viel los, aber ein paar Leute kommen immer. Also wenn du Lust hast ... Aber viel zu holen gibt es dabei nicht!«

»Geld interessiert mich nicht besonders.«

»Na dann: Willkommen im Club!«

Jetzt steht der Schlagzeuger auf, der, auf einem Stuhl sitzend, zugehört hat, während Anita gesungen hat.

»Was meinst du, Lorè?«, fragt ihn der Keyboarder. »Das passt doch, oder?«

»Ja, klar«, antwortet der Schlagzeuger. Dann wendet er sich an Anita: »Hast du auch ein paar weniger traurige Nummern drauf?«

»Ich singe alles, was ihr wollt. Wann ist Probe?«

»Samstagnachmittag. Und wir wechseln jede Woche das Programm.«

»Nur Covers oder auch eigene Sachen?«

»Hin und wieder ein paar Songs von mir. Am Samstag spiele ich dir mal was vor.«

Anita steigt von der winzigen Bühne herunter, zieht ihre Jeansjacke an und geht in Richtung der eisernen Tür.

»Dann bis Samstag.«

»Um drei«, sagt der Keyboarder. »Punkt fünfzehn Uhr!«

Anita wirft ihm schweigend einen gekränkten Blick zu. Dann dreht sie sich um und geht hinaus, steigt aber nur ein paar Stufen hinauf. Sie hört den Keyboarder sagen: »Eine Frau wie eine Wildkatze!«

»Ja. Aber mit einer umwerfenden Stimme«, entgegnet der Schlagzeuger.

Jetzt lächelt Anita. Dann geht sie weiter nach oben.

Mattia hat Fieber, 38,2 Grad. *Dann habe ich wenigstens eine gute Ausrede dafür, dass er nichts gegessen hat*, denkt Claudia, während sie ihm den Schlafanzug anzieht. Wann hat das eigentlich angefangen, dass sie sich wegen allem, was Mattia angeht, gegenüber Paolo rechtfertigt? Sie legt sich neben ihn auf das Bett, obwohl die Einkaufstüten noch in der Küche auf dem Boden stehen und Sachen ins Gefrierfach geräumt werden müssten. Der Kleine nimmt das Märchenbuch und hält es ihr hin. Claudia öffnet es aufs Geratewohl und fängt an, ihm die erstbeste Geschichte vorzulesen. Schon nach einer halben Seite muss sie gähnen. Sich mit kleinen Kindern zu beschäftigen, fand sie schon immer entsetzlich langweilig, aber sie hatte ernsthaft geglaubt, mit dem eigenen Kind würde das anders. Aber sie ist enttäuscht worden, von der Erfahrung und von sich selbst. Sie vergöttert ihren Sohn und würde für ihn durchs Feuer gehen. Aber jeden Tag, wenn sie ihn vom Kindergarten abholt, zählt sie die Minuten, die es noch bis acht Uhr abends sind, bis sie ihn endlich ins Bett bringen und wieder ihren eigenen Gedanken nachhängen und sich wieder als Frau fühlen kann. Um diese Zeit ist Paolo normalerweise zu Hause, aber während die Zeiger der Uhr langsam vorwärtsrücken, hat Claudia anderes im Sinn als das, was sie mit ihrem Ehemann tun könnte. Sie denkt an die lange Dusche, die sie sich gönnen wird, an den Film im Fernsehen, den sie vielleicht ansehen wird, an das Buch, das auf dem Nachttisch auf sie wartet, an die Dias, die sie für die Vorlesung am nächsten Tag noch raussuchen wird, an die zwei, drei Stunden fast vollkommener Einsamkeit, während derer sie nicht sprechen muss, nicht laut vorlesen, nicht so tun, als trinke sie Kaffee aus einer leeren Spielzeugtasse, und während derer sie vor allem nicht lächeln muss.

Der Gitarrist ist eine Niete. Daniel versucht, das Jaulen der armen malträtierten Saiten nicht zu beachten, und fragt sich, warum niemand diesem Typen die Gitarre aus der Hand reißt und ihn damit kräftig verprügelt. Er sieht zu Jan hinüber, der mit einem Cocktailshaker in der Hand hinter der Bar steht und verblüfft auf die kleine Bühne starrt. Offenbar kann er es ebenso wenig fassen, dass jemand so unfähig sein kann.

»Das glaub ich einfach nicht! Meinst du, dass Andrea ihn bezahlen wird?«

»Ich fürchte schon.«

»Der muss sich doch in Grund und Boden schämen. Es kann ihm doch nicht entgehen, wie grottig das ist, was er da abliefert.«

In diesem Moment betritt ein neuer Schwung Gäste das Lokal und stellt sich an die Bar, und Jan wird mit Bestellungen überschüttet. Daniel nimmt die zwei Bier, die die Mädchen an dem Tisch vor der Bühne bestellt haben. Als er sie ihnen serviert, fragt eine der beiden: »Und wer bist du?«

»Der Kellner«, antwortet Daniel, ohne sie anzusehen.

»Nein, ich meinte: Wie heißt du?«

»Nenn mich einfach Kellner. Das ist schon in Ordnung.«

Das Mädchen gibt ein gezwungenes Lachen von sich.

»Bei dem kannst du nicht landen, Cristì«, stellt ihre Freundin spöttisch fest.

»Möchtet ihr noch etwas?«

»Nein«, entgegnet die erste schroff. »Du kannst gehen, ›Kellner‹!«

Während Daniel zur Bar zurückgeht, spürt er ihren böswilligen Blick. Manchmal wird er einfach nicht schlau aus sich. Vielleicht ist sie ein hübsches Mädchen, also warum hat er sie dann nicht angesehen? Was ist nur los mit ihm?

»Hallo.«

Fast zuckt er zusammen, als wäre er an Halloween allein in einem verlassenen, finsteren Haus.

Er dreht sich zu ihr um, presst die Lippen aufeinander und begrüßt sie mit einem Nicken. Bringt er denn wirklich kein einziges Wort heraus?

»Wie geht's?«

Er zwingt sich zu einer Antwort. »Gut.«

Anita sieht ihn an. Warum sieht sie ihn an? Normalerweise wirft sie ihm nur einen flüchtigen Blick zu und verzieht sich dann in eine Ecke des Lokals. Aber heute hat sie ihn gegrüßt, ihn gefragt, wie es ihm geht, und jetzt sieht sie ihn unverwandt an. Und morgen ist vielleicht wieder alles so wie vorher, wer weiß das schon.

»Dieser Gitarrist ist wirklich gruselig«, sagt sie.

»Mhm.«

»Was ist denn los, Danie?«

»Wieso denn?«

»Wenn ich dir auf die Nerven gehe, verzieh ich mich.«

»Du gehst mir nicht auf die Nerven.«

»Dann ist ja alles in Ordnung.«

Anita hat das so voller Sarkasmus gesagt, dass Daniel es nicht ignorieren kann. »Und du, Anita, was ist mit dir los?«

»Wie meinst du das?«

»Normalerweise sagst du nicht mal Hallo.«

»Das stimmt doch gar nicht.«

»Natürlich stimmt das. Du kommst rein, holst dir ein Bier und verschwindest immer an denselben Tisch in der Ecke, wo man dich nicht sieht.«

»Und warum setzt du dich nie zu mir?«

»Nur damit du mich wieder wegschickst? Nein, besten Dank.«

»Wie kommst du denn darauf, dass ich dich wieder wegschicke?«

Daniel sieht sie an, ohne zu antworten, aber seine Miene spricht Bände. *Ich traue dir nicht.*

Anita wird zum ersten Mal bewusst, dass Daniel blaue Augen hat. Sie sind von einem so dunklen Blau, dass sie fast schwarz erscheinen, wenn man sie nicht aus der Nähe betrachtet. Noch nie hat Anita solche Augen gesehen.

»Du hast blaue Augen.«

»Ist mir auch schon aufgefallen.«

»Sehr witzig.«

»Ich muss jetzt weiterarbeiten. Wir sehen uns.«

Im nächsten Augenblick ist er im Lager verschwunden. *Ein seltsamer Typ, dieser Daniel,* denkt Anita. Ein Engländer, wie er im Buche steht, aber die Art, wie er sie ansieht, ist außergewöhnlich, und wenn er rot wird, wenn sie mit ihm spricht, ist das nicht im Geringsten englisch distanziert. Vielleicht ist er auch nicht seltsam, sondern einfach nur schüchtern. Und wenn er sich entspannt, wird er vielleicht plump und aufdringlich wie alle Männer in ihrer Umgebung. Bitte nicht noch so einer. Am besten macht sie einen Rückzieher. *Beim nächsten Mal ignoriere ich ihn einfach*, nimmt sie sich vor.

Im Gegensatz zu dem Entschluss, den sie am Anfang des Abends gefasst hat, hofft sie später jedoch, dass Daniel sich irgendwann zu ihr setzt, was er dann auch tut, als zu vorgerückter Stunde nur noch wenige Gäste im Lokal sind. Mit einem Bier in der Hand steuert er auf ihren Tisch zu.

»Ich komme in Frieden«, sagt er lächelnd.

Anita hat ihn noch nicht oft lächeln sehen, und ihr scheint, als seien seine Augen jetzt heller, klarer erkennbar, und die winzigen Lücken zwischen den Schneidezähnen verleihen ihm ein Aussehen, das Anita nicht anders als »hinreißend« bezeichnen kann. Doch schon im nächsten Moment schämt sie sich, ein so einfältiges Wort auch nur gedacht zu haben.

»Howgh«, entgegnet sie lachend. »Setz dich her.«

Daniel wirkt überrascht angesichts dieser Aufforderung und setzt sich mit fast dankbarer Miene ihr gegenüber.

»Sag mal, wieso bist du eigentlich hier in Rom?«, fängt sie an. »Ich kenne einen Haufen Leute, die darauf brennen, mal nach London zu fahren, und du dagegen kommst hierher.«

»Meine Mutter ist Italienerin, und ich studiere Kunstgeschichte ... außerdem lebe ich gar nicht in London. Ich bin aus Brighton, das ist an der Südküste. Aber ich habe auch eine Zeit lang in London gelebt.«

»Und? Ist es so toll, wie alle sagen?«

»Warst du noch nie dort?«

»Nein. Ich war noch nie irgendwo«, antwortet Anita und ärgert sich sofort über diese weinerliche Aussage.

»Dann komm doch mit, wenn ich wieder zurückgehe.«

Daniel hat das gesagt, ohne nachzudenken. Ein Flackern in Anitas Augen verrät ihm sofort, dass er sich damit zu weit vorgewagt hat.

»In den Ferien, meine ich.«

»Vielleicht reden wir da in ein paar Monaten noch mal drüber«, erwidert Anita. »Ich häng mich doch nicht an den Erstbesten, der mir über den Weg läuft.«

Unmerklich weicht Daniel ein wenig zurück und nimmt die Ellbogen vom Tisch. Anita sieht, wie seine Augen sich verdunkeln und fast schwarz werden. *Herzlichen Glückwunsch. Was bin ich nur für eine blöde Kuh.*

»Entschuldige, ich wollte dich nicht verletzen«, sagt sie wie aus einem Pflichtgefühl heraus.

»Das hast du nicht. Und es stimmt ja auch: Wir kennen uns im Grunde kaum.«

»Aber wir haben noch genug Zeit, um uns kennenzulernen.«

Wie ein herangeflogener Falke steht auf einmal Andrea neben ihnen und legt Daniel freundschaftlich die Hand auf die Schulter. Er drückt jedoch so fest zu, dass es sich wie ein Biss anfühlt.

»Was treibst du denn da? Ich bezahle dich dafür, dass du die Gäste bedienst, und nicht dafür, dass du hier einen Plausch hältst!« Er lacht, aber unübersehbar meint er es ernst.

Daniel hebt den Kopf und sieht ihn unbeeindruckt an. Dafür, dass er sich nicht einschüchtern lässt, würde Anita ihn am liebsten küssen. Aber küssen würde sie ihn auch aus einer Menge anderer Gründe.

»Ich dachte, ich könnte ab und zu eine kurze Pause machen«, gibt Daniel seelenruhig zurück.

»Deine Pause hat nun schon lange genug gedauert, meinst du nicht?«

Daniel steht langsam auf und nimmt die Gläser vom Tisch. »Wir sehen uns, Anita.«

Sie lächelt ihn an, ohne etwas zu entgegnen, und genießt Andreas irritierte Miene. Doch im nächsten Augenblick blitzt in dessen Gesicht das blendende Weiß seiner perfekten Zähne auf.

»Wirklich ein süßes Bürschchen«, sagt er leicht verächtlich. »Folgsam wie ein Welpe.«

»Vorsicht! Die Welpen, die besonders folgsam wirken, sind genau die, die dich irgendwann plötzlich in die Hand beißen.«

Andreas Lächeln wird noch breiter. Herausfordernd sieht er Anita an. »Das soll er ruhig mal versuchen.«

Sie ist zusammen mit Andrea gegangen, Daniel hat sie gesehen. Am liebsten hätte er diesen Idioten verprügelt. Da waren sie einmal miteinander ins Gespräch gekommen, und dann … Während er vor dem Lokal steht und auf Jan wartet, lässt er den Blick durch die enge, dunkle Straße schweifen und denkt an Anita. Sie scheint Andrea zu verabscheuen. Er stichelt gegen sie, und sie behandelt ihn schlecht, aber offenkundig verbindet die beiden noch mehr. Anitas Mutter Lisa taucht dagegen nie auf. Was sie wohl für ein Mensch ist, ob Anita ihr ähnelt? Daniel will alles über Anita wissen.

»Wach auf, Alter!«

Der Schlag auf die Schulter, den Jan ihm versetzt, bringt ihn aus dem Gleichgewicht und verjagt Anitas Gesicht aus seinen Gedanken. Wenn er zu Hause ist und seine Ruhe hat, wird er versuchen müssen, sich daran zu erinnern, aber diesmal wird es ihm leichtfallen. Während sie sich unterhalten haben, hat er sich ihre Gesichtszüge gut einprägen können.

»Wie sieht's aus, gehen wir noch tanzen?«

»Es ist schon ziemlich spät«, wendet Daniel ein. Er will nur noch unter die Dusche, an Anita denken und schlafen gehen.

»Morgen ist Samstag, mein Lieber, da ist keine Uni. Da kannst du bis Mittag pennen! Komm mit, ich zeig dir, wie du dich locker machst. Das wolltest du doch, weißt du nicht mehr?«

Paolo liest auf dem Thermometer Mattias Temperatur ab und sieht Claudia mit ernster Miene an, als sei es ihre Schuld, dass der Kleine Fieber hat.

»Wir müssen mit ihm zum Kinderarzt«, erklärt er.

»Das ist nur ein bisschen Fieber, nichts Ungewöhnliches«, gibt Claudia zurück. »Er hat keinen Husten, keine Erkältung … Wenn er morgen zu Hause bleibt, geht es ihm danach wieder besser.«

»Du machst es dir gern leicht, oder?«

»Aber es ist doch auch nicht schlimm. Kinder werden nun mal häufig krank, vor allem, wenn sie in den Kindergarten gehen. Kein Grund zur Sorge.«

»Das Problem ist, dass du dir nie Sorgen machst.«

Claudia atmet einmal tief durch, allerdings geräuschlos, denn sonst würde es klingen, als seufze sie, woraufhin Paolo die Augen verdrehen und ein Streit losbrechen würde. Mattia ist schon seit einer Weile im Bett, und Claudia und Paolo sitzen am Küchentisch und essen die Mahlzeit, die Claudia zubereitet hat, während sie mit dem quengelnden Kind im Arm darauf gewartet hat, dass Paolo von der Arbeit nach Hause kommt.

»Ich muss morgen in die Kanzlei«, sagt Paolo.

»Am Samstag?«

»Ja, am Samstag! Ich bin Anwalt, kein Professor! Wir müssen in einer Sache bis Montag Berufung eingelegt haben. Das muss ich am Wochenende erledigen.«

»Das kannst du doch auch zu Hause machen.«

»Kann ich nicht. Ich brauche die Bücher, die in der Kanzlei stehen. Eine Menge Bücher.«

»Heißt das, du lässt mich den ganzen Tag allein?«

»Wieso, hast du Angst?«, entgegnet Paolo sarkastisch. »Was hast du denn schon zu tun? Du kannst Zeit mit Mattia verbringen, ihm etwas vorlesen, mit ihm spielen. Sei doch froh. Ich würde sofort mit dir tauschen.«

Claudia dagegen würde viel lieber den ganzen Tag lang Vorlesungen halten und Prüfungen abnehmen, als ihren fiebernden Sohn zu bespaßen, aber das sagt sie natürlich nicht. Paolo hält sie ohnehin für eine unfähige Mutter. Weshalb sollte sie ihn noch in dieser Überzeugung bestärken?

Sie spürt, wie seine feindselige Haltung sie in Wogen überrollt, und fragt sich, was nur aus ihrer Liebe geworden ist.

»Warum bist du sauer auf mich?«, fragt sie schließlich.

Den Versuch, mit Paolo über ihre Beziehung zu sprechen, hat sie schon vor langer Zeit aufgegeben. Heute Abend jedoch will sie es aus irgendeinem Grund noch einmal probieren. Paolo dreht sich zu ihr um. Die Frage scheint ihn nicht zu überraschen, sondern höchstens zu nerven, wenn überhaupt.

»Ich bin nicht sauer auf dich. Ich mache mir nur Gedanken wegen meiner Arbeit, das ist alles. Und zu allem Überfluss hat Mattia jetzt auch noch Fieber.«

»Aber ich werde bei ihm sein. Was ändert sich für dich denn dadurch? Du gehst in die Kanzlei, so wie jeden Tag.« Ihre Stimme hat einen etwas zu bissigen Ton angenommen. Sie hat es noch während des Sprechens bemerkt, konnte es aber nicht mehr abwenden.

»Aber der Gedanke daran, dass Mattia Fieber hat, wird mich den ganzen Tag lang ablenken!«, erwidert Paolo, als wäre diese Tatsache so offensichtlich, dass Claudia von allein hätte darauf kommen müssen.

»Du bist einfach zu ängstlich. Meine Großmutter hat immer gesagt, dass Fieber die Kinder abhärtet.«

»Deine Großmutter war eine ignorante Bäuerin.«

Paolo beißt sich auf die Zunge. Das war eine Riesendummheit. Claudia hat ihre Großmutter über alles geliebt. Sie wirft ihm einen verächtlichen Blick zu, steht auf und geht hinaus.

Allmählich verschwimmen die Konturen der Gesichter. Das liegt vermutlich an den zwei Tequila, die Jan ihm förmlich aufgezwungen hat und die er unmittelbar hintereinander jeweils in einem Zug hinabstürzen musste. Die Musik wummert im rasenden Rhythmus seines Pulsschlags durch seinen Körper, und wenn er sich richtig erinnert, ist dieses Gefühl der Schwerelosigkeit im Kopf nur der Vorbote eines kolossalen Katers.

Er hat sich bis jetzt nur einmal betrunken, und das hat ihm gereicht. Er war sechzehn, und der Wermut, den sie bei seinem Freund Tom zu Hause tranken, lief ihm wie Orangenlimonade durch die Kehle. In die aufsteigende Fröhlichkeit mischte sich unerträglicher Trübsinn, bis das Lachen schließlich in Tränen überging. Er hatte es nicht mehr nach Hause geschafft. An einen Baum gelehnt, hatte er sich im Garten des Nachbarn übergeben und war dann auf dem Rasen zusammengesackt. Nur der Gedanke, seine Mutter würde die Polizei rufen, wenn er nicht nach Hause käme, hatte ihn davon abgehalten, dort einzuschlafen, den Blick in den Sternenhimmel gerichtet. Am nächsten Morgen erinnerte er sich kaum noch an das Geschehen vom Vortag, aber die Kopfschmerzen, mit denen er aufgewacht war, waren so furchtbar gewesen, dass er seitdem die Finger vom Wermut gelassen hatte.

»Und du, wie heißt du?«

Daniel kann sich vage erinnern, dass ihn das vor ein paar Stunden schon einmal jemand gefragt hat, auch wenn er es nicht beschwören könnte. Unter den gegebenen Umständen würde er überhaupt nichts beschwören. Er sieht das Mädchen an, das vor ihm steht. Sie schreit ihm noch einmal dieselbe Frage entgegen, um sich im Dröhnen der Musik verständlich zu machen, und Daniel könnte nicht einmal sagen, ob sie hübsch oder hässlich ist, blond oder dunkelhaarig.

»Danny«, antwortet er.

»Du bist wirklich süß, Danny!«

Im nächsten Augenblick hat sie ihm die Lippen auf den Mund gedrückt, ihre Zunge sucht die seine, die reglos bleibt, und ihre Hand liegt zwischen seinen Beinen. Ihr Mund schmeckt widerlich, ihre aufdringliche Zunge nimmt ihm den Atem, und eine Erektion kann ihre Hand ganz gewiss nicht erspüren. Daniel will sich losreißen, doch ihm gelingt nur ein langsamer Schritt nach hinten. Im Zeitlupentempo legt er dem Mädchen die Hände auf die Schultern und schiebt sie von sich weg.

»Was machst du denn da?«, ruft sie wütend.

»Nichts, entschuldige bitte, ich fühl mich nicht wohl.«

»Was soll das, bist du schwul?«

»I don't understand, sorry.«

Er sucht das Weite und taucht in die Menge schwitzender Menschen ein, die mit geschlossenen Augen hin und her wogen und ihn anrempeln. Mit gesenktem Kopf bahnt er sich seinen Weg. Als er den Gang, der nach draußen führt, fast erreicht hat, wird er von hinten festgehalten.

»Hey, warte!«

»Was soll das? Lass mich los!« Er versucht, sich aus dem Griff zu befreien.

»Daniel! Ich bin's, Jan!«

»Lass mich los! Ich muss hier raus!«

»Ich komme mit!«

Sein Freund nimmt ihn beim Arm, und gemeinsam gehen sie zum Ausgang des Clubs. Während Jan noch an der Garderobe ihre Jacken holt, ist Daniel schon draußen und hastet die Straße entlang.

»Was ist denn in dich gefahren?«, fragt Jan, nachdem er ihn rennend eingeholt hat.

»Nichts. Ich bin müde und gehe nach Hause«, entgegnet Daniel und beschleunigt seine Schritte. Die feuchte und kalte Nachtluft lässt ihn klarer sehen und denken, gierig saugt er sie ein.

»Kannst du vielleicht mal stehen bleiben?«

Daniel geht langsamer, und dann baut Jan sich vor ihm auf und legt ihm die Hände auf die Schultern, so wie er selbst es vorhin mit dem Mädchen getan hat, um es loszuwerden. Jan dagegen will sicherstellen, dass sein Freund ihm nicht erneut davonläuft.

»Was ist denn passiert? Na los, sag schon!«

»Passiert ist, dass ich es nicht besonders toll finde, wenn ich lernen soll, mich locker zu machen, indem ich mich betrinke, und mir eine, die ich erst drei Sekunden zuvor kennengelernt habe, die Zunge in den Mund schiebt.«

Jan fängt an zu lachen. Erst grinst er verhalten, dann lacht er immer dröhnender, bis er mit den Händen von Daniels Schultern abrutscht.

»Na also!«, ruft er. »Endlich regst du dich mal über was auf!«

Daniel sieht ihn verständnislos und noch immer wütend an, bis er schließlich ebenfalls anfängt zu lächeln.

»Du bist wirklich ein Idiot.«

»Absolut!«, bestätigt Jan und legt die Hand aufs Herz. »Aber einen besseren Idioten als mich hättest du nicht finden können.«

Daniel schüttelt den Kopf, lächelt jetzt aber über das ganze Gesicht.

Jan legt ihm einen Arm um die Schultern. »Na los, mein schöner Danny, ich bring dich nach Hause.«

Kapitel 5

Irgendwann ist Andrea gegangen und hat Anita an ihrem Tisch allein gelassen. Aber Daniel ist nicht wieder aufgetaucht, und so hat sie bis zur Schließung des Lokals vergebens auf ihn gewartet. Als Andrea ihr angeboten hat, sie mit nach Hause zu nehmen, hat sie angenommen. Nachdem er den Wagen vor dem Haus geparkt hatte, hat er sie am Kinn gepackt, seine Lippen auf ihre gedrückt und mit der Hand nach ihren Brüsten gegriffen. Sie ist reglos sitzen geblieben, bis er festgestellt hat, dass sie nicht reagiert, und ohne ein Wort von ihr abgelassen hat.

Als sie sich schlafen gelegt hat, war sie so müde, dass sie am Morgen den Wecker überhört hat, und jetzt ist es zu spät, um Andrea aus dem Weg zu gehen. Er ist sicher schon auf den Beinen. Und ihre Mutter geht samstags immer früher in den Laden als gewöhnlich. Anita steht auf, zieht den Morgenmantel an und bindet den Gürtel fest zu, schlüpft in die Hausschuhe und öffnet die Tür. Aus der Küche sind Geräusche zu hören, wahrscheinlich die Fernsehnachrichten. Er ist wach, verdammt. *Na gut*, denkt sie, *dann trinke ich nur schnell einen Kaffee, verschwinde im Bad, ziehe mich an und haue ab.*

»Morgen«, sagt sie zu Andrea, der wie immer um diese Uhrzeit prächtig gelaunt ist und lächelt.

»Guten Morgen, mein Goldstück! Hast du gut geschlafen?«
»Ja.«
»Bist wohl nicht so recht aus den Federn gekommen, oder? Ist spät geworden gestern«, sagt er mit komplizenhaftem Blick.

Bei dieser Anspielung auf den Vorabend zieht sich Anitas Magen zusammen. Die Lust auf Kaffee ist ihr vergangen, aber jetzt hat sie sich schon eine Tasse eingeschenkt. Sie gibt zwei Löffel Zucker hinein, rührt um und setzt sich schweigend an den Tisch. Andrea kommt zu ihr und tritt ganz dicht hinter sie. Als er ihr über das Haar streicht, stellen sich ihr die Nackenhaare auf, wie bei einem Tier. Sie unterdrückt den Impuls, vom Stuhl aufzuspringen, sie weiß genau, was dann passieren würde. Langsam trinkt sie ihren Kaffee und stellt zwischendurch die Tasse immer wieder auf dem Tisch ab, während Andrea sie weiter streichelt. Als sie fertig ist, steht sie auf, langsam, ohne ruckartige Bewegungen. Sie stellt die Tasse in die Spüle und lässt Wasser hineinlaufen, dann ringt sie sich ein Lächeln ab und dreht sich zu Andrea um.

»Ich gehe mich anziehen. Ich bin mit einer Freundin zum Lernen verabredet«, sagt sie. Es klingt wie eine Entschuldigung.

»Aber ja doch. Ganz das brave, fleißige Mädchen«, erwidert Andrea spöttisch.

Anita lächelt erneut und steuert auf die Küchentür zu.

»Wenn du später einmal Ärztin bist, wirst du mich pflegen und heilen, nicht wahr?«, ruft er ihr nach.

»Aber klar doch.«

Kann man Arschlöcher heilen? Langsam, ohne jede Eile geht sie ins Badezimmer und schließt die Tür hinter sich ab. *Wenn ein Raubtier dich erspäht hat, machst du alles nur noch schlimmer, wenn du losrennst.*

Wie erwartet, spürt er die Kopfschmerzen, sobald er aufgewacht ist und noch bevor er die Augen geöffnet hat. Er weiß, dass er aufstehen, etwas essen und eine oder zwei Schmerztabletten nehmen sollte. Ein paar Augenblicke lang sieht er Anita vor sich, wie sie ihm gegenübersitzt, ihn anlächelt und »Howgh!« sagt, aber es geht ihm so schlecht, dass er sich nicht einmal mehr deutlich an ihre Gesichtszüge erinnern kann. Er sollte sich wirklich aufrappeln. Als er es schließlich versucht, raubt ihm der stechende Schmerz fast den Atem. Er geht, nur in Boxershorts, in die Küche, mit langsamen Bewegungen, die Augen halb geschlossen, weil Licht die Schmerzen nur noch verstärkt. Zum Glück ist niemand in der Küche. Er hätte nicht einmal die Kraft, auf einen Gruß zu antworten. Er trinkt rasch hintereinander zwei Gläser Wasser aus der Leitung, holt eine Packung Kekse aus dem Schrank und stopft sich ein paar in den Mund.

»Schönen guten Morgen!«, hört er hinter sich eine hohe weibliche Stimme.

Daniel zuckt zusammen, und ihm wird bewusst, dass er fast nackt ist. Das Mädchen lächelt. Sie ist blond, hat hellblaue Augen und trägt ein kurzes blaues Kleid, das ihr umwerfend gut steht.

»Hallo«, stammelt er mit vollem Mund und macht eilig ein paar Schritte in Richtung Küchentür.

»Du musst Daniel sein!«

»Ja, ich … ich muss nur eben …«, nuschelt er und sieht zu Boden. Nach weiteren fünf Schritten hat er sein Zimmer erreicht und schlägt die Tür hinter sich zu. »*Shit!*«

Die Verbindung aus englischer Kinderstube und der noch weitaus strengeren Erziehung durch seine Mutter veranlasst ihn, sich anzuziehen und wieder aus seinem Zimmer herauszukommen. Dabei hat er noch nicht einmal Zeit gehabt, Schmerztabletten zu nehmen, und ohne die wird ihm über kurz oder lang der Kopf zerspringen. Das Mädchen sitzt noch immer in der Küche am Tisch und isst die Kekse, die er vorhin aus dem Schrank geholt hat.

»Guten Morgen«, begrüßt er sie. »Entschuldige wegen gerade eben. Normalerweise laufe ich nicht in Unterhosen herum.«

»Aber du wohnst doch hier!«, versetzt sie mit einem Lächeln. »Ich bin Valentina«, fügt sie hinzu und streckt ihm die Hand entgegen.

Ihr Handschlag ist kraftlos, wie man ihn von einer so lebhaften Frau nicht erwarten würde. Daniel sucht in der Schachtel mit den Medikamenten nach den Kopfschmerztabletten und findet noch zwei. Er darf nicht vergessen, später Nachschub zu besorgen.

»Bist du die Freundin von Sergio oder von Marco?«, fragt er, allerdings mehr aus Höflichkeit und nicht, weil ihn das wirklich interessieren würde.

»Weder noch!«, ruft sie aus und lächelt dabei schon wieder. »Ich bin bloß eine Kollegin von Sergio. Wir arbeiten in derselben Kanzlei, und ich habe ihm ein paar Unterlagen gebracht, die er dort vergessen hat.«

Als hätte sie ihn gerufen, kommt in diesem Moment Sergio in die Küche.

»Oh, unser Engländer! Endlich sieht man sich mal.«

»Wie geht's dir denn?«

»Wie immer. Nichts als Arbeit. Aber zum Glück taucht hin und wieder diese märchenhafte Erscheinung auf und hebt meine Stimmung ein bisschen.« Bei diesen Worten zeigt er auf Valentina.

Sie sieht mit einem leicht gezwungenen Lächeln zu Daniel, wie um sich für Sergios Bemerkung zu entschuldigen.

»Isst du mit uns zu Mittag?«, fragt Sergio. »Wir müssen anschließend wieder in die Kanzlei.«

Valentina sieht Daniel an wie ein Hundejunges, das darum bettelt, adoptiert zu werden. Sie hat nicht die geringste Lust, mit ihrem Kollegen allein zu bleiben. Sergio versteht Daniels Schweigen als Zustimmung. Vielleicht wird Daniel eines Tages ein gefühlskalter Egoist, aber noch liegt dieser Tag in weiter Ferne.

»Dann kannst du endlich meine ›Pasta der Gehörnten‹ probieren!«, ruft Sergio und macht sich am Herd zu schaffen.

Daniel weiß, dass er sich jetzt nicht einfach verziehen kann. Während er die Platzdeckchen und die Teller holt, lässt Valentina ihn nicht aus den Augen. Als ihre Blicke sich treffen, spürt er, wie ihm warm um die Magengegend wird. Er ist zwar Engländer und nicht immer der Hellste, jedenfalls nach Jans Meinung, aber er erkennt sehr wohl, wenn aus einem Blick Begierde spricht. Er bräuchte nur mit den Fingern zu schnippen, und dieses Mädchen würde ihm auf der Stelle in sein Zimmer folgen.

Die Pasta erweist sich als gar nicht so schlimm, auch wenn Daniel kaum etwas davon hinunterbringt. Die Kopfschmerzen lassen nach, aber am Esstisch herrscht eine gewisse Spannung. Daniel hat atmosphärische Störungen schon immer sehr genau erspürt. Die Situation wäre fast zum Lachen, wäre sie nicht so peinlich: Sergio sieht Valentina an, die Daniel ansieht, der auf den Teller vor sich starrt. Das Gespräch schleppt sich dahin, und Daniel hat den Eindruck, dass Sergio sauer ist. Aber was geht ihn das an? Diese Blondine gefällt ihm nicht einmal besonders. Die Haare viel zu blond, Augen und Kleid viel zu blau, die Begierde, mit der sie ihn ansieht, viel zu offenkundig. Und dann natürlich das grundlegende Manko: Sie ist nicht Anita. Daniel weiß, was Jan jetzt sagen würde: »Aber was kümmert dich das denn? Wenn dir der Sieg sicher ist, dann spiel!« Doch wenn einen der Pokal nicht interessiert, warum sich dann anstrengen?

Daniel lässt den halb vollen Teller stehen.

»Es ist wirklich gut«, versichert er, »aber ich kann nicht mehr.«

»Wenn du nicht aufisst«, entgegnet Sergio mit matter Stimme, »dann gib mir deinen Teller.«

Anscheinend ertränkt er seinen Liebeskummer nicht in Alkohol, sondern in Butter, denkt Daniel und reicht ihm seinen Teller. Valentina sieht von Daniel zu Sergio und beobachtet voller Abscheu, wie er sich die fettigen Rigatoni in den Mund schiebt. Dann legt sie ebenfalls ihre Gabel beiseite. Als Daniel aufsteht, tut sie es ihm gleich, und auf dem Weg zur Spüle rempelt sie ihn absichtlich an und lässt dabei ihr typisches Kichern hören.

»Oh, entschuldige!«

Daniel schafft einen Sicherheitsabstand zwischen ihnen. Er fühlt sich zunehmend unwohler.

»Lass einfach alles stehen, Sergio, ich kümmere mich nachher um den Abwasch.«

Sergio gibt ein zustimmendes Grummeln von sich und verzichtet auf ein Dankeschön, und Daniel weiß, wie er das zu verstehen hat. Ohne es zu wollen, hat er ihm jede Hoffnung auf eine Eroberung zunichte gemacht. Wenn Valentina weg ist, wird er das mit Sergio klären. Er will ja weiter hier wohnen bleiben. Aber jetzt will er sich nur noch in sein Zimmer verziehen und die Tür hinter sich zumachen.

»Also dann, Valentina, mach's gut«, sagt er, ohne sie anzusehen. »Ich arbeite heute Abend, deswegen muss ich jetzt noch lernen.«

»Ach ja? Wo denn?«

Verdammt, jetzt hat er zu viel verraten.

»In einem Club.«

»In welchem denn? Vielleicht besuche ich dich mal.«

Um Gottes willen, bloß nicht …

»Ach, ein neuer Laden in San Lorenzo … aber jetzt muss ich wirklich los …«

»Ah, das Daimon!«

Shit. Sie kennt es.

»Da komme ich bestimmt mal vorbei«, verspricht sie, im Gesicht noch immer ihr breites Lächeln.

Daniel nickt kaum merklich und deutet einen Gruß an, den Sergio, noch immer maßlos verärgert, nicht erwidert.

Sie weiß, dass sie zu explodieren droht, und deshalb setzt sie Mattia, der sich noch immer ganz heiß anfühlt und plärrt, vor den Fernseher. Paolo wird ohnehin nicht vor vier Uhr zurück sein. Dann lässt sie sich auf den Schreibtischstuhl fallen. Das Lämpchen am Computer leuchtet, also ist das Gerät noch an. Sie bewegt die Maus, und der Bildschirm erhellt sich. Während sie gestern Abend einen Film geguckt hat und dabei nur mit Mühe die Augen offen halten konnte, hat ihr Mann die ganze Zeit hier gesessen und weiß Gott was gemacht. Sie ruft den Browserverlauf auf und stößt auf Urteile, Prozessprotokolle, Gesetzestexte. Rasch klickt sie sich durch; offenbar hat Paolo sich nur auf langweiligen Seiten bewegt. Keine sozialen Netzwerke, keine Zeitungen, nicht einmal dieses Spiel auf Facebook, das ihm so gefällt.

Dann bemerkt sie eine ungewöhnliche Internetadresse. Als sie sie anklickt, springt ihr das Foto einer nackten Blondine mit gespreizten Beinen entgegen, und reflexartig schließt sie das Fenster wieder. Überrascht sie diese Entdeckung etwa? Sie und Paolo sind nicht das Paar, das sich gegenseitig die Kleider vom Leib reißt und sich auf dem Küchentisch wälzt. Sie waren es nicht, als sie noch jünger waren, und von heute ganz zu schweigen. Sie kann sich nicht einmal erinnern, wann sie das letzte Mal miteinander geschlafen haben. Doch, jetzt fällt es ihr wieder ein: an dem Abend, als sie von einem Besuch bei ihrer Mutter zurückkamen. Mattia war schon im Auto eingeschlafen, sie hatten ihn ins Bett gebracht und zusammen fast zwei Flaschen Rotwein getrunken. Dann hatte sie Paolo auf eine Art und Weise geküsst, die jeder Ehemann nur zu gut versteht. Sie hatten sich einen Moment lang angesehen und waren dann ins Schlafzimmer gegangen. Es war zwar nur ehelicher Sex gewesen, mit den altbekannten, unendlich oft wiederholten, passgenauen Bewegungen, die sie in jahrelanger Übung auf ihre Körper ausgerichtet hatten, aber immerhin hatten sie es getan. Anschließend war er auf der Stelle eingeschlafen, so wie immer, und sie war ins Bad gegangen, um sich zu waschen. Das Bedürfnis, sich zu waschen, hatte sie stärker bestürzt als die Entdeckung, dass sie ihren Mann allem Anschein nach nicht mehr liebte. Noch vor zwei Jahren hätte sie dieses Foto der Blondine mit den gespreizten Beinen aus der Fassung gebracht. Jetzt empfindet sie dabei nicht das Geringste, außer vielleicht eine vage Traurigkeit. Wenn sie den Browserverlauf weiter durchsuchen würde, dann würde sie bestimmt auf weitere ähnliche Seiten stoßen; wenn er diese Seite nicht gelöscht hat, gibt es mit Sicherheit noch andere. Aber sie hat keine Lust auf diese Nachforschungen, es interessiert sie einfach nicht.

Vielleicht hat er aber auch seine Spuren absichtlich nicht gelöscht. Sie stellt sich vor, wie ihr Ehemann unter der Dusche steht, im Kopf diese so plumpen pornografischen Bilder, und sich dabei allein eine Befriedigung verschafft, die er bei ihr schon seit Langem nicht mehr sucht. Manchmal wäre sie selbst gern ein Mann. Heutzutage braucht man ja nicht einmal mehr zu dem Zeitungskiosk zu gehen, der am weitesten von zu Hause und vom Büro entfernt ist. Ein Computer mit Internetanschluss und eine unaufmerksame Ehefrau genügen, und man kann sich sämtliche Inspirationen holen, die man für das Masturbieren in Einsamkeit braucht. Bei ihr haben solche Bilder nie etwas bewirkt, aber sie kann sich noch gut daran erinnern, wie sie als Jugendliche ein erotischer Roman von Anaïs Nin, den eine Freundin ihr geliehen hatte, in seinen Bann geschlagen hat. Sie las ihn heimlich, in ihrem schmalen Bett, und nur wenn sie sicher sein konnte, dass ihre Eltern schliefen. Und wenn sie das Buch weglegte, war sie jedes Mal über die Maßen erregt. Sie kam, kaum dass sie ihre zitternde Hand in die Hose ihres Schlafanzugs geschoben hatte. Jetzt öffnet sie, einem Impuls folgend, Google und gibt dort »erotische Erzählungen« ein, doch noch bevor sie auf »Suche« klickt, schließt sie das Fenster wieder. Sie ist keine siebzehn mehr.

Als Anita auf das Lokal zusteuert, ist sie unruhig und aufgewühlt. Das gefällt ihr nicht. Der Laden ist doch nur eine Hinterhofkaschemme, und die beiden Jungs sind nicht die Black Keys. Sie hat also keinen Grund, nervös zu sein.

Nachdem sich ihre Augen an das Dunkel im Inneren gewöhnt haben, geht sie in Richtung Bar. Doch plötzlich kommt ihr jemand entgegen, und sie macht einen Satz zurück.

»Um Gottes willen, entschuldige! Ich wollte dich nicht erschrecken.«

Die junge Frau ist etwas stämmig, hat üppige dunkle Locken und ein wunderschönes Gesicht. Anita atmet tief durch. Sie hat wirklich einen ordentlichen Schreck bekommen.

»Du musst Anita sein. Die Jungs haben mir schon von dir erzählt. Sie haben gesagt, du hast eine sagenhafte Stimme.«

»Und du bist …«

»Daniela«, sagt die junge Frau.

Lächelnd geben sich die beiden die Hand.

»Ich mache die Bar, wenn hier Livemusik ist.«

Die Anspannung in Anitas Innerem lässt nach, und die Aufregung, die sie immer ergreift, kurz bevor sie zu singen anfängt, macht sich allmählich bemerkbar. Daniela spendiert ihr eine Cola, was sie gern annimmt. Sie setzt sich auf einen der Barhocker, und als kurz darauf die beiden Musiker kommen, wird ihr bewusst, dass sie nicht einmal weiß, wie sie heißen. Um etwas versöhnlicher aufzutreten als beim letzten Mal, grüßt sie zuerst. Der Keyboarder heißt Lorenzo, der Schlagzeuger, der auch Danielas Bruder ist, heißt Sandro. Sie zeigen ihr das Programm, das sie für heute Abend zusammengestellt haben, und während Sandro es ihr vorliest, geht Lorenzo hinter die Bar zu Daniela. Sie dreht sich zu ihm, und an ihrem Gesichtsausdruck kann Anita erkennen, dass die beiden ein Paar sind. Lorenzo flüstert ihr etwas zu, nimmt ihr Gesicht in beide Hände und küsst sie. Anita spürt, wie sie der Neid von Kopf bis Fuß durchfährt, wendet eilig den Blick ab und schaut wieder auf das Programm und zu Sandro, der noch immer redet.

»Entschuldige, ich hab grade nicht zugehört. Was hast du gesagt?«

»Kennst du die Songs?«

»Ja, klar. Fangen wir an?«

»Aber klar! Hey, Lorè! Lass die Finger von meiner Schwester und komm!«, ruft Sandro lachend.

Anita wirft einen Blick auf die kleine Bühne. Neben dem alten Keyboard ist ein Schlagzeug aufgetaucht, und in der Mitte, vor dem Mikrofonständer, ist eine freie Stelle. Dort wird sie stehen, vor den Augen aller. Davon träumt sie schon seit Kindertagen, und dass dieses Lokal hier nur ein verstaubtes Souterrain ist, fällt dabei nicht ins Gewicht. Vor ihr werden Leute sitzen und ihr beim Singen zuhören. Nur darum geht es.

Erst als er hört, wie die Wohnungstür ins Schloss fällt, atmet Daniel erleichtert auf. Er hatte befürchtet, Valentina könnte an seine Tür klopfen – welche Ausrede hätte er sich da einfallen lassen können? Er hätte ihr öffnen müssen. Vielleicht hätte er so tun können, als habe er geschlafen. Nicht dass er Angst vor Frauen hat, aber er hasst Situationen wie diese, in denen sich einer von beiden so offenkundig zum anderen hingezogen fühlt und der andere nicht das Geringste empfindet. Die Peinlichkeit solcher Momente ist ihm unerträglich, denn Gelassenheit gehört nicht zu seinen Stärken, und daher endet es oft damit, dass er andere verletzt, auch wenn das nie seine Absicht ist.

Jan hat leicht reden, wenn er sagt, Daniel soll lernen, sich locker zu machen. Jan ist der König in Sachen Gelassenheit, während Daniel sich andauernd zusammenreißen muss, um nicht im falschen Moment das Falsche zu tun. Keine Frage, Valentina ist eine hinreißend schöne Frau, mit diesen Augen, um die sie alle ihre Freundinnen bestimmt beneiden, den blonden Haaren, der schlanken Figur. Aber dieser schlaffe Handschlag, dieses hohe Stimmchen, das pausenlose Kichern … Grübeln ist zwecklos: Wenn eine Frau ihm gefällt, dann weiß er das im ersten Augenblick, und wenn es nicht so ist, dann hat es keinen Sinn, sich einzureden, er müsse sie nur besser kennenlernen, um sie mehr zu schätzen. Eine Frau ist kein Musikstück. Als er Anita zum ersten Mal gesehen hat, ist ihm ihr Gesicht den ganzen Abend nicht mehr aus dem Sinn gegangen. Und als er zu Hause im Bett lag, mit offenen Augen im Dunkeln, hat er dieses Gesicht wieder und wieder betrachtet und sich vorgestellt, wie er es streichelt. Und jetzt weiß er, was die fünf Monate, die ihm in Rom noch bleiben, beherrschen wird: Alles wird sich um Anita drehen, und alle anderen Frauen können ihm gestohlen bleiben.

Kapitel 6

Als Paolo um acht Uhr nach Hause kommt, ist Mattia schon im Bett. Seine hohe Temperatur wird vom Fiebersaft in Schach gehalten. Er hat ein wenig Suppe im Magen und liegt mit halb geöffneten Augen da, wie immer, wenn er schläft. Claudia hat ihn eine Weile betrachtet und gehofft, dass er nicht wieder aufwacht. Als sie sicher war, dass er eingeschlafen war, ist sie auf Zehenspitzen zurück in die Küche gegangen. Jetzt hört sie, wie sich der Schlüssel im Schloss dreht, aber sie rührt sich nicht, sondern bleibt vor dem Spülbecken stehen, fängt jedoch noch nicht an, den Salat zu waschen. Sie weiß exakt, was ihr Ehemann gerade macht: das Klimpern der Schlüssel in dem kleinen Kristallschälchen im Flur, das kurze, dumpfe Aufsetzen der Aktentasche auf den Steinfliesen, das Rascheln des Mantels, der an die Garderobe gehängt wird, dann die näher kommenden Schritte, bis Paolo schließlich auf der Türschwelle erscheint. Sein Gesicht ist fahl, er wirkt müde, der Samstag war sicher kein Vergnügen für ihn, aber dieser Gedanke löst in Claudia nicht einen Funken Mitgefühl aus.

»Mattia?«
»Ist im Bett.«
»Hat er noch Fieber?«

»Noch immer achtunddreißig zwei. Vor einer halben Stunde habe ich ihm etwas Fiebersaft gegeben, und jetzt schläft er.«

»Ich gehe unter die Dusche. Wann essen wir?«

»In einer Dreiviertelstunde.«

Kein Gruß, kein »Wie geht's dir, wie war dein Tag?«, keine Hand auf der Schulter. Nur ein Austausch von Informationen. Claudia dreht den Hahn auf und wässert den Salat im Spülbecken, um ihn dann gründlich zu waschen. Inmitten der Stille, die in der Küche herrscht, steigt auf einmal ein Schrei in ihrem Inneren auf. Sie unterdrückt ihn, greift eine Handvoll Kopfsalat aus dem Wasser und schleudert sie wieder zurück, sodass rundherum alles mit Wasser bespritzt ist. Sie dreht den Hahn zu und zieht die Schürze aus, holt im Flur die Schuhe aus dem Schränkchen, schlüpft hinein, reißt den Regenmantel vom Haken und legt ihn über den Arm, schnappt sich die Hausschlüssel aus dem Schälchen, öffnet die Tür und geht hinaus.

* * *

Es ist nur eine Probe, niemand hört zu, die Scheinwerfer, die heute Abend die Bühne erleuchten werden, sind noch aus, und trotzdem schlägt ihr Herz wie verrückt, und ihre Hände, mit denen sie den Mikrofonständer umfasst, schwitzen. »I wanna take you somewhere, so you know I care, but it's so cold and I don't know where …« Ihre Stimme zittert, und sie sucht Halt in den Worten dieses Liedes, das ihr so vertraut ist. Mit jeder Strophe steht sie ein wenig sicherer auf den Beinen, atmet ein wenig freier. Ihre einzige Zuhörerin ist Daniela, abgesehen von den beiden Musikern. Doch hinter ihren geschlossenen Augenlidern sieht sie noch ein anderes Gesicht, und diesem Gesicht gilt ihr Gesang. »And I'd sing a song that'd be just ours, but I sang 'em all to another heart.« Später wird sie nicht mehr daran denken, aber jetzt konzentriert sie sich ganz auf diese blauen Augen, die schwarz wirken, lässt ihre Stimme lauter werden, und während sie singt »And I wanna cry, I wanna fall in love«, spürt sie, dass es wahr ist, dass sie weinen und sich verlieben will, »But all my tears have been used up«, und auch das ist die volle Wahrheit.

Als der letzte Akkord verklingt, öffnet sie die Augen. Daniela scheint eine Träne verdrückt zu haben, und ihr selbst geht es, wie sie jetzt feststellt, offenbar genauso.

»Mamma mia, das raubt einem ja den Atem …«, sagt Daniela voller Bewunderung.

»Wenn du heute Abend wieder so singst, liegen wir uns alle heulend in den Armen!«, meint Sandro lachend.

Auch Anita kann sich ein Lächeln nicht verkneifen. Im Grunde sind diese Bemerkungen alle Komplimente. Vielleicht hat sie ja wirklich eine neue Dimension für sich entdeckt, in der sie ganz sie selbst sein kann, ohne sich andauernd zu fragen, wie sie sich verhalten soll, was richtig und was falsch ist.

»Okay, aber ich würde sagen, jetzt machen wir ein bisschen was Schwungvolleres, oder?«, schlägt Lorenzo vor und fängt einen neuen Song an.

Die Samstagabende im Daimon sind die Hölle. Jan wird an der Bar von einer Horde Menschen belagert, die alle um seine Aufmerksamkeit kämpfen, um etwas zu trinken zu bekommen, und dreht dabei fast durch. Daniel rast wie ein übergeschnappter Kreisel hin und her und balanciert dabei sein Tablett mit vollen und leeren Gläsern, und selbst Andrea ist aus seinem Hinterzimmer hervorgekommen, um Jan zu helfen. Unterstützt werden sie von einem Extrakellner, der nur am Samstag kommt. Daniel hofft, dass Valentina ihn inmitten all dieser Leute nicht entdeckt, denn aufkreuzen wird sie auf jeden Fall. Sie hat einfach nicht kapiert, dass er nichts von ihr wissen will, sie glaubt, dass er nur ein bisschen schüchtern ist. Allein die Frage, wie er es anstellen soll, ihr alle Illusionen zu rauben, ohne sie zu verletzen, macht ihn völlig fertig. Außerdem hat Anita sich noch nicht blicken lassen, und auch wenn das normal ist, weil sie nie vor elf Uhr auftaucht, fürchtet er, dass sie überhaupt nicht mehr kommt. Dann könnte er den Tag komplett in die Tonne treten.

Heute Abend spielt eine neue Band. Dem erbärmlichen Gitarristen hat Andrea zum Glück abgesagt, aber auch diese Gruppe reißt einen nicht gerade vom Hocker. Das Tablett mit hochgerecktem Arm balancierend, bahnt sich Daniel seinen Weg zwischen den Tischen und den Leuten, die sich auf der Tanzfläche in der Mitte des Lokals bewegen, als er plötzlich eine Hand auf seinem Po spürt. Er fährt herum, die Gläser fallen klirrend zu Boden und zerschellen. Entgeistert schaut er sich um. Das war keine scherzhafte Berührung, sondern ein herablassendes Grapschen, wie es schon Generationen von Kellnern über sich ergehen lassen mussten, ohne sich zu beschweren.

»Kannst du nicht aufpassen?«, schreit ihn einer der Gäste an, dessen Hose von Bier getränkt ist.

Daniel reagiert nicht, sondern sieht prüfend in die ihn umgebenden Gesichter, soweit es die schwache farbige Beleuchtung erlaubt. Alle um ihn herum wirken überrascht oder genervt, weil sie ein paar Spritzer abbekommen haben, einige lachen über seine Tollpatschigkeit, zwei Mädchen knuffen einander in die Seite.

»Mensch, Daniè, was machst du denn da?« Jetzt lächelt Andrea nicht mehr. »Du hattest das ja schon angekündigt, aber auf eine Demonstration hätte ich verzichten können!«, fügt er hinzu und hilft ihm, die Scherben aufzusammeln.

Der andere Kellner bringt einen Lappen. Daniel legt das, was von den Gläsern noch übrig ist, auf sein Tablett, und Andrea entschuldigt sich bei den Gästen.

Als Daniel kurz darauf hinter der Bar steht, erzählt er Jan, was passiert ist.

»Du ziehst die Frauen an wie der Honig die Fliegen, Danny! Wenn du vor ihnen stehst, können sie einfach ihre Hände nicht bei sich behalten!«, entgegnet Jan lachend.

»Die sind doch alle völlig durchgeknallt! Und woher willst du wissen, dass das eine Frau war?«, erwidert Daniel, noch immer etwas durcheinander.

»Hallo-o! Du arbeitest also tatsächlich hier!«

Daniel braucht sich nicht umzudrehen, um zu wissen, dass Valentina ihn aufgespürt hat. Ihr Lachen ist unverwechselbar. *Die hat mir gerade noch gefehlt*, denkt er.

»So ist es. Glaubst du vielleicht, ich habe dich angelogen?«

»Nein, nein …« Wieder ein Lachen.

Daniel wendet sich zu Jan und stellt ihm Valentina vor. Jan sieht sie verblüfft an.

»Valentina, das ist Jan«, sagt Daniel auf Englisch, in der Hoffnung, dass Valentina es versteht, obwohl Jan mittlerweile ein bisschen Italienisch gelernt hat.

»*Nice to meet you*«, sagt sie, und die Art, wie sie es ausspricht, lässt erkennen, dass dies einer der wenigen englischen Sätze ist, die sie beherrscht.

»Freut mich, dich kennenzulernen«, antwortet Jan mutig auf Italienisch und streckt ihr die Hand hin.

Die beiden geben sich die Hand. Valentina kichert noch immer, und Jan scheint geradezu verzückt. Daniel nutzt den Moment, um sich von der Bar davonzumachen und sich mit einem vollen Tablett wieder in die Menge zu schieben.

Valentina kann nicht einmal versuchen, ihn aufzuhalten.

Samstagabend. Die Menschen strömen durch die Straßen, gehen in Restaurants, in Kinos, in Theater, in Clubs mit Livemusik. Alle reden laut und lachen, überall ist die Aufregung zu spüren – »Endlich Wochenende!« –, es wird getanzt, getrunken und gescherzt, und morgen schläft man bis mittags und geht dann wieder aus. Und sie hat sich gerade von zu Hause weggeschlichen.

Sie läuft gedankenlos herum, eingeschüchtert von sich selbst und dieser spontanen Flucht. Was, wenn Mattia aufwacht? Aber sein Vater ist ja da. Manchmal fühlt sie sich neben den beiden wie ein Eindringling. Wenn Paolo einmal zu Hause ist, was selten genug vorkommt, oder wenn sie gemeinsam etwas unternehmen, verhält er sich, als wolle er den Preis für den »Vater des Jahres« gewinnen. Ein Wirbel aus Worten, Geschichten, Vorschlägen. Im Park spielt er mit Mattia Ball bis zum Umfallen, im Zoo erklärt er ihm bis ins kleinste Detail das Verhalten aller Tiere, die sie sehen, in diesem herablassenden und besserwisserischen Ton eines Oberlehrers, den sie schon längst nur noch abscheulich findet. In solchen Situationen wird sie wie unsichtbar. Mattia vergisst völlig, dass sie auch noch da ist, und Paolo spricht nur mit ihr, um ihr zu sagen, sie soll die Taschentücher oder die Wasserflasche aus der Tasche holen.

Daher hat sie ihm irgendwann vorgeschlagen, er solle allein etwas mit Mattia unternehmen, während sie sich um den Haushalt kümmert, wozu sie sonst nie die Zeit findet. So wie in vielen anderen Familien.

»Aber wieso das denn?«, hat Paolo entsetzt geantwortet. »Willst du etwa nicht dabei sein, wenn dein Sohn die Welt erobert?«

Darauf hat sie nichts mehr gesagt und in der Folge auch nie wieder versucht, sich diesen lästigen Pflichten zu entziehen. Doch die Besuche im Zoo sind harmlos im Vergleich zu der familiären Unternehmung, die Claudia am meisten hasst: die monatlichen Besuche bei den Schwiegereltern, vor allem seit Mattia in den Kindergarten geht und Claudia nicht mehr auf die Hilfe von Sandra, Paolos Mutter, angewiesen ist.

Als Sandra noch an vier Vormittagen in der Woche auf Mattia aufgepasst hat, hat sie Claudia bei jeder Gelegenheit unter die Nase gerieben, wie viel Mühe es sie kostete, jeden

Morgen so früh bei ihr zu sein, während sie Paolo gegenüber von den Stunden, die sie mit ihrem Enkel verbrachte, nur so schwärmte. Immer wieder betonte sie, dass ihr die Vorstellung, Mattia würde den Kindergarten besuchen, unerträglich war, weil sie dann nicht mehr »mit ihm allein sein« könnte.

Claudia weiß genau, was Sandra davon hält, dass sie auch nach Mattias Geburt unbedingt wieder arbeiten wollte. Ihre Schwiegermutter lässt keine Gelegenheit aus, Paolos Schwester Alice zu loben, die nach der Geburt ihres Sohnes ihre Stelle als Sekretärin bei einem Notar aufgegeben hat.

»Zum Glück verdient mein Schwiegersohn genug, um die Familie zu ernähren. So muss sie die Kleinen nicht in fremde Hände geben.«

Offenbar hat niemand in der Familie sie je darauf hingewiesen, dass Alice ihre Arbeit immer als furchtbar empfand, als langweilig, unbefriedigend und schlecht bezahlt, und dass sie sie daher nur allzu gern aufgegeben hat. Auch erkundigt sich während dieser unerträglichen Familientreffen nie jemand bei Claudia, wie es ihr mit der Arbeit an der Universität geht, die sie über alles liebt und die aufzugeben ihr noch nie in den Sinn gekommen ist. Aus all diesen Gründen würde sie lieber zu Hause bleiben, als sich »ordentlich« anzuziehen und den Tag damit zu verbringen, ihrer Schwiegermutter für das Mittagessen Komplimente zu machen, für die geschmackvollen neuen Gardinen und das neue Kleid, das sie kürzlich gekauft hat und das ihr »ausgezeichnet steht«, auch wenn es ihre fast schon krankhafte Magerkeit nur noch unterstreicht. Und seit Mattia in den Kindergarten geht, hat seine Großmutter jedes Mal Tränen in den Augen, wenn sie ihn begrüßt. Claudia fragt sich, was dieses arme Kind wohl empfindet, wenn es dieser Knochenhaufen in einer verzweifelten und theatralischen Umarmung fast erdrückt.

»Da bist du ja, mein süßer kleiner Enkel …«, murmelt Sandra dann immer tief betrübt. »Du fehlst mir so sehr, mein Goldstück! Du fehlst deiner Oma so sehr!«

Diese Großmutter hat zwar ein Auto und den Führerschein, aber noch nie hat sie angeboten, ihren »süßen kleinen Enkel, der ihr so sehr fehlt«, vom Kindergarten abzuholen und einen Nachmittag auf ihn aufzupassen, geschweige denn vorgeschlagen, dass er einmal bei ihr übernachtet.

»Endlich bist du wieder da!«

Valentina sitzt auf einem der hohen Barhocker und sieht ihn fast vorwurfsvoll an.

»Du weißt doch, dass ich hier arbeite«, gibt Daniel zurück. Er hat nicht die geringste Absicht, sich zu entschuldigen. »Aber du bist ja in guter Gesellschaft«, fügt er hinzu und verweist mit einem Kopfnicken auf Jan.

»Der kann ja nicht mal Italienisch!«, beschwert sich Valentina.

»Er ist Deutscher. Aber er spricht sehr gut Englisch. Du etwa nicht?«, kontert Daniel.

Diese Frau geht ihm allmählich ernsthaft auf die Nerven.

Sie zuckt mit den Schultern. »Ich wollte eigentlich ein bisschen Zeit mit dir verbringen …«

Schon wieder dieser kätzchenhafte Ton. Was für eine dumme Kuh! Kapiert wirklich überhaupt nichts. Daniel sieht sich um. Es ist Mitternacht. Wo Anita nur bleibt?

»Ich glaube, sie kommt heute Abend nicht mehr«, sagt Jan auf Englisch. Daniel wendet sich zu seinem Freund und erkennt, was für ein Dummkopf er ist. Wie immer. Hat er etwa geglaubt, Jan wüsste nicht, was in ihm vorgeht?

»Ja, wahrscheinlich.«

»Die ist wirklich süß, aber anscheinend nicht die Hellste«, sagt Jan und weist auf Valentina. »Aber was sie will, ist nicht zu übersehen.«

»Worüber redet ihr denn?«, schaltet sich Valentina ein. »Das ist nicht gerade höflich! Übersetzt du es mir?«

»Nichts. Der Chef will mit uns reden. Tut mir leid«, erwidert Daniel knapp und zerrt Jan am Arm ins Hinterzimmer des Clubs.

»Spinnst du? Ich muss an der Bar bleiben!«

Daniel schließt die Tür des Lagers hinter ihnen und sieht Jan in die Augen. »Nur zwei Minuten. Was sie will, interessiert mich nicht. Warum versuchst du nicht selbst dein Glück?«

»Aber die spricht kein Wort Englisch! Außerdem steht sie auf dich. Und dir würde das bestimmt guttun. Weil, mit Anita …«

»Was ist mit Anita?«

»Schlag sie dir aus dem Kopf, Dan. Sie ist irgendwie seltsam.«

»Was soll das heißen, sie ist seltsam?« Daniel packt Jan an den Schultern. Der senkt den Blick.

»Da ist irgendwas zwischen ihr und Andrea.«

»Kein Wunder! Er ist mit ihrer Mutter zusammen.«

»Auch mit der Tochter, wenn du mich fragst.«

Daniel steht reglos da, als hätte ihn der Schlag getroffen. Auch ihm ist die besondere Verbindung zwischen den beiden aufgefallen, aber er hat immer geglaubt, Anita würde Andrea verabscheuen. Doch auf Jans Urteil kann er sich verlassen.

»Warum sagst du so was?«

Jan fühlt sich offenbar unwohl, als würde er seine letzten Worte schon wieder bereuen. »Lass uns nachher darüber reden. Tut mir leid, aber ich kann es mir nicht leisten, diesen Job zu verlieren.«

Noch bevor Daniel ihn zurückhalten kann, ist Jan durch die Tür des Lagers wieder nach draußen gegangen. Daniel bleibt ratlos und allein im Halbdunkel zurück.

Nachdem er sich wieder gesammelt hat, geht auch Daniel zurück an die Bar. Der Abend hat seinen Höhepunkt erreicht: Die Band spielt, Jan schwingt in jeder Hand eine Flasche und kippt die unterschiedlichsten Liköre in einen Cocktailshaker. Vor ihm an der Bar sitzt noch immer Valentina, den Kopf in die Hände gestützt. Wie kann er ihr nur klarmachen, dass er sich nicht für sie interessiert? Doch er kommt nicht dazu, darüber nachzudenken, weil er von dem Heer von Gästen bedrängt wird, die ihm von der anderen Seite der Theke aus ihre Bestellungen zurufen.

»Ein kleines dunkles Bier!«

»Ein Gin Tonic!«

»Wodkatini! Was muss man denn tun, um hier drin einen Wodkatini zu kriegen?«

Fast mechanisch macht Daniel sich daran, die bestellten Getränke zu servieren. Als der Ansturm endlich nachlässt, sitzt Valentina noch immer an der Bar und sieht ihn schmollend an.

»Ich hab die ganze Zeit auf dich gewartet«, sagt sie in weinerlichem Ton. »Wenn ich dir egal bin, dann sag es ruhig!«

Offenbar hat sie getrunken, und zwar nicht zu knapp.

»Ich bin hier bei der Arbeit, das weißt du doch.«

»Ja, klar … wie lange musst du denn noch arbeiten?«

Daniel sieht auf die Uhr: ein Uhr. Obwohl Samstag ist, werden schon gegen zwei Uhr die ersten Gäste gehen, aber er muss bleiben, bis auch der letzte das Lokal verlassen hat.

»Mindestens noch eine Stunde, aber es kann auch länger dauern«, erwidert er. Vielleicht kann er sie ja entmutigen.

»Okay«, sagt Valentina. »Ich warte auf dich, aber dafür musst du mich nach Hause begleiten.«

Daniel sieht zu dem Gang hinüber, der zum Eingang des Clubs führt. An dieser Stelle des Lokals taucht Anita fast jeden Abend auf, bleibt kurz stehen und sieht sich um, bevor sie zur Bar geht. Jetzt stehen zu viele Leute im Weg, als dass er sie sehen könnte, aber er weiß, dass sie nicht gekommen ist und nicht mehr kommen wird. Ihm fällt wieder ein, was Jan gesagt hat.

»Einverstanden.«

Kapitel 7

Nach einem ausgedehnten zweistündigen Spaziergang kehrt Claudia nach Hause zurück. Ihre Wut hat sich gelegt, sie fühlt sich nur noch leer. Sie hofft, dass Paolo keine Diskussion anzetteln wird, denn manchmal, wenn sie auf seine Provokationen nicht reagiert, bohrt er so lange nach, bis ein heftiger Streit nicht mehr zu vermeiden ist. Vorsichtig legt sie die Schlüssel in das Schälchen im Flur, bleibt stehen und lauscht. Es herrscht fast absolute Stille, und kein einziges Licht scheint zu brennen, außer dem im Flur, das sie selbst gerade eben eingeschaltet hat. Langsam geht sie ins Kinderzimmer, wo Mattia im Bett liegt und schläft. Sie legt ihm die Hand auf die Stirn: Sie ist kaum wärmer als gewöhnlich, also hat der Fiebersaft gewirkt oder der Infekt klingt endlich ab. In der Küche ist alles ordentlich und sauber: Das Geschirr ist gespült, der Tisch abgeräumt, das Spülbecken glänzt. Claudia wirft einen Blick in den Kühlschrank: In einem Plastikbehälter ist noch etwas Salat, aber Salatreste hat sie noch nie gegessen. Das war bestimmt Paolo; er mag übrig gebliebenen Salat auch noch am nächsten Tag. Käse, ein paar Eier, gekochtes Gemüse. Sie schließt den Kühlschrank wieder, sie hat ohnehin keinen Hunger. Dann füllt sie ein Glas mit Wasser aus dem Hahn. Wenn Paolo noch nicht schläft, muss er bemerkt haben, dass sie wieder da ist. Er lässt sich jedoch nicht blicken, und Claudia hat es nicht besonders eilig festzustellen, dass er einfach ins Bett gegangen ist, ohne sich Sorgen zu machen, weil sie verschwunden war. Diese völlige Gleichgültigkeit kränkt sie mehr als die gehässigen Bemerkungen, die er so oft von sich gibt. Und auf einmal spürt sie, wie sehr sie leidet, als hätte sie gerade eben Schmerzen statt jenem Wasser getrunken, das ihr nun aus den geschlossenen Augen fließt, so schweigsam und still wie die ganze Wohnung.

Dann verlassen sie die Kräfte und sie sinkt zu Boden. An die Tür der Spülmaschine gelehnt, sieht sie in der Dunkelheit die deutlichen Umrisse von Paolos Füßen, die näher kommen.

Sag jetzt nichts, sag jetzt nichts, fleht sie ihn in Gedanken an. Er hält ihr die Hand hin und lässt sie eine Weile ausgestreckt. Ihre Tränen verebben, und schließlich ergreift sie die Hand ihres Mannes und lässt sich von ihm aufhelfen. Noch immer Hand in Hand, gehen sie hintereinander den Flur entlang und ins Schlafzimmer. Paolo schiebt die Decken beiseite, und sie streckt sich, ohne sich ausgezogen zu haben, auf dem Bett aus. Er legt sich neben sie, und sie drückt sich fest an ihn.

Ihre Bettdecke ist rosafarben und mit Hello-Kitty-Motiven bedruckt. Daniel hat sie wie ein Rasender gepackt und heruntergerissen, bevor er, genauso rasend, angefangen hat, Valentina zu vögeln. Er will es so schnell wie möglich hinter sich bringen und weicht dauernd ihrem Mund aus, wenn sie ihn küssen will. In seinem Kopf schwirren einzelne Bilder von ihnen beiden umher: er, wie er Martini und Wodka ausschenkt, sie, wie sie auf ihre typische Art lacht, er, wie er das Tablett mit den Gläsern fallen lässt, sie, wie sie auf dem Tresen fast einschläft, den Kopf auf die Arme gelegt, er, wie er Jan anstarrt, als der ihm sagt, dass Anita was mit Andrea hat, sie, wie sie draußen vor dem Club seine Hand nimmt und ihm gierige Blicke zuwirft.

Er schafft es nicht, diese Bilder zusammenzuführen, kann sich auch nicht erinnern, wie sie beide hier bei ihr gelandet sind, wie er seine ewige Zurückhaltung hat überwinden können und sie in ihr Zimmer gebracht und ohne ein Wort ausgezogen hat. Am meisten bestürzt ihn jedoch, dass ihm völlig klar ist, dass er mit einem Mädchen schläft, für das er überhaupt nichts empfindet und das er nie auch nur eine Sekunde lang begehrt hat. Hat Jan das gemeint, als er ihm gesagt hat, er soll sich »locker machen«? Etwas in ihm hat sich verändert, und er weiß nicht, was er davon halten soll.

Als letzten Song hat sie einen Klassiker ausgesucht, eines dieser Lieder, die jeder schon einmal vor sich hin gesummt hat, die geschrieben wurden, als sie und die meisten Zuhörer noch gar nicht auf der Welt waren, und die einem, auch wenn man sie nur ein einziges Mal gehört hat, nicht mehr aus dem Gedächtnis gehen. Diesen Song einzustudieren, war keine leichte Aufgabe, aber sie hat es hinbekommen. Und jetzt singen bei »Ma il cielo è sempre più blu« alle den Refrain mit. Ihre beiden Begleiter lächeln und singen die Oberstimmen. Sie sind mit dem Abend zufrieden, der ohne Zweifel ein Riesenerfolg war. Nach dem letzten Akkord setzen Applaus und begeisterte Pfiffe ein. Anita fühlt sich, wie sie sich seit Monaten, seit Jahren nicht mehr gefühlt hat, ja, wie sie sich noch nie gefühlt hat. Sie hat immer gewusst, dass sie zur Sängerin geboren ist.

»Gib's zu: Das war nicht das erste Mal, dass du auf einer Bühne gestanden hast«, sagt Daniela, als Anita zu ihr an die Bar kommt.

»Und ob!«, antwortet Anita, die aus dem Strahlen gar nicht mehr herauskommt. »Bevor ihr drei mich gehört habt, hatte nur meine Dusche das Vergnügen.«

»Du hast die Bühne geradezu beherrscht. Und ich sag dir eins: Du hast eine viel größere verdient!«

»Was soll denn das heißen?«, wirft Lorenzo ein, der jetzt gemeinsam mit Sandro ebenfalls an der Bar steht. »Dass wir eine Nummer zu klein für sie sind?«

Er lacht, als er das sagt, aber offenbar ist er derselben Ansicht wie seine Freundin.

»Ihr wart fantastisch«, sagt Anita und klopft ihm auf die Schulter.

Dann stoßen sie zu viert auf den Erfolg an. Anita lässt voll Dankbarkeit den Blick zwischen ihren beiden Musikern hin und her wandern. Der schönste Abend ihres Lebens.

»Ich muss gehen.«

»Aber es ist mitten in der Nacht! Was musst du denn um diese Uhrzeit machen?«

Valentina greift nach dem Hemd, das Daniel schon angezogen hat, und lässt es nicht mehr los. Jetzt muss er sich etwas einfallen lassen. Er will nur noch raus hier.

»Meine Mutter kommt heute früh. Ich muss sie am Flughafen abholen.«

Eine dumme Lüge, die sie leicht wird aufdecken können, immerhin ist sie mit seinem Mitbewohner befreundet. Aber im Moment erfüllt sie ihren Zweck.

Daniel ist mittlerweile ganz angezogen.

»Und du willst einfach so gehen?«, protestiert Valentina und streckt sich nach ihm aus.

Er streichelt ihr rasch über die Wange. Ein Kuss zum Abschied ist völlig undenkbar.

»Ich muss vorher noch nach Hause und mich umziehen.«

Valentina zieht eine Schnute, aber im Grunde hat sie auf ganzer Linie gesiegt, also kann sie es sich leisten, nachsichtig zu sein.

»Dann geh schon, na los!«, ruft sie ihm zu, lässt sich aufs Bett fallen und schlüpft unter die Decke. »Ruf mich an, ja?«

Jetzt, wo er es geschafft hat, kann Daniel sich sogar ein schwaches Lächeln abringen.

»Tschüss!«

Nachdem er die Wohnungstür hinter sich geschlossen hat, hastet er die Treppe hinunter, stürzt aus dem Haus und rennt los.

Anita fährt auf ihrem Motorroller nach Hause und gleitet über den Asphalt, als wäre er aus Seide. Sie atmet sämtliche Gerüche der nächtlichen Stadt ein, und selbst die Abgase der Autos erscheinen ihr wie ein ganz besonderer Duft. Noch nie hat sie etwas in dieser Art erlebt.

Die Fahrt erscheint ihr viel zu kurz, sie hat nicht die geringste Lust, nach Hause zu gehen. Ein Blick auf die Uhr bestätigt ihre Befürchtung: Andrea ist mit Sicherheit schon da. Sie parkt den Roller, schließt ihn an der gewohnten Stelle an einen Pfosten, seufzt und geht in Richtung Hauseingang.

Der Lichtschein, der aus dem Wohnzimmer dringt, verrät alles. Ihre Mutter fällt immer schon weit vor Mitternacht wie ein Stein ins Bett, also ist die brennende Lampe für Andrea. Oder für sie? Sie geht den Flur entlang, fest entschlossen, direkt in ihr Zimmer zu gehen und so zu tun, als habe sie das Licht nicht gesehen.

»Anita?«

Langsam macht sie kehrt und betritt das Wohnzimmer. Andrea sitzt in einem der Sessel, ein Buch im Schoß.

»Du warst heute nicht im Daimon.« Seine Stimme ist warm und gelassen, wie immer.

»Ich habe ein paar Freundinnen getroffen.«

Er streckt ihr die Hand hin, sie macht einen Schritt auf ihn zu und ergreift sie. Mit der freien Hand streichelt er ihr über die Finger.

»Ich bin müde, ich leg mich hin.« Anita löst ihre Hand aus seiner und wendet sich zur Tür. Bevor sie das Zimmer verlassen kann, hat er sie eingeholt. Er berührt sie nicht, aber sie spürt seinen Atem im Nacken.

»Was ist denn los, mein Schatz?«

»Nichts. Ich will einfach nur ins Bett.«

»Das will ich auch. Und zwar mit dir.«

Sie sucht in ihrem Inneren nach dem Mut zu einer Antwort. Sie findet ihn, als sie daran zurückdenkt, wie sie auf der kleinen Bühne gestanden und gesungen hat.

»Ich habe dir schon mal gesagt, dass wir das lassen sollten, Andrea.«

»Was ist denn passiert?« Seine Fingerspitzen tänzeln über ihren Nacken. »Gibt es jemanden, der dir gefällt und der nichts von uns beiden erfahren soll?«

Seine sanfte Stimme ist nicht um eine Nuance lauter geworden. Auch ohne ihn zu sehen, weiß sie, dass auch jetzt ein Lächeln seine Lippen umspielt.

»Ich finde einfach nur, dass wir damit aufhören sollten. Hast du denn keine Angst, dass meine Mutter früher oder später dahinterkommt?«

»Lisa will und wird hinter gar nichts kommen.«

Er liebkost weiter ihren Nacken, und sie macht einen Schritt nach vorn, um sich ihm zu entziehen.

»Und dein kleiner Engländer?« In seiner Stimme liegt ein Hauch von Spott.

»Daniel hat damit nichts zu tun.«

»Tu nicht so, als hättest du nicht bemerkt, wie er dich anschmachtet.«

Diesen Ton kennt sie nur zu gut. Noch immer sanft, aber voller Mehrdeutigkeiten. Eine bis zur Unkenntlichkeit verschleierte Drohung, die er niemals aussprechen würde. Anita dreht sich zu ihm um. »Nein, das habe ich nicht bemerkt.«

»Also machst du dir nichts aus ihm.«

»Weder aus ihm noch aus irgendjemand anderem.«

Andrea streichelt ihr über das Gesicht und sieht ihr weiterhin direkt in die Augen. »Weshalb willst du dann auf unseren gemeinsamen Spaß verzichten?«

Von irgendwoher muss sie jetzt die Kraft nehmen. »I wanna cry, I wanna fall in love …«

»Weil es mir keinen Spaß macht. Es hat mir noch nie Spaß gemacht.«

Die Liebkosung bricht ab.

»Dann hoffe ich sehr, dass du deine Meinung änderst.«

»Das wird nicht passieren, tut mir leid.«

»Natürlich wird das passieren. Man muss einfach nur geduldig sein, und das bin ich.«

Anita geht in ihr Zimmer. Er folgt ihr nicht.

Daniel läutet wie verrückt, bis endlich jemand aufmacht.

»Entschuldige bitte, ich weiß, es ist mitten in der Nacht, aber ich muss unbedingt mit Jan reden.«

Der Typ in der Tür sieht ihn an, als würde er kein Wort verstehen, lässt ihn aber hinein. Dann kneift er die Augen zusammen und zeigt den Flur hinunter. Daniel war schon einmal hier, er weiß, wo Jans Zimmer ist. Der kann nach einem Monat des Zusammenlebens mit dem schnarchenden Eindringling jetzt endlich in Ruhe schlafen.

Als Jan die Tür öffnet, fallen ihm die zerzausten Haare bis auf die Schultern und er bringt die Augen noch kaum auf.

»Hast du sie noch alle? Es ist halb vier Uhr morgens!«

»Ich weiß.«

Jan seufzt, bittet Daniel herein und lässt sich wieder aufs Bett fallen.

»Was weißt du über Anita und Andrea?«

Jan wirft ihm einen finsteren Blick zu. »Du reißt mich mitten in der Nacht aus dem Schlaf, um mich das zu fragen?«

»Gestern Abend warst du auf einmal weg.«

»Wieso denn ich? Du bist doch mit dieser Puppe abgezogen. Was ist da übrigens draus geworden?«

»Vergiss es! Erzähl mir von Anita.«

Daniel zieht eine leicht verkrampfte Miene. Er fragt sich, ob er wirklich alles wissen will. Vielleicht wäre es besser, wenn er nichts erfährt.

»Okay. Ich erzähle dir, was ich gesehen habe. An einem Abend, an dem du nicht da warst, als du Fieber hattest und nicht kommen konntest, da bin ich, kurz bevor wir zugemacht haben, in Andreas Büro gegangen, weil ich ihn etwas fragen wollte. Als ich vor der Tür stand, habe ich Anitas Stimme gehört. Und da bin ich neugierig geworden und habe einen Blick hineingeworfen. Sie saß auf dem Schreibtischstuhl, und Andrea kniete vor ihr, die Hände auf ihren Beinen, und himmelte sie förmlich an. Und angeschaut hat er sie, als wäre sie alles andere als seine Stieftochter.«

»Und wie hat sie ihn angesehen?«

»Als würde sie seine Zudringlichkeit nerven und als würde sie darunter leiden, aber sie hat ihn machen lassen. Ich habe nicht viel verstanden, weil sie Italienisch geredet haben. Einmal hat er ›deine Mutter‹ gesagt, und zwar in einem Ton, der mir nicht ganz geheuer war.«

Daniel starrt ihn an.

»Es war der Ton, in dem nur Leute reden, die miteinander im Bett waren.«

Die Worte seines Freundes bahnen sich ihren Weg durch Daniels vernebelte Gedanken, bis er das ganze Ausmaß ihrer Bedeutung begreift.

»Und dann?«

»Nichts. Die Bodendielen haben geknarzt und ich bin wieder zurück hinter die Bar. Ich glaube nicht, dass sie mich gehört haben.«

Daniel steht schweigend und mit flackernden Augenlidern da.

Jan legt ihm eine Hand auf die Schulter. »Vielleicht übertreibe ich auch ein bisschen.«

»Ich kann das nicht glauben. Er ist zwanzig Jahre älter als sie und der Freund ihrer Mutter.«

»Du weißt fast nichts von ihr. Vielleicht hat sie ihre Gründe.«

»Ich glaube nicht, dass die mich interessieren«, sagt Daniel kurz angebunden und geht zur Tür. »Danke dir. Und entschuldige, dass ich dich aufgeweckt habe.«

Kapitel 8

Das Licht des Vormittags dringt durch das Fenster, und Claudia öffnet die Augen. Sie liegt allein im Ehebett. Sie versucht sich daran zu erinnern, was gestern Abend passiert ist. Paolo hat sie ins Bett begleitet und sich neben sie gelegt, sie hat sich an ihn geschmiegt und er hat es geschehen lassen, ohne weitere Initiativen zu ergreifen. Weder hat er sie geküsst noch versucht, mit ihr zu schlafen.

Claudia trägt noch immer den Jogginganzug von gestern Abend. Sie zieht ihn aus und schlüpft in eine Jeans und ein T-Shirt. Die Wohnung ist ganz still und wirkt verlassen. Keine Spur von Paolo und Mattia. Wahrscheinlich ist Paolo mit dem Kleinen rausgegangen, was allerdings verwunderlich wäre, so übervorsichtig, wie er sonst ist. Immerhin hatte Mattia gestern noch Fieber. Claudia holt ihr Handy und ruft ihren Mann an.

»Wo bist du denn? Und wo ist Mattia? Und wieso seid ihr draußen, wenn er gestern noch Fieber gehabt hat?«

»Ich bin bei meiner Mutter und Mattia ist bei mir, wo denn sonst. Das Fieber ist weg, und er wirkt wieder ganz gesund. Außerdem weiß seine Großmutter, wie man mit kranken Kindern umgeht.«

Seine Stimme klingt abweisend. Was gestern Abend passiert ist, hat vielleicht alles nur noch schlimmer gemacht.

»Warum hast du mich nicht geweckt? Dann wäre ich mit euch gekommen.«

»Ich fand es so besser. Normalerweise gibt es für dich doch nichts Schlimmeres als einen Besuch bei deinen Schwiegereltern.«

Darauf entgegnet Claudia nichts.

»Ich muss jetzt aufhören«, sagt Paolo. »Das Mittagessen ist fertig.«

»Wann kommt ihr zurück?«

»Ich weiß nicht, irgendwann im Lauf es Nachmittags. Bis später.«

Paolo beendet das Gespräch, ohne eine Antwort von Claudia abzuwarten.

Es ist schon spät, als Anita aufwacht. Am Vorabend hat sie nur schwer einschlafen können. Der Auftritt im Club und das Gespräch mit Andrea haben sie aufgewühlt, wenn auch aus verschiedenen Gründen. Sie will nicht mehr an das denken, was sie zu Andrea gesagt hat. Aber immer wieder kommen ihr seine Worte über Daniel in den Sinn: »Tu nicht so, als hättest du nicht bemerkt, wie er dich anschmachtet.« Natürlich hat sie das bemerkt, schon vom ersten Moment an, aber sie weiß, dass Daniel nicht der Richtige für sie ist. Und sie hat sich nie erlaubt, auch nur davon zu träumen, dass zwischen ihnen etwas entstehen könnte. Dass sie während ihres Auftritts fortwährend an seine blauen Augen gedacht hat, die so oft schwarz wirken, steht auf einem anderen Blatt. Nur sie weiß davon, und solange niemand anderes davon erfährt, tut sie gut daran, abzuwarten, bis diese Anwandlung vorüber ist. Vielleicht wird es ja auch bei ihm als Erstem wieder vorüber sein, bei ihm, der so ruhig ist und so besonnen und der so überhaupt nicht zu einer Chaotin wie ihr passt. Sie will ihn unbedingt sehen, und das macht sie nervös. Ob sie später auf einen Sprung im Daimon vorbeischauen kann? *Wenn ich vorsichtig bin, bemerkt er mich nicht.* Natürlich kann sie hingehen, zu groß ist ihr Verlangen nach einem ungetrübten Blick, wie sie ihn, wenn sie sich im Spiegel betrachtet, schon lange nicht mehr sieht.

Ein endloser Flur, in dem sich eine geschlossene Tür an die andere reiht. Während er vorübergeht, öffnen sich die Türen und Geschrei dringt aus den Zimmern. Aber er geht weiter den Flur entlang und auf die offene Tür am Ende zu. Dort muss er hin, das spürt er, auch wenn er nicht weiß, weshalb. Die Stimmen werden lauter, aber er lässt sich davon nicht beirren und geht weiter, auch wenn der Flur mit jedem seiner Schritte länger zu werden scheint. Als er schließlich das Ende erreicht und gerade über die Schwelle treten will, fällt die Tür plötzlich zu und Daniel wacht mit einem Schlag auf. Er setzt sich auf, der Traum verblasst und er hat nur noch ein Nachbild der geschlossenen Tür vor Augen. Sein Atem geht schwer, das T-Shirt klebt ihm am Körper. Er wirft die Decke von sich, aber im nächsten Augenblick fröstelt ihn und er deckt sich wieder zu. Sein Magen rebelliert und in seinem Kopf scheint sich alles zu drehen. Als er gestern Nacht nach Hause gekommen ist, ging es ihm so schlecht, dass er den Joint, den Marco ihm angeboten hat, ohne zu zögern angenommen hat. Kurz darauf saß er mit Marco und ein paar anderen benebelten Jungs auf dem Sofa und hat seine Tüte bis zum Ende geraucht. Mit jedem Zug verblasste die Vorstellung von Anita und Andrea immer mehr, während sich in seinem Inneren ein Gefühl des Friedens ausbreitete, eine Ruhe, wie er sie noch nie erlebt hat. Irgendwann glaubte er zu sehen, wie Sergio den Raum betrat und sie angewidert ansah, aber jetzt ist er sich nicht mehr sicher, ob das wirklich passiert ist. Wenn

Sergio erfährt, dass er letzte Nacht mit Valentina geschlafen hat, wird er ihn so oder so rausschmeißen. Und wenn schon.

Jetzt hat Claudia ein paar Stunden für sich allein. Wann ist das zum letzten Mal vorgekommen? Es ist so lange her, dass sie erst nichts mit sich anzufangen weiß. Doch dann hat sie eine Idee: ein Bad! Schon seit Monaten hat sie kein richtiges Bad mehr genommen, sondern immer nur morgens und abends in aller Eile geduscht, während Paolo auf Mattia aufgepasst hat. Nie war dazu die Zeit: Das Essen wartet, und ihr Mann wartet aufs Essen.

Sie geht ins Badezimmer, dreht den Wasserhahn über der Wanne auf und holt die großen farbigen Kerzen, die sie vor Kurzem gekauft hat. Zugegeben, das wird jetzt ein Bild wie aus einer romantischen Komödie aus Hollywood, aber was kümmert sie das? Während die Wanne volllläuft, zündet Claudia die Kerzen an. Dann dreht sie den Hahn zu und schüttet das Badesalz aus dem dreieckigen Flakon hinein, der noch immer dort auf der Ablage steht, wo sie ihn platziert hat, als sie die Wohnung eingerichtet haben. Das Wasser nimmt eine bläuliche Färbung an. Claudia löscht die Lichter im Bad, bis auf das kleine oberhalb des Spiegels, und zieht sich aus. Dann steigt sie in die Wanne, streckt sich aus und legt den Kopf auf den Rand.

Glück. So heißt das.

In der Küche bereitet Lisa das Mittagessen zu.

»Da bist du ja! Wurde auch allmählich Zeit!«, sagt sie anstelle eines Grußes.

»Ist spät geworden gestern. Hast du nicht gehört, wie ich nach Hause gekommen bin?«

»Doch, natürlich.«

»Seltsam«, entgegnet Anita, setzt sich an den Tisch und nimmt sich ein paar Kekse aus einer offenen Packung. »Normalerweise fällst du um neun Uhr tot um.«

Ihre Mutter sieht sie eine Weile wortlos an.

»Falls du es vergessen hast: Es gibt in diesem Haushalt auch jemanden, der arbeitet«, sagt sie schließlich. »Und wenn du jeden Morgen um sechs aufstehen müsstest, würdest du auch um neun ins Koma fallen.«

»Und was sagt Andrea zu diesem Rhythmus?«, fragt Anita patzig.

»Das geht dich nichts an. Kümmer dich lieber um die Jungs, mit denen du zu tun hast. Wie heißt der kleine Engländer noch mal? Daniel?«

Anita springt auf. »Was weißt du von Daniel?«

»Also hat Andrea recht. Du stehst auf ihn.«

»Andrea hat überhaupt nicht recht. Daniel ist einfach nur ein Freund.«

»Ist ja schon gut. Reg dich nicht auf!«

Lisa lächelt, und Anita weiß, dass der Punkt an ihre Mutter geht. Verdammt, sie hätte nicht so heftig reagieren sollen. Aber was erlaubt sich Andrea eigentlich, ihrer Mutter von ihren Angelegenheiten zu erzählen?

Sie hat größte Lust, ihrer triumphierenden Mutter all das ins Gesicht zu schleudern, was sie über ihren geliebten Lebensgefährten nicht weiß, und ihr so das Lächeln von den Lippen zu reißen. Damit sie dieser Versuchung nicht plötzlich nachgibt, verlässt sie die Küche. Sie ist ja wohl nicht mit Andrea ins Bett gegangen, um ihrer Mutter einen Streich zu spielen, oder?

Claudia bleibt in der Wanne, bis das Wasser abgekühlt ist. Einen Moment lang spielt sie mit dem Gedanken, warmes nachzufüllen, lässt es dann aber bleiben. Sie trocknet sich rasch ab, schlüpft in den Jogginganzug, den sie zu Hause für gewöhnlich trägt, und geht ins Arbeitszimmer. Der Computer ist an, sie legt die Finger auf die Tastatur, stellt dann aber fest, dass sie vergessen hat, was sie suchen wollte. Um nicht untätig vor dem Bildschirm zu sitzen, ruft sie die Seite einer Tageszeitung auf und überfliegt die wichtigsten Nachrichten, fühlt sich dabei aber wie durch eine Kluft von der Welt getrennt. Dann geht sie in die Küche. Sie hat keinen Hunger, sondern füllt nur die Espressokanne und stellt sie auf den Herd. Während sie darauf wartet, dass der Kaffee fertig ist, sieht sie sich um: Alles ist blitzblank, wie gestern Abend. *Paolo ist nie da*, denkt sie, *aber wenn er da ist, dann ist er ziemlich effektiv*. Ganz anders als sie selbst. Sie kämpft jeden Morgen mit dem gerade angebrochenen Tag, läuft kreuz und quer durch die Wohnung, versucht, Mattia dazu zu bringen, sich anzuziehen, räumt noch rasch die Küche auf und schminkt sich zwischendurch. Und weil sie dabei ständig unterbrochen wird, bekommt sie die beiden Augen nie gleich hin.

Paolo hat den Bogen raus. Mit Mattia ist er geduldig, in Sachen Haushalt geht er systematisch vor, und er lässt sich durch nichts aus der Ruhe bringen. Das ist fast schon beängstigend.

Zu spät bemerkt sie, dass die Kanne überläuft und der Kaffee auf den Herd tropft. Fluchend dreht sie das Gas ab. Sie hat keine Lust mehr auf Kaffee. Sie hat auf überhaupt nichts mehr Lust. Vor ihr liegen ein paar freie Stunden, wie sie sie schon seit Monaten, ja seit Jahren herbeisehnt. Und jetzt weiß sie nicht, was sie damit anfangen soll, weil es nichts gibt, worauf sie Lust hat. Sie geht zurück ins Schlafzimmer, streckt sich auf dem Bett aus und schließt die Augen. Schlafen. Wenigstens schlafen.

Seltsamerweise ist Sergio heute Vormittag zu Hause. Für gewöhnlich fährt er sonntags zu seiner Familie aufs Land. Daniel läuft ihm über den Weg, als er aus seinem Zimmer kommt, noch immer ganz benebelt vom Marihuanarausch des Vortages, und grüßt ihn mit einem Kopfnicken. Dann war die Erscheinung wohl doch keine Halluzination, und Sergio ist tatsächlich mit angewidertem Gesicht durchs Wohnzimmer gegangen, während sie gestern auf dem Sofa saßen und geraucht haben.

Gerade als er die Klinke der Badezimmertür drücken will, spürt er eine Hand auf der Schulter und wird unsanft herumgedreht. »Hat das unbedingt sein müssen, dass du mit Valentina ins Bett gehst?«, blafft Sergio ihn an. »Du stehst doch nicht mal auf sie!«

Aber das war doch erst vor ein paar Stunden. Wie kann er das jetzt schon wissen? »Mir war nicht klar, dass du auch darauf aus warst.«

»Natürlich war dir das klar!«

»Tut mir leid. Aber es ist nicht so, dass ich …«

»Dass du was? Was?«

»Nichts. Entschuldige bitte.«

Sergio sieht ihn an, als wolle er ihn auf der Stelle verprügeln, aber Daniel macht eine zerknirschte Miene und hat sich immerhin entschuldigt. Sergio atmet tief durch. Jetzt erkennt Daniel in seinem Blick den Schmerz, den die Wut bislang verdeckt hat. Valentina scheint ihm wirklich wichtig zu sein. Daniel würde ihm am liebsten die Hand auf die Schulter legen, aber Sergio macht einen Schritt zurück.

»Du beschissener kleiner Engländer. Jetzt weiß ich, woran ich mit dir bin. Pass bloß auf in Zukunft!«

Daniel weicht seinem Blick nicht aus. Sergio verzieht sich in sein Zimmer und schließt die Tür ab. Inzwischen steht Marco in der Tür seines Zimmers. Er muss alles mitbekommen haben.

»Mach dir keine Sorgen. Der beruhigt sich schon wieder.«

»Das glaube ich nicht.«

»Doch, doch. Glaub mir, ich kenne ihn. Außerdem würde Valentina nie mit ihm in die Kiste hüpfen, auch wenn du nicht wärst. Früher oder später wird er das schon noch kapieren.«

Daniel bedankt sich bei Marco, geht dann endlich ins Bad und schließt die Tür hinter sich. Völlig erschöpft setzt er sich auf den Rand der Wanne.

Was mache ich nur für einen Scheiß?, fragt er sich.

Als Anita Daniel am Abend im Daimon trifft, ist sein Blick alles andere als ungetrübt. Seine Augen sind so verhangen, gerötet und dunkel, wie sie es noch nie gesehen hat. Schon seit zwei Stunden ignoriert er sie jetzt schon, so als wäre sie gar nicht anwesend. Als er die Bestellung des Pärchens am Nebentisch aufgenommen hat, hat er sich nicht einmal für einen kurzen Moment zu ihr umgedreht. Das hat er sicher mit Absicht getan, sie dagegen hat ihn nicht eine Sekunde aus den Augen gelassen. Er ist offenkundig sauer auf sie, aber weshalb? Am Freitagabend ist er noch so behutsam mit ihr umgegangen, in seinem Blick lag so etwas wie Zärtlichkeit. Jetzt dagegen wirkt er geradezu feindselig. Und sie hat in seinem Blick noch etwas anderes bemerkt: eine Art Wut, als könne er jeden Moment auf sie einschlagen oder sie küssen, bis sie keine Luft mehr bekommt. Schluss damit! *Ich darf nicht mehr darüber nachdenken und ihn auch nicht mehr ansehen. Und ich muss mir klarmachen, dass er nicht der Richtige für mich ist. Ich muss mir das ein für alle Mal abschminken.*

»Jan! Soll das vielleicht ein Daiquiri sein? Weniger Limette, sonst schmeckt er nur noch sauer!«

Andreas Stimme klingt anders als sonst, denkt Daniel. Entweder ist er genervt oder er macht sich Sorgen. Daniel hasst ihn dermaßen, dass er hofft, er erleidet mit dem Lokal Schiffbruch und muss schließen. Allerdings hätte Daniel dann keine Gelegenheit mehr, Anita zu sehen, und das ist auch der einzige Grund, weshalb er noch nicht gekündigt hat. Aber vielleicht sollte er genau das tun. Wenn sie nicht da ist, ist er die

Ruhe selbst, aber wenn er sie in seiner Nähe weiß, steht er völlig neben sich. Als sie heute Abend gekommen ist, hat sein Herz wie immer angefangen zu rasen und sein Mund wurde trocken, aber er hat sich rasch wieder gefangen. Er hat sie nur kurz angesehen und sich dann schnell verzogen. *Gut gemacht, Danny. Weiter so. Sie existiert für dich nicht.* Aber dennoch spürt er jedes Mal, wenn er an ihrem Tisch vorbeikommt, eine fast unwirkliche Hitze, die von ihr ausgeht. Und nur mit Mühe kann er der Versuchung widerstehen, sich zu ihr zu setzen und ihr tief in die Augen zu sehen.

»Daniè! Was machst du denn da?«

Daniel blickt auf den Tresen. Er hat beim Einschenken eines Bieres die Hälfte danebengeschüttet. Sein Zustand macht ihm die Arbeit nicht gerade leicht, und dass Andrea heute Abend allen auf die Nerven fällt, ist ganz bestimmt auch keine Hilfe.

»Wie der mir heute auf den Wecker geht!«, sagt Jan leise. »Was den wohl gebissen hat?«

»Hoffentlich eine schwarze Mamba. Die sind ja angeblich tödlich«, erwidert Daniel grimmig.

»Huhu!«

Valentina ist wie aus dem Nichts hinter Daniel aufgetaucht und hat die Arme um ihn gelegt. Jan begreift, dass er mit der Vermutung recht hatte, dass sein Freund ihr letzte Nacht das gegeben hat, wonach sie sich offenbar so sehr gesehnt hat. Ungeschickt befreit Daniel sich aus ihrem Griff.

»Ich arbeite hier. Da kannst du nicht einfach so hereinschneien!«

Jan versteht nicht jedes Wort, aber was Daniel meint, ist völlig klar. Er hat anscheinend richtig Mist gebaut.

Als Claudia hört, wie die Wohnungstür aufgeht, fährt sie hoch und setzt sich im Bett auf. Sie fühlt sich, als hätte sie tagelang geschlafen. Sie geht in den Flur und ist selbst ganz überrascht davon, wie dringend sie ihren Sohn wiedersehen will.

»Mattia!«, ruft sie.

Paolo steht im Flur, doch von Mattia keine Spur.

»Ich habe ihn bei meiner Mutter gelassen«, sagt Paolo.

»Wieso das denn?«

»Ich muss mit dir reden.«

Seine Stimme hat einen staatsmännischen Ton angenommen. So spricht er, wenn er ihr eine Predigt halten will. Mit einem Schlag kommt Claudia sich noch jünger als ihr Sohn vor. Dennoch folgt sie ihrem Mann ins Wohnzimmer und setzt sich aufs Sofa. Paolo nimmt in dem Sessel gegenüber Platz.

»Bist du dir im Klaren darüber, was du gestern getan hast?«, fragt er, auch wenn das nur eine rhetorische Frage ist.

»Ich habe einen Spaziergang gemacht.«

»Ohne mir vorher Bescheid zu geben? Und obwohl dein Sohn krank war?«

»Aber du warst doch da!«

»Ich war unter der Dusche. Wäre Mattia aufgewacht, dann hätte niemand es bemerkt.«

»Er ist vier! Wenn er aufgewacht wäre, dann wäre er zu dir ins Bad gekommen.«

»Du merkst nicht, wie unvorsichtig du bist. Aber das ist ja nichts Neues.«

Paolo spricht noch immer leise und gefasst, während Claudia am liebsten losschreien würde.

Ihre Stimme wird schrill. »Hör auf, immer so überstreng zu sein. Das ist doch lächerlich!«

»Du weißt genau, dass andauernd Unfälle passieren!« Paolos Stimme ist um eine Oktave nach oben gesprungen.

»Ich musste einfach mal raus. Als du nach Hause gekommen bist, hast du mich nicht mal begrüßt, mich nicht gefragt, wie es mir geht. Du hast dich nur nach Mattia erkundigt.«

»Was ist daran so ungewöhnlich? Er war krank, da ist es doch normal, dass ich wissen will, wie es ihm geht.«

»Und findest du es auch normal, mich, deine Ehefrau, nicht zu begrüßen, mir keinen Kuss zu geben oder mich zu umarmen, sondern sofort und ausschließlich nach deinem Sohn zu fragen, als wäre ich bloß ein Babysitter, ein Kindermädchen, eine Hausangestellte?«

»Wenn du dich so kindisch benimmst, bist du wirklich unerträglich«, entgegnet Paolo, obwohl ihn Claudias Worte nicht aus der Ruhe zu bringen scheinen. »Du bist eine erwachsene Frau! Was erwartest du denn? Dass man dir auf die Schulter klopft, um dich darüber hinwegzutrösten, dass du dich den ganzen Tag um deinen Sohn kümmern musstest? Du Ärmste! Ich habe übrigens den Tag nicht damit zugebracht, mich zu vergnügen, sondern gearbeitet.«

Claudia weiß, dass sie noch Stunden so weiterreden könnten, ohne einander je zu verstehen. Zwischen ihnen steht eine Wand aus Feindseligkeit, und keiner von ihnen wird versuchen, sie niederzureißen. Wann haben sie damit angefangen, sich nicht mehr zu lieben?

Anita sieht, wie Valentina Daniel umarmt, und hört, wie sie ihn überschwänglich begrüßt, obwohl es im Lokal laut ist und sie ein gutes Stück von der Bar entfernt sitzt. Da begreift sie, dass alles vorüber ist, bevor es überhaupt angefangen hat. Aber was hat sie sich denn erwartet? Er sieht gut aus, ist klug, hat gute Manieren und ist obendrein Ausländer. Es war nur eine Frage der Zeit, bis irgendeine sich ihn schnappt. Immer wieder muss sie sich vor Augen führen, warum sie glaubt, dass er nicht der Richtige für sie ist, um nicht an die Bar zu stürmen und die Blonde an den Haaren zu ziehen. Aber dann windet sich Daniel mit verdrießlicher Miene aus Valentinas Umarmung, und da erkennt Anita, was auch Jan erkannt hat, nämlich dass Daniel nur ein Abenteuer gesucht hat. *Sie bedeutet ihm nichts*, sagt sie sich immer wieder, als könne sie es selbst nicht glauben. In genau diesem Augenblick, in diesem winzigen Moment, sieht Daniel sie an. Anita schafft es nicht rechtzeitig, den Blick zu senken. Sie versucht es nicht einmal. Die Blicke, die sie wechseln, sind wie ein Gespräch. Jetzt haben sie einander verstanden. *Das hat nichts zu bedeuten*, hat er gesagt. *Ich will keine andere als dich.* Und sie hat geantwortet: *Ich weiß.*

Kapitel 9

Geistesabwesend geht Claudia durch die Korridore der Universität. Sie ist müde, sie kann zurzeit kaum schlafen. Die Anspannung zu Hause ist mit Händen zu greifen. Paolo wirft ihr hasserfüllte Blicke zu, als wären sie verfeindet. Sie beobachten einander mit Argusaugen und warten nur darauf, den anderen bei einem Fehler ertappen zu können, um vor sich selbst das Ende ihrer Liebe zu rechtfertigen, die sie so lange vereint hatte. Wenn Claudia zurückdenkt, kann sie sich nicht mehr vorstellen, diese Liebe je verspürt zu haben. Sie schien so stark, so unerschütterlich, als seien sie beide von einer Krankheit befallen oder zu lebenslangem Glück verurteilt. Sie fühlte sich in Sicherheit, wie hinter einer hohen und standfesten Einfriedung, geschützt vor den Angriffen wilder Tiere, gefeit vor Schicksalsschlägen, die immer nur die anderen trafen. Unvorstellbar, dass sie sich eines Tages in einer leeren Wohnung wiederfinden würde, ganz auf sich allein gestellt. Damals wünschte sie sich, ein Tag wäre wie der andere, ohne Schwierigkeiten, ohne Scherereien. Sie wollte nicht mehr als das, was sie schon hatte und von dem sie nie geglaubt hätte, dass sie es einmal nicht mehr würde haben wollen.

Der Hörsaal ist schon voll mit Studenten besetzt. Sie hat die Vorlesung erst gestern vorbereitet, aber jetzt kommt es ihr vor, als würde sie sich an nichts mehr erinnern. Zum Glück hat sie wie immer die Dias dabei. Sie bittet einen Zuhörer in der ersten Reihe, das Licht auszuschalten, und als er aufsteht, erkennt sie in ihm den ausländischen Studenten, der sie unlängst gebeten hat, ihm noch einmal das Bild der Giacometti-Skulptur zu zeigen. Als er zum Lichtschalter geht, schenkt er ihr ein sanftes Lächeln, das sie jedoch nicht erwidert.

Die Zigarette zwischen Anitas Fingern brennt langsam herunter. Gebannt starrt sie auf die glühend rote Spitze. Damon Albarn singt nur für sie »When you're lonely press play«, und der Baumstamm, an den sie sich lehnt, ist unbequem und knotig, aber das spürt sie kaum. Die ersten Novembertage haben die für Rom typische feuchte Kälte gebracht, die einem bis in die Knochen dringt. Der kleine Park an der Via Tiburtina wäre auch dann ein deprimierender Ort, wenn der Rasen nicht so abgerupft wäre und die Geräte auf dem Spielplatz nicht längst verrostet.

»Hier steckst du also.«

Anita zieht sich die Ohrstöpsel heraus und begrüßt mit einem Kopfnicken ihre Freundin Barbara, die sich neben sie gesetzt hat.

»Vorlesung?«, fragt Barbara.

Anita schüttelt in einer vielsagenden Geste den Kopf.

»Ich versteh's nicht. Wieso gehst du eigentlich noch in die Uni?«

Das war keine Frage. Barbara stellt nie Fragen, sie tut ihre Meinung kund. Anita entgegnet nichts.

»Vergiss die Uni, Anì. Du musst singen.«

Mit einem Ruck dreht sich Anita zu ihr, und Barbara sieht sie mit einem schiefen Lächeln an, als wolle sie sich entschuldigen.

»Ich hab dich am Samstagabend gesehen. Was heißt gesehen, gehört hab ich dich. Ich war im Ypsilon.«

»Und wieso hast du nicht Hallo gesagt?«

Barbara zuckt mit den Schultern.

»Vielleicht hättest du es ja blöd gefunden, dass ich dir zugeschaut habe. Du siehst immer so aus, als würdest du gleich zubeißen, wenn man auch nur ein falsches Wort sagt.«

Anita schweigt. Sie weiß nicht, was sie sagen soll. Sie kennt Barbara seit zwei Jahren, seit dem Tag, an dem sie zum ersten Mal die medizinische Fakultät betreten und sich neben diese große, kräftige junge Frau gesetzt hat, die so ausgeprägt römischen Dialekt spricht, als wolle sie damit ihre Eltern provozieren, die ihren Uniabschluss mit Bestnote gemacht haben und noch dazu aus Mailand stammen. Barbara ist in Rom geboren, liebt den römischen Tonfall schon seit Kindertagen und hat ihn so sehr verinnerlicht, dass ihre Eltern sich bestimmt hin und wieder deswegen schämen. Für die Noten ihrer Tochter schämen sie sich jedoch ganz sicher nicht: eine glatte Eins nach der anderen. Barbara ist so etwas wie ein Genie, und dass Anita die beiden einzigen Prüfungen ihrer kurzen akademischen Karriere bestanden hat, hat sie einzig und allein ihr zu verdanken.

»Wenn du so weitermachst, frage ich mich, ob du jemals einen Mann findest.«

»Ich suche gar keinen.«

»Ach, komm schon, tu nicht so!«

Barbara versetzt ihr einen Schlag auf die Schulter, der Anita fast umwirft, und beide brechen in Lachen aus.

»Ich war mit Pasini im Ypsilon«, fährt Barbara fort. »Als ich dich gesehen habe, hat mich fast der Schlag getroffen. Wieso hast du mir nie erzählt, dass du so gut singst?«

»Das habe ich noch nie jemandem erzählt.«

»Du bist ja wirklich nicht zu retten. Kannst von Glück sagen, dass wir befreundet sind. Stell dir vor, wir wären verfeindet!«

Wie sollte man Barbara nicht gern haben?

»Morgen singe ich wieder. Kommst du noch mal?«

»Aber klar. Sag mal, bist du heute Abend im Daimon?«

»Weiß ich noch nicht. Irgendwie hab ich nicht so recht Lust.«

»Wundert mich nicht, mit diesem Idioten von Stiefvater, den du da hast. Aber der Laden ist schon klasse. Und der Typ hinter der Bar gefällt mir, der mit dem Pferdeschwanz.«

»Aber du bist doch mit Pasini zusammen?«

»Ach was! Ich hab die Schnauze voll von ihm.«

Mit einem Mal verspürt Anita den Drang, Barbara ihr Herz auszuschütten. Ihr von Andrea und Daniel zu erzählen, vor allem von Daniel. Was gäbe es über Andrea auch groß zu sagen? Dass sie mit ihm eine Zeit lang ins Bett gegangen ist und dass er, seit sie sich ihm verweigert, gefährlicher ist als ein ausgehungerter Wolf. Barbara würde sie nicht verurteilen, da ist Anita sicher, aber dennoch bringt sie kein Wort heraus. Obwohl es ihr vielleicht guttun würde.

»Dann sehen wir uns heute Abend im Daimon«, sagt sie.

»Korrekt. Wollen doch mal sehen, ob ich diesem Deutschen nicht ein paar Worte Italienisch beibringe.«

»Wohl eher ein paar Worte Römisch, oder?«

Wieder lachen sie beide. Gott sei gedankt für die guten Freundinnen.

Als Claudia die Vorlesung beendet hat, bittet sie darum, das Licht wieder anzuschalten. Wiederum steht der ausländische Student auf. Kurz darauf ertönt der übliche Lärm hochklappender Stühle, das Getrappel von Füßen, das sich in Richtung Tür verliert, halblaute Gespräche. Jemand verabschiedet sich von ihr, sie grüßt nur flüchtig zurück. Als sie das letzte Dia in die Hülle steckt, verlassen sie eine Sekunde lang die Kräfte und die Mappe fällt zu Boden. Claudia flucht leise und bückt sich, um die über den Boden verstreuten Aufnahmen einzusammeln. Sie weint, ohne einen Laut von sich zu geben, ohne es überhaupt zu bemerken. Neben ihr die Silhouette eines sich hinknienden jungen Mannes, seine Hand, die die Dias einsammelt. Sie sieht jetzt nur noch zu. Eine Träne tropft mitten auf eines der gerahmten transparenten Vierecke, gerade als der junge Mann danach greift, um es an seinen Platz zu stecken. Claudia wischt sich rasch mit der Hand über das Gesicht. Der Student sagt nichts, sammelt alle Dias ein und schließt die Mappe. Dann reicht er sie ihr. Claudia hebt den Kopf und begegnet dem Blick aus seinen tiefblauen Augen.

»Danke.«

Der Student deutet ein Lächeln an.

»Ein Kaffee?«, fragt er.

Sie sollte ablehnen. Keine persönlichen Kontakte zwischen Lehrenden und Studierenden, das bringt nur Schwierigkeiten.

»Gehen wir rüber in die Bar«, antwortet sie ernst und mustert ihn. »Ich muss eine rauchen.«

Anita streift durch das Viertel von San Lorenzo, stöbert in einer Buchhandlung, trinkt in einer Bar eine Cola. Mit Barbara hat sie ein Stück Pizza gegessen, anschließend ist ihre Freundin in eine Vorlesung gegangen, die sie selbst auch besuchen sollte. Eigentlich sollte sie die Uni ganz hinschmeißen. Sie geht zwar so gut wie nie hin, aber dennoch hält sie diese vorgebliche Beschäftigung davon ab, sich einen Job zu suchen. Ein wenig Geld in der Tasche wäre nicht verkehrt. Dann könnte sie vielleicht endlich einmal ins Ausland reisen. Ihr fällt wieder ein, dass Daniel sie zu sich nach England eingeladen hat, und die Erkenntnis, dass er bald verschwinden und nie wiederkehren wird, trifft sie wie ein Schlag.

Warum denke ich andauernd an ihn? Er hat doch eine Freundin!

Valentinas Bild ist in ihrem Kopf fest verankert: eine schöne, blonde und elegante junge Frau. Wie sie sich in seiner

Gegenwart verhalten hat, diese Vertrautheit, die nur entsteht, wenn man mit jemandem Sex hatte. Als sie sich Valentina und Daniel zusammen im Bett vorstellt, dreht sich ihr der Magen um. Sie verscheucht Valentina aus ihren Gedanken und richtet ihre Fantasie ganz auf Daniels Körper. Ob er so helle Haut hat wie angeblich alle Engländer? Im Gesicht ist er oft bleich, aber er errötet schnell. Als Anita bemerkt, dass sie bei diesen Gedanken lächeln muss, ruft sie sich wieder zur Ernsthaftigkeit. Wie hat Barbara es ausgedrückt? Dass sie immer aussieht, als würde sie gleich zubeißen. Vielleicht hat sie damit recht. Außer bei Daniel, obwohl sie ihn, in gewisser Hinsicht, nur allzu gern einmal beißen würde.

Sie schüttelt den Kopf. Am besten geht sie nach Hause und tut so, als würde sie lernen. Außerdem müsste Andrea mittlerweile schon weg sein.

Daniel und Claudia haben das Universitätsgelände verlassen und sind eine Weile schweigend nebeneinanderher gegangen, bis sie in einer Seitenstraße auf eine etwas abgelegene Bar gestoßen sind. Ein eisiger Wind pfeift, und sie nehmen drinnen Platz, an einem kleinen Tisch, auf dem noch die Abdrücke der Tassen der vorherigen Gäste zu sehen sind. Wie es sich für einen Engländer gehört, trinkt Daniel zu dieser vormittäglichen Stunde Tee.

»Dann ist das also kein Gerücht. Du kommst aus England.«
»Mein Vater ist Engländer. Aber meine Mutter ist Italienerin.«

Claudia nickt und nippt an ihrem Kaffee.

»Ich habe inzwischen das Studienfach gewechselt«, fährt er fort. »Ich hatte eigentlich vor, die Prüfungen in Kunstgeschichte des Mittelalters abzulegen, aber dann habe ich durch Sie Giacometti kennengelernt.«

»Tatsächlich?«

»Ja. Das war eine ziemlich verzwickte Angelegenheit. Der Wechsel des Studienfaches, meine ich. Meine Mutter hat schon recht: Die Italiener schaffen es wie niemand sonst, einfache Sachen kompliziert zu machen.«

Claudia lacht. »Also hat dich jetzt die Begeisterung für die moderne Kunst gepackt?«

»So ist es. Als Kind war ich einmal in der Tate Modern in London, aber das ist schon lange her. Und ich weiß nur noch, dass mein Bruder unbedingt einen Teil einer Installation mitnehmen wollte, die aus Steinen bestand, die auf dem Boden verteilt waren. Man musste ihn buchstäblich davon wegreißen.«

»Ist dein Bruder älter oder jünger als du?«

»Peter ist vier Jahre jünger als ich.«

»Und seid ihr euch ähnlich?«

»Nicht im Geringsten. Er ist eher der dunkle Typ, wie unsere Mutter. Ich komme eher nach unserem Vater.«

»Ich weiß übrigens immer noch nicht, wie du heißt.«

»Daniel Anderson«, sagt Daniel und reicht ihr die Hand.

Claudia nimmt seine Hand und lächelt. »Ich bin Claudia.«

»Ich weiß. Frau Professor Riganti. Ich musste beim Fachwechsel Ihren Namen in mindestens zehn Formulare eintragen.«

Sie sieht ihn an. »Außerhalb der Uni kannst du Claudia zu mir sagen.«

Diesen Blick hat er oft bei seiner Mutter gesehen. Er ist nie daraus schlau geworden. Claudia trägt einen Ehering, also ist sie verheiratet. Sie gefällt ihm, allerdings könnte er nicht sagen, weshalb.

»Vielen Dank, dass du mir vorhin geholfen hast«, sagt sie. »Ich mache gerade eine schwierige Phase durch.«

Ihm steht wieder vor Augen, wie sie still geweint hat, aber er sagt nichts dazu. Er fragt sich nur, ob es im Leben Momente gibt, in denen man glücklich ist, denn er selbst kennt eigentlich niemanden, der ihm je glücklich erschienen ist.

»Und danach wird es auch nicht leichter, oder?«, fragt er.

»Kein bisschen«, bestätigt sie.

Sie fragt nicht, was er mit »danach« gemeint hat. Sie weiß es ganz genau.

»Ich brauche eine Zigarette«, sagt sie. »Wollen wir los?«

Sie verlassen die Bar, Claudia fischt eine Zigarette aus ihrer Tasche und steckt sie sich an, indem sie die Flamme des Feuerzeugs mit der anderen Hand abschirmt. Als sie die erste Rauchwolke ausstößt, sagt sie: »Ich wette, du rauchst nicht.«

»Normalerweise nicht. Jedenfalls keinen Tabak«, erwidert Daniel mit einem Lächeln.

»Aha, verstehe! Kannst du dir vorstellen, dass ich in meinem ganzen Leben noch nie einen Joint geraucht habe? Dabei waren genug im Umlauf, als ich in deinem Alter war.«

»Wenn du es mal probieren willst: Mein Mitbewohner ist Fachmann auf dem Gebiet. Manchmal ist unsere Wohnung so vernebelt, dass man die Hand vor Augen nicht sieht.«

Claudia lacht, entgegnet aber nichts. Mit Daniel wirkt alles so normal.

* * *

Leise dreht Anita den Schlüssel im Schloss und betritt die Wohnung. Sie lauscht gespannt. Es scheint, als sei niemand da. Erleichtert atmet sie auf. Dann wirft sie ihren Rucksack zu Boden und geht in die Küche, um ein Glas Wasser zu trinken.

»Hallo, meine Prinzessin.«

Anita zuckt zusammen, das Glas landet in der Spüle und zerbricht. Langsam dreht sie sich um. Vor ihr steht Andrea. Er trägt nur eine Jeans, sonst nichts. Seine Miene verheißt nichts Gutes.

»Hallo«, entgegnet sie. Dann dreht sie ihm den Rücken zu und liest die Scherben des Glases auf.

»Sind die Vorlesungen schon vorbei?«

»Mhm.«

Weil er keine Schuhe trägt, hört sie ihn nicht, aber sie weiß, dass er sich ihr nähert. Im nächsten Moment schiebt er mit der Hand ihr Haar zur Seite, und sie spürt seinen Atem im Nacken. Ruckartig dreht sie sich um, und ein Schmerz durchfährt sie. In ihrer Handfläche steckt ein Glassplitter.

»Was machst du denn da?« Behutsam zieht Andrea den Splitter heraus, dann dreht er den Wasserhahn auf und hält ihre Hand unter das kalte Wasser. »Wie schusselig du manchmal bist.«

Anita kann sein Aftershave riechen. Jetzt findet sie es nur noch widerwärtig, ein unerträglicher Gestank. Sie wendet sich von ihm ab und zieht die Hand zurück.

»Nicht der Rede wert. Es blutet schon nicht mehr«, erklärt sie und macht einen Schritt von ihm weg.

Andrea seufzt und sieht sie mit festem Blick an.

»Wo ist denn das Problem, Schätzchen? Warum gehst du mir aus dem Weg?«

»Das habe ich dir schon gesagt. Das mit uns muss ein Ende haben. Begreif es doch endlich!«

»Hast du Angst vor Lisa? Mach dir wegen ihr keine Sorgen«, sagt er beschwichtigend und versucht wieder, sich ihr zu nähern.

Anita macht einen weiteren Schritt zurück. »Wir hätten nie damit anfangen sollen.«

Andrea streicht ihr über das Gesicht. Anitas Herz rast, aber nicht vor Erregung, sondern vor Angst. Sie spürt, wie angespannt Andrea ist. Seine Liebkosung fühlt sich wie eine Ohrfeige an.

»Bitte. Ich will das nicht mehr.«

Plötzlich packt er sie mit der Hand am Kinn. »Du kleines Miststück.«

Er hat das lächelnd und leise gesagt, aber Anita spürt die Drohung, die in diesen Worten liegt.

»Willst du, dass ich verrückt werde?«, fährt er fort. »Verrückt vor Lust?«

»Lass mich los! Du tust mir weh.«

In diesem Augenblick ist zu hören, wie ein Schlüssel im Schloss gedreht wird. Andrea lockert den Griff.

»Anita? Bist du da?«, ruft ihre Mutter. Sie muss ihren Rucksack im Flur gesehen haben.

Andrea verschwindet im Schlafzimmer, und Anita sammelt weiter die Scherben auf. Diesmal ist sie noch davongekommen.

Kapitel 10

Als er die Tür öffnet, steht sie vor ihm, einen Becher von McDonald's in der Hand. Dabei hat er ihr doch gesagt, dass er lernen muss.

»Ich dachte mir, du könntest ein bisschen Zucker brauchen«, sagt Valentina und schlüpft herein. »Ein Erdbeer-Milchshake!«

Daniel hasst Milchshakes. Und dann auch noch Erdbeer. Außerdem ist Sergio zu Hause. Er nimmt Valentina am Arm.

»Komm in mein Zimmer, los.«

Sie lässt sich bereitwillig entführen, lacht dabei wie immer, und in diesem Augenblick steht Sergio in der Tür seines Zimmers. Daniel und Valentina bleiben wie angewurzelt vor ihm stehen.

»Hallo!«, ruft sie ihm lächelnd zu. »Wie geht's dir? Alles in Ordnung?«

Sergio nickt und wird ganz fahl im Gesicht. Valentina scheint nicht zu bemerken, wie perplex er ist.

»Gestern warst du gar nicht im Büro. Ich dachte schon, du bist krank.«

»Du hättest anrufen können«, gibt Sergio zurück.

»Ja, stimmt. Aber es ist alles in Ordnung, oder?«

Daniel sieht schon die ganze Zeit zu Boden. Am liebsten wäre er unsichtbar. Was richtet er denn jetzt schon wieder an? Er zieht sich den Hass seines Mitbewohners zu, und das wegen einer, auf die er nicht im Geringsten steht.

»Er hat recht«, platzt er heraus. »Wenn du dir Sorgen gemacht hast, dann hättest du ja anrufen können.«

»Morgen komme ich jedenfalls wieder ins Büro«, kündigt Sergio an. Es klingt fast wie eine Kampfansage.

»Supi! Dann bis morgen im Büro«, flötet Valentina.

Sie drückt Daniel den Milchshake in die Hand und öffnet die Tür zu seinem Zimmer. »Was ist, kommst du?«

Anita hat die Tür abgesperrt. Das wäre nicht nötig gewesen, denn sie hat gehört, wie Andrea sich von ihrer Mutter verabschiedet und das Haus verlassen hat. Er ist ins Daimon gegangen, und wenn sie nicht auch dorthin geht, sieht sie ihn erst heute am späten Abend wieder, wenn er nach Hause kommt. Dann genügt es, wenn sie die Zimmertür geschlossen hält und sich erst am nächsten Morgen wieder blicken lässt. Wiederum ist sie eine Gefangene in der eigenen Wohnung, so wie damals, als ihr Vater noch da war.

Ich muss es so einrichten, dass ich nie da bin, wenn er da ist, überlegt sie. *Und ich darf auf keinen Fall ins Daimon gehen.* Andererseits fühlt sie sich dort sicher. Andrea würde es nie riskieren, sich von den Jungs erwischen zu lassen, wenn er sie anfasst. Allerdings hat sie einmal, an dem Abend, als Daniel nicht da war und sie zu zweit in Andreas Büro waren, hinter der Tür ein Geräusch gehört. *Und wenn das Jan war?* Jans Italienisch ist nicht besonders gut, also hat er höchstens gesehen, wie Andrea vor ihr gekniet hat. *Ganz genau. Mit einer Hand auf meinem Bein. Verdammt!* Jan und Daniel sind befreundet, und Jan ist auf Zack. Garantiert hat er Daniel erzählt, was er gesehen hat. Das würde auch seine wütenden Blicke erklären. *Wieso bin ich da nicht schon vorher drauf gekommen?* Außerdem: Wenn sie sich von Daniel fernhält, was hat es dann noch für eine Bedeutung, ob er von ihr und Andrea weiß? Vielleicht ist es sogar besser so, dann lässt er sie wenigstens in Ruhe. Anita mustert sich im Spiegel ihres Schranks, der sie in voller Größe zeigt. Sie versucht, sich von diesem Gedanken zu überzeugen. Dann sieht sie sich im Spiegel in die Augen. *Er weiß es. Um Gottes willen. Jetzt verachtet er mich bestimmt. Ich widere ihn an. Um Gottes willen.* Der Krampf in der Magengegend ist so stark, dass sie sich vor Schmerzen krümmt.

Claudia ist zu Mattias Kindergarten unterwegs. Sie fährt langsam, auf den Straßen ist jetzt, um die Mittagszeit, viel los.

Währenddessen denkt sie an ihre Vorlesung über den Surrealismus heute Vormittag zurück.

Daniel hat von der ersten bis zur letzten Minute gelächelt und immer wieder genickt. Dalí ist einer der Künstler, die er am meisten bewundert. Claudia geht es genauso, und daher schien ihr, sie halte die Vorlesung nur für ihn. Als sie gesehen hat, wie begierig er dazugelernt hat, hat sie selbst wieder ein wenig von der Begeisterung verspürt, mit der sie früher gelehrt hat und die sie schon seit einer Weile vermisst.

Paolo dagegen hat kein bisschen gelächelt, als sie sich heute Morgen voneinander verabschiedet haben. Er hat sie angesehen, als versuche er, sie zu enträtseln, als sei sie eine seltsame Denksportaufgabe. Sobald sie in der Universität angekommen war, hat sie nicht mehr daran gedacht, aber jetzt kommt ihr sein Blick wieder in den Sinn, und sie glaubt, darin etwas Bedrohliches zu erkennen. Ihr ist klar geworden, dass sie nicht mehr mit ihm sprechen und auch nicht mehr versuchen will, ihn zu verstehen. Jeder Paartherapeut würde ihnen erklären, dass nie nur eine Seite Schuld hat. Und doch fühlt sie sich als diejenige in ihrer Beziehung, die verletzt worden ist, und ihr scheint, wenn sie sich mit allen Mitteln um einen Dialog bemühen würde, dann würde sie sich noch schlechter fühlen, so als würde sie sich selbst mit Füßen treten.

Heute ist Sergio zum Glück wieder zur Arbeit gegangen, und Daniel muss nicht damit rechnen, ihm jedes Mal über den Weg zu laufen, wenn er sein Zimmer verlässt. Nach Claudias Vorlesung war er geradezu elektrisiert, überwältigt von der Malerei Dalís, und er fragt sich, wie er die moderne Kunst so lange hat vernachlässigen können. Aber jetzt holt er all das nach und verbringt Stunden im Internet, sieht sich Bilder von Gemälden und Skulpturen an, sucht Museen, die einen Besuch lohnen würden, und Beschreibungen bestimmter Werke. Als er Hunger bekommt, geht er in die Küche und macht sich einen Teller Spaghetti mit Tomatensauce. Als er die Nudeln abgießt, kommt Marco aus seinem Zimmer hervor, in dem er sich die meiste Zeit des Tages verkriecht. Daniel hat mittlerweile herausgefunden, dass sein Mitbewohner eine Art Gott des Mischpults ist, ein DJ, der in zahlreichen Diskotheken Roms sehr gefragt ist. Er arbeitet mal hier und mal dort, aber immer nur, wenn er dazu Lust hat, und verdient dabei einen Haufen Geld. Er hat auch erfahren, dass die Wohnung Marco gehört und nicht Sergio, und nur deshalb ist er wegen der Sache mit Valentina noch nicht rausgeflogen. Sergio und Marco kommen nicht besonders gut miteinander aus, aber für Daniel hat der Hausherr etwas übrig.

»Hast du Lust auf ein paar Spaghetti?«, fragt Daniel.

Marco setzt sich an den Tisch. Er sieht aus, als habe er ziemlich lange kein Auge zugemacht, was aber auch an der ständigen Kifferei liegen kann. *Er sollte mehr essen*, denkt Daniel, *das würde ihm bestimmt guttun, er ist ja nur noch Haut und Knochen.*

»Warum nicht«, antwortet Marco. »Aber wirklich nur ein paar!«

Daniel verteilt die Nudeln auf die Teller, stellt Marco einen hin und setzt sich. Marco steckt die Gabel in die Spaghetti, wickelt ein paar davon auf, hält dann aber inne.

»Sergio will ausziehen«, sagt er.

Daniel blickt von seinem Teller auf und sieht ihn fragend an.

»Er sagt, er kann deinen Anblick nicht mehr ertragen.«

»Dann sollte vielleicht ich ausziehen.«

»Lass stecken, Daniè! Sergio ist schon seit Jahren hinter ihr her, aber er will einfach nicht kapieren, dass er ihr völlig am Arsch vorbeigeht. Deswegen ist er jetzt sauer auf dich, aber es ist ja nicht deine Schuld, wenn Valentina dir nachsteigt.«

»Aber ich bin nicht ganz unbeteiligt.«

»Du bist Engländer und kein Idiot!«, erwidert Marco lachend.

Daniel versucht zu lächeln, aber er kommt sich mies vor, und das kennt er von sich nicht.

»Und mal ganz ehrlich: So unglücklich wäre ich gar nicht, wenn Sergio auszieht. Er ist mit der Miete schon zwei Monate im Rückstand, angeblich, weil er so wenig verdient. Er ist mir schon früher auf die Nerven gegangen, aber seit er mit dieser beleidigten Miene rumschlurft, bete ich jeden Morgen, dass er mir nicht über den Weg läuft.«

»Mir tut er ja fast ein bisschen leid.«

»Mir nicht. Er ist einfach ein Verlierertyp.«

Darauf sagt Daniel nichts. Was ist dann er? Ganz sicher kein Siegertyp. Der Hunger ist ihm vergangen, und auch Marco schiebt den Teller nach ein paar Bissen von sich, holt einen Joint aus der Hemdtasche und zündet ihn an.

»Arbeitest du morgen Abend?«, fragt er.

»Nein, wieso?«

»Neulich habe ich in einem Club eine Sängerin gehört. Wahnsinnsstimme. Zwar nicht der Sound, auf den ich stehe, aber trotzdem … Wir könnten sie uns bei ein paar Bierchen anhören.«

Vor dem Kindergarten steht Paolo neben dem Grüppchen der immer selben Mütter. Claudia steigt aus und geht zu ihm.
»Du hättest mir Bescheid sagen können, dass du ihn heute abholst. Dann hätte ich mir den Weg gespart.«
»Ich gehe mit ihm zum Mittagessen zu meiner Mutter.«
»Warum das denn?«
»Weil meine Mutter ihren Enkel sehen möchte! Braucht es dafür einen Grund?«
»Du hättest mich heute früh auch fragen können, ob ich damit einverstanden bin. Hätte ja sein können, dass ich mit ihm heute Nachmittag schon was vorhabe.«
»Was solltest du denn schon vorhaben? Du unternimmst nie etwas mit ihm, du beaufsichtigst ihn nur, und noch dazu schlecht.«
»Dabei wollte ich mit ihm heute ins Kindermuseum, stell dir vor.«
Keiner von beiden bemerkt, dass sie laut geworden sind und die Frauen neben ihnen sich nach ihnen umdrehen.
»Aber ich habe meiner Mutter schon gesagt, dass wir kommen. Also bleibt es dabei«, gibt Paolo zurück.
»Es bleibt bei überhaupt nichts. Er ist nicht nur dein Sohn!«
»Das fällt dir auch immer nur dann ein, wenn es dir passt, oder?«
Claudia verspürt den Impuls, ihm eine runterzuhauen, und schreckt vor sich selbst zurück. Sie zwingt sich dazu, tief einzuatmen, und sieht zur Tür des Kindergartens hinüber, die genau in diesem Moment aufgeht. Nach der ersten Gruppe von Kindern kommt auch Mattia heraus, und als er seine beiden Eltern sieht, läuft er auf seinen Vater zu.
»Papa!«

Paolo wendet sich blitzartig zu Claudia, ein grausam triumphierendes Lächeln auf den Lippen. Er wirft ihr nur einen kurzen Blick zu, bevor er sich wieder umdreht, um Mattia in den Arm zu nehmen, aber sie hat es genau gesehen. Betäubt und wie erstarrt bleibt sie stehen.

Barbara und Jan sind seit mindestens einer halben Stunde in ein Gespräch auf Englisch vertieft, und Anita fühlt sich allmählich überflüssig. Um ihre Freundin nicht allein zu lassen, hat sie sich vorhin nicht wie sonst ein Bier geholt und sich an den versteckt gelegenen Tisch gesetzt, aber jetzt hat Barbara ihre Unterstützung offenbar nicht mehr nötig. Das unsichtbare Band, das die Augen der beiden über den Tresen hinweg verbindet, wird mit jeder Minute stärker. Anita dagegen überläuft jedes Mal ein Schauer des Unwohlseins, wenn sie Daniel dabei zusieht, wie er sich zwischen den Tischen hindurchschlängelt, ohne je ihren Blick zu erwidern. Schließlich befindet sie, dass sie genug gelitten hat, und geht zu ihrem angestammten Tisch, der immer frei ist, weil in einem Lokal niemand im Verborgenen sitzen will.

»Was macht meine Prinzessin denn hier ganz allein?«, fragt Andrea. »Wer geht denn in ein Lokal, um dann ganz für sich zu sein?«

»Zum Beispiel eine, die nur hier ist, um einer Freundin Gesellschaft zu leisten. Und die auch bald wieder gehen wird, weil diese Freundin nämlich bestens alleine klarkommt.«

»Meinst du dieses Mannweib an der Theke, das mit Jan redet?«, entgegnet Andrea und setzt sich Anita gegenüber.

»Barbara ist kein Mannweib, und du brauchst dich auch nicht zu setzen. Ich bin nämlich gerade am Gehen.«

Hier, inmitten von Menschen, kann Anita etwas mehr Mut aufbringen, aber als Andreas Lächeln verschwindet und er die Stimme senkt, läuft es ihr kalt über den Rücken.

»Ich weiß ja nicht, wie lange du dich noch so stur stellen willst. Aber ich bin es allmählich leid.«

»Ich stelle mich nicht stur.«

Andrea sieht sie mit ernsthaftem Blick an. »Was würde wohl deine Mutter sagen, wenn ich ihr erzählen würde, dass du eines Morgens, nachdem sie das Haus verlassen hatte, um zur Arbeit zu gehen, nackt in unser Ehebett geschlüpft bist?«

»Sie würde dir nicht glauben.«

Andrea lacht auf. »Wer von uns beiden würde wohl ungeschoren davonkommen, wenn ich ihr gestehen würde, was zwischen uns war, und sie sich für einen von uns beiden entscheiden müsste?«

»Ich bin ihre Tochter.«

»Tatsächlich? Wie seltsam.«

Anita sieht ihn ungläubig an.

Andrea seufzt. »Lisa hat dich zwölf Jahre lang leiden lassen, ohne mit der Wimper zu zucken. Wieso glaubst du, dass es diesmal anders sein sollte?«

Anita wendet sich von Andrea ab. Ihr Blick fällt auf Daniel, der vor ihrem Tisch steht.

»Alles in Ordnung?«

Anita nickt.

Andrea dreht sich nicht einmal um. »Geh wieder an die Arbeit, Danny«, sagt er, ohne Daniel anzusehen.

»Geht's dir gut? Du bist so blass«, hakt Daniel nach.

»Mir geht's gut, alles fein«, antwortet Anita. Dann steht sie unvermittelt auf. »Ich gehe nach Hause, es ist schon spät. Mach's gut, Daniel.«

Im nächsten Augenblick ist sie zwischen den Tischen verschwunden.

Andrea wendet sich zu Daniel. »Misch dich nie in die Gespräche der Gäste ein. Regel Nummer eins.«

Das Lächeln ist aus seinem Gesicht verschwunden. Wenn er nicht diese Maske aus gezwungener Freundlichkeit trägt, ist er nicht wiederzuerkennen. Man glaubt, einen anderen Menschen vor sich zu haben. Er wirkt ein wenig älter und ist weitaus weniger anziehend. Daniel nimmt die leere Bierflasche vom Tisch und geht.

Claudia sitzt schon seit zwei Stunden auf diesem Stuhl, seit sie allein nach Hause gekommen ist, nachdem Paolo Mattia mitgenommen hat und Mattia sich nicht ein einziges Mal nach ihr umgedreht hat. Immer wieder sagt sie sich, dass er erst vier ist und dass man Kinder in diesem Alter leicht für sich einnehmen kann, indem man ihnen etwas vorgaukelt oder ein Kaninchen aus dem Hut zaubert. Damit sticht man diejenigen aus, die täglich für ihre Kinder sorgen, mit endloser Geduld und zahllosen unterstützenden kleinen Handgriffen, die nur darauf abzielen, dass es den Kleinen gut geht und sie die Sicherheit entwickeln, die ihnen erlauben soll, selbstständig durchs Leben zu gehen. Claudia kommt ein Satz von Robert Frost in den Sinn, auf den sie vor vielen Jahren gestoßen ist und den sie seitdem nie wieder vergessen hat: »Die Liebe der Mutter muss man sich nicht verdienen.« Jetzt weiß sie, wie wahr das ist. *Aber verdiene ich die Liebe meines Sohnes?*, fragt sie sich. Ihre Großmutter würde ihr jetzt kurz und knapp antworten, sie solle nicht so einen Unsinn daherreden. Sie gäbe viel dafür, wenn sie sie jetzt um Rat fragen könnte, auch wenn ihre Großmutter zeit ihres Lebens keine Frau war, die man um Rat fragen konnte. Sie gab Lebensweisheiten von sich, wie sie ihren Hühnern das Futter hinstreute, unregelmäßig und achtlos, und glücklich konnte sich der schätzen, der in ihrer Nähe war, wenn sie in ihrer geradlinigen Art wieder einmal eine Handvoll davon verteilte.

Claudia sieht sich um, lauscht auf die Stille und sehnt sich unerwartet nach dem Lärm, den Mattia macht, nach dem Heulen des Martinshorns seines Feuerwehrautos, den viel zu lauten Trickfilmen im Fernsehen, seiner quengelnden Stimme, mit der er andauernd nach ihr ruft. Und dann kommt ihr plötzlich, inmitten dieser Stille, die mit jeder Sekunde bedrückender wird, zum ersten Mal ein Gedanke.

Und wenn Paolo ihn mir wegnimmt?

Kapitel 11

Diesmal hat Andrea ihr regelrecht gedroht. Anita fühlt sich in die Enge getrieben. Jetzt kann sie nicht einmal mehr ins Daimon gehen. Wenn das so weitergeht, wird Daniel, der sie offenbar entsetzlich findet, aber auch beschützen will, früher oder später seinen Job verlieren. Während sie sich auf ihrem Roller durch den Abendverkehr Roms schlängelt und ihre Hände einfrieren, weil sie keine Handschuhe trägt, sucht sie verzweifelt nach einem Grund, nicht den nächsten Zug zu nehmen und abzuhauen. Sie findet nur einen einzigen: die Musik. Die Augen schließen und singen, das ist das Einzige, was sie wirklich braucht.

Dieser Gedanke hebt ihre Stimmung ein wenig. Als sie kurz darauf nach Hause kommt und ihre Hände in der plötzlichen Wärme anfangen zu kribbeln, begrüßt sie ihre Mutter sogar mit einem Lächeln, statt ihr wie sonst nur ein genuscheltes Hallo zuzurufen und sich in ihr Zimmer zu verziehen. Lisa guckt eine ihrer Lieblingsserien, »Grey's Anatomy«. Anita hat sie eine Weile auch geschaut, aber dann hat diese infame Drehbuchautorin eine ihrer Lieblingsfiguren sterben lassen, und da hat Anita aufgehört. Jetzt stellt ihre Mutter völlig unerwartet den Ton leiser.

»Wie geht's dir denn? Ich krieg dich ja gar nicht mehr zu Gesicht.«

»Wenn ich zu Hause bin, bist du im Laden.«

»Aber auch abends bist du nie da. Wo warst du denn?«

»Im Daimon.«

Ihre Mutter scheint diese Information zur Kenntnis zu nehmen. Dann sagt sie: »Du bist oft dort.« Es klingt wie eine Feststellung.

»Freunde von mir arbeiten dort. Und heute Abend hat Barbara mich gefragt, ob ich mitkommen will.«

Anita spürt die Angst in sich aufsteigen. Hat ihr Andrea vielleicht etwas verraten, dieser Mistkerl?

»Na ja, weißt du …«, sagt Lisa behutsam, als wolle sie nicht gleich zur Sache kommen. »Mir scheint, du siehst Andrea öfter als ich.« Sie lässt ein nervöses Lachen hören.

»Und?«

»Nur so. Ich frage mich, ob du etwas Seltsames an ihm bemerkt hast. Er wirkt in letzter Zeit zerstreut und besorgt.«

»Hast du ihn schon mal darauf angesprochen?«

»Ja, aber er sagt, dass alles in Ordnung ist. Nur ein bisschen Stress im Club.«

»Dazu kann ich jetzt gar nichts sagen, Mama. Ich finde, er ist nicht anders als sonst. Er lächelt nicht mehr so viel, aber das ist ja vielleicht gar nicht so schlecht.«

Ihre Mutter lacht kurz. »Du bist wirklich entsetzlich. Wieso magst du es nicht, wenn er lächelt? Mit seinen perfekten Zähnen!«

Anita nickt. Nur sie weiß, dass Andrea, der Lächelnde, monatelang mit der Tochter seiner Frau ins Bett gegangen ist und auch in Zukunft nicht darauf verzichten will. Dafür ist er auch bereit, die Rolle von Andrea, dem Erpresser, anzunehmen.

»Er mag dich wirklich sehr«, fügt Lisa hinzu. »Er sagt immer, dass er dich so sehr ins Herz geschlossen hat, dass er geradezu väterliche Eifersucht verspürt, wenn andere dich umschwärmen.«

Anita presst die Lippen aufeinander. Was für ein Riesenarschloch!

Paolo kommt zur Abendessenszeit nach Hause, mit Mattia auf dem Arm, der schon eingeschlafen ist. Immer wieder hat Claudia ihn auf dem Handy angerufen, aber jedes Mal nur die Ansage bekommen, der Teilnehmer sei »vorübergehend nicht erreichbar«. Kaum hat Paolo die Wohnung betreten, nimmt sie ihm Mattia mit einer fast schon brutalen Bewegung aus dem Arm und bringt ihn ins Kinderzimmer. Mattia jammert ein bisschen, ohne die Augen zu öffnen, während sie ihn auszieht, in den Schlafanzug steckt und ins Bett legt. Er schläft auf der Stelle wieder ein, und sein Atem beruhigt sich. Claudia setzt sich und betrachtet ihn. Nie hätte sie es für möglich gehalten, dass er ihr dermaßen fehlen könnte. Dann lässt sie die Rollläden herunter, sodass das Zimmer im Halbdunkel liegt, geht hinaus und lässt die Tür angelehnt. Als sie in die Küche kommt, deckt Paolo den Tisch fürs Abendessen.

»Wieso kommst du denn erst so spät?«

Paolo dreht sich nicht um. »Mattia hat mit seiner Großmutter so viel Freude gehabt, da wollte ich ihn nicht unterbrechen. Sie haben ein Puzzle gemacht.«

Claudia bricht in Gelächter aus. »Ein Puzzle! Mit einem Vierjährigen! Da muss er ja eine Mordsfreude gehabt haben!«

»Schrei nicht so! Sonst weckst du ihn noch auf.«

Claudia macht einen Schritt auf Paolo zu. »Ich habe dich angerufen, aber du bist nicht rangegangen. Wag es nie wieder, mit dem Kleinen einfach so zu verschwinden.«

»Machst du jetzt einen auf liebevolle Mutter? Die ohne ihren Sohn nicht leben kann? Du warst es doch, die ihn einem Babysitter überlassen wollte.«

Es passiert im Handumdrehen: Claudia greift nach der gefüllten Wasserkaraffe, die auf dem Tisch steht, und schüttet ihrem Ehemann das Wasser mit einer schwungvollen Bewegung ins Gesicht.

Paolo spuckt und hustet und weicht zurück. »Bist du jetzt völlig verrückt geworden?«

»Schrei nicht so! Sonst weckst du ihn noch auf«, gibt sie zurück.

»Aber warum kann ich denn nicht mitkommen?«

Gegen Ende der Diskussion am Telefon hat Valentinas Stimme diesen quengelnden, kindlichen Ton angenommen, der ihm jedes Mal Lust macht, ihr etwas so Gehässiges entgegenzuschleudern, dass sie wirklich einen Grund zum Heulen hat. Weil er aber ein wohlerzogener, höflicher und geduldiger englischer Junge ist, wiederholt er nur zum hundertsten Mal dieselben Sätze: »Marco hat mich gefragt, ob ich mitkommen will. Da kann ich nicht einfach noch jemanden mitbringen. Das wäre nicht in Ordnung.«

»Ich bin nicht ›noch jemand‹, ich bin deine Freundin!«

Das Schweigen, das am anderen Ende der Leitung auf diese Feststellung folgt, lässt Valentina ahnen, dass sie vielleicht ein wenig übertrieben hat.

Daniel weiß, dass jetzt eine günstige Gelegenheit wäre, diese Geschichte ein für alle Mal zu beenden, aber er schafft es nicht, sie zu nutzen. Die Vorstellung, einen anderen Menschen zu verletzen, ist ihm unerträglich. Ihm ist völlig klar, was er jetzt sagen sollte: »*Du bist nicht meine Freundin. Wir haben ein paarmal miteinander gevögelt, aber das war's auch schon. Und ab heute ist auch damit Schluss. Tut mir leid. Mach's gut.*«

Stattdessen sagt er: »Ich bin schon spät dran. Marco wartet auf mich. Wir hören uns.«

Barbara hat gesagt, sie würde »eine Überraschung« mitbringen. Anita sitzt auf einem Hocker an der Bar des Clubs, in dem sie gleich singen wird, und sieht die ganze Zeit verstohlen zum Eingang hinüber.

»Wartest du auf jemanden?«, fragt Daniela.

»Auf eine Freundin.«

»Ah! Ich dachte, auf einen Mann.«

Anita lächelt. »Damit ist erst mal Schluss. Ich mach gerade Männerurlaub.«

»Unbezahlt, oder?«, hakt Daniela lachend nach.

Jetzt lacht auch Anita. Sie hat Daniela wirklich sehr gern. Wenn sie ihren Mitmenschen nicht grundsätzlich misstrauisch gegenüberstünde, würde sie sicher mehr den Kontakt zu ihr suchen.

Sie sieht ihr zu, während sie Gläser trocknet und ihre Meinung kundtut, und stellt sich vor, dass sie einmal eine großartige Barfrau wird. Die ideale Person, um nach einem schweren Tag oder einem Streit mit dem Verlobten seinem Herzen Luft zu machen, indem man Gemeinplätze austauscht und sich zuprostet.

»Wie es aussieht«, sagt Lorenzo, als er mit Sandro zu den beiden an die Bar kommt, »geht das Gerücht um, dass hier eine Sängerin auftritt, die einem das Blut in den Adern gefrieren lässt. Wie steht's an der Bierfront?«

»Hör auf, sonst krieg ich noch Panik.«

»Quatsch! Du gehst auf die Bühne, machst die Augen zu und singst. Was kümmert's dich, wie viele Leute dir zuhören?«

»Willst du uns heute eigentlich zum Heulen bringen?«, fragt Sandro. »Das Programm sieht jedenfalls so aus.«

»Tut mir leid. Wenn euch das zu traurig ist, dann ändern wir es …«

Sie schaut zum Eingang. Barbara kommt herein und hat jemanden dabei, auf den Anita gut und gern verzichten könnte: Daniels deutschen Freund.

»Hallo, meine Liebe! Wie sieht's aus, verpasst du uns heute wieder ein ordentliches Bauchkribbeln?«, ruft Barbara und klopft Anita so heftig auf die Schulter, dass sie fast vom Hocker fällt.

Sie bringt nur ein mühevolles Lächeln hervor und sieht Jan an, dem das alles genauso peinlich ist wie ihr.

»Hallo«, begrüßt er sie. »Du singst also heute Abend?«

»Aber so was von!«, sagt Barbara mit bewundernder Miene. »So eine Gänsehaut hast du noch nie gehabt!«

Der Club ist mittlerweile gut gefüllt. Als das Keyboard zum ersten Song ansetzt, ist Anita fast ein bisschen überrumpelt. *Dann hoffen wir mal, dass Taylor Swift nicht im Haus ist*, sagt sie sich und hebt an zu »I Knew You Were Trouble«.

Claudia geht zu Mattia zurück und setzt sich wieder auf den Stuhl. Mattia liegt noch immer in derselben Haltung da wie vorhin. *Der Ärmste, kein Wunder, dass er völlig geschafft ist. Wer weiß, wozu sie ihn noch alles gezwungen hat, diese alte Hexe.* Dass Mattias Erschöpfung auch eine andere Ursache haben könnte, etwa dass er mit seiner Großmutter tatsächlich viel Spaß hatte, kommt ihr nicht in den Sinn. Sie will ihre Schwiegermutter so sehr hassen, wie sie in diesem Augenblick ihren Mann hasst. Und sie ahnt, dass sie diesen Hass brauchen wird, diese rasende Wut, die sie heute Nacht nicht schlafen lassen wird, denn sie steht kurz vor einer Entscheidung, von der sie nie geglaubt hätte, sie treffen zu können. Auch wenn sie ahnt, dass es die richtige Entscheidung ist, zittert sie vor Angst allein bei dem Gedanken an die Folgen.

Daniel hätte es nie für möglich gehalten, dass in dieser düsteren Gasse ein Lokal ist, das Livemusik im Programm hat. Er folgt seinem Freund die enge Treppe hinunter und stellt überrascht fest, dass der Club so voll ist, dass sie fast nicht hineinkommen.

Kurz darauf hört er den Gesang einer unverwechselbaren weiblichen Stimme, die einen neuen Song anfängt: »Well you only need the light when it's burning low«. Ruckartig richtet er den Blick auf die kleine Bühne, und im nächsten Moment schiebt er sich, ohne sich dessen bewusst zu sein, durch die Menge nach vorn. Anita singt mit geschlossenen Augen, und Daniel bleibt ungläubig und wie angewurzelt stehen, ohne den Blick von ihr zu lassen, während ihre Stimme ihn umfängt und verzaubert. Erst als die Musik verklingt, öffnet Anita die Augen wieder, und das Erste, was sie in der Menge ausmachen kann, ist Daniels Gesicht.

Unwillkürlich tritt sie einen Schritt zurück, als wolle sie sich in dem Schattenring verstecken, der das Scheinwerferlicht umfasst, in dem sie bis gerade eben noch stand. Sandro sieht sie fragend an, und sie geht wieder zurück ins Licht. Zwei Songs stehen noch auf dem Programm. Sie sieht Daniel tief in die Augen und fleht ihn in Gedanken an: *Bitte geh weg. Schau mir nicht zu. Bitte, geh.* Aber Daniel lässt sie nicht eine Sekunde aus den Augen. Seine Miene, aus der sowohl Bestürzung als auch Bewunderung sprechen, gibt ihr Rätsel auf. Und wenn sie positiv denken würde, könnte sie darin sogar so etwas wie Zärtlichkeit erkennen. Sie fühlt sich von seinem Blick gefangengenommen, und als die Musik wieder einsetzt und sie sich auf das nächste Lied vorbereitet, stellt sie fest, dass es ihr nicht gelingt, die Augen zu schließen. Sie gehören ihr nicht mehr, er hat sie ihr geraubt und herrscht nun über sie. Anita muss jetzt singen, und während sie die Stimme erhebt, erwidert sie weiter Daniels Blick, der seinerseits sie bis zum Ende des Songs nicht aus den Augen lässt. Als die Musik verklingt, brandet enthusiastischer Beifall auf. In diesem Moment fällt Anita wieder ein, dass sie als letztes Stück »Ma il cielo è sempre più blu« von Rino Gaetano spielen wollten. Wenn Daniel vor ihr steht und sie ansieht, wird ihr garantiert der Text nicht mehr einfallen. Sie gibt sich einen

Ruck, reißt sich von seinem Blick los und dreht sich zu Lorenzo um. Sie muss ihn fast anbrüllen, um gegen den Lärm der immer noch aneinanderschlagenden Hände anzukommen: »Ich kann das heute nicht. Lass uns Schluss machen, bitte!«

Lorenzo nickt, gibt Sandro ein Zeichen, und die beiden setzen zu dem Instrumentalstück an, das sie zum Ende jedes Auftritts spielen. Anita flieht von der kleinen Bühne und drängelt sich durch die Menge, die sie noch immer bejubelt. Daniel versucht, sie einzuholen, aber sie ist schon hinter der Bar und verschwindet im Hinterzimmer des Lokals. Ratlos bleibt er stehen.

Als Daniela ihn sieht, fragt sie ihn: »Na, Schätzchen, was darf's sein?«

Daniel starrt auf die Tür, hinter der Anita verschwunden ist, und sagt schließlich: »Ein Bier.«

Er setzt sich auf einen der Hocker, während Daniela ein Glas Bier zapft und es ihm hinstellt. Noch immer starrt er auf die Tür des Hinterzimmers und fragt sich, ob das Lokal dort einen zweiten Ausgang hat.

»Wartest du auf Anita?«, fragt Daniela.

Daniel antwortet erst nach einer Weile. »Kennst du sie?«

»Sicher. Der eine der beiden Musiker ist mein Bruder und der andere mein Freund«, erklärt Daniela nicht ohne Stolz.

»Wie lange tritt sie denn schon hier auf?«

»Seit etwa einem Monat. Und sie hat großen Erfolg.«

»Mhm.«

»Bist du ein Freund von ihr?«

»Ich arbeite in dem Club, der dem Mann ihrer Mutter gehört.«

»Und du heißt …«

»Daniel.«

»Echt jetzt? Ich bin Daniela, freut mich sehr!« Sie streckt ihm die Hand entgegen. »Soll ich sie holen?«

Daniel schüttelt den Kopf.

Lorenzo und Sandro haben das Instrumentalstück beendet und sind auf dem Weg zur Bar. Als Daniela sie sieht, zapft sie zwei Bier.

»Was bloß mit Anita los ist?«, sagt Lorenzo. »Den letzten Song wollte sie nicht mehr machen. Vielleicht geht's ihr nicht gut.«

»Als sie hier angekommen ist, ging's ihr blendend«, wirft Daniela ein. Sie runzelt die Stirn und sieht Daniel argwöhnisch an.

Lorenzo und Sandro folgen ihrem Blick. Daniel bemerkt von all dem nichts. Er starrt weiterhin auf die Tür des Hinterzimmers, die sich in genau diesem Moment öffnet. Jetzt steht Anita direkt vor ihm.

»Hallo«, sagt er leise.

Sie entgegnet nichts, sondern nickt nur leicht.

»Alle Achtung. Du bist wirklich umwerfend.« Daniels Stimme ist tonlos, ohne die geringste Spur von Gefühl. Die Zärtlichkeit in seinen Augen ist verschwunden, seine Miene abweisend und starr.

»Danke«, sagt Anita in derselben Manier.

Sie spüren die geballte Aufmerksamkeit der anderen, die durch diesen seltsamen Wortwechsel neugierig geworden sind. Doch im nächsten Augenblick stürmen die Gäste an die Bar, jetzt, wo die Musik vorüber ist, und Anita nutzt dieses Durcheinander, um sich davonzustehlen und hoffentlich unbemerkt den Ausgang zu erreichen.

Doch Barbara stellt sich ihr in den Weg. »Wo willst du denn hin?«

»Nach Hause. Ich hab Kopfschmerzen.«

Hinter Barbara taucht Jans Pferdeschwanz auf.

»Du singst wirklich unfassbar gut«, meint er aufrichtig. »Eine Künstlerin wie dich könnten wir im Daimon gut gebrauchen.«

Anita fährt vor Schreck fast hoch. »Andrea darf von dem hier nichts erfahren.«

Sie wirkt so untröstlich, dass Jan wieder ernst wird. Er nickt zustimmend.

Inzwischen hat Daniel sie eingeholt. Mit Jan hat er nicht gerechnet. Wie klein die Welt doch ist.

»Entschuldigt mich bitte, mir geht's nicht so gut«, erklärt Anita noch einmal. »Ich geh nach Hause.«

Hastig verlässt sie das Lokal und eilt die schmale Treppe fast im Laufschritt hinauf. Aber Daniel ist ihr auf den Fersen.

»Weiß Andrea, dass du in diesem Loch auftrittst?«, fragt er sie unvermittelt.

»Nein, und er soll es auch nicht erfahren. Und du wirst es ihm nicht erzählen.«

Daniel bleibt stehen. Anita macht noch ein paar Schritte, dann bleibt auch sie stehen und dreht sich um. Sein Gesicht ist so finster wie das Dunkel der Straße um sie herum.

»Wenn ich es ihm sagen will, dann sage ich es ihm. Du weißt doch, dass mir das alles nicht egal ist. Du, und er, und ihr beide …«

»Was redest du denn da?«

Daniel beißt sich unschlüssig auf die Lippen. Dann blickt er in dieses Gesicht, das sich so tief in sein Gedächtnis eingegraben hat, und schleudert Anita etwas entgegen, von dem er nie geglaubt hätte, dass er es je sagen würde: »Ich weiß, dass ihr miteinander ins Bett geht, du und Andrea. Weiß deine Mutter das auch?«

Die Ohrfeige erwischt ihn mitten im Gesicht, denn obwohl er damit gerechnet hat, ist er nicht ausgewichen. Er sieht Anita an, sie erwidert seinen Blick und atmet schwer, ihre Brust hebt und senkt sich unter der Seidenbluse.

Etwas in Daniels Innerem explodiert, wie eine lautlose Granate, die in seiner Brust in tausend Teile zerspringt und ihm den Atem raubt. Er hebt die Hand, als wolle er zurückschlagen, doch er legt sie nur sanft auf Anitas glühende Wange. Die erste Träne aus Anitas Auge läuft ihm über die Finger, aber er lässt die Hand dort, wo sie ist. Anita macht einen kleinen Schritt nach vorn, senkt den Kopf und lehnt ihn an Daniels Schulter. So bleiben sie stehen, nah beieinander, ohne ein Wort.

Nach einigen Momenten, die unendlich lang scheinen, tritt er zurück, entzieht ihrem Kopf die stützende Schulter und nimmt die nasse Hand von ihrer Wange. Dann geht er weg und vergrößert den Abstand zwischen ihnen, während sie stehen bleibt, mit gesenktem Kopf und der verwaisten, von seiner Hand verlassenen Wange, und die heißen Tränen ihr übers Gesicht laufen.

Kapitel 12

Claudia öffnet die Schlafzimmertür. Alles ist still und dunkel. Sie hat sich im zweiten Badezimmer für die Nacht vorbereitet, um möglichst keinen Lärm zu machen und dadurch vielleicht Paolo zu wecken, auch wenn sie gar nicht sicher ist, ob er schon schläft. Sie hat keine Lust zu reden, sie will nur noch die Augen schließen und diesen Tag vergessen, samt der Entscheidung, ihren Mann zu verlassen, denn mittlerweile scheint es ihr, dass sie nicht mehr weiß, was sie will. Vor vielen Jahren, vor Mattias Geburt, haben sie sich blind verstanden, oft führte der eine den Satz zu Ende, den der andere angefangen hatte. Jetzt hingegen verstehen sie sich nicht einmal mehr, wenn sie beide wieder und wieder die eigenen Vorstellungen durchdeklinieren, falls sie denn überhaupt einmal miteinander reden, was selten genug vorkommt.

Als ihre Augen sich an das Dunkel gewöhnt haben, wirft sie einen Blick auf Paolo. Er scheint zu schlafen. Sie schlüpft ins Bett und versucht, sich so wenig wie möglich zu bewegen. Dann bleibt sie reglos liegen.

»Meine Mutter hat Mattia wirklich sehr gern«, sagt Paolo leise.

Jetzt erkennt sie also nicht einmal mehr, wenn ihr Mann nur so tut, als schliefe er.

»Ich weiß.«

Claudia belässt es bei dieser knappen Antwort. Sie hat keine Lust zu reden, und schon gar nicht über ihre Schwiegermutter.

»Es tut mir leid, was ich vorhin in der Küche gesagt habe«, fährt Paolo fort.

Warum entschuldigt er sich denn? Das war doch sein voller Ernst.

»Mir tut es auch leid. Das mit dem Wasser war dumm von mir.«

Aber ich bin froh, dass ich es getan habe.

Paolo legt ihr die Hand auf die Hüfte und lässt sie dann über die Decke in einer langsamen liebkosenden Bewegung ihren Oberschenkel hinabgleiten. Durch die heruntergelassenen Rollläden sickert ein schwacher Lichtschein, vielleicht von der Straßenlaterne vor dem Haus, und wirft ein kleines, helles Rechteck auf die Zimmerwand. Claudias Blick bleibt an diesem Rechteck hängen. Paolo streichelt sie weiter, seine Finger wandern den Oberschenkel wieder hinauf bis zur Hüfte, dann weiter bis zur Brust und über den dünnen Stoff ihres Nachthemds. Sie wartet auf den Schauder, der sie sonst überläuft, aber diesmal regt sich nichts. Sie fühlt sich wie ein toter Fisch am Strand. Paolo schiebt seine Hand unter ihr Nachthemd und streicht ihr sanft über die Spitze einer Brust. Sie weiß nicht, was sie tun soll. Ein Lebenszeichen geben und sich zu ihm drehen, damit der eheliche Sex in seiner eingespielten Choreografie seinen Lauf nimmt, oder sich ihm unter irgendeinem Vorwand entziehen? Unschlüssig verharrt sie in ihrer Reglosigkeit, während Paolo sie weiter streichelt, allerdings immer zögerlicher, als verlasse ihn nach und nach die Zuversicht. Schließlich hört er auf, dreht sich auf die andere Seite und schnalzt leise mit der Zunge, ein Geräusch zwischen Verachtung und Enttäuschung.

Als sie an der Tür klingelt, macht Sergio auf.

»Ist Daniel da?«

»Ich glaube schon. Komm rein.«

In der Wohnung hängen Rauchschwaden, die nach Marihuana riechen. Sie geht hinein, ohne darauf zu achten. Hinter einer geschlossenen Tür ist das hämmernde Schlagzeug eines Rocksongs zu hören. Anita folgt Sergio bis vor die letzte Tür im Flur, wo er stehen bleibt und die Hand hebt. Sie hält ihn zurück, bevor er gegen das Holz klopfen kann.

»Schon gut. Das mach ich selbst.«

»Wenn du meinst. Wie heißt du noch mal?«

»Anita.«

Sergio nickt, als wolle er bestätigen, dass er ihren Namen verstanden hat, oder andeuten, dass er ihn schon einmal von Daniel gehört hat. Sie wird aus dieser Geste nicht schlau, was ihr aber auch egal ist. Nachdem Sergio hinter der Ecke des Flurs verschwunden ist, klopft sie zweimal an Daniels Tür. Sie wartet ab, doch kein Geräusch ist zu hören. Vielleicht schläft er oder hat einfach keine Lust aufzumachen. Wahrscheinlich weiß er auch nicht, dass sie es ist, die vor der Tür steht. Sie klopft noch einmal. Die Klinke senkt sich und die Tür geht auf, wenn auch nur einen Spaltbreit.

»Es ist besser, wenn du wieder gehst, Nita«, sagt Daniel und sieht sie ohne die geringste Überraschung an.

Sie schüttelt den Kopf.

»Was auch immer du mir sagen willst«, fügt er hinzu, »es interessiert mich nicht.«

»Das stimmt nicht. Natürlich interessiert es dich! Es geht dich zwar nichts an, aber interessieren tut es dich sehr wohl!«

Sie ist laut geworden, hat fast geschrien. Daniel sieht sich um. Ob seine Mitbewohner das gehört haben? Und wenn, was kümmert es ihn? In wenigen Monaten werden die beiden nur noch Erinnerungen sein, die mit jedem Tag mehr verblassen. Er will tatsächlich wissen, was sie ihm zu sagen hat, selbstverständlich will er das. Was hat er denn schon zu verlieren, wenn er ihr zuhört? Schlechter als jetzt kann es ihm ja kaum gehen. Er lässt Anita herein, dann schließt er die Tür hinter ihr. Ihr fällt sofort auf, wie ordentlich es ist. Ungewöhnlich für das Zimmer eines Jungen. Das Bett ist gemacht und makellos, was ein Zeichen dafür ist, dass er kein Auge zugemacht hat, der Computer ist aus, am offenen Fenster liegt das Handy mit den Ohrhörern. Hat er gerade Musik gehört oder mit jemandem telefoniert, vielleicht in England? Was weiß sie denn schon von ihm? So gut wie nichts.

»Ich bin nicht gekommen, um mich zu entschuldigen«, beginnt sie, allerdings eher, um das Schweigen zu unterbrechen, als aus einem echten Bedürfnis nach einem Gespräch heraus. Jetzt, da sie vor ihm steht, scheint sie der Mut zu verlassen. »Es gibt nichts, wofür ich mich entschuldigen müsste, und schon gar nicht bei dir. Und ich bin auch nicht gekommen, um das abzustreiten, was du ohnehin schon weißt.«

»Und warum bist du dann hier?«

Wie soll sie es ihm sagen? Wenn er sie mit dieser Mischung aus Begehren und Wut ansieht und wie verwandelt zu sein scheint, nicht mehr der sanftmütige und harmlose Engländer? Ihr fällt der Kosename ein, den er gerade verwendet hat.

»Du hast mich Nita genannt«, schleudert sie ihm wütend ins Gesicht. An dieser Kleinigkeit hält sie sich jetzt fest. »So wie mein Vater früher. Wieso erlaubst du dir das? Wir sind nicht einmal befreundet. Oder sind wir etwa befreundet, du und ich?«

Daniel setzt sich auf das Bett und lässt den Kopf hängen.

»In Ordnung«, entgegnet er. »Sagen wir es so: Ich habe dein Geheimnis entdeckt. Willst du sicher sein, dass ich es nicht überall herumerzähle? Nichts liegt mir ferner. Darauf gebe ich dir mein Wort. Und jetzt kannst du ja gehen, oder?«

Er wirkt müde, erschöpft. Als sie auf ihn zugeht, hebt er den Blick und verfolgt argwöhnisch ihre Schritte. Sie streckt die Hand aus, um seine Wange zu berühren, doch er zieht den Kopf ruckartig zurück.

»Keine Angst, ich will dir nicht schon wieder eine Ohrfeige verpassen«, sagt sie leise.

Vielleicht kann sie ihn mit etwas Sanftmut in der Stimme überzeugen. Sie legt ihm die Hand aufs Gesicht. Daniel seufzt und schließt die Augen. Anita beugt sich nach vorn und drückt ihre Lippen auf seine. Im selben Moment springt er auf und macht einen Satz zurück.

»Lass das! Geh jetzt!«, drängt er sie, ohne sie anzusehen, als müsse er sich selbst einreden, dass es so am besten ist.

Anita kommt ihm noch ein Stück näher und sieht ihm unverwandt in seine blauen Augen, die jetzt fast schwarz wirken.

Daniel schüttelt den Kopf, wieder und wieder.

»Du willst nicht, dass ich gehe«, sagt sie. »Ich weiß es.«

»Wenn du noch näher kommst, kriegst du die Ohrfeige von gestern zurück«, warnt er sie. Sein Atem geht etwas schneller.

»Das wirst du nicht tun.«

»Und ob ich das tue.«

Daniel hebt den Arm, doch sie packt ihn am Handgelenk und wirft sich mit ihrem ganzen Gewicht auf ihn. Sie geraten ins Schwanken und stolpern gegen eine Wand des Zimmers. Anita umarmt ihn, hält aber noch immer seine Hand umklammert. Er gleitet an der Wand hinab, den Blick auf das Fenster gerichtet, und zieht sie mit sich, bis sie beide auf dem Boden sitzen.

»Mit Ohrfeigen kenne ich mich aus, mein Lieber«, erklärt Anita leise und sieht ihn an. »Du hast keine Ahnung, wie viele ich einstecken musste. Du stellst dich wirklich ziemlich ungeschickt an, bist viel zu langsam, machst vorher eine Riesenszene … Der Trick liegt darin, den anderen nicht merken zu lassen, dass er gleich eine einfängt, sondern vielmehr über dies und jenes zu reden, als wäre nichts, und ihm dann mitten ins Gesicht zu schlagen, während er noch auf deine unverfängliche Frage antwortet und dabei vielleicht sogar noch lächelt.«

Daniel wendet den Blick vom Fenster ab und sieht Anita stirnrunzelnd an. Dann nimmt er sie in den Arm.

Claudia schlüpft aus dem Bett und geht, ihr Kissen unter dem Arm, ins Wohnzimmer. Sie legt sich aufs Sofa und deckt sich mit der Fleecedecke zu, die im Winter dort immer säuberlich gefaltet bereitliegt und in die sie an kühlen Tagen Mattia einwickelt, wenn sie ihm das Frühstück zubereitet. Sie fühlt sich dermaßen einsam, dass sie ihren Sohn am liebsten aus seinem Bettchen zu sich holen würde, ihn an sich drücken und seinen Kleinkindgeruch atmen, diesen Duft nach Milch und Puder, der ihr direkt ins Herz fährt, ohne Umweg über das Gehirn. Ihr Gehirn ist mittlerweile ihr Feind geworden, es schiebt sich zwischen sie und die kleinen, einfachen Freuden des Lebens, wie etwa einen Ehemann, der seiner Frau unverhofft zu verstehen gibt, dass er mit ihr schlafen will. Warum ist sie nicht darauf eingegangen, sondern stocksteif liegen geblieben? Dadurch hat sie Paolos verächtliche Reaktion ja geradezu provoziert. Weil ihr Gehirn ihr zu verstehen gegeben hat, dass sie selbst nicht die geringste Lust auf Sex hatte, ihr vielmehr in Erinnerung gerufen hat, dass sie noch immer wütend auf ihn war und nichts weniger wollte, als ihn zu küssen, sondern am liebsten auf ihn eingeprügelt hätte. Aber hat sie denn ernsthaft geglaubt, dass die Worte, die er keine zwei Stunden zuvor gesagt hatte, wie durch Zauberhand aus ihrem Gedächtnis verschwinden könnten, hinweggespült von der reinigenden Kraft seiner plötzlichen Lust auf Sex? Im Grunde hat sie sich nie wirklich begehrt gefühlt. Das Begehren zwischen ihnen war immer einseitig. *Sie* hat *ihn* begehrt, und ihr Begehren hat sich mit Paolo verbunden, sodass es irgendwann den Anschein hatte, es entspringe seinem Inneren. Doch so war es nie. Er hat sie nie mit diesem unverwechselbaren Leuchten in den Augen angeschaut, als wolle er sie mit dem Blick streicheln, so wie sie ihn manchmal ansah. Hin und wieder näherte er sich ihr im Bett, und vermutlich glaubte er, seine nicht zu leugnende Erektion sei ein ausreichender Beleg für sein Begehren, während sie doch nur zeigte, dass er vögeln wollte, und wie es der Zufall wollte, lag eben gerade sie neben ihm, in Reichweite. *Vielleicht bin ich ungerecht*, dachte Claudia dann, *vielleicht sind die Männer eben so, und er ist auch nicht schlimmer als die anderen.* Sie wusste es nicht, sie hatte ihn geheiratet und nie mit einem anderen Mann gelebt. Aber sie konnte sich noch gut daran erinnern, dass der Mann, der ihre erste große Liebe gewesen war, sie auf andere Weise angesehen hatte, wenn sie nackt durchs Zimmer ging und er voller Bewunderung sagte: »Du bewegst dich wie eine Katze.«

Sie hatte gewusst, dass das ein Kompliment war.

Sie ruft sich zur Ordnung und verscheucht diese Erinnerung, die sie jetzt nur noch schmerzt. Sie hatte diesen Mann verlassen, ohne nachzudenken und ohne die geringste Reue, geblendet von ihrer Liebe für Paolo.

Daniel hat ihr aufgeholfen, und jetzt liegen sie, jeder auf die Seite gedreht, nebeneinander auf dem schmalen Bett und sehen sich an. Er spielt mit den Fingern in ihrem Haar und sie betrachtet sein Gesicht, als wolle sie sich jedes Detail einprägen.

»Du trägst Kontaktlinsen«, stellt sie fest. »Das ist mir noch gar nicht aufgefallen.«

»Du hast mir eben noch nie lange genug in die Augen geschaut. Du wolltest immer nur so schnell wie möglich weg von mir.«

Sie lächelt. »Das stimmt. Und auch jetzt muss ich mich zusammenreißen, um nicht davonzulaufen.«

»Wie sehr?«, fragt er und sieht sie unverwandt an.

Ihr scheint, als würde ihr Herzschlag kurz aussetzen. »Nicht besonders«, gibt sie zu.

Jetzt lächelt auch Daniel.

»Weißt du eigentlich, dass du nie lächelst? Du wirkst immer traurig oder wütend, als wolltest du woanders sein.«

»Auch jetzt?«, fragt er und streicht ihr mit einem Finger über die Wange.

»Nein. Jetzt nicht.«

»Ich bin jetzt auch weder traurig noch wütend, und ich will auch weder irgendwo anders noch bei irgendjemand anderem sein.«

Irgendwann hat einer von beiden angefangen, den anderen zu küssen. Vielleicht war es Daniel, weil er, so nah bei Anita, das Bild von ihr und Andrea, das sich in seinem Kopf festgesetzt hatte, aus seinen Gedanken verscheucht hatte und der Versuchung nicht widerstehen konnte, ihre Lippen zu kosten, seinen Mund auf ihren zu drücken, den Geschmack ihrer Zunge zu erfahren. Vielleicht war es auch Anita. Bei der ersten Berührung mit seinen weichen Lippen hat sie gespürt, was viele ihrer Freundinnen ihr vorhergesagt hatten und was sie selbst aber noch nie erlebt hatte: die berühmten Schmetterlinge im Bauch, an die sie schon lange nicht mehr geglaubt hatte. Ihr ist es ein Rätsel, weshalb dieser Mund, der sich so langsam auf ihrem bewegt, diese Lippen, die ihre Lippen einfangen, um sie wieder loszulassen, erneut einzufangen und wiederum loszulassen, in ihrem Inneren ein Begehren entfachen, das nicht einmal weitaus eindeutigere sexuelle Annäherungsversuche in ihr ausgelöst haben. Daniel streichelt ihr die Wangen und den Hals, spielt mit den Fingern in ihrem Haar, während sie unter sein Hemd greift und ihm über den glatten Rücken und den Bauch streicht. Doch dann entfährt Daniel plötzlich ein unterdrücktes Stöhnen, er packt ihre Hände und drückt sie von sich weg. Anita öffnet die Augen, sie versteht nicht, was los ist. In seinen weit aufgerissenen Augen sieht sie etwas, das sie vom Bett hochfahren und zur Zimmertür laufen lässt. Sie hat sie schon einen Spaltbreit geöffnet, als Daniel plötzlich hinter ihr steht und die Tür kraftvoll und mit einem dumpfen Geräusch wieder zudrückt.

»Warte! Entschuldige! Es tut mir leid!«

Sie spürt Daniels Atem in ihrem Nacken, hört die Worte der Reue, die er atemlos hervorbringt, und einen Moment lang steht sie reglos da und unterdrückt die aufsteigenden Tränen. Dann gibt sie sich einen Ruck und sagt, mit einer Stimme, die geschwächt ist von der Anstrengung, die Tränen zurückzuhalten: »Ich kann die Zeit nicht zurückdrehen und es ungeschehen machen.«

»Das weiß ich.«

»Wenn du damit nicht klarkommst, kann ich dir nicht helfen.«

»Das weiß ich. Bitte entschuldige.«

Daniel legt die Stirn auf ihren Nacken, seine Lippen streifen über die nackte Haut ihrer Schultern.

»Bitte geh nicht weg. Bleib bei mir. Ich werde schon damit klarkommen, versprochen.«

»Das ist nicht der Punkt, Dany«, entgegnet Anita kaum hörbar. »Ich bin es, die damit nicht klarkommt.«

Er nimmt die Hände von der Tür und macht einen Schritt zurück. Anita öffnet die Zimmertür, tritt hinaus und geht den Flur hinab.

Kapitel 13

»Frau Professor, könnten Sie bitte das letzte Dia noch einmal zeigen?«

Claudia hört die Frage, kann aber nichts damit anfangen. Verdutzt steht sie da. Dann schüttelt sie den Kopf, wie um zur Besinnung zu kommen, geht zum Lichtschalter und macht das Licht wieder an.

»Entschuldigt bitte, ich fühle mich nicht wohl«, erklärt sie. »Wir beenden die Vorlesung für heute.«

Die Studenten zögern erst, stehen dann jedoch auf und gehen an ihr vorüber zur Tür. Manche verabschieden sich, andere gehen grußlos hinaus, sind überrascht, beunruhigt. Als einer der letzten geht Daniel an ihr vorüber. Fragend sieht er sie an. Sie weicht seinem Blick aus. Dass sie nach der letzten Vorlesung mit ihm in die Bar gegangen ist, war schon zu viel der Vertraulichkeit.

Als der Hörsaal leer ist, nimmt sie ihre Tasche und eilt in ihr kleines Büro, schließt die Tür hinter sich und lässt sich auf den Schreibtischstuhl fallen. Sie hat Kopfschmerzen, ihr ist übel und sie verspürt einen mächtigen Drang, irgendetwas kaputt zu schlagen. Eine Zigarette wäre jetzt genau das Richtige.

Es klopft an der Tür, und kurz darauf taucht Daniels Kopf auf. »Kann ich reinkommen?«

Claudia lacht etwas gezwungen. »Du frecher kleiner Engländer!«

»Alles in Ordnung bei dir?«

»Sag hier drin bloß nicht Du zu mir!«

Daniel breitet die Arme aus, wie um zu zeigen, dass sie allein sind.

Claudia seufzt genervt.

»Was willst du von mir, Danny? Eine gute Note in der Prüfung, stimmt's?«

Mit einem Mal ist Daniels Gesicht wie versteinert. Ohne ein Wort macht er kehrt. Er hat schon die Hand auf der Klinke, als Claudia ihm zuruft: »Warte!«

Er dreht sich um und sieht sie an.

»Es tut mir leid«, sagt sie entschuldigend. »Komm, setz dich. Ich wollte dich nicht verletzen.«

Daniel nimmt vor dem Schreibtisch Platz.

»Ich weiß, ich hätte hier nicht auftauchen sollen. Aber ich habe mir Sorgen gemacht.«

»Das ist lieb von dir. Aber es ist alles in Ordnung. Ich bin Professorin, du bist Student. Und in Italien schütten Professoren ihren Studenten nicht ihr Herz aus.«

»In England ebenso wenig. Aber auch wenn du mir nichts erzählen willst, darf vielleicht ich dir etwas erzählen?«

»Was denn?«

Daniel zuckt mit den Schultern, antwortet jedoch nichts. Aber Claudia versteht ihn trotzdem.

»Und warum mir?«, hakt sie nach.

»Weil du eine Frau bist, weil du ein liebenswürdiger Mensch bist und weil ich nicht weiß, wem ich es sonst erzählen sollte.«

»Schon beim letzten Mal wolltest du mich etwas fragen, oder? Aber dann hast du es doch nicht getan.«

»Da war ich auch noch nicht so verzweifelt.«
Claudia seufzt wieder, steht auf und schultert ihre Tasche.
»Lass uns abhauen, Danny. Ich muss eine rauchen.«

Auf dem Display von Anitas Handy leuchtet Barbaras Name auf. Sie lässt es läuten bis zu der Strophe, bei der der Anrufer normalerweise aufgibt. Aber heute scheint es, als wolle Barbara dafür sorgen, dass Anita das großartige »In The End« von Linkin Park bis zum Schluss hört. Also geht sie irgendwann dran.
»Na endlich! Was treibst du denn gerade?«
»Nichts Besonderes. Ich musste nur das Telefon erst suchen«, behauptet Anita.
»Sehen wir uns heute Abend? Wollen wir ein bisschen ausgehen?«
»Nach Ausgehen steht mir der Sinn nun überhaupt nicht.«
»Was soll das denn heißen? Heute ist Freitag! Was willst du denn an einem Freitagabend zu Hause?«
»Ich verbringe ein bisschen Zeit mit meiner Mutter, wir wollten einen Film gucken.«
»Wow, ein Galaabend, volles Programm! Da wär ich auch gerne dabei!«, entgegnet Barbara und zieht dabei aus dem breit gefächerten Register ihrer sarkastischen Tonlagen die allersarkastischste.
»Tut mir leid, aber ich habe heute wirklich keine Lust.«
Ein langes Schweigen am anderen Ende der Leitung.
»Was ist denn los mit dir, Anì? Seit dem Auftritt neulich im Ypsilon bist du irgendwie seltsam.«
»Ich bin nicht seltsam.«
»Klar, überhaupt nicht. Und ich bin Lady Diana.«
»Die ist schon lange tot.«
»Was du nicht sagst!«
Jetzt muss Anita trotz allem lachen.

Aber Barbara unterbricht sie. »Also jetzt reicht's mir, meine Liebe. Wir sind Freundinnen, schön und gut, aber du erzählst mir nie etwas, nie erfahre ich etwas von dir. Darauf hab ich keine Lust mehr.«

»Das stimmt doch nicht, Barbara!«

»Aber natürlich stimmt das, und das weißt du ganz genau! Wenn du glaubst, dass ich dein Vertrauen wieder verdiene, dann gib mir Bescheid. Bis dahin alles Gute!«

Anita hat nicht einmal mehr Zeit, etwas darauf zu erwidern.

Sie haben eine Bar gefunden, die trotz der Kälte der letzten Novembertage ein paar Tische draußen hat, und haben Platz genommen. Während Daniel hineingegangen ist und zwei Espresso bestellt hat, hat Claudia sich den Aschenbecher aus Plastik geangelt. Jetzt trinken sie schweigend ihren Kaffee und lassen die Blicke schweifen. Daniel stellt seine Tasse auf dem Porzellantellerchen ab und fängt an zu erzählen. Aufrichtig und beherzt erzählt er ihr die ganze Geschichte, lässt kein Detail aus und kümmert sich nicht darum, ob er in ihren Augen gut dasteht. Erstaunt stellt Claudia fest, was für ein ungewöhnlicher Mensch er ist, so ehrlich und geradeheraus, und dass er so gar nicht in diese rauen Zeiten zu passen scheint. *Ob Mattia auch so wird?*, fragt sie sich. *Bestimmt nicht. Er wird wie sein Vater werden: egozentrisch und von sich selbst überzeugt, an der Grenze zum Narzissmus.*

Als Daniel fertig ist, schweigt er und sieht zu Boden.

»Danke für das Vertrauen, das du meinem Urteil entgegenbringst«, sagt Claudia, »aber in Liebesangelegenheiten bin ich eine schlechte Ratgeberin.« Sie drückt die Zigarettenkippe im Aschenbecher aus. »In meiner Ehe läuft es zurzeit nicht besonders rund.«

Daniel hebt den Kopf und sieht sie an. »Das tut mir leid.«

Sie weicht seinem Blick aus und nickt, überrascht von dem Kloß, der plötzlich in ihrem Hals steckt. Seit dem Abend, an dem sie sich von zu Hause fortgestohlen hat, hat sie nicht mehr geweint, und jetzt sollten diese vier Worte den Damm brechen lassen? Sie zwingt sich dazu, langsam zu atmen, und richtet den Blick auf Daniels Hände, die mit der Espressotasse spielen. Seine Hände sind schön, mit den langen Fingern und den gepflegten und geschnittenen Nägeln. *Pianistenhände*, wie ihre Großmutter gesagt hätte. Als Kind hat Claudia lange Zeit geglaubt, Pianisten bekämen so lange und schmale Hände, weil sie so viel spielten, bis sie verstanden hat, dass ihre Großmutter damit meinte, Pianisten werden nach landläufiger Ansicht schon mit Händen geboren, wie sie sie für ihre Kunst brauchen.

»Wie auch immer«, sagt sie schließlich, »du bist in keiner schönen Lage. Du bist verliebt in sie, aber dein Kopf und dein Herz ziehen dich in entgegengesetzte Richtungen.«

»Meinst du damit, ich sollte mir das alles aus dem Kopf schlagen?«

»Nein, aber du solltest dafür sorgen, dass das Herz führt und der Kopf folgt, und nicht umgekehrt.«

»Und wie mache ich das?«

»Du könntest sie bitten, dir alles zu erklären. Denn normal ist das nicht, dass ein Mädchen mit dem Lebensgefährten der Mutter ins Bett geht, der noch dazu zwanzig Jahre älter ist. Das passiert nicht einfach so, dafür muss es einen Grund geben.«

»Und wenn sie einwilligt und mir eine Geschichte erzählt, die das alles zwar erklärt, aber nicht *rechtfertigt*, was sie getan hat?«

Claudia hat sich bei ihren letzten Worten zu ihm gebeugt und richtet sich jetzt wieder auf.

»Die es nicht rechtfertigt? Dieses Wort solltest du in ihrer Gegenwart besser nicht benutzen. Und wenn du nach irgendeiner Form von Rechtfertigung suchst, dann ist es vielleicht wirklich besser, wenn du die ganze Sache vergisst. Du kannst versuchen zu verstehen, warum sie das getan hat, mehr aber nicht. Und dann musst du das alles hinter dir lassen. Und du solltest versuchen, sie zu verstehen, weil du sie dann besser kennenlernst, und nicht, um deine Eifersucht zu besänftigen. Wenn dir das nicht gelingt und du sie insgeheim weiter verurteilst, dann tu euch beiden den Gefallen und vergiss es.«

Daniel umklammert die leere Tasse so fest, als wolle er sie zerbrechen. Claudia sieht ihn an und erkennt, dass er den Tränen nahe ist. *Zwei schöne Pechvögel sind wir*, denkt sie.

»Weißt du was, Danny?«, ruft sie und bemüht sich, fröhlich zu klingen. »Ich glaube, ein bisschen *Benebelung* wäre jetzt genau das Richtige für uns.«

Sie kann selbst kaum glauben, was sie da gerade gesagt hat. Daniel steht auf und streckt ihr die Hand hin.

»Marco wird sich bestimmt freuen, dich kennenzulernen«, sagt er.

Anorak, Helm und Handschuhe hängen wie immer an der Garderobe im Flur. Anita zieht die Jacke an und öffnet die Wohnungstür. Im selben Moment steht ihre Mutter vor ihr.

»Wolltest du heute Abend nicht zu Hause bleiben?«

Anita denkt fieberhaft nach: Wenn sie weggeht, verärgert sie ihre Mutter, wenn sie hierbleibt, verliert sie eine Freundin. Eine klassische Zwickmühle.

»Es tut mir leid, aber Barbara steckt gerade ziemlich in Schwierigkeiten. Sie braucht mich jetzt.«

»Was für Schwierigkeiten denn?«

»Das kann ich dir nicht sagen. Etwas Persönliches.«

Ihre Mutter nickt, sie wirkt verwirrt, und es ist klar, dass sie wie immer überhaupt nichts versteht. *Sie wird eingeschnappt sein*, denkt Anita, *aber was soll ich denn machen?* Sie verabschiedet sich rasch und geht hinaus. Als sie die Treppen hinabsteigt, sagt sie sich immer wieder den Satz vor, der ihr jedes Mal in den Sinn kommt, wenn ihre Mutter diese Opfermiene aufsetzt: *Du schuldest mir etwas, nicht umgekehrt.*

* * *

Im Daimon herrscht dicke Luft. Daniel steht hinter dem Tresen, den Kopf über das Spülbecken gebeugt, und spült Gläser, neben ihm Jan, der sie trocknet und dann an ihren Platz räumt. Beide arbeiten in Gedanken still vor sich hin, als Andrea aus seinem Büro auftaucht und in der Tür stehen bleibt.

»Bist du endlich fertig mit den Gläsern, Daniè?«

Jan hört, wie Daniel erst seufzt und dann antwortet: »Fast.«

»Halt dich ran, das dauert ja schon eine Ewigkeit!«

Auch wenn er nicht alles versteht, ahnt Jan, dass der Wortwechsel zwischen den beiden der Ausdruck eines kalten Krieges ist, der jeden Moment in offenen Kampf umschlagen kann. Er legt Daniel eine Hand auf die Schulter.

»Hör nicht auf ihn. Er will dir nur auf die Nerven gehen.«

»Das gelingt ihm voll und ganz. Am liebsten würde ich einmal kräftig zulangen und ihm alle seine makellosen Zähne ausschlagen«, entgegnet Daniel. Er bemüht sich nicht, leise zu sprechen. »Mit einem einzigen Hieb.«

»Das würde nichts bringen. Außerdem würde er dich dann rausschmeißen«, erwidert Jan lachend.

»Du weißt doch, wie sehr ich diesen Job hier liebe!«

»Ja, ich weiß. Aber wenn du ihn behältst, siehst du Anita weiterhin regelmäßig.«

Daniel hebt den Kopf und sieht Jan an. »Ich glaube nicht, dass sie jemals wieder hier auftaucht, jedenfalls nicht, solange ich hier arbeite.«

»Von wegen! Ich hab doch gesehen, wie sie dich neulich angeschaut hat. Die steht auf dich!«

»Ich habe mich wie ein Arschloch benommen.«

»Das wird sie dir verzeihen. Glaub mir, ich kenne die Frauen.«

»Wenn ich sie anrufe, geht sie nicht ran. Ich glaube, ich habe ihr schon tausend Nachrichten hinterlassen.«

»Dann geh zu ihr nach Hause.«

»Da wohnt auch Andrea, hast du das vergessen?«

»Dann geh hin, wenn er nicht da ist. Gleich heute Abend. Ich lass mir eine Entschuldigung für dich einfallen.«

»Und wenn sie nicht da ist? Wenn ihre Mutter die Tür aufmacht?«

»Dann sagst du, dass du ein Freund von Anita bist und sie sprechen möchtest. Mein Gott, Danny, mach doch nicht alles so kompliziert! Du kannst auch bis morgen warten und dann ins Ypsilon gehen, da ist sie doch bestimmt, oder?«

»Aber wenn sie mich nicht sehen will, mit welchem Recht kann ich ihr dann hinterherlaufen?«

Jan seufzt und sieht ihn an. »Du hast es noch immer nicht kapiert. Wann wächst du endlich auf?«

Daniel schüttelt den Kopf und dreht sich wieder zum Spülbecken.

Barbara liegt regungslos auf dem riesigen weißen Ledersofa im Wohnzimmer ihrer Eltern. Sie hat die Augen geschlossen und die Arme über dem Kopf verschränkt und hört schweigend zu. Anita sitzt im Schneidersitz auf dem Boden, an das Sofa gelehnt, und erzählt. Sie redet ohne Pause, seit sie die Wohnung betreten hat, damit Barbara sie nicht unterbrechen oder sich etwas anderem zuwenden kann. Sie erzählt von Andrea, von dem, was zwischen ihnen gewesen ist und was er gern auch in Zukunft haben würde. Von ihrer Mutter, die das Offenkundige nicht sehen will, noch nie sehen wollte. Von Daniel, ihrem Streit vor der Tür des Ypsilon, von dem, was in Daniels Zimmer passiert ist, von dem Abscheu, den sie in seinen Augen gesehen und dessentwegen sie das Weite gesucht hat. Als sie endlich fertig ist, schweigt Barbara erst eine Weile, setzt sich dann ruckartig auf und sagt: »Die Ohrfeige war richtig. Am besten hättest du ihm gleich zwei verpasst.«

Sie ist so ernsthaft bei der Sache, dass sie ganz vergisst, ihren römischen Dialekt zur Schau zu stellen.

»Aber vielleicht hat er recht«, meint Anita, den Blick zu Boden gesenkt.

»Wenn du nicht damit aufhörst, fängst du gleich von mir eine ein! Was redest du da für einen Unsinn!«

Anita steht auf und geht im Zimmer hin und her.

»Aber es stimmt doch. Andrea ist zwanzig Jahre älter als ich. Er ist der Freund meiner Mutter, und ich bin mit ihm ins Bett gegangen, und zwar nicht nur einmal!«

»Hast du das vorher etwa nicht gewusst? Muss da erst ein kleiner Engländer kommen und es dir sagen? Irgendeinen Grund wirst du dafür gehabt haben, und auch wenn ich ihn noch nicht kenne, ist das einzig und allein dein Bier!« Barbara schreit jetzt fast. »Und hör in Gottes Namen auf, hin und her zu laufen, sonst wird mir noch ganz schwindlig!«

Anita bleibt stehen und sieht ihre Freundin an.

»Also«, sagt Barbara, leiser und ruhiger als zuvor. »Warum bist du mit Andrea ins Bett gegangen?«

Anita lässt sich in einen der Sessel fallen, die gegenüber dem Sofa stehen.

»Weil er nett zu mir war. Weil er mich angesehen hat, als wäre ich eine göttliche Erscheinung …«

»Okay«, schneidet Barbara ihr das Wort ab. »In meinen Augen ist das alles Unfug. Und die entscheidende Frage ist eine andere: Macht ihr es immer noch?«

»Nein!«

»Gut. Also was genau hat dein kleiner Engländer für ein Problem?«

»Hör auf, ihn so zu nennen! Du weißt genau, wie er heißt.«

Barbara verzieht das Gesicht.

»Warum kannst du ihn nicht leiden?«, fragt Anita.

Barbara zuckt nur mit den Schultern. »Ich weiß nicht, irgendwie traue ich ihm nicht über den Weg. Und außerdem treibt er es mit diesem Püppchen, mit dieser Blondine. Jan hat mir das erzählt. Mit ihr steigt er in die Kiste, und dir hält er Moralpredigten.«

»Mit der Blonden ist er garantiert schon längst nicht mehr zusammen.«

»Anì, dir tut die Liebe nicht gut, oder? Du kapierst überhaupt nichts mehr.«

»Was meinst du damit?«

»Er war nie mit ihr zusammen, das war eine reine Bettgeschichte. Und woher willst du wissen, dass es vorbei ist? Und was ist das überhaupt für ein Kerl, der mit einer ins Bett geht, aus der er sich nicht das Geringste macht?«

»Hat Jan dir das gesagt, dass Daniel sich nichts aus ihr macht?«, fragt Anita und versucht, die Erleichterung zu verbergen, die Barbaras Worte ihr verschafft haben.

»Vergiss es! Du bist einfach nicht bei der Sache«, entgegnet Barbara, streckt sich wieder auf dem Sofa aus und schließt die Augen.

Auch Anita setzt sich wieder auf den Boden. Dann beugt sie sich zu Barbara und sagt leise: »Und wenn ich mich verliebt habe?«

Barbara schlägt die Augen auf und sieht Anita unverwandt an. »Das hast du von deiner Mutter, oder? Wenn im Umkreis von hundert Metern ein Mistkerl auftaucht, schnappt ihr ihn euch.«

Anita springt auf, hebt ihren Rucksack vom Boden auf und geht zur Tür. »Weißt du jetzt, warum ich dir nichts erzählen wollte?«

Barbara steht ebenfalls auf und holt Anita ein. »Warte! Ich will dir doch nur helfen. Er ist einfach nicht der Richtige für dich. Er wird dir wehtun, so wie alle anderen auch.«

Anita dreht sich um. »Da täuschst du dich. Ich kenne diese Typen, ich kenne sie nur zu gut … Daniel ist einfach nur … sehr englisch.«

»Soll das heißen, dass alle Engländer Idioten sind?«

»Leck mich, Barbara!«

»Jetzt warte doch!«

Aber Anita hat die Tür schon aufgerissen und ist verschwunden.

Kapitel 14

Langsam dreht Claudia die Spaghetti auf die Gabel und führt diese dann, noch langsamer, zum Mund. Sie hat keinen Hunger, aber wenn sie nichts isst, wird Paolo misstrauisch, und das ist das Letzte, was sie will. Er starrt auf den Fernseher, wendet den Blick nur ab, um auf seinen Teller zu sehen, und sie starrt auf ihn. Wie oft saß sie schon mit ihm an einem Tisch und hat mit ihm gegessen? In zehn Jahren Ehe und zwei Jahren des Verlobtseins mindestens viertausend Mal, wahrscheinlich sogar öfter, dazu noch die Ferien und Weihnachten und Ostern. Sie sieht ihm zu, wie er die Spaghetti mithilfe eines Löffels aufrollt. Niemand macht das heutzutage noch so, und auch die Knigge-Kolumnen verurteilen diese Methode aufs Schärfste. Anfangs hat diese Eigenart sie noch fasziniert. Sie sah darin einen Beleg dafür, dass Paolo anders war als alle anderen und sich nicht das Geringste darum scherte. Jetzt wirkt es wie Prahlerei, als wolle er seine Einzigartigkeit zur Schau stellen und der Welt entgegenschleudern: *Ich bin anders als ihr, und ich bin stolz darauf!* Sein Anblick bringt sie so sehr in Rage, dass sie den Blick von ihm abwenden muss. Seine ganze Aufmerksamkeit gilt den Bildern der Fernsehnachrichten, die über den Schirm flimmern. Er sitzt mit Blick auf den Fernseher und könnte Claudia nur sehen, wenn er sich zu ihr drehen würde, was er aber mit Sicherheit nicht tun wird. Also beschließt sie, dass sie nicht länger so zu tun braucht, als würde sie essen. Und Hunger hat sie ja ohnehin nicht. Vielleicht wird sie jetzt endlich die fünf Kilo los, die sie schon seit Jahren verlieren will. Sie legt die Gabel auf den Teller und steht auf. Sie wirft die übrig gebliebenen Nudeln, an denen noch die kalte Tomatensoße klebt, in den Müll und stellt den Teller in die Spüle. Paolo dreht sich nicht zu ihr um, um zu sehen, was sie tut, sodass sie unbemerkt die Küche verlassen und in Mattias Zimmer gehen kann. Mattia schläft schon. Sie setzt sich auf den Stuhl und betrachtet den Kleinen. In dem Moment fällt ihr der Joint wieder ein, den Marco, Daniels Freund, ihr heute Nachmittag mitgegeben hat, als sie alle drei bekifft und ziemlich ausgelassen waren. Die verbotene Zigarette liegt, in ein Papiertaschentuch gewickelt, tief unten in ihrer Tasche. Trotz der Kälte würde sie sie jetzt nur zu gern holen und draußen auf der Terrasse genüsslich rauchen. Wenn Paolo nicht zu Hause wäre, dann würde sie vielleicht sogar im Wohnzimmer rauchen, dazu Musik auflegen, langsam tanzen und die Mattigkeit genießen, die sie durchströmen würde. Ihr Mann erträgt keinen Rauch, und seit sie zusammen sind, sind die Zigaretten die einzige wirkliche Form der Auflehnung gegen die Lebensweise, die er ihr aufgenötigt hat. Natürlich raucht sie nie zu Hause, außerdem hat sie sich angewöhnt, sich nach jeder Zigarette sorgfältig die Zähne zu putzen, und in allen ihren Handtaschen hat sie stets Minzkaugummis dabei. Trotz all dieser Vorsichtsmaßnahmen kommt es noch immer vor, dass Paolo ein genervtes Gesicht zieht und sie betont empört ansieht, wenn er den Rauch an ihr riecht, als sei das Festhalten an diesem Laster ein fortwährender Angriff auf seine Person. Wenn er wüsste, dass sie auf dem Sofa einer WG, mit zwei Jungs Anfang zwanzig, von denen einer noch dazu bei ihr studiert, einen Joint geraucht, herumgealbert und gelacht und irgendwann sogar die Schuhe ausgezogen hat, um die Beine unterzuschlagen, wäre er zutiefst schockiert. Vielleicht würde er sie aber auch nur mit dieser verächtlichen Miene anschauen, die er mittlerweile so perfekt beherrscht. Die große Veränderung der letzten Monate besteht jedoch darin, dass ihr diese Miene inzwischen völlig egal ist und im Grunde auch er ihr kaum noch etwas bedeutet.

Daniel hat mindestens fünf Anläufe gebraucht, bis er sich schließlich ein Herz gefasst und die Treppe hinunter zum Ypsilon genommen hat. Es ist noch früh, die Band hat sicher noch nicht angefangen, aber er hofft, dass Anita schon da ist. Als er den Club betritt, entdeckt er jedoch nur Daniela, die sich an der Bar zu schaffen macht. Sie sieht sofort auf und lächelt ihm zu.

»Hallo! Du bist der, der so heißt wie ich, stimmt's? Bloß ohne ›a‹ am Ende!«

Daniel nickt, ohne ihr Lächeln zu erwidern. Daniela scheint ihm das nicht übel zu nehmen und stellt ihm ein Bier hin.

»Komm, setz dich. Es ist noch niemand da, aber es ist ja auch noch früh. Bist du hier, um Anita zu hören?«

»Glaubst du denn, dass sie kommt?«

»Natürlich! Ich hoffe es jedenfalls. Meinen Bruder und meinen Freund trifft der Schlag, wenn sie nicht kommt. Seit sie hier auftritt, sind die Abende mit Livemusik so gut besucht wie noch nie.«

Daniel ringt sich ein Lächeln ab, um Danielas Liebenswürdigkeit wenigstens ein bisschen zu erwidern.

»Sie ist wirklich eine brillante Sängerin«, fährt Daniela fort. »Früher oder später wird hier jemand auftauchen und sie engagieren. Dann sehen wir sie auf MTV wieder! Wusstest du eigentlich, dass sie so gut singt?«

»Ehrlich gesagt, nein.«

»Wie lange kennt ihr euch denn schon?«

Daniel zwinkert. Eine englische Barfrau würde sich niemals eine so persönliche Frage erlauben. Daniela dagegen merkt offenbar gar nicht, dass sie etwas aufdringlich war. Sie sieht ihn interessiert an und scheint auf eine Antwort zu warten.

»Seit fast drei Monaten«, antwortet er schließlich. »Aber die meiste Zeit hat sie mich einfach ignoriert.«

»Das kann sie bestimmt ziemlich gut«, sagt Daniela lachend. »Aber wenn man sie etwas näher kennt, dann weiß man, dass das nur eine Masche ist. Sie gibt sich hartherzig, ist im Grunde aber ein sehr sanfter Mensch. Das verraten auch die Stücke, die sie singt: lauter Liebeslieder und Schmachtfetzen. Und die Art, wie sie singt.«

»Vielleicht hat sie die auch nur ausgesucht, weil den Leuten so was gefällt.«

»Garantiert nicht. Manche habe sogar ich nicht gekannt, und das Publikum bestimmt auch nicht. Sie singt die Songs, die ihr gefallen, und es ist ihr egal, ob die Leute sie kennen oder nicht. Und sie ist eine so exzellente Sängerin, dass man sich einfach in jedes Stück verliebt.«

»Und in sie«, ergänzt Daniel unwillkürlich.

Daniela sieht ihn mit dem gleichen Wohlwollen an wie vorhin Claudia. *Was hat mich denn jetzt geritten? Erzähle ich seit Neuestem überall herum, wie es mir geht?,* denkt Daniel und schüttelt den Kopf.

»Als du neulich hier warst und sie gesucht hast, war mir das sofort klar«, sagt Daniela. »Was hast du denn angerichtet?«

»Warum soll denn *ich* etwas angerichtet haben? Sie hat mich doch zum Teufel gejagt, oder? Und sie hatte ihre Gründe dafür.«

»Wenn du hier aufkreuzt und mich fragst, ob sie heute Abend kommt, dann ist doch klar, dass sie nicht mit dir reden will. So wie sie dich angeschaut hat, steht sie auf dich. Also musst du irgendetwas angestellt haben, wenn sie jetzt nicht mehr mit dir reden will.«

»Wieso stehst du eigentlich hinter der Theke und schenkst Bier aus?«, fragt Daniel. »Du solltest Psychologin werden, oder Zauberin!«

»Das mach ich! Ich werde Zauberin, da verdient man wenigstens ordentlich.«

Beide lachen, und in genau diesem Moment erscheint Anita in der Tür des Clubs. Daniel und Daniela bemerken sie nicht sofort, und so kann sie Daniel eine Weile betrachten, der mit dem Rücken zu ihr steht. Plötzlich wird ihr flau im Magen. Ihn hat sie hier nicht erwartet, nachdem sie auf seine Anrufe und seine unzähligen Nachrichten nicht reagiert hat. Einen Moment lang überlegt sie, auf dem Absatz kehrtzumachen, aber Daniela hat sie bereits entdeckt.

»Da ist sie ja! Hab ich doch gesagt, dass sie kommt.«

Daniel dreht sich ruckartig um, als fürchte er, sie könne wieder gehen. Daniela verkündet unüberhörbar, dass sie im Hinterzimmer eine Menge zu erledigen hat, und verschwindet hinter der schmalen Tür.

Anita versucht, in Daniels Miene zu lesen, wird daraus aber nicht schlau. Er wirkt reumütig, was bedeuten kann, dass er sie um Vergebung bitten will, aber sein Blick scheint sie auch herauszufordern. Seine Augen sind so dunkel wie noch nie. Das unverhohlene Begehren, mit dem er sie ansieht, raubt ihr den Atem. Während sie auf ihn zugeht, versucht sie, sich zu beruhigen, aber als sie ihn anspricht, klingt es eher wie ein Schluchzen als wie eine ernsthafte Frage.

»Was machst du denn hier?«

»Ich will mit dir reden. Wenn ich anrufe, gehst du nicht ran, du reagierst nicht auf meine Nachrichten …«

»Dann beeil dich. Die anderen müssen jeden Moment hier sein.«

Wenn Daniel auch nur eine Sekunde lang geglaubt hat, sie würde ihm die Sache leicht machen, dann hat er sich gründlich getäuscht. Er hat sich nicht ausgemalt, wie sie auf seine Bitte reagieren könnte. Er wusste nur, dass er sie unbedingt sehen muss, aber jetzt hat er keine besonders große Lust zu reden, im Gegenteil. Sie steht keinen Meter von ihm entfernt, und am allerwenigsten ist ihm jetzt nach Konversation. Jetzt begreift er endlich, was Jan meint, wenn er ihm andauernd vorhält, sein Herz müsse »heftiger schlagen«. Sein Herz hämmert dermaßen, dass er befürchtet, Anita könnte es hören und sich über ihn lustig machen. Draußen regnet es offenbar, denn ihre Haarspitzen sind mit Tropfen gesprenkelt und auch ihre rote Jacke ist feucht.

»Regnet es?«, fragt er sie und macht einen Schritt auf sie zu.

»Ja«, antwortet sie und sieht ihn an. »Aber nur ein bisschen.«

Daniel streckt die Hand aus, greift nach einer ihrer weichen Haarsträhnen und nimmt mit einer Fingerspitze einen Regentropfen auf. *Ob ihm klar ist*, fragt sich Anita, *dass ich in Ohnmacht falle, wenn er auch nur einen Zentimeter näher kommt oder mich berührt?* Gerade als er ihr tatsächlich näher kommen will, vielleicht um diesen einen Zentimeter, wodurch sie ausgestreckt auf dem Boden landen würde, tauchen Sandro und Lorenzo auf.

»Hey, Anita!«, ruft Sandro.

»Hallo!«, sagt Lorenzo. »Und du«, fügt er hinzu, indem er auf Daniel zeigt, »warst letztes Mal schon hier, oder? Du bist ein Freund von Anita, richtig?«

»So ist es«, bestätigt Daniel, dreht sich zur Theke um und greift nach der offenen Bierflasche, die noch immer dort steht. »Ich bin Daniel«, stellt er sich vor, als er sich den beiden wieder zuwendet und ihnen die Hand hinhält.

»Amerikaner?«, fragt Lorenzo.

»Engländer«, antwortet Anita an Daniels Stelle.

Daniel sieht sie an.

»Toll. Ich steh total auf England. Vor allem auf die englische Musik.«

»Anita hat auch eine Schwäche für die Engländer«, wirft Sandro ein. »Wenn es nach ihr ginge, würden wir nur Songs aus England spielen.«

Anita wird rot, obwohl niemand außer ihr und Daniel in Sandros Worten eine Anspielung hören kann. Hastig wendet sie den Blick ab.

»Bleibst du noch und hörst uns zu?«, will Lorenzo von Daniel wissen.

Daniel zögert mit einer Antwort und sieht Anita aus den Augenwinkeln an.

Nein, bitte nicht, denkt sie, und ihr Wunsch ist so innig, dass sie, wenn sie ihn in Gedanken wiederholen würde, tatsächlich den Kopf schütteln würde.

Daniel bemerkt das jedoch nicht und antwortet: »Ja, gern.«

Anita sackt innerlich zusammen. Wenn Daniel im Publikum ist, kann sie nicht singen. Unmöglich! Denn im Grunde singt sie nur für ihn.

»Aber sicher, Mama. Wir machen es bei uns, wie immer.«

Paolo spricht leiser als sonst, während er am Telefon ist, aber Claudia versteht jedes Wort. Sie schaudert. Sie weiß, wovon er spricht. Weihnachten rückt näher, was hat sie denn erwartet? Dass ihr Mann erkennt, dass ihr Verhältnis immer schlechter wird, und dass ein Weihnachtsabend mit der Wohnung voller Verwandtschaft das Letzte ist, was sie jetzt brauchen? Sie seufzt laut hörbar, gerade als Paolo das Gespräch beendet.

»Stimmt irgendetwas nicht?«, fragt er.

»Können wir den Heiligen Abend nicht ausnahmsweise einmal bei deiner Schwester verbringen?«

»Wir sind doch schon am zweiten Weihnachtsfeiertag bei ihr, wie jedes Jahr. Warum sollten wir es dieses Jahr anders machen?«

»Und wenn ich dieses Jahr keine Lust hätte, alle drei Feiertage mit deiner Familie zu verbringen? Wenn ich dieses Jahr auch einmal Zeit mit meiner Familie verbringen möchte?«

»Aber *du* wolltest doch nie zu deiner Mutter!«

»Dieses Jahr würde uns ein wenig Abwechslung ganz guttun. Ich rufe meine Mutter mal an und frage sie, ob sie sich freuen würde, Mattia zu sehen. Wir könnten am 23. los.«

Paolo dreht sich um und geht ins Wohnzimmer. Claudia muss ihm folgen, wenn sie weiter mit ihm reden will. Das macht er seit einiger Zeit ständig: Während sie noch etwas sagt, verschwindet er in ein anderes Zimmer.

»Du willst also mit dem Kleinen alle drei Tage weg sein? Das meinst du doch nicht ernst?«, fragt er, als Claudia ihn eingeholt hat.

»Seit Jahren verbringen wir die Feiertage immer nur mit deiner Familie. Da können wir dieses Jahr doch auch einmal zu meiner fahren, findest du nicht?«

»Das kommt überhaupt nicht infrage! Du weißt, wie wichtig es meiner Mutter ist, dass die Familie Weihnachten zusammen ist.«

»Und weißt du, was mich das interessiert, was deiner Mutter wichtig ist?«, schreit Claudia ihn an. »Und das, was mir wichtig ist, hat das vielleicht auch eine Bedeutung?«

»Für dich jedenfalls immer weniger, leider«, erwidert Paolo, ohne auch nur einen Deut lauter zu werden.

»Also gut«, sagt Claudia und versucht, sich den Schmerz nicht anmerken zu lassen, der sie bei seinen Worten durchzuckt hat. »Du kannst dich schon mal darauf einstellen, dass ich dieses Jahr mit meinem Sohn zu seiner anderen Großmutter fahre. Sie kennt ihn ja so gut wie gar nicht.«

»Wenn sie ihn nicht kennt, ist das deine Schuld. Du selbst wolltest keinen Kontakt mehr zu deiner Familie, und jetzt willst du die Verbindung wiederaufnehmen, nur um mich zu ärgern.«

Claudia beißt sich auf die Lippen, versucht, ihren Atem zu beruhigen, und schließt für einen Moment die Augen. Als sie sie wieder öffnet, ist Paolo verschwunden.

Als erstes Stück hat Anita wieder einen Song von Damon Albarn ausgesucht, und wieder müssen Sandro und Lorenzo den Backgroundgesang übernehmen. Während der Proben war darüber eine Diskussion entstanden. Die beiden wollten nicht singen, sonst hätten sie schließlich keine Sängerin gesucht. Aber Anita konnte sich ohne Mühe durchsetzen. Was die beiden tun sollten, war nicht Singen im eigentlichen Sinn, sondern eine Art Begleitung. Alle Bands machten das. Schließlich hatten sie nachgegeben, und auch jetzt hat »Heavy Seas Of Love« hervorragend geklappt. Anita hat es gesungen, ohne Daniel ein einziges Mal anzusehen, auch wenn sie seinen Blick ununterbrochen gespürt hat, und gegen Ende hat es ihr sogar richtig Spaß gemacht. Bei »Turning Tables« von Adele hat sie sich schon sicherer gefühlt und Daniel während des ganzen Songs nicht aus den Augen gelassen. Sie wusste, dass sie keine Wahl hatte: Sein Blick war der einzige, dem sie begegnen wollte. Daniel saß in der Mitte des Raums, sodass es den Anschein hatte, Anita würde einfach immer nur geradeaus schauen. Alles war gänzlich unauffällig, ein aufmerksamer Beobachter hätte sich jedoch daran erinnert, dass sie normalerweise beim Singen die Augen schließt.

Songs von Tom Odell, Kodaline, Coldplay und Thirty Seconds to Mars folgten aufeinander, dazwischen hin und wieder etwas Italienisches von Marco Mengoni oder Mina. Zum Abschluss hat Anita sich noch »Ma il cielo è sempre più blu« gegönnt, das sie beim letzten Mal ausgelassen hatte.

Daniel kannte das Lied nicht, hat sich aber von der Begeisterung des mitsingenden Publikums davontragen lassen. Als Anita dann vom Mikrofon zurückgetreten ist und so den Auftritt beendet hat, hat er zusammen mit den anderen wie verrückt applaudiert, bis ihm die Hände wehgetan haben.

Ihre Stimme hat sein Inneres zum Klingen gebracht, mit jeder Nuance, mit jedem Seufzen, in jedem Spitzenton, herzzerreißend, gewaltig.

Claudia reißt die Tür des Zimmers auf, in dem Paolo und sie bis vor einer Woche gemeinsam geschlafen haben. Er liegt im Schein der Nachttischlampe mit leicht angewinkelten Beinen auf dem Bett, eine Finanzzeitung in der Hand, und sieht zu ihr auf. Sie tritt zwei Schritte vor.

»Dir ist schon klar, dass es aus ist zwischen uns?«

»Was soll das denn heißen? Es ist doch normal, dass man sich streitet«, erwidert Paolo, ohne den Blick von den Börsenkursen zu heben.

»Aber dass man sich hasst, ist nicht normal.«

»Ich hasse dich keineswegs«, erklärt Paolo mit eisiger Stimme.

»Tatsächlich? Ich dich schon.«

»Das tut mir leid. Ehrlich.«

»Aber du kannst es kaum erwarten, mich loszuwerden!«

Jetzt lässt Paolo die Zeitung sinken und sieht Claudia an. »Du glaubst immer alles zu wissen, oder? Einmal Professorin, immer Professorin.«

»Und du? Einmal Arschloch, immer Arschloch, oder?«

Darauf entgegnet Paolo nichts mehr. Claudia gebraucht sonst nie Schimpfwörter. Sie dreht sich um, geht hinaus und schlägt die Tür hinter sich zu, während er ihr verblüfft nachsieht.

Anita steigt von der kleinen Bühne hinunter und geht schnurstracks auf Daniel zu. Er breitet die Arme aus, und sie wirft sich an seine Brust. Eng umschlungen, inmitten der Gäste, die noch immer klatschen, können sie einander endlich aus der Nähe betrachten.

»Es stimmt nicht, dass ich reden wollte«, sagt er ihr ins Ohr, um sich durch den Lärm hindurch verständlich zu machen.

Er umarmt sie, als wolle er sie nie wieder loslassen.

»Ich weiß«, antwortet sie. »Lass uns gehen.«

Kapitel 15

Es regnet. Daniel hat keinen Helm, und Anitas Roller ist eigentlich nur für eine Person gedacht, aber sie steigen trotzdem auf. Sie fahren so langsam, dass sie dabei gemeinsam lachen und sich unterhalten können, während die Reifen auf der nassen Straße ständig wegzurutschen drohen. Schließlich erreichen sie Daniels Haus. Sie gehen die Treppe hinauf, küssen sich auf jedem Absatz, und als sie vor der Wohnungstür stehen, hat Daniel Mühe, den Schlüssel ins Schloss zu stecken. Ihm dreht sich der Kopf, als sei er betrunken, dabei hat er sein Bier im Daimon halb voll stehen gelassen. In der Wohnung ist alles still und dunkel. Aus Marcos Zimmer ist keine Musik zu hören, nur ein schwacher Geruch nach Marihuana liegt in der Luft. Die Tür von Sergios Zimmer steht weit offen, aber das Zimmer ist leer. Sie sind allein. Daniel nimmt Anita den Helm aus der Hand, dann öffnen sie sich gegenseitig die Jacken. Ihre Schuhe hinterlassen feuchte Abdrücke auf dem Boden, während sie den Flur entlanggehen. Dann betreten sie Daniels Zimmer, schließen die Tür und lassen die Welt und alle Worte hinter sich.

Beim letzten Mal war es unendlich mühevoll, sich berühren zu lassen und die Vorstellung von Anita und Andrea zu verscheuchen. Doch jetzt scheint es Daniel, als habe es nie etwas anderes gegeben als nur sie beide, und der Rest der Welt verblasst, bis er schließlich ganz verschwindet.

»Der mit den Ohrfeigen, war das dein Vater?«

Anita nickt. Daniel fragt nicht weiter nach, sondern lässt nur den Blick über Anitas Gesicht schweifen und streicht mit den Fingerspitzen darüber, wie er es sich schon so oft erträumt hat. Seine Vermutungen waren richtig: Es fühlt sich genau so an, wie er es sich ausgemalt hat, auch wenn die echte Berührung viel, viel schöner ist.

»Lange habe ich geglaubt, dass das normal ist, dass alle Väter so sind und dass man so eben seine Kinder erzieht«, sagt Anita schließlich. »Ich kannte es nicht anders, es fing an, als ich noch ganz klein war. Manchmal traf es mich, manchmal meine Mutter. Wenn es meine Mutter traf, dann habe ich mir das damit erklärt – denn Kinder wollen für alles eine Erklärung –, dass sie nervös war und sich wegen jeder Kleinigkeit aufgeregt hat und dass mein Vater sie auf diese Weise wieder zur Vernunft bringen und beruhigen wollte, was ja auch funktionierte. Nach ein paar Ohrfeigen gab sie wieder eine Zeit lang Ruhe, wurde nicht laut, nicht einmal mir gegenüber, und war durch und durch die ›perfekte Ehefrau‹, wie mein Vater sie nannte, wenn sie ihm das Abendessen servierte.«

Daniel hört weiterhin schweigend zu und streicht ihr langsam und unermüdlich mit den Fingern über das Gesicht.

»Einmal, da muss ich acht oder neun gewesen sein, musste mein Vater für eine Woche verreisen, weil seine Mutter gestorben war, und meine Mutter hat mir erlaubt, den Nachmittag bei einer Schulkameradin zu verbringen. Das war das erste Mal, denn mein Vater wollte so etwas nicht. Nach der Schule hatte ich nach Hause zu kommen, und damit basta. Ich bin also zu dieser Freundin gegangen, und das waren die entsetzlichsten zwei Stunden meines Lebens, schlimmer als alle Ohrfeigen, die ich oder meine Mutter vor meinen Augen bekommen hatten.« Anita hat die Stimme gesenkt, aber sie sind sich so nah, dass Daniel selbst ihren Atem hören könnte. »Als ich dort ankam, saßen sie alle am Tisch, meine Freundin, ihr Vater, ihre Mutter und ihr Bruder, und spielten Scrabble. Du weißt schon, dieses Spiel, bei dem man aus Buchstaben Wörter zusammensetzen muss. Alle waren fröhlich. Ich durfte am Tisch Platz nehmen, und dann fing eine neue Runde an, damit ich auch mitspielen konnte. Meine Freundin legte oft völlig unsinnige Wörter, und die anderen lachten nur darüber und gaben ihr großzügig Punkte, die sie meiner Ansicht nach gar nicht verdient hatte, weil die Wörter falsch waren und bloß ausgedacht. Selbst ihr großer Bruder lächelte sie an, als würde sie weiß Gott was Tolles vollbringen. Ich war fassungslos. Wahrscheinlich dachten sie, dass es mir nicht gut ging, denn ich starrte sie nur reihum an, ohne zu begreifen, was da vor sich ging. Dann sagte meine Freundin etwas zu ihrem Vater, und ich erstarrte vor Schreck, denn ich rechnete damit, dass er versuchen würde, sich auf eine Weise Respekt zu verschaffen, wie ich sie kannte. ›Du bist doof‹, hatte sie zu ihm gesagt, und ich wartete schon auf die Ohrfeige. Aber er fuhr ihr nur mit der Hand durch die Haare, und wir spielten weiter, als wäre nichts geschehen. Ich wollte, dass er sie ohrfeigte, denn das hätte meine Welt wieder in Ordnung gebracht, die im Lauf dieser zwei Stunden völlig aus den Fugen geraten war. Es gab keine Ohrfeigen, um die Kinder zu erziehen oder die Ehefrau zum Schweigen zu bringen. Nur lächelnde Gesichter, Liebkosungen, bewundernde Blicke. Eine Zeit lang habe ich mir eingeredet, dass diese Familie eine Ausnahme war und dass es normal war, wie es bei uns zu Hause zuging, aber ich wusste, dass das nicht stimmte. Irgendwann habe ich behauptet, ich hätte Kopfschmerzen, habe mich entschuldigt – schließlich war ich ein wohlerzogenes Mädchen –, habe mich bei ihnen bedankt und bin gegangen. Ich fühlte mich durch ihr Glück beleidigt und erniedrigt. In zwei Stunden hatten sie mir den einzigen Trost geraubt, den ich je gehabt hatte: die Überzeugung, dass alle anderen Kinder ein genauso scheußliches Leben hatten wie ich und ich daher keinen Grund zu klagen hatte.«

Jetzt sieht Daniel sie unverwandt an. Seine Augen sind so hell und strahlend blau, wie Anita es noch nie gesehen hat. Ist er etwa den Tränen nahe?

»Als ich nach Hause gekommen bin, habe ich kein Wort gesagt«, fährt Anita fort. »Aber ich habe meine Mutter angesehen, und ich glaube, sie hat in diesem Moment etwas verstanden. Von dem Tag an habe ich versucht, meinem Vater aus dem Weg zu gehen. Als er mir wieder einmal eine Ohrfeige verpasst hat, habe ich ihn angeschrien und ihm gesagt, dass ich ihn hasse, und bin in mein Zimmer gelaufen. Am selben Abend hat auch meine Mutter wieder etwas abbekommen, weil sie ihn davon abhalten wollte, mich zu schlagen. Es hat dann noch drei Jahre gedauert, bis meine Mutter sich entschieden hat, ihn zu verlassen und mich mitzunehmen.«

Daniel hört auf, Anitas Gesicht zu streicheln, und nimmt sie in den Arm, drückt sie fest an sich, die Handflächen auf ihrer nackten Haut. Er sagt nichts, hält sie nur fest, lange, sehr lange, bis Anita spürt, wie der Klumpen aus Hass und Wut, den sie seit Jahren in sich trägt und nährt, sich allmählich auflöst und ihr endlich die Tränen kommen.

Claudia und Mattia gehen die Via Cola di Rienzo entlang. Claudia schiebt den leeren Buggy vor sich her, den sie vor ein paar Monaten gekauft hat, weil er nicht viel wiegt und sich leicht zusammenklappen lässt, in den der Kleine sich aber so gut wie nie setzen will. Auch jetzt trottet er neben ihr her, läuft aber immer wieder weg, weil etwas in einem Schaufenster seine Aufmerksamkeit erregt hat oder ein Hund, den sein Herrchen an der Leine führt, oder eines der unzähligen Dinge, die einen Vierjährigen in ihren Bann ziehen, auch wenn sie auf der anderen Seite der viel befahrenen Straße sind. Claudia hatte gehofft, ein paar Blicke in die Schaufenster werfen zu können, um sich Anregungen für Weihnachtsgeschenke zu holen. Aber weil sie pausenlos auf ihren Sohn aufpassen muss, ist schon bald klar, dass aus diesem Vorhaben nichts wird. *Und wem sollte ich dieses Jahr überhaupt etwas schenken?*, fragt sie sich.

»Ich will ein Eis!«, ruft Mattia und zieht sie am Ärmel.

»Es ist Winter, Mattia, da gibt es kein Eis.«

»Doch! Das Mädchen da hat auch eins!«

Tatsächlich geht direkt vor ihnen, brav an der Hand der Mutter, ein Mädchen, das etwas älter als Mattia ist und an einer bunten Eistüte leckt. Jetzt muss sie sich etwas einfallen lassen. Sie sieht auf die Uhr: fünf Uhr. Eindeutig viel zu spät. Wenn sie ihm jetzt ein Eis kauft, isst er am Abend nichts mehr.

»Bitte, Mama!«

Claudia bleibt stehen und geht in die Hocke, sodass sie mit Mattia auf gleicher Höhe ist. »Ich mach dir einen Vorschlag: Du bekommst ein Eis, aber dann bleibst du an meiner Hand und läufst nicht andauernd rum. So wie das Mädchen da. Einverstanden?«

»Ja!«

»Und noch etwas: Das ist unser Geheimnis. Papa darf davon nichts erfahren.«

Mattia sieht sie verdutzt an. Seit wann haben er und seine Mama denn Geheimnisse vor seinem Vater? Claudia wartet, ein paar Sekunden lang sitzt sie wie auf glühenden Kohlen und wird von einer seltsamen Empfindung durchströmt, einer

Mischung aus Scham und Lust am Verbotenen. *Das fühlt sich an, als hätte ich beschlossen, meinen Mann mit dem Jungen aus der Bar zu betrügen*, denkt sie.

»Ja, Mama«, sagt Mattia schließlich.

»Du wirst ihm also nichts davon erzählen?«

»Nein. Krieg ich jetzt ein Eis?«

Claudia sieht sich um und entdeckt auf der anderen Straßenseite eine Eisdiele. Sie hält Mattia die Hand hin, er zögert jedoch, sie zu nehmen.

»Wenn du mir nicht die Hand gibst, können wir nicht über die Straße gehen. Dann kriegst du auch kein Eis«, erklärt sie mit ernster Miene.

Daraufhin streckt er ihr die Hand hin.

Kompromisse, Erpressung … Wie kommen andere Mütter bloß ohne solche Methoden aus?

Im Daimon ist noch nichts los, aber Daniel und Jan sind schon da und bereiten an der Bar alles für den Abend vor. Andrea ist nicht da. Er hat den beiden aufgesperrt und sie dabei mit einem Nicken begrüßt, ohne auch nur einen einzigen Zahn zu zeigen, ist dann wieder verschwunden und hat gesagt, er sei rechtzeitig wieder da, bevor sie aufmachen.

»Der ist ja nicht wiederzuerkennen«, stellt Jan fest. »Nicht mal der Anflug eines Lächelns.«

»Ist auch besser so. Mir wird schon übel, wenn ich ihn nur sehe, und wenn er dann noch lächelt, könnte ich kotzen.«

»Wenn du so weitermachst, schmeißt er dich raus. Und mich gleich dazu.«

Daniel zieht die Augenbrauen hoch. Hier zu arbeiten ist nur noch eine Qual für ihn, aber er will den Job nicht aufgeben. Nicht aus einem vernünftigen Grund, sondern weil er das Gefühl hat, dass er Anita beschützen kann, wenn er hierbleibt.

Sie hat ihm gesagt, dass es zwischen ihr und Andrea aus ist, aber er traut diesem Kerl nicht über den Weg.

»Keine Sorge«, sagt er zu Jan. »Ich halte die Füße still, versprochen. Ich will auf keinen Fall, dass du Stress kriegst.«

Er sieht ihn an. Jan lächelt.

»Danke. Ich weiß, wie schwer das für dich ist.«

Daniel zuckt mit den Schultern und holt die Gläser aus der Spülmaschine.

»Und wie steht's mit Anita?«, fragt Jan. »Alles in Ordnung?«

Daniel seufzt. »Sagen wir so: Ich habe mein Herz dazu gebracht, dass es heftiger schlägt. Zu heftig sogar.«

»Hast du sie nach der Geschichte mit Andrea gefragt?«

»Nein. Und im Grunde ist mir das auch egal. Ich weiß, dass es aus ist zwischen den beiden, und das reicht mir.«

»Heißt das, du willst sie nie wieder darauf ansprechen?«

»Ich weiß noch nicht. Mal schauen.«

»Du solltest es tun. Sonst wirfst du es ihr beim ersten Streit an den Kopf, um sie zu verletzen«, gibt Jan ernsthaft zurück.

»Ich weiß, dass du recht hast, aber diesmal mache ich es auf meine Art«, erwidert Daniel und legt seinem Freund eine Hand auf die Schulter.

»Okay. Aber dann komm nachher nicht angelaufen, um dich bei mir auszuheulen!«

»Natürlich werde ich mich bei dir ausheulen. Und du musst mich trösten.«

Darüber müssen beide lachen.

»Was für ein hübscher Anblick! Bezahle ich euch etwa fürs Lachen?«

Andrea steht in der Tür und blickt sie grimmig an. Ohne zu antworten, machen Daniel und Jan sich wieder an die Arbeit. Andrea beobachtet sie ein paar Augenblicke und geht dann in sein Büro.

»Danke«, sagt Jan.

»Keine Ursache. Ich bin heute viel zu glücklich, um jemanden verprügeln zu wollen.«

»Hast du deine Mutter angerufen?«

Claudia sieht ihren Mann an, als hätte er Chinesisch mit ihr gesprochen. Sie wartet kurz ab, in der Hoffnung, dass er erklärt, was er damit meint, aber er schaut weiter in die Zeitung, ohne sie anzusehen.

»Warum?«

»Du hast doch gesagt, dass du sie anrufen und fragen willst, ob sie sich freuen würde, Weihnachten ihren Enkel zu sehen.«

Claudia denkt fieberhaft nach. Hat er erkannt, wie die Dinge liegen, und versucht jetzt einzulenken? Vielleicht hofft er auch, dass ihre Mutter ihr zu verstehen gibt, dass sie keinen besonderen Wert auf einen solchen Besuch legt. Dann könnte er den Großherzigen spielen und sie wie üblich als die Dumme hinstellen, die tatsächlich glaubt, ihre Mutter sei im Grunde genauso liebenswürdig wie alle anderen. Sie hat also keine Wahl: Sie muss ihre Mutter anrufen und sie dazu bringen, sie und ihre Familie einzuladen.

»Morgen rufe ich sie an«, sagt sie schließlich.

Paolo entgegnet nichts, nickt nur und liest weiter.

Wieder einmal versucht Anita, sich aus Daniels Umarmung zu befreien, und wiederum gelingt es ihr nicht, da auch dieser Versuch so halbherzig bleibt wie die anderen.

»Wenn du mich nicht allmählich gehen lässt, komme ich zu spät zur Probe. Dann kriegen die Jungs Panik.«

»Ein bisschen Panik hat noch keinen umgebracht«, erwidert Daniel und küsst Anita erneut auf den Hals.

»Wie fändest du das, wenn ich dich wie einen Gefangenen festhalten würde und du deshalb zu spät zur Arbeit kommst?«

»Du bist doch so dünn wie ein Weinstecken, meine Kleine. Du könntest mich niemals festhalten.«

»›So dürr wie ein Weinstecken‹? Wo hast du das denn her? So was sagt ja nicht mal mehr meine Oma.«

»Marcos Oma sagt das sehr wohl noch. Neulich war sie hier. Eine beeindruckende Frau. Du hättest sehen sollen, wie sie ihrem Enkel Beine gemacht hat. Als sie ihm gesagt hat, dass sie ihn besuchen kommt, hat er sämtliche Fenster aufgerissen und die ganze Wohnung geputzt. Er schien geradezu unter Schock zu stehen.«

Beide lachen eine Weile, werden dann aber ernst, ja fast feierlich, als ihnen wieder bewusst wird, dass sie nackt miteinander im Bett liegen.

»Als ich dich zum ersten Mal gesehen habe«, sagt Anita, »fand ich dich wahnsinnig attraktiv. Und mir war klar, dass ich dich nie kriegen würde. Also habe ich beschlossen, dich komplett zu ignorieren.«

Daniel schüttelt den Kopf, wie um zu sagen, dass das alles jetzt keine Bedeutung mehr hat. »Du bist so ganz anders, als du scheinen willst. Daniela hat recht.«

»Wieso? Was hat sie denn gesagt?«

»Dass du im Grunde ein sehr sanfter Mensch bist und nur so tust, als wärst du hartherzig.«

»Und warum sagt sie so was?«, fragt Anita und stützt den Ellbogen auf, um Daniel besser in die Augen sehen zu können.

»Weil ich ihr gesagt hatte, dass ich in dich verliebt bin«, antwortet Daniel und senkt den Blick.

Anita legt ihm zwei Finger unter das Kinn, damit er den Kopf hebt, und sieht ihn entgeistert an.

»Was denn? Ich habe ihr nur gesagt, dass ich in dich verliebt bin, und nicht, dass ich dich umbringen will oder so was.«

Daniel lacht gezwungen. Er hat Angst, dass er etwas katastrophal Falsches gesagt hat. Und Anita dreht sich tatsächlich zur Wand.

»Dieser Wasserfleck ist wirklich scheußlich. Da müsstest du mal drüberweißen«, bemerkt sie nach einer Weile.

Daniel wartet darauf, dass sie sich wieder zu ihm dreht, doch vergebens. Schließlich steht er auf und zieht sich an. »Ich bin auch schon spät dran. Wenn ich nicht pünktlich bin, wirft Andrea mich raus.«

Anita unterdrückt ihre Tränen und räuspert sich. »Ja, wahrscheinlich. Er mag dich nicht besonders gern.«

»Tja, warum wohl«, gibt Daniel zurück und streift den Pullover über, sodass sie sein Gesicht nicht mehr sehen kann.

Kapitel 16

»Hallo, Mama.«

»Claudia! Nicht zu fassen! Hast du dich mal wieder an deine Mutter erinnert?«

Schon wieder die alte Leier. Warum kann sie nicht einfach sagen: *Wie schön, dich zu hören.*

»Wie geht's dir?«, fragt Claudia, ohne auf die spöttische Begrüßung einzugehen.

»Wie soll es mir schon gehen? Ich lebe allein, und die Knochen tun mir weh.«

»Das wird am Wetter liegen. Und Chiara?«

»Die ist beruflich irgendwo unterwegs, keine Ahnung, wo genau. Immer auf Achse, die Gute.«

»Sag mal, ich wollte dich fragen, ob du Lust hättest, dass wir Weihnachten zusammen verbringen.«

»Heißt das, du würdest mit deinem Sohn und deinem Mann hierherkommen? Welche Ehre!«

»Komm schon, Mama. Ich würde mich freuen, wir haben uns schon so lange nicht mehr gesehen.«

»Und warum ausgerechnet Weihnachten? Ich habe dich seit einem Jahr nicht mehr gesehen. Wieso bist du denn letzten Sommer nicht gekommen?«

»Das macht doch keinen Unterschied«, antwortet Claudia. Mit jedem Satz ihrer Mutter wird sie gereizter, wie immer, wenn sie telefonieren.

»Das macht sehr wohl einen Unterschied! Weihnachten ist auch deine Schwester da, mit ihrem, nun ja, Lebensgefährten, und ich habe keine Lust, für alle die Dienstmagd zu spielen.«

»Ich dachte mir, wir könnten etwas Vorbereitetes zu essen mitbringen. Ich will nicht, dass du dir Mühe machst.«

»Ach so, etwas Vorbereitetes? Wahrscheinlich vom Schnellimbiss, oder? Oder hast du etwa inzwischen Kochen gelernt?«

»Warum denn nicht? Was ist denn so schlimm daran?«, gibt Claudia zurück. Jetzt ist sie nicht mehr nur gereizt, sondern richtiggehend wütend.

»Weihnachten holt man sich nicht einfach irgendwas zum Mitnehmen! Dein Vater würde sich im Grab umdrehen.«

»Aber es geht doch darum, dass wir zusammen sind«, versucht Claudia es noch einmal. Sie bemüht sich, ruhig zu bleiben. »Willst du denn deinen Enkel nicht sehen? Er ist ganz schön gewachsen.«

»Du willst mir also unbedingt deinen Sohn zeigen. Der kann sich doch gar nicht mehr an mich erinnern.«

»Natürlich kann er sich an dich erinnern, du bist immerhin seine Großmutter.«

»Stimmt, eigentlich bist du diejenige, an die man sich nur noch schwer erinnern kann. Monatelang lässt du nichts von dir hören, und dann willst du plötzlich Weihnachten kommen. Was ist denn los, hast du die Nase voll von der Familie deines Gatten? Ich hab dir doch gesagt, du sollst diesen Hampelmann nicht heiraten.«

»Ist gut, Mama, ich hab's verstanden. Lass gut sein!«

»Du kannst nicht einfach monatelang verschwinden und dann mir nichts, dir nichts hier auftauchen, weil du glaubst, das löst deine Probleme. Verstehst du? Du wolltest ein Fahrrad, jetzt musst du auch in die Pedale treten.«

»Und wie ich in die Pedale trete! Seit ich auf der Welt bin, was glaubst du denn?« Jetzt ist auch Claudia laut geworden. Sie hat sämtliche Versöhnungsversuche abgeschrieben. »Ich war dir immer egal, genau wie Chiara! Dir ging es immer nur um eines, nämlich dass es deinem Mann an nichts gefehlt hat.«

»Mein Mann war dein Vater, sprich nicht so respektlos über ihn!«

»Respektlos? *Du* hast mich doch immer respektlos behandelt! Tschüss!«

Claudia beendet das Gespräch, während ihre Mutter weiter ins Telefon schreit. Sie wirft das Handy aufs Sofa, und Tränen der Wut steigen ihr in die Augen. *Was habe ich mir dabei eigentlich gedacht?*, fragt sie sich.

Plötzlich steht sie da: noch blonder als sonst, mit leuchtend blauen Augen, den schlanken Körper in ein Kleid gegossen, für das die Bezeichnung »Mini« eine kolossale Untertreibung wäre. *Wie eine der Frauen aus der Werbung für Joghurt mit rechtsdrehender Milchsäure*, denkt Daniel.

»Und?«, fragt Valentina und kommt ihm dabei so nah, dass er den Minzduft ihrer Zahnpasta riecht. »Hast du mich vermisst?«

»Ich hatte ziemlich viel zu tun …«, entgegnet Daniel und fängt an, ein blitzblankes Glas zu polieren.

Sie nimmt seinen Kopf in beide Hände und sieht ihm direkt in die Augen. »So viel, dass du nicht einmal fünf Minuten für deine Tina übrig hattest? Ich habe dir mindestens zehn Nachrichten geschickt, und du hast nie geantwortet.«

Jan steht nicht weit von den beiden entfernt. Er sieht seinen Freund stirnrunzelnd an, und Daniel begreift sofort, was er ihm sagen will: *Worauf zum Teufel wartest du noch? Jetzt sag ihr schon, dass du in eine andere verliebt bist. Los!*

»Bin gleich wieder da«, sagt Daniel stattdessen entschuldigend, nimmt ein Tablett mit einem Bier und zwei Gläsern und geht in den Gastraum.

Valentina sieht ihm nach, und ihr Fernsehansagerinnenlächeln wird langsam schwächer. Auf dem Weg zu den Tischen geht Daniel an einer der Säulen des Raums vorbei, die direkt neben dem Eingang liegt. In diesem Moment kommen Anita und Barbara herein. Anita wirft ihm einen Blick zu und setzt zu einem Lächeln an, entdeckt dann jedoch Valentina. Sie murmelt Barbara etwas zu, und Barbara entfernt sich. Anita geht auf Daniel zu.

»Was will die denn hier?«, fragt sie ohne Umschweife.

»Keine Ahnung. Sie war auf einmal da.«

»Verarsch mich nicht, Dany!«

Anita sieht ihn mit durchdringendem Blick an, und plötzlich wird Daniel wütend. »Was kümmert sie dich überhaupt?«, faucht er sie an. »Als ich dir gesagt habe, dass ich in dich verliebt bin, hast du von dem Wasserfleck an der Wand geredet!«

»Und du hast geglaubt, du kannst dich trösten, indem du das Blondinchen vögelst!«

Daniel schüttelt den Kopf. »Du weißt, dass mir nichts an ihr liegt.«

»Aber sie weiß es nicht. Wann sagst du es ihr endlich?«

»Und weiß Andrea, dass du nicht mehr mit ihm ins Bett willst? Weiß er, dass wir miteinander geschlafen haben?«

»Ging es dir nur darum? Mit mir zu schlafen?«

»Sag du mir, worum es ging, Nita«, entgegnet Daniel und kommt ihr dabei so nah, dass sie erkennt, dass seine Augen fast ganz schwarz sind. »Ich habe dir gesagt, dass ich dich liebe. Von dir habe ich noch nichts dergleichen gehört.«

»Versuch es bloß nicht! Du bist doch derjenige, der nicht weiß, was er will, also versuch ja nicht, mich zu verwirren.«

»Bemüh dich nicht. Noch verwirrter als jetzt ...«

»Du bist wirklich ein Mistkerl, weißt du das?«, blafft sie ihn an.

»Und du fürchtest dich vor dir selbst.«

Sie beißt sich auf die Lippen, um nicht zu weinen, und Daniel würde am liebsten das Tablett fallen lassen und sie umarmen, sie küssen, ihr sagen, dass es ihm leidtut, dass er sie nur verletzen wollte. Aber er schafft es nicht. Jetzt versteht er, was Jan gemeint hat.

Anita sieht ihn noch eine Weile an, und ihr flehender Blick ist so ganz anders als der distanzierte Blick, mit dem sie ihm erst vor ein paar Tagen begegnet ist, dass er sich geradezu schäbig fühlt. Aber er kann nicht anders. Reglos bleibt er stehen, während sie sich umdreht und wegläuft.

Sie haben wie immer schweigend gegessen und dabei die Fernsehnachrichten geschaut, dann hat sie die Küche aufgeräumt und Paolo hat sich ins Arbeitszimmer zurückgezogen. Als auch der letzte Löffel gespült ist und kein Krümel mehr auf dem Fußboden liegt, fasst Claudia sich ein Herz und klopft an die Tür des Arbeitszimmers. Nach einigen Augenblicken antwortet ihr Ehemann: »Herein.«

Als wäre ich seine Sekretärin, denkt sie und öffnet die Tür.

»Ich habe nachgedacht«, sagt sie und erwidert seinen fragenden Blick. »Von mir aus können wir Heiligabend deine Familie zu uns einladen. Wie immer.«

»Deine Mutter will nicht, dass wir kommen«, entgegnet er und weiß nur zu gut, dass er recht hat.

»Ich habe sie nicht angerufen«, behauptet Claudia. »Mir ist klar geworden, dass ich sie eigentlich gar nicht sehen will.«

»Es ist so, dass«, sagt Paolo und hält kurz inne, bevor er den Satz zu Ende führt, »dass ich dieses Jahr keine Lust darauf habe, sie alle hier bei uns zu sehen. Meine Schwester hat angeboten, dass wir auch Heiligabend zu ihr kommen können, und ich glaube, ich werde zusagen.«

»Soll das heißen, dass wir Heiligabend und am zweiten Weihnachtsfeiertag bei ihr sein werden?«

»Das soll heißen, dass ich und Mattia bei ihr sein werden. Du machst, worauf du Lust hast. Aber ehrlicher wäre es, wenn du nicht mitkommst. Du willst keine Zeit mit meiner Familie verbringen, und ich bin es leid, deine schlechte Laune während der Feiertage zu ertragen. Bleib hier, fahr zu deiner Mutter, mach, was du willst. Mir ist das egal.«

Paolo hat während seiner kurzen Rede den Blick nicht vom Display des Laptops genommen, der auf dem Schreibtisch steht. Claudia macht einen Schritt zurück und schließt die Tür. Mattia schläft. Die Tasche, in der noch immer der Joint liegt, steht auf dem Bänkchen im Flur. Sie braucht keine zwei Sekunden, um sich zu entscheiden.

Valentina sitzt zusammengekauert auf demselben Hocker wie letztes Mal. *Vielleicht hofft sie, dass es so wie damals endet*, denkt Daniel, als er hinter den Tresen zurückkommt. Allein die Vorstellung, mit ihr zu reden, ist ihm jetzt, nach dem Streit mit Anita, unerträglich. Von Jan ist weit und breit nichts zu sehen.

»Endlich bist du wieder da! Musst du denn hier alles alleine machen?«, sagt sie, kaum dass sie ihn gesehen hat.

Daniel antwortet nicht und sieht sie auch nicht an.

Valentina wartet ein paar Augenblicke auf eine Reaktion, ergreift aber dann selbst wieder das Wort. »Darf man erfahren, warum du mich so behandelst?«, fragt sie, beugt sich über die Theke und schubst ihn leicht an der Schulter.

»Wie meinst du: ›so‹?«

»Als würde ich dir tierisch auf die Nerven gehen! Und könntest du mich bitte anschauen, wenn du mit mir sprichst?«

Daniel hebt den Blick und sieht sie an. Ihr Gesicht ist wunderschön, ihre Augen bezaubernd, ihre Lippen voll und sinnlich. Was für eine Verschwendung!

»Ich bin immer die, die anruft, du antwortest nicht auf meine Nachrichten, und jetzt sitze ich vor dir und du siehst mich nicht einmal an – wundert es dich da, wenn ich mir Gedanken mache? Manchmal frage ich mich, ob du nur mit mir ins Bett gegangen bist, um dir die Zeit zu vertreiben.«

Keine schlechte Gardinenpredigt, denkt Daniel, *bis auf diesen weinerlichen Ton in ihrer Stimme.* Sie klingt wie ein verwöhntes Kind, das nur mit den Wimpern zu klimpern braucht, und schon kriegt es alles, was es will.

»Und du?«, gibt er zurück. »Warst du etwa vom ersten Moment an in mich verliebt?«

»Wenn es so wäre, würde ich es dir jetzt ganz bestimmt nicht sagen!«

Bis gerade eben hat Valentina nur gequengelt, aber jetzt heult sie auf einmal los und vergießt Tränen über Tränen. Daniel denkt, dass sie ihm zumindest ein bisschen leidtun sollte, aber er kann nicht anders, als das alles nur für Show zu halten.

»Tut mir leid. Da liegt wohl ein Missverständnis vor.«

Sie hört auf zu schniefen und sieht Daniel an. In diesem Moment kommt Andrea aus dem Hinterzimmer. Kaum hat er Daniel im Gespräch mit Valentina entdeckt, weist er ihn zurecht. »Wie oft hab ich dir schon gesagt, dass du zum Arbeiten hier bist, du Scheißengländer!« Er steht neben ihm und spricht leise, aber immer noch so laut, dass Valentina ihn versteht.

Daniel hat noch nie jemanden geschlagen. Er hasst es zu streiten, er ist noch nie in ein Handgemenge geraten, er weiß nicht einmal, was es heißt, im Gespräch laut zu werden. Aber jetzt entfährt ihm ein Schrei, ja ein Brüllen, als er wie eine Feder auf Andrea zuschnellt und ihm einen Faustschlag ins Gesicht verpasst. Er hört das Knacken der Zähne, die unter der Wucht seiner Fingerknöchel brechen. Andrea sackt hinter der Theke zu Boden, völlig überrascht von Daniels brachialer Reaktion, und schmeckt das Blut, das sich in seinem Mund sammelt. Daniel steht reglos da, den Arm noch immer zur Geraden gestreckt. Er kann nicht glauben, was er da getan hat. Sein Blick wandert zu Valentina, die ihn gebannt anstarrt. Im ganzen Club herrscht plötzlich Stille, bis Jan ruft: »*Oh shit! Danny! What the fuck have you done?*«

Während Jan sich zu Andrea hinabbeugt, um ihm zu helfen, verlässt Daniel das Lokal. Alle treten zurück, um ihn durchzulassen.

Ganz wie Claudia gehofft hatte, tut das Marihuana seine Wirkung. Sie sitzt auf dem kleinen Balkon vor dem Schlafzimmer auf dem Boden und spürt die Kälte immer weniger.

Ein bisschen wie beim Wein, denkt sie. *Nur geht es schneller.*

Sie nimmt noch einen Zug und sieht zu, wie sich der Rauch des Joints in der kalten Dezemberluft mit ihrem Atem vermischt. Voller Glück betrachtet sie das Bild, das sie vor Augen hat: Mattia und sie laufen zu zweit über eine Wiese, Hand in Hand. Mattia lächelt sie an, wie er es vielleicht noch nie getan hat. Sie lacht befreit, und alles an dem Bild strahlt Selbstsicherheit aus, Vitalität und Lebensfreude.

Bin ich jemals so gewesen?, fragt sie sich. *Nein. Ich war immer ernst, angstbeladen, voller Unsicherheit und Selbstzweifel.*

Sie denkt daran zurück, wie sie Paolo kennengelernt hat. Er schien ihr die Verlässlichkeit und die Sicherheit in Person. Vom ersten Moment an hat er sich um sie gekümmert, sie wie eine Kostbarkeit behandelt, als hätte sie ein Recht darauf, dass ihre Wünsche erfüllt würden. Wenn sie mit ihm zusammen war, konnte sie lachen, bevor sie wieder nach Hause zurückkehrte und so missmutig wurde wie zuvor.

Der Joint ist ausgegangen, und auch Claudia fühlt sich erloschen. Sie fröstelt. Sie steht auf und will hineingehen, doch als sie gegen die Balkontür drückt, stellt sie fest, dass Paolo sie von innen verschlossen hat. Wusste er, dass sie hier draußen ist, oder hat er sie, ohne zu überlegen, zugemacht und sich dabei vielleicht über die Unachtsamkeit seiner Frau geärgert? Claudia wird panisch. Es ist kalt, und sie hat nur das Sweatshirt an, das sie zu Hause immer trägt. Was, wenn Paolo schon schläft und nicht weiß, dass sie auf dem Balkon steht? Sie hämmert wie verrückt gegen die Scheibe, bis Paolo schließlich auftaucht, sie überrascht ansieht und dann die Tür öffnet. Kaum ist sie drinnen, setzt sie sich, noch immer zitternd, auf das Bett.

»Was machst du denn um diese Uhrzeit da draußen? Noch dazu bei der Kälte!«

»Ich wollte auf andere Gedanken kommen.«

Paolo schüttelt den Kopf, dann setzt er sich neben sie und legt ihr die Hände auf die Arme, um sie zu wärmen. Sie wendet sich zu ihm. Er sieht sie mit seinen hellen Augen an, und für den Bruchteil einer Sekunde fühlt Claudia sich viele Jahre zurückversetzt, in einen Moment, den sie als vollkommen erlebt hatte. Sie waren im Winter am Meer, allein im Haus von Paolos Eltern. Auch damals war es sehr kalt, und Paolo wärmte ihr die Arme, während sie auf seinem alten Kinderbett auf seinem Schoß saß. Im nächsten Augenblick hatte sie ihn geküsst, und dann hatten sie sich geliebt, mit einer Leidenschaft, die ihr heute unerreichbar scheint. Vielleicht liegt es an der suggestiven Kraft der Erinnerung, vielleicht liegt es daran, dass Paolo, der sie schon lange nicht mehr berührt, ihr jetzt so zärtlich begegnet. Jedenfalls ist es wiederum Claudia, die den Kuss einfordert, ihre Lippen auf seine drückt, die sich zu ihrer Überraschung öffnen und ihren Kuss erwidern. Eine rasende Lust, wie sie sie seit

Jahren nicht mehr verspürt haben, reißt sie mit sich fort, und sie ziehen sich gegenseitig hastig aus, ohne ihren Kuss zu unterbrechen, wie zwei Teenager, die den Geschmack des Mundes des Geliebten erst noch erforschen müssen. Rasch dringt er in sie ein, sie gibt sich ihm ganz hin, und sie blicken einander in die Augen, als könnten sie selbst nicht glauben, was da geschieht, während ihre Lust sich immer weiter steigert, ihr Atem immer heftiger wird und sie zum Höhepunkt kommen. Dann lösen sie ihre Blicke voneinander und bleiben in der Kälte des Zimmers lange Zeit eng umschlungen und schweißgebadet liegen. Paolo steht als Erster auf und verschwindet im Bad. Einige Sekunden später ist das Rauschen des Wassers in der Dusche zu hören. Claudia hebt ihre Kleidung auf, geht, ohne sich anzuziehen, aus dem Zimmer und den Flur entlang, betritt das andere Badezimmer und schließt die Tür hinter sich ab.

Daniel verlässt den Club und schwankt den Gehsteig entlang. Obwohl er keine Jacke anhat, ist ihm nicht kalt. Immer wieder sieht er in Gedanken Andrea vor sich, der ihn mit blutverschmiertem Gesicht anstarrt, so fassungslos, als fühle er sich überhaupt nicht angegriffen. Daniel ist von seiner Tat dermaßen angewidert, dass er einen kurzen Moment glaubt, er muss sich an eine Hauswand stützen und sich übergeben. Er bleibt stehen und lehnt sich an den heruntergelassenen Rollladen eines Geschäftes. Unter seiner Hand spürt er das kalte Metall. Er atmet tief durch, um den aufsteigenden Brechreiz zu unterdrücken. Als er ihn überwunden zu haben glaubt, jedenfalls fürs Erste, geht er weiter.

»Daniel ...«

Das ist Valentinas Stimme. Er dreht sich ruckartig um und sieht ihr direkt in die Augen.

»Was willst du von mir? Was, verdammt noch mal, willst du von mir?«

Valentina macht erschrocken einen Schritt zurück. »Entschuldige, ich wollte dir nur helfen ...«, stammelt sie.

»Ich brauche keine Hilfe. Ich habe gerade jemandem die Fresse eingeschlagen, falls du das vergessen hast. Du warst doch dabei.«

»Du hast nur so verwirrt ausgesehen ...«

Daniel bricht in ein Lachen aus, das Valentina einen noch größeren Schauer den Rücken hinabjagt als die Wut, die ihn gerade eben noch im Griff hatte.

»Ich und verwirrt? Von wegen! Mir geht's bestens, prächtig geht's mir!« Im nächsten Augenblick wird er wieder ernst. »Lass mich in Frieden, verstanden? Lass mich in Frieden!«, schreit er sie an.

Während er davonläuft, bleibt sie stehen und sieht ihm nach, mit hängenden Armen und einem Gesichtsausdruck, der fast an Mitleid erinnert.

Anitas Handy liegt noch immer auf dem Schreibtisch, aber sie hat es nicht über sich gebracht, es lautlos zu stellen.

Und wenn er anruft, gehe ich einfach nicht ran. In Wahrheit hat sie während des ganzen Rückwegs vom Daimon nichts sehnlicher gehofft, als ein Klingeln zu hören. Doch nicht einmal eine Nachricht ist gekommen. Als sie zu Hause war, hat sie ihr Telefon auf den Schreibtisch geworfen und sich aufs Bett fallen lassen. Rückblickend findet sie, dass sie sich anders hätte verhalten sollen, vielleicht mit Valentina ein klärendes Gespräch führen oder Daniel gegenüber noch böswilliger auftreten, noch gehässiger. Das beherrscht sie ja normalerweise. Aber Daniel hat etwas in ihr verändert, hat die Mauern, die sie um sich herum errichtet hat, zum Einstürzen gebracht. Wie kann man sich einem Menschen gegenüber böswillig verhalten, wenn dieser einem seine Liebe gestanden hat und man selbst nicht den Mut hatte, ihm das gleiche Geständnis zu machen, obwohl das die Wahrheit ist?

Während in ihrem Inneren die Wut allmählich der Traurigkeit Platz macht, ertönt das Signal für eine neue Nachricht. Aber sie kommt nicht von Daniel, sondern von Barbara:

Dein kleiner Engländer hat Andrea eine reingehauen. *Probably* hat er ihm einen Zahn ausgeschlagen, wenn nicht sogar zwei. Eine wuchtige Rechte!

Anita liest die Nachricht mindestens drei Mal. Sie kann es nicht glauben. Daniel soll Andrea geschlagen haben? Das scheint ihr unvorstellbar, aber Barbara ist keine Frau, die Scherze macht. Sie ruft sie auf der Stelle an.

»Sieh an, du kannst ja telefonieren! Beachtlich, was der Kleine da angestellt hat!«

»Das glaub ich jetzt einfach nicht!«

»Jan sagt, dass Andrea geradezu darum gebettelt hat. Dass er ihn schon seit Wochen provoziert hat.«

»Und wie geht's ihm jetzt?«

»Wem?«

»Daniel.«

»Was weiß denn ich! Er ist gleich danach abgehauen. Und ob du's glaubst oder nicht: Das Blondchen ist ihm sofort hinterher.«

»War die immer noch da?«

»War sie. Wie auch immer, jedenfalls wird Andrea das Lächeln für eine Weile nicht mehr ganz so leicht von den Lippen gehen.«

Anita kann einfach kein Mitleid mit ihm empfinden. »Und jetzt? Hat Andrea Daniel angezeigt?«

»Keine Ahnung. Er hat sich geweigert, ins Krankenhaus zu gehen, und schließlich hat sich herausgestellt, dass nur ein Zahn gebrochen ist, einer der Schneidezähne. Er hat verdammt Glück gehabt. Daniel hätte ihm auch die Nase brechen können.«

»Kannst du rauskriegen, ob er ihn anzeigen will? Bitte!«

»Du bist gut! Du weißt schon, was du mir dafür dann schuldest? Ich merk mir das alles! Dabei steh ich nicht mal auf deinen kleinen Engländer. Aber der Auftritt vorhin war echt nicht ohne. Hätte man ihm gar nicht zugetraut …«

»Halt die Augen offen und gib mir Bescheid, ja?«

Anita beendet das Gespräch und behält das Telefon in der Hand. Sie weiß nicht, was sie von all dem halten soll. Nie hätte sie so etwas von Daniel erwartet. Sie hätte schwören können, dass er nicht einmal weiß, was ein Faustschlag ist. Sie schließt die Augen und versucht sich vorzustellen, wo er jetzt ist, wie es ihm geht, ob Valentina bei ihm ist. Das Telefon in ihrer Hand scheint zu brennen, als dränge es sie dazu, ihn anzurufen. Sie denkt nicht lange nach und tut es einfach. Sie lässt es lange läuten, und irgendwann springt die Mailbox an. Vielleicht will er nicht rangehen, vielleicht hört er es nicht, vielleicht hat er sein Telefon nicht dabei oder vielleicht ist er mit Valentina zusammen … Nein! Nicht mit Valentina. Unvorstellbar!

Anita geht in ihrem Zimmer im Kreis herum, ein flaues Gefühl breitet sich in ihrem Magen aus und Kopfschmerzen kündigen sich an, wie immer mit einem leichten Ziehen im Nacken. Dann das Signal einer Nachricht, einer Nachricht von Daniel.

Entschuldige, aber ich schaff es nicht, jetzt zu reden. Bitte verzeih mir, was ich getan habe.

Wo bist du?, tippt Anita in Windeseile.

Keine Ahnung. Ich bin einfach rumgelaufen. Was siehst du?

Den Tiber und darin so etwas wie eine Insel.
Ist die Blonde bei dir?
Welche Blonde?

Anita muss kurz lächeln.

Bin unterwegs.
Aber Reden ist mir jetzt einfach zu viel.
Mir auch. Rühr dich nicht von der Stelle.

Kapitel 17

Daniel sitzt auf der kleinen Mauer, die die Uferstraße säumt, mit angezogenen Knien, den Kopf auf die Arme gestützt. Er ist noch immer ganz benommen, und seine Augen brennen, weil er eine Viertelstunde lang wie ein kleines Kind geheult hat, aber jetzt hat er beschlossen, dass es reicht. Es ist schon spät in der Nacht und die Autos, die an der Uferstraße geparkt sind, fahren eines nach dem anderen weg. Es ist kalt, eine feuchte Kälte, die einen frösteln lässt, doch Daniel spürt sie nicht. In der Luft liegt der Geruch von verbranntem Holz, aber wer verbrennt denn in einer Großstadt Holz? Daniel kennt das von zu Hause, in englischen Dörfern riecht es den ganzen Winter hindurch so, und manchmal auch in Brighton, hier jedoch begegnet ihm das zum ersten Mal. Einen kurzen Moment lang packt ihn das Heimweh, und sein Magen krampft sich zusammen, sodass er einmal tief durchatmen muss, um den aufkeimenden Schmerz zu verscheuchen. Seine Familie fehlt ihm nicht, auch nicht sein Zimmer oder sein Bruder. Nicht einmal seine besten Freunde fehlen ihm. Er selbst fehlt sich, dieser Daniel, der ihm dort so vertraut war, der ruhige, behutsame, nachdenkliche. Einer, der niemals zugeschlagen hätte, aus keinem erdenklichen Grund. Als er vor drei Monaten nach Rom gekommen ist, war er noch so, aber jetzt versteht er sich selbst nicht mehr. Er fühlt sich, als würde er jemanden in sich tragen, den er erst vor Kurzem kennengelernt hat, jemanden, der impulsiv und unberechenbar ist, ein Typ, von dem er sich früher ferngehalten hätte. Er hebt den Kopf, blickt auf das Wasser, in dem sich die gelben Lichter der Straßenlaternen spiegeln, und fragt sich, ob er jemals wieder der von früher werden wird. Als ihn das Geräusch eines Motorrollers aus seinen Gedanken reißt, dreht er sich zur Straße um. Anita sitzt auf ihrem Roller und sieht ihn an. Er steigt von der Mauer und geht mit gesenktem Kopf auf sie zu.

»Steig auf«, fordert sie ihn auf. »Ich bring dich nach Hause.«

Die Wärme in ihrer Stimme verrät ihm, dass sie nicht sauer auf ihn ist. Erst als er sich dessen sicher sein kann, hebt er den Blick.

»Es tut mir leid. Ich weiß nicht, was mich da geritten hat. Das war ein großer Fehler.«

Anita zuckt nur mit den Schultern, ohne zu antworten.

Daniel hingegen spricht weiter. »Ich habe mich wie ein Tier benommen. Das ist nicht zu rechtfertigen.«

»Lass gut sein, Dany. Steig auf.«

Er beugt sich zu ihr hinab, sodass sein Gesicht ganz nah an ihrem ist. Was sie sagt, irritiert ihn.

»Aber warum machst du mir denn keine Vorwürfe? Warum sagst du nicht, dass man Probleme nicht mit Fäusten, sondern mit Worten löst? Warum sagst du nicht, dass du so etwas von mir niemals erwartet hättest?«

»Weil ich nicht weiß, was ich von dir erwarten soll, Daniel. Ich kenne dich ja überhaupt nicht.«

»Und was willst du dann hier? Ich kann auch alleine nach Hause gehen.«

Anita steigt wortlos ab und stellt den Roller auf den Ständer. Dann zieht sie langsam die Handschuhe aus, nimmt Daniels Gesicht zwischen ihre Hände und küsst ihn auf den Mund. Er legt ihr die Hände auf die Schultern, als wolle er sie von sich stoßen, aber sie küsst ihn weiter auf seine geschlossenen Lippen, bis er sie plötzlich unter ersticktem Stöhnen öffnet, Anita in die Arme schließt und mit seiner Zunge nach ihrer sucht. Für einige Augenblicke verschwindet alles: die Kälte, die Geräusche der Autos, die an ihnen vorüberfahren, die Erinnerung an das, was an diesem Abend im Daimon passiert ist. Als sie schließlich voneinander lassen, geht ihr Atem heftig, und während sie einander eng umschlungen halten, flüstert sie ihm ins Ohr: »Gehen wir jetzt nach Hause?«

Daniel schüttelt den Kopf und sieht sie an. Seine Frage bedarf keiner Worte, aber sie ist nicht weniger gebieterisch, als wenn er sie herausgeschrien hätte. Anita seufzt und gibt nach.

»Aber natürlich bin ich in dich verliebt. Du Dummkopf hast das nur noch nicht gemerkt ...«

Barbaras Nachricht trifft ein, während Daniel im Bad ist und duscht und Anita in seinem Zimmer auf dem Bett sitzt.

Erst mal will er ihn nicht anzeigen. Ich geh jetzt schlafen. Und denk dran, du schuldest mir was!

Der zwinkernde Smiley blinkt auf dem Display, als Daniel zurück ins Zimmer kommt, ein Handtuch um die Hüften und eins in den Händen, mit dem er sich die Haare trocknet. Er sieht Anita an, lächelt, als hätte er die vergangene Nacht vergessen und würde sich einfach nur freuen, sie hier zu sehen. Draußen fängt es an zu dämmern. Anita steht auf, legt ihr Telefon auf den Schreibtisch, geht zu Daniel und zieht ihm das Handtuch von den Hüften.

Claudia hat Kaffee und das Frühstück für Mattia gemacht, der ausnahmsweise seine Kekse isst und seine Milch trinkt, ohne den Tisch in ein Schlachtfeld zu verwandeln. Sie knabbert am Daumennagel und wartet. Als Paolo in die Küche kommt, sieht sie ihn an. Er jedoch wirft ihr nur einen flüchtigen Blick zu, setzt sich neben Mattia, fährt ihm mit der Hand durchs Haar und fragt ihn, ob er gut geschlafen hat. Während er sich Kaffee einschenkt, Zucker dazugibt und die dunkle Flüssigkeit in der Tasse mit dem Löffel umrührt, ohne Claudia eines Blickes zu würdigen, geht sie ans Fenster und tut so, als sähe sie hinaus.

»Fertig!«, ruft Mattia. »Kann ich jetzt Trickfilme gucken?«

»Nur einen«, sagt Paolo. »Du musst gleich in den Kindergarten. Und vorher musst du dich noch anziehen.«

Claudia rührt sich nicht vom Fleck und schaut weiter zum Fenster hinaus. Leichter Dunst liegt in der Luft, aber der wird sich verziehen und es wird ein herrlicher Dezembertag, sonnig und kalt.

Von mir aus könnte es auch wie aus Kübeln gießen oder schneien. Sie hört, wie ein Stuhl gerückt wird, und rechnet damit, anschließend zu hören, wie Paolo ins Bad geht, aber stattdessen herrscht Stille. Als sie sich umdreht, steht er ihr gegenüber. Wann hat sie ihn das letzte Mal bewusst angesehen? Er sieht wirklich gut aus, mit seinen blonden Haaren, den hellen Augen und dem Bartschatten um das Kinn, der schlanken Statur und den kräftigen Schultern, die man nur bekommt, wenn man sein Leben lang sehr viel Sport gemacht hat. Sie sieht ihm in die Augen, und er reagiert mit einem leichten Lächeln, wie sie es seit Ewigkeiten nicht mehr an ihm gesehen hat – eines dieser Lächeln mit besonderer Bedeutung, die derjenige, dem sie gelten, genau kennt. Paolo hebt die Hand, streichelt ihr über die Wange, und jetzt lächelt auch sie, obwohl sie gleichzeitig eine Träne vergießt. Dann umarmt sie ihn und hebt so die restliche Distanz zwischen ihnen auf. Er wirkt überrascht. Und es dauert ein paar Augenblicke, bis er die Umarmung erwidert, und als er es tut, drückt sie ihn nur umso fester an sich, legt den Kopf auf seine Schulter, und ihre Lippen berühren fast seinen Hals.

Sie würde ihm gern etwas sagen, aber was? Dass sie ihn noch immer liebt und ihn nicht verlassen will? Sie weiß nicht, ob das stimmt.

»Wenn du einverstanden bist, bringe ich Mattia heute Abend zu meiner Mutter«, sagt er.

Sie sieht ihn an, antwortet aber nicht.

»Ein bisschen Zeit zu zweit würde uns ganz guttun, findest du nicht?«

Claudia antwortet mit einem Nicken.

»Dann bis später.«

Er streift ihre Stirn mit seinen Lippen, lässt sie los und geht hinaus. Ein Kuss wie von Vater zu Tochter. War er etwa genau das für sie in all den Jahren: ein Vater?

Der Morgen ist eisig. Langsam steuert Anita den Roller im Schein der blassen Sonne durch den Dunst, der ihr keine Sicht bis zur nächsten Kreuzung erlaubt. Sie will nur noch eins: sich auf ihrem Bett ausstrecken und die Augen schließen.

»Bleib doch! Schlaf bei mir«, hat Daniel gesagt und sie fest an sich gedrückt, nachdem sie miteinander geschlafen hatten.

Er war so warm und seine Haut so glatt, er wirkte wie ein Gebäckstück, das frisch aus dem Ofen kommt. Anita wäre am liebsten in seinen Armen in den Schlaf gesunken, aber sie hat sich gezwungen sich aufzusetzen. Und Daniel hat sie gehen lassen, auch wenn er dabei leise klagend gestöhnt hat.

»Es ist sieben Uhr morgens, und ich habe nicht Bescheid gesagt, dass ich nicht nach Hause komme. Meine Mutter macht sich bestimmt schon riesige Sorgen.«

Sie hätte ihr eine Nachricht schicken können, aber Lisa wird nicht über die Maßen beunruhigt sein. Anita hat das nur gesagt, damit Daniel sie gehen lässt. Sie weiß genau, dass es anders besser wäre, doch sie hat keine Wahl, denn dann würde sie Andrea gegenüber zugeben, dass sie etwas mit dem *kleinen Engländer* hat. Sie muss jetzt endlich die Beziehung mit diesem Mann beenden, ein für alle Mal. Sie darf sich nicht mehr davor drücken, muss eine neue Seite aufschlagen und noch mal von vorn anfangen, am besten, ohne ihre Mutter hineinzuziehen. Und vor allem, ohne dass Andrea Daniel anzeigt. Erst dann wird sie sich ganz in diesen blauen Augen verlieren können, ohne darin zu ertrinken.

Sie hat ihre Kleidung vom Boden aufgehoben und sich angezogen, ohne Daniel anzusehen.

»Ich weiß nicht, ob das eine gute Idee ist, Anita. Ich verstehe, dass du nach Hause willst. Aber da ist auch Andrea«, hat Daniel besorgt zu bedenken gegeben.

»Ich war es ja nicht, die ihm die Zähne ausgeschlagen hat«, hat sie leichthin geantwortet.

Beschämt hat Daniel den Kopf gesenkt. Anita, jetzt ganz angezogen, ist zu ihm ans Bett gekommen.

»Ich bin nicht sauer auf dich, Dany«, hat sie zu ihm gesagt und eine Strähne seines Haars zwischen die Finger genommen. »Es musste ja so kommen. Ich will nur nicht, dass du deswegen alles verlierst. Dein Auslandssemester, dein ganzes Studium, dein Leben … Wenn er dich verklagt, kann das alles ganz schnell beim Teufel sein.«

»Das ist alles nicht wichtig«, hat er entschieden erwidert und sich aufgesetzt. »Ich will nur, dass er dich in Ruhe lässt.«

»Das mit Andrea ist zu Ende, Dany. Aus und vorbei. Alles Schnee von gestern. Willst du nicht von vorne anfangen? Hast du kein Vertrauen in die Zukunft?«

Daniel hat sie angesehen. Er muss gewusst haben, dass Anita sich gekränkt fühlen würde und sie gestritten hätten, wenn er weitergebohrt hätte. Ihm blieb nichts anderes, als sie gehen zu lassen.

»Melde dich, sobald du kannst. Und wenn es nur eine Nachricht ist, um mir zu sagen, dass alles in Ordnung ist.«

Während Anita jetzt durch die Straßen fährt, die noch nicht vom Verkehr verstopft sind, beschleicht sie ein ungutes Gefühl. Sie hatte nicht viel Zeit zum Nachdenken, aber sie hat nicht lange gebraucht, um eins und eins zusammenzuzählen. Andrea hat Daniel nicht angezeigt. Das hat er sicher nicht aus Barmherzigkeit getan, und man muss kein Einstein sein, um zu ahnen, dass er dafür eine Gegenleistung fordern wird, und zwar von ihr.

Sergio ist nun doch nicht ausgezogen. Irgendwo hat er die Miete aufgetrieben, die er Marco geschuldet hat, und hat sein Zimmer behalten. An diesem Morgen kommt er in die Küche und setzt sich Daniel gegenüber, der auf seine Tasse mit Milch starrt, ohne daraus zu trinken. Sein Handy liegt in Reichweite auf dem Tisch.

»Du ziehst eine Miene, dass einem ganz anders wird«, sagt Sergio. »Was ist denn passiert?«

Daniel wirft ihm einen misstrauischen Blick zu. Warum interessiert er sich auf einmal für ihn? Ihm ist lieber, wenn Sergio ihn ignoriert, wie er es wochenlang getan hat, nachdem er die Sache mit Valentina herausgefunden hatte.

»Wenig geschlafen«, antwortet Daniel.

»Zu viel Sex?«

Daniel sieht ihn unverwandt an in der Hoffnung, Sergio versteht, dass er keine Lust auf einen Streit hat.

»Lass gut sein!«

Sergio sagt eine Weile nichts und trinkt seinen Kaffee, fängt dann aber wieder an: »Wen hast du dir denn letzte Nacht ins Bett geholt, Valentina oder diese Dunkelhaarige? Oder eine ganz andere?«

»Hör auf, Sergio. Ich meine es ernst.«

Daniels Tonfall sollte Sergio eine Warnung sein, der aber scheint es nicht zu begreifen.

»Die Dunkelhaarige ist auch ganz süß. Die wüsste bestimmt gerne, ob da was zwischen dir und Valentina läuft.«

Daniel steht auf, stellt die Tasse ins Spülbecken und geht dann zurück zu Sergio, der noch immer am Tisch sitzt. »Halt dich von ihr fern und auch von mir. Verstanden?«

Sergio sieht ihn mit einem herausfordernden Grinsen an. »Wieso, was passiert sonst? Verprügelst du mich dann auch? Schlägst du mir auch einen Zahn aus?«

Daniel schüttelt den Kopf und lächelt ihn herablassend an. »Ganz schön süß, die Blonde, oder? Sie lässt dich nicht ran, erzählt dir aber alles über mich«, sagt er.

»Valentina und ich sind befreundet.«

»Ganz genau. So ist es.«

Sergio springt auf und will sich auf Daniel stürzen, aber Daniel ist schneller und weicht ihm aus. Sergio stolpert gegen das Spülbecken. Die beiden stehen sich gegenüber wie zwei Boxer im Ring, als würden sie bei der geringsten Bewegung des anderen aufeinander losgehen. In dem Moment kommt Marco herein.

»Was ist denn hier los?«, fragt er. Er ahnt sofort, worum es geht.

Daniel zieht sich als Erster zurück und geht zur Tür. »Nichts.«

Kurz darauf ist er wieder in seinem Zimmer und hält sein Handy fest umklammert. »Ruf mich an, Nita! Ruf mich an!«

Als Anita die Wohnungstür aufsperrt, kommt ihre Mutter sofort aus der Küche.

»Darf man erfahren, wo du warst?«

»Ich habe bei Barbara übernachtet«, antwortet Anita, ohne sie anzusehen. »Entschuldige, dass ich nicht Bescheid gesagt habe.«

»Ich habe dich mindestens zehn Mal angerufen!«

Das stimmt nicht, aber Anita geht nicht darauf ein. »Ich hatte das Telefon leise gestellt. Tut mir leid, Mama. Wirklich.«

Lisa hakt nicht weiter nach. Anita weiß, dass ihr etwas anderes durch den Kopf geht, das sie weitaus mehr beunruhigt.

»Alles in Ordnung?«, fragt sie vorsichtig.

»Andrea hatte gestern auf der Heimfahrt einen kleinen Autounfall. Er musste plötzlich bremsen und ist dabei gegen das Lenkrad geschleudert worden. Dabei ist ihm ein Zahn rausgebrochen. Jetzt schläft er.«

Anita bemüht sich, sich nichts anmerken zu lassen.

Also hat er sie angelogen ... Was er wohl vorhat? Vielleicht schämt er sich, ihr zu erzählen, dass ihr Held von einem jungen Burschen verprügelt worden ist?

»Hast du schon gefrühstückt? Der Kaffee ist gerade fertig geworden«, sagt Lisa.

Anita folgt ihrer Mutter in die Küche und setzt sich an den Tisch. Sie hat keinen Hunger, fühlt sich aber in der Pflicht, ihrer Mutter wenigstens ein bisschen Gesellschaft zu leisten.

Wir lügen sie beide an, und das schon eine ganze Weile, denkt sie, während sie ihrer Mutter zusieht, wie sie ihr das Frühstück herrichtet, den Kaffee auf den Tisch stellt, die Milch, ihre Lieblingskekse. *Vielleicht verdient sie es nicht anders. Ich kann einfach kein Mitleid mit ihr haben.*

»Dann wird Andrea ein paar Tage lang auf sein Lächeln verzichten müssen«, sagt sie erheitert.

Ihre Mutter sieht sie an, als hätte sie sie wüst beschimpft.

»Warum bist so giftig, wenn es um ihn geht?«

»Das war doch nur ein Scherz.«

»Das stimmt nicht. Du kannst ihn nicht leiden. Wäre es dir lieber, wenn er nicht da wäre?«

»Jedenfalls würde ich mir nicht aus Verzweiflung die Haare ausreißen.«

»Und an mich denkst du dabei gar nicht?«

Anita sieht ihrer Mutter direkt in die Augen. »Doch. Ich denke dabei sogar nur an dich.«

»Aber was hat er dir denn getan?«, fragt ihre Mutter, etwas lauter als zuvor. »Er ist immer zuvorkommend und liebevoll zu dir, und du behandelst ihn so abweisend.«

Jetzt ist der Moment, es ihr zu sagen.

Klar ist er liebevoll, du hast ja keine Ahnung, wie sehr … Und wie zuvorkommend er war, als er mich in deinem Bett gevögelt hat.

»Tut mir leid«, sagt Anita stattdessen nur und seufzt. »Ich habe einen verdorbenen Charakter, ich weiß. Ich bin es nicht gewohnt, dass man zuvorkommend mit mir umgeht. Aber das solltest du doch wissen, oder?«

Jetzt hat sie es geschafft. Sie hat ihre Mutter getroffen. Erniedrigt.

Sag was, Mama! Verteidige dich! Erklär mir, warum du zwölf Jahre lang bei diesem Arschloch geblieben bist!

Lisa räumt die Tassen vom Tisch und macht sich an den Abwasch. Anita steht auf.

»Ich leg mich ein bisschen hin. Hab nicht viel geschlafen letzte Nacht.«

Ihre Mutter nickt, ohne sich umzudrehen.

»Dann bis heute Abend«, sagt Anita.

Lisa antwortet nicht. *Wahrscheinlich weint sie*, denkt Anita.

Am liebsten würde sie ihr eine Hand auf die Schulter legen und sie zu sich drehen. Vielleicht könnte sie sie jetzt sogar umarmen. Aber dann lässt sie den Gedanken fallen und geht in ihr Zimmer. Sie holt ihr Handy aus der Tasche und ruft Daniel an. Beim ersten Läuten nimmt er ab.

»Und?«

»Alles okay. Meine Mutter ist da, und er schläft. Ich bin in meinem Zimmer.«

Am anderen Ende der Leitung ein tiefer Atemzug. »Kommst du später noch?«

»Weiß ich noch nicht. Wir spielen heute mit der Band. Geh jetzt schlafen, mein Süßer. Ich geh auch ins Bett.«

»Ich kann nicht. Erst habe ich Vorlesung, und dann muss ich mir einen neuen Job suchen.«

»Du schläfst doch bestimmt im Hörsaal ein.«

»Wenn Claudia wieder mit ihren Dias daherkommt, ganz bestimmt.«

»Wer ist denn Claudia?«

»Meine Professorin in Kunstgeschichte der Moderne.«

»Nennt ihr in England eure Professoren beim Vornamen?«

»Manchmal«, antwortet Daniel kurz angebunden. »Träum was Schönes, *honey*.«

Kapitel 18

»Wollen Sie damit etwa sagen, dass Dalí besser als Picasso ist?«

»Nein, überhaupt nicht. Ich habe nur gesagt, dass mir persönlich die Werke Dalís besser gefallen, aber damit ist in keiner Weise ein Werturteil verbunden. Beide sind außergewöhnliche Künstler.«

»Ist Ihnen bekannt, dass sich Dalí kurz nach Ausbruch des Zweiten Weltkriegs nach Amerika davongemacht hat, während Picasso die ganze Zeit der Besatzung in Paris ausgeharrt hat, obwohl er dort Ausstellungsverbot hatte?«

»Ich weiß nicht, worauf Sie hinauswollen. Wir sprechen hier nicht über persönliche Vorlieben oder politische Ansichten der Künstler, sondern einzig und allein über ihre Werke.«

»Wenn Sie sich ein persönliches Urteil erlauben dürfen, weshalb dürfen wir es nicht?«

Allmählich verliert Claudia die Geduld. Manche Studentinnen sind einfach unerträglich. Warum besuchen sie überhaupt noch Vorlesungen, wenn sie ohnehin schon alles wissen?

»Einverstanden. Ich entschuldige mich dafür, dass ich meine persönliche Meinung zum Ausdruck gebracht habe, auch wenn ich nichts von einer leidenschaftslosen Lehre halte, die die Ansichten desjenigen, der lehrt, gänzlich außen vor lässt.«

»Ihre Ansichten sind aber doch nicht Gegenstand dieser Vorlesung, oder?«

»Sag mal«, schaltet sich Daniel ein, an die Neunmalkluge gewandt, »wenn dich die Gedanken der Professorin nicht interessieren, wieso verbringst du dein Studium dann nicht in der Bibliothek?«

Zustimmendes Gemurmel. Während der Diskussion zwischen Claudia und der Studentin hatte niemand den Mut, Partei zu ergreifen, aber jetzt, nachdem Daniel sich geäußert hat, scheinen plötzlich alle eine Meinung zu haben.

»Genau!«, sagt eine Studentin in der ersten Reihe. »Ich finde es interessant, was die Frau Professor über ein Thema denkt, mit dem sie sich seit Jahren beschäftigt. Ich kann mir dann ja meine eigene Meinung bilden. Bitte, Frau Professor, legen Sie uns Ihre Ansichten dar.«

Claudia erlaubt sich ein kurzes Lächeln, versucht aber dann, die Vorlesung in versöhnlicher Atmosphäre weiterzuführen.

»Nun, wir haben miteinander diskutiert, und das ist ja immer eine gute Sache. Aber jetzt kehren wir wieder zum Thema zurück, und damit zum nächsten Dia.«

Als nach der Vorlesung alle anderen schon gegangen sind, hilft Daniel Claudia beim Einsortieren der Dias.

»Die war ja ganz schön lästig!«, bemerkt er.

»Danke, dass du dich eingeschaltet hast. Allerdings fürchte ich allmählich, dass man anfängt, hier über uns zu tuscheln.« Claudia sieht ihn an.

»Aber was ist denn schon dabei, wenn eine Dozentin und ein Student miteinander befreundet sind?«

»Dass niemand glaubt, dass es bei der Freundschaft bleibt«, erwidert Claudia lachend. »Aber sollen sie ruhig reden. Du weißt, wie wenig mich das kümmert.«

Daniel behält seine ernste Miene.

Während sie ihm zusieht, wie er die Dias einsortiert, denkt sie kurz über die seltsame Beziehung nach, die zwischen ihnen entstanden ist.

Er wirkt wie ein großes Kind, aber er ist intelligent, mitfühlend ... Aber es stimmt schon, ich muss mir die entscheidende Frage stellen: Würde ich mit ihm ins Bett gehen? Vielleicht, aber das muss nicht heißen, dass ich richtig Lust darauf hätte. Mich interessiert vielmehr etwas anderes: seine Gedanken. Seit Jahren unterrichte ich junge Leute in seinem Alter, aber im Grunde weiß ich nichts über sie.

»Kaffee?«, fragt Daniel und unterbricht sie in ihren Überlegungen.

»Ja, aber in gehöriger Entfernung von der Uni. Und wenn es dir nichts ausmacht, sollten wir getrennt in der Bar eintreffen. Gehen wir in die in der Via Tiburtina, kennst du die?«

»Aber hast du nicht gerade gesagt, dass dir das Gerede der Leute egal ist?«

Claudia lächelt und schüttelt den Kopf. Er ist wirklich süß.

* * *

»Das glaub ich jetzt nicht!« Claudia zündet sich die x-te Zigarette an. Sie ist von Daniels Geschichte völlig gebannt.

»Plötzlich habe ich rot gesehen und zugeschlagen. Dabei habe ich noch nie in meinem Leben jemanden geschlagen. Die Hand tut mir immer noch weh.«

»Von dir hätte ich so etwas niemals erwartet!«

Er mustert sie von oben bis unten und fragt sich, ob diese Bemerkung als Vorwurf zu verstehen ist, doch als sie lacht, begreift er, dass dem nicht so ist.

»Wie ich dich kenne, hast du bestimmt versucht, seine Sticheleien zu ignorieren, aber irgendwann hat er einfach übertrieben. War es so?«

»So war es. Trotzdem hätte ich nicht auf diese Weise reagieren dürfen.«

»Manchmal passiert es eben, dass man die Kontrolle verliert.«

»Mir ist das noch nie passiert. Jedenfalls nicht bis gestern.«

Claudia ergreift Daniels Hand.

»Du bist dreiundzwanzig. In dem Alter verändert man sich laufend, ohne dass man es merkt, und bis du so alt bist wie ich, wirst du dich noch viel mehr verändert haben.«

»Und wenn manche Veränderungen mir nicht gefallen?«

»Du kannst versuchen, ihnen entgegenzuwirken, aber erst musst du dich selbst verstehen und dich ein bisschen ausprobieren. Du hast jemanden geschlagen, und wahrscheinlich hast du daraus gelernt, dass dir das nicht entspricht und es dir danach schlecht geht. Also wirst du es in Zukunft nicht mehr tun. Beim nächsten Mal wird dir diese Erfahrung dabei helfen, dich zurückzuhalten. Glaub mir.«

»Und wenn es nicht so ist? Wenn mir die Kraft fehlt, mich zurückzuhalten?«

»Allein der Gedanke, dass du Kraft brauchst, um dich zurückzuhalten, verleiht dir Kraft.«

* * *

Als Anita vor die Haustür tritt, sieht sie, wie auf der anderen Straßenseite Andrea aus dem Auto steigt. Sie verspürt den Impuls, wieder ins Haus zu gehen, um die Ecke zu biegen, irgendwie zu verschwinden, bleibt aber stehen.

Als Andrea sie sieht, lächelt er sie an. Sein Lächeln ist makellos. *Wie hat er es nur geschafft, sich den herausgeschlagenen*

Zahn in so kurzer Zeit ersetzen zu lassen?, denkt Anita, fast schon bewundernd. Dieser Mann weiß sich einfach immer zu helfen.

»Dir geht's wieder gut«, sagt sie.

»Der Kerl, der mich aufs Kreuz legen kann, muss erst noch geboren werden, meine Süße.«

»Ach ja? Mir würde da schon einer einfallen«, erwidert Anita und zuckt mit den Schultern.

Das Lächeln verschwindet aus Andreas Gesicht. »Pass auf, was du sagst. Ich kann es mir immer noch anders überlegen und ihn anzeigen. Rund dreißig Gäste, die ich überhaupt nicht kenne, können bezeugen, dass Daniel auf mich losgegangen ist, ohne dass ich ihn auch nur berührt hätte.«

»Du hast ihn provoziert.«

»Wer behauptet das? Er?«

Eine sinnlose Diskussion. Anita macht einen Schritt auf das Gittertor zu, aber Andrea hält sie am Arm fest.

»Was glaubst du, warum ich nicht zur Polizei gegangen bin?«

Sie sieht ihn argwöhnisch an. »Weil du Angst hast, er könnte dir den Rest geben?«

Andrea lässt sie los und bricht in Gelächter aus.

»Soll das ein Witz sein? Nein, Spaß beiseite. Wenn du dein hübsches Köpfchen ein bisschen anstrengst, kommst du garantiert darauf.«

Anita sieht ihm weiterhin in die Augen. Am liebsten würde sie ihm ins Gesicht spucken, ihm entgegenschreien, dass sie nie wieder mit ihm ins Bett gehen wird, dass sie alles ihrer Mutter erzählen wird. Aber dann geht er in die nächste Polizeiinspektion und zeigt Daniel an. Sie darf nicht zulassen, dass Daniel für ihre Fehler bezahlt.

»Andrea«, sagt sie, um einen versöhnlichen Ton bemüht, »das mit uns war etwas Besonderes. Ich dachte wirklich, ich würde dir etwas bedeuten. Und jetzt willst du so mit mir umgehen? Mich erpressen?«

In diesem Moment geht das Gittertor auf, und die Witwe aus dem dritten Stock kommt auf sie zu. Anita und Andrea treten einen Schritt auseinander, und als die Witwe an ihnen vorbeigeht, grüßen sie sie mit einem Nicken. Als sie im Haus verschwunden ist, antwortet Andrea: »Das mit uns war also etwas ›Besonderes‹? Ist das dein Ernst? Und warum wolltest du dann von heute auf morgen nichts mehr von mir wissen, kaum dass der Engländer aufgetaucht war?«

»So war es nicht. Ich habe dir doch gesagt, dass ich schon längst Schluss machen wollte, noch bevor ich Daniel kennengelernt habe. Das weißt du ganz genau.«

»Ich mag es nicht, wenn man mich so fallen lässt, Anita. Am Anfang habe ich für dich wirklich etwas empfunden, ich wollte mich um dich kümmern, dafür sorgen, dass du dich sicher fühlst. Aber dann hast du mir aus heiterem Himmel den Laufpass gegeben, und jetzt will ich nur noch die Genugtuung, dich ein letztes Mal zu vögeln. Ich hab dich in der Hand, meine Süße. Da hilft dir dein ganzer Hochmut nichts.«

Anita zuckt zusammen, als hätte er sie geschlagen. Dann schüttelt sie den Kopf. Sie spricht langsam und deutlich, mit Verbitterung in der Stimme. »Jetzt verstehe ich. Du hast es absichtlich getan. Du hast alles genau geplant. Du hast ihn so lange provoziert, bis er endlich reagiert hat, und das nur, um etwas gegen mich in der Hand zu haben.«

»Und das war gar nicht so schwer«, entgegnet Andrea ruhig, fast schon stolz. »Dein kleiner Engländer hat keine besonders starken Nerven.«

* * *

Den Typen, der ihm die Tür aufmacht, hat Daniel noch nie gesehen.

»Ist Jan da?«, fragt er ihn auf Italienisch.

Weil der andere ihn nicht zu verstehen scheint, wiederholt er die Frage auf Englisch, woraufhin der Typ schließlich nickt und ihn hineinlässt. Er zeigt ihm, wo die Küche ist, und verschwindet dann im Flur. Daniel geht in die Küche, wo Jan am Tisch sitzt, mit geschlossenen Augen, den Kopf in die Hand gestützt. Vor ihm steht ein Teller Rührei mit einer Scheibe Brot.

»Schläfst du noch?«, fragt Daniel.

Jan reißt die Augen auf. Als er Daniel erkennt, lächelt er. »Hey, Rocky, alles klar? Heut schon jemanden verprügelt? Oder ist es noch zu früh?«

»Das ist nicht witzig, Jan.«

Jan zuckt mit den Schultern und macht sich über das Rührei her.

»Hat er dich rausgeschmissen?«, will Daniel wissen.

»Nein. Noch nicht. Vielleicht feuert er mich heute Abend, mal schauen.«

»Das tut mir leid.«

»Ist schon okay. Ist ja nur ein Job. Ich werde nicht lange brauchen, um was Neues zu finden. Schließlich bin ich der König der Barkeeper!«

Daniel lächelt. Er spürt, wie sich die Anspannung, die sich seit gestern Abend in ihm aufgestaut hat, wenigstens ein bisschen löst. »Das stimmt, du bist wirklich ein erstklassiger Barkeeper. Und sicher hundert Mal besser als ich als Kellner.«

»Dazu braucht es aber auch nicht viel«, sagt Jan lachend.

Auch Daniel lacht, aber der Schlafmangel und die Sorge um Anita lassen ihm nicht viel Raum für Heiterkeit. Jan begreift das sofort.

»Du fragst dich, warum er dich nicht angezeigt hat, stimmt's?« Jan sieht ihn an.

Daniel nickt, mit bedrückter Miene. »Es hat irgendwas mit Anita zu tun, da bin ich mir sicher.«

»Und was sagt sie dazu?«

»Nichts. Sie will nicht über Andrea reden.«

»Was weißt du denn über die Geschichte zwischen den beiden? Wie lange das ging, wann es angefangen hat, bis wann es gedauert hat …«

»Ich weiß nur, dass es schon vorbei war, als Anita und ich uns kennengelernt haben. Jedenfalls sagt sie das. Sonst weiß ich nichts.«

»Und ist das okay für dich?«

»Überhaupt nicht. Aber was soll ich denn machen? Ich kann doch die Frau, die ich liebe, nicht dazu zwingen, mir etwas zu erzählen, was sie mir nicht erzählen will.«

Jan sieht ihn verdattert an. »Bist du verliebt in sie? Echt jetzt?«

»Warum habe ich diesem Idioten wohl eine reingehauen, was glaubst du?«

Jan schüttelt den Kopf. »Also wenn du mich fragst, dann lass lieber die Finger von all dem, Danny. Dieses Mädel ist irgendwie seltsam. Ich werd einfach nicht schlau aus ihr.«

»Ihr Vater hat sie geschlagen. Das hat sie mir mal erzählt.«

»Und was hat das damit zu tun, dass sie mit dem Freund ihrer Mutter ins Bett geht?«

»Das weiß ich nicht, aber es *hat* etwas damit zu tun. Und irgendwann wird sie mir das alles erzählen, ganz bestimmt. Sie braucht nur noch etwas Zeit.«

Jan schaut ihn an. »Mit dieser Geschichte wirst du auf die Fresse fallen. Aber so was von.«

»Ich habe keine Wahl, Jan. Ich kann ohne Anita nicht leben.«

»Man kann sehr gut ohne einen einzigen Menschen leben. Man muss sich nur durchbeißen und Geduld haben.«

»Du spinnst doch.«

»Kann sein. Aber ich hab dir gesagt, was ich davon halte, und jetzt geht's mir besser.«

»Okay, du hast es mir gesagt. Vielen Dank auch.«

»Aber dir ist das völlig schnuppe. Du machst sowieso, was du willst, oder?«

Daniel nickt und lächelt. Schließlich lächelt auch Jan.

»Was machst du denn heute Abend?«, fragt Jan.

»Ich geh ins Ypsilon. Anita singt.«

»Noch ein Grund, warum du auf die Fresse fliegen wirst. Anita hat eine Wahnsinnsstimme, und irgendwann wird jemand sie entdecken, und dann ist sie auf und davon.«

»In drei Monaten bin ich auch auf und davon. Vielleicht hauen wir ja gemeinsam ab.«

»Träum weiter!«, ruft Jan Daniel hinterher, während der sich lachend auf den Weg macht.

Anita betritt die Bibliothek, bleibt aber gleich hinter der Tür stehen und hält nach Barbara Ausschau. Sie muss nicht lange suchen: Barbara ist so groß, dass sie nicht zu übersehen ist. Sie liest in einem Buch, macht Anstreichungen und wirkt dabei hoch konzentriert, aber als Anita neben ihr steht, blickt sie sofort zu ihr auf.

»Hast du kurz Zeit?«, flüstert sie ihr zu.

»Was ist denn los?«

»Das kann ich dir hier drin nicht sagen.«

Barbara verdreht die Augen, steht aber im nächsten Moment auf und folgt Anita hinaus.

Sie gehen in die Cafeteria, wo Anita sich auf einen Stuhl fallen lässt. Barbara setzt sich ihr gegenüber.

»Was ist denn passiert? Du siehst aus wie …«

Anita seufzt und spielt an dem Serviettenspender herum, der auf dem Tisch steht. »Ich bin Andrea über den Weg gelaufen«, sagt sie beklommen.

»Wie geht's ihm denn so mit seiner schicken Zahnlücke?«
»Die ist schon wieder repariert, stell dir vor.«
»Dieser aufgeblasene Gockel … Und was will er von dir?«
»Dreimal darfst du raten«, antwortet Anita und sieht Barbara an.

Barbara braucht keine Erklärung. Sie beugt sich zu Anita und sieht ihr fest in die Augen. »Das wirst du nicht tun«, sagt sie langsam und überdeutlich.

»Dann zeigt er ihn an.«

»Und wenn schon!«

Anita schüttelt den Kopf. »Aber das ist doch alles meine Schuld! Da kann ich doch nicht zulassen, dass Daniel dafür bezahlt!«

»Deine Schuld am Arsch!«, ruft Barbara, völlig unbeeindruckt von den Blicken der Gäste an den anderen Tischen, die sie verdutzt ansehen. »Du hast Daniel damals doch überhaupt noch nicht gekannt. Also konntest du tun, was du wolltest! Wenn das Bürschchen jetzt eifersüchtig wird und durchdreht, dann ist das sein Problem.«

»Er ist kein Bürschchen«, widerspricht Anita irritiert.

»Warum kannst du ihn nicht leiden?«

»Weil er sich aufführt, als würdest du nur ihm gehören!«

»Aber so ist es doch«, gibt Anita leise zurück.

Ihre gedämpfte Stimme kann die gewaltige Bedeutung dieser Worte nicht verbergen. Barbara sieht sie entgeistert an.

»Was redest du denn da? Bist du jetzt völlig übergeschnappt?« Barbara ist so außer sich, dass sie abrupt aufsteht. »Mach, was du willst! Das machst du ja sowieso immer. Wieso bist du überhaupt zu mir gekommen? Was willst du von mir hören?«

»Keine Ahnung. Ich musste es einfach jemandem erzählen.«

»Entzückend! Freut mich, dass ich dir helfen konnte! Mach's gut!«

Anita läuft ihr nach. Vor der Cafeteria holt sie sie ein und packt sie an der Schulter. »Hör zu, Barbara! Ich weiß einfach nicht, wie es ist, eine Freundin zu haben. Seit meiner Kindheit hatte ich niemanden mehr, dem ich mich anvertrauen konnte. Du bist die Erste. Lass mich jetzt bitte nicht allein.«

Barbara schüttelt den Kopf und sieht sich um. »Aber das kannst du einfach nicht machen, verstehst du? Wenn du dich dieses eine Mal erpressen lässt, dann wirst du in Zukunft jedes Mal nachgeben müssen. Dadurch machst du dich zu seiner Nutte, die springt, sobald er nur mit den Fingern schnippt.«

»Er hat gesagt, es ist das letzte Mal.«

»Und du glaubst ihm das? Er hat Daniel doch nur absichtlich provoziert, um etwas in der Hand zu haben, womit er dich erpressen kann. Kapierst du das denn nicht?«

»Doch, das ist mir schon klar.«

»Und glaubst du vielleicht, dass sich so einer mit einem Mal zufriedengibt? Du musst das Risiko eingehen, dass er Daniel anzeigt, damit du selbst aus der Sache rauskommst.«

»Ich liebe ihn. Das werde ich nie tun.«

»Soso, du liebst ihn also. Dabei kennst du ihn doch kaum.«

Anita sieht sie mit seltsamer Miene an. Als Barbara erkennt, dass sich dahinter Mitleid verbirgt, dreht sie sich um und geht. Wieder läuft Anita ihr nach und hält sie auf.

»Dir ist das noch nie passiert, oder?«, fragt sie.

»Natürlich nicht! Das ist doch alles Unfug! Daniel vögelt dich besser als andere, und du siehst da gleich weiß Gott was drin. Er weiß, wie er es anstellen muss, das ist alles. So etwas wie Liebe gibt es nicht. Hast du das immer noch nicht kapiert? Ihr tut euch zusammen, und zwei Jahre später haltet ihr es nicht mehr miteinander aus. Dann heiratet ihr und bekommt Kinder und baut euch so selbst einen Käfig. Und zwanzig Jahre später hasst ihr euch nur noch stillschweigend und hofft, dass der andere irgendeine Dummheit begeht, nur damit ihr etwas habt, was ihr euch vorwerfen könnt. Und dein ganzes Leben besteht nur noch aus Verbitterung und Gram.«

Darauf entgegnet Anita nichts. Sie sieht Barbara wieder nur mit derselben Miene wie vorhin an und umarmt sie. Barbara steht entgeistert da, rührt sich nicht und unterdrückt die aufsteigenden Tränen.

Kapitel 19

Claudia war den ganzen Tag angespannt. Sie hat versucht, sich den bevorstehenden Abend mit Paolo auszumalen. *Ein bisschen Zeit zu zweit*, hatte er gesagt. Und was würden sie in dieser Zeit tun? Miteinander reden, sich streiten, einfach ein bisschen plaudern, miteinander schlafen? Claudia überlegt, was von all dem ihr am liebsten wäre, findet aber keine Antwort. Miteinander reden würde bedeuten, dass sie ihm die Wahrheit sagen müsste, nämlich dass sie glaubt, ihn nicht mehr zu lieben. Sich streiten wäre dann vielleicht die Folge des Miteinanderredens, aber warum sollte Paolo wütend auf sie sein? Man entscheidet sich ja nicht willentlich dafür, jemanden nicht mehr zu lieben, ebenso wenig wie dafür, dass man damit anfängt. Welche Schuld könnte sie also treffen? Einfach ein bisschen zu plaudern, scheint ihr undenkbar angesichts der Spannung, die zwischen ihnen herrscht. Und miteinander schlafen? Der gestrige Abend war so seltsam … als würden sie einander noch lieben. Allerdings kam es ihr vor, als hätten sie sich beide eingeredet, dass es so wäre.

Schluss jetzt, sagt sie sich, als sie den Aufzug betritt. *Wenn ich lauter Vermutungen anstelle, komme ich nur noch mehr durcheinander.*

Als sie die Wohnung betritt, ist alles still. Nach dem Treffen mit Daniel ist es vier Uhr geworden. Paolo holt Mattia ab und bringt ihn dann zu seiner Mutter, also hat sie noch etwas Zeit, bevor er nach Hause kommt. Sie legt Tasche und Mantel ab, geht ins Bad und zieht sich aus. Als sie gerade in die Dusche steigen will, klingelt das Telefon. Sie zögert kurz, schlüpft aber dann in den Bademantel und nimmt ab.

»Claudia?«

Sie erkennt sie fast nicht. Chiara, ihre Schwester.

»Hallo«, sagt sie. »Wie geht's dir?«

»Gut. Schön, dich mal wieder zu hören.«

»Du hättest dich ja auch mal melden können«, entgegnet Chiara.

Claudia sucht nach einer plausiblen Erklärung, gibt aber rasch auf. »Du hast recht. Tut mir leid.«

»Brauchst dich nicht zu entschuldigen. Wie geht's Mattia?«

»Gut. Sehr gut sogar. Er wächst rasend schnell.«

»Du, ich bin heute in Rom. Hast du Lust, dass wir uns treffen?«

Claudia weiß kurz nicht, was sie darauf erwidern soll. »Aber sicher!«, antwortet sie dann. »Das würde mich riesig freuen.«

»Ich könnte ja später bei dir vorbeikommen. Ich kann es kaum erwarten zu sehen, was aus meinem Neffen geworden ist.«

»Also, ehrlich gesagt ist Mattia heute bei seiner Großmutter. Paolo hat ihn nach dem Kindergarten hingebracht.«

»Ach, wie schade. Aber könntest du Paolo nicht anrufen und ihm sagen, dass ich mich wahnsinnig freuen würde, meinen Neffen zu sehen? Ich muss nämlich morgen früh schon wieder los.«

»Na ja ...«

Claudia steckt in der Zwickmühle. Der Abend war eigentlich für sie beide reserviert, für sie und Paolo. Anderseits hat sie ihre Schwester seit Monaten, wenn nicht seit einem Jahr nicht mehr gesehen. Da kann sie jetzt nicht ablehnen. Aber wie soll sie Paolo klarmachen, dass sie ihren gemeinsamen Abend verschieben müssen?

»Ja klar, das kann ich machen«, erklärt sie. »Ich rufe ihn gleich an und melde mich dann wieder bei dir, einverstanden?«

»Klasse! Dann bis später. Ach, da fällt mir noch was ein …«

»Ja?«

»Kann ich jemanden mitbringen?«

»Deinen Freund?«

»Nein, Fulvio ist in Mailand. Ich meine einen Kollegen von der Zeitschrift, einen unserer Redakteure. Er ist auch gerade in Rom, für eine Fortbildung, und kennt hier keinen Menschen. Er hat mich gefragt, ob wir heute miteinander essen gehen, aber ich wollte dich unbedingt sehen, und daher dachte ich …«

»Klar, bring ihn mit, kein Problem.«

Paolo wird so oder so sauer auf mich sein, denkt Claudia.

In zehn Minuten, hatte Anita in ihrer Nachricht geschrieben, und kaum hat sie geklingelt, eilt Daniel zur Tür. Sie kommt herein, umarmt ihn und drückt ihm dabei ihre eiskalte Wange an den Hals.

»Hast du keine Tasche dabei?«, fragt er.

»Wieso eine Tasche?«

»Ich hatte dich doch gebeten, eine Weile bei mir zu bleiben.«

Anita macht sich von ihm los und geht in die Küche. Er folgt ihr und sieht ihr abwartend zu, wie sie ein Glas mit Wasser füllt. Langsam trinkt sie es aus, lässt sich Zeit. Als sie fertig ist, nimmt Daniel ihr das Glas aus der Hand und stellt es ins Spülbecken.

»Und?«

»Das geht nicht, Dany. Was soll ich denn meiner Mutter sagen?«, erwidert sie, zieht die Jacke aus und hängt sie über einen Stuhl.

»Dass du ein paar Tage bei Barbara wohnst, dass ihr euch auf eine Prüfung vorbereiten müsst, dass sie dich braucht, weil sie gerade eine schwere Zeit durchmacht.«

Anita schüttelt den Kopf.

»Warum willst du denn nicht? Darf ich das erfahren?«

»Ich will nicht, dass Andrea glaubt, ich hätte Angst vor ihm.«

»Kannst du mir mal erklären, warum dir das so wichtig ist, was er glaubt?«

Anita hebt den Kopf und sieht ihn an. »Sag mir nicht, was ich tun soll, Daniel. Das mag ich nicht.«

»Und ich mag es nicht, wenn du mit diesem Typen unter einem Dach schläfst.«

»Er ist der Freund meiner Mutter, und heute Nacht wird sie auch da sein. Was soll da schon passieren?«

Er sieht ihr direkt in die Augen, als wolle er in ihrem Inneren das suchen, was sie ihm vorenthält. Dann wendet er den Blick ab, nimmt das Glas aus dem Becken und fängt an, es zu spülen.

»Kommst du heute zu meinem Auftritt?«, fragt Anita.

»Nein.«

»Warum nicht?«

»Ich muss was erledigen«, antwortet Daniel und spült weiterhin das Glas.

»Was denn?«

»Das geht dich nichts an.« Er schleudert das Glas ins Spülbecken, wo es in tausend Stücke zerbricht. »Du erzählst mir nie etwas, machst nicht das, was ich dir sage, und erklärst mir auch nicht, warum, und dann erwartest du, dass ich dir etwas von mir erzähle!«, schreit er sie an.

»Von mir aus! Dann lass es eben! Interessiert mich eh nicht, was du zu erledigen hast«, erwidert Anita. Auch sie ist laut geworden. Sie dreht sich um und will gehen.

Er holt sie ein, umarmt sie von hinten und hält sie auf. Dabei drückt er sie so fest an sich, dass sie fast keine Luft mehr bekommt.

»Ich finde nur die Vorstellung unerträglich, dass ihr im selben Zimmer seid«, sagt er ihr ins Ohr.

»Ich dachte, das hätten wir geklärt.«

Er dreht sie zu sich um und schaut sie an. »Was verlangt er von dir? Glaubst du etwa, ich habe mich nicht gefragt, warum er mich nicht angezeigt hat?«

»Woher soll ich das wissen?«, entgegnet Anita und senkt den Blick. »Vielleicht hat er keine Lust auf juristische Scherereien und will die Sache einfach auf sich beruhen lassen.«

Daniel tritt einen Schritt zurück, ohne Anita aus den Augen zu lassen. Dann fängt er zu lachen an. Anita sieht ihn verwundert an, und je länger er lacht, desto düsterer und entsetzter wird ihre Miene. So hat sie ihn noch nie erlebt.

»Hast du wirklich erwartet, dass ich darauf reinfalle, Nita?«

»Ich erwarte überhaupt nichts«, antwortet sie wütend und atmet tief durch. »Lassen wir es gut sein.« Sie reicht ihm die Hand. »Komm her.«

Daniel weicht nicht zurück, als sie sich ihm nähert. Sie umarmt ihn, schiebt eine Hand unter seinen Pullover, streicht ihm über den Rücken, lässt ihre Lippen über seine gleiten, in einem Kuss, der eine Einladung sein soll. Aber sein Mund öffnet sich nicht, sein Gesichtsausdruck bleibt verhärtet, seine Augen sind so dunkel wie noch nie. Anita gibt nicht auf, küsst ihn auf den Hals, hinter das Ohr.

»Glaubst du, wenn wir jetzt vögeln, kommt alles wieder in Ordnung?«

»Ich will nicht vögeln«, erwidert Anita. »Ich will mit dir schlafen. ›Liebe machen‹, so nennt man das manchmal auch.«

»Dann musst du dir einen anderen suchen!« Daniel tritt einen Schritt zurück. »Ich kann dich heute nicht lieben.«

Anita bleibt reglos stehen. »Was willst du, Daniel? Was willst du von mir?«

»Dass du mir vertraust. Dass du mir die Wahrheit sagst. Hast du mit Andrea gesprochen?«

»Mein Gott, kannst du ihn denn nicht mal eine Weile aus dem Spiel lassen?«

»Eine gute Lügnerin bist du jedenfalls nicht.«

Anita spannt den ganzen Körper an und sieht Daniel direkt in die Augen. »Du bist doch nur eifersüchtig. Du kannst einfach nicht vergessen, was zwischen mir und ihm war, stimmt's?«

»Ja, natürlich bin ich eifersüchtig! Und?«

»Aber dazu hast du überhaupt kein Recht! Als das mit Andrea war, haben wir uns noch gar nicht gekannt.«

»Darum geht es doch nicht. Es geht darum, dass er dich wiederhaben will. Glaubst du vielleicht, ich habe nicht gesehen, wie er dich anschaut? Er hat auf eine Anzeige gegen mich verzichtet, und dafür will er als Gegenleistung etwas von dir haben. Wahrscheinlich hat er dir das längst gesagt.«

»Hör endlich auf, an ihn zu denken, und denk lieber mal an mich!«

»Ich denke die ganze Zeit an dich. Ich denke daran, wie du wieder mit ihm ins Bett steigst und dabei vielleicht noch glaubst, du tust es für mich.«

Daniel kommt erneut auf sie zu und hebt eine Hand bis auf Höhe ihres Gesichts. Erschrocken macht Anita einen Satz zurück.

»Ich wollte dich doch nur berühren«, sagt er bestürzt. »Hast du etwa Angst vor mir?«

»Du willst wissen, was ich denke, willst mich herumkommandieren, für mich entscheiden! Du bist wie alle anderen Männer auch. Du machst genau das, was alle anderen auch gemacht haben. Mein Vater, Andrea ...«

»Bitte, sag mir, dass du so was nicht denkst.«

Daniels Augen sind jetzt wieder blau und hell.

»Ich weiß nicht mehr, was ich denken soll«, sagt Anita.

Sie nimmt ihre Jacke, während Daniel weiterhin reglos und wie versteinert dasteht.

»Komm nicht ins Daimon. Such nicht nach mir. Ich will dich nicht mehr sehen«, erklärt Anita, als sie an ihm vorübergeht.

Kurz darauf hört Daniel, wie die Wohnungstür ins Schloss fällt.

* * *

»Ich habe meiner Mutter schon gesagt, dass ich Mattia zu ihr bringe. Da kann ich sie jetzt nicht einfach anrufen und sagen, dass wir doch nicht kommen.«

Dein armes Mütterchen, denkt Claudia.

»Zu deiner Mutter kann er auch morgen gehen, aber meine Schwester ist nur noch heute Abend in Rom, und sie hat ihn seit fast einem Jahr nicht mehr gesehen.«

»Aber wollten wir den Abend heute nicht zu zweit verbringen, du und ich?«

Claudia schweigt eine Weile. »Auch das könnten wir doch morgen nachholen, oder?«

»Ich habe gedacht, es sei dir wichtig.«

»Es ist mir auch wichtig. Aber meine Schwester …«

»In Ordnung. Hab schon verstanden. Bis nachher.«

Paolo beendet das Gespräch, ohne dass Claudia noch etwas sagen kann.

Als sie türenknallend aus Daniels Wohnung gelaufen ist, hat sie gedacht, sie sei außer sich vor Wut. Sie dachte, das nussgroße Nervenbündel, auf das ihr Magen zusammengeschnurrt war, bestehe aus Zorn und Raserei. Doch mit jedem Kilometer, den sie auf ihrem Roller durch den eisigen Dezemberabend fährt, wächst in ihr das Verlangen, kehrtzumachen, die Treppen des Hauses wieder hinaufzulaufen, ihn wiederzusehen, zu berühren, zu umarmen, mit ihm in Dunkelheit und Stille zu verharren, seinen Geruch zu atmen. *Aber er würde die Stille nicht zulassen. Er will, dass ich rede, dass ich ihm von Andrea erzähle, dass ich zugebe, dass er recht hat, was Andreas Plan und seine Forderung angeht. Er ist nicht mehr wiederzuerkennen, er ist so ganz anders als der scheue Engländer, den ich vor drei Monaten kennengelernt habe ...* Als er die Hand zu ihrem Gesicht führte, hat ihre intuitive Reaktion sie selbst überrascht. Danach wirkte er regelrecht beschämt. Anita stellt sich vor, wie er auf seinem Bett sitzt, das Gesicht in den Händen vergraben, und sich fragt, was nur aus ihm geworden ist.

Als sie vor dem Ypsilon ankommt, schließt sie den Roller an einem Pfosten an und zieht die Handschuhe aus. Dann holt sie ihr Handy aus der Tasche und schreibt Daniel eine Nachricht:

Ich habe keine Angst vor dir. Und du bist auch nicht wie alle anderen Männer. Aber lass mich bitte eine Weile in Ruhe.

Dann nimmt sie den Helm ab und verstaut ihn in der Gepäckbox. Noch bevor sie die Treppe erreicht, die hinunter in den Club führt, hat Daniel geantwortet:

Du kannst mich bitten, für immer zu verschwinden, aber dich in Ruhe zu lassen, kommt überhaupt nicht infrage.

Kapitel 20

»Danny! Endlich lässt du mal wieder was von dir hören!«
»Hallo, Mama.«
»Wie geht's dir? Amüsierst du dich?«
»Mir geht's gut, alles in Ordnung. Und bei euch?«
»So wie immer.«
»Ist Papa zu Hause? Er hat sein Handy ausgeschaltet.«
»Ich geb ihn dir. Ist wirklich alles in Ordnung? Du klingst so seltsam.«
»Das liegt wahrscheinlich an der Verbindung.«
Ein paar Sekunden später hört Daniel die ruhige Stimme seines Vaters.
»Daniel … *How are you doing, son?* Wie geht's dir, mein Junge?«
»Gut, Papa. Und dir?«
»Kann nicht klagen. Aber du fehlst uns. Kommst du Weihnachten?«
»Ja, kann sein.«
»Schau, dass du es hinkriegst. Wir würden uns freuen.«
»Danke.«
»Willst du noch mal mit deiner Mutter sprechen?«
»Beim nächsten Mal wieder, ich muss jetzt los.«

»Mach's gut, mein Junge.«

»Du auch, Papa.«

Er musste einfach mit ihm sprechen, und sei es auch nur kurz. Sie haben nur ein paar Sätze gewechselt, aber das genügt ihm schon. Daniel beendet das Gespräch, steckt das Telefon wieder ein und öffnet die Tür zum Daimon. Es ist acht Uhr, also ist Andrea bestimmt schon da.

Als er den Club betritt, sieht Jan ihn sofort und kommt hinter der Theke hervor. Erst ein Tisch ist besetzt, mit wenigen Gästen.

»Was machst du denn hier?«

»Ich muss mit Andrea reden.«

»Er ist nicht da.«

»Dann warte ich auf ihn.«

»Ich glaube nicht, dass das eine gute Idee ist. Außerdem kommt er heute Abend wahrscheinlich sowieso nicht. Er hat gesagt, dass er was erledigen muss.«

Daniel atmet schnaubend aus und setzt sich auf einen der Barhocker.

»Heute Abend hier aufzukreuzen, ist nicht besonders klug von dir«, meint Jan. »Willst du, dass er es sich anders überlegt und dich anzeigt?«

»Ganz genau.«

»Hast du sie noch alle?«

Die beiden sehen einander an, und da bemerkt Jan, dass Daniel Ringe unter den Augen hat, dass er blasser ist als sonst und dass sich durch das häufige Stirnrunzeln eine Falte gebildet hat.

»Sag mal, Danny, wie viele Nächte hast du nicht geschlafen?«

Daniel zuckt mit den Schultern. »Keine Ahnung.«

»Dann verzieh dich nach Hause und geh ins Bett. Und zwar nach Möglichkeit allein.«

»Wofür hältst du mich denn? Für einen Hurenbock?«

»Ich meine nur, dass du dich zum Schlafen ins Bett legen sollst, und wenn Anita mit von der Partie ist, dann ist da mit Schlafen wahrscheinlich nicht viel los.«

»Anita will mal wieder, dass ich sie in Ruhe lasse.«

»Was hast du denn zu ihr gesagt?«

»Dass ich weiß, was Andrea vorhat. Zum Ausgleich dafür, dass er auf eine Anzeige gegen mich verzichtet, soll sie mit ihm ins Bett gehen.«

»Da dürftest du richtig liegen. Und, hat sie es abgelehnt?«

»Was glaubst du denn? Natürlich. Aber sie kann einfach nicht lügen.«

Jan geht hinter die Theke, holt ein Bier aus dem Kühlschrank und stellt es Daniel hin.

»Danke.« Daniel nimmt einen Schluck. »Und Barbara?«

»Keine Ahnung. Die will auch, dass ich sie in Ruhe lasse.«

»Warum das denn?«

»Keine Ahnung, ehrlich. Dabei hab ich überhaupt nichts getan. Gestern Abend, nach deinem Auftritt, sind wir beide noch ziemlich lange hier geblieben. Dann haben wir uns verabschiedet, völlig unaufgeregt, und als ich sie heute angerufen habe, hat sie sofort aufgelegt.«

»Sie ist irgendwie anders, oder?«

»Genau. Noch durchgeknallter als die meisten Frauen.«

»Aber du stehst schon sehr auf sie, oder?«

Jan lächelt verlegen.

»Diese Römerinnen bringen uns noch ins Grab ...«

»Ich glaube, ich fahre über Weihnachten für ein paar Tage nach Hause«, sagt Daniel. »Hast du Lust mitzukommen?«

»Um Mr und Mrs Anderson kennenzulernen? Warum nicht?«

»Und deine Eltern?«

»Die wollen, dass ich zurückkomme. Also nicht nur über Weihnachten, sondern für immer.«

»Und, machst du das?«

»Nein. Ich bleibe hier. Und mein Geld werde ich mit Musik verdienen.«

Daniel nimmt einen weiteren Schluck und setzt die Flasche geräuschvoll auf dem Tresen ab. »Ich weiß nicht, ob ich auf Dauer hier leben könnte. Ich komme mir vor wie ein anderer Mensch, und ich mag mich nicht, wenn ich so bin.«

»Also, mir gefällst du schon sehr viel besser als damals, als ich dich kennengelernt habe. Und dass du diesem Idioten eine reingehauen hast, war völlig okay.«

»Solange das nicht zur Gewohnheit wird …« Daniel trinkt sein Bier aus und steht auf. »Wenn Andrea sowieso nicht kommt, kann ich ja auch heimgehen …«

»Sehr gut. Und schlaf dich ordentlich aus!«

Daniel nickt und lächelt, verabschiedet sich von Jan und geht.

Fünf Minuten später taucht Andrea auf.

»Alles in Ordnung?«, fragt er Jan.

»Alles bestens.«

»Der Typ, von dem ich dir erzählt habe, muss jeden Moment kommen. Wenn er da ist, schick ihn zu mir.«

Jan nickt, zum Zeichen, dass er verstanden hat. *Das war knapp*, denkt er erleichtert.

Claudia geht in der Wohnung auf und ab. Sie ist nervös, als erwarte sie einen Liebhaber und nicht ihre Schwester. Sie hat sie seit einer halben Ewigkeit nicht mehr gesehen und sich immer zweitrangig gefühlt gegenüber der »wundervollen Chiara«, wie sie genannt wurde, als sie beide dieselbe Schule besuchten … Obwohl sie nur ein Jahr auseinander waren und sich äußerlich sehr stark ähnelten, wurden sie nie verwechselt. Es war wirklich nur schwer zu glauben, dass sie Schwestern waren. Chiara war immer die Lebhafte und Ungezwungene, Claudia die Scheue und Zurückhaltende. Die eine setzte die Trends in der Mode, die andere trug Kleidung, um ihren Körper zu bedecken. Chiara stand bei jeder Party im Mittelpunkt, Claudia fand, auch bei den wenigen Einladungen, die sie erhielt, immer eine Ausrede, um nicht hinzugehen. Die eine hatte sich die Haare mit siebzehn pechschwarz gefärbt und ließ sie wachsen, sodass sie ihr in sanften Locken herabfielen und beim Gehen über die Schultern wogten, die andere war immer bei derselben Frisur geblieben und hatte erst mit dem Färben angefangen – in einem langweiligen Dunkelbraun –, nachdem sie das erste graue Haar entdeckt hatte. Ganz zu schweigen von den Jungen, die sich vor ihrem Haus die Beine in den Bauch standen, um wenigstens einen Blick auf Chiara zu erhaschen, während der Erste, der Claudia ausgeführt hatte, der Nachbarssohn war, ein eher unansehnliches Kerlchen, dem die Damenwelt nicht die geringste Aufmerksamkeit schenkte. Sie hatte nur zugesagt, weil er vorgeschlagen hatte, im Kino »Der Name der Rose« anzuschauen, und weil sie absolut sicher war, dass er die Dunkelheit des Saales nicht nutzen würde, um sie zu küssen, selbst wenn er dazu Lust gehabt hätte, was Claudia für höchst unwahrscheinlich hielt. Nach dem Abitur hatte Chiara sich in die Modewelt gestürzt, hatte eine Anstellung bei einer bedeutenden Zeitschrift bekommen und war dort eine der am meisten geschätzten Redakteurinnen geworden, während Claudia für ihre Promotion in Kunstgeschichte büffelte und anschließend in den erlauchten Kreis der Wissenschaftler eintrat und in Vertretung ihres Professors zahllose Studenten prüfen musste, wofür sie statt eines ordentlichen Gehalts eine lächerliche Aufwandsentschädigung erhielt. Als sie sich zur Heirat mit Paolo entschieden hatte, hatte Chiara versucht, sie davon abzubringen.

»Ihr seid einfach zu verschieden«, hatte sie eingewandt.

»Nein, sind wir nicht«, hatte Claudia entgegnet und war dem Blick ihrer Schwester ausgewichen. »Wir sind beide eher ruhig, verbringen gern Zeit auf dem Land, schätzen die Stille …«

Chiara hatte sie gezwungen, sie anzusehen. »Du bist überhaupt nicht ruhig. Du wärst es gern, aber du kriegst es nicht hin. Weiß er das?«

»Wie soll er es wissen, wenn ich es nicht einmal selbst weiß?«

»Du brauchst einen Mann, der will, dass du strahlst. Paolo dagegen will, dass du glanzlos bleibst.«

»Ich *bin* glanzlos«, hatte Claudia versetzt.

»Früher oder später wirst du strahlen. Und er wird sich betrogen fühlen.«

Keine von ihnen hatte noch etwas hinzugefügt, und Claudia hatte Paolo geheiratet, dieses Gespräch jedoch nie vergessen. Auch sechs Jahre später konnte sie sich an jedes Wort erinnern.

Der Abend verläuft gut, wenn auch nicht so gut wie andere zuvor, aber Anita fühlt sich mit jeder Minute erschöpfter und kann es kaum erwarten, bis der letzte Song vorbei ist und sie nach Hause gehen kann. Sie ärgert sich pausenlos über Andrea, weil ihr ihre Begegnung von vorhin und seine Drohungen einfach nicht aus dem Kopf wollen und sie sich daher nicht wie sonst ganz in der Musik verlieren kann. Vor ihrem geistigen Auge treiben nacheinander Bilder vorüber: Andrea mit einem breiten Lächeln im Gesicht, Daniel, wie er beschämt zu Boden blickt. Am liebsten würde sie beide ein für alle Mal aus ihren Gedanken verbannen. Als sie die ersten Worte von »Photograph« von Ed Sheeran singt, fällt ihr auf, dass sie gar kein Foto von Daniel besitzt. Sie wünscht sich, mit ihm einen ganz normalen Tag zu verbringen, Hand in Hand durch die Stadt zu spazieren, zu lachen und zu scherzen, wie zwei Touristen

Arm in Arm Selfies vor dem Pantheon oder dem Kolosseum zu schießen, bei McDonald's Pommes zu essen und sich auf einer Bank im Botanischen Garten zu küssen. So etwas hat sie sich noch mit keinem anderen Menschen gewünscht. »Loving can heal, loving can mend your soul.« Die Liebe kann deine Seele heilen. Genau das erlebt Anita in diesen Tagen, sie fühlt sich anders, seit Daniel in ihr Leben getreten ist. Aber irgendwann wird er wieder gehen, und wenn sie Andreas Forderung nicht erfüllt, wird er vielleicht sogar noch vor dem Ende seines Auslandssemesters in drei Monaten wieder gehen. Und er wird nicht zurückkommen. Sie kann sich nicht vorstellen, dass sie ihm so viel bedeutet, dass er für sie sein Leben ändert. Sie weiß nur, dass sie ihr Leben für ihn sehr wohl ändern würde.

»Wait for me to come home.«

Als Chiara kommt, sind Paolo und Mattia noch nicht wieder da. Claudia antwortet ihrer Schwester an der Sprechanlage, öffnet ihr die Haustür, macht die Wohnungstür auf und sieht erwartungsvoll auf den Fahrstuhl. Sie hat die Jeans und die Bluse angezogen, die ihr, wie sie glaubt, am besten stehen, hat ihr Make-up aufgefrischt, trägt die Haare offen und schiebt sich immer wieder die Strähne hinters Ohr, die ihr andauernd über die Augen fällt. Als auf der Anzeige des Fahrstuhls das grüne Licht aufleuchtet und die Tür aufgeht, schlägt ihr Herz etwas schneller. Im nächsten Augenblick erscheint Chiara auf dem Treppenabsatz. Ihre langen Haare sind hellblond, sie hat einen Kaschmirmantel über die Schultern gelegt, trägt ein eng anliegendes grünes Kleid und ist noch immer so schlank wie mit sechzehn, und ihre High Heels lassen sie besonders groß erscheinen. Als sie sich umarmen, riecht Claudia ihr Parfüm. Shalimar, noch immer.

»Du siehst umwerfend aus«, sagt sie aufrichtig.

Chiara lächelt, antwortet jedoch nicht, sondern dreht sich zu dem Mann um, der sie begleitet und der gerade aus dem Fahrstuhl getreten ist.

»Davide, das ist meine Schwester Claudia.«

Auf den ersten Blick wirkt er jungenhaft, aber die grauen Haarsträhnen hier und dort sowie die Fältchen um die Augen lassen darauf schließen, dass er um die vierzig ist, vielleicht sogar etwas älter. Er reicht Claudia die Hand, mit einem zurückhaltenden Lächeln, als wolle er sich für seine Anwesenheit entschuldigen. Sie nimmt seine Hand, weicht dann aber sofort seinem Blick aus und bittet die beiden herein.

»Wo steckt denn mein Neffe?«, fragt Chiara.

»Er und Paolo werden gleich zurück sein. Wollt ihr euch so lange setzen? Darf ich euch etwas anbieten?«

»Ja, gern«, antwortet Chiara. »Vielleicht ein Gläschen Wein.«

Claudia sieht zu Davide, der meint, ihm würde ein Kaffee vollkommen genügen. Chiara entschuldigt sich und sagt, sie müsse sich die Hände waschen, und ist im nächsten Moment im Flur verschwunden. Claudia und Davide bleiben zurück, und sie bittet ihn, mit in die Küche zu kommen.

»Chiara hat erzählt, dass ihr Kollegen seid«, sagt Claudia, während sie den Kaffee zubereitet.

»Das stimmt. Allerdings bin ich nicht fest angestellt wie deine Schwester«, antwortet Davide und stützt sich auf dem Küchentisch ab. »Ich bin freier Journalist.«

»Kennt ihr euch schon lange?«

»Ein paar Jahre. Wir sehen uns häufig, gehen gemeinsam essen. Oft ist auch Fulvio dabei.«

Seine Stimme gefällt ihr ausnehmend gut. Sie ist warm und sanft, aber nicht monoton, und er gibt jedem Satz durch eine minimale Änderung des Tonfalls eine eigene Färbung. Als sie die Espressokanne vorbereitet hat, stellt sie sie auf den Herd und entzündet die Flamme. Dann dreht sie sich zu Davide um. Sie fühlt sich beobachtet. Sofort wendet er den Blick ab, aber Claudia kann noch erkennen, was für ein Blick das war, mit dem er sie angesehen hat: der Blick eines Mannes, der sich zu einer Frau hingezogen fühlt. Während sie verzweifelt nach Worten sucht, mit denen sie die Stille zwischen ihnen durchbrechen könnte, kommt Chiara zurück.

»Und? Wo ist mein Gläschen Wein?«

»Noch im Kühlschrank. Ich wollte ihn dir schön kühl servieren.«

Zum Glück redet Chiara fast ununterbrochen, erzählt von den letzten Projekten bei der Zeitschrift und stellt Claudia eine Unmenge Fragen über sie selbst, die Vorlesungen an der Universität und über Mattia, sodass Claudia ihr zugewandt bleiben kann und Davide nicht anzusehen braucht. Allerdings spürt sie die ganze Zeit seinen Blick, und sie hofft, dass er ihre roten Wangen dem Wein zuschreibt, den sie sich nun auch eingeschenkt hat, obwohl sie normalerweise nie vor dem Essen etwas trinkt.

Als Paolo und Mattia kommen, haben die beiden Schwestern schon weit über die Hälfte der Flasche getrunken. Claudia fühlt sich beschwingt, glaubt aber auch zu spüren, dass Gefahr im Anzug ist. Chiara läuft sofort auf ihren Neffen zu. Der jedoch versteckt sich hinter den Beinen seines Vaters.

»Hallo, Chiara«, sagt Paolo und bemüht sich gar nicht erst zu lächeln. »Wie geht's dir?«

»Bestens, vielen Dank«, antwortet Chiara und versucht, Mattia zu fassen zu kriegen, der ihr aber immer wieder entwischt. »Du siehst gut aus.«

»Mattia«, schaltet sich Claudia ein. »Das ist deine Tante Chiara. Kannst du dich an sie erinnern?«

Der Kleine schüttelt den Kopf, bleibt aber nun endlich stehen, sodass seine Tante versuchen kann, ihn in den Arm zu nehmen. Paolo schaut Davide an, der sich daraufhin vorstellt. Die beiden Männer geben sich die Hand, aber Paolo sagt kein einziges Wort.

»Wollen wir ins Wohnzimmer gehen?«, schlägt Claudia vor.

Alle folgen ihr, auch Mattia, der sich jetzt aber wieder an den Beinen seines Vaters festklammert. Als Claudia versucht, ihn auf den Arm zu nehmen, sperrt er sich.

»Was ist denn los?«, fragt sie ihn, während sich in ihrem Inneren die übliche Frustration breitmacht, die sie immer verspürt, wenn ihr Sohn vor allen Leuten zeigt, dass er ihr seinen Vater vorzieht.

Mattia fängt an zu weinen, und Paolo nimmt ihn auf den Arm.

»Was soll schon los sein? Er ist müde und gehört ins Bett.«

»Ohne Abendessen?«

»Er hat bei meiner Mutter gegessen.«

»Deshalb seid ihr so spät gekommen. Aber ich hatte dir doch gesagt, dass Chiara gern ein bisschen Zeit mit ihm verbringen würde.«

Normalerweise würde sie sich nie erlauben, vor ihrer Schwester und einem Fremden in diesem Ton mit Paolo zu reden. Aber der Wein, den sie getrunken hat, um die Anspannung zu lösen, tut seine Wirkung und bringt sie dazu, ihre Zurückhaltung über Bord zu werfen. Paolo sieht sie wortlos an, mit Mattia auf dem Arm, und dann ist es Chiara, die die Situation löst.

»Sag mal, Claudia, ist das Essen schon fertig? Ich sterbe vor Hunger!«, sagt sie mit gespielter Heiterkeit.

»Ja, es ist alles schon vorbereitet«, antwortet Claudia und schiebt die Haarsträhne hinter das Ohr, die ihr schon wieder übers Gesicht gefallen ist. »Nehmt doch schon mal im Esszimmer Platz, ich komme dann gleich.«

»Ich bringe Mattia ins Bett«, sagt Paolo und verschwindet im Flur.

Chiara und Davide gehen ins Esszimmer, und Claudia bleibt ratlos stehen. Sie wäre jetzt lieber bei Mattia, um ihm den Schlafanzug anzuziehen. Dann fällt ihr jedoch der feindselige Blick wieder ein, den er ihr zugeworfen hat, als sie ihn auf den Arm nehmen wollte, und sie geht in die Küche, um den Auflauf aufzuwärmen.

Als Daniel sich in seinem Bett ausstreckt, hat er das Gefühl, sich in einen Dornenstrauch zu legen. Er hat zum x-ten Mal auf sein Handy geschaut, aber noch immer war keine Nachricht von Anita eingetroffen. Schließlich streift er die Schuhe ab, legt das Handy auf den Nachttisch und macht die Augen zu. Er würde am liebsten raus aus seinen Klamotten und ausgiebig duschen, aber er kann sich nicht aufraffen und bleibt liegen, während die Müdigkeit ihm auf Stirn und Augen drückt, ohne dass er jedoch einschläft. Sätze schwirren ihm durch den Kopf, Sätze von ihm, von Anita, von Jan, sie wirbeln durcheinander, jagen einander und bilden ein Hintergrundrauschen, das mit dem Lärm wetteifert, der von der Straße heraufdringt. Das Fenster steht offen, und weil er, als er in sein Zimmer gekommen ist, das Hemd ausgezogen hat und jetzt nur noch ein T-Shirt trägt, streicht ihm ein eisiger Lufthauch über den nackten Arm. Allerdings hat er nicht die Kraft, aufzustehen und das Fenster zu schließen. Er öffnet die Augen und glaubt plötzlich, im Zwielicht der Dunkelheit der Nacht und des Scheines der Straßenlaternen, an der Decke die Aussicht aus seinem Zimmer zu Hause in Brighton zu sehen: ein weitläufiger grüner Rasen und dahinter der Strand und das Meer.

Ich würde gern für ein paar Tage nach Hause fahren, denkt er. *Mit meinem Vater Zeit verbringen, lange Spaziergänge unternehmen, nur wir zwei. Die Freunde wiedersehen, die sich noch daran erinnern, wie ich früher war, wieder der Langweiler sein, den die Mädchen nach zwei Wochen verlassen, dessen Herz nie heftig schlägt, mit dem Ellie per SMS Schluss gemacht hat. Aber wenn Anita in der Zeit dann ...* Er sieht sie vor sich, nackt in Andreas Armen, und schließt leise stöhnend die Augen. Sein Puls wird schneller. Jetzt, wo sein Herz gelernt hat, heftiger zu schlagen, scheint es gar nicht mehr anders zu können. Ruckartig schreckt er hoch, blickt auf das stumme Telefon, packt es und wirft es auf den Sessel am anderen Ende des Zimmers. Dann steckt er sich die Ohrhörer des iPod ein und schaltet ihn an, die Musik von Royal Blood durchflutet sein Hirn und er lässt sich wieder auf das Bett fallen, mit dem Kopf auf dem Kissen. Wenige Minuten später ist er eingeschlafen.

Das Gespräch beim Essen schleppt sich dahin wie ein Auto mit verschmutztem Vergaser: Chiara sagt etwas, Claudia antwortet, dann herrscht erneut Schweigen. Hin und wieder nimmt Davide all seinen Mut zusammen und spricht über dieses und jenes, Paolo macht eine kurze Bemerkung dazu (»Ja, so ist es«), und wieder breitet sich Stille aus. Das Spiel der Blicke ist nur wenig aufregender als die spärlichen Worte, die gewechselt werden. Chiara sieht Claudia an, die sich von Davide beobachtet fühlt und versucht, seinen Blicken auszuweichen. Paolo sieht alle und keinen an und schaut dann wieder auf seinen Teller und widmet sich dem Essen mit weitaus mehr Hingabe als die anderen drei.

Als sie beim Tiramisu sind – der Nachspeise, die Claudia am besten gelingt und die sie eine geschlagene Stunde Arbeit gekostet hat –, hält sie die Spannung nicht mehr aus und steht auf unter dem Vorwand, nach Mattia sehen zu wollen. Chiara nutzt die Gelegenheit und geht ihr nach.

»Dann bekomme ich ihn wenigstens noch kurz zu Gesicht, auch wenn er schon schläft«, sagt sie, wie um sich zu rechtfertigen.

Paolo schaut sie mit einem breiten Grinsen an und versenkt den Löffel wieder in der Nachspeise.

Als Chiara auf Zehenspitzen Mattias Zimmer betritt, sitzt Claudia am Rand des Bettes, eine Hand auf der Decke, und betrachtet das Gesicht ihres Sohnes. Chiara setzt sich neben sie.

»Er ist wirklich wahnsinnig süß«, sagt sie leise.

Claudia nickt, erwidert aber nichts.

»Dann wollen wir mal hoffen, dass er nicht so ein Mistkerl wie sein Vater wird«, fügt Chiara hinzu.

Claudia dreht sich ruckartig um und sieht sie überrascht an. Ihre Augen glänzen von den zurückgehaltenen Tränen, aber jetzt bricht sie beim Anblick ihrer Schwester in Lachen aus. Auch Chiara lacht erleichtert los, und schließlich müssen sie hinausgehen, weil ihr Gelächter Mattia zu wecken droht. Als sie draußen sind, schließt Claudia die Tür von Mattias Zimmer, sucht Halt bei Chiara und lacht weiter, als könne sie gar nicht mehr aufhören. Als sie sich beruhigt, sind ihre Wangen tränenüberströmt, aber nicht einmal sie selbst weiß, ob das vom vielen Lachen kommt oder ob sie tatsächlich geweint hat.

In der Zwischenzeit hat Davide im Esszimmer mit allen Mitteln versucht, ein Gespräch anzufangen, aber da Paolos Antworten immer nur buchstäblich einsilbig waren, hat er es aufgegeben. Als die beiden Schwestern jetzt zurückkommen, widmet er sich gerade mit religiöser Inbrunst den Resten des Tiramisus.

»Das hat dir offenbar richtig gut geschmeckt!«, bemerkt Chiara, als sie auf seinen Dessertteller blickt.

»Und wie!«, ruft Davide und dankt seiner Freundin insgeheim für ihre Geistesgegenwart. »Es war einfach köstlich!«

Claudia lächelt, aber die Spuren der Tränen auf ihrem Gesicht sind nicht zu übersehen, und Davide streckt unwillkürlich die Hand nach ihrer aus und fragt sie, ob alles in Ordnung ist. Claudia entzieht sich der Berührung sofort und entgegnet: »Ja, danke. Alles bestens.«

Paolo sieht sie unvermittelt an. In seinem Blick liegt Wut.

Chiara steht auf und räumt den Tisch ab. Claudia springt ihr sofort zur Seite. Als die beiden Schwestern in die Küche gehen, steht auch Paolo auf.

»Es tut mir leid, aber ich muss jetzt schlafen gehen. Ich muss morgen sehr früh raus. Gute Nacht allerseits.«

Claudia dreht sich zu ihm um, noch immer das Geschirr in der Hand, und sieht ihn fragend an. Paolo wirft ihr einen eisigen Blick zu, dann macht er kehrt und geht den Flur hinunter. Weder Chiara noch Davide haben Zeit, sich von ihm zu verabschieden, bevor er die Schlafzimmertür hinter sich schließt.

***

Die Tür zu Daniels Zimmer, das im Dunkeln liegt, geht langsam auf. Anita schlüpft hinein und schließt sie behutsam hinter sich, dann schleicht sie zum Bett. Eine Zeit lang betrachtet sie Daniel, der mit eingesteckten Ohrhörern schläft, und ein zärtliches Lächeln macht sich auf ihrem Gesicht breit. Sie greift nach dem iPod, der auf seiner Brust liegt, und schaltet ihn aus, dann nimmt sie ihm vorsichtig die Hörer ab und legt alles auf den Nachttisch. Als sie den Blick wieder auf ihn richtet, hat er die Augen geöffnet und sieht sie an.

»Marco hat mich reingelassen«, flüstert sie.

Daniel nickt verhalten, öffnet die Lippen, um etwas zu sagen, aber Anita hält ihn zurück.

»Sei still! Wenn du auch nur ein einziges Wort sagst, gehe ich wieder.«

Seine Brust hebt und senkt sich, als er lautlos seufzt, dann rückt er an den Rand des Bettes und streckt ihr die Hand entgegen. Anita nimmt sie und drückt sie, dann zieht sie die Schuhe aus und legt sich neben ihn. Sie spürt seinen Atem auf ihrer Haut, fährt ihm mit einer Hand durchs Haar und streicht ihm mit der anderen über das Gesicht, zeichnet mit dem Zeigefinger langsam seine Züge nach. Als sie innehält und ihm die Finger auf die Lippen legt, schließen sie beide die Augen.

Claudia liegt auf dem Sofa, wie immer in ihre Fleecedecke gehüllt, und betrachtet das Spiel der Schatten an der Wand, die sich mit jedem Auto verändern, das unten auf der Straße vorbeifährt. Sie denkt an den gerade zu Ende gegangenen Abend zurück und weiß jetzt schon, dass er ihr wie ein Albtraum in Erinnerung bleiben wird. Als Chiara sich kurz nach Paolos theatralischem Abgang verabschiedet hat, hat sie gesagt: »Ich würde mich riesig freuen, wenn du mich in Mailand besuchen würdest. Wann immer du willst. Komm mit Mattia oder allein, ganz wie du magst. Ich will nicht, dass wir uns wieder aus den Augen verlieren.«

»Ich will dich auch nicht wieder verlieren«, hat sie geantwortet, ohne darauf achtzugeben, dass Davide neben ihnen stand, und ohne sich dabei im Geringsten verlegen zu fühlen.

Davide hat ihr den ganzen Abend lang stille Nachrichten geschickt, die sie sehr deutlich gehört hat. Darin hat er ihr mitgeteilt, dass er ihre Schönheit bewundert, ihre Worte schätzt und sich zu ihr hingezogen fühlt und dass er diese Anziehung weder unterdrücken kann noch will. Der letzte Blick, den er ihr zugeworfen hat, schon auf der Türschwelle, hat von ihnen beiden gesprochen, davon, dass sie einander besser kennenlernen, weit weg von hier, nur sie beide. Es war eine Einladung, ein Versprechen, ein Verlangen. Claudia hat wieder seinen Gesichtsausdruck vor Augen, und sie spürt, wie sich eine gewisse Wärme in ihr ausbreitet. Sie verscheucht den verächtlichen Blick aus ihren Gedanken, den ihr Paolo zugeworfen hat, bevor er ins Bett gegangen ist, ersetzt ihn durch Davides Lächeln und kann dann endlich die Augen schließen.

Kapitel 21

Daniel geht die Via del Corso entlang und behält die Hausnummern der Gebäude im Blick. Zahlreiche Menschen sind unterwegs, und die Auslagen sind allesamt dekoriert. Bei Einbruch der Dunkelheit werden auch die Lichterketten zwischen den Gebäuden erstrahlen. Daniel hat Weihnachten noch nie gemocht, und wenn sich bei ihnen zu Hause Großeltern, Tanten und Cousins drängten, hat er immer versucht, den Tag hinter sich zu bringen, ohne sich anmerken zu lassen, wie sehr ihm dieses Durcheinander auf die Nerven ging. Der Gedanke, sich wieder dieser Tortur aussetzen zu müssen, ist vielleicht das Einzige, was seine Lust, über Weihnachten nach Hause zu fahren, schmälert.

Er hat Anita noch nichts davon erzählt, dass er vorhat, über die Feiertage für ein paar Tage nach Brighton zu fahren, und fühlt sich deshalb ein bisschen schuldig. Aber immerhin schon deutlich weniger, als er sich vor drei Monaten in einer vergleichbaren Situation gefühlt hätte. Er fühlt sich zu ihr hingezogen. Wenn sie zusammen sind, scheint ihm, als würde alles um sie herum verschwinden und als wäre der Raum, der ihn umgibt, vollständig von ihr erfüllt, von ihrem Lächeln, ihren Blicken, ihren dunklen Haaren, ihrer Stimme. Wenn er mit ihr zusammen ist, verlangt ihn danach, sie zu berühren oder zumindest ihre Hand zu halten, körperlich mit ihr verbunden zu sein, unaufhörlich. Und wenn sie miteinander schlafen, ist das jedes Mal eine Erfahrung, die ihm Empfindungen beschert, für die er keine Worte findet und die er oftmals im Grunde nicht begreift. Wenn er in ihr ist und sie bei jeder seiner Bewegungen seufzt, hofft er, dass sie die Augen nicht schließt, damit er ihr mit seinen Blicken all das sagen kann, was er mit Worten niemals ausdrücken könnte. Aber wenn Anita nicht da ist, verliert sich ihr Bild in den Tiefen seiner Gedanken, und er kehrt wieder auf seine Insel der Ruhe und der Langsamkeit zurück, wo er sich von dem Sturm der Emotionen erholt, die ihn auf fast schmerzhafte Weise durchfahren, wenn sie bei ihm ist.

Als er zu der Hausnummer gelangt, die man ihm am Telefon genannt hat, bleibt er stehen und betrachtet das Schaufenster des Klamottenladens, der eine Aushilfe für die Vorweihnachtszeit sucht. Es ist einer dieser angesagten Läden mit ohrenbetäubender Musik und blitzenden Lichtern, die einem die Sicht nehmen. Allein schon bei dem Gedanken, zwei Wochen lang jeden Tag acht Stunden dort drin zu verbringen, wird ihm übel, aber er braucht einen Job, also hat er nicht lange überlegt, als Marco ihm davon erzählt hat. Er geht hinein und wendet sich an einen jungen Mann, der gerade T-Shirts zusammenlegt. Als er ihn nach dem Chef fragt, muss er fast schreien, um die Musik zu übertönen. Der Verkäufer weist wortlos in den rückwärtigen Teil des Ladens. Daniel geht nach hinten und findet dort in einem Raum, der wie ein Lager wirkt, den Chef, der an einem Schreibtisch sitzt und Zahlen in einen großen Taschenrechner tippt. Er ist ziemlich jung und hat kaum noch Haare. Daniel stellt sich vor und bezieht sich dabei auf das Telefonat. Sie wollten jemanden, der gut Englisch spricht. Der junge Mann am Schreibtisch mustert ihn von oben bis unten und sagt dann: »Weißes T-Shirt, Jeans, kein Hemd. Von neun bis sieben, eine Stunde Mittagspause. Jeden Tag außer Montag, ab sofort bis zum 23. Dezember. Danach brauche ich dich nicht mehr. Okay?«

Daniel nickt, schon ganz benommen von der Musik.

Der Chef erwähnt noch einmal, wie viel er ihm zahlt, sagt dann abschließend: »Du fängst morgen an«, und widmet sich wieder seiner Buchhaltung.

Daniel geht zurück durch den Laden und beschleunigt seinen Schritt, um so schnell wie möglich wieder rauszukommen. Auf dem Weg zur U-Bahn fragt er sich, wie er das aushalten soll, jeden Tag stundenlang in diesem Lärm. Mit einem Chef, der alles andere als ein Charmebolzen ist.

Aber wenigstens lächelt er nicht die ganze Zeit.

Ihr Abend zu zweit ist auf ungewisse Zeit verschoben, und bis dahin pflegen Claudia und Paolo weiter ihren eingespielten Alltag. Sie leben gleichsam getrennte Leben, ihre Unterhaltungen reduzieren sich auf den Austausch von Informationen, beim gemeinsamen Abendessen sehen sie fern, ohne fast je ein Wort zu wechseln. Paolo schläft im Schlafzimmer, Claudia auf dem Sofa im Wohnzimmer, eingehüllt in ihre Fleecedecke. Sie trägt ihren Trübsinn wie ein schweres, nasses Kleid, das sich an ihrer Haut festgesetzt hat, so als fände sie sich jeden Tag ein wenig mehr damit ab, sein Gewicht und das Unbehagen, das es verursacht, zu ertragen.

Als Claudia am Vormittag des 18. Dezember in ihrem Zimmer in der Universität ihre Vorlesung vorbereitet, kommt Daniel zu ihr. Sie erkennt ihn mittlerweile an der Art, wie er an der Tür klopft, und bittet ihn herein.

»Was ziehst du denn für ein Gesicht?«

Daniel lächelt auf die für ihn typische Art – ein wenig gequält und mit zusammengekniffenen Lippen.

»Wenn ich dir sage, dass du auch nicht gerade strahlst vor Glück, bist du mir dann böse?«

»Volltreffer. Ich fühle mich wie ein Schiff, das vom Kurs abgekommen ist. Wieso kommst du eigentlich in letzter Zeit nicht mehr in die Vorlesung?«

»Ich habe einen Job in einem Klamottenladen, jeden Tag, bis Weihnachten.«

»Und, macht's Spaß?«

»Es ist zum Kotzen, aber ich brauche das Geld.«

Claudia nickt. »Willst du das Skript von den Stunden, die du versäumt hast? Ich kann dir übers Wochenende auch die Dias geben. Es reicht mir, wenn ich sie am Montag wiederbekomme.«

»Ja, vielleicht. Vielen Dank.«

Sie schweigen eine Weile. Claudia betrachtet Daniel, der auf dem Stuhl vor ihrem Schreibtisch sitzt und an dem Wecker herumnestelt, der dort steht.

»Und wie geht's Anita?«, fragt sie ihn.

Daniel stellt den Wecker ab, sieht Claudia an und zuckt mit den Schultern. »Ehrlich gesagt, ich weiß es nicht. Ich verstehe sie einfach nicht. Wir reden nur selten, denn meistens endet das mit einem Streit. Ich habe noch nie mit jemandem so viel gestritten wie mit ihr. Eigentlich habe ich mich früher sogar nie gestritten.«

Claudia lacht leise. »Aber miteinander zu streiten, ist wichtig«, sagt sie. »Das ist die beste Art, sich kennenzulernen.«

»Aber es tut so weh.«

»Erst wenn man sich nicht mehr streitet, muss man sich Sorgen machen. Wenn du glaubst, es wäre die Mühe nicht mehr wert.«

»Wenn man also keine Lust mehr auf Streit hat, heißt das, man liebt den anderen nicht mehr. Dann ist man unglücklich. Und wenn man sich streitet, liebt man sich noch, aber Streit macht unglücklich. Also ist man nie glücklich?«

Claudia beugt sich über den Schreibtisch und ergreift Daniels Hand. »In Zeiten, in denen ihr nicht streitet, wenn dir klar wird, dass du sie zwar manchmal am liebsten umbringen würdest, aber nie ohne sie leben könntest, dann bist du glücklich.«

»Ich glaube nicht, dass ich ohne sie leben will«, entgegnet Daniel lächelnd.

»Siehst du?«, sagt Claudia und richtet sich wieder auf.

»Du bist wirklich eine sehr kluge Frau.«

»Von wegen! Ich predige Wasser und trinke Wein.«

»Wasser und Wein?«

»Das erkläre ich dir ein anderes Mal. Aber jetzt müssen wir los zur Vorlesung«, sagt Claudia und steht auf.

Sie nimmt den Stapel mit den Skripten und die Mappe mit den Dias. Daniel hält ihr die Tür auf.

»Danach einen Kaffee?«, fragt er.

»Einen doppelten!«

Anita hat die Strategien, mit denen sie Andrea ausweicht, so weit perfektioniert, dass sie ihn seit über einer Woche nicht mehr gesehen hat. Sie steht morgens früh auf, verlässt das Haus, geht in die Uni oder zu Barbara und kommt erst zurück, wenn sie sicher sein kann, dass er schon im Daimon ist. Dann geht sie ins Bett, solange er noch nicht wieder zurück ist, und schließt ihre Zimmertür ab. An den beiden Abenden, an denen sie aufgetreten ist, hat sie bei Daniel übernachtet, auch wenn sie beide Male gestritten haben.

Seit dem ersten Streit bei ihm zu Hause hat er sie jedes Mal, wenn sie sich gesehen haben, früher oder später gefragt, ob es etwas gebe, das sie ihm erzählen wolle. Beide wussten genau, worauf er anspielte. Beim letzten Mal hat Anita versucht, die Stimmung etwas aufzulockern: »Es gibt immer etwas, das ich dir erzählen will«, hat sie mit einem Lächeln gesagt. »Ich mag die Art, wie du mir zuhörst …«

Daniel hingegen hat nicht gelächelt. Er hat sie weiter durchdringend angesehen, woraufhin sie nichts mehr gesagt und ihm nur einen leeren Blick zugeworfen hat.

»Ich weiß, dass ich recht habe. Er erpresst dich, da bin ich sicher! Warum gibst du es nicht endlich zu?«

»Manchmal bist du wirklich unmöglich. Mein Gott, du hast immer so sanftmütig gewirkt. Was ist bloß mit dir passiert?«

»Ich will nicht, dass meine Freundin mich anlügt. Und ich will nicht, dass sie versucht, mich zu beschützen. Ich kann mich selbst verteidigen.«

Daniel hat ihr fortwährend direkt in die Augen geschaut, bis sie schließlich nachgegeben und den Blick gesenkt hat, ihre Sachen zusammengesucht und sich zum Gehen bereit gemacht hat.

»Geh jetzt nicht, Nita.«

»Warum sollte ich denn bleiben? Du glaubst mir nicht und piesackst mich andauernd mit Fragen.«

»Glaubst du vielleicht, mir macht das Spaß?«, hat er geschrien und sie bei den Schultern gepackt. »Ich will doch nur, dass du mir vertraust!«

»Du bist doch derjenige von uns beiden, der kein Vertrauen aufbringt.«

Daraufhin hat er sie losgelassen, und sie ist ohne ein weiteres Wort gegangen.

Seitdem sind zwei Tage vergangen und Anita kann es kaum erwarten, Daniel wiederzusehen, obwohl sie weiß, dass sie wieder einmal streiten werden.

Sie will in das Geschäft gehen, in dem er arbeitet. Er hat gleich Feierabend, dann kann sie ihn mit dem Roller nach Hause bringen, und wenn sie es schaffen, heute einmal nicht zu streiten, bleibt sie vielleicht über Nacht bei ihm. Als sie den Laden betritt, wird sie von der dröhnenden Musik und den

Schlaglichtern, die die Scheinwerfer durch den Raum schleudern, fast zurückgeworfen. *Wie hält Dany das hier nur jeden Tag acht Stunden lang aus?*, fragt sie sich. Sie geht erst zwischen den Ständern mit der Damenkleidung hindurch, dann weiter in die Herrenabteilung, wo sie Daniel entdeckt, der vor einer Umkleidekabine steht, deren Vorhang zugezogen ist. Sie nähert sich ihm, ohne dass er es bemerkt, und umarmt ihn von hinten. Er dreht sich ruckartig um.

»Hey! Was machst du denn hier?«

Er scheint sich nicht besonders zu freuen, sie zu sehen.

»Ich wollte dich abholen. Du hast doch jetzt gleich Schluss, oder?«

Daniel sieht auf das rosafarbene T-Shirt, das er in der Hand hat. Ein rosafarbenes T-Shirt? In diesem Moment öffnet sich der Vorhang der Umkleidekabine und Valentina tritt heraus.

»Und?«, fragt sie. »Wie steht mir das?«

Als sie Anita neben Daniel entdeckt, formen sich ihre perfekten, vollen Lippen zu einem »O«, das viel zu betont ist, um echt zu sein. Anita dreht sich um und geht mit gesenktem Kopf zum Ausgang. Daniel läuft ihr nach und holt sie ein, als sie gerade durch die Tür gehen will.

»Warte doch, Nita! Bitte!«

Sie dreht sich um und sieht ihn wortlos an, aber ihre Augen leuchten wie glühende Kohlen.

»Ich kann dir das erklären. Aber nicht hier«, sagt Daniel hastig und schaut sich um. »In fünf Minuten bin ich hier raus. Ich kann den Job nicht aufs Spiel setzen. Wartest du auf mich?«

Anita lässt ihn stehen, ohne zu antworten. Daniel stößt einen Fluch aus und geht zu den Umkleidekabinen zurück.

»Tut mir leid, ich wusste ja nicht, dass sie auch hier ist«, sagt Valentina schnippisch. Sie hat sich mittlerweile wieder ihr weißes Minikleid angezogen.

»Alles gut«, entgegnet Daniel in professioneller Manier. »Du bist eine Kundin und hast somit jedes Recht, dich hier aufzuhalten.«

Valentina sieht ihn an, nimmt ihm das rosafarbene T-Shirt ab, das er noch immer in der Hand hat, und streicht ihm zärtlich über die Finger.

»Na ja, wenn ich mir überlege, was zwischen uns war, dann wäre ich an ihrer Stelle auch wütend geworden«, sagt sie.

Daniel ist erschöpft, er hasst diesen Job und diesen Laden. Ihm wird klar, dass Anita weg ist, dass er sie eine Zeit lang nicht sehen wird und dass er morgen schon abreist.

»Hör zu, Valentina, wir müssen das jetzt klären, das mit uns«, sagt er und macht einen Schritt auf sie zu. Sie sieht bewundernd zu ihm auf, das neu erstandene Stück in ihren gepflegten Händen. Daniel muss fast schreien, um sich gegen die hämmernde Musik durchzusetzen. »Da war nichts zwischen uns. Es war nur Sex, mehr nicht. Ich dachte, du hättest das verstanden.«

Als wäre es ausgeknipst worden, erlischt auf einmal das Lächeln, das Valentinas Gesicht erhellt hat. Dann ist es plötzlich wieder da, doch jetzt ist es ein wütendes Lächeln. Das alles hat keine zwei Sekunden gedauert.

»Du bist wirklich ein Riesenarschloch!«, schreit sie ihn an. Ihre Stimme hat jeden Wohlklang verloren.

»Ich bin einfach nur ehrlich. Entschuldigung.«

»Leck mich am Arsch mit deinen Entschuldigungen!«

Sie schleudert ihm das rosafarbene T-Shirt ins Gesicht und läuft zum Ausgang. Das T-Shirt landet auf dem Boden, Daniel hebt es auf, und als er sich wieder aufrichtet, erblickt er in einem der zahllosen Spiegel, mit denen die Wände des Ladens übersät sind, sein Gesicht. Am liebsten würde er sie alle zerschmettern, um sich nicht mehr sehen zu müssen.

Die kleine goldene Kugel fällt dem Kleinen aus der Hand und zerschellt auf dem Boden in tausend Stücke.

»Mattia! Ich hab dir doch gesagt, du sollst nicht mit den Christbaumkugeln spielen!«

Mattia dreht sich um und sieht Claudia an, und der Ausdruck von Schuldbewusstsein in seinem Gesicht weicht sofort sichtlichem Ärger. Er läuft hinaus, und kurz darauf hört Claudia, wie die Tür des Arbeitszimmers aufgeht. Sie seufzt. Sie sitzt auf dem Boden inmitten eines Meeres von roten, blauen und goldenen Christbaumkugeln, Lichterketten und Girlanden. Der Plastikbaum, den sie schmücken will, steht leicht schief in seinem dreifüßigen Ständer und scheint zu sagen: »Gut gemacht, herzlichen Glückwunsch! Du bist wirklich eine besonders ätzende Mutter.« Claudia steht auf und will aus dem Zimmer gehen. Sie achtet darauf, nichts kaputt zu treten. Als sie jedoch schon fast in der Tür ist, spürt sie etwas unter ihrem Fuß, rutscht in hohem Bogen aus und sitzt im nächsten Moment wieder auf dem Boden. Sie verspürt einen stechenden Schmerz im Steißbein und kneift die Augen zusammen, um die Tränen zurückzuhalten. Als sie sie wieder öffnet, steht Paolo vor ihr und sieht sie mit verächtlicher Miene an. Früher hätte er sich über sie lustig gemacht, sie hätten gemeinsam gelacht und er hätte ihr aufgeholfen, sie umarmt und geküsst. Jetzt hingegen sagt er nichts, aber was er über Claudia denkt, ist offensichtlich. Auch sie sagt nichts, steht nur schweigend auf, ohne seine Hilfe, indem sie sich am Türrahmen festhält. Sie wollte zu ihrem Sohn und ihn um Entschuldigung für den heftigen Tadel bitten, aber jetzt verjagt sie ihr Ehemann mit seinem schweren Blick, und sie flieht ins Bad. Am liebsten würde sie im Boden versinken.

Anita hat tatsächlich vor dem Laden gewartet, aber nur, um Valentina abzufangen, allein oder mit Daniel. Doch als Valentina jetzt wütend und verstört herausgeschossen kommt, lässt sie sie davonstürmen und versucht gar nicht erst, sie aufzuhalten. Wahrscheinlich hat Daniel ihr endlich gesagt, dass sie sich zum Teufel scheren soll. *Aber er weiß nicht, dass ich sie gesehen habe. Und er muss mir noch erklären, was da drin gelaufen ist!* Kurz darauf kommt auch Daniel, und aus seinem Gesicht spricht so viel Niedergeschlagenheit, dass Anita bleibt, wo sie ist, und nicht auf ihn zugeht. Fast wünscht sie sich, dass er sie nicht sieht. Aber natürlich entdeckt er sie und kommt zu ihr.

»Sie war nur zufällig da. Sie wollte ein Kleid für Silvester kaufen. Ich arbeite da drin, also konnte ich sie ja schlecht wegschicken.«

Seine Stimme ist tonlos, er wirkt erschöpft und resigniert. Anita spürt, wie ihre Wut sich auflöst.

»Was ist denn los, Dany?«, fragt sie ihn und streichelt ihm die Wange.

Daniel zuckt mit den Schultern und sieht zu Boden.

»Soll ich dich nach Hause bringen?«, fragt sie.

»Nur wenn du nicht reden willst. Jetzt noch ein Streit, das schaffe ich nicht.«

»Ich auch nicht.«

Anita nimmt ihn bei der Hand, und gemeinsam gehen sie los, durch die Menschenmenge und die weihnachtliche Festbeleuchtung.

Paolo hat mit Mattia das Haus verlassen, ohne Claudia Bescheid zu sagen.

Wahrscheinlich ist er mit ihm zu seiner Mutter gegangen.

Sie geht in der Wohnung auf und ab. Nur im Wohnzimmer brennt Licht, wo die schief stehende Plastiktanne darauf wartet, dass fröhliche Hände sie schmücken und ihr Würde verleihen. Claudias Hände sind müde und traurig, und der Baum, genauso niedergeschlagen wie sie, wird noch eine Weile warten müssen, bis er glänzt. Das hier ist ihre Wohnung, und sie weiß, welchen Hindernissen sie ausweichen muss, während sie, sachte wie ein Gespenst, in der Dunkelheit von einem Zimmer ins nächste geht. Ihr Handy, das sie auf dem Küchentisch hat liegen lassen, leuchtet auf, und der Name ihrer Schwester steht auf dem Display. Claudia blickt unentschlossen auf das Telefon. Bei jedem Läuten glaubt sie, es war das letzte, aber es folgt immer noch eins. Schließlich geht sie ran.

»Schlechte Gewohnheiten soll man pflegen, stimmt's?«, sagt Chiara mit hörbarem Lächeln. »Wie zum Beispiel die, sich nie bei seiner Schwester zu melden.«

Claudia antwortet mit einem Schluchzen, dann folgt ein Strom von Schluchzern, dann ein ganzer Wasserfall von Schluchzern, der sie mit sich reißt und ihr den Magen mit klammem Griff zusammenschnürt.

»Wo ist Paolo?«, fragt Chiara.

»Ich weiß … es nicht«, stammelt Claudia. »Er ist einfach gegangen und hat Mattia mitgenommen.«

»Hör zu. Du machst jetzt Folgendes: Du packst ein paar Sachen zusammen, fährst zum Bahnhof und nimmst den nächsten Zug hierher«, sagt Chiara in bestimmendem Ton.

»Das kann ich nicht.«

»Du musst.«

»Ich kann nicht«, wiederholt Claudia, schnieft und bemüht sich, nicht schon wieder loszuschluchzen.

»Natürlich kannst du. Und jetzt gehst du packen. In einer Viertelstunde rufe ich dich wieder an. Wenn du bis dahin nicht gepackt hast, komme ich persönlich und hole dich ab.«

Damit beendet Chiara das Gespräch. Claudia steht da, das stumme Telefon in der Hand, dann steckt sie es in die Tasche, atmet einmal tief durch, wischt sich mit den Handflächen die Tränen aus den Augen und geht ins Schlafzimmer.

Kapitel 22

»Warte. Wir machen noch einen kleinen Umweg.« Anita bremst ab, bleibt am Straßenrand stehen und dreht sich zu Daniel um. »Lass uns ein Eis essen gehen. Zeig mir die beste Eisdiele in ganz Rom!«

»Wieso das denn? Mir ist kalt, und ich habe überhaupt keine Lust auf Eis.« Daniel gibt ihr lauter kurze, sanfte Küsse. Die Berührung seiner warmen Lippen auf ihrer kalten Haut fühlt sich an, als würde in ihrem Inneren etwas zum Schmelzen gebracht.

»Wie du willst, du kleiner, dickköpfiger Engländer. Dann fahren wir zu San Crispino. Da kriegst du ein Eis, das du nie vergessen wirst!«

»Du bist es, die ich nie vergessen werde.« Daniel schlingt die Arme noch fester um sie.

Anita schaut in den Rückspiegel und fädelt sich wieder in den Verkehr ein. Sie hofft, dass sie trotz der Tränen, die ihr gegen ihren Willen in die Augen steigen und ihr die Sicht verschleiern, weiterfahren kann. *Was war das?*, fragt sie sich. *Eine Art Abschiedsgruß?*

Sie hat einen Schlafanzug in den Koffer gepackt, einen Pullover, eine Hose und ein Paar Stiefel, Unterwäsche und ihren Kulturbeutel, dann hat sie den Koffer zugemacht und sich aufs Bett gesetzt. Sie kann nicht wegfahren, das weiß sie ganz genau, also was soll das dann? Will sie etwa, dass Paolo die Scheidung einreicht und das Sorgerecht für Mattia beansprucht, indem er ihr zur Last legt, die eheliche Wohnung verlassen zu haben? Sie streckt sich auf dem Bett aus und schließt die Augen. Sie hat sich Watte in die Ohren gestopft, weshalb sie jetzt fortwährend ein leises Summen hört. In der Tasche ihrer Jeans fängt ihr Handy an zu vibrieren. *Ich gehe einfach nicht ran, und dann wird es schon irgendwann aufhören. Chiara muss einsehen, dass sie so etwas nicht von mir verlangen kann. Dann wird sie mich in Ruhe lassen.* Als würde es ihr gehorchen, hört das Telefon auf zu klingeln, fängt aber schon ein paar Sekunden später wieder an. Diesmal geht Claudia ran.

»Hast du gepackt?«, fragt Chiara streng.

»Ja, aber …«

»Nichts aber. Zieh deinen Mantel an, nimm den Koffer und geh. Ich bleibe so lange dran, bis ich höre, wie die Wohnungstür zugeht.«

Zu tun, was ihre Schwester von ihr verlangt, scheint ihr ebenso unmöglich, wie es nicht zu tun. Es kostet sie Kraft, vom Bett aufzustehen, den Koffer zu nehmen und damit bis zur Wohnungstür zu gehen.

»Wo bist du jetzt?«

»An der Tür.«

»Okay. Zieh den Mantel an und nimm deine Handtasche. Schau nach, ob der Geldbeutel und die EC-Karte drin sind.«

Claudia tut, wie ihr geheißen. Wie ein Roboter.

»Jetzt mach die Tür auf und geh raus.«

Wiederum gehorcht sie. »Ich bin draußen.«

»Sehr gut. Jetzt mach die Tür zu«, fährt Chiara fort. »Ich will hören, wie die Tür ins Schloss fällt und wie du die Aufzugtür öffnest.«

»Aber, Chiara …«

»Na los, mach schon!«

Für einen Moment verliert Claudia die Orientierung, und ihr scheint, als würde sich alles um sie herum drehen. Ihr Herz schlägt schneller, als stünde sie einem Mann gegenüber, der ihr den Atem raubt, oder als hätte sie mitten in der Nacht ein unbekanntes Geräusch geweckt. Ist sie etwa verliebt oder verschreckt? *Ich bin weder das eine noch das andere. Ich bin überhaupt nichts mehr*, denkt sie.

»Hey! Bist du noch da?« Chiaras harte Stimme fährt ihr durch Mark und Bein.

Sie atmet tief durch, greift nach der Türklinke und zieht die Tür fest zu.

»Bravo! Jetzt hol den Aufzug, steig ein und drück den Knopf fürs Erdgeschoss«, setzt Chiara ihre Anweisungen fort.

Dann dirigiert Chiara sie weiter, durch den Hausflur, aus der Eingangstür hinaus und den Weg entlang zum Tor, das auf die Straße führt.

»Direkt vor dir müsste ein Taxi stehen. Siehst du es?«

»Ja.«

»Das habe ich bestellt. Steig ein!«

Beeindruckend, ihre Schwester. Jetzt, wo sie das Haus verlassen hat, fühlt Claudia sich unbeschwerter und fasst wieder Mut. Der Taxifahrer steigt aus, grüßt sie mit einem Kopfnicken, nimmt ihr den Koffer ab, verstaut ihn im Kofferraum und öffnet ihr die Tür. Claudia steigt ein, lehnt den Kopf an die Kopfstütze, das Handy noch immer am Ohr.

»Sag ihm, wo es hingeht«, befiehlt Chiara.

»Zur Stazione Termini, bitte«, sagt Claudia zum Taxifahrer.

Der Wagen fährt los.

»Tapferes Mädchen! Ich ruf dich in einer halben Stunde wieder an.«

Claudia beendet das Gespräch und steckt das Handy in die Manteltasche. Dann sieht sie aus dem Fenster und atmet tief durch.

Anita stellt den Roller neben dem Eingang der Eisdiele ab, und als sie hineingehen wollen, sehen sie, dass die Schlange fast bis auf die Straße reicht.

»Was wollen denn all die Leute hier?«, fragt Daniel.

»Das Gleiche wie wir«, antwortet Anita. »Ein Eis. Außerdem sind sie wahrscheinlich alle unterwegs, um Geschenke zu kaufen. Bis Weihnachten sind es ja nur noch drei Tage …«

Erst jetzt wird Daniel klar, dass er noch kein Geschenk für Anita hat. Womit könnte er ihr wohl eine Freude machen? Kleidung ist ihr nicht wichtig. Sie schminkt sich so gut wie nie, trägt immer dasselbe Paar goldene Ohrringe, und ihr einziger Ring ist aus Glas und stammt von den Ramschhändlern, die im Univiertel ihre Stände haben. Sie besitzt keine CDs, sondern nur MP3s auf ihrem iPod. Sie liest gern, das ja, aber was für Bücher liest sie normalerweise? Er war noch nie in ihrem Zimmer, hat ihr Bücherregal noch nie gesehen, weiß nicht, welche Farbe ihre Bettdecke hat … Was weiß er im Grunde schon von ihr? Er kennt einen Teil ihrer Vergangenheit, der allerdings auch schon weit zurückliegt, weiß, dass sie eine begnadete Sängerin ist – was er allerdings nur durch Zufall herausgefunden hat – und dass sie eine unerklärliche Freundschaft mit Barbara verbindet, die eine grundverschiedene Persönlichkeit ist. Das ist aber auch schon alles. Die Leidenschaft für sie hat ihn überrollt, aber sie haben in diesen drei Monaten kaum Zeit miteinander verbracht, und meistens haben sie miteinander geschlafen oder gestritten, und weder durch das eine noch durch das andere haben sie einander näher kennengelernt. *Auch in dieser Hinsicht habe ich mich verändert*, denkt Daniel, während sie schweigend nebeneinander in der Schlange der Eisdiele stehen. *Früher habe ich die Mädchen, mit denen ich zusammen war, andauernd irgendwelchen Blödsinn gefragt: nach ihrer Lieblingsfarbe, welche Filme sie mochten, welche Länder sie gern bereist hätten.* Bei Anita gibt es keine Leere, die er füllen muss.

Er betrachtet sie. Sie steht neben ihm, pustet sich in die Hände, um sie zu wärmen, ihre langen Haare fallen ihr ins Gesicht, sie wirkt ein bisschen abwesend. Daniel versucht sich zu erinnern, ob ihn die anderen Mädchen auch so unwiderstehlich angezogen haben wie sie, ob er bei ihnen auch dieses Verlangen verspürt hat wie bei Anita: bei ihr zu sein, sie zu berühren, ihr in die Augen zu sehen und sich darin zu verlieren, im Bett ihren nackten Körper an sich zu drücken und sie nie wieder loszulassen. Die Antwort ist einfach, und er hat sie schnell gefunden: nein. Er hat noch nie zuvor etwas Vergleichbares empfunden. Ihm fällt das Buch wieder ein, das seine Mutter ihm zum zwanzigsten Geburtstag geschenkt hat und das vom Unterschied zwischen Liebe und Verliebtsein handelt.

Ich bin ohne Zweifel verliebt in sie, das spüre ich ganz deutlich. Aber liebe ich sie auch?

Der Bahnhof ist ein einziges Tohuwabohu aus Menschen, denen die Hast ins Gesicht geschrieben steht, ratternden Koffern, Müttern, die ihren Kindern hinterherrennen, und endlosen Durchsagen zu ankommenden und abfahrenden Zügen. Claudia hat es seit Jahren nicht mehr hierher verschlagen, und der Bahnhof sieht völlig anders aus, als sie ihn in Erinnerung hat. Eine endlose Reihe von Geschäften, Bars, Schnellrestaurants, und alles ist mit Weihnachtsdekoration geschmückt. Eher ein Einkaufszentrum als ein Bahnhof. Verwirrt hält sie vor der Anzeigetafel inne, versteht aber fast nichts von dem, was dort zu lesen ist. In diesem Moment läutet ihr Handy. Wieder ist es Chiara.

»Bist du am Bahnhof? Hast du eine Fahrkarte gekauft?«

»Eine Fahrkarte?«

»Ja, eine Fahrkarte für den Zug, mit dem du hierherfahren wirst, Claudia. Ich verstehe ja, dass du ein bisschen durch den Wind bist, aber ich hatte gehofft, dass du dich inzwischen wieder gefangen hast.«

Claudia lacht und spürt, wie sich die Anspannung löst. »Du hast recht. Ich kümmere mich gleich darum. Ich gebe dir Bescheid, wann ich ankomme.«

»Ich verlasse mich auf dich. Bis später.«

Claudia beendet das Gespräch und geht zum Fahrkartenschalter. Als ihr Handy erneut klingelt, lächelt sie, weil sie wieder einen Anruf ihrer Schwester erwartet, aber als sie auf das Display schaut, sieht sie, dass es nicht Chiara ist, sondern Paolo.

»Darf man erfahren, wo du steckst?«

Ihr Herz schlägt schneller, und ganz bestimmt nicht aus Liebe.

»Ich fahre zu meiner Schwester nach Mailand.«

»Was soll das heißen: Du fährst zu deiner Schwester? In drei Tagen ist Weihnachten!«

»Ich bin rechtzeitig wieder zurück.«

»Meine Schwester rechnet damit, dass du kommst, und alle anderen auch. Und was ist mit Mattia? Soll er Weihnachten etwa ohne seine Mutter verbringen?«

»Hast du nicht gesagt, du willst nicht, dass ich mitkomme? So war das doch, oder?«

»Ich bin es leid, Claudia. Du benimmst dich wie ein verzogenes Gör, und ich weiß einfach nicht mehr, wie ich damit umgehen soll.«

»Ich fahre einfach nur zu meiner Schwester nach Mailand, Paolo, und nicht alleine in Urlaub nach Kuba!«

»Und wieso bist du jetzt auf einmal so dicke mit deiner Schwester? Jahrelang habt ihr nicht einmal miteinander telefoniert.«

»Die Dinge ändern sich, die Menschen ändern sich. Ich brauche das jetzt einfach, ein bisschen Zeit mit ihr.«

»Und glaubst du nicht, dass dein Mann und dein Sohn *dich* brauchen?«

»Ehrlich gesagt, nein. Ich glaube vielmehr schon seit Jahren, dass ihr beide sehr gut ohne mich klarkommt.«

Ihr Herz schlägt so heftig, dass sie erschrickt. Diese Worte hat sie zum ersten Mal über die Lippen gebracht.

»Hör auf, solchen Unsinn zu reden, und komm nach Hause!«, sagt Paolo. »Dein Platz ist hier!«

»Und genau damit liegst du falsch.« Claudia schweigt eine Weile und hört, wie Paolo seufzt. »Ich muss jetzt los. Wir hören uns.«

»Das Warten hat sich wirklich gelohnt«, sagt Daniel, als er mit dem Plastiklöffelchen den letzten Rest Eis aus seinem Becher kratzt. »Das war sagenhaft gut.«

»Mhm.«

Dieses kurze Summen ist der erste Laut, den Anita von sich gibt, seit sie Daniel daran erinnert hat, dass es noch drei Tage bis Weihnachten sind. Sie hat ihn seitdem auch kaum noch angesehen. Erst hat sie den Blick nicht von der Schlange der Anstehenden gewandt, um ihren Platz nicht zu gefährden, dann hat sie sich ganz auf ihr Eis konzentriert. Sie weiß, dass Daniel sie ansieht. Sie spürt seinen Blick, und sie weiß, dass ihm ihr Schweigen auffällt, auch wenn er sie seltsamerweise nicht nach dem Grund fragt. Immer häufiger versteht sie ihn in seinem Handeln nicht, aber vielleicht ist das unausweichlich, denn in jüngster Zeit ist alles so viel komplizierter geworden, als stehe ihre Geschichte unter einem schlechten Stern, als sei ihr gemeinsamer Weg voll unvorhersehbarer Wendungen. Seine Worte von vorhin, diese Art Abschiedsgruß, bestärken sie in ihrer Empfindung. *Ich habe auch meinen Anteil daran*, denkt sie. *Er weiß genau, dass ich nicht die Wahrheit sage, was Andrea angeht. Ich streite es ab, aber er weiß es. Könnte ich es ertragen, wenn der Mensch, den ich liebe, mich auf so offenkundige Art belügen würde? Und dass ich es für ihn tue, ändert nichts daran. Oder vielleicht doch?*

Daniel nimmt ihre Hand und unterbricht sie so in ihren Gedanken. »Gehen wir ein Stück?«

Anita nickt. Sie gehen die Straße entlang bis zur Via del Lavatore. An der Kreuzung biegt Anita nach rechts und zieht Daniel mit sich.

»Komm, wir gehen zur Fontana di Trevi«, sagt sie. Ihre ersten Worte seit fast einer Viertelstunde. Kurz darauf stehen sie auf dem kleinen Platz voller Touristen. Eine Weile betrachten sie schweigend den Brunnen und gehen dann weiter.

Daniel lässt Anitas Hand los und geht schneller, sodass sie ebenfalls schneller gehen muss, wenn sie ihn in der Menschenmenge nicht verlieren will.

»Warte!«, ruft sie ihm nach. »Jetzt warte doch!«

Sie holt ihn ein und legt ihm eine Hand auf die Schulter, um ihn aufzuhalten. Er dreht sich um.

»Warum muss das mit uns immer so schwierig sein?«, fragt er sie. Seine Stimme zittert fast vor Wut. »Wenn du nicht da bist, kann ich es nicht erwarten, dich zu sehen, und wenn wir zusammen sind, will ich nur noch weg von dir. Warum ist das nur so?«

Anita schluckt, sieht sich um und zwinkert ein paarmal, um die Tränen zu unterdrücken, aber dann steigen sie ihr in die Augen und laufen ihr über die Wangen. Daniel scheint seine

Worte zu bedauern, aber als er Anita umarmen will, entzieht sie sich ihm und läuft wieder zurück in Richtung Brunnen. In einer hektischen Slalomjagd durch die Menschenmenge verfolgt er sie. Sie überquert den Platz und biegt in die Straße ein, aus der sie gekommen sind, ohne langsamer zu werden. Daniel holt sie ein, bringt sie zum Stehen und umarmt sie von hinten. Ein paar Touristen drehen sich nach ihnen um, denn Anita schluchzt jetzt hemmungslos.

»Entschuldige, ich bin wirklich ein Idiot«, flüstert er ihr ins Ohr und küsst sie auf die tränenüberströmten Wangen. »Ich weiß auch nicht, was mit mir los ist. Es tut mir leid.«

Anita weint und weint, ihre Tränen strömen wie ein über die Ufer tretender Fluss, dessen sämtliche Dämme gebrochen sind. Daniel kann sie nur fest an sich drücken und ihre Tränen mit den Fingern trocknen.

Auch als sie schon im Schnellzug nach Mailand auf ihrem Platz sitzt, will Claudia immer wieder aufstehen, aussteigen und nach Hause gehen, um ihre in Scherben liegende Ehe zu kitten und zu versuchen, eine gute Mutter zu sein. Sie malt sich aus, wie sie in die Wohnung zurückkehrt, die Tür hinter sich schließt und vor Paolo steht, der sie mit einer Mischung aus Freude und Dankbarkeit ansieht, während Mattia ihr strahlend entgegenläuft und auf den Arm genommen werden will. Dann fährt der Zug los, und das Bild verschwindet aus ihren Gedanken. Mit abwesendem Blick sitzt sie da, den Kopf in eine Hand gestützt, und schaut durch das Fenster nach draußen. Dann klingelt wieder ihr Handy.

»Und?«, fragt Chiara. »Sitzt du im Zug?«

»Ja. Er ist gerade losgefahren.«

»Sehr gut. Ich hol dich dann am Bahnhof ab.«

»Ich kann auch ein Taxi nehmen.«

»Aber das mach ich doch gerne.«

»Danke. Danke für alles. Alleine hätte ich das nicht geschafft.«

»Bist du inzwischen ein bisschen weniger nervös?«

»Nicht viel, aber aus dem Zug kann ich jetzt ja nicht mehr raus. Der hält erst wieder in Mailand!«, sagt Claudia lachend.

»Umso besser!«, antwortet ihre Schwester und stimmt in ihr Lachen ein.

Als Claudia das Gespräch beendet, liegt ein Lächeln auf ihren Lippen. Als sie sich dessen bewusst wird, lächelt sie noch breiter und sieht wieder nach draußen, wo die Lichter der Vorstädte vorüberjagen. Dann macht sie es sich auf dem Sitz bequem und sinkt in das Schaukeln des Zuges, der über die Schienen dahinsaust.

Anita hat aufgehört zu weinen, sagt aber weiterhin nichts, während sie Seite an Seite zurück zu ihrem Roller gehen. Sie sieht zu Boden, und weil es schon dunkel ist, kann Daniel ihren Gesichtsausdruck nicht erkennen. Auch er schweigt, aus Angst, alles noch schlimmer zu machen, auch wenn es vielleicht gar nicht mehr schlimmer werden kann, als es schon ist. Sie kennen sich erst seit sehr kurzer Zeit und sind seit noch kürzerer Zeit ein Paar, und doch ist alles schon so kompliziert zwischen ihnen, dass er das Bedürfnis nach ein wenig Abstand hat. *So halte ich das nicht mehr lange aus*, denkt er. *Ich muss etwas tun.*

Sie kommen zu Anitas Roller, und sie beugt sich nach unten, um das Schloss zu entfernen. Als sie sich wieder aufrichtet, umfasst er ihr Gesicht mit seinen kalten Händen und zwingt sie, ihn anzusehen.

»Es tut mir leid. Ehrlich!«

Anita beißt sich auf die Lippen, ohne zu antworten. Sie nickt, vermeidet es jedoch, Daniel anzusehen. Ihre Augen fühlen sich noch immer feucht und warm an. Sie würde sie am liebsten schließen, ihnen Zeit geben zu trocknen und sie vor neuen Tränen in Schutz nehmen, aber sie zweifelt, ob ihr das heute Abend gelingen wird. Daniel küsst sie auf die Wange, die Schläfe, die Stirn. Dann sieht er sie wieder mit festem Blick an, und diesmal weicht sie ihm nicht aus.

»Gehen wir?«

Anita nickt.

»Heute kann ich dich nicht nach Hause begleiten«, sagt Daniel. »Aber vielleicht sehen wir uns morgen? Ich komme ins Ypsilon. Aber jetzt muss ich noch was erledigen.«

»Aber ich kann mit zu dir kommen. Ich kann auf dich warten.«

Daniel schüttelt den Kopf und streichelt ihr die Wange. »Schon gut. Fahr lieber nach Hause. Es ist kalt.«

Anita ist kurz davor zu entgegnen, dass sie sich später noch treffen könnten, aber irgendetwas hält sie zurück. Etwas, das sie in ihrem Inneren und in seinem Inneren spürt. Sie küsst ihn rasch und sanft auf die Lippen, dann nimmt er seine Hand von ihrer Wange und sie setzt den Helm auf. Sie klappt den Ständer hoch und steigt auf den Roller. Dann sieht sie Daniel an, als wolle sie ihn auffordern, noch etwas zu sagen, er lächelt sie aber nur an und nickt zum Abschied. Anita erwidert den Gruß auf die gleiche Weise, wie für sich, und fährt los.

Kapitel 23

Wie ein Leuchtturm erhellt Chiaras freudestrahlendes Gesicht die Mailänder Nacht. Mit raschen Schritten geht Claudia auf ihre Schwester zu, die vor dem Bahnhof auf sie wartet und ihr die Hand entgegenstreckt.

»Endlich bist du da.«

»Ja, endlich.«

Claudia lächelt tapfer, aber Chiara weiß, dass dieses Lächeln nur das Vorspiel zu einem erneuten Tränenausbruch ist. Sie hakt sich bei ihrer Schwester unter und führt sie zu ihrem Auto.

Sie steigen ein und Chiara stellt das Radio auf einen Sender, der sanfte Musik spielt.

»Zu Hause wartet eine Flasche Rotwein. Die ist nur für uns«, sagt sie.

Claudia lächelt erneut, jetzt schon etwas überzeugter.

Das grüne Schild des Daimon blinkt und wirft sein flackerndes Licht auf die Gäste, die vor dem Eingang stehen, rauchen und sich die Arme reiben, um sich zu wärmen. Daniel bleibt auf der anderen Straßenseite stehen und betrachtet es eine Weile, dann senkt er den Kopf und geht über die Straße, schiebt sich durch die Menge und öffnet die Eingangstür des Clubs. Langsam geht er den dunklen Gang entlang, der in den Hauptraum führt. Als er dort ankommt, sieht er zur Theke. Jan hat alle Hände voll damit zu tun, Bier zu zapfen und Cocktails zu mixen, bedrängt von Gästen, die auf ihre Drinks warten. Von Andrea keine Spur. Jan sieht nicht in Daniels Richtung, und in der Hoffnung, dass er ihn nicht bemerkt, geht Daniel an der Wand entlang zum Hinterzimmer. Dort ist alles dunkel, doch durch die halb geöffnete Tür von Andreas winzigem Büro dringt ein schmaler Lichtschein, an dem Daniel sich orientieren kann. Als er die Tür erreicht hat, kann er einen Blick in das Büro werfen. Andrea sitzt an seinem Schreibtisch, vor sich ein kleines Glas mit einer bernsteinfarbenen Flüssigkeit, hält einen Stift in der Hand und schaut auf ein Blatt Papier. Daniel nimmt all seinen Mut zusammen und öffnet die Tür. Im selben Moment hebt Andrea den Kopf und bemerkt ihn. Furcht blitzt in seinen Augen auf, doch kurz darauf hat er sich wieder im Griff und sieht Daniel mit einem etwas schiefen Lächeln an.

»Sieh mal einer an! Wen haben wir denn da?«

Daniel tritt einen Schritt vor, sodass er fast den Schreibtisch berührt. Andrea schiebt den Stuhl zurück und steht auf.

»Was zum Teufel willst du hier?«

Immer wieder sieht er an Daniel vorbei zur Tür. Offenbar ist er nervös.

»Anita«, sagt Daniel.

»Was ist mit Anita?«

»Lass die Finger von ihr!«

»Und wenn nicht, was passiert dann, du kleiner Scheißer? Krieg ich dann wieder eins in die Fresse? Du kannst von Glück sagen, dass ich dich nicht angezeigt habe.«

»Von mir aus zeig mich an. Aber halt dich von Anita fern.«

»Glaubst du vielleicht, ich habe Angst vor dir?«

Seine Stimme ist ein bisschen schriller als sonst. Als hätte er es selbst bemerkt, ringt Andrea sich ein Lächeln ab, hebt den Kopf und schaut Daniel in die Augen.

»Aber sie war es doch, die damit angefangen hat, und es hat ihr eine Menge Spaß gemacht ...«

Daniel spürt, wie sich seine Muskeln anspannen, und atmet tief durch. Dann erwidert er: »Ich habe dich gewarnt.«

»Und ich kann dir sämtliche Knochen brechen lassen, wenn ich will. Ein Anruf genügt. Du bist derjenige, der aufpassen muss, Bürschchen.«

»Wenn du sie auch nur mit dem kleinen Finger berührst, dann breche ich dir nicht nur alle Knochen. Dann bringe ich dich um.«

Andrea bricht in ein kurzes, gezwungenes und misstönendes Lachen aus. Daniel dreht sich um, und als er hinausgeht, hört er, wie Andreas Glas neben ihm an der Wand zerschellt. Es hat ihn nur um Haaresbreite verfehlt.

»Pass bloß auf, du Hurensohn!«, schreit Andrea ihm nach.

Claudia hat die Schuhe ausgezogen und sitzt mit angewinkelten Beinen in einem Sessel, ein fast leeres Glas Rotwein in der Hand. Chiara liegt ihr gegenüber auf dem Sofa, ebenfalls ein fast leeres Glas Rotwein in der Hand.

»Ich fühle mich wie ein Schiff, das vom Kurs abgekommen ist«, sagt Claudia. Dann lächelt sie.

»Das ist doch alles total traurig«, entgegnet Chiara. »Wieso lächelst du dann?«

»Genau das Gleiche habe ich vor ein paar Tagen zu einem meiner Studenten gesagt.«

»Du hast einem deiner Studenten von deinem Privatleben erzählt?« Das leichte Entsetzen in Chiaras Stimme verstärkt Claudias Lächeln nur noch.

»Ich weiß auch nicht, wie das passiert ist, aber irgendwie haben wir uns angefreundet. Er heißt Daniel, kommt aus England und ist für ein Auslandssemester in Rom. In drei Monaten fährt er wieder nach Hause.«

»Und du weinst ihm jetzt schon nach, oder?«

Claudia sieht Chiara an und lacht schallend los. »Ich bin doch nicht verliebt in ihn!«

»Aber er vielleicht in dich», versetzt Chiara, indem sie ihre Worte vorsichtig abwägt.

»Keine Spur! Nein, ernsthaft, Chiara. Er ist bis über beide Ohren in eine italienische Studentin verliebt, die ihm den Verstand raubt, und er erzählt mir andauernd davon und fragt mich um Rat. Ich habe ihm gegenüber nicht viel von mir preisgegeben, nur dass meine Ehe sich gerade in einer schwierigen Phase befindet.«

Chiara zieht ungläubig die Augenbrauen hoch. »Ich kann mir einfach nicht vorstellen, dass du dich deinen Studenten anvertraust. Ich dachte immer, im Grunde hast du Angst vor ihnen.«

»Daniel ist anders. Er ist noch jung, aber wenn er redet, hörst du schon den Mann, der er einmal werden wird, und vergisst sein Alter. Und wenn wir uns treffen, dann redet meistens er.«

»Und wie sehen diese ›Treffen‹ aus?«

»Hin und wieder besucht er mich in meinem Büro in der Uni, und anschließend gehen wir manchmal noch einen Kaffee trinken«, erklärt Claudia seelenruhig.

Chiara richtet sich auf. »Du weißt schon, dass du mit so was ganz schön in Schwierigkeiten kommen kannst?«

»Ja, das weiß ich. Aber ich bin es leid, vor allem und jedem Angst zu haben. Einmal waren wir bei ihm zu Hause. Er wohnt in einer WG mit zwei anderen Jungs, und mit einem von denen haben wir einen Joint geraucht. Das war ein Riesenspaß.«

»Claudia!«, ruft Chiara erheitert aus. »Das glaub ich jetzt nicht! Du hast doch noch nie in deinem Leben gekifft.«

»Eben. Das war längst überfällig!«

Beide brechen in Lachen aus, und Claudia spürt, wie ihr die Tränen in die Augen steigen. Als sie sich wieder beruhigt hat, fügt sie ernsthaft hinzu: »Ich kann mich selbst nicht mehr leiden, Chiara.«

Langsam geht Daniel durch die Straßen des San-Lorenzo-Viertels. Noch immer schwirren ihm Andreas Worte durch den Kopf: »Aber sie war es doch, die damit angefangen hat, und es hat ihr eine Menge Spaß gemacht ...« Kribbelnd wie ein elektrischer Schlag durchlief ihn der Impuls, Andrea wieder ins Gesicht zu schlagen, aber er hat es geschafft, sich zu beherrschen. Auch wenn das keine geringe Genugtuung gewesen wäre.

Überall im Viertel strömen die Leute aus den Lokalen, als wäre halb Rom hier unterwegs. Es ist spät und ziemlich kalt, und alle machen sich auf den Heimweg. Auch Daniel sollte nach Hause gehen und sich ausschlafen. Morgen ist sein letzter Tag in dem Klamottenladen in der Via del Corso, und es wird höllischer Andrang herrschen, das weiß er jetzt schon. Danach wird er packen und am Abend abreisen. Das Flugticket nach London hat er schon vor einer Woche im Internet gekauft, aber seiner Familie hat er noch nicht Bescheid gegeben. Geschweige denn Anita.

Er steckt die Hände in die Taschen, zieht sich die dünne Jacke, so gut es geht, um die Schultern und geht weiter, um das Adrenalin abzubauen, das seit der Begegnung mit Andrea durch seine Adern strömt. Dann bleibt er unvermittelt stehen, holt sein Handy aus der Tasche und schreibt rasch eine SMS.

Bist du zu Hause? Schläfst du schon?

Ihre Antwort kommt in Sekundenschnelle.

*Bin bei Barbara. Kann nicht schlafen. Kommst du?
Viale Liegi 12.*

Google Maps zeigt ihm an, dass es bis dort fast drei Kilometer sind. Er wird zu Fuß gehen müssen, weil um diese Uhrzeit keine Straßenbahnen mehr fahren. Also macht er sich auf den Weg.

Sie haben die Gläser mehr als einmal nachgefüllt und die erste Flasche Rotwein ist schon leer. Chiara und Claudia sitzen noch immer im Wohnzimmer und erzählen sich von den zurückliegenden Jahren, während derer sie einander völlig aus den Augen verloren hatten. Claudia spricht am meisten, und währenddessen wird ihr klar, dass es eine halbe Ewigkeit her ist, dass sie sich jemand anderem als Paolo anvertraut hat, mit dem sie natürlich nicht über das sprechen konnte, was sie für ihn empfindet.

»Also«, sagt Chiara zusammenfassend, »du bleibst bei deinem Mann, weil du Angst hast, er könnte im Fall einer Trennung das Sorgerecht für Mattia bekommen?«

»Ja … Nein. Ich weiß es auch nicht.«

»Liebst du ihn noch?«

Claudia zuckt mit den Schultern.

»Keine Ahnung. Manchmal kann ich mir mein Leben ohne ihn nicht vorstellen. In solchen Momenten glaube ich, dass ich ihn noch liebe. Aber wenn er mir dann wieder mal auf die Nerven geht, einfach nur durch die Art, wie er isst, dann denke ich mir, ich kann doch nicht noch immer in einen Mann verliebt sein, mit dem ich nicht einmal mehr am selben Tisch sitzen will.«

Chiara streckt sich auf dem Sofa aus und schaut zur Decke. »Vielleicht hast du einfach nur eine Mordswut auf ihn. Das kann vorkommen, wenn man lange zusammen ist.«

»Aber erstickt die Wut nicht die Liebe?«

»Nicht unbedingt. Manchmal überdeckt sie die Liebe auch nur.«

»Und wie finde ich heraus, wie es wirklich ist?«

»Na ja, die meisten Leute machen den üblichen Test«, antwortet Chiara und dreht sich zu ihrer Schwester, die sofort begreift, was sie meint.

»Du meinst: Sie nehmen sich einen Liebhaber.«

»Genau. Aber ich halte das für eine Riesendummheit. Bei einer Affäre geht es um Leidenschaft, nicht um Liebe. Es kann Liebe daraus werden, aber das Problem dabei ist, dass die Leute den Kopf verlieren und ihre Familien auseinanderreißen. Sie sind sich auch nicht im Klaren darüber, dass eine leidenschaftliche Affäre, die gerade mal ein paar Monate dauert, nicht automatisch das Ende einer Ehe bedeuten muss.«

»In Sachen Beziehungen blickst du wirklich durch, Chiara.«

»Nicht verheiratet zu sein, ist eine große Hilfe, glaub mir!«, erwidert Chiara halb im Scherz. »Und keine Kinder zu haben. Wenn du Kinder hast, steht auf einmal deine Familie vor der Tür, auch wenn du jahrelang nichts mehr mit ihr zu tun hattest. Plötzlich kommen all die eingefahrenen Verhaltensweisen wieder hoch, von denen du geglaubt hast, du hättest sie längst abgelegt.«

»Das klingt, als würdest du aus Erfahrung sprechen.«

»Ich hatte einmal eine Beziehung mit einem verheirateten Mann. Fast drei Jahre lang.«

Claudia antwortet nicht sofort. Was schwang da in der Stimme ihrer Schwester mit: Wehmut? Schmerz? Sie steht auf, was sie etwas Mühe kostet, weil sich ihr wegen des Weines der Kopf dreht, und setzt sich neben Chiara auf den Rand des Sofas. Chiara wendet sich ihr zu und sieht sie an.

»Das war bestimmt nicht leicht. Möchtest du mir davon erzählen?«

»Da gibt es nicht viel zu erzählen. Als wir uns kennengelernt haben, war seine Tochter noch kein Jahr alt und die Beziehung zu seiner Frau schon gänzlich zerrüttet. Die beiden waren völlig überfordert, und außerdem haben seine Mutter und seine Schwiegermutter andauernd dazwischengefunkt.«

»Woher weißt du das denn so genau?«

»Seine Frau war eine Kollegin von mir und auch meine Freundin.«

Claudia schweigt. Das muss sie erst mal wegstecken. Sie weiß wirklich nichts über ihre Schwester.

»Das hättest du mir nicht zugetraut, was?«, sagt Chiara mit einem bitteren Lächeln. »Ich hatte auch nicht damit gerechnet, dass ich mit ihm im Bett landen würde, nachdem ich bei ihm und meiner Freundin zum Essen eingeladen war. Es war der reine Irrsinn, Lügen über Lügen auf beiden Seiten, Ausflüchte, erfundene Dienstreisen und so viele Gewissensbisse, dass es bis an mein Lebensende reicht.«

»Und dann?«

»Und dann, als er einfach nicht mehr konnte und seiner Frau alles erzählt hat, hat sie mir in der Redaktion vor versammelter Mannschaft eine Ohrfeige verpasst. Das war der Schlusspunkt.«

»Der Schlusspunkt?«

»Mir ging nicht mehr aus dem Kopf, wie meine Freundin mich angesehen hat, bevor sie mir die Ohrfeige verpasst hat«, sagt Chiara und steht auf, um sich Wein nachzuschenken. »Ich hätte nicht weiterleben können, wenn ich mich weiterhin verhalten hätte wie eine Frau, die eine solche Ohrfeige verdient. Und so hat die Selbstliebe über die Liebe gesiegt. Um die Scham aus meinem Leben zu streichen, musste ich ihn aus meinem Leben streichen.«

»Und, hast du die Scham aus deinem Leben gestrichen?«

»Nein. Mir ging es hundsmiserabel, weil ich ihn wirklich geliebt habe. Und wenn ich an diesen Vormittag in der Redaktion zurückdenke, würde ich mir heute noch am liebsten selbst ins Gesicht spucken.«

»Aber du hast doch vorhin gesagt, dass ihre Ehe schon nicht mehr zu retten war, als ihr euch kennengelernt habt. Also war das doch nicht deine Schuld.«

»Glaubst du, unsere Mutter würde das genauso sehen?«

»Was hat denn unsere Mutter damit zu tun? Du bist eine erwachsene Frau, du kannst dein Verhalten sehr gut selbst beurteilen.«

»Manches gräbt sich einem einfach ein, da kann man nichts dagegen machen. Und die Ohrfeige an diesem Vormittag, die kam von unserer Mutter.«

Darauf sagt Claudia nichts mehr, und auch Chiara bleibt still. Sie setzt sich wieder auf das Sofa und nimmt einen Schluck Wein.

Er hat dann zu Barbaras Wohnung weniger als eine Viertelstunde gebraucht. Hastig und mit gesenktem Kopf ist er gegangen, ohne sich zu fragen, ob er das Richtige tut. Er wollte zu Anita, Punkt. Er versucht, nicht daran zu denken, dass er nachher wieder einmal von ihr wird weglaufen wollen, weil er zu sehr vor den möglichen Folgen dessen zurückschreckt, was er im Daimon getan hat. Und er auch nicht weiß, was er morgen oder in einer Woche tun wird oder tun soll, und dass nur Anita es vermag, all die Gedanken, die nicht um sie kreisen, um ihre Augen, ihre Stimme, den Duft ihrer Haut, aus seinem Kopf zu verjagen.

Als er vor dem Haus angekommen ist, hat er Anita eine Nachricht geschickt, und sie hat ihm sofort aufgemacht. Er läuft die Treppe hinauf, und auf dem Treppenabsatz steht Anita und wartet auf ihn, in einem langen T-Shirt, aus dem ihre nackten Beine hervorschauen. Mit einem einzigen Satz ist er bei ihr und umarmt sie, seufzt, drückt sein Gesicht in ihr Haar, mit geschlossenen Augen, ohne ein Wort zu sagen. Dann nimmt Anita ihn bei der Hand und führt ihn in die Wohnung und in das Gästezimmer, wo sie immer schläft, wenn sie bei Barbara übernachtet. Sie betreten das Zimmer, Anita schließt die Tür und dreht sich zu Daniel um.

»Wo ist Barbara?«, fragt er leise und umarmt sie erneut.

»Die schläft schon.«

»Und ihre Eltern?«, fragt er weiter, noch ganz außer Atem von der Eile und vom Begehren, das ihm auf der Haut kribbelt.

»Die sind nicht da«, antwortet Anita und schiebt ihn sanft in Richtung Bett.

Am liebsten würde er sie küssen, bis ihnen der Atem wegbleibt, sie ausziehen und sofort in sie eindringen, denn danach verlangt sein Körper, aber er hält sich zurück. Stattdessen nimmt er ihr Gesicht in die Hände, küsst sie und lässt dabei den Blick nicht von ihren leuchtenden grünen Augen, mit denen sie ihn voller Erregung ansieht. Sie fährt ihm mit den Händen durchs Haar und sieht ihn an, als wäre er ein Wunder. Sie lächelt und denkt nicht mehr an den Streit vor ein paar Stunden, an Andrea, an Barbaras Ratschläge, sondern nur noch an Daniel, seine Lippen, die jetzt langsam den Weg auf ihren Mund finden, und seine Zunge, die zärtlich die ihre streichelt. Sie streift das T-Shirt ab, das sie angezogen hat, um ihm die Tür zu öffnen, führt seine Hände über ihre Haut. Dann zieht sie ihm das Hemd und das T-Shirt aus, und er lässt es geschehen, streicht ihr mit den Fingerspitzen über den Rücken, den Hals und die Brüste, so zärtlich, dass es sie am ganzen Körper schaudert. Daniels Jeans, seine Boxershorts und seine Socken landen auf dem Boden, und Anita streckt sich auf dem Bett aus und zieht ihn mit sich, ohne den Blick von seinen Augen zu lösen. Er nimmt sie in die Arme, sein Atem streicht ihr über das Gesicht, in einem kurzen Moment außerhalb der Zeit, den keiner von ihnen je vergessen wird.

* * *

Als Anita aufwacht, hat sie Daniels Geschmack auf den Lippen, und die Bettwäsche verströmt seinen Geruch. Sie öffnet die Augen und sieht ihn, wie er mit dem Rücken zu ihr am Fenster steht, die Gardinen mit einer Hand beiseitegeschoben, und hinausschaut. Er hat nur seine Jeans an. Seine braunen Haare bedecken seinen Nacken und reichen ihm fast bis an die Schultern. Anita betrachtet ihn, sagt jedoch nichts, damit er nicht bemerkt, dass sie aufgewacht ist. Sie streichelt ihm mit dem Blick den Rücken, den sie vorhin lange mit den Händen gestreichelt hat. Bei der Erinnerung an die vergangene Nacht seufzt sie leise und noch leicht verträumt, und als Daniel sie hört, dreht er sich zu ihr um. Anita erkennt sofort, dass er schon nicht mehr derselbe ist wie der, mit dem sie vor wenigen Stunden geschlafen hat. *Die Schatten sind zurück*, denkt sie.

Daniel kommt auf das Bett zu und steckt die Hände in die Hosentaschen. Er sieht Anita mit ernstem Blick an und sagt: »Ich war gestern Abend im Daimon und habe mit Andrea gesprochen.«

Anita ist nicht sonderlich überrascht. Sie hat geahnt, dass er das früher oder später tun würde.

»Ich habe ihm gesagt, dass er dich in Ruhe lassen soll und dass er mich anzeigen soll, damit diese Geschichte ein Ende hat.«

Anita schüttelt den Kopf, entgegnet aber nichts.

»Ich musste mich ziemlich zurückhalten, um ihm nicht wieder eine reinzuhauen. Als er gesagt hat, dass du damit angefangen hast und dass es dir ›eine Menge Spaß gemacht hat‹.«

Anita fährt hoch. »Das stimmt nicht, Daniel.«

Er zuckt mit den Schultern und senkt den Blick. »Vielleicht, vielleicht auch nicht … Woher soll ich das wissen? Ich weiß überhaupt nichts von dir. Zum Beispiel, welche Bücher du gerne liest oder welche Farbe die Wände deines Zimmers haben.«

»Ist es dir wichtig, solche Sachen zu wissen?«, fragt sie ihn und steht vom Bett auf. Sie ist nackt.

Er geht wieder zum Fenster. Anita hebt sein Hemd vom Boden auf und zieht es an. So eine Unterhaltung kann sie nicht ohne ein Kleidungsstück am Leib führen.

»Bis jetzt war das immer so. Normalerweise kenne ich die Frauen, mit denen ich zusammen bin, ziemlich gut. Ihre Vorlieben, ihre Vergangenheit, ihre Träume. Nur von dir weiß ich so gut wie nichts.«

»Meine Vergangenheit kennst du sehr wohl. Ich habe dir davon erzählt«, wendet Anita ein und geht auf ihn zu.

»Das stimmt. Nur leider nicht über das zwölfte Lebensjahr hinaus.«

»Was danach war, ist nicht von Bedeutung.«

»Und wenn es mich aber trotzdem interessieren würde?« Daniel dreht sich um.

Anita spürt, wie ihr eine Woge der Feindseligkeit entgegenschlägt, und macht einen Schritt zurück.

»Wenn ich einfach gern wüsste«, bohrt Daniel nach, »wie es kam, dass du mit dem Freund deiner Mutter, der zwanzig Jahre älter ist als du, im Bett gelandet bist? Wenn es mir wichtig wäre zu verstehen, warum du das getan hast?«

»Aber das weiß ich doch selbst nicht.«

Er nickt, und seine zusammengekniffenen Lippen ziehen sich wie ein Strich durch sein schönes Gesicht.

»Na gut. Wenn du nicht weißt, warum du es getan hast, kannst du es ja genauso gut wieder tun. Vielleicht war dir langweilig, oder es hat dir geschmeichelt, dass sich ein Mann für dich interessiert hat. Und vielleicht hat es dir ja wirklich Spaß gemacht, und du warst diejenige, die angefangen hat.«

Er spricht ruhig und leise, aber mittlerweile kann Anita ihn einschätzen. Seine Augen werden so schwarz wie der Himmel kurz vor dem ersten Donnerschlag, und er ballt die Hände, die er noch in den Hosentaschen hat, zu Fäusten. Sie weiß, dass er sie niemals schlagen würde, aber sie hat Angst vor der Heftigkeit seiner Worte, vor der Wut, die er unterdrückt und die sich früher oder später ihren Weg bahnen und sich über sie ergießen und mit einem Schlag jede Spur von Liebe auslöschen wird. Sie hat das schon einmal erlebt und will nie wieder so leiden müssen. Sie schlüpft aus Daniels Hemd und zieht sich an. Er nähert sich ihr von hinten, und sie hört seine Stimme ganz dicht an ihrem Ohr.

»Ich kann das nicht, Nita. Schließ mich nicht aus deinem Leben aus, bitte.«

»Ich schließe dich aus überhaupt nichts aus«, erwidert sie und zieht sich fertig an. »Das machst du schon ganz allein. Ich will nur, dass du meine Entscheidung respektierst. Du kannst nicht von mir verlangen, dir etwas zu erzählen, an das ich mich nicht erinnern will. Diese Geschichte hätte nie anfangen dürfen, aber jetzt ist sie vorbei. Und damit Schluss.«

»Aber verstehst du denn nicht?«, entgegnet Daniel, lauter als zuvor, und fasst Anita an den Schultern, damit sie ihn ansieht. »Ich weiß nicht, wer du bist! Wie soll ich dir vertrauen, wenn du mir etwas so Wichtiges verbirgst?«

»Dann vertrau mir eben nicht, geh zurück nach England, tu, was du willst, aber lass mich in Frieden!«, schreit sie ihn verzweifelt an.

Er schweigt. Sie wirkt vor den Kopf gestoßen und gekränkt, als verstünde sie nicht, wie jemand so verletzend sein kann. Sie sehen einander an, Anita bekommt vor Aufregung Flecken im Gesicht, ihre Augen glänzen vom zurückgehaltenen Schluchzen, und während sie noch damit rechnet, dass er wieder laut wird, läuft ihm eine Träne über die Wange. Sie sieht sie wie in Zeitlupe herabrinnen und streckt instinktiv die Hand aus, um sie wegzuwischen, aber er macht einen Schritt zurück, sammelt rasch seine restliche Kleidung und seine Schuhe ein und reißt die Zimmertür auf. Während er den Flur entlanghastet, zieht er sich, ohne stehen zu bleiben, T-Shirt, Hemd und Schuhe an. Anita bleibt völlig entgeistert im Zimmer stehen und versucht nicht einmal, ihm nachzulaufen. Als Daniel die Wohnungstür erreicht, kommt Barbara aus der Küche und sieht ihn. Die Tränen laufen ihm über das Gesicht, aber er wischt sie nicht weg. Sie steigen ihm in die Augen und verwässern das Blau seiner Iris, und er sieht Barbara zwar an, kann aber ihre Umrisse nicht erkennen. Sie sieht, wie er beklommen schluckt und den Mund aufmacht, um zu atmen. Im nächsten Moment hat er seine Jacke von der Garderobe genommen, die Wohnungstür geöffnet und ist im Treppenhaus verschwunden.

Kapitel 24

Am nächsten Morgen schlagen die Kopfschmerzen, die mehr als vorhersehbar waren, so heftig zu, dass Claudia geradezu übel wird. Als sie aus der Küche Geschirrklappern hört, zwingt sie sich aufzustehen und streift sich den Morgenmantel über, den Chiara ihr am Vorabend gegeben hat. In der Küche räumt ihre Schwester gerade die Spülmaschine aus.

»Du siehst ja nicht gerade fit aus, meine Liebe!«, sagt Chiara gut gelaunt.

»Zu viel getrunken.«

»Kann ich mir denken. Aber das hast du gebraucht. Ich mach dir eine Tasse Tee, das wird dir guttun.«

»Ein Pfund Aspirin wäre vielleicht besser ...«, antwortet Claudia, noch etwas geschwächt, setzt sich an den Tisch und stützt den Kopf in die Hände.

»Wie wär's mit beidem?«

Claudia sieht auf. Chiara ist schon angezogen und geschminkt, als wolle sie gleich aus dem Haus gehen. »Musst du irgendwo hin?«

»Allerdings. Davide und ich führen meine Schwester zum Essen aus. Du erinnerst dich doch an Davide?«

Claudia schließt die Augen, und Chiara wird wieder ernst.

»Tut mir leid. Ich dachte, du hättest vielleicht Lust, ihn wiederzusehen, aber wenn nicht, dann ist das völlig in Ordnung. Ich habe dich zu mir eingeladen, damit wir beide mal ein bisschen Zeit miteinander verbringen können, und vielleicht war es rücksichtslos, Davides Einladung zum Essen auch in deinem Namen anzunehmen.«

»Aber woher denn. Natürlich würde ich ihn gerne wiedersehen. Mir dröhnt nur dermaßen der Schädel, dass ich keinen einzigen klaren Gedanken fassen kann.«

»Gegen die Kopfschmerzen habe ich was«, sagt Chiara, füllt den Kessel mit Wasser und stellt ihn auf den Herd. »Im Schränkchen im Bad ist eine Packung Aspirin. Nimm eine oder zwei, dann geht es dir gleich besser.«

Im Bad betrachtet Claudia sich betrübt im Spiegel. Sie hat nicht damit gerechnet, Davide so bald wiederzusehen. Zwar hat sie oft an ihn gedacht, aber jetzt würde sie ihm lieber nicht begegnen. Sie fühlt sich nicht in der Lage, die Aufmerksamkeit eines anderen Menschen zu ertragen, und seine Aufmerksamkeit hätte sie jetzt ganz sicher. Sie betrachtet sich weiter im Spiegel und fragt sich, wie sie sich in ein paar Stunden wieder in einen vorzeigbaren Zustand bringen kann, als plötzlich ihr Handy klingelt. Auf dem Display erscheint Paolos Name. Sie blickt eine Weile darauf und wartet, bis es aufhört. Dann schaltet sie das Telefon aus.

»In Gottes Namen, Anì, steh endlich auf und hör auf zu weinen. Wie viele Tränen hast du denn noch? Einen ganzen Tank voll? Wenn ich du wäre, dann hätte ich schon längst keine mehr!«

Anita dreht sich nicht einmal zu Barbara um. Sie starrt weiter die Wand an, während ihr die Tränen über das Gesicht laufen, hin und wieder begleitet von einem Schluchzen. Daniels Geruch steckt noch zwischen den Bettlaken, dieser ganz besondere Geruch, den sie immer in der Nase hatte, wenn sie ihn umarmt hat, und den sie nie wieder riechen wird.

Barbara greift jetzt zu härteren Mitteln. Sie packt Anita bei den Schultern und schüttelt sie.

»Hey! Ich rede mit dir! Dreh dich doch wenigstens mal um!«

Wortlos dreht Anita sich um. Barbara setzt sich neben sie auf die Bettkante.

»Ist dir schon mal aufgefallen, dass du noch nie so viel geheult hast wie in der Zeit, in der ihr zusammen seid? Ich kenn dich jetzt seit zwei Jahren, und in den letzten drei Monaten bist du von einer toughen Frau zu einer Heulsuse geworden!«

»Ist ja schon gut, ich hab's kapiert!«, erwidert Anita und setzt sich so plötzlich auf, dass Barbara vom Bett aufspringt. »Du findest ihn unerträglich, ich weiß schon, und mich inzwischen auch.« Sie steht auf. »Ich gehe nach Hause. Da kann ich wenigstens in Ruhe heulen, so viel ich will!«

»So gefällst du mir schon besser«, stellt Barbara zufrieden fest. »Zornig und wütend!«

Anitas Blick wird weicher, und sie wirkt wieder so verzweifelt wie zuvor.

»Ich bin nicht wütend. Jedenfalls nicht auf ihn. Auf mich selbst bin ich sauer.«

»Schluss jetzt mit dieser Geschichte. Als das mit Andrea war, hast du deinen Engländer noch gar nicht gekannt. Du konntest tun, was du wolltest.«

»Er verurteilt mich nicht. Er will mich nur besser kennenlernen, mich verstehen.«

»Worauf wartest du dann noch? Erzähl ihm alles und bring die Sache in Ordnung. Wenn er dich einfach nur besser kennenlernen will, dann freut er sich bestimmt wie ein Schnitzel und ihr findet wieder zusammen. Glaubst du nicht?«

»Ich wüsste gar nicht, was ich ihm erzählen sollte. Warum bin ich mit Andrea ins Bett gegangen? Ich weiß es nicht.«

Anita geht im Zimmer auf und ab.

»Ich dachte immer, ich hätte es getan, weil seine Bewunderung mir geschmeichelt hat, weil ich mich bei ihm wie eine Frau fühlen konnte ... aber jetzt bin ich mir nicht mehr sicher. Jetzt kommt's mir schon hoch, wenn ich ihn nur sehe.«

»Weißt du, was ich glaube?«

Anita hört auf, im Kreis zu gehen, bleibt vor Barbara stehen und sieht sie an.

Nach einer Weile seufzt Barbara und sagt: »Du hast es getan, um dich an deiner Mutter zu rächen.«

Anita schüttelt heftig den Kopf.

»Nein. Nein. Nein! Wofür hältst du mich denn? Für ein herzloses Biest?«

Barbara umarmt sie, aber Anita rührt sich nicht.

»Nein, ich halte dich nicht für ein herzloses Biest«, sagt sie ihr ins Ohr. »Ich glaube, dass du zutiefst menschlich empfindest.«

Anita fängt wieder an zu weinen, aber diesmal sagt Barbara ihr nicht, dass sie aufhören soll. Sie hält sie fest im Arm und ist ganz still.

Als es an der Wohnungstür klingelt, wirft Claudia in dem Zimmer, in dem sie sich gerade angezogen hat, einen letzten Blick in den Spiegel des Schranks. Einen Moment lang verspürt sie das Bedürfnis, Kopfschmerzen vorzuschützen und zu Hause zu bleiben, aber dann tadelt sie sich selbst für diesen Gedanken. Ist sie etwa schon so lange aus dem Spiel, dass sie Angst hat, rot zu werden, wenn ein Mann sie anschaut?

Sie fasst sich ein Herz und geht in die Küche, wo sich Chiara und Davide angeregt unterhalten. Als Davide sie sieht, steht er auf, geht auf sie zu und begrüßt sie mit einer leichten

Umarmung, die ihr, anders als befürchtet, kein Unwohlsein bereitet. Im Gegenteil. Ihr gefällt der Duft seines Parfüms.

»Ich freue mich sehr, dass du hier in Mailand bist!«, sagt Davide. »Wie geht's dir?«

»Im Großen und Ganzen recht gut.«

Er lächelt verständnisvoll. Offenkundig hat Chiara ihn genauestens über ihre Situation informiert. Sie sieht ihn an. Ihre Erinnerung an sein Gesicht deckt sich fast mit der Wirklichkeit.

»Also, können wir los?«, sagt Chiara. »Wahrscheinlich wird viel Verkehr sein.«

Davide wendet sich zu Claudia, als wolle er sie fragen, ob sie bereit ist. Claudia merkt auf einmal, dass sie einen Riesenhunger hat.

Das Restaurant, ein vornehmes Lokal mit diskreter Atmosphäre, liegt im Zentrum, ganz in der Nähe des Doms. Claudias letzter Besuch in Mailand fällt noch in die Zeit vor Mattias Geburt. Sie hatte unbedingt ein Wochenende mit ihrer Schwester verbringen wollen. Paolo war mitgekommen, hatte jedoch darauf bestanden, dass sie im Hotel wohnten und Chiaras Einladung ausschlugen, bei ihr zu wohnen. Claudia erinnert sich daran, dass sie das vernünftig gefunden hatte und Paolo dankbar dafür gewesen war, dass er sie begleitete. *Warum eigentlich?,* fragt sie sich jetzt. *Warum war ich ihm dankbar? Und warum bin ich nicht allein gefahren?* Zwischen der Frau, die sie damals war, und der, die sie heute ist, besteht ein so himmelweiter Unterschied, dass kaum vorstellbar ist, dass es sich um dieselbe Person handelt. *Kann man sich tatsächlich so sehr verändern, dass man sich selbst nicht wiedererkennt?* Daniel kommt ihr in den Sinn, seine bestürzte Miene, als er ihr erzählt hat, wie sehr er sich im Lauf von nur drei Monaten verändert hat. *Hab keine Angst, dich zu verändern. Achte nur aufmerksam auf das, was geschieht.* Das sollte sie ihm beim nächsten Mal sagen. Dann muss sie über sich selbst lachen. Seit wann ist sie denn eine so weise Frau?

»Was amüsiert dich denn so?«, fragt Davide, als er sie lächeln sieht.

Chiara ist gerade hinausgegangen, um zu telefonieren, und die beiden sitzen allein am Tisch.

»Ich habe nur an einen meiner Studenten gedacht.«

»An einen, der dich zum Lachen bringt?«

»Eigentlich ist er eher trübsinnig, aber ich bin so etwas wie seine Vertraute geworden, und die Vorstellung, dass er mich für besonders lebensklug hält, finde ich komisch.«

»Nun ja, du wirkst eben so.«

»Von wegen. Ich bin ein totaler Angsthase.«

»Das glaube ich nicht«, erwidert Davide und sieht ihr in die Augen.

Jetzt ist sie da, die Verlegenheit, die sie so sehr gefürchtet hat. Zum Glück kommt in diesem Moment Chiara zurück und verkündet, dass Fulvio gleich zu ihnen stoßen wird, und der kurze Moment der Befangenheit verfliegt.

Er ist kurz davor auszurasten, aber das kann er sich nicht erlauben. Noch hat er seinen Lohn nicht bekommen, und er braucht das Geld unbedingt. Er hat nur rund zwei Stunden geschlafen, und in ihm toben Wut, Traurigkeit und eine Angst, die einfach nicht verfliegen will. Im Laden drängen sich die Kunden, die Musik dröhnt in seinem Kopf, die Lichter blenden ihn, und er sieht sich fortlaufend um, in der Hoffnung, dass sie es sich anders überlegt hat und ihn abholt, damit ihre Geschichte nicht auf diese Weise endet, in diesem schäbigen Laden, der vielleicht das Letzte ist, was er von Rom in Erinnerung behält.

»'tschuldigung! Hallo!«

Daniel dreht sich zu dem Jungen um, der nach ihm gerufen hat, und sieht ihn an.

»Entschuldige, was wolltest du wissen?«
»Ob ihr diesen Sweater hier auch größer habt.«
»Wir haben nur die Größen, die im Regal sind.«
»Aber vielleicht im Lager?«
»Leider nicht. Ich habe alle Stücke rausgelegt, und die nächste Lieferung kommt erst wieder nach Weihnachten.«
Der Junge lässt sich nicht abbringen.
»Kannst du nicht noch mal schauen? Das ist doch dein Job, oder?«
Daniel schließt kurz die Augen, beruhigt seinen Atem und denkt an das, was Claudia gesagt hat: »Wenn dich das nächste Mal jemand so sehr provoziert, dass du kurz davor bist, die Geduld zu verlieren, wird dir diese Erfahrung helfen, dich zu beherrschen.« Er öffnet die Augen wieder und sieht den Jungen unverwandt an, in der Hoffnung, dieser möge die Botschaft verstehen.
»Ich kann nachschauen. Aber es wird nichts bringen.«
»Na also! Dann mal los.«
Daniel dreht sich um und geht ins Lager, wo noch vereinzelt leere Kartons herumliegen. Er hält sich an einem Regal fest, sinkt zu Boden und hockt sich, an die Wand gelehnt, auf die Fersen. Dann schlägt er die Hände vors Gesicht.
»Ich muss hier weg. Raus hier und Schluss!«

Als Anita die Wohnungstür aufmacht, ist alles still. Barbara hat ihr gesagt, sie kann so lange bei ihr bleiben, wie sie will, aber weil sie heute Abend auftritt, braucht sie Kleidung zum Wechseln. Die Schlüssel behält sie in der Tasche, für den Fall, dass sie Hals über Kopf davonlaufen muss. Andreas Schlüsselbund liegt zum Glück nicht in dem Kristallaschenbecher. In der Küche findet sie eine Nachricht von ihrer Mutter.

Bin im Laden. Komme wahrscheinlich später.

Na wunderbar, jetzt muss sie sich doch beeilen. Andrea kann jeden Moment auftauchen. Sie geht in ihr Zimmer und sperrt die Tür hinter sich ab, lässt den Rucksack zu Boden fallen und setzt sich auf das Bett. Dann öffnet sie die Schublade des Nachttisches und betrachtet das in blaues Papier eingeschlagene Päckchen mit dem schillernden Band, das zu zahllosen Schleifen eingedreht ist: ihr Weihnachtsgeschenk für Daniel, eine CD, die sie zusammen mit den Jungs während der letzten beiden Proben im Ypsilon aufgenommen hat, mit ihren Lieblingsliedern, von ihr gesungen. Die Erinnerung an den erst wenige Stunden zurückliegenden Streit schnürt ihr die Kehle zu, und Daniels tränenüberströmtes Gesicht steht ihr so lebhaft vor Augen, dass ihr Magen sich verkrampft. Sie weiß selbst nicht, warum sie nach Hause gegangen ist, anstatt in das Geschäft zu laufen, in dem er arbeitet, und ihn hinauszuzerren, ihm alles zu erzählen, was er wissen will, jedes noch so kleine Detail, damit er bei ihr bleibt, damit er nicht aus ihrem Leben verschwindet. Vielleicht glaubt sie, dass es schon zu spät ist, dass sie einander in zu kurzer Zeit zu sehr wehgetan haben, und vielleicht musste es einfach so kommen. Nach ein paar Momenten schließt sie die Schublade wieder.

Sie zwingt sich aufzustehen, leert den Rucksack und packt einen Rock und frische Wäsche ein, das Kosmetiktäschchen und einen Kamm. Sie geht zur Zimmertür, macht dann jedoch kehrt, öffnet erneut die Nachttischschublade, nimmt die CD heraus und steckt sie in den Rucksack.

Chiaras Freund Fulvio kommt in das Restaurant, als Claudia und die anderen beiden bereits bei der Nachspeise sind. Er ist ein ruhiger und zuvorkommender Mann, ganz anders als Chiara, die unablässig nur so vor prickelnder Energie sprüht, und Claudia mag ihn sehr gern. Einmal hat sie Chiara gegenüber geäußert, dass Fulvio und Paolo sich ihres Erachtens sehr ähnlich sind, aber Chiara hat ihr sofort widersprochen: »Fulvio ist äußerlich ruhig, weil er in seinem Inneren ruhig ist. Paolo verfügt einfach nur über eine bemerkenswerte Selbstbeherrschung.«

Erst jetzt versteht sie, was ihre Schwester damit gemeint hat, und sie muss ihr voll und ganz zustimmen.

Die Art, wie Fulvio sie begrüßt, sowie seine Umarmung wirken gänzlich aufrichtig.

»Wie geht's Mattia?«

»Danke, gut.«

»Kommen er und dein Mann noch nach?«

»Nein. Ich fahre morgen wieder nach Rom zurück. Da ist ja schon Heiligabend.«

Fulvio nickt und wirft Chiara einen raschen Blick zu.

»Schade, dass du nicht länger bleiben kannst.«

»Ja, das ist wirklich sehr schade«, pflichtet Davide ihm leise bei.

Doch er hat nicht so leise gesprochen, dass Claudia ihn nicht gehört hätte. Sie dreht sich zu ihm und sieht, wie er errötet. Claudia hat noch nie einen Mann rot werden sehen und wendet, noch verlegener als er, den Blick ab. Chiara und Fulvio sprechen darüber, dass sie für einen gemeinsamen Freund noch ein Geschenk besorgen und sich deshalb für ein paar Stunden entschuldigen müssen. Claudia beeilt sich zu versichern, dass das für sie kein Problem ist und sie ganz gern ein bisschen allein durch die Stadt geht, aber Davide bietet ihr sofort an, sie zu begleiten.

»Danke, Davide«, entgegnet Chiara. »Claudia kennt sich in Mailand ja nicht aus. Nicht dass sie sich noch verirrt.«

Noch mehr verirren geht ja wohl kaum, denkt Claudia.

In Daniels Hosentasche läutet sein Handy. Er kann es hören, weil die Musik aus dem Laden nur gedämpft bis ins Lager dringt. Er stellt es sofort stumm, schließt die Augen und hofft inständig, Anitas Namen auf dem Display zu sehen, ohne allerdings selbst wirklich daran zu glauben. Als er schließlich hinschaut, sieht er, dass Jan der Anrufer ist. Er geht ran, spricht jedoch leise, um nicht gehört zu werden, falls jemand in sein kurzzeitiges Versteck kommen sollte.

»Wieso redest du denn so leise? Geht's dir nicht gut?«

»Nein, alles in Ordnung. Was gibt's denn?«

»Sorry, dass ich dich in der Arbeit anrufe, aber ich habe heute Abend frei und wollte dich fragen, ob du Lust auf ein Bier hättest. Ich würde dir gerne etwas erzählen.«

»Ja, klar. Holst du mich zu Hause ab?«

»Okay. Um neun?«

»Perfekt. Aber nicht viel später. Um zwölf geht mein Flug.«

»Dann bis später!«

Als Daniel in den Laden zurückkommt, ist von dem Kunden, der den Sweater in einer anderen Größe wollte, nichts mehr zu sehen. Aber im nächsten Moment wird er von anderen Jungen belagert, die alle in höchster Aufregung auf den letzten Drücker noch Geschenke kaufen wollen, und das Gespräch mit Jan verschwindet sofort aus seinem Kopf.

Kapitel 25

Schon seit einer Viertelstunde spazieren sie durch die mit Touristen überfüllten Straßen rund um den Dom. Auf dem Platz vor der Kathedrale fotografieren sich zwei chinesische oder vielleicht auch japanische Hochzeitspaare gegenseitig. Beide Frauen tragen lange weiße Kleider.

»Warum die wohl zur Hochzeit ins Ausland reisen, und noch dazu im Winter?«, bemerkt Davide.

»Vielleicht sind sie in Wirklichkeit nur Fotomodelle. Nirgends in Europa gibt es doch so viele Modeagenturen wie in Mailand, oder?«

»Ja, das mag sein.«

Davide wirkt ganz anders als bei seinem Besuch in ihrer Wohnung in Rom. Wortkarger, weniger lebhaft. Während des Spazierganges sieht er Claudia immer wieder verstört von der Seite an.

»Stimmt irgendetwas nicht?«, fragt sie ihn schließlich.

Ihre Frage scheint ihn zu überraschen.

»Weshalb fragst du?«

Claudia zuckt ratlos mit den Schultern. »Einfach so. Du wirkst, als würdest du auf glühenden Kohlen sitzen, als wärst du jetzt lieber woanders.«

Davide lächelt. »Entschuldige bitte. So ist es keinesfalls. Im Gegenteil. Ich freue mich, ein wenig Zeit mit dir zu zweit zu verbringen. Ich habe viel an dich gedacht, seit wir uns kennengelernt haben. Darf ich dich fragen, ob du auch manchmal an mich gedacht hast?«

Claudia geht weiter, die Wangen leicht gerötet, und Davide folgt ihr.

»Ja«, antwortet sie knapp.

»Wie du das sagst, klingt es, als wären es keine angenehmen Gedanken gewesen.«

»Es waren äußerst angenehme Gedanken«, sagt Claudia ernsthaft und ist selbst ganz überrascht über ihre ehrliche Antwort.

Davide bleibt stehen, und auch Claudia hält inne.

»Ich habe dich angelogen«, gibt er zu und sieht ihr in die Augen. »Es stimmt nicht, dass ich häufig an dich gedacht habe. Ich habe pausenlos an dich gedacht.«

Claudia bleibt der Mund offen stehen. Sie ist sprachlos angesichts der immensen Offenherzigkeit auf beiden Seiten, die innerhalb weniger Minuten entstanden ist. Davide wirkt jetzt unsicher. Vielleicht bereut er seine Aufrichtigkeit und fürchtet, Claudia könnte sie unangebracht finden. Als er den Blick hebt, sieht er etwas, woran er sich klammern kann.

»Hättest du Lust auf eine Tasse Tee? Dort gibt es eine exzellente Auswahl.« Er zeigt auf eine gläserne Eingangstür.

Claudia lächelt, während eine Bedienung sie in dem gemütlichen kleinen Raum an einen Tisch führt.

»Ich habe immer geglaubt, Männer wüssten nicht einmal, dass es so etwas wie Teesalons überhaupt gibt.«

»Vielleicht kennst du einfach nur zu wenige Männer«, entgegnet Davide und hilft ihr aus dem Mantel.

»Vielleicht bist du aber auch ein besonderes Exemplar.«

»Bis vor zwei Jahren war ich regelmäßig mit meiner Mutter hier. Sie hat dieses Lokal geliebt. Und jetzt komme ich gerne hin und wieder einmal vorbei.«

»Das tut mir leid. Ich wusste nicht …«

»Du weißt gar nichts von mir, Claudia, wie auch ich nichts von dir weiß, oder doch fast nichts. Aber was mich angeht, kann ich nur sagen, dass ich dich sehr gern besser kennenlernen würde.«

Claudia muss schlucken und sieht auf den Tisch hinab, auf den die Bedienung gerade die Teekanne stellt. Als die junge Dame wieder gegangen ist, atmet Claudia einmal tief durch und sagt: »Ich fürchte, ich stecke gerade in einer nicht besonders glücklichen Phase. Und es gibt bei mir auch nicht viel Interessantes zu entdecken.«

»Das ist doch nicht dein Ernst! Ich habe noch nie so große Lust gehabt, eine Frau besser kennenzulernen.«

Sie sieht Davide in die Augen und fragt sich, in was für ein Schlamassel sie da gerade hineinschlittert.

Als könne er ihre Gedanken lesen, beruhigt Davide sie umgehend: »Ich weiß, dass du verheiratet bist. Alles, was ich mir von dir wünsche, ist eine aufrichtige, enge Freundschaft.«

Als sie ihn skeptisch ansieht, muss er lachen.

»Ich bin kein besonders talentierter Lügner, oder?«

»Nein, das bist du wirklich nicht.« Claudia stimmt in sein Lachen ein.

Marco macht ihr auf, nachdem sie an der Tür von Daniels WG geläutet hat. Sie hat es sich mindestens vier Mal anders überlegt und sich schließlich dazu entschieden, zu Daniel zu fahren. Sie hat den Roller vor dem Haus abgestellt und ist, ohne den Helm abzusetzen oder einmal innezuhalten, die drei Etagen nach oben gelaufen. Nun ist sie außer Atem, aber sie wollte es sich jetzt nicht noch einmal anders überlegen.

»Hallo, Anita!«, sagt Marco zur Begrüßung. Er wirkt überrascht. »Daniel ist nicht da ...«

»Ich weiß. Ich wollte dir nur etwas für ihn geben.« Anita reicht ihm das Päckchen mit der CD.

Marco nimmt es an sich, sieht Anita aber weiterhin verständnislos an. »Willst du kurz reinkommen?«

»Danke, aber ich hab's eilig.«

»Nur eine Minute. Ich wollte dir was sagen, und wo du gerade da bist ...«

Anita nimmt den Helm ab und betritt die Wohnung. Marco schließt die Tür hinter ihr, geht ihr voraus ins Wohnzimmer und bittet sie, auf dem Sofa Platz zu nehmen.

»Daniel hat es dir vielleicht mal erzählt: Ich bin DJ.«

»Ja, das weiß ich.«

»Ich kenne eine Menge Leute im Musikgeschäft. Unter anderem auch einen Produzenten, der immer auf der Suche nach jungen Talenten ist. Na ja, und ich hab ihm von dir erzählt.«

Anita steht vor Überraschung der Mund offen.

»Tut mir leid, vielleicht hätte ich dich vorher fragen sollen, aber neulich bin ich ihm durch Zufall über den Weg gelaufen und wollte die Gelegenheit nicht ungenutzt lassen.«

Marco wartet ab, ob Anita etwas sagt, doch als er merkt, dass das nicht passieren wird, fährt er fort: »Er hat Lust, dich mal zu hören, und ich hab ihm gesagt, dass du heute Abend im Ypsilon singst.«

»Danke«, bringt Anita schließlich heraus. »Aber ich weiß nicht, ob ...«

»Mach dir keine Sorgen. Er kommt einfach mal vorbei und hört dir zu, und wenn ihm gefällt, was du machst, kann vielleicht was draus werden. Auf jeden Fall müsst ihr euch mal unterhalten. Es ist nur so eine Idee, aber ich finde, du mit deinem Wahnsinnstalent hast eine solche Chance verdient.«

Für diese einmalige Gelegenheit würde Anita ihm am liebsten ein Lächeln schenken, aber sie schafft es nicht. Sie zwingt sich, so zu tun, als freue sie sich darüber, bis ihre Lippen sich endlich zu einem Lächeln formen, das allerdings wenig überzeugend bleibt.

»Danke, Marco. Vielen, vielen Dank. Das ist echt nett von dir.«

Jetzt lächelt auch Marco. »Und auch wenn ich Daniel wirklich gern mag – ich mach das nicht für ihn. Ich finde wirklich, dass du eine Chance verdient hast.«

Anita lächelt noch einmal und steht dann auf. »Jetzt muss ich aber wirklich los. Und vergiss das Päckchen für Daniel nicht, ja?«

»Keine Sorge. Und Hals- und Beinbruch.«

Sie sieht ihn verständnislos an.

»Heute Abend. Der Produzent.«

»Ja, klar. Natürlich. Danke.«

Der Tee war köstlich und die Nussplätzchen ein Gedicht, aber Claudia konnte sie nicht richtig genießen. Als sie jetzt neben Davide durch Mailands Straßen geht, fühlt sie sich ein bisschen wie gestern, obwohl sie nichts getrunken hat. Es muss ziemlich kalt sein, denn ihr Atem bildet ständig kleine Wölkchen in der Luft. Hin und wieder dreht sie sich zu Davide, der den Blick nie von ihr abzuwenden scheint. Sie muss lachen.

»Was ist denn?«, fragt er lächelnd.

»Wenn du immer nur mich ansiehst, aber nie auf die Straße, fällst du irgendwann noch hin!«

»Du bist weitaus interessanter als die Straße«, erwidert er, und der Ton, in dem er es sagt, veranlasst Claudia, augenblicklich stehen zu bleiben.

»Ich fühle mich wirklich sehr geschmeichelt, Davide, aber nur damit wir uns nicht missverstehen: Ich bin verheiratet und keine Frau, die sich hin und wieder ein Abenteuer gönnt.«

»Das ist mir vollauf bewusst«, gibt er zurück, ohne aus der Fassung zu geraten. »Ich spreche auch nicht von einem Abenteuer.«

Claudia schüttelt den Kopf und geht weiter. Davide holt sie ein und nimmt ihre Hand. Sie sieht auf ihre verschränkten Hände hinab.

»Händchen halten, das habe ich zum letzten Mal mit zwanzig gemacht«, sagt sie. »Jetzt kommt mir das eher lächerlich vor.«

»Du bist wirklich ein Angsthase!«

Sie sieht ihn kurz entgeistert an und bricht dann in Lachen aus. Davides Hand bleibt in ihrer.

Mit schleppenden Schritten geht Daniel die Treppe nach oben, die Anita ein paar Stunden zuvor hinaufgeeilt ist. Er nimmt jeweils nur eine Stufe, den Blick auf die Füße gerichtet, und bemüht sich, den Kopf ruhig zu halten, weil ihn schon den ganzen Tag Nackenschmerzen plagen. Er hat seit einer Ewigkeit nichts mehr gegessen, und als ihm beim Betreten der Wohnung der Marihuanageruch in die Nase steigt, fällt er fast in Ohnmacht. Marco kommt aus seinem Zimmer und bleibt vor ihm stehen, wie immer einen Joint in der Hand. Daniel grüßt ihn so leise, dass er seine Worte eher ahnt als hört.

»Du siehst ja übelst aus, Alter. Alles okay?«

»Nein«, antwortet Daniel angestrengt und will in sein Zimmer gehen.

»Anita war da.«

Daniel dreht sich ruckartig um, und ein stechender Schmerz fährt ihm durch den Kopf.

»Das hier hat sie dir dagelassen.« Marco hält ihm das blaue Päckchen hin.

Daniel nimmt es vorsichtig entgegen, als wäre es eine scharfe Bombe oder eine Ming-Vase.

»Danke.«

»Und Anita …«

Daniel hebt den Blick und sieht Marco an.

»Also, der scheint's auch nicht so toll zu gehen. Ich hab ihr gesagt, dass ich einem Produzenten, den ich kenne, von ihr erzählt habe, aber sie hat den Eindruck gemacht, als wäre ihr das völlig egal und als müsste sie sich dazu zwingen, sich zu freuen.«

Daniel nickt mit ernster Miene, als wüsste er, warum Anita sich so verhalten hat. »Trotzdem ist das total nett von dir.«

Marco zuckt die Achseln. Als Daniel schon auf dem Weg zu seinem Zimmer ist, wendet er sich noch einmal an ihn.

»Ich glaube, du solltest dich mal ordentlich ausschlafen, Alter.«

»Keine Chance. Ich fahre über Weihnachten nach Hause. Mein Flieger geht um Mitternacht.«

»Ach ja, das hattest du ja gesagt. Also gehst du heute Abend nicht zu Anitas Auftritt?«

»Nein. Ich treffe mich mit Jan, so gegen neun. Gehst du hin?«

»Mal schauen. Der Produzent wird aber auf jeden Fall da sein.«

»Wenn du hingehst …«

»Ja, was dann?«

»Nichts. Vergiss es. Ich komm noch mal vorbei, bevor ich gehe.«

Als Anita die Wohnung betritt, hört sie aus Barbaras Zimmer Musik und geht direkt zu ihr. Sie grüßt sie mit einem Kopfnicken und lässt sich aufs Bett fallen.

»Wie lange muss ich mir diese verzweifelte Miene eigentlich noch anschauen?«, fragt Barbara.

»Schon noch eine Weile.«

Barbara verdreht die Augen, erwidert aber nichts.

»Ach ja, sag mal, was ist eigentlich mir dir und Jan? Seht ihr euch noch?«, will Anita wissen.

»Nein.«

»Aber er meldet sich noch bei dir?«

»Und wie er das tut. Aber ich will ihn nicht sehen.«

»Und warum?«

Barbara antwortet nicht sofort, als müsse sie erst die passenden Worte finden. Anita steht auf und stellt sich vor sie hin.

»Er ist doch ein toller Typ. Wieso gehst du so auf Distanz zu ihm?«

»Was weißt du denn schon von ihm? Du hast ja noch nie richtig mit ihm geredet.«

»Aber Daniel hat mir von ihm erzählt.«

»Eben! Soll ich mich vielleicht auf das verlassen, was dein kleiner Engländer sagt?«

Barbara verfällt in den römischen Dialekt, und daran erkennt Anita, dass sie mit etwas zu kämpfen hat. Sie würde sie gern fragen, was los ist, und mit ihr darüber sprechen, aber sie fühlt sich bei dem Gedanken nicht wohl. Ihr scheint, als wäre nichts mehr wirklich von Bedeutung. *Noch vor zwei Monaten hätte ich Freudensprünge gemacht, wenn ein Produzent zu einem meiner Auftritte gekommen wäre, und jetzt lässt mich das völlig kalt. Die Liebe bringt doch nur Schererein*, denkt sie.

»Du weißt genau, dass Jan dich mag und dass er schwer in Ordnung ist«, hakt sie nach. »Du hast einfach nur Angst.«

»Und findest du das falsch? Er ist aus Deutschland, und in drei Monaten fährt er wieder heim. Wer weiß, ob ich ihn jemals wiedersehe.«

»Du kannst zu ihm fahren, er kann zu dir kommen. Ihr könnt hier oder in Deutschland leben oder wo immer ihr wollt. Ihr seid doch keine Bäume!«

Barbara sieht sie verblüfft an, dann erscheint ein Lächeln auf ihrem Gesicht, das immer breiter wird, bis sie schließlich loslacht.

»Bäume! Wie kommst du denn auf so was?«, ruft sie lachend.

Anita zuckt mit den Schultern.

»Heute Abend kommt ein Musikproduzent zu meinem Auftritt. Marco hat das eingefädelt.«

Barbara reißt begeistert die Augen auf, ohne den Blick von Anita zu lassen. »Und wie wär's mit ein bisschen Freude? Jubel? Aufregung?«, fragt sie.

Anita zuckt nur wieder wortlos mit den Schultern.

»Aha! Das hat dir dein Engländer also auch alles geraubt.«

Kapitel 26

Sie stehen vor Chiaras Haus, und Claudia friert trotz ihres Mantels. Es ist kälter geworden, in der Luft liegt der Geruch nach Schnee.

»Kommst du noch auf einen Sprung mit rauf?«, fragt sie Davide.

»Nein. Aber vielen Dank.«

»Das war ein sehr schöner Nachmittag.«

»Für mich auch. Und ich würde mich, wie gesagt, sehr freuen, dich heute Abend wiederzusehen.«

Claudia lächelt. »Ich hätte große Lust, aber ich bin hier, um ein wenig Zeit mit Chiara zu verbringen, und morgen fahre ich schon wieder.«

Davide nickt, scheint aber nicht überzeugt. »Rufst du mich an?« Er sieht ihr in die Augen.

»Ich weiß noch nicht, Davide.«

»Ich schätze deine Ehrlichkeit, auch wenn sie mir wenig Anlass zur Hoffnung gibt.«

»Das tut mir leid. Im Moment ist einfach alles sehr kompliziert. Ich muss einen klaren Kopf bekommen, und wenn wir uns öfter sehen, dann würde mich das, glaube ich, nur noch mehr verwirren.«

»Genau das wünsche ich mir.«

Claudia lacht auf. Er nimmt sie bei den Händen und küsst sie auf die Wange. Ein zurückhaltender, aber für einen Abschied unter Freunden doch zu langer Kuss. Claudia spürt, wie sie rot wird, und sieht zu Boden, um ihre Verstörung zu verbergen.

»Du weißt, wie du mich erreichen kannst, Claudia. Ich werde auf dich warten. So lange wie nötig.«

Claudia antwortet mit einem gequälten Lächeln. Davide macht ein paar Schritte zurück, hebt die Hand zu einem Gruß, den Claudia nur mit den Augen erwidert. Dann dreht er sich um und geht.

Das glänzende blaue Papier liegt auf dem Boden, daneben das gekräuselte Band, und Daniel hat die CD in der Hand, auf der in Anitas lebhafter Schrift sein Name steht.

In seinem Zimmer steht ein CD-Player, den vermutlich einer seiner Vorgänger dagelassen hat. Daniel ist müde und hungrig, er würde am liebsten duschen, etwas essen, schlafen und packen. Stattdessen geht er zu seinem Schreibtisch, schiebt die CD in den Player, schließt die Hörer seines iPod an, steckt sie sich in die Ohren und drückt auf Play.

Bei der ersten Melodie zieht sich sein Magen zusammen. Er hat damit gerechnet, dass auf der CD Anita zu hören ist, wie sie singt. Doch jetzt fühlt es sich an, als wäre er nicht bereit, sie zu hören, als gälte ihr Gesang nur ihm, trotz der schlechten Aufnahmequalität, der zahlreichen Geräusche im Hintergrund und der zu leisen Musik. Und er sieht sie vor seinem geistigen Auge, hier in seinem Zimmer, wie sie singt, dicht an seinem Ohr. Er hört, wie sie zwischen zwei Zeilen atmet, wie sie schluckt und den Mund schließt, um einen langen Ton zu unterbrechen, sieht, wie sie lächelt, wenn sie den Text arg kitschig findet. Weiß er wirklich nichts von ihr? Die Zeit vergeht, und auch der Hunger vergeht, die Müdigkeit, die Lust auf eine

Dusche und der Gedanke ans Packen, während er mit geschlossenen Augen Anitas Stimme lauscht, die nur für ihn singt.

»Heute bist du aber früh dran!«, ruft Daniela, als sie sie hereinkommen sieht.

Anita antwortet nicht, grüßt sie nur mit einem Kopfnicken, setzt sich an die Bar und lässt ihren Rucksack auf den Boden fallen.

»Na, wie geht's deinem Traumprinzen?«

Anita lacht, doch ihre Miene bleibt unverändert ernst und finster. »Es ist wirklich seltsam: Barbara kann ihn nicht ausstehen, und du findest ihn klasse.«

»Dich finde ich klasse, Anita!«, entgegnet Daniela lachend. »Und er, er betet dich an ... Aber das beruht auf Gegenseitigkeit, oder?«

Anita hat einen Kloß im Hals und spürt, wie ihr schon wieder die Tränen kommen, doch in diesem Moment stehen Sandro und Lorenzo neben ihr.

»Mensch, Anita, davon hast du uns gar nichts erzählt!«

»Ich wusste, dass das früher oder später passiert, aber so bald schon, das hätte ich nicht gedacht.«

»Wovon redet ihr denn?«, fragt Anita.

»Er hat uns angerufen, weil er wissen wollte, ob du heute Abend singst. Er will vorbeikommen, um dich zu hören. Du weißt schon, der Produzent!«

»Ach ja, richtig.«

»Ach ja, richtig? Ist dir klar, was für ein Riesenglück du hast?«

Daniela beugt sich über den Tresen und fasst sie bei der Hand. Anita dreht sich zu ihr.

»Das wird schon werden«, sagt Daniela mit einem zärtlichen, mütterlichen Lächeln. Dass sie gleich alt sind, spielt dabei keine Rolle. Sie weiß, welche Worte Anita jetzt guttun.

Anita antwortet mit einem Lächeln, während sie versucht, aus den Tiefen ihrer Seele den Traum vom Singen, den sie immer in sich getragen hat, wieder ans Licht zu holen, ihr Herz wieder damit zu füllen.

Als Claudia zurück in die Wohnung kommt, stehen Chiara und Fulvio in der Küche, plaudern angeregt miteinander und bereiten das Abendessen vor. Weil sie sie nicht bemerkt haben, kann Claudia sie in Ruhe beobachten. Sie lachen gemeinsam, werfen einander Blicke zu, hin und wieder berühren sich ihre Hände, wenn einer dem anderen das Salatbesteck oder die Suppenkelle reicht. Claudia fragt sich, ob das Geheimnis einer dauerhaften Liebe tatsächlich darin besteht, dass man nicht heiratet und einander verspricht, füreinander da zu sein, in guten wie in schlechten Zeiten, ob man krank oder gesund ist.

Vielleicht, so überlegt sie, *geht es darum, ein instabiles Gleichgewicht zu schaffen, das man genau beobachten und jeden Tag aufs Neue austarieren muss, und damit zu leben, dass nichts je gewiss ist.*

»Da bist du ja wieder!«, sagt Chiara. »Ganz schön kalt draußen, oder?«

»Allerdings. In Rom fallen die Temperaturen nie so tief.«

Der Tisch ist bereits für vier gedeckt.

»Was ist denn mit Davide?«, fragt Chiara. »Wir dachten, er käme auch zum Essen.«

»Nein, er hat sich schon verabschiedet«, anwortet Claudia ohne weitere Erklärungen.

»Schade. Aber habt ihr wenigstens einen schönen Nachmittag verbracht?«

»Ja, es war wunderschön. Wir waren in einem Teesalon. Und wir haben uns viel unterhalten.«

Chiara nickt, ohne etwas zu sagen, und das Lächeln, das sie zur Schau stellt, macht Claudia verlegen. Steht ihr etwa ins

Gesicht geschrieben, was heute Nachmittag zwischen ihr und Davide passiert ist? Oder wollten Chiara und Fulvio sie beide allein lassen? Claudia fühlt sich unwohl und geht unter dem Vorwand, sie müsse sich umziehen, in ihr Zimmer.

Als die CD zu Ende ist, ist es halb neun. Daniel nimmt die Ohrhörer heraus, doch Anitas Stimme klingt noch weiter in seinem Kopf, so als stünde sie neben ihm. Er holt einen Stift und ein Blatt Papier aus der Schreibtischschublade und fängt an zu schreiben. Wenig später klopft Jan an die Tür und kommt herein, ohne eine Antwort abzuwarten, gerade als Daniel das dicht beschriebene Blatt zusammenfaltet und in einen Umschlag steckt.

»Hey, Danny! Kann's losgehen?«

Daniel sieht ihn mit geröteten Augen und ausdrucksloser Miene an, als hätte er einen Fremden vor sich. Jan ahnt sofort, was los ist.

»Was ist denn diesmal passiert?«

Daniel schüttelt den Kopf, steht auf, geht an ihm vorüber und verlässt den Raum.

»Bin gleich wieder da!«

Er geht die wenigen Schritte zu Marcos Zimmer hinüber und streckt den Kopf durch die leicht geöffnete Tür.

»Entschuldige, Marco ... Könntest du das hier bitte der Barfrau im Ypsilon geben?«, fragt er ihn und hält ihm den Brief hin. »Sie heißt Daniela.«

»Klar doch«, antwortet Marco und nimmt den Umschlag. »Ich hab gerade mit meinem Kumpel gesprochen. Wir treffen uns dort in einer Stunde.«

»Vielen Dank. Also dann ... schöne Feiertage.«

»Gleichfalls. Wann kommst du denn wieder?«

»Weiß ich noch nicht. Ich geb dir Bescheid.«

Als er in sein Zimmer zurückkommt, sitzt Jan am Schreibtisch, die Hülle von Anitas CD in der Hand.

»Darf ich?«, fragt er und deutet auf den CD-Player.

Daniel nickt, und während Jan sich die Hörer in die Ohren steckt, legt Daniel seinen Koffer aufs Bett und fängt an zu packen. Als er glaubt, alles dabeizuhaben, was er braucht, ist Jan noch immer ganz in die Musik versunken, also geht Daniel ins Bad, zieht sich aus und steigt in die Dusche. Als er nach wenigen Minuten wieder in sein Zimmer kommt, sitzt Jan noch immer so da wie vorhin. Während er sich anzieht, betrachtet er ihn aus den Augenwinkeln. Jan hat die Augen geschlossen und ist ganz versunken in die Musik und Anitas Stimme. Daniel setzt sich aufs Bett und wartet. Als Jan die Augen wieder öffnet, entdeckt er ihn, in anderer Kleidung als gerade eben, und den gepackten Koffer neben ihm.

»Entschuldige, ich war gerade kurz abwesend«, sagt er lachend. »Deine Freundin ist wirklich seltsam, aber wenn sie singt, dann klingt das schöner als bei den Sirenen von Odysseus.«

Das schwache Lächeln, das Daniel sich abringt, kostet ihn offenbar Mühe.

»So, und jetzt brauchst du, glaube ich, wirklich ein Bier«, sagt Jan und steht auf.

Als Daniel die CD in seinen Rucksack stecken will, zögert er. Er öffnet die Schublade, wirft die CD hinein und schließt die Schublade wieder. Dann blickt er sich kurz um, greift nach dem Koffer und verlässt mit Jan das Zimmer.

Als Claudia ihr Handy wieder einschaltet, hat sie drei verpasste Anrufe, alle von Paolo. Ihr wird klar, dass sie den Kontakt nicht einfach so unterbrechen kann. Hätte er sie angerufen, weil etwas mit Mattia ist, dann würden ihre Schuldgefühle ins Unermessliche wachsen und sie würde sich wie eine Rabenmutter fühlen. Sie setzt sich aufs Bett und ruft ihn zurück.

»Was ist denn das für eine neue Marotte, das Telefon auszuschalten?«

Eine vorhersehbare Begrüßung.

»Alles in Ordnung?«, erwidert sie, ohne auf seine Frage einzugehen, die ja ohnehin nicht ernst gemeint war.

»Abgesehen davon, dass morgen Heiligabend ist und meine Frau noch allein im Urlaub ist – alles bestens!«

»Ich bin morgen Abend wieder zurück, rechtzeitig zum Essen.«

»Und du wolltest dir nicht die Mühe machen, einmal anzurufen, um zu hören, wie es deinem Sohn geht?«

»Du bist doch bei ihm. Warum sollte ich mir da Sorgen machen?«

»Weil du seine Mutter bist! Jede Mutter macht sich Sorgen, wenn sie von ihrem Kind getrennt ist.«

»Außer denen, die sich auf einen perfekten Vater wie dich verlassen können.«

»Ich bin nicht perfekt. Ganz und gar nicht«, entgegnet Paolo leise.

Darauf erwidert Claudia nichts. Sie wartet, und ein Funken Hoffnung blitzt auf, eine Ahnung dessen, was möglich, aber unwahrscheinlich ist.

»Du könntest doch auch heute Abend schon zurückkommen. Ich kann dich am Bahnhof abholen.«

»Chiara hat das Essen schon fertig, und Fulvio ist auch da. Und wer weiß, wann ich die beiden wiedersehe.«

»Und wenn ich dir sagen würde, dass ich will, dass du heute zurückfährst?«

»Heute oder morgen, was macht das schon für einen Unterschied?«

Paolo schweigt eine Weile, und Claudia wartet erneut. Darauf, dass er etwas sagt, was sie überzeugt und sie veranlasst, ihren Koffer zu packen und auf der Stelle zum Bahnhof zu fahren. Aber vielleicht hat er einfach nicht mehr zu sagen.

»Verstehe. Wenn es für dich keinen Unterschied macht, weshalb sollte es dann für mich einen machen? Also, bis dann.«

Der Ton der unterbrochenen Verbindung überrascht sie fast ein wenig, aber die Überraschung hält nicht lange an. Sie legt das Handy weg und geht zurück in die Küche.

Das Ypsilon füllt sich allmählich, und Anita flüchtet ins Hinterzimmer. Normalerweise freut sie sich, wenn die Leute zu ihr kommen und ihr Komplimente für ihren Gesang machen, aber heute Abend erträgt sie es nicht, wenn sie mit Lob überschüttet wird oder ihr Fremde vorgestellt werden, deren Namen sie im nächsten Moment wieder vergessen hat. Und ausgerechnet heute, an dem Abend, der der wichtigste in ihrer Karriere werden könnte, weiß sie nicht, ob sie überhaupt in der Lage ist zu singen. In ihrem Inneren erklingt keine Musik. Hat Daniel ihr nun auch die Musik geraubt, wie Barbara es formuliert hat? Sie weiß, dass es dumm von ihr ist, aber sie kann einfach nicht aufhören, an ihre letzten gemeinsamen Stunden zu denken, an seinen Blick, während sie miteinander geschlafen haben, und an den Blick, den er kurz darauf hatte, der erst verhangen und dann von Tränen verschleiert war. Sie fühlt sich leer und wie abgestorben, nutzlos wie eine Marionette ohne Fäden. Daniela kommt zu ihr, und als sie sie auf dem Boden sitzen sieht, kuschelt sie sich neben sie.

»Ist es seinetwegen?«, fragt sie.

Anita nickt.

»Ist es aus?«

Wieder nickt Anita und unterdrückt zum millionsten Mal an diesem Tag ihre Tränen.

»Liebst du ihn?«

Wieder ein bejahendes Nicken.

»Und er?«

»Ich glaube, er liebt mich auch. Aber es ist trotzdem vorbei.«

»Das ist ja fast schon tragisch …«

Anita zuckt mit den Schultern und wendet den Blick ab. Daniela legt ihr eine Hand auf die Schulter.

»Also pass auf, Schätzchen: Du gehst jetzt da raus und singst. Am Anfang wird dir das schwerfallen, aber du machst einfach weiter, und dann wirst du sehen, dass es immer leichter wird. Und danach geht's dir besser, versprochen. Halt dich an dem fest, was du hast und was dir bleiben wird, und das ist die Freude am Singen.«

»Ich weiß nicht, ob ich das schaffe, Daniela. Ich fühle mich so leer, dass ich nicht weiß, wie ich meinen Gesang mit Leben füllen soll.«

»Denk daran, wie oft du dich schon so gefühlt hast und die Musik dich gerettet hat.«

»Aber so wie heute habe ich mich noch nie gefühlt. Wirklich nie.«

»Es wird klappen. Glaub mir.«

Lorenzos Stimme lässt sie beide hochfahren.

»Wir fangen an, Mädels!«

Anita sieht Daniela an, die ihren Blick mit einem liebevollen Lächeln erwidert. Sie stützen sich gegenseitig und stehen auf. Anita atmet tief durch und geht in Richtung Bühne.

Die Kneipe, in der Jan und Daniel gelandet sind, ist nicht besonders gemütlich, hat aber abgeschirmte Sitzecken. Kaum stehen die drei Cheeseburger, die er bestellt hat, vor ihm, macht Daniel sich über den ersten her. Er kann sich nicht erinnern, wann er zuletzt etwas gegessen hat.

»Also, wenn dir das passt, komme ich am 28.«, sagt Jan und trinkt einen Schluck Bier.

»Perfekt! Meine englische Handynummer habe ich dir gegeben, oder?«

»Ja, die hab ich mir aufgeschrieben .«

»Gib mir Bescheid, wann dein Zug ankommt. Dann hole ich dich am Bahnhof ab«, sagt Daniel. »Meine Eltern wohnen ein Stück außerhalb, das ist ein bisschen schwer zu erreichen.«

»Danke für die Einladung.«

»Gern geschehen. Ich werde dir einen Haufen Leute vorstellen. Und wer weiß, vielleicht verknallst du dich in eine meiner Freundinnen und kannst Barbara vergessen.«

»So leicht wird das wohl nicht.«

»Komm schon. Du hast doch neulich erst selbst gesagt, dass man sehr gut ohne einen einzigen Menschen leben kann.«

Jan lächelt. »Das hab ich gesagt? Was für ein Schwachsinn …«

»Vielleicht können wir nicht von ihnen lassen, weil wir sie einfach nicht verstehen.«

»Wie mir scheint, kannst du sehr wohl von ihr lassen.«

»Und ich fühle mich so mies, dass es mieser gar nicht geht. Ich muss mich mächtig zusammenreißen, um nicht auf der Stelle ins Ypsilon zu rennen und ihr zu sagen, dass es für mich nur eines auf der Welt gibt, nämlich sie.«

»Dieser Brief, war der für sie?«

»Ja. Ich habe mich damit gezwungen, das zu tun, wozu ich mich entschieden habe. Ich muss sie vergessen.«

»Vielleicht ist das am klügsten«, sagt Jan, aber Daniel erkennt an seinem Blick, dass er ihm noch etwas sagen will, das ihn und Anita betrifft.

»Du hast gesagt, dass du mir etwas erzählen willst.«

»Ja, aber das hat sich wahrscheinlich erledigt. Wenn du beschlossen hast, sie zu verlassen … Ich habe Angst, dass Andrea jemanden angeheuert hat, der dir eine Lektion erteilen soll, wenn du weißt, was ich meine. Nach der Szene vorgestern war er stocksauer. Er hat sofort ein paar Telefonate geführt, und gestern Abend stand auf einmal ein Typ da, der aussah, als käme er geradewegs aus dem Gefängnis. Sie haben Italienisch gesprochen, und ich habe fast nichts verstanden. Aber ich habe gehört, wie Andrea deinen Namen und deinen Nachnamen erwähnt und dem Typen deine Adresse genannt hat.«

»Aber woher weiß er denn, wo ich wohne?«

»Na ja ... neulich hat er mit Valentina geredet und dabei noch breiter gegrinst als sonst.«

Daniel stößt einen Fluch aus. »Und ich dachte, sie würde wegen mir kommen! Ist sie noch oft im Daimon?«

»Ehrlich gesagt, ist das seltsam. Einmal war sie mit Sergio da, deinem Mitbewohner, aber es war klar, dass zwischen ihnen nichts läuft. Sie wirkte irgendwie wütend oder traurig, jedenfalls hat sie ihn fast nie angesehen. Was ist denn passiert?«

»Sie war einmal in dem Laden, in dem ich gearbeitet habe. Kurz darauf ist auch Anita aufgetaucht und sofort wieder weggerannt, als sie Valentina gesehen hat. Valentina hat sich aufgeführt, als wäre sie meine Ex, und ich habe ihr gesagt, dass das mit uns eine reine Bettgeschichte war. Das hat ihr nicht besonders geschmeckt.«

»Kann ich mir vorstellen«, antwortet Jan lachend. »Sie ist eine dumme Kuh, hält sich aber für weiß Gott wen. Aber sie so zu behandeln, war kein besonders kluger Schachzug. Solche Frauen rächen sich. Bestimmt war sie es, die Andrea gesagt hat, wo du wohnst. Vielleicht ist sie sogar extra deswegen ins Daimon gekommen.«

Daniel erwidert nichts. Er fühlt sich zunehmend schlechter. Das einzig Positive ist, dass Andrea es jetzt auf ihn abgesehen hat. So lässt er wenigstens Anita in Ruhe.

Jan scheint Daniels Gedanken zu lesen. »Mach dir mal keinen Kopf. Morgen werde ich dafür sorgen, dass Andrea erfährt, dass du zurück nach England gefahren bist. Und wenn du erst mal aus dem Spiel bist, wird er Anita in Frieden lassen. Aber ich werde auch mit ihr reden und ihr sagen, dass sie immer auf mich zählen und mich jederzeit anrufen kann, wenn sie Hilfe braucht. Du kannst ganz beruhigt sein.«

»Ich weiß nicht, wie ich dir dafür danken soll, Jan, ehrlich. Hol dir morgen meine Gitarre. Sie gehört dir. Ich will sie dir schon lange schenken. Ich habe sie seit drei Monaten nicht mehr angefasst.«

»Sicher?«

»Absolut. Jedes Mal, wenn ich sie sehe, habe ich Mitleid mit ihr.«

Daniels Lächeln ist schwach, aber deutlich genug, dass Jan beruhigt ist. Er nickt.

»Ich habe mir von einem meiner Mitbewohner das Auto ausgeliehen. Wenn du willst, fahre ich dich zum Flughafen.«

Kapitel 27

Nach einem etwas schleppenden Anfang hat das Gespräch zwischen Claudia, Chiara und Fulvio Fahrt aufgenommen. Wenig überraschend stehen dabei gemeinsame Erinnerungen im Vordergrund, aus der Zeit, als die beiden Schwestern noch jung waren und zusammengelebt haben. Fulvio langweilt sich keineswegs, ganz im Gegenteil, er amüsiert sich köstlich, als er Dinge über Chiara erfährt, die ihm neu sind, wie etwa, dass sie damals nachts aus dem Fenster gestiegen ist, um auf die zahllosen Partys zu gehen, zu denen sie eingeladen war und zu denen ihre Mutter sie nicht gehen ließ.

»Siehst du, Fulvio«, sagt Claudia, die sich nun endlich etwas entspannter fühlt, »man kann nicht gerade behaupten, dass Chiara sich im Lauf der Jahre stark verändert hat. Sie war damals schon verrückt und ist es heute noch!«

»Von wegen!«, protestiert Chiara lachend. »Ich konnte nur einfach grundlose Verbote nicht akzeptieren. ›Du darfst nicht auf die Party.‹ ›Und warum nicht?‹ ›Weil ich es dir verbiete!‹«

»Aber was hätte sie denn sagen sollen? ›Du darfst nicht auf die Party, weil sich wahrscheinlich irgendein Kerl über dich hermacht und ich dann eine schwangere Siebzehnjährige zu Hause habe‹?«

»Weißt du, Claudia, ich wundere mich noch heute darüber, wie wenig unsere Mutter uns verstanden hat.«

»Aber sie ist überzeugt, dass sie uns vollkommen durchschaut hat.«

»Jetzt übertreibt mal nicht«, wirft Fulvio ein. »Alles in allem scheinen ihre Bemühungen ja nicht ohne Erfolg geblieben zu sein«, fügt er hinzu und nimmt Chiara in den Arm, die über diese Bemerkung schmunzelt.

»Ach ja, übrigens«, sagt Chiara, löst sich sacht aus Fulvios Umarmung und wendet sich an Claudia. »Weißt du, wen ich letzte Woche getroffen habe? Lucio! Erinnerst du dich noch an ihn?«

Claudia ist kurz irritiert und versucht, sich zu erinnern. Der Name sagt ihr etwas, aber sie verbindet kein Gesicht damit.

»Als wir auf dem Gymnasium waren!«, fährt ihre Schwester fort. »Der achtzehnte Geburtstag von Valeria!«

Mit einem Mal sieht Claudia wieder alles vor sich: die Party bei Valeria, Chiaras bester Freundin, im Keller des Hauses ihrer Eltern, die Lichterketten an den Wänden wie zu Weihnachten, die Stereoanlage und daneben ein Haufen Platten, ein Tisch voller Cola und Limonade und dazwischen eine Flasche Rotwein, die plötzlich aufgetaucht war und die sie nicht öffnen konnten, weil sie keinen Korkenzieher hatten. Chiara wurde auch bald achtzehn, und Claudia, die ein Jahr jünger war, hatte die Einladung Valerias nur angenommen, weil Chiara ihr gedroht hatte: »Entweder kommst du mit oder ich sage Stefano, dass du schon seit zwei Jahren total auf ihn stehst.« Stefano, Chiaras Klassenkamerad, den alle Mädchen der Schule anhimmelten, unverhohlen oder insgeheim. Claudia machte da keine Ausnahme, aber wenn Chiara geplaudert hätte, dann hätte sie sich nie wieder in die Schule getraut, also war sie mitgekommen. Auf der Party war Stefano nicht aufgetaucht. Nachdem sie eine

Stunde lang vergebens auf ihn gewartet hatte, hatte Claudia, halb enttäuscht und halb erleichtert, die Hoffnung aufgegeben und sich allein auf ein Sofa gesetzt. Kurz darauf hatte sich ein Junge neben sie gesetzt und ihr eine Cola gebracht. Er war nicht besonders attraktiv, nicht so wie Stefano, aber Claudia gefiel er. Sanfte dunkelbraune Augen, volles Haar und strahlend weiße Zähne. Sie hatten sich lange unterhalten, und erst als das Fest zu Ende ging, hatte er sie zum Tanz aufgefordert. Claudia hatte kurz gezögert. Sie tanzte nie auf Partys. Diesmal jedoch beschloss sie, ihre Ängstlichkeit über Bord zu werfen, und stand auf. Sie tanzten eng umschlungen, ohne einander anzusehen, den Kopf auf die Schulter des anderen gelegt, die ganzen fünf Minuten, die das Lied »Le ragazze dell'Est« dauerte. Als das Licht anging und jemand sagte, die Party sei vorbei und es sei Zeit, nach Hause zu gehen, lächelte Lucio sie an und bedankte sich bei ihr.

»Das war wirklich sehr schön mit dir«, hatte er gesagt.

Dann war er gegangen, zusammen mit seinen Eltern, die, wie Claudia später erfuhr, der Onkel und die Tante Valerias waren. Seitdem ist sie ihm nie wieder begegnet, aber diesen Nachmittag hat sie nie vergessen.

»Jetzt fällt es dir wieder ein, oder?«, sagt Chiara und holt sie damit in die Gegenwart zurück.

»Das ist ja verrückt ... Ich habe seit einer Ewigkeit nicht mehr an ihn gedacht, und trotzdem kann ich mich noch erinnern, wie er aussah.«

»Und er kann sich auch noch an dich erinnern, stell dir vor! Er hat mir erzählt, dass er Valeria damals nach deiner Adresse gefragt hat, weil er dir schreiben wollte, aber dann hat er sich nicht getraut. Er bereut es heute noch, dass er es nicht getan hat.«

»Echt?«

»Ja, ehrlich! Wir waren einen Kaffee trinken, und er wusste noch ganz genau, worüber ihr gesprochen habt und zu welchem Lied ihr getanzt habt.«

Chiara steht auf und räumt den Tisch ab. Claudia unterhält sich weiter mit Fulvio, und ihre Erinnerung führt sie in die Vergangenheit zu Lucio. Sie denkt daran zurück, wie sehr er nach diesem Nachmittag ihre Fantasie beschäftigt hat und wie sehr sie gelitten hat, als ihr klar wurde, dass sie ihn nie wiedersehen würde. Und er erinnert sich noch an sie und bereut es, ihr nicht geschrieben zu haben, mehr als zwanzig Jahre nach diesen drei Stunden, die sie miteinander verbracht haben. *Wie mein Leben wohl verlaufen wäre, wenn er mir geschrieben hätte?*, fragt sie sich. *Vielleicht hätte ich dann Mattia nicht, und wahrscheinlich wäre ich nicht mit Paolo verheiratet. Aber ob ich glücklich wäre?*

Sie weiß nicht, wie sie es geschafft hat, auch nur einen Ton herauszubringen. Sie hat den beiden Jungs im letzten Moment gesagt, dass sie mit einem ihrer Lieblingslieder anfangen will, hat dann wie immer die Augen geschlossen und tief Luft geholt. Dann hat sie den Mund geöffnet und einfach gesungen. Als nach dem Song Applaus zu hören war, hat sie insgeheim Damien Rice für sein wundervolles »It takes a lot to know a man« gedankt und wieder einmal festgestellt, dass manche Lieder die reine Wahrheit sagen.

Es dauert lange, bis man einen Mann versteht.

Von dem Moment an war sie ganz locker und konnte unbeschwert weitersingen, und wie Daniela prophezeit hatte, ging es ihr durch die Musik deutlich besser. Jetzt, während des letzten Stücks vor der Pause, kann sie auch die Augen wieder öffnen, und sie entdeckt Marco im Publikum, der sich angeregt mit dem Typen neben ihm unterhält. Das muss der Produzent sein. Ihr läuft kein Schauer über den Rücken und sie fühlt sich nicht befangen. Als wäre es ein ganz gewöhnlicher Abend, abgesehen von der Trauer, die ihr noch im Hals steckt und ihrer Stimme eine Spur von Schmerz hinzufügt, die vielleicht nur sie hört. Marco lächelt und weist den Produzenten immer wieder mit einem Kopfnicken auf sie hin. Dieser wirkt überrascht, fast so, als würde er sie ein wenig bewundern. Während sie die letzte Strophe singt, zieht Marco einen Brief aus der Tasche und geht an die Bar. Neugierig sieht sie ihm nach – den Song hat sie schon so oft gesungen, dass sie sich nicht mehr auf den Text konzentrieren muss – und beobachtet, wie er Daniela den Brief gibt, die ihn mit fragendem Blick entgegennimmt. Während das Publikum applaudiert und die letzten Akkorde verklingen, öffnet Daniela den Umschlag, holt einen zweiten Umschlag daraus hervor, der verschlossen ist, dreht sich zu Anita um und sieht sie an.

Marco. Ein Brief für Daniela, in dem ein zweiter Brief steckt. Der ist für mich. Von Daniel. All das hat sie im Nu verstanden. Sie hastet von der Bühne herunter und rennt fast zur Theke.

»Der ist für mich, stimmt's?«, fragt sie Daniela, ein wenig außer Atem.

Daniela nickt und reicht ihr den Umschlag, auf dem »Anita« steht. In ihrem Rücken hört sie das Publikum johlen, jemand ruft ihren Namen. Sie ahnt, dass gleich die ersten Leute kommen, um sie zu beglückwünschen, obwohl ihr Auftritt noch nicht vorüber ist, und deshalb flüchtet sie sich rasch hinter die Bar, dann weiter ins Hinterzimmer und schließt dort die Tür hinter sich. Der Brief in ihrer Hand scheint zu brennen. Sie setzt sich im Schneidersitz auf den Boden, zwischen Bierkästen und Kaffeekisten, atmet tief durch, um ihr rasendes Herz zu beruhigen, öffnet den Umschlag und fängt an zu lesen.

> *Nita, Nita … danke für das Geschenk, und verzeih mir, dass ich keines für Dich habe. Ich habe daran gedacht, doch ich wusste nicht, was ich Dir schenken sollte. Im Grunde weiß ich kaum*

etwas über Dich, und Du weißt kaum etwas über mich. Du wusstest, dass ich mich freuen würde, Dich singen zu hören, weil Du weißt, wie sehr ich Deine Begabung schätze. Ich dagegen habe leider keine besondere Begabung, und manchmal komme ich mir so durchschnittlich vor, dass es mir wie ein Wunder erscheint, wenn sich jemand für mich entscheidet. Dass Du Dich für mich entschieden hast, war wundervoll, und ich werde unsere gemeinsame Zeit nie vergessen. Ich bin nicht sauer auf Dich, aber ich will auch nicht, dass Du eine zu hohe Meinung von mir hast. Ich wollte alles über Dein Leben und Deine Vergangenheit wissen, und das nicht nur, um Dich besser kennenzulernen, sondern auch aus dem dümmsten und egoistischsten Motiv heraus, das man sich denken kann: aus Eifersucht. Zu wissen, dass Du Dich für ihn entschieden hast, bevor Du Dich für mich entschieden hast, hat mich rasend gemacht, und deshalb habe ich ihm diesen Schlag versetzt. Zu meiner Entschuldigung kann ich höchstens vorbringen, dass die drei Monate in Rom mich so sehr verändert haben, wie es Jahre in England nicht geschafft haben. Der größte Unterschied liegt wahrscheinlich in dem, was ich für Dich empfinde und was ich so noch nie für einen Menschen empfunden habe. Vielleicht bin ich nicht in der Lage, mit so starken Gefühlen umzugehen, und lasse mich von ihnen überwältigen, womit ich letztlich nur anderen Leid zufüge. I love you, Nita. Ich liebe Dich. Aber wir haben uns in so kurzer Zeit immer wieder so stark verletzt, dass es mir jetzt

am klügsten erscheint, die Sache zu beenden. In wenigen Stunden wird mich ein Flugzeug nach Hause bringen, für die Feiertage. Wahrscheinlich werde ich anschließend nach Rom zurückkehren, um mein Auslandssemester abzuschließen, aber im Moment bin ich mir noch nicht sicher. Ich bin mir bei gar nichts mehr sicher, außer was eines angeht: Ich lasse Dir ein Stück meines Herzens zurück, und das macht mich glücklich. Behalt es, wenn Du willst. Pass auf Dich auf, singe und lass Dein sagenhaftes Talent nicht ungenutzt. Ich bin sicher, Du wirst große Erfolge feiern, denn Du hast es verdient.
Never forget you, love.
Daniel

Sie hat Chiara und Fulvio geholfen, die Küche aufzuräumen. Als die beiden vorgeschlagen haben, einen Spaziergang durch das Stadtzentrum zu machen, dessen Straßen in vorweihnachtlichem Glanz erstrahlen, hat sie abgelehnt und gesagt, dass sie müde ist und früh ins Bett gehen will. Jetzt steht sie im Badezimmer vor dem Spiegel und will sich abschminken. In der Hand hält sie einen Wattebausch mit Reinigungsmilch, doch sie führt ihn nicht zum Gesicht, sondern legt ihn auf den Rand des Waschbeckens und betrachtet sich im Spiegel, die Fältchen in den Augenwinkeln, die einsame gerade Linie auf der Stirn, ihren Hals, dessen Haut noch glatt ist. Mit leicht geöffneten Lippen schenkt sie sich ein aufmunterndes Lächeln und findet sich auf der Stelle viel schöner. Ihre dunklen Haare sind gewachsen, und sie wird sie so bald nicht wieder schneiden lassen. Einem Impuls folgend, zieht sie das weiße T-Shirt und die Pyjamahose aus und hat jetzt nur noch einen Slip und einen BH an. Sie betrachtet ihren Körper und versucht sich vorzustellen, wie ein Mann ihn betrachten würde, was ein männlicher Blick sehen würde. Die Spuren der Dehnungsstreifen an den Hüften, die sie hat, seit sie mit fünfzehn zu schnell gewachsen ist? Den Bauch, der nicht mehr ganz flach, aber auch noch nicht schlaff ist, obwohl sie ein Kind geboren hat? Oder ihre Unterwäsche, die nur aus Baumwolle ist, ohne Spitzen oder Drahtbügel? Sie streicht sich mit den Fingerspitzen über den Hals und über die Schulter, die Brust hinab und über den Bauch bis zum Bund ihres Slips. Ihre Haut ist weich und glatt und fühlt sich angenehm an. Plötzlich flackert in ihr das stürmische Verlangen nach den Händen eines Mannes auf, die sie berühren, sie streicheln, von ihrem Körper Besitz ergreifen, in dem noch immer die Leidenschaft wohnt, nach dem Blick eines Mannes, der sie betrachtet, bewundert, begehrt. Ihr Körper ist eine einzige Verheißung der Lust, doch niemand löst sie ein. Claudia schließt die Augen und spürt Davides Hände auf sich, seinen Körper dicht an ihrem, ihre Haut unter seinen Fingerspitzen, die sie streicheln, den Geschmack seines Mundes, der sie küsst. Sie öffnet die Augen und lächelt sich erneut zu, mühelos diesmal. Das Lächeln noch immer auf den Lippen, geht sie ins Schlafzimmer zurück und greift nach ihrem Handy.

Anita hält den Brief noch immer in der Hand. Sie erlaubt sich nicht zu weinen, auch wenn ihre Wangen noch feucht von den Tränen sind, die sie, ohne es zu merken, vergossen hat, während sie den Brief gelesen hat. Hastig verlässt sie das Hinterzimmer und drängt sich durch die Menschenmenge vor der kleinen Bühne, die auf die zweite Hälfte des Auftritts wartet. Mit gesenktem Kopf schiebt sie eilig alle beiseite, die ihr im Weg sind, bis sie vor Barbara steht, die sie verdutzt ansieht.

»Solltet ihr jetzt nicht weitermachen?«

Anita zeigt ihr den Brief. »Er fährt. Er geht zurück. Ich muss ihn aufhalten!«, sagt sie aufgeregt.

»Machst du Witze? Du musst hierbleiben und singen! Der Typ, den Marco mitgebracht hat, ist hin und weg, das war nicht zu übersehen. So eine Chance kriegst du nie wieder!«

»Ich muss zum Flughafen, und wenn du mich nicht hinbringst, fahre ich allein«, wiederholt Anita und sieht Barbara unverwandt an.

»Aber warum willst du ihn denn aufhalten? Was würde das ändern? Er hat schon recht: Lasst es sein. Ihr tut euch doch nur gegenseitig weh.«

Anita dreht sich um und will weggehen, gerade als Daniela auf sie zukommt. Sie hat einen Mantel an und trägt Anitas Jacke auf dem Arm.

»Ich bin mit dem Auto da. Zieh die Jacke an, und dann los!«, sagt sie und geht zum Ausgang.

Ohne sich zu bedanken, zieht Anita die Jacke an und folgt ihr. Sie eilen die Treppe hinauf und treten auf die Straße, wo ein kalter Wind sie empfängt. Sie gehen zum Auto, und mit der Fernbedienung schließt Daniela auf, noch bevor sie dort sind. Sie steigen ein, und als Daniela den Motor starten will, hören sie einen dumpfen Schlag gegen die Karosserie und drehen sich um. Kurz darauf schiebt sich Barbara auf den Rücksitz und zieht die Tür hinter sich zu.

»Na los, fahr schon! Der Flughafen ist nicht gerade um die Ecke.«

Die junge Frau, die am Check-in seinen Pass entgegennimmt, spricht ihn auf Englisch an. Als Daniel ihr auf Italienisch antwortet, lächelt sie ihm zu. Auf dem Schildchen am Kragen ihres blauen Kostüms steht »Sarah«. Sarah ist ziemlich süß, und so wie sie ihn weiterhin anlächelt, findet auch sie offensichtlich diesen Engländer ziemlich süß, der Italienisch spricht, seine ernste Miene beibehält und, ohne sie noch einmal anzusehen, darauf wartet, dass sie ihn eingecheckt hat und ihm die Unterlagen reicht.

»Deinen Koffer kannst du aufs Band stellen«, sagt sie zu Daniel. Vielleicht traut sie sich, ihn zu duzen, weil sie fast gleich alt sind.

Daniel stellt seinen Koffer auf das Band, sie befestigt die Banderole am Griff des Trolleys und sieht ihn erneut an. Er erwidert ihren Blick noch immer nicht. Sie hält ihm seinen Pass und seine Bordkarte hin, er nimmt sie an sich und bedankt sich, den Blick zu Boden gesenkt, und verlässt den Schalter. Schweren Herzens begrüßt Sarah den nächsten Fluggast.

Claudia wollte nicht, dass er sie abholt. Sie hat ein Taxi gerufen, und jetzt wartet sie frierend in der Haustür. Sie hat ihrer Schwester eine Nachricht geschickt, dass sie es sich anders überlegt hat und noch mit Davide ausgeht, es aber nicht spät werden würde. Chiaras Antwort kommt auf der Stelle:

Dann amüsier dich! Warum bleibst du nicht noch ein, zwei Tage? :-).

Claudia lächelt und denkt, dass sie darauf nicht sofort antworten muss, und gerade als sie das Handy in die Manteltasche steckt, kommt das Taxi. Davide wohnt nicht weit entfernt, es wird also eine kurze Fahrt. *Gut so*, denkt Claudia. *Dann bleibt mir keine Zeit, es mir anders zu überlegen.*

Während der Fahrt über die Autobahn sprechen Barbara und Daniela über den Abend. Anita schweigt, den Brief noch immer fest in der Hand und den starren Blick auf die Straße gerichtet. Sie ist am ganzen Körper angespannt, als wolle sie aus dem Auto springen, sobald sie vor dem Terminal angekommen sind, von dem die internationalen Flüge abgehen. Barbara und Daniela versuchen gar nicht erst, sie in das Gespräch mit einzubeziehen. Hin und wieder wirft Daniela ihr einen Blick zu, aber Anita ändert weder ihre Haltung noch ihren Gesichtsausdruck.

»Aber auch wenn sie die zweite Hälfte weggelassen haben«, sagt Barbara, »ich bin sicher, dass es ein Riesenerfolg war. Der Typ hat vor Staunen den Mund gar nicht mehr zugekriegt.«

»Lorenzo und ich haben das ja gleich gesagt, schon als wir sie das erste Mal gehört haben, dass sie was Besseres verdient hat, als in so einem Kellerloch zu versauern«, stimmt Daniela ihr zu.

Anita bekommt von all dem kein Wort mit. Sie denkt nur an Daniel. Daniel Daniel Daniel Daniel … Sie weiß nicht, was sie ihm sagen will, falls sie ihn vor dem Abflug noch einholt, sie weiß nur, dass sie ihn sehen will, und vor allem will sie, dass er *sie* sieht. Dass er sieht, in welchem Zustand sie ist, dass für sie nichts mehr von Bedeutung ist, nicht einmal mehr die Musik, der Traum, den sie seit Jahren in ihrem Herzen trägt. Nichts ist mehr von Bedeutung, außer ihm. Sie ist bereit, ihm alles über sich und Andrea zu erzählen, auch das, was Barbara denkt, nämlich dass sie mit Andrea ins Bett gegangen ist, um sich an ihrer Mutter zu rächen. Je länger sie darüber nachdenkt, desto zutreffender scheint ihr diese Erklärung. Und sie weiß, wenn sie noch weiter darüber nachdenkt, wird sie irgendwann begreifen, dass es stimmt. Sie hat nicht gewusst, dass er über die Weihnachtsferien nach Hause fahren will, er hat ihr nichts davon erzählt. Vielleicht hat er den Entschluss dazu nach ihrem letzten Streit gefasst, diesem furchtbaren Streit, bei dem er geweint hat. Sein tränenüberströmtes Gesicht geht ihr seitdem nicht mehr aus dem Kopf.

Als Davide ihr die Tür öffnet, muss Claudia lachen. Sein ungläubiger Gesichtsausdruck ist einfach zu komisch.

»Ich bin kein Hologramm. Ich bin echt, ehrlich!«

Er hebt die Hand und streichelt ihr die Wange. »Zum Beweis«, sagt er lächelnd.

Sie legt ihre Hand auf seine.

»Wie kommt es, dass du es dir anders überlegt hast?«, fragt er und hilft ihr aus dem Mantel.

Claudia zuckt mit den Schultern, ohne zu antworten, und Davide bohrt nicht weiter nach. Sanft führt er sie ins Wohnzimmer.

»Was darf ich dir anbieten? Einen Kaffee, ein Glas Portwein?«

»Das ist nicht ganz das, weswegen ich hier bin«, entgegnet Claudia und sieht ihn an. *Wo ist denn meine Ängstlichkeit hin?*, fragt sie sich.

Davide wirkt verwirrt und ziemlich nervös. Er setzt sich aufs Sofa und deutet auf den Platz neben sich.

»Alles in Ordnung?«, fragt Claudia.

»Weshalb fragst du?«

»Du wirkst genauso wie heute Mittag, als wir das Restaurant verlassen haben. Da hast du den Eindruck gemacht, als könntest du es nicht erwarten rauszukommen, und jetzt siehst du aus, als könntest du es kaum erwarten, dass ich wieder gehe.«

Davide seufzt. »Entschuldige bitte. Ich freue mich sehr, dass du hier bist, aber ich frage mich einfach, warum du gekommen bist.«

»Musst du immer alles benennen, alles verstehen?«

»Du etwa nicht?«

»Früher vielleicht schon. Inzwischen versuche ich, das zu tun, wonach ich mich fühle. Aber das ist noch nicht lange so, und ich bin da auch noch sehr unsicher. Wenn du heute Abend von mir also durchdachte und überzeugende Erklärungen erwartest, dann ist es vielleicht wirklich besser, wenn ich wieder gehe. Die habe ich nämlich nicht.«

Er sieht sie weiterhin an, als könnte er in ihren Augen die Erklärungen finden, die er sucht.

Sie wendet den Blick ab und nickt, dann steht sie auf und geht zur Tür. »Entschuldige. Es war ein Fehler hierherzukommen.«

Jetzt steht auch Davide auf und geht auf sie zu. »Nein, ich muss dich um Entschuldigung bitten«, sagt er. »Es ist nicht so, wie du denkst. Ich bin ein komplizierter Mensch. Und wenn wir jetzt das tun, was wir beide tun wollen, dann werde ich entsetzlich leiden, wenn du danach wieder gehst. Ich habe Angst davor, dass ich bei dir das finden könnte, was ich seit Jahren suche. Im Moment vermute ich es nur. Wenn diese Vermutung jedoch zur Gewissheit wird, dann wüsste ich nicht, wie ich der Verzweiflung entgehen sollte, wo dein Leben doch an einem anderen Ort und mit einem anderen Menschen ist.«

Claudia lächelt, jedoch freudlos. »Weißt du, Davide, bis vor Kurzem hätte ich dir noch zugestimmt. Aber mittlerweile glaube ich, dass all diese Gedanken, die so vernünftig klingen, nur unsere Ängste verbergen. Glaubst du wirklich, wenn wir einmal miteinander schlafen, dann weißt du, ob ich die Frau deines Lebens bin? Das bildest du dir doch nur ein. Ich bin seit zehn Jahren verheiratet, und ich weiß nicht, ob ich den Vater meines Sohnes noch liebe oder ob ich ihn überhaupt je geliebt habe. Ich weiß nur, dass ich jetzt mit dir schlafen will, aber ich weiß nicht, ob ich das morgen noch will. Und ich glaube, es ist völlig falsch zu denken, es gebe irgendwelche Gewissheiten.«

Ohne es zu bemerken, ist Claudia etwas lauter geworden. Davide sieht sie an, als hätte er nicht einmal die Hälfte von dem verstanden, was sie gesagt hat.

»Tut mir leid, das war jetzt ein bisschen übertrieben«, sagt Claudia. »Aber jetzt muss ich wirklich gehen.«

Die halb nackte, vom Begehren durchströmte Frau im Spiegel wird heute Abend nicht bekommen, was sie wollte.

Claudia geht zur Wohnungstür, zieht ihren Mantel an und dreht sich zu Davide um, der sich nicht vom Fleck gerührt hat, und lächelt ihn an.

»Was bin ich nur für ein Idiot«, murmelt Davide.

Claudia öffnet die Tür und geht hinaus.

Kapitel 28

Am Flughafen herrscht zu dieser späten Stunde wenig Betrieb, obwohl die Feiertage unmittelbar bevorstehen. Daniel geht zur Sicherheitskontrolle, aber bevor er dort ankommt, blickt er noch einmal, obwohl es ihm ein wenig lächerlich erscheint, zum Eingang des Terminals zurück. Später wird er dazu keine Gelegenheit mehr haben. Anita steht um diese Uhrzeit noch auf der Bühne, und selbst wenn sie den Brief schon gelesen hat, warum sollte sie hierherkommen und sich von ihm verabschieden oder ihn aufhalten wollen? Es war ein Abschiedsbrief, und er hat darin genau das geschrieben, was er schreiben wollte, auch wenn der Halbsatz »dass es mir jetzt am klügsten erscheint, die Sache zu beenden« ihm so starke Bauchschmerzen verursacht hat, dass ihm der Gedanke daran noch immer Schmerzen bereitet.

Sein Handy signalisiert ihm das Eintreffen einer neuen Nachricht, und bevor er es aus der Hosentasche holt, verspürt er einen Funken Hoffnung. Doch die Nachricht ist von seiner Mutter.

Ist dein Flug pünktlich? Sollen wir dich in London abholen?

> *Ja, ist pünktlich. Danke, ich nehme den Zug. Wir sehen uns dann morgen.*
> *Du kommst in der Früh. Italienisches Frühstück? ;-)*
> *Englisch! Eier, Tomaten, Brot!*
> *Ich kann kaum erwarten, dich in die Arme zu schließen.*

Auf die letzte Nachricht antwortet er nicht mehr. Er antwortet nie, wenn seine Mutter gefühlsduselig wird. Aber sie weiß ja, dass er sie gern hat.

Als er das Handy wieder einstecken will, kommt ihm ein Gedanke, und er schreibt jemand anderem eine Nachricht.

> *Hi, Prof. Ich fahre über die Feiertage nach Hause. Falls ich nach Rom zurückkomme, bringe ich dir ein Geschenk mit.*

Claudias Antwort lässt nicht lange auf sich warten.

> *Ich mag Geschenke. Also komm zurück, mein Kleiner.*

Daniel lächelt. Es scheint ihm eine Ewigkeit zurückzuliegen, dass er das letzte Mal gelächelt hat, und wahrscheinlich ist es auch so. Er atmet tief durch und wirft noch einmal einen Blick zum Eingang des Terminals, aber dort ist niemand zu sehen, der auf ihn zuliefe, um ihn aufzuhalten. Er steckt das Handy ein und geht zur Sicherheitskontrolle.

Claudia hat das Taxi gerufen, als sie noch die Treppe von Davides Haus hinuntergegangen ist, und jetzt wartet sie im Hausflur, teils wegen der Kälte, teils, weil eine Frau in

Mailand um diese Uhrzeit nicht allein unterwegs sein sollte. Als sie Daniels Nachricht liest, lächelt sie betrübt. Sie hat verstanden, was sich hinter seinen wenigen Worten verbirgt. Wenn er nicht weiß, ob er nach Rom zurückkommt, bedeutet das, dass zwischen ihm und Anita etwas schiefgelaufen ist und er mit Sicherheit ziemlich fertig ist. Als sie ihre Antwort schreibt, hört sie Schritte im Treppenhaus, und kurz darauf steht Davide vor ihr. Er sagt nichts, umfasst nur ihr Gesicht mit beiden Händen und küsst sie. Es ist einer dieser Küsse, die einen überwältigen und nicht einmal den Gedanken zulassen, man könnte sich ihnen widersetzen, was Claudia auch nicht tut. Als sie voneinander lassen, geht ihr Atem schneller und sie sehen sich ungläubig an. In diesem Moment hält das Taxi vor der Tür.

»Geh nicht. Komm wieder mit hoch«, fleht Davide sie leise an.

»Nicht heute Abend.«

»Warum bleibst du dann nicht ein paar Tage länger? Wir könnten Zeit miteinander verbringen, uns unterhalten, uns besser kennenlernen …«

Claudia löst sich aus seiner Umarmung. »Ich muss nach Hause. Ich habe einen kleinen Sohn und will Weihnachten nicht getrennt von ihm verbringen. Und außerdem …«

»Außerdem?«

»Außerdem muss ich ein bisschen Ordnung schaffen. In meinem Kopf und in meinem Leben.«

Davide hakt nicht weiter nach. Er streicht ihr mit dem Handrücken über die Wange.

Claudia geht hinaus und steigt ins Taxi. Als der Wagen losfährt, wirft sie Davide einen letzten Blick zu.

»Also, Anita, ich setze dich am Eingang ab und du gehst sofort rein. Dann parke ich und komme nach. Okay?«

»In Ordnung. Aber ich weiß gar nicht, wo ich hin muss … Ich bin noch nie geflogen.«

»Was glaubst du wohl, warum ich hier sitze?«, schaltet Barbara sich von der Rückbank aus ein. »Ich kenne diesen Flughafen wie meine Westentasche. Ich komme mit. Der entwischt uns nicht, dein kleiner Engländer!«

Daniela hält vor dem Terminal, an dem die internationalen Flüge starten. Anita und Barbara steigen eilig aus und laufen durch die gläserne Eingangstür. Barbara nimmt Anita bei der Hand und zieht sie sofort zur Sicherheitskontrolle. Als sie außer Atem dort ankommen, sehen sie auf den ersten Blick, dass Daniel in keiner der kurzen Schlangen von Menschen steht, die darauf warten, kontrolliert zu werden.

»Vielleicht ist es noch zu früh und er trinkt noch irgendwo einen Kaffee … Wann geht denn sein Flug?«, fragt Barbara.

»Keine Ahnung! Das hat er nicht geschrieben.«

»Dann muss ich Jan anrufen. Das wollte ich ja eigentlich vermeiden, aber es bleibt uns wohl nichts anderes übrig.«

Anita wirft Barbara einen dankbaren Blick zu, während diese ihr Handy zückt und Jan anruft.

»Ja, ich bin's. Entschuldige, aber ich habe jetzt keine Zeit für lange Erklärungen. Ich wollte dich nur fragen, ob du weißt, wann Daniels Flug geht.«

Anita hängt an Barbaras Lippen und beobachtet sie, um aus ihrer Miene abzulesen, was Jan sagt.

»Ach so, du hast ihn zum Flughafen gebracht … Ja, alles klar. Dann schauen wir mal.«

Barbara behält das Telefon am Ohr und nimmt Anita mit zur Anzeigetafel der Abflüge, und kaum hat sie einen Blick darauf geworfen, sagt sie: »Scheiße …«

Dann legt sie auf, ohne sich von Jan zu verabschieden.

»Er fliegt gleich ab«, verkündet sie und deutet auf der Anzeigtafel auf den nächsten Flug nach London.

Als Anita neben den Flugdaten das Wort »gestartet« liest, steigen ihr Tränen in die Augen und verschleiern ihr die Sicht. Barbara sagt nichts mehr und fasst Anita nur am Arm. In diesem Moment kommt Daniela.

»Und?«, fragt sie, ganz außer Atem, weil sie gelaufen ist.

Barbara dreht sich zu ihr und schüttelt den Kopf. »Er ist weg.«

Anita hat das Gefühl, dass diese Worte in ihrem Kopf eine Explosion auslösen, und fängt an zu schluchzen.

Jetzt sagt auch Barbara wieder etwas. »Komm schon, Anì, es ist ja nicht so, dass er zur Fremdenlegion geht. Nach Weihnachten kommt er wieder.«

»Nein, er wird nicht wiederkommen! Er hat geschrieben, dass er es noch nicht weiß, aber ich bin mir sicher, dass er nicht zurückkommt.«

»Und sein Auslandssemester? Wirft er das einfach so hin? Wenn er erst mal zwei Wochen lang ohne dich auskommen muss, was glaubst du, wie schnell der wieder da ist.«

Daniela hakt sich bei Anita ein, die noch immer weint, und führt sie zu einer Bank.

»Komm, setz dich«, sagt sie liebevoll zu ihr. »Beruhige dich ein bisschen, und dann fahren wir wieder.«

»Wir sollten nicht rumtrödeln«, mischt Barbara sich lautstark ein. »Vielleicht erwischst du den Produzenten noch.«

»Hast du immer noch nicht kapiert, dass mir das alles scheißegal ist?«

»Weil du einfach völlig dämlich bist! Du bist doch total von der Rolle! Und dann fragst du mich, warum ich vor Jan ›davonlaufe‹! Jetzt siehst du es. Sobald du mit Männern zu tun hast, ist dein Leben im Eimer und …«

»Jetzt reicht's, Barbara, Schluss damit«, fällt Daniela ihr ins Wort. »Du siehst doch, wie's ihr geht. Jetzt ist nicht der Moment, um zu reden.«

»Ja klar doch! Und in der Zwischenzeit haut der Typ ab, wenn er nicht längst abgehauen ist, und sie hat die größte Gelegenheit sausen lassen, die sie je gekriegt hat.«

»Das glaube ich nicht. Er hat sie doch singen gehört, oder? Bestimmt kommt er noch ein zweites Mal.«

Die beiden Schwestern stehen vor dem Zug nach Rom, halten sich bei der Hand und verabschieden sich.

»Und du willst wirklich schon wieder fahren?«

»Ja. Ganz sicher«, antwortet Claudia.

»Du kannst so lange bleiben, wie du möchtest. Fulvio und ich sind morgen allein. Vielleicht kommt seine Mutter kurz vorbei, aber ansonsten sind wir zu zweit. Wir würden uns wirklich freuen, wenn du bei uns wärst.«

»Also kommst du nicht nach Hause.«

»Nein. Ich halte das Gejammer unserer Mutter einfach nicht aus. Das würde mir die ganzen Feiertage verderben. Und den armen Fulvio will ich dieser Tortur nicht aussetzen.«

»Danke für alles, Chiara. Es war wirklich wunderschön bei euch.«

»Komm doch in den Ferien noch mal vorbei. Wir fahren dieses Jahr nicht weg, nur Silvester sind wir bei Freunden eingeladen. Davide wird wahrscheinlich auch dort sein.«

Chiara sagt das beiläufig, aber sie meint es nicht so. Als Claudia gestern Abend nach Hause gekommen ist, hat sie ihr erzählt, was mit Davide passiert war.

»Ich bin einfach noch nicht so weit, Chiara. Und wenn wir zusammen wären, würde mir das kein bisschen helfen, im Gegenteil. Ich muss erst einmal für mich entscheiden, wie es mit meinem Leben und meiner Ehe weitergehen soll.«

Sie küssen sich auf die Wangen, dann steigt Claudia in den Zug, ein unsicheres Lächeln auf den Lippen. Eins ist jedoch sicher: Wie auch immer es mit Paolo weitergehen wird, sie und Chiara werden einander nicht mehr verlieren.

Als sie ins Ypsilon zurückkommen, sind die meisten Gäste schon gegangen. Auch Marco und der Produzent sind nicht mehr da. Anita zieht ihren Mantel aus und setzt sich mit Trauermiene an die Bar. Daniela geht hinter den Tresen und holt ein paar Biere, auch für Lorenzo und Sandro, die sofort zu ihnen gekommen sind. Die beiden wissen, was passiert ist, weil Anita es ihnen heute Abend vor dem Auftritt erzählt hat. Außerdem hat Daniela auf dem Weg zum Flughafen Lorenzo angerufen und ihm erklärt, warum sie plötzlich verschwunden waren. Auch Barbara setzt sich an die Bar, ohne ein Wort zu sagen. Sie ist die Erste, die nach ihrem Bier greift und einen Schluck nimmt.

»Also habt ihr ihn nicht mehr erwischt?«, sagt Lorenzo und sieht Anita verständnisvoll an. »Das tut mir leid.«

»Aber Barbara hat recht«, wirft Daniela ein. »Er wird zurückkommen. Und dann könnt ihr euch aussprechen und alles klären.«

»Er wird nicht zurückkommen«, sagt Anita mit Grabesstimme.

»Dann fahr du doch zu ihm. Flieg rüber und besuch ihn«, schlägt Sandro vor.

»Ja klar, sonst noch was!«, sagt Barbara. »In dem Brief hat er doch klipp und klar geschrieben, dass er glaubt, es ist besser, wenn sie Schluss machen. Er verlässt sie, und sie soll ihm hinterherlaufen?«

»Er wollte mich nicht verlassen«, erwidert Anita. »Dass er es getan hat, ist meine Schuld.«

Daniela räuspert sich und versucht, das Thema zu wechseln. »Habt ihr zufällig mit diesem Produzenten geredet?«, fragt sie die beiden Jungs. »Als wir schon weg waren, meine ich.«

Die beiden wirken etwas betreten.

»Na ja ... Marco hat ziemlich wütend ausgesehen, als er gemerkt hat, dass du weg bist«, sagt Sandro. »Und der Produzent schien irgendwie beleidigt, als hätte er das gar nicht glauben können.«

»Ja gut, aber davor hat er sie doch gehört, oder?«, wendet Daniela ein. »Um zu wissen, ob einer gut schreiben kann, brauchst du nicht das ganze Buch zu lesen. Was hat er denn erwartet, ein Exklusivkonzert nur für ihn?«

Eine Weile herrscht Schweigen, und Daniela fängt an, mit solcher Heftigkeit Gläser zu spülen, dass sie sie dabei fast zerbricht.

»Sagst du gar nichts dazu?«, sagt Barbara und knufft Anita in die Seite. »Du hast vielleicht die größte Chance deines Lebens vermasselt. War es das wert?«

Anita hebt den Kopf und sieht ihre Freundin an. »Auf jeden Fall.«

Um vier Uhr nachmittags ist Claudia wieder zu Hause und trägt erschöpft den Koffer nach oben. Sie hat Paolo nicht angerufen und weiß auch nicht, ob er mit Mattia schon zu seiner Schwester gefahren ist. Als sie die Wohnungstür aufmacht, brennt Licht, und schon vom Flur aus ist der geschmückte Christbaum zu sehen. Während sie sich noch den Mantel auszieht, kommt Mattia aus dem Wohnzimmer gelaufen.

»Mama! Du bist wieder da!«

Er läuft auf sie zu und sie hebt ihn hoch, nimmt ihn in die Arme und küsst ihn. Sein Geruch und die Freude über das unerwartete Wiedersehen treiben ihr die Tränen in die Augen. Mit Mattia auf dem Arm geht sie in Richtung Wohnzimmer, aber im selben Moment kommt ihr von dort schon Paolo entgegen. Er lächelt zwar nicht, sieht sie aber auch nicht mit dieser

Mischung aus Verachtung und Geringschätzung an, die sie erwartet hat. Sie versucht, ihn anzulächeln.

»Geht's dir gut?«, fragt er sie, während sie Mattias Hals noch immer mit Küssen bedeckt, was den Kleinen zum Lachen bringt.

»Ja. Und dir?«

»Jetzt schon.«

Kapitel 29

Daniel und Jan betreten das Black Lion genau in dem Moment, in dem die ersten Schneeflocken fallen. Daniel grüßt zum Barkeeper hinüber, der den Gruß erwidert, dann führt er Jan zu einem Tisch in einer Ecke des Pubs.

»Sitzt du immer hier?«

»Wenn hier frei ist, ja«, antwortet Daniel. »Aber das passiert so gut wie nie.«

»Viel los ist ja nicht«, bemerkt Jan, als er sich setzt und sich umsieht.

»Es ist auch noch früh. Wart's ab, in einer Stunde kannst du dein eigenes Wort nicht mehr verstehen!«

»Wenn es Mädels sind, die uns mit ihrem Gequassel stören, hab ich damit überhaupt kein Problem.«

Daniel nickt, und der Barmann bringt ihnen zwei Bier.

»Ein paar Mädels werden sicher da sein, aber hauptsächlich werden Jungs kommen, lärmende Burschen, die auf Krawall aus sind und sich die Kante geben wollen.«

»Dann gehen wir lieber wieder nach Hause. Ich habe wenig Lust, in eine Prügelei unter Engländern zu geraten.«

»So weit kommt es meistens nicht. Die hiesige Polizei greift hart durch, und niemand ist scharf darauf, die Nacht in der Ausnüchterungszelle zu verbringen.«

»Kann ich gut verstehen. In Hamburg ist mir das mal passiert. Mein Vater hat mich erst am nächsten Morgen abgeholt, obwohl sie ihn direkt nach der Festnahme angerufen hatten. Er hat mich nach Hause gefahren und eine Woche lang nicht mit mir geredet.«

»Ein harter Knochen.«

»Das kannst du laut sagen! Manchmal glaube ich, wenn er gegen einen Granitblock rennt, dann bricht eher der Granit als er.«

Daniel lächelt kurz, wird aber rasch wieder ernst.

»Wie war's denn, wieder nach Hause zu kommen?«, fragt Jan.

Daniel zuckt mit den Schultern. »Meine Familie hat sich gefreut, mich wiederzusehen, sogar mein Bruder ist gekommen, um mich zu begrüßen, aber dann haben wir uns alle wieder in unsere Zimmer verzogen, wie immer. Unser Haus dürfte das stillste in ganz Brighton sein. Abgesehen von der Musik.«

»Das heißt?«

»Bei uns hört immer irgendwer Musik: Mein Vater hört klassische Musik, meine Mutter Opern, mein Bruder Hard Rock. Früher fand ich das klasse. Heute wäre es mir lieber, wenn wir wenigstens hin und wieder miteinander reden würden. Aber früher war ich auch der Ruhigste von allen.«

»Du hast dich verändert.«

»Das habe ich. Und ich weiß noch nicht, was ich davon halten soll.«

Jan entgegnet nichts mehr und nimmt einen Schluck Bier.

»Und du?«, fragt Daniel. »Wie bist du denn deiner Familie entkommen?«

»Ich hab ihnen nicht erzählt, dass ich wieder fahre. Gestern hab ich meine Sachen gepackt, hab ihnen einen Zettel geschrieben und mich in aller Herrgottsfrühe davongemacht.«

»Echt jetzt?«

»Ja, im Ernst. Ich hatte einfach keine Lust mehr auf diese ewige Streiterei. Ich bleib erst mal noch eine Weile in Rom.«

»Soll das heißen, du schmeißt die Uni hin?«

»Ja. Ich hab mit Sandro und Lorenzo gesprochen, du weißt schon, die beiden Musiker, die mit Anita spielen.«

»Ja, klar.« Daniel spitzt die Ohren. Allein Anitas Name lässt sein Herz wie verrückt schlagen.

»Sie haben gesagt, dass sie in ihrer Band noch jemand gebrauchen könnten und dass ich mal bei ihnen vorspielen soll, wenn ich wieder zurück bin. Und eine neue Sängerin müssen sie sich ja wahrscheinlich auch suchen.«

»Warum?«

»Weißt du noch, dieser Typ, den Marco mitgebracht hat, damit er Anita mal hört, dieser Produzent?«

»Was ist mit dem?«

»Er ist wohl völlig von den Socken wegen ihrer Stimme, auch wenn er sich ziemlich darüber aufgeregt hat, dass sie einfach so mittendrin abgehauen ist.«

An Jans Gesichtsausdruck erkennt Daniel sofort, dass er ihm eigentlich nichts von all dem erzählen wollte.

»Wann war das?«

Jan weicht seinem Blick aus und zögert.

»Du weißt es doch. Also sag schon.«

Jan seufzt, und Daniel weiß, dass er gewonnen hat.

»An dem Abend, als du geflogen bist, hat Anita deinen Brief gelesen. Daraufhin ist sie auf der Stelle abgehauen, zusammen mit Barbara und Daniela. Barbara hat mich vom Flughafen aus angerufen, weil sie wissen wollte, wann dein Flug geht.«

»Soll das heißen, Anita war am Flughafen, um mich aufzuhalten?«

»Um dich aufzuhalten, um sich von dir zu verabschieden … keine Ahnung. Aber sie war zu spät dran, sie ist erst gekommen, als du schon weg warst.«

Daniel jubelt innerlich, gegen seinen Willen. Also lag er richtig, als er gehofft hat, sie würde kommen. Er sieht sie vor sich, wie sie das Terminal betritt und fieberhaft nach ihm Ausschau hält, mit diesem verlorenen Gesichtsausdruck, der bei ihm immer das Bedürfnis auslöst, sie ganz fest in die Arme zu schließen und nie wieder loszulassen. Er schluckt und atmet tief durch, um sein rasendes Herz zu beruhigen.

»Das hätte ich dir jetzt besser nicht gesagt«, sagt Jan.

Daniel schüttelt den Kopf.

»Barbara war total sauer auf sie, weil sie ausgerechnet an dem Abend verschwunden ist, an dem der Produzent da war«, fügt Jan hinzu.

»Barbara kann mich nicht ausstehen. Warum auch immer.«

»Sie hat gesagt, dass Anita sich verändert hat, dass sie völlig von der Rolle ist, seit sie dich kennt.«

»Und ich etwa nicht? Ich erkenne mich nicht wieder, wenn ich in den Spiegel schaue. Ich könnte sie glatt auf Schadenersatz verklagen.«

Jan sieht ihn lächelnd an. »Das mit euch ist noch nicht vorbei, das weißt du genau. Wenn ihr euch wiederseht, geht alles von vorn los.«

»Das kann ich nicht. Ich halte es nicht aus, wenn es mir so schlecht geht.«

»Dann musst du hierbleiben.«

»Aber ich will mein Auslandssemester zu Ende bringen. Ich muss einfach nur aufpassen, dass ich ihr nicht über den Weg laufe. Und drei Monate gehen schnell vorbei.«

»Und Rom ist eine große Stadt.«

»Ich wünschte, sie wäre noch viel größer.«

Der Heiligabend und das Mittagessen am ersten Weihnachtsfeiertag waren die Hölle für Claudia. All die verlogenen Freudenbekundungen über das Wiedersehen, das Staunen darüber, wie groß die Kinder geworden sind, die endlosen Komplimente für Kleider und Frisuren, für die Frauen, die gekocht, und die Männer, die die riesige Anrichte im Wohnzimmer mit Lichterketten geschmückt haben. Dann die Geschenke. Alle anderen bekommen Geschenke, die individuell abgestimmt sind, nur sie bekommt jedes Jahr wieder Handtücher und Bücher, die sie nie lesen wird, und verschenkt ihrerseits Handtücher und Bücher, die die anderen nie lesen werden. Als nach dem Mittagessen noch alle am Tisch saßen und der Nachmittag sich in die Länge zu ziehen drohte, ist sie auf den Balkon gegangen, um eine Zigarette zu rauchen. Sie war so verzweifelt, erschöpft und genervt, dass sie vergessen hat, den Mantel anzuziehen. Kaum war sie draußen, ist Paolos Schwester Alice zu ihr gekommen.

»Alles in Ordnung?«, hat sie schnippisch gefragt.

Als ginge dir das nicht sonstwo vorbei.

»Ja, danke. Und bei dir?«

»Alles bestens! Ich liebe solche Familientreffen einfach. Mama wird ja nicht ewig da sein, und sie freut sich immer so, wenn alle ihre Enkel kommen.«

Klar. Sie weiß ja auch nicht, dass du sie im Grunde zum Teufel wünschst …

»Ja, da hast du recht.«

Claudia wurde allmählich kalt. Am liebsten hätte sie drinnen geraucht, aber das war nicht erlaubt. Außerdem hat ihr die Gesellschaft ihrer Schwägerin die Freude an der Zigarette verdorben.

»Wie groß Mattia geworden ist! Ein ganz Knuffiger!«, hat Alice gesagt.

Außerdem ist er viel schöner als dein verzogener Fratz, aber das darf man ja nicht laut sagen.

»Ja, es ist wirklich unglaublich, wie schnell sie wachsen.«

»Allerdings! Nicht mehr lange, und Edo wird ausziehen und heiraten.«

Keine Sorge, so schnell geht das nun auch wieder nicht.

»Na ja, aber bis dahin ist ja noch eine Weile, oder?«

»Die Zeit vergeht so rasend schnell … Es kommt mir vor, als wäre es gestern gewesen, dass Paolo dich zum Essen mitgebracht hat, um dich uns vorzustellen.«

Du Glückliche. Mir kommt es vor, als wäre das in einem anderen Erdzeitalter gewesen.

»Mhm«, hat Claudia geantwortet und sich um ein Lächeln bemüht, das wehmütig aussehen sollte.

»Aber du solltest wirklich mit dem Rauchen aufhören. Du willst deinen Sohn doch nicht zum Waisen machen.«

Das Geländer ist aus Eisen, oder? Dann kann ich ja fest zudrücken.

»Ganz schön kalt, nicht wahr?«, hat Alice hinzugefügt. »Gehen wir wieder rein?«

»Ich komme gleich nach.«

»Aber bleib nicht zu lange hier draußen, ohne Mantel. Sonst erkältest du dich noch …«

»… und mache damit meinen Sohn zum Waisen. Schon verstanden«, hat Claudia gekontert und schuldbewusst die Kippe weggeschnippt.

Alice war völlig perplex. In zehn Jahren hat ihre Schwägerin sie kein einziges Mal so sarkastisch angeredet. Gewiss, sie können einander nicht ausstehen, aber das soll doch bitte nicht zur Sprache kommen. Sie hat Claudia gezwungen angelächelt, als sei alles in bester Ordnung, und ist wieder hineingegangen.

Claudia hätte sich am liebsten geohrfeigt. Warum hatte sie nur eine einzige Zigarette aus ihrer Tasche geholt?

Die Aussicht aus dem Wohnzimmerfenster wirkt wie ein Gemälde oder wie ein Szene aus einem Disney-Film: Das schwache Licht der Straßenlaternen erleuchtet den Garten mit den weiß überzuckerten Baumkronen und der makellosen Decke aus frisch gefallenem Schnee. Anita würde gern hinausgehen und ihre Fußspuren im Schnee hinterlassen, die wundervolle Ruhe dieses verzauberten, vollkommen stillen Abends genießen. Doch dazu müsste sie Mantel, Mütze und Handschuhe anziehen, und außerdem halten sie die Vorstellung von der Kälte zurück, die ihr entgegenschlagen würde, sobald sie vor die Tür tritt, sowie die Trägheit und die Niedergeschlagenheit, die sie schon seit Tagen im Griff haben. Also bleibt sie reglos sitzen und blickt weiter durch das Fenster in den Garten, in dem Zimmer, das nur von einer einzigen Lampe am anderen Ende erhellt wird, sodass sie fast im Dunkeln sitzt. Das ist ihr jedoch ganz recht, denn im Dunkeln zu sitzen kommt dem, was sie am liebsten tun würde, am nächsten: zu verschwinden. Es bringt nichts, sich Vorhaltungen zu machen, sich zum Handeln anzutreiben, an das Telefonat mit dem Produzenten zu denken – der sie ausgerechnet Heiligabend angerufen hat –, sich eine Zukunft auszumalen, von der sie seit Jahren geträumt hat und die jetzt zum Greifen nahe scheint. Sie erkennt sich nicht wieder in diesem Zustand des untröstlichen Verlassenseins, aber sie kann nicht anders, als sich ihm hinzugeben, und sie kann darüber auch nicht lächeln. Sie ist vorsichtig im Umgang mit sich selbst, denn sie fühlt sich so zerbrechlich, dass sie nicht einmal die Vorhaltungen erträgt, die sie sich selbst macht. Barbara dagegen kennt keine Gnade. Auch heute Abend kommt sie trampelnd hereingestürmt, als wäre sie stocksauer auf Anita, macht das Licht an und schreit sie an: »Was machst du denn hier in dieser Dunkelheit, verdammt noch mal?«

Anita antwortet nicht.

»Los, zieh dich um, du traurige Witwe. Wir gehen raus!«

»Ich hab keine Lust rauszugehen. Bei der Kälte.«

»Scheiß auf die Kälte! Wir gehen ins Dorf, was trinken. Jetzt mach schon!«

»Nein. Geh lieber allein.«

»Anì, ich halt das nicht mehr lange aus!«

»Ich wäre ja in Rom geblieben, wenn du mich nicht hierhergeschleppt hättest.«

»Spinnst du? Ich hätte dich mit diesem Arsch allein lassen sollen? Das einzig Vernünftige, was dein kleiner Engländer zustande gebracht hat, waren die Prügel für Andrea. Aber er hätte ihn so richtig fertigmachen sollen!«

»Kannst du bitte aufhören, von Daniel zu reden?«, erwidert Anita seufzend. Im Grunde ist sie Barbara dankbar dafür, dass sie sie mit in die Berge genommen hat. Das Daimon ist für ein paar Tage geschlossen, auch weil Jan erst am 30. zurückkommt. Als Andrea erfahren hat, dass sie mit Barbara wegfahren würde, hat er seinen Missmut nicht verbergen können, und wie üblich hat nur sie es bemerkt.

Als sie in der Nacht von Heiligabend auf den ersten Weihnachtsfeiertag nachts aufgestanden und in die Küche gegangen ist, um ein Glas Wasser zu trinken, ist er sofort zu ihr gekommen.

»Du läufst also davon«, hat er gesagt, nachdem er sich ihr lautlos von hinten genähert hatte.

Anita war erschrocken. »Ich fahre ein paar Tage in die Berge.«

»Wir hätten ein wenig Zeit für uns gehabt. Das wäre eine hervorragende Gelegenheit gewesen, deine kleine Schuld zu begleichen …«

Sie hat ihn mit zweifelndem Blick angesehen. »Daniel ist nicht mehr da, weißt du das nicht? Er ist wieder in England.«

»Aber ich kann ihn trotzdem immer noch anzeigen.«

Anita hatte sich wieder zum Spülbecken gedreht und ihn nicht mehr beachtet.

»Außerdem wird er bald wieder zurückkommen«, hat Andrea gesagt. »Er kann einfach nicht von dir lassen. Aber das wird ihm noch leidtun. Dafür werde ich sorgen.«

»Lass ihn in Ruhe! Sonst erzähle ich alles meiner Mutter.«

»Dann kommst du auch nicht ungeschoren davon.«

»Das ist mir egal. Wenn Daniel zurückkommt und ihm etwas zustößt und du bist schuld, dann mach ich reinen Tisch. Ich bin deine Drohungen leid.« Sie hat gezittert, als sie das gesagt hat, aber sie hat gehofft, dass er es nicht bemerkt.

»Deine Mutter vergöttert mich«, hat Andrea lächelnd entgegnet. »Sie wird dich rausschmeißen.«

»Dann wohne ich eben woanders.«

Im nächsten Moment stand er vor ihr und packte sie am Arm. »Jetzt pass mal gut auf, meine Kleine!«, hat er sie angezischt und ist ihr dabei so nahe gekommen, dass sie den Brandy gerochen hat, den er nach dem Abendessen getrunken hatte. »Irgendwann ist Schluss mit dem Davonlaufen.«

Kapitel 30

Daniel und Jan fahren gemeinsam mit dem Zug nach London. Der Bahnsteig ist rutschig, denn es ist noch früh am Morgen, und der über Nacht gefallene Schnee ist noch nicht geschmolzen. Daniel hat einen kleinen Rucksack dabei, weil die beiden eine Nacht in der Hauptstadt verbringen wollen, bevor Jan nach Rom zurückfliegt.

»Silvester arbeitest du also?«, sagt Daniel, während sie auf den Zug warten.

»Ja. Im Daimon ist ein großes Fest, und Andrea zahlt mir mehr als sonst. Ich brauche das Geld, vor allem jetzt, wo ich mich entschlossen habe, nicht mehr nach Hamburg zurückzugehen. Und was machst du?«

»Keine Ahnung. Wahrscheinlich gehe ich mit ein paar Freunden in den Pub, wir trinken ein paar Bier und dann stoßen wir an. Ich werde so tun, als hätte ich Spaß, und mich schon bald nach Mitternacht wieder nach Hause verziehen.«

»Hat dich denn keine von deinen Freundinnen ein bisschen herzlicher willkommen geheißen als erwartet?«

Daniel lacht über Jans Frage. »Doch, da gab es tatsächlich eine. Und zwar ausgerechnet die, die per SMS Schluss gemacht hat.«

»Das war ja klar. Kaum bist du weg, merkt sie auf einmal, dass sie auf dich steht.«

»Möglich.«

»Vielleicht geht es Anita genauso. Wenn sie dir versprechen würde, dir alles über sie und Andrea zu erzählen, würdest du dann zurückgehen?«

Daniel zuckt nur mit den Schultern. »Ich weiß es nicht. Es geht ja auch nicht nur darum. Wir beide verletzen uns andauernd, so als könnten wir gar nicht anders. Vielleicht ist es wirklich so: Wir können nicht miteinander leben, aber auch nicht ohne einander.«

* * *

Am Vormittag des 30. Dezember geht Claudia mit Mattia zum Spielen in den Park. Es ist nicht so kalt, wie man es an den Tagen zwischen Weihnachten und Neujahr erwarten würde. Überhaupt hat sich der Winter dieses Jahr in Rom bis jetzt noch wenig bemerkbar gemacht, und die Bäume tragen noch eine Menge Blätter. Die Bank, auf die Claudia sich setzt, steht neben einer Pappel, und hin und wieder löst sich ein Blatt und segelt zu Boden. Sie fragt sich, nach welchen Kriterien der Baum entscheidet, genau dieses Blatt in genau diesem Moment fallen zu lassen. *Entscheidet das der Baum, oder Gott, oder der Zufall? Und früher oder später fallen ja doch alle herunter. Wir Menschen dagegen können entscheiden, ob wir an unserem Baum bleiben oder uns fallen lassen. Aber entscheiden wir das wirklich selbst oder warten wir nur auf einen besonders heftigen Windstoß?*

»Mama, schubst du mich an?«

Mattia ist auf die Schaukel geklettert, aber nicht auf die mit dem Gitter für die kleinen Kinder, sondern auf die offene für die großen. Das hat er sich noch nie getraut. Vielleicht hat Paolo ihn dazu ermutigt, vielleicht hat er aber auch einen ganz natürlichen Entwicklungsschritt gemacht, und das genau in der Zeit, als sie nicht da war. Es ist keine allzu große Veränderung, aber seit sie aus Mailand zurück ist, hat sie den Eindruck, dass sie es mit einem anderen Kind zu tun hat und auch selbst eine andere Mutter ist. Nie wieder will sie versäumen, wie ihr Sohn Fortschritte macht und Neues dazulernt und wie in seinem kleinen Kopf Gedanken entstehen, die sie überraschen. Sie stellt sich hinter ihn und schubst ihn an, während er sich immer wieder zu ihr umdreht und sie anstrahlt. Nach einer Weile kommt unerwartet Paolo zu ihnen. Als sie sich in seinem Arbeitszimmer von ihm verabschiedet und ihm gesagt hat, dass sie mit Mattia in den Park geht, hat er nur kurz zu ihr aufgesehen, um zu signalisieren, dass er ihr zugehört hat.

»Ich dachte, du wolltest oben bleiben und arbeiten«, sagt sie, während er Mattia auf der Schaukel anschubst. »So oft hast du bei uns zu Hause ja auch nicht deine Ruhe«, fügt sie mit einem Lächeln hinzu.

Auch Paolo lächelt. »Ich wollte wirklich oben bleiben. Ich habe eine Menge Arbeit. Aber dann habe ich auf einmal Lust auf frische Luft bekommen, auf die Bäume. Und ich wollte bei euch sein.«

Seit Claudia wieder zurück ist, haben sie nie über ihre Beziehung gesprochen, aber sie haben miteinander geschlafen, schon am ersten Abend. Gleich nach dem üblichen Austausch der Geschenke bei Paolos Schwester hat er sie gefragt, ob sie nach Hause will, und sie hat sofort Ja gesagt. Mit dem schlafenden Mattia auf dem Arm sind sie zurück in ihre Wohnung gekommen, er hat den Kleinen in sein Bettchen gelegt und ist zu Claudia in die Küche gegangen. Sie saß am Tisch bei einem Glas Wein, und auch er hat sich ein wenig eingeschenkt und sich zu ihr gesetzt. Ungewöhnlich für ihn, denn normalerweise trinkt er nur zum Essen und, anders als Claudia, auch keinen Rotwein.

»War der heutige Tag sehr schlimm?«, hat er sie gefragt.

»Weniger schlimm, als ich befürchtet hatte.«

»Was hat meine Mutter dir denn geschenkt?«

»Ein Handtuchset«, hat Claudia geantwortet, ohne hinzuzufügen: *zum hundertsten Mal.*

»Schon wieder?«

Sie hat ihn angesehen und losgelacht. »Ja, schon wieder. Vielleicht glaubt sie, ich wasche mich nicht genug, oder ich wasche mich zu häufig.«

»Ich glaube ja, dass sie vor Jahren einen riesigen Vorrat gekauft hat und jetzt jedes Mal zu Weihnachten eine Packung herauszieht«, hat Paolo gesagt und dabei ebenfalls gelacht.

Claudia war angenehm überrascht. Seit wann machte sich ihr Mann denn über seine über alles geliebte Mutter lustig? Sie haben gemeinsam getrunken und sich über die Gläser hinweg angesehen, dann hat Paolo seine Hand auf ihre gelegt und sie sanft dazu gebracht, ihr leeres Glas abzustellen. Mit der anderen hat er ihr den Hals gestreichelt, an der Stelle zwischen Wange und Nacken, und auf einmal durchströmte eine ungekannte Hitze Claudias Körper. Plötzlich hat sie die Lust verspürt, ihren Ehemann zu küssen, diesen schönen Mann, um den alle ihre Freundinnen sie beneiden. Als sie es dann getan hat, hat er fast hektisch reagiert, ist aufgestanden und hat dabei auch Claudia in einer Umarmung nach oben gezogen. Eng umschlungen und unter fortgesetzten Küssen sind sie ins Schlafzimmer gegangen, ohne in der Dunkelheit irgendwo anzustoßen, und haben sich aufs Bett fallen lassen. Dann war alles nach dem üblichen Schema verlaufen, aber sie hatten sich seit einer Ewigkeit wieder einmal im Halbdunkel in die Augen gesehen, als sie miteinander schliefen. Arm in Arm waren sie eingeschlafen, ohne sich vorher wieder anzuziehen, wie sie es sonst immer tun, weil sie fürchten, Mattia könnte in der Nacht zu ihnen ins Bett kommen.

Nach diesem Abend war Claudia vom Sofa im Wohnzimmer ins Schlafzimmer zurückgekehrt, und sie hatten noch ein paarmal miteinander geschlafen, etwa wenn einer von ihnen in der Nacht aufwachte und anfing, den anderen zu streicheln. Dann erwiderte dieser die Liebkosungen, im Dunkeln und ohne zu sprechen, und beider Atem ging rasch schneller. Manchmal sah Claudia bei geschlossenen Augen Davide vor sich, doch dieses Bild verscheuchte sie jedes Mal gleich wieder.

»Hast du irgendeine Idee für morgen Abend?«, fragt Paolo und schubst Mattia weiter auf der Schaukel an. Die Wangen des Kleinen, der vor Freude lacht, sind von der Kälte schon ganz rosig.

»Na ja … Silvester war noch nie mein Lieblingsfest. Würdest du gerne mit deiner Familie feiern?«

»Nein. Ich würde am liebsten mit euch zu Hause bleiben, um Mitternacht für Mattia ein paar Wunderkerzen anzünden und mit dir auf das neue Jahr anstoßen.«

»Einverstanden. Das ist eine gute Idee.«

Mattia hat allmählich genug von der Schaukel, die Sonne geht unter und es wird kühler. Paolo nimmt den Kleinen auf die Schultern und geht zum Ausgang des Parks. Claudia folgt ihnen, bleibt aber kurz stehen und wirft einen Blick auf die Pappel. In diesem Moment löst sich eines der zahlreichen Blätter und fällt ihr in die Hand. Es ist leicht gezackt und von einem warmen Rot. Sie steckt es in die Manteltasche, darauf bedacht, es nicht zu beschädigen, und schließt zu ihrem Mann und ihrem Sohn auf.

Daniel winkt Jan zum Abschied zu, der auf der Rolltreppe steht, zurückgrüßt und langsam nach unten verschwindet. Gestern haben sie einen tollen feuchtfröhlichen Abend unter Kumpels verbracht. Sie saßen bei ein paar Bier in einem Pub in Camden Town und haben sich Geschichten von früher erzählt. Später im

Hotel haben sie sich vor den Türen ihrer Zimmer eine gute Nacht gewünscht, dann hat Daniel das warme Wasser der Dusche genossen, bis die Haut an seinen Fingern ganz verschrumpelt war. Er war völlig erschöpft, und weil er, wie es inzwischen eigentlich immer der Fall ist, nicht schlafen konnte, hat er aus seinem Rucksack das Buch geholt, das er mitgenommen hatte, sich aufs Bett gesetzt und die Nachttischlampe angeschaltet. Es war ein Buch von Murakami, und nachdem er eine Weile gelesen hatte, stieß er auf eine Passage, die wie für ihn geschrieben schien, ja die von ihm selbst hätte stammen können, wenn er sich nur so treffend hätte ausdrücken können: »Wann war mein Höhepunkt? Anscheinend war er ausgeblieben. Rückblickend fragte ich mich, ob das überhaupt als Leben zu bezeichnen war. Ein leichtes Gekräusel. Ein unerhebliches Auf und Ab. Ungeschickte Kletterpartien. Aber mehr auch nicht. Quasi null. Ich hatte nichts zustande gebracht. Ich hatte geliebt, ich war geliebt worden, aber nichts war geblieben. Mein Leben war merkwürdig flach, eine eintönige Landschaft. Als würde ich in einem Videospiel herumgeistern. Ein Pseudo-Pacman, der sich durch ein Labyrinth punktierter Linien mampft. Ziellos. Mit der einzigen Gewissheit, sterblich zu sein.«

An diese Sätze muss er jetzt wieder denken, als er durch die mit Touristen überfüllten Straßen in Richtung St James's Park geht. Allerdings ist er erst dreiundzwanzig, und da kann er ja noch nicht weiß Gott was erreicht haben, auch wenn andere es in diesem Alter schon ziemlich weit gebracht haben. Und was stellt er für Anita dar, dass sie sich so heftig in ihn verliebt hat? Wie immer kehren seine Gedanken zurück zu Anita, es scheint, als führe jede seiner Überlegungen früher oder später zu ihr. Wieder steht ihm das quälende Bild ihres verwirrten Gesichtes am Flughafen vor Augen, das er ja nie gesehen hat, sondern sich nur ausmalen kann. Als er sich durch die Menge auf dem Gehsteig schiebt, fällt sein Blick auf etwas Farbiges in einem Schaufenster. Er steht vor einer kleinen Kunstgalerie, wie sie in London an jeder Ecke aus dem Boden schießen und wo die experimentellen Werke aufstrebender Maler gezeigt werden, die alle von irgendjemandem als das nächste große Ding in der zeitgenössischen Kunst gehandelt werden. Daniel geht hinein, grüßt den jungen Mann am Empfang mit einem Kopfnicken, schlendert durch den Raum und lässt sich dabei von seinem Blick leiten. Einiges erinnert an Miró, einiges an Dalí, und ein Bild wirkt geradezu wie eine Nachahmung von de Chiricos »Hektor und Andromache«, auf das Daniel erst kürzlich im Internet gestoßen ist. Er bemerkt die Ähnlichkeit sofort und bleibt stehen, um es näher zu betrachten. Doch dann fällt sein Blick auf ein kleines Gemälde, das etwas versteckt gleich daneben hängt. Es zeigt eine nackte junge Frau, die in einem Haus auf dem Boden auf dem Bauch liegt, hinter einem dichten Regenschleier oder einer Glasscheibe, an der nach einem Wolkenbruch der Regen hinabrinnt. Daniel ist fasziniert von dem Bild und betrachtet es minutenlang, kann sich aber nicht erklären, warum es ihn dermaßen in seinen Bann zieht. Dann fragt er den Mann am Empfang nach dem Preis. Es ist viel zu teuer für das Werk eines völlig unbekannten Malers, aber Daniel will es unbedingt haben, so sehr, wie er kaum je etwas haben wollte. Und er kann es sich leisten, weil ihm sein Vater gestern als Weihnachtsgeschenk einen Umschlag mit hundert Pfund darin gegeben hat.

»Deine Mutter denkt an die Pullover und ich an das Naheliegende«, hat er dabei mit einem Lächeln gesagt.

Ohne nachzudenken, nimmt Daniel das Bild von der Wand und trägt es zum Empfang, wo der junge Mann es lustlos einpackt.

Er verlässt die Galerie und geht zurück zur Victoria Station. Jetzt will er nur noch nach Hause, ihm ist kalt und er hat genug von der überlaufenen Hauptstadt. Das Bild fest unter den Arm geklemmt, bleibt er in einem Hauseingang stehen und schreibt auf seinem Handy eine Nachricht:

Ich hab dein Geschenk, Prof.

Claudia antwortet nur wenige Augenblicke später:

Gut gemacht, mein Kleiner. Ich freu mich schon auf den Kaffee.

Heute ist der letzte Tag des Jahres. Von der Terrasse der Hütte aus sieht Anita den Skifahrern zu, unter denen auch Barbara ist, die sie hierhergeschleppt hat.

Gestern hat sie in dem Wirtshaus, in das sie schließlich dann doch mitgegangen ist, ein paar von Barbaras Freunden kennengelernt. Obwohl sie sich nur einmal im Jahr in den Ferien sehen, sind sie sich freundschaftlich verbunden, einfach weil solche Ereignisse, die sich im Leben regelmäßig wiederholen, das Bedürfnis nach Sicherheit befriedigen, das wir alle unweigerlich haben. Sie saßen alle um einen großen Tisch, und während Barbara und die anderen über Freunde sprachen, die dieses Jahr nicht dabei sind, und andere, die erst noch eintreffen werden, hat Anita dem Jungen mit der Brille zugehört, den sie eine halbe Stunde zuvor kennengelernt hatte und der ihr von seinem letztjährigen Auslandssemester in Spanien erzählt hat.

»Das war wirklich einmalig. Ich habe Leute aus allen möglichen Ländern kennengelernt, und wir sind heute noch alle in Kontakt miteinander«, hat er mit leuchtenden Augen gesagt. »Letzten Sommer habe ich eine Freundin in Schweden besucht, und das war eine der schönsten Reisen meines Lebens.«

Anita hat gelächelt und versucht, sich beeindruckt zu zeigen, während ihr klar geworden ist, dass ihr dieser Typ in einer halben Stunde mehr von sich erzählt hat als Daniel von sich in drei Monaten.

»Das musst du unbedingt auch mal machen«, hat er sie ermuntert. »Barbara hat erzählt, dass ihr zusammen studiert.«

»Wir sind für denselben Studiengang eingeschrieben«, hat Anita entgegnet, »aber hingehen tut eigentlich nur sie. Für mich ist die Uni nur eine Ausrede, damit ich etwas antworten kann, wenn mich jemand fragt, was ich im Leben mache. Ich habe erst zwei Prüfungen abgelegt, und bestanden habe ich nur, weil Barbara mich hat abschreiben lassen.«

Der Junge war sprachlos angesichts von so viel Offenheit. Er schaute so verdattert drein, dass Anita lachen musste.

»Was ist denn los? Bist du noch nie jemandem begegnet, der die Wahrheit sagt und nichts als die Wahrheit?«, hat sie ihn belustigt gefragt.

»Na ja, also in der Form ... nein«, hat er lächelnd geantwortet.

»Dann entschuldige, wenn ich dich damit überrannt habe.«

»Du hast mich nicht überrannt. Es tut mir nur leid für dich.«

Anitas Lächeln verlosch. »Wie meinst du das?«

»Du bist eine attraktive junge Frau und wirkst aufgeweckt und intelligent. Warum machst du nichts aus deinem Leben?«

»Für wen hältst du dich, für meine Mutter?«, hat sie ihn angeblafft und ist dabei so laut geworden, dass die anderen am Tisch verstummten.

»Sei doch nicht gleich beleidigt«, hat er versucht einzulenken. »Ich wollte dir doch nur einen Rat geben.«

»Und mit welchem Recht? Wir kennen uns gerade mal eine halbe Stunde, und in der Zeit hast nur du geredet. Du weißt nichts von mir, gar nichts! Du hast keine Ahnung von meinem Leben, von dem, was ich denke und fühle. Was erlaubst du dir eigentlich?«

Barbara legte ihr einen Arm um die Schulter. »Beruhig dich, Anì. Was ist denn in dich gefahren?«

»Und wie ich mich beruhigen werde! Stell dir vor, ich werde sogar rausgehen, um mich zu beruhigen!«

Der Junge mit der Brille war angesichts dieser Reaktion ziemlich verblüfft, aber peinlich schien ihm das alles nicht zu sein.

Anita ist aufgestanden. »Mag sein, dass ich nichts aus meinem Leben mache, aber auch wenn du weiß Gott was aus deinem machst, wirst du trotzdem immer ein Idiot bleiben.«

Kurz darauf ist Barbara zu ihr vor die Tür gekommen und sie sind zusammen nach Hause gefahren. Als sie im Auto saßen, hat Anita sich entschuldigt.

»Tut mir leid. Ich weiß auch nicht, was mit mir los war.«

»Ist schon gut. Der ist wirklich ein Idiot. Außerdem war ich erleichtert, dass du geschrien hast. Wo du doch sonst nur wie ein Zombie rumsitzt.«

»Ich bin immer noch ein Zombie. Nur jetzt eben ... ein zorniger Zombie.«

Beide sind in Lachen ausgebrochen.

Zur Versöhnung hat Anita heute Morgen Barbara begleitet, die schon Ski fahren konnte, noch bevor sie laufen konnte. Anita dagegen fährt nicht Ski. Sie ist auf die Terrasse gegangen und hat sich in einem der Liegestühle für die Gäste in die Sonne gesetzt, um den Skifahrern zuzusehen. Während sie einen von ihnen beobachtet, der rote Kleidung trägt und elegant den Hang hinabwedelt, als hätte er sein Leben lang nichts anderes getan, setzt sich jemand in den Liegestuhl neben ihr.

»Noch immer sauer?«

Anita dreht sich zu ihm um und erkennt einen von Barbaras Freunden von gestern Abend, auch wenn sie nicht weiß, wie er heißt, und noch kein Wort mit ihm gewechselt hat.

»Nein. Ich hoffe nur, dass ich Cristiano nicht mehr über den Weg laufe«, gibt sie mit ernster Miene zurück.

»Ich glaube, auch er hofft, dass er dir nicht mehr über den Weg läuft«, erwidert er lachend.

Wider Willen lacht auch Anita. Also kann sie doch noch lachen. Barbaras Freund stellt sich vor und sie geben sich die Hand. Dann reden sie über alles Mögliche, darüber, dass trockene Kälte viel leichter zu ertragen ist als feuchte, dass sie nicht Ski fahren, Anita, weil sie Angst hat, er, weil er sich beim Fußballspielen die Knieschiebe gebrochen hat, über ihre Zukunftspläne – Anita will Sängerin werden, er Architekt –, bis Barbara auftaucht und in ihr Gespräch platzt.

»Bravo, Emanuele!«, ruft sie. »Du hast unseren Trauerkloß zum Lachen gebracht!«

Anita sieht sich zu ihr um, ihr Lachen erstirbt, und im nächsten Moment steht sie auf und läuft davon.

Zehn Minuten später findet Barbara sie auf dem Parkplatz. Sie steht an Barbaras Auto gelehnt und trägt ihre gewohnte Miene der Verzweiflung zur Schau.

»Willst du mir verraten, was das sollte? Als ich auf die Terrasse gekommen bin, hast du noch gelacht.«

»Eben!«, erwidert Anita laut, fast schreiend. »Verstehst du denn nicht? Vielleicht lacht er auch gerade, mit einer anderen, und vergisst mich allmählich!«

»Vergisst du ihn etwa auch allmählich?«, fragt Barbara in hoffnungsvollem Ton.

»Das kann ich nicht. Aber er, wer weiß …« Anita dreht sich um. »Ich will zu ihm.«

»Nach England? Bist du jetzt völlig verrückt geworden?« Barbara sieht sich um, als suche sie etwas oder jemanden, das oder der ihr helfen könnte, Anita zur Vernunft zu bringen. »Dir ist schon klar, dass heute Silvester ist? Da gehen keine Flüge mehr.«

»Blödsinn! Ich muss nur irgendwie zum Flughafen kommen. Und du kannst mich ja zum Bus bringen.«

»Der Bus braucht schon zwei Stunden bis Trient, und von da müsstest du nach Mailand oder Bergamo. Von Trient aus gibt es keine Direktflüge nach London. Und er wohnt doch auch gar nicht in London, oder? Du müsstest mit dem Zug noch weiter nach Brighton.«

»Das schaff ich schon«, sagt Anita unbeirrt.

»Du bist noch nie geflogen! Und wie willst du das bezahlen? Das wird eine Menge Geld kosten.«

»Geld hab ich. Meine Mutter hat mir genug gegeben, bevor wir losgefahren sind.«

»Aber du weißt doch nicht mal, wo er wohnt!«

Anita schüttelt den Kopf, wie um zu unterstreichen, dass sie sich nicht abbringen lassen wird. Inzwischen ist die Sonne tiefer gesunken, und die Kälte wird immer durchdringender. Viele der Skifahrer steigen in ihre Autos und fahren zurück in ihre Hotels.

Nachdem sie einige Minuten geschwiegen haben, sagt Barbara: »Komm, wir fahren nach Hause. Sonst erfriere ich hier noch.«

Dann steigt sie ein und lässt den Motor an. Kurz darauf steigt auch Anita ein. Sie fahren los, ohne weitere Worte zu wechseln, und Barbara konzentriert sich aufs Fahren und auf die Straße mit ihren zahlreichen Kurven und Kehren.

»Es tut mir leid«, sagt Anita nach einer Weile. »Ich weiß, dass ich dir auf die Nerven gehe.«

Barbara antwortet nichts und Anita fährt fort: »Es stimmt, ich habe mich verändert, aber zum ersten Mal seit ich weiß nicht wie vielen Jahren fühle ich mich lebendig. Der Typ von gestern Abend, der mir eine Predigt halten wollte, ist vielleicht ein Idiot, aber ganz unrecht hat er nicht. Seit zwei Jahren schleppe ich mich in die Uni, ohne irgendetwas zustande zu bringen.

Ich bin mit dem Freund meiner Mutter ins Bett gegangen, nur um mich an ihr zu rächen. Und dann hätte ich fast eine Riesenchance auf eine Karriere als Sängerin vermasselt, und ich kann von Glück sagen, wenn dieser Produzent mir noch die Tür offen hält.«

Barbara schweigt noch immer und starrt auf die Straße, aber Anita redet weiter, weil sie weiß, dass sie ihr aufmerksam zuhört.

»Ich will nicht, dass mir mit Daniel das Gleiche passiert. Vielleicht wird nichts aus uns beiden, vielleicht erkennen wir, dass es uns ohne einander besser geht, und das war's dann, aber vorher will ich einfach ganz sicher sein.«

»Und das hat nicht Zeit, bis er wieder in Rom ist?«

»Ich glaube nicht, dass er wiederkommt, und außerdem will ich, dass er weiß, was ich für ihn empfinde. Und zwar jetzt, bevor es zu spät ist.«

»Das weiß er, meine Süße, das weiß er«, entgegnet Barbara, wirft ihr einen raschen Blick zu und sieht dann wieder auf die Straße.

»Ja, du hast recht. Das ist vielleicht das Einzige, was er wirklich weiß, aber ich will ihm den Rest auch noch erzählen. Von mir, von dem, wie es mir ergangen ist, seit meine Mutter meinen Vater verlassen hat, wie ich mich damals gefühlt habe und wie ich mich jetzt fühle. Ich will ihm erklären, warum ich mit Andrea etwas angefangen habe. Und ich will wissen, was er denkt, und ob er glaubt, wir haben noch eine Chance.«

»Das hat er dir doch geschrieben. Er glaubt, nein.«

»Ich will nicht mehr, dass andere für mich entscheiden. Und mit zwei Zeilen auf einem Blatt Papier gebe ich mich auch nicht zufrieden. Ich will, dass er mir ins Gesicht sagt, dass er nicht an uns beide glaubt.«

Kapitel 31

Chiaras Stimme am anderen Ende der Leitung klingt verhalten. »Also, wie hast du dich entschieden?«

»Gar nicht«, antwortet Claudia.

Darauf sagt ihre Schwester nichts. Nach ein paar Momenten des Schweigens fragt sie: »Wie war Weihnachten?«

»Wie immer. Aber ich glaube, ich habe meine Schwägerin Alice endlich mal ein bisschen aus der Fassung gebracht.«

»Das wurde aber auch Zeit! Diese Zicke …«

»Sag bloß, du erinnerst dich an sie.«

»Aber klar! Dumm und verlogen. Ich habe sie nur bei deiner Hochzeit kennengelernt, aber das hat mir schon gereicht.«

»Das glaube ich. Die würde ich garantiert nicht vermissen, auch wenn ich sie nie wiedersehen würde.«

»Aber Paolo würdest du vermissen. Deswegen verlässt du ihn auch nicht.«

»Ich weiß selbst nicht, was ich will, Chiara. Seit ich zurück bin, ist er ganz anders.«

»Vielleicht hat es ihm gutgetan, mal zu erleben, dass du durchaus in der Lage bist, von heute auf morgen zu verschwinden. Mach das doch gleich noch mal und komm ein paar Tage zu mir!«

Es klingt wie ein Scherz, aber Claudia weiß, dass ihre Schwester es ernst meint.

»Ich kann nicht schon wieder davonlaufen. Dann würden meine Zweifel nur noch größer werden.«

»Ich will dich nicht drängen. Aber wenn du mich brauchst, bin ich für dich da.«

»Ich weiß nicht, wie ich es all die Jahre ohne dich ausgehalten habe, Chiara.«

»Es hat einfach nur eine Weile gedauert, bis wir erwachsen geworden sind.«

Als Claudia ein paar Minuten später das Gespräch beendet, hebt sie den Blick und entdeckt Paolo, der in der Küchentür steht und sie unverwandt ansieht. *Wie viel er wohl gehört hat?*, denkt sie.

»Geht es deiner Schwester gut?«, fragt er.

»Ja, alles in Ordnung.«

Paolo nickt und wendet den Blick von ihr ab. »Machen wir einen kleinen Spaziergang, bevor es dunkel wird? Wir könnten die Nachbarstochter anrufen und fragen, ob sie eine Stunde auf Mattia aufpassen kann. Dann könnten wir zu zweit gehen. Mit ihm wird das kein Spaziergang, sondern ein Marathonlauf.«

Claudia traut ihren Ohren nicht. »Und dir würde es nichts ausmachen, ihn zu Hause zu lassen?«

»Das wäre besser für ihn. Hier ist es warm.«

Sie nickt, Paolo will hinausgehen, aber dann dreht er sich um und fragt: »Hast du überhaupt Lust darauf, dass wir ein bisschen Zeit zu zweit verbringen?«

Claudia ist sich nicht sicher, aber sie antwortet: »Natürlich.«

Sie sind in den Park gegangen und spazieren jetzt die Wege entlang, die fast verlassen sind, weil heute, Silvester, alle Leute etwas vorbereiten, ein Abendessen, eine Party, eine festliche

Gesellschaft. Paolo ergreift unvermittelt Claudias Hand. Sie unterdrückt den Impuls, ihm einen Blick zuzuwerfen, mit dem sie ihn fragen würde, warum er das tut.

Das kann ich nicht machen. Er ist mein Mann, er braucht sich nicht zu rechtfertigen, wenn er meine Hand nimmt. Sie fühlt sich unwohl bei dieser Berührung. Er drückt ihre Hand, und sie weiß nicht, was sie tun soll, den Druck erwidern oder es einfach geschehen lassen und ihn bestimmen lassen, wie fest sie sich halten. Um zu verhindern, dass Paolo sich auf ihre Reaktion auf seine Geste konzentriert, sagt sie: »Dieser Winter ist wirklich mild. Kann sein, dass sich das im Februar noch rächt …«

Paolo entgegnet nichts, aber Claudia spürt, dass er reden will, dass er seinen Mut zusammennimmt, um etwas zu sagen, das er nicht sagen möchte, aber unbedingt loswerden muss. Nach einer Weile atmet er aus, als hätte er die Luft lange zurückgehalten, und Claudia weiß, dass es jetzt so weit ist.

»Wie war es denn in Mailand?«

Claudia schluckt und spürt, wie ihr Herzschlag schneller wird. »Mit Chiara und Fulvio war es wirklich sehr schön.«

»Und dieser … Davide, hast du den auch gesehen?«

Jetzt muss sie sich schnell etwas einfallen lassen.

»Wir haben einmal alle zusammen Mittag gegessen, da war er auch dabei.«

»Mhm.«

Claudia überlegt, etwas zu sagen, das das Gespräch von diesem heiklen Thema wegführen würde, entscheidet sich dann aber dagegen. Wie sie zu ihrer Schwester gesagt hat: Sie kann nicht ewig davonlaufen.

»Und konntet ihr eure Bekanntschaft vertiefen?«

»Kaum. Wenn man zu viert ist, redet jeder mit jedem.«

Paolo bleibt stehen und sieht sie an. »Also wart ihr nie zu zweit?«

»Doch einmal, aber nur kurz«, antwortet sie, ohne seinem Blick auszuweichen.

Sie lassen sich nicht aus den Augen, und Claudia hofft, dass er weiterfragt und daraus vielleicht ein Streit oder eine Eifersuchtsszene entsteht, irgendeine aufrichtige Auseinandersetzung. Doch Paolo lächelt nur kurz, wie beiläufig, und geht weiter. Claudia fühlt sich halb erleichtert und halb enttäuscht. Noch ist der richtige Zeitpunkt nicht gekommen. Vielleicht muss sie ihn wieder einmal selbst herbeiführen.

Es hat aufgehört zu schneien, aber der Schnee, der bereits gefallen ist, hat auf dem Rasen vor Daniels Haus einen prächtigen weißen Teppich gebildet. Daniel hat das Fenster geöffnet, um die Stille und die Aussicht auf das Meer zu genießen. Er denkt an letztes Weihnachten zurück, als nicht eine einzige Flocke gefallen ist, und fragt sich, ob es in Rom manchmal schneit. Jetzt bedauert er, dass er Anitas CD in seinem Zimmer in der Schublade gelassen hat, aber er hat gewusst, dass er Lust bekommen würde, sie zu hören, und er hat gewusst, dass es besser für ihn wäre, der Versuchung nicht nachgeben zu können. Es klopft. Seine Mutter kommt herein, schließt die Tür hinter sich und setzt sich aufs Bett.

»Wie geht's dir, Dany?«

Sie hat ihn schon immer Dany genannt, das A auf italienische Art hell ausgesprochen und mit nur einem N, und erst jetzt fällt Daniel auf, dass auch Anita ihn immer so genannt hat.

»Gut«, antwortet er, schließt das Fenster und wendet sich ihr zu.

»Und wenn es nicht so wäre, würdest du es mir ja doch nicht sagen ... Wann hast du eigentlich aufgehört, mir von dir zu erzählen?«

»Das liegt nicht an dir. Ich kann mich niemandem mehr anvertrauen.«

»Aber du hast lange mit Jan gesprochen. Der ist wirklich sympathisch.«

»Wir haben uns von Anfang an gut verstanden, als würden wir uns schon ewig kennen.«

»Da hast du Glück gehabt. Wenn man irgendwo fremd ist, hat man immer Schwierigkeiten, sich einzugewöhnen, aber wenn man gleich einen Freund findet …«

Sie schweigen eine Weile, und Daniel versucht, sein Unwohlsein zu verbergen, indem er ein Buch auf seinem Schreibtisch hin und her schiebt.

»Du hast Sehnsucht, oder?«, fragt seine Mutter.

»Nach Jan?«, fragt Daniel zurück, obwohl er genau weiß, worauf sie hinauswill.

Sie muss lachen. »Aber nein! Nach dem Mädchen aus Rom, das dir den Kopf verdreht hat.«

»Sag bloß, Jan hat dir davon erzählt.«

»Ach was! Von meinem Sohn hat mir noch nie jemand etwas erzählen müssen, und auch wenn du mir jetzt kein Wort verrätst, weiß ich genau, was mit dir los ist.«

Daniel seufzt und setzt sich neben sie. »Ich hab keine Lust, darüber zu reden.«

»Ich weiß. Ist schon in Ordnung. Aber wenn du mal einen Rat brauchst, dann könnte ich dich vielleicht überraschen.«

Er sieht sie an, ohne zu wissen, was er darauf sagen soll. Sie erwidert seinen Blick, und ihre Augen glänzen. Dann streicht sie ihm durchs Haar und steht auf.

»Was für einen schönen Sohn ich doch habe …« Sie seufzt, lächelt und geht zur Tür.

Auch Daniel lächelt. »Du müsstest erst mal sehen, wie schön *sie* ist«, sagt er.

Seine Mutter bleibt stehen, die Hand schon auf der Klinke. »Lange, dunkle Haare?«, fragt sie.

Daniel sieht sie verblüfft an.

»Ich kenne deinen Geschmack, mein Junge.«
»Aber Ellie ist blond!«
»Eben. In die warst du ja auch nie richtig verliebt.«
Daniel lacht. »Da hast du recht!«
»Mütter haben immer recht.« Sie zwinkert ihm zu und verlässt das Zimmer.

Barbara lässt den Blick nicht von der Anzeigetafel mit den Abflügen, als fürchte sie, sie könnte jeden Moment verschwinden.

Während der dreistündigen Fahrt zum Flughafen Bergamo hat sie Anita in einem fort zu überzeugen versucht, nicht zu fliegen. Und Anita hat in einem fort geantwortet, dass sie das tun muss. Schließlich hat Barbara verzagt aufgegeben und nichts mehr gesagt, sodass die letzte halbe Stunde ein fast vollkommenes Schweigen geherrscht hat, das nicht einmal von der Musik aus dem Autoradio überdeckt wurde. Anita konnte es kaum erwarten, auszusteigen und Barbaras wortloser Missbilligung zu entfliehen.

Anita hat inzwischen ein Ticket gekauft und eingecheckt, und jetzt starrt Barbara auf die Nummer des Fluges nach London, der jeden Augenblick zum Einstieg freigegeben werden müsste. Nach einer Weile wendet sie den Blick von der Anzeigetafel und sieht Anita an.

»Und ich soll wirklich nicht mitkommen? Lieber ertrage ich einen zweistündigen Flug, als hier vor Sorge darüber zu vergehen, dass du dich irgendwo verlaufen hast.«

»Danke, aber ich fahre lieber allein. Und Brighton ist ja nicht der Nordpol ... Ich steige ins Flugzeug, in Stansted steige ich wieder aus, dann gehe ich aus dem Terminal hinaus, fahre mit dem Bus zum Bahnhof, kaufe mir dort ein Zugticket nach Brighton und steige in den Zug. Ganz einfach.«

»Wie heißt die Busgesellschaft?«

»Terravision.«

»Und der Bahnhof?«

»Victoria.«

»Und was machst du, wenn du aus dem Flugzeug ausgestiegen bist?«

»Ich gehe aus dem Terminal hinaus.«

»Nein, du gehst zur Passkontrolle. Die Engländer sind misstrauisch. Wir können von Glück sagen, dass wir überhaupt noch reindürfen. Und du hast dir ausgerechnet einen von denen ausgesucht!«

»Okay, jetzt reicht's. Noch ein Wort über Daniel und ich fange an zu schreien, ja?«

Barbara wirft ihr einen missmutigen Blick zu, lässt das Thema aber fallen. »Soll ich Jan anrufen? Er weiß bestimmt, wo dein Süßer wohnt.«

»Wenn du das als Vorwand nehmen willst, um ihn anzurufen, dann mach's!«

»Ich will überhaupt nichts als Vorwand nehmen, im Gegenteil. Ich will ihn nicht mehr hören und nicht mehr sehen. Aber wie willst du Daniel denn finden, wenn du nicht mal weißt, wo er wohnt?«

»Keine Ahnung. Aber ich weiß, dass ich ihn finden werde, auf welchem Weg auch immer.«

»Er hat sicher eine andere Handynummer, bestimmt wieder eine englische.«

»Wir machen es so, Barbi: Wenn ich wirklich nicht mehr weiterweiß, rufe ich dich an. Dann hast du einen Vorwand, Jan anzurufen, und ich irre nicht verloren durch die Straßen einer fremden und abweisenden Stadt. Einverstanden?« Bei diesen Worten lächelt Anita sogar ein bisschen.

»Kannst du Jan endlich mal aus dem Spiel lassen? Und wieso bist du plötzlich zu Scherzen aufgelegt? Kehren deine

Lebensgeister zurück, nur weil du ihn vielleicht – und ich betone: vielleicht – wiedersehen wirst?«

Anita zuckt mit den Schultern und lächelt erneut, und Barbaras Gesichtsausdruck wird milder.

»Ich will mir einfach nicht vorstellen, wie du Silvester allein da drüben verbringst«, sagt sie mit einer Sanftheit in der Stimme, die Anita noch nie gehört hat. Ohne darüber nachzudenken, umarmt sie Barbara, die diesmal überraschenderweise die Umarmung erwidert.

»Wenn er dir wieder wehtut, bring ich ihn um.«

Beide bekommen feuchte Augen, und schließlich greift Anita nach ihrem Koffer, der neben ihr steht. »Ich sollte jetzt lieber gehen. Mach dir keine Sorgen, es wird schon nicht ausgerechnet mein Flugzeug abstürzen.«

Barbara reagiert nicht auf den Scherz, sondern deutet nur in Richtung Sicherheitskontrolle. »Los. Geh. Bevor ich es mir anders überlege und dich hier festhalte«, sagt sie und stupst Anita an.

Anita geht los und dreht sich dann noch einmal um, um Barbara zuzuwinken, doch die hat ihr bereits den Rücken zugewandt und geht zum Ausgang.

Claudia hat den ganzen Nachmittag lang gekocht und versucht, zum Abendessen einmal etwas anderes zuzubereiten als eine der üblichen Kombinationen aus Steak und Salat, Pasta und Gemüse oder Suppe und Aufschnitt. Sie kocht nicht gern, daher kocht sie nur selten und auch nicht besonders gut, aber heute hat sie sich wirklich Mühe gegeben. Tarte mit Spinat und Ricotta, Curryhühnchen und Käsekuchen mit Waldfrüchten, alles nach Rezepten, die sie im Internet gefunden hat. Die Tarte ist unten ein bisschen angebrannt, die Creme des Käsekuchens ist zu weich, sodass er an der Seite leicht herabhängt, aber der Duft des Hühnchens breitet sich in der Küche aus und macht ihr Hoffnung.

Paolo war in kulinarischer Hinsicht immer sehr genügsam, doch heute will sie ihn überraschen, ihm eine Claudia präsentieren, die er vielleicht gar nicht an seiner Seite vermutet hat. Und möglicherweise hat sie sich auch ein bisschen selbst überraschen wollen, als würde auch sie selbst sich nicht so gut kennen.

Mattia hat seine Pasta mit Tomatensauce und die Fleischbällchen schon gegessen, erstaunlicherweise ohne Sperenzchen, und jetzt macht Paolo ihn bettfertig, aber er will noch wachbleiben. Er kommt quengelnd in die Küche gelaufen, gefolgt von Paolo, der ihm seinen Schlafanzug hinterherträgt.

»Mama, ich will nicht ins Bett! Heute ist doch Siwester!«

Claudia geht in die Hocke, um mit ihm zu reden. »Genau. Und morgen, am Tag nach ›Siwester‹, fahren wir mittags zur Oma. Da sind auch alle deine Cousins und Cousinen. Aber wenn du jetzt nicht schlafen gehst, dann bist du morgen müde und wir können nicht zur Oma fahren.«

Mattia sagt nichts, sondern zieht nur enttäuscht eine Schnute, die Claudia schon immer ziemlich süß gefunden hat. Offenbar überlegt er. Schließlich sieht er sie mit einem bestimmten Blick an, und sie weiß, dass sie ihn überzeugt hat.

»Dann geh ich jetzt schlafen. Aber dann musst du mir eine Geschichte vorlesen!«

Das Hühnchen steht noch auf dem Herd, und wenn sie es jetzt noch länger köcheln lässt, wird es wahrscheinlich zu trocken, aber es ist das erste Mal, dass Mattia will, dass sie ihm die Gutenachtgeschichte vorliest, und diese Gelegenheit will sie nicht verstreichen lassen. Sie wendet sich zu Paolo.

»Schaust du auf das Hühnchen? Du musst nur ein bisschen Brühe nachgießen, wenn es zu trocken wird, und in zehn Minuten kannst du ausschalten.«

»Ja, sicher. Geh nur.«

Claudia nimmt Mattia auf den Arm, und Paolo gibt ihr den Schlafanzug. Sie geht zum Kinderzimmer, und bevor sie es betritt, wendet sie sich zu Paolo um. Er lächelt sie an. Sie erwidert sein Lächeln, spürt jedoch, wie sich dabei ihre Wangenmuskeln anspannen. Spielt sie etwa nur sich selbst, so wie sie vor ein paar Jahren war, als sie noch glücklich war?

In Brighton nähert sich die Sonne schon gegen drei Uhr nachmittags dem Horizont. Die dünne Schneeschicht knirscht unter den Schritten der beiden, als sie über die weißen Wiesen zum Meer gehen.

»Also fährst du nach den Feiertagen wieder zurück«, sagt Ellie.

Ihre langen blonden Haare, die ihr auf die Schultern fallen, stecken zum Teil unter einer roten Wollmütze. Sie sieht vor sich hin, Richtung Meer, und hin und wieder dreht sie sich zu Daniel, der neben ihr geht.

»Ja«, antwortet er. »Ich will mein Auslandssemester zu Ende bringen. Ich habe in Rom eine exzellente Professorin kennengelernt, die mir die moderne Kunst nahegebracht hat.«

»Und vielleicht auch noch etwas anderes …?«

Daniel bleibt stehen und schaut Ellie an. »Was soll denn das heißen?«

»Nicht? Es ist nur … entschuldige, aber du wirkst so verändert.«

»Menschen ändern sich.«

»In drei Monaten?«

»Warum nicht? In drei Monaten können Dinge passieren, wie sie in drei Jahren nicht passieren. Und diese Dinge verändern einen.«

Ellie bleibt dicht neben ihm stehen. »Mag sein … Aber was auch immer dir passiert ist, es hat dir offenbar gutgetan«, sagt sie und lacht.

Ihr Lachen klingt wie das von Valentina. Daniel bleibt ernst und sieht Ellie an, und dass sie ihm vollkommen gleichgültig ist, überrascht ihn kein bisschen. Auch Ellie ist eine sehr attraktive Frau. Der Gedanke an ihre Lippen hat ihm noch vor wenigen Monaten schlaflose Nächte bereitet, und wenn sie ihm ganz nahe gekommen ist und ihm in die Augen gesehen hat, blieb ihm fast die Luft weg. Er versucht ein Lächeln und geht weiter, doch Ellie hält ihn am Arm fest.

»Warte, Daniel! Wenn du dann wieder zurück bist, dann … fände ich es schön, wenn wir uns wieder öfter sehen würden.«

»Warum?«

»Darum. Weil ich dich immer gemocht habe.«

Er befreit sich aus ihrem Griff und geht weiter. Sie haben mittlerweile den Strand erreicht. Daniel geht immer weiter, bis er fast am Wasser steht.

»Hab ich was Falsches gesagt?«, fragt Ellie und schließt zu ihm auf.

»Nein. Aber du hast vor vier Monaten per SMS Schluss gemacht, und jetzt kommst du an und sagst, du würdest mich gerne wieder öfter sehen.«

Daniels Stimme ist ruhig, fast liebevoll. Als spräche er nicht über sich, sondern über jemand anderen. Als hätte er nicht furchtbar gelitten, nachdem er die SMS gelesen hatte.

»Du hast doch selbst gesagt, dass Menschen sich ändern. Und ich habe mich eben auch verändert«, erwidert Ellie ohne die geringste Verlegenheit. »Dich zu verlassen, war ein Fehler, und es tut mir leid, dass ich es auf diese Weise getan habe. Ich hoffe, du gibst mir eine zweite Chance.«

»Wenn du wüsstest, wie stark ich mich verändert habe, dann würdest du keine zweite Chance wollen.«

»Das glaube ich nicht. Was wetten wir?«

Mattia schläft, obwohl das Knallen der ersten Raketen durch die heruntergelassenen Rollläden und die geschlossenen Fenster in sein Zimmer dringt. Claudia wirft noch einmal einen Blick auf ihn und geht dann zurück ins Wohnzimmer, wo Paolo schon den Drahtverschluss von der Sektflasche entfernt hat. Um Punkt Mitternacht wird er sie entkorken. Bis dahin ist es noch eine Viertelstunde. Er hat alles aufgegessen und mit Komplimenten nicht gespart, obwohl die Tarte ein wenig versalzen war, das Hühnchen zu scharf und der Käsekuchen zu matschig. Claudia dagegen hat nur wenig gegessen und das, was sie auf dem Teller hatte, erbarmungslos kritisiert, als wolle sie sich selbst schimpfen, bevor Paolo es tun kann.

Jetzt ist sie nervös und fühlt sich unwohl, vielleicht, weil sie zum ersten Mal seit Jahren Silvester zu zweit verbringen und die Stimmung angespannt ist. Sie gehen schon den ganzen Tag überaus zuvorkommend miteinander um und vermeiden jedes Thema, das sie auf unsicheres Terrain führen könnte, mit dem Ergebnis, dass sie von dieser Anstrengung vollkommen erschöpft sind und nur noch ins Bett wollen. Claudia würde am liebsten die Uhr vordrehen, damit sie endlich diesen verdammten Korken knallen lassen können, miteinander anstoßen und sich zum tausendsten Mal an diesem Tag anlächeln und sich ein frohes neues Jahr wünschen und sich dann endlich hinlegen. Sie läuft zwischen Esszimmer und Küche hin und her, räumt das schmutzige Geschirr ab und stellt es in die Spülmaschine, während Paolo am Fenster steht und das Feuerwerk betrachtet. Als Claudia die Gläser vom Tisch räumt, geht auf ihrem Handy, das auf dem Sofa liegt, eine Nachricht ein. Beide wenden sich zum Sofa, dann räumt Claudia weiter die Gläser ab.

»Willst du nicht wissen, wer dir schreibt?«, fragt Paolo.

»Das wird meine Schwester sein. Der antworte ich nachher. Ich will vor zwölf noch hier fertig sein.«

Sie geht in die Küche und räumt die Spülmaschine ein. Kurz darauf kommt auch Paolo in die Küche, in der Hand ihr Handy.

»Und wer ist Daniel?«, fragt er.

Vorsichtig stellt Claudia das Kristallglas, das sie gerade in der Hand hat, auf den Tisch. Dann sieht sie ihren Mann an. »Liest du meine Nachrichten?«

»Hast du etwas zu verbergen?«

»Ich habe ein Leben, und das besteht nicht nur aus dir.«

Jetzt ist es so weit, denkt sie. Paolo wirft ihr aus seinen hellblauen Augen einen unversöhnlichen Blick zu, und Claudia fragt sich, wie sie diese Augen jemals schön finden konnte. Sie sind kalt, beunruhigend.

»Willst du damit sagen, dass es da etwas gibt, das ich nicht weiß?«

»Es gibt unendlich vieles, das du von mir nicht weißt.« Sorgfältig stellt Claudia das Glas in die Spülmaschine. »Und ehrlich gesagt habe ich auch nie geglaubt, irgendetwas davon würde dich interessieren.«

»Und wenn es mich doch interessieren würde?«

»Was glaubst du, wie du es erfahren würdest? Indem du meine Nachrichten liest?«

Paolo zuckt mit fast schon gelangweilter Miene die Achseln, Claudias Telefon noch immer in der Hand. »Also? Wer ist dieser Daniel?«

»Das geht dich nichts an.«

»Ich habe dich gefragt, wer zum Teufel dieser Daniel ist!«

Claudia schreckt hoch, macht einen Schritt zurück und stößt dabei gegen den Tisch, wodurch das letzte Weinglas, das noch nicht in der Spülmaschine steht, zu Boden fällt und in tausend Stücke zerspringt.

Mit aufgerissenen Augen starrt sie Paolo an, dann geht sie um den Tisch herum, um größtmöglichen Abstand zu ihm zu halten, und verlässt die Küche. Sie flieht ins Esszimmer und rechnet damit, jeden Moment Paolos Schritte zu hören, der ihr nachläuft, doch alles bleibt still. Sie hat nicht den Mut, sich umzudrehen, um zu sehen, ob er ihr gefolgt ist. Wenige unendlich lange Augenblicke später hört sie, wie die Wohnungstür zugeht, und kann endlich aufatmen.

Vom Fenster aus betrachtet sie das Feuerwerk und hört die immer lauter werdende Knallerei. Die anderen, dort draußen, feiern die Ankunft des neuen Jahres.

Kapitel 32

Auf der Zugfahrt nach Brighton schläft Anita. Sie schläft, weil sie todmüde ist, nachdem sie während der Reise, auf der sie ja allein war, die ganze Anspannung in jedem Augenblick gespürt hat. Bevor sie eingenickt ist, hat sie alles noch einmal wie in einem Traum vor sich gesehen, der allerdings eher einem Albtraum glich: die Sicherheitskontrolle, bei der sie auch ihre Schuhe ausziehen musste; das Warten am Gate; das dumpfe Geräusch der sich schließenden Flugzeugtür; die Stewardess, die das Verhalten im Notfall mit einem Lächeln auf den Lippen demonstriert hat, als wäre es das höchste Vergnügen, sich eine aufblasbare Schwimmweste umzulegen, während das Flugzeug ins Meer stürzt; der Start, bei dem ihr Herz so schnell schlug, dass sie fürchtete, einen Infarkt zu bekommen; die erste Kurve, bei der ihr schlagartig übel geworden ist, und dann die zwei endlosen Stunden in der Luft, während derer sie auch noch auf das leiseste seltsame Geräusch geachtet hat und kein einziges Mal aufgestanden ist oder sich bewegt hat, weil sie absurderweise Angst hatte, dadurch das Flugzeug ins Schwanken zu bringen. Und dann endlich die Landung, bei der sie entdeckt hat, dass Landungen etwas Wunderbares sind.

Barbaras Anweisungen waren zum Glück eindeutig, und so hat sie ohne größere Schwierigkeiten die Victoria Station erreicht, wo sie dann endlich in den Zug einsteigen konnte. Im Bus auf der Fahrt vom Flughafen nach London hat sie zerstreut aus dem Fenster gesehen und danach bedauert, nicht mit wachen Augen bei der Sache gewesen zu sein. Sie war zum ersten Mal in einer der aufregendsten Städte der Welt und hat sie nicht einmal eines Blickes gewürdigt.

Jetzt schläft sie einen leichten Schlaf, wie er einen befällt, wenn man eigentlich die Augen nicht mehr aufhalten kann, aber Angst hat, den Bahnhof zu verpassen, an dem man aussteigen muss. Man schläft und schläft doch nicht, und ab und an gibt man sich einen Ruck und öffnet die Augen, aber draußen ist es finster und man kann nichts erkennen. Anita holt ihr Handy hervor und sieht auf die Uhr: halb zwölf. Sie schreckt hoch und ist jetzt wieder ganz wach. So spät schon? Dann fällt ihr wieder ein, dass es in England eine Stunde früher ist. In einer halben Stunde kommt sie an, und noch immer hat sie keine Ahnung, was sie dann tun wird.

Ich werde ihn suchen, denkt sie. *Was soll ich auch sonst machen?*

Sorgfältig vermeidet sie die Frage, was sie tun wird, wenn sie ihn gefunden hat.

Daniel isst zu Hause mit seinen Eltern zu Abend, und überraschenderweise ist auch sein Bruder da.

»Ich dachte, du wolltest auf eine Party«, sagt er zu ihm, während seine Eltern noch in der Küche herumhantieren.

»Da geh ich später hin«, erwidert Peter. »Das Mädchen, mit dem du vorhin am Strand warst, war das Ellie?«

»Mhm«, brummt Daniel und nickt.

»Sie hat dir bestimmt gesagt, dass du ihr gefehlt hast«, sagt Peter lächelnd.

»Das hat sie. Abhauen scheint immer zu funktionieren.«

Sein Bruder legt ihm eine Hand auf den Arm und sieht ihn an.

»Ellie ist eine dumme Kuh, Danny. Schlag sie dir aus dem Kopf.«

Jetzt ist es Daniel, der lächelt. »Ich bin hier der große Bruder, mein Lieber. Willst du mir jetzt etwa Ratschläge erteilen? Ich mache mir nichts mehr aus Ellie, Pete. Schon lange nicht mehr.«

Peter zuckt mit den Schultern und lächelt wieder. »Sehr gut! Dann kann ich es dir ja sagen. Während sie die ganze Zeit rumerzählt hat, dass du ihr fehlst und dass sie es kaum erwarten kann, bis du wiederkommst, hat sie ... na ja, jemanden gefunden, der sie getröstet hat.«

Daniel bricht in Lachen aus, während sein Bruder ihn fast ein wenig besorgt ansieht. Dann lacht auch Peter.

»Also stimmt es! Du bist geheilt!«

Daniel will ihm erklären, dass er zwar in dieser Hinsicht geheilt ist, sich dafür aber eine andere, weitaus schwerwiegendere Krankheit zugezogen hat, doch in diesem Moment kommen seine Eltern und stellen stolz eine dampfende Suppenschüssel auf den Tisch, und die beiden Brüder beenden ihr Gespräch. Als alle beim Essen sitzen, wechseln sie komplizenhafte Blicke.

Vielleicht ist Ellie nicht die Einzige, der ich gefehlt habe, denkt Daniel erfreut.

Claudia tritt vom Fenster zurück und zieht die Vorhänge zu, dann geht sie in die Küche. Ihr Handy liegt auf dem Tisch. Auf dem Weg dorthin tritt sie in die Scherben des Weinglases. Sie öffnet Daniels Nachricht. Als sie sie gelesen hat, weiß sie nicht, ob sie dankbar oder wütend sein soll.

Frohes Neues, Prof. Möge es für uns beide ein besseres Jahr werden.

Worte, so unschuldig wie Daniel selbst. Kann man einem wie ihm überhaupt böse sein? Paolo hat die Nachricht gelesen, aber warum wollte er unbedingt wissen, wer der Absender ist? Dass Daniel »Prof« schreibt, weist eindeutig darauf hin, dass er einer ihrer Studenten ist. Vorsichtig sammelt Claudia die Scherben des Glases ein, aber sie ist so müde und erschöpft, dass sie aufpassen muss, sich dabei nicht zu verletzen. Nachdem sie alles in den Müll geworfen hat, räumt sie die Spülmaschine fertig ein und schaltet sie an. Jetzt spürt sie das ganze Gewicht des vergangenen Tages auf den Schultern. Mit gesenktem Kopf geht sie zurück ins Wohnzimmer und lässt sich aufs Sofa fallen. Sie ist unentschlossen: Soll sie auf Paolo warten und sich endlich der Auseinandersetzung stellen, die sie beide schon so lange vor sich her schieben, oder ins Bett gehen und so tun, als schliefe sie, und abwarten, bis die Flutwelle sich wieder zurückzieht, bis zur nächsten Gezeitenwende? Jedenfalls kann sie nicht weiterhin so tun, als wäre nichts. Sie hat dazu nicht mehr die Kraft, und Paolo offenbar ebenso wenig. Vorhin hat er die Kontrolle verloren, sie angeschrien und sich dann davongemacht. In seinem Blick lag eine Wut, die sich lange in ihm aufgestaut haben muss und die sich so verhärtet hat, dass sie fast etwas von Zorn an sich hat.

Wenn zwei Menschen lange Zeit zusammen sind, sammelt sich vieles an. Erinnerungen an Dinge, die du bereust, Worte, die du lieber nicht gesagt hättest, Worte, die du gern gesagt hättest, aber nicht gesagt hast, und für die es irgendwann zu spät ist. All diese Dinge bilden eine Wand, die jeden Tag dicker, fester und undurchdringlicher wird, die zwischen dir und dem anderen steht und euch trennt. Und je dicker sie wird, desto weiter entfernt sie euch voneinander.

Claudia streckt sich auf dem Sofa aus, deckt sich mit ihrer Fleecedecke zu und bleibt liegen, bis sie hört, wie die Wohnungstür aufgeht. Draußen ist mittlerweile alles still. Als sie sich aufsetzt, kommt Paolo herein. Sie sehen sich schweigend an, dann bedeutet sie ihm, sich neben sie zu setzen.

»Daniel ist einer meiner Studenten«, sagt sie, als Paolo neben ihr sitzt. »Wir sind uns nähergekommen, auch wenn ich das nicht hätte zulassen dürfen. Er macht hier sein Auslandssemester, und bald geht er wieder zurück nach England.«

Paolo hört ihr mit ausdrucksloser Miene zu. »Trefft ihr euch auch außerhalb der Uni?«

Die Frage klingt nicht wie ein Verhör. Paolo spricht sanft, als wäre er ernsthaft interessiert.

»Ja, manchmal. Meistens gehen wir außerhalb der Uni einen Kaffee trinken, damit wir nicht von meinen Kollegen oder anderen Studenten gesehen werden. Er ist in ein Mädchen aus Rom verliebt und erzählt mir von ihr und fragt mich um Rat.«

»Warum hast du mir davon nie etwas gesagt?«

Claudia seufzt und lächelt verhalten, doch in ihrem Lächeln liegt keine Spur von Heiterkeit.

»Wir reden nie miteinander, Paolo, wir tauschen immer nur Informationen aus. Es ist eine Ewigkeit her, dass wir uns ausgesprochen haben. Und manchmal frage ich mich, ob wir es überhaupt je getan haben.«

Paolo wendet den Blick von ihr ab und senkt den Kopf. »Wir könnten jetzt damit anfangen«, sagt er.

»Ich weiß nicht, ob ich jetzt noch will. Das ist das Problem.«

Er nickt und sieht sie wieder an. »Ich schon.«

Daniel verlässt das Haus und zieht sich die Kapuze seines Sweaters über den Kopf, denn es hat gerade wieder zu schneien angefangen. Er freut sich darüber, denn in Brighton schneit es um diese Jahreszeit nicht oft, und Schnee hat er schon immer gemocht. Er mag es, wenn die Flocken unhörbar fallen, sodass man gar nicht bemerkt, dass es schneit, bis man das Fenster öffnet und hinaussieht und sich der vertraute Anblick mit einem Mal ganz anders präsentiert. Er mag es, wenn der Schnee sich auf seine Kleidung legt, ohne dabei wie der Regen alles zu durchnässen, als wolle er sagen: »Entschuldige, wenn es ein bisschen feucht wird, aber ich bin doch wunderschön, nicht wahr?« Der Schnee kommt ihm wie die Liebe vor, genauso bewegend und poetisch und sanft, und dass die Kleider nass sind, merkt man erst, wenn sich die Erkältung ankündigt, oder wenn man sich ein Leben ohne die Geliebte nicht mehr vorstellen kann, die einem die Seele getränkt hat, ohne dass man es bemerkt hat.

Er geht die Straße entlang, an deren Ende, fast als letztes vor dem Meer, das Haus seiner Eltern liegt. Alles ist still und liegt im gelblich-trüben Licht der Straßenlaternen, und plötzlich taucht aus dem Flockenwirbel Ellie vor ihm auf.

»Hallo!«

Daniel muss sich bemühen, die genervte Miene zu unterdrücken, die sich bei ihrem Anblick auf seinem Gesicht abgezeichnet hat. Er deutet einen Gruß an, sagt aber nichts. Er hat nicht die geringste Lust zu reden. Ihre langen blonden Haare lugen unter der Kapuze ihrer roten Steppjacke hervor, und Daniel denkt, dass sie schön ist, aber von einer nutzlosen Schönheit, wie Valentina.

»Ich hatte dir doch gesagt, dass ich eine zweite Chance will«, sagt sie und geht neben ihm her.

»Ellie …«, setzt er an und bleibt stehen, um sie anzusehen.

»Nein, warte«, unterbricht sie ihn und legt ihm ihre kalten Finger auf die Lippen. »Sag jetzt nichts. Gib mir einfach ein bisschen Zeit, ja?«

Daniel entzieht sich ihrer Berührung und schüttelt den Kopf.

»Ich verlange nichts von dir«, sagt Ellie. »Ich will einfach nur ein bisschen Zeit mit dir verbringen, ein Bier trinken und Silvester feiern. Was hältst du davon?«

Nein, würde er am liebsten antworten. *Du verlangst nicht nichts von mir, sondern zu viel. Ich will einfach nur in den Pub gehen, ein bisschen mit meinen Kumpels quatschen, so viel trinken, dass ich Anita vergessen kann, und dann nach Hause gehen und schlafen. Und du willst, dass ich bei dir bleibe und mir dein Grinsen ansehe, das genauso dämlich ist wie das von Valentina, und dann soll ich auch noch so tun, als würde mir das gefallen.*

»Von mir aus«, sagt er stattdessen.

Sie hakt sich bei ihm ein, lächelt zufrieden und passt den Rhythmus ihrer Schritte den seinen an.

Am anderen Ende der Stadt ist Anita gerade aus dem Zug gestiegen. Sie geht langsam, den kleinen Rollkoffer an der Hand, und sieht sich um. Der Bahnhof ist sehr schön, mit einer gewaltigen Dachkonstruktion aus Stahl und Glas. Eine Bar hat noch geöffnet, aber Anita hat keinen Hunger, und Mitternacht rückt näher. Sie versucht, nicht daran zu denken, dass Daniel den Abend vielleicht zu Hause verbringt und nicht in einem Pub. Während sie sich nach Kräften vorstellt, wie er mit seinen Freunden von früher beim Bier zusammensitzt, verlässt sie den Bahnhof und steht auf einem schneebedeckten Platz. Beißende Kälte schlägt ihr entgegen, ein schwacher Wind lässt die Schneeflocken in der Luft tänzeln und nimmt ihr die Sicht. Nur wenige Menschen sind unterwegs. Anita überquert den Platz und biegt in eine breite Straße ein, in der zahlreiche geschlossene Geschäfte liegen und Lokale, durch deren Fenster das Licht in gelben Rechtecken auf den Gehsteig fällt. Vor dem ersten bleibt sie stehen und sieht hinein. Es ist voll mit Leuten, die trinken, lachen und sich unterhalten. Wenn in allen Lokalen, von denen es bestimmt eine Menge gibt, so viele Leute sind, wird sie ihn nie finden. Für einen Augenblick verlässt sie der Mut. Was macht sie hier bloß, und noch dazu allein? Was für eine lächerliche Idee war das nur? Er hat Schluss gemacht, und sie läuft ihm nach wie ein Hund, der sich nicht damit zufriedengeben will, dass sein Herrchen ihn verlassen hat, und jetzt steht sie hier allein in der Kälte und im Schnee und hält Ausschau nach ihm. Und was würde es denn ändern, wenn sie ihn finden würde? Sie unterdrückt ihre Tränen und diese düsteren Gedanken, dann tritt sie noch einmal an das Fenster des Pubs und sieht hinein, überfliegt rasch die Gesichter all derer, die ihr nicht den Rücken zuwenden, sowie alle Köpfe mit braunen Haaren. Sie entdeckt ihn nicht, und etwas in ihr sagt ihr, dass er nicht dort drin ist. Dann geht sie die Straße ein Stück weiter, zum nächsten Rechteck aus Licht.

»Du hast mir nie erzählt, dass du so viele Probleme in der Arbeit hast.«

Paolo zuckt mit den Schultern. »Ich habe genau wie du geglaubt, dass dich meine persönlichen Probleme nicht interessieren.«

»Früher haben wir uns alles erzählt. Mir schien sogar, dass die Dinge erst dann wirklich wurden, wenn ich dir davon erzählt habe.«

Paolo zieht überrascht die Augenbrauen hoch.

»Ich dachte, das würde sich nie ändern«, fügt Claudia hinzu.

»Und jetzt ist es nicht mehr so?« Er streichelt weiter ihre Hand, die in seiner liegt.

»Jetzt ist es ... anders. Ich begreife mich nur noch als Mattias Mutter, und du bist für mich nur noch sein Vater. Mehr nicht.«

»Aber ich bin auch dein Ehemann.«

»Das warst du früher auch, aber das stand für mich nicht im Vordergrund. Du warst für mich immer nur der Mann an meiner Seite. Und ich war deine Frau.«

»Das bist du noch immer.«

»Nein, jetzt bin ich die Mutter deines Sohnes.«

»Das bist du schon auch«, entgegnet Paolo, ohne sie anzusehen. »Aber du bist immer meine Ehefrau geblieben, die Frau an meiner Seite. Mit einem Kind verändert sich vieles, aber ein Paar bleibt doch trotzdem ein Paar, oder?«

»Und wodurch bleiben zwei Menschen ein Paar?«, erwidert sie und sieht ihn an. »Indem sie in der Nacht miteinander vögeln?«

Er lässt ihre Hand los und sieht sie an. »Früher hast du solche Ausdrücke nie benutzt. Früher hättest du ›miteinander schlafen‹ gesagt. Infizieren dich die jungen Kerle, mit denen du dich umgibst, etwa auch mit ihrer Sprache?«

Sein Ton ist rau und schneidend. Streiten sie jetzt gleich wieder?

»Nein«, antwortet Claudia. »Aber vielleicht mit ihrer Aufrichtigkeit.«

»Also bist du jetzt aufrichtig, und früher warst du es nicht? Wie viele Lügen hast du mir erzählt?« Paolo steht auf und stellt sich vor sie.

»Keine einzige! Ich habe dir nur nicht erzählt, was mich beschäftigt hat.«

»Ich dagegen schon. Ich habe dir nie etwas verborgen, und von meinen Problemen in der Arbeit habe ich dir nichts erzählt, weil du sie ja sowieso nicht für mich hättest lösen können. Aber ansonsten habe ich dir immer alles erzählt.«

»Ja, das hast du«, sagt Claudia und bemüht sich, ruhig zu bleiben. »Sachliche Informationen, Dinge, die dir tagsüber passiert sind, Kommentare zu den Fernsehnachrichten.«

»Und was hätte ich dir bitte schön sonst noch erzählen sollen?«

»Du hättest mir von dir erzählen können, davon, wie es dir geht, von deinen Ängsten, deinen Träumen. Und du hättest auch mich fragen können, wovon ich träume oder wovor ich Angst habe.«

Paolo sieht sie an. Auf seiner Stirn steht ein riesiges Fragezeichen. »Über solche Sachen redet man als Teenager«, sagt er entschieden. »Warum sollten zwei Erwachsene über so etwas reden, wenn sie ohnehin schon genug Probleme und außerdem ein Kind haben?«

»Und woher wissen die beiden Erwachsenen dann, dass ihre Gefühle füreinander sich nicht verändert haben, dass sie sich immer noch lieben?«

»Sie fühlen es! Über so albernes Zeug braucht man doch nicht zu reden! Ich habe dich geheiratet, ich habe ein Kind mit dir, also sprechen wir über ernsthafte Dinge, nicht über solchen Unsinn wie aus einem Liebesroman.«

Bei diesen Worten wird Claudia rot vor Wut. Ist sie etwa ein kleines Mädchen, das geheiratet hat, um Mann und Frau zu spielen, das ein Kind geboren hat, um Mutter zu spielen, und das unterrichtet, um Lehrerin zu spielen? Nein, das alles war kein Spiel. Alles war echt und manchmal schwierig und schmerzhaft. Sie ist eine erwachsene Frau, die ihren Pflichten nachkommt und Verantwortung trägt, es sich aber nicht nehmen lassen will, weiterhin zu träumen und ihre Empfindungen auszuleben. Wenn das für Paolo alles »Unsinn wie aus einem Liebesroman« ist, dann sprechen sie mittlerweile zwei verschiedene Sprachen. Aber haben sie je dieselbe gesprochen?

Jetzt steht auch sie vom Sofa auf, geht an Paolo vorüber und verlässt schweigend das Zimmer.

Kapitel 33

In wie vielen Pubs und Restaurants habe ich jetzt wohl schon gesucht?, fragt sich Anita erschöpft. *Mindestens in zehn.*
Sie ist durchgefroren, ihre Hände sind vor Kälte blau angelaufen, ihre Stiefel durchnässt, auch wenn es schon eine Weile nicht mehr schneit, und ihre Beine sind schwer. Sie schleppt sich nur noch dahin, und der Rollkoffer bleibt an jeder kleinen Unebenheit des Gehsteigs hängen. Manchmal steigt von irgendwo in der Stadt eine Rakete in den Himmel und blitzt in der Dunkelheit auf, doch nirgends sind Böller zu hören. Obwohl die Hauseingänge mit Girlanden geschmückt sind, wirkt diese Nacht ganz gewöhnlich. Nicht weit entfernt leuchten die Lichter der Strandpromenade, und Anita stellt fest, dass sie ziemlich weit gegangen ist, ohne Erfolg zu haben. Ein paar Schritte weiter sieht sie wieder das Schild eines Pubs und Licht, das durch die Fenster auf den Gehsteig fällt. Sie nimmt ihre Kräfte zusammen und legt die wenigen Meter dorthin zurück. Dieser Pub, so beschließt sie, wird der letzte sein, in dem sie sucht. Wenn Daniel auch hier nicht ist, geht sie zurück zum Bahnhof, wo es warm ist, setzt sich auf eine Bank und wartet auf den nächsten Zug nach London. Ihr Herz schlägt schneller,

als sie versucht, einen Blick ins Innere des Lokals zu erhaschen, was nicht ganz leicht ist, da die quadratischen Fensterscheiben wegen des Temperaturunterschieds zwischen drinnen und draußen angelaufen sind. Doch sie entdeckt ihn sofort. Er sitzt im hinteren Teil des Raumes, an einem großen voll besetzten Tisch, und lächelt einem blonden Mädchen neben sich zu, das aussieht wie Valentina. Sie kennt dieses Lächeln. Es ist nicht ganz symmetrisch und erfasst auch nicht das ganze Gesicht. Würde er sie so anlächeln, sie wüsste auf der Stelle, dass es ein gespieltes, gezwungenes Lächeln ist. *Die Blonde erkennt das bestimmt nicht*, denkt Anita. Sie redet und gestikuliert einfach weiter und erzählt offenbar etwas Lustiges. Dabei sieht sie Daniel an, als wären sie allein. Anita geht vor dem Fenster hin und her, um besser sehen zu können, und als sie eine gute Stelle gefunden hat, passiert alles auf einmal: Jemand verkündet, dass Mitternacht ist, unisono knallen die Sektkorken, die Blonde wirft sich Daniel an den Hals und drückt ihm einen Kuss auf den Mund. Daniel entwindet sich ihr noch im selben Moment, indem er sie bei den Handgelenken packt und von sich schiebt, dann sieht er aus dem Fenster, vor dem Anita steht, und ihre Blicke treffen sich. Überrascht reißt er die Augen auf, während Anita sich instinktiv in die Dunkelheit zurückzieht. Im nächsten Moment schnappt sie ihren Koffer, geht ein paar Schritte und versteckt sich in einem finsteren Hauseingang. Sie versucht, die Tür zu öffnen, die jedoch abgeschlossen ist, und drückt sich daher in die Nische des Eingangs und versucht, möglichst unsichtbar zu sein. Ihr Herz rast, als sie hört, wie die Tür des Pubs aufgeht, das Glöckchen darüber läutet und die Tür sich wieder schließt. Kurz darauf läuft Daniel an ihr vorüber, ohne sie zu bemerken. Sie bräuchte nur einen Schritt nach vorn zu machen und ihn zu rufen. Der kurze Blick in seine Augen gerade eben hat ihr genügt, um zu wissen, dass er sie in die Arme schließen würde, ins Warme bringen, sie küssen und ihr sagen würde, wie sehr er sich freut, sie zu sehen ... und dann? Wenn man jemanden liebt, vergeht die Liebe nicht in einer Woche, aber was hat sich in dieser Zeit verändert? Sie ist noch immer die, die mit dem Freund ihrer Mutter ins Bett gegangen ist, er will noch immer wissen, warum, sie ist noch immer nicht in der Lage, es ihm zu sagen, und vielleicht weiß sie es selbst nicht einmal genau. Sie leben Tausende Kilometer voneinander entfernt, und er hat sich entschieden, nicht nach Italien zurückzukommen. Aber er ist sofort herausgelaufen, um sie zu suchen, also liebt er sie immer noch! Vielleicht finden sie gemeinsam eine Lösung, und sie schafft es, ihm all das zu erzählen, was er wissen will. Und dann werden sie sich schon irgendwie arrangieren, vielleicht kommt er nach Italien oder sie zieht hierher. Wie hatte sie zu Barbara gesagt? »Ihr seid doch keine Bäume!« Und Anita ist wirklich kein Baum, sie ist hierhergekommen, weil sie Daniel liebt. Sie löst sich von der Wand und will schon einen Schritt nach vorn machen, als wieder das Glöckchen des Pubs ertönt und eine Frauenstimme ruft: »Daniel! Wo bist du denn hin?«

Dann geht die Blonde an Anita vorüber. Ihre langen Haare glänzen im Licht der Straßenlaternen, und im nächsten Moment ist sie verschwunden.

»Daniel! Warte doch! Wo bist du denn?«

Anita zieht sich wieder in das Dunkel zurück.

Daniel eilt die Straße entlang und blickt fortwährend nach rechts und links. Als Ellie ihn einholt, sagt er kein Wort. Er läuft weiter, mit Ellie an seiner Seite, bleibt vor jedem Lokal stehen und sieht durch die Fenster hinein, so wie gerade eben Anita.

»Willst du nicht mal stehen bleiben?«

Daniel dreht sich zu Ellie um. Auch im schwachen Licht der Straßenlaternen ist deutlich zu sehen, wie blass er ist.

»Ich habe vor dem Pub jemanden gesehen. Jemanden, den ich kenne.«

Daniel schaut weiter in die Lokale und sieht sich auch auf der Straße um. Beide haben ihre Jacken im Pub gelassen, und Ellie zittert schon. Daniel scheint die Kälte überhaupt nicht zu bemerken.

»Und wo ist dieser Jemand jetzt?«, fragt Ellie.

»Wenn ich das wüsste, müsste ich sie nicht suchen. Sie scheint wie vom Erdboden verschluckt.«

»Also eine Frau. Und du glaubst, sie hat dich gesucht?«

»Das glaube ich nicht, das weiß ich.«

»Aber wenn sie dich sucht, wieso verschwindet sie dann und lässt sich nicht mehr blicken?«

»Keine Ahnung.«

»Glaubst du, sie hat gesehen, wie wir uns geküsst haben?«

Daniel dreht sich zu ihr um. »*Du* hast *mich* geküsst, Ellie. Ich habe nicht darauf reagiert, falls du das nicht mitbekommen haben solltest. Und bitte tu das nie wieder.«

Ellie schweigt eine Weile und entgegnet dann: »Ich hatte nicht den Eindruck, dass es dir nicht gefallen hat.«

Daniel packt sie bei den Schultern und sieht ihr direkt in die Augen. »Es hat mir kein bisschen gefallen, und du musst endlich damit aufhören. Es ist aus zwischen uns, Ellie. Und jetzt lass mich in Ruhe.«

Ellie blickt ihn verdutzt an. »Du hast recht. Du hast dich verändert.«

Daniel geht auf das nächste Lokal zu. Auch dort strömen die Menschen auf die Straße.

»Weißt du was, Daniel Anderson?«, ruft Ellie ihm nach. »Leck mich am Arsch!«

Sie dreht sich um und geht wieder zurück, wütend und mit ausholenden Schritten. Der Hauseingang, in dem Anita sich versteckt hat, ist jetzt leer.

Er kann nicht glauben, dass sie einfach so verschwunden ist. Erst stand sie noch vor der Tür, und im nächsten Moment war sie nicht mehr da. Allmählich glaubt er, er hat sie sich nur eingebildet. Aber vielleicht war Anita wirklich da, vielleicht hat sie ihn mit Ellie gesehen und geglaubt, er hätte sie schon vergessen, und ist deshalb weggelaufen. Er bleibt stehen, lehnt sich mit dem Rücken an eine Hauswand, gleitet nach unten, bis er auf den Fersen sitzt, und vergräbt den Kopf in den Händen. Er hat zu viel getrunken, sein Herz rast, und jetzt dringt auch allmählich der kalte Wind unter seinen Sweater.

Sie kann es nicht gewesen sein. Sie ist mir zwar zum Flughafen nachgefahren, aber ich kann mir einfach nicht vorstellen, dass sie hierhergekommen ist, wo sie Rom doch noch nie verlassen hat. Noch dazu Silvester. Vielleicht fehlt sie mir so sehr, dass ich sie mir eingebildet habe, aber sie kann es nicht gewesen sein. Und wenn sie es war, wieso ist sie dann weggelaufen? Er steht wieder auf, holt sein Handy aus der Hosentasche und ruft Anita an. Es klingelt ewig, aber sie geht nicht ran. Er beschließt, ihr eine Nachricht zu schreiben, und fängt an zu tippen: *Warst du das? Warst du das da vor dem Pub?* Dann löscht er die Nachricht, statt sie zu senden. Wenn sie es nicht war, mit welchem Recht kann er ihr dann schreiben? Er hat sie doch verlassen, oder? Er hätte auch nicht versuchen sollen, sie anzurufen, auch wenn sie seine englische Handynummer nicht kennt. Vielleicht ist sie mit Barbara auf einer Party, umschwärmt von Typen, die die Augen nicht von ihr lassen können, oder sie steht auf einer Bühne und verzaubert das Publikum mit ihrer Stimme, so wie sie auch ihn verzaubert hat, als er sie nur gesehen hat. Vielleicht hat sie auch das Telefon nicht gehört und sieht den Anruf morgen früh und fragt sich, wer versucht hat, sie zu erreichen. Daniel sieht die leicht verwirrte Miene vor sich, die sie macht, wenn sie verdutzt ist, und die Sehnsucht versetzt ihm einen Stich ins Herz. Als dann auch das Bild von ihr und ihrem nackten, hell scheinenden Körper im Dunkel seines Zimmers während ihrer letzten gemeinsamen Nacht aus dem Winkel seines Bewusstseins hervordrängt, in den er es seitdem verbannt hat, schüttelt er den Kopf, atmet tief durch und geht wieder zurück in den Pub.

Ihm scheint, als sei eine Ewigkeit vergangen, seit er Anita vor dem Fenster gesehen hat, dabei ist es erst kurz nach ein Uhr. Als er den Pub betritt, will er nur seine Jacke holen und nach Hause gehen, aber dann setzt er sich an den nun leeren Tisch und bestellt noch ein Bier.

Als Anita den Bahnhof betritt, in dem es deutlich wärmer ist als draußen, ist sie so durchgefroren, dass sie ihre Finger und Zehen nicht mehr spürt. Sie geht zu den Toiletten, an der Hand noch immer ihren Rollkoffer. Sie denkt an ihre Mutter, die den Abend wahrscheinlich im Daimon verbracht hat, um ihren geliebten Andrea nicht allein zu lassen. Eine befremdliche Vorstellung, ihre Mutter, die sonst im Bademantel auf dem Sofa sitzt und Serien guckt, inmitten des Tohuwabohus von Irren, das das Daimon heute Nacht bestimmt ist. Dann denkt sie an Barbara. Es ist erst zwei Uhr morgens, aber sie hat schon zwei besorgte Nachrichten von ihrer Freundin erhalten und darf sich nicht mehr allzu lange Zeit lassen, bis sie zurückruft. Und wenn sie sie anruft, muss sie ihr erzählen, dass sie Daniel gefunden hat, aber weggelaufen ist und sich versteckt hat, während er durch die Straßen der Stadt gewandert ist und sie gesucht hat. Und sie muss ihr erklären, warum sie das gemacht hat, und das weiß sie nicht einmal selbst. Erst jetzt fällt ihr ein, dass Daniel ja auch zum Bahnhof kommen könnte. Vorausgesetzt, er hat sich dafür entschieden, sie nicht für ein Produkt seiner Einbildungskraft zu halten, was naheliegen würde, wenn man bedenkt, wie abrupt sie verschwunden ist. Sie schließt sich in einer der kleinen Kabinen ein, in der Hoffnung, dass ihr niemand den Koffer klaut, den sie im Vorraum in einer Ecke stehen gelassen hat, setzt sich auf den Toilettendeckel und schließt die Augen.

»Ich hab mich so fehl am Platz gefühlt, als ich ihn da gesehen habe, mit der Blonden und mit seinen Freunden. Es sah so aus, als würde er sich amüsieren ...«, sagt sie vor sich hin, als würde sie es jemandem erklären wollen. »Das mit uns beiden passt einfach nicht. Das hab ich erst jetzt kapiert. Vielleicht habe ich dazu erst hierherkommen müssen. Wie Daniel einmal gesagt hat: Wenn ich nicht da bin, zerreißt es ihn vor Sehnsucht, und wenn wir zusammen sind, will er nur noch weg von mir. Und jetzt ist mir genau das Gleiche passiert.«

Sie hat Italienisch gesprochen, und die Antwort aus der Kabine nebenan kommt auch auf Italienisch. Jemand sagt mit etwas belegter Stimme: »Ich verstehe dich sehr gut. So in der Art: Miteinander geht's nicht und ohne einander auch nicht, oder?«

Im nächsten Moment tritt Anita aus ihrer Kabine, während die Tür nebenan gleichfalls aufgeht. Dahinter kommt eine Frau mit langen schwarzen, unordentlichen Haaren zum Vorschein, dünn wie eine Bohnenstange und mit etwas verwischtem Make-up. Sie ist um die dreißig und hat offenbar das neue Jahr mit ein paar Schlucken zu viel begrüßt.

»Entschuldige. Nicht dass du glaubst, ich will mich in deine Angelegenheiten mischen«, sagt sie und lächelt.

»Kein Problem. Du kannst ja nichts dafür, dass du mich gehört hast.«

Die Frau lächelt verständnisvoll und reicht Anita die Hand. »Ich heiße Patrizia. Oder Patty, wie sie mich hier nennen.«

Anita stellt sich ebenfalls vor und ergreift Patrizias knöcherne Hand.

Patty betrachtet sich kurz im Spiegel. »Du lieber Himmel, ich sehe ja aus wie ein Panda«, stellt sie fest.

Anita muss lachen. »Das ist das erste Mal seit einer Ewigkeit, dass ich lache«, sagt sie. »Danke dir.«

»Ich brauch jetzt erst mal einen Kaffee. Oder besser zwei. Kommst du mit?«, fragt Patty, ohne sich weiter um ihr zerlaufenes Make-up zu kümmern.

Der Wirt kommt auf Daniel zu, der inzwischen der letzte Gast im Pub ist. Das Bierglas vor ihm ist noch halb voll. »Ich muss allmählich zumachen, Danny.«

»In Ordnung. Dann geh ich mal.« Daniel steht auf.

»Alles okay bei dir? Ellie ist hier vorhin rein und raus wie eine Furie.«

Daniel zuckt mit den Schultern und zieht seine Jacke an.

»Du gehst jetzt besser nach Hause«, legt der Wirt ihm nahe.

Daniel verabschiedet sich und verlässt den Pub.

Draußen herrscht tiefschwarze Nacht, es ist schon nach zwei Uhr und eisig kalt, aber Daniel will nicht nach Hause. Trotzdem schlägt er die entsprechende Richtung ein, denn er weiß nicht, was er sonst tun sollte, und außerdem erfriert er wahrscheinlich, wenn er sich noch länger draußen aufhält. Vor den Lokalen, die allmählich schließen, stehen Grüppchen junger Leute und plaudern, manche hüpfen auf und ab, um sich zu wärmen, andere lachen oder rauchen, und manche, die offenbar betrunken sind, reden viel zu laut. Wenn Daniel gegrüßt wird, erwidert er den Gruß mit einem Nicken, bleibt aber nicht stehen. Er geht langsam, zieht sich die Jacke um die Schultern und hat die Hände in die Taschen gesteckt. Je weiter er sich vom Stadtzentrum entfernt, desto weniger Menschen sind auf den Straßen. Der kalte Wind wird immer stärker, sodass er schließlich schneller geht. Das Läuten seines Telefons wirkt in der Stille der Nacht ohrenbetäubend, obwohl es gedämpft ist, weil es in seiner Hosentasche steckt. Auf dem Display erscheint Jans Name.

»Hi, Danny! Du hast doch noch nicht geschlafen, oder?«

»Nein, ich bin gerade auf dem Heimweg.«

»Du, ich ruf an ... weil Barbara mit dir reden will.«

Daniel bleibt stehen. »Barbara? Ist sie wieder aufgetaucht?«

»Ja, aber nicht wegen mir«, antwortet Jan mit leichter Enttäuschung in der Stimme. »Ich geb sie dir mal, ja?«

Daniel entgegnet nichts. Gespannt steht er da. Von der Kälte merkt er jetzt nichts mehr.

»Hallo, Daniel. Sag mal, hast du Anita gesehen?«, fragt Barbara.

Die Frage ist wie eine schallende Ohrfeige. Dann hat er sich das doch nicht eingebildet!

»Ja, ich hab sie gesehen, aber nur ganz kurz. Und als ich dann raus bin, war sie nicht mehr da. Also war sie es doch, sie ist hier!«, sagt er, ganz aufgeregt von dem Gedanken, dass sie in der Nähe ist, er aber nicht weiß, wo, und dass er eine Unmenge Zeit damit verschwendet hat, deprimiert im Pub zu sitzen, anstatt sie zu suchen.

»Klar war sie das!«, beharrt Barbara. »Sie sucht dich, auch wenn ich damit überhaupt nicht einverstanden bin. Aber was soll das heißen, du hast sie nur kurz gesehen?«

»Hab ich doch gesagt«, erwidert Daniel. Er geht jetzt fast im Laufschritt wieder zurück. »Ich hab sie durchs Fenster vor dem Pub gesehen und bin sofort raus, aber da war sie schon wieder verschwunden.«

»Und was hast du angestellt, dass sie sofort wieder verschwunden ist? Sie geht auch nicht mehr an ihr Handy, wenn ich sie anrufe.«

»Bei mir auch nicht, ich hab auch versucht, sie anzurufen«, sagt Daniel und übergeht Barbaras Frage.

»Dann geh los und such sie! Und gib nicht auf, bis du sie gefunden hast! So groß kann dieses Nest doch nicht sein!«, schreit Barbara ihn durchs Telefon an. »Geh überall hin, frag in jedem Hotel, in jedem Bed and Breakfast, von mir aus frag die Tauben auf den Dächern, aber finde sie! Sie ist allein, sie war noch nie in ihrem

Leben allein auf Reisen. Wer weiß, was ihr alles zustoßen kann. Mich macht das noch ganz wahnsinnig! Also find sie gefälligst!«

Mattia schläft tief und fest. Er hat sich weder vom Knallen der Raketen noch von den Stimmen seiner Eltern stören lassen, die zwischendurch ziemlich laut geworden sind. Claudia sitzt auf dem Stuhl neben seinem Bett. Ihr scheint, als verbringe sie seit Kurzem sehr viel Zeit damit, ihn im Schlaf zu beobachten. Sie streicht ihm über das Gesicht, woraufhin er die Augen öffnet.

»Ist noch immer Siwester?«

Claudia lächelt. »Ja, aber jetzt schlaf weiter.«

Mattia dreht sich zur anderen Seite und schläft wieder ein. Sie zieht ihm die Decke ein wenig hoch, steht dann auf und geht hinaus.

In der Schlafzimmertür steht Paolo. »Komm ins Bett«, bittet er sie leise.

Er hat Ringe unter den Augen, sein Hemd hängt ihm aus der Hose und er hat keine Schuhe an. Claudia schüttelt den Kopf und will sich wegdrehen, aber er hält sie am Arm fest.

»Bitte«, sagt er mit Nachdruck.

Claudia seufzt, lässt sich dann aber von ihm ins Schlafzimmer führen. Sie ziehen sich aus, ohne einander anzusehen. Sie streift sich ein Nachthemd über, er schlüpft in ein T-Shirt, dann legen sie sich ins Bett und Paolo macht die Nachttischlampe aus. Als es dunkel ist, dreht sie sich um und wendet ihm den Rücken zu. Dann bewegt auch er sich, sodass er hinter ihr liegt, einen Arm auf ihrer Hüfte, den anderen unter ihrem Hals. Früher lagen sie regelmäßig in dieser Löffelchenstellung. Claudia hat sich dabei immer in Sicherheit gefühlt, im Einklang mit der Welt und so beruhigt, dass sie einschlafen konnte. Jetzt fühlt sie sich unwohl, zumindest im ersten Moment. Sie versucht, sich zu entziehen, aber Paolo hält sie fest, und sie spürt, wie ihre Lider schwer werden, und schläft ein.

Kapitel 34

Die Bar im Bahnhof hat schon zu, aber in einer Ecke steht ein Automat, an dem Anita und Patty sich mit Kaffee und Gebäck stärken.

»Was für ein beschissener Jahresanfang«, sagt Patty beim Blick in ihren Plastikbecher, in dem eine Flüssigkeit schwappt, die nicht schwarz genug ist, um als Kaffee durchzugehen.

»Wenigstens ist er warm«, meint Anita. »Ich bin völlig durchgefroren.«

»Wo hast du den Abend denn verbracht, wenn ich fragen darf?«

»Draußen. Ich bin durch die Straßen gelaufen und habe in den Pubs nach jemandem gesucht.«

»Und? Hast du ihn gefunden?«

»Ja, aber ich bin sofort wieder weggelaufen.«

Patty fragt nicht nach dem Grund. Im Wesentlichen hat sie die Erklärung ja schon vorhin auf der Toilette gehört.

»Hat er dich gesehen?«

»Ja, er kam auch sofort raus, aber ich habe mich versteckt.«

Patty nimmt einen Schluck Kaffee und verzieht angewidert das Gesicht. »Eine Frechheit, diese Brühe Kaffee zu nennen. Ich bin jetzt seit drei Jahren hier und hab mich noch immer nicht daran gewöhnt.«

»Wie hat es dich denn hierher verschlagen?«

»Das Übliche: Ich hab mich in einen Engländer verliebt und bin mit ihm mitgegangen. Er war im Urlaub in Italien und hat mir in nur einer Nacht total den Kopf verdreht. Und dein Engländer?«

»Er macht sein Auslandssemester in Rom.«

»Echt? Das hab ich auch mal gemacht, in Spanien. War eine tolle Zeit.«

»Ich glaube nicht, dass Daniel für sich das Gleiche sagen würde …«

Patty fragt nicht weiter nach, sondern sieht Anita nur mit ihren Pandaaugen lächelnd an.

»Und wieso bist du Silvester morgens um zwei allein in diesem Bahnhof und nicht bei deinem Engländer?«

»Wir haben uns gestritten. Ich hab ihm gesagt, er kann mich mal kreuzweise, und dann bin ich raus, um mir die Beine zu vertreten und mich zu beruhigen. Vor lauter Wut habe ich vergessen, mir eine Jacke überzuziehen, und als mir dann allmählich kalt wurde, stand ich gerade vor dem Bahnhof und bin rein.«

»Weißt du, wann der erste Zug nach London geht?«

»Normalerweise um vier, aber heute ist Feiertag. Kann sein, dass du bis halb sechs warten musst.«

»Das sind ja noch über drei Stunden!«

Anita klagt zwar, aber ihre Lebensgeister erwachen ein bisschen, und auch der Wille, Daniel wiederzusehen, meldet sich wieder.

»Ich leiste dir Gesellschaft«, sagt Patty. »Wenn die Engländer einen heben gehen, sucht man sich lieber Verstärkung.«

»Habt ihr deswegen gestritten, du und dein Freund?«

»Aber woher denn! Er trinkt überhaupt nicht. Ich hab mir den einzigen Abstinenzler in ganz Großbritannien rausgesucht. Wir haben uns gestritten, weil er mir andauernd gesagt hat, ich soll nicht so viel trinken.«

Darüber müssen beide lachen.

»Du erinnerst mich sehr an eine gute Freundin«, sagt Anita. »Ich sollte sie mal anrufen, sie macht sich bestimmt schon riesige Sorgen.«

»Dann mach das doch.«

Anita schüttelt den Kopf.

»Ich weiß nicht, wie ich ihr erklären soll, was ich gemacht habe, oder vielmehr, was ich *nicht* gemacht habe, nachdem ich sie heute geradezu gezwungen habe, mich zum Flughafen zu fahren, was geschlagene drei Stunden gedauert hat.«

»Eine Freundin versteht dich immer, wenn sie eine echte Freundin ist.«

»Ja, da hast du recht. Ich schäme mich einfach nur.«

»Glaubst du, er hat dich gesucht?«

»Bestimmt. Aber er hat mich nur ganz kurz gesehen. Also hat er vielleicht geglaubt, dass er sich getäuscht hat und ich es gar nicht war, oder dass er sich mich nur eingebildet hat, weil er zu viel getrunken hat …«

»Zwei abstinente Engländer in derselben Stadt, das wäre ja auch völlig undenkbar!«

Wieder müssen beide lachen.

In dreiundzwanzig Jahren ist Daniel noch nie so lange durch die Straßen seiner Stadt gelaufen. Zwar verlässt ihn allmählich die Hoffnung, doch er hat nicht die Absicht, die Suche aufzugeben. Seit dem Telefonat mit Barbara sind zwei Stunden vergangen, und sie hat ihm seitdem schon drei Mal eine Nachricht von Jans Handy geschickt, um zu wissen, wie es steht. Mittlerweile ist es vier Uhr morgens und die Straßen sind fast menschenleer.

Wahrscheinlich fragt sich Daniels Mutter schon, wo er abgeblieben ist. Es ist nicht mehr so eisig kalt wie vorhin, aber es hat wieder angefangen zu schneien, und die Jacken, wie Dreiundzwanzigjährige sie tragen, haben keine Kapuzen. Also zieht sich Daniel die Kapuze seines Sweaters über, der aber aus Baumwolle ist und im Nu durchgeweicht ist. Doch er spürt weder die Kälte noch den Schnee, der seine Haare durchnässt. Er geht einfach weiter und sucht in allen Winkeln der Stadt. Als er wieder einmal vor einem Hotel steht, will er hineingehen, aber die Tür ist verschlossen. Er schaut durch die Glasscheibe der Tür. Als der Nachtportier am Empfang ihn entdeckt, signalisiert er ihm, dass er weitergehen soll, weil schon geschlossen ist. Als Daniel die Hände wie zum Gebet aneinanderlegt, scheint der Portier ihn zu erkennen und öffnet ihm.

»Anderson! Was machst du denn hier, mitten in der Nacht?«

Jetzt erkennt auch Daniel den Portier, es ist ein ehemaliger Schulkamerad, den er seit Jahren nicht gesehen hat. Er erzählt ihm, dass er ein italienisches Mädchen sucht, das vielleicht bei ihm abgestiegen ist. Martin sieht das Gästeverzeichnis durch und schüttelt den Kopf.

»Tut mir leid, aber bei uns ist sie nicht. Bist du sicher, dass sie in Brighton ist? Wenn du sie in keinem Hotel gefunden hast, dann hat sie es sich vielleicht anders überlegt und ist wieder zurückgefahren. Hast du schon am Bahnhof geschaut? Vielleicht wartet sie ja dort auf den ersten Zug nach London.«

Währenddessen unterhalten sich Anita und Patty und essen Kekse. Außer ihnen sind nur zwei Männer im Bahnhof, beide mittleren Alters. die dösend im Wartesaal sitzen und vielleicht wie Anita auf den ersten Zug nach London warten, sowie ein Angestellter der Eisenbahngesellschaft, der hin und wieder aus seinem Büro schaut, um zu überprüfen, ob noch alles in Ordnung ist.

Anita dankt dem Schicksal, dass es ihr Patty geschickt hat. Aber mittlerweile ist sie todmüde, ihr Kopf wird schwer und sie will sich nur noch hinlegen und schlafen.

»Ich geh noch mal kurz aufs Klo«, sagt sie zu ihrer neuen Freundin. »Wenn ich mir ein bisschen kaltes Wasser ins Gesicht spritze, bleibe ich vielleicht wach. Bin gleich wieder da.«

»Okay. Ist ja nicht das erste Mal, dass ich hier gelandet bin«, erzählt Patty. »Jack und ich sind schon dicke Freunde«, fügt sie hinzu und deutet auf das Büro des Eisenbahners.

»Also streitest du dich öfter mit deinem Freund?«, fragt Anita und zwinkert ihr zu.

»Ich bin eine heißblütige Sizilianerin!«, gibt Patty zurück, was beide erneut zum Lachen bringt.

Anita schleppt sich zu den Toiletten. Sie geht hinein, und die Tür schließt sich hinter ihr. In diesem Moment betritt Daniel den Bahnhof, ganz außer Atem. Patty sieht ihn fragend an, und ihre Blicke treffen sich, aber Daniel sieht durch sie hindurch. Er geht erst suchend herum und wendet sich dann wieder zum Ausgang, so traurig und enttäuscht, wie Patty noch nie einen Menschen gesehen hat. Kurz darauf kommt Anita zurück und setzt sich wieder neben sie.

»Sag mal, der Typ, den du suchst und den du dann doch nicht sehen wolltest, hat der etwas längere braune Haare? Nicht allzu groß, und supersüß?«

Anita sieht sie mit offenem Mund an. »Ja, wieso?«

»Ich glaube, der war gerade hier«, antwortet Patty. »Er war ziemlich außer Atem und sah aus, als würde er jemanden suchen. Und zwar dringend. Seine Haare waren voller Schnee und er war total bleich. Wenn du mich fragst, war der ziemlich lange draußen unterwegs.«

Anita bringt kein Wort heraus. Er sucht sie also immer noch. Und er ist da draußen, vor dem Bahnhof. Sie kann ihn noch einholen.

Patty steht auf und stellt sich vor sie.

»Geh zu ihm! Wenn du das jetzt nicht machst, wirst du es dein ganzes Leben lang bereuen, glaub mir.«

Sie hat recht. Und Anita weiß das.

Patty lächelt sie an und deutet auf Anitas Trolley, der neben ihr steht. Anita schnappt sich den Koffer und läuft zum Ausgang, winkt Patty zum Abschied, die ihr aber bedeutet, dass sie sich beeilen soll. Draußen herrscht dichtes Schneetreiben, es ist dunkel, und Anita sieht kaum die Hand vor Augen. Sie überquert die Hauptstraße und ruft: »Daniel!«

* * *

Er geht jetzt langsamer. Er ist so durchgefroren, dass er die Kälte nicht mehr spürt. Ihm fällt kein Ort mehr ein, an dem er sie noch suchen könnte. Er hat wirklich geglaubt, sie im Bahnhof zu finden, das war am nächstliegenden, nur hat er, Dummkopf, der er ist, anfangs nicht daran gedacht. Aber nun hat er sie dort auch nicht angetroffen, und jetzt geht ihm die Kraft aus und er weiß nicht, wo er noch suchen soll. Er versucht, sich nicht das Schlimmste auszumalen, nämlich dass ihr etwas zugestoßen sein könnte. Sie ist hart im Nehmen, sagt er sich immer wieder, und bestimmt geht es ihr gut. Das Läuten seines Handys dringt aus der Hosentasche gedämpft zu ihm, und er braucht nicht hinzusehen, um zu wissen, dass Barbara wieder eine Nachricht geschickt hat. Er bleibt stehen, holt das Handy hervor und fängt an, dieselbe Antwort zu schreiben, die er schon vor einer Stunde geschickt hat: *Ich habe sie noch nicht gefunden.* Er hört Schritte hinter sich, achtet aber nicht darauf. Es ist Silvester, viele Leute sind bis zu später Stunde bei Freunden geblieben und machen sich erst jetzt auf den Heimweg. Er will die Nachricht eigentlich nicht schicken und starrt auf das Display, den Daumen schon auf der Taste »Senden«. Die Schritte im Schnee kommen näher.

»Dany …«

Er schreckt hoch und lässt vor Überraschung fast das Handy fallen. Dann dreht er sich um, und Anita steht vor ihm und schaut ihn verunsichert an, als frage sie sich, ob er sich freut, sie zu sehen. Ohne ein Wort zu sagen, nimmt er sie in den Arm und vergräbt das Gesicht in ihrem mit Schnee bedeckten Haar. Er seufzt vor Erleichterung, und dann erwidert Anita seine Umarmung. Schweigend stehen sie reglos und eng umschlungen im Schneetreiben. Dann sehen sie einander an und lächeln dabei nur schwach.

»Entschuldige«, sagt Anita. »Ich wusste nicht, ob …«

Daniel legt ihr die eiskalten Finger auf die Lippen, und sie verstummt.

»Gehen wir nach Hause?«, fragt er.

Sie legt ihm ihre kalte Hand auf die Wange, und er wendet leicht den Kopf und küsst sie.

»Gehen wir«, antwortet Anita.

Kapitel 35

Wärme, endlich. Gedämpftes Licht, der Geruch von Orangen, eine Küche aus hellem Holz, das Spülbecken vor dem Fenster, auf dem Tisch ein Kuchen unter einer Abdeckhaube aus Metallgeflecht. Stille. Der Wasserkocher auf dem Herd, daneben zwei Tassen mit Teebeuteln. Anita sitzt auf einem der beiden Stühle am Tisch, und Daniel steht neben ihr. Sie haben ihre nassen Schuhe im Flur stehen gelassen, sodass ihre Schritte auf dem Parkett keine Geräusche verursacht haben.

Sie haben nur wenige Worte gewechselt, leise: »Möchtest du eine Tasse Tee?«

»Ja, sehr gern.«

»Ein Stück Kuchen?«

»Ja.«

Als das Wasser kocht, stellt Daniel rasch das Gas ab, damit der Kessel nicht zu pfeifen anfängt und seine Familie weckt, die in der oberen Etage schläft. Er gießt das Wasser in die Tassen und reicht eine davon Anita, damit sie sich die Hände wärmen kann. Dann nimmt er seine Tasse, setzt sich neben Anita und sieht sie an. Plötzlich müssen sie beide lachen. Sie legen einander die Hand auf den Mund, um das Geräusch ihres Lachens zu dämpfen, und schließlich küssen sie sich, während auf ihren Lippen noch immer ein Lächeln spielt.

»Was Verschwinden angeht, bist du besser als David Copperfield«, meint Daniel, als sie anfangen, den Tee zu trinken.

»Ja, dafür habe ich anscheinend eine gewisse Begabung«, sagt Anita. »Du dagegen bist blind. Du bist direkt an mir vorübergelaufen, ohne mich zu sehen.«

»Ich habe mein ganzes Leben hier verbracht, aber heute Nacht bin ich auf der Suche nach dir durch Straßen gekommen, von denen ich nicht mal wusste, dass es sie gibt.«

Sie sprechen leise und lächeln dabei immer wieder, weil die Suche durch Schnee und Kälte im Rückblick eher belustigend wirkt, weil sie jetzt zusammen sind und sich ansehen, berühren und miteinander reden können und dadurch die riesige Leere füllen, die die Abwesenheit des anderen in ihnen hat entstehen lassen und deren Ausmaß sie erst jetzt erkennen. Das ist beängstigend, und sie lachen, um dieses Entsetzen zu verscheuchen.

»Warum schwirrt immer irgendeine Blondine um dich rum, Dany?«, fragt Anita und sieht ihn an. Sie lächelt noch immer, doch jetzt ist es die Eifersucht, die ihre Augen leuchten lässt.

»Damit ich Lust bekomme, sie zum Teufel zu jagen«, antwortet Daniel.

Anita schüttelt den Kopf. »Die sah aus wie ein Klon von Valentina. Im ersten Moment habe ich gedacht, sie wäre es wirklich und sie wäre dir nachgelaufen. Mein Fleisch gewordener persönlicher Albtraum!«

»Ja, sie ähneln sich wirklich sehr. Auch dahin gehend, dass sie nicht verstehen wollen, was das Wort ›nein‹ bedeutet.«

»Vielleicht fehlt es dir einfach an Überzeugungskraft.«

»Zum Glück habe ich auch dich nicht überzeugen können, sonst wärst du jetzt nicht hier. Und ich wäre nicht so glücklich, wie ich es jetzt bin.«

Anita nimmt ihm die Tasse aus den Händen und legt eine seiner Hände zwischen ihre. »Also ärgert es dich nicht, dass ich gekommen bin?«

»Nein. Es tut mir leid, dass ich weggegangen bin, dass ich dir diesen Brief geschrieben habe und dich verletzt habe. Als ich in London gelandet bin, wäre ich am liebsten ins nächste Flugzeug zurück nach Rom gestiegen, um wieder bei dir zu sein.«

Er beugt sich zu ihr, mit ernster Miene, drückt seine Lippen auf ihre, sucht ihre Zunge mit der seinen, und beide atmen schneller. Dann ist es Anita, die sich widerstrebend von ihm löst.

»Wir müssen reden, Dany.«

»Später«, entgegnet er und sucht erneut ihre Lippen.

Wieder sein Duft, denkt Anita, *sein Geschmack*. Für ein paar Augenblicke verliert sie sich in seinem Mund und zieht sich dann wieder zurück.

»Willst du denn nicht wissen, warum ich weggelaufen bin, als ich dich gesehen habe?«, fragt sie, leicht außer Atem.

»Ja. Nein. Ich weiß nicht. Nicht jetzt«, erwidert Daniel und lässt seine Lippen über ihren Hals wandern, schiebt eine Hand unter ihren Pullover und streicht ihr über die Haut.

»Aber ich will es dir sagen! Ich will auf all deine Fragen antworten.«

»Keine deiner Antworten ist für mich noch von Bedeutung. So oder so, ich kann ohne dich nicht leben.«

Anita schweigt einen Moment, überwältigt von ihren Gefühlen.

»Auch ich kann ohne dich nicht leben. Und deshalb will ich dir all diese Antworten geben.«

»Später gerne. Aber nicht jetzt. Bitte.«

Sie sehen sich an und sprechen wortlos miteinander. Dann steht Anita auf und stellt die Tassen ins Spülbecken.

»Hast du heute Nacht ein bequemes Bett für mich, Danny boy?«, fragt sie.

»Für so viele Nächte, wie du willst«, sagt Daniel, steht ebenfalls auf und nimmt sie bei der Hand.

Anita betritt Daniels Zimmer und sieht sich um. Helles Holz, weiße Wände, ein Schreibtisch, auf dem nur wenige Dinge liegen, ein zum Bersten volles Bücherregal und auch auf dem Nachttisch ein Buch, »Die unerträgliche Leichtigkeit des Seins« von Kundera. Sie setzt sich aufs Bett, und im selben Moment übermannt sie die Erschöpfung.

»Ich muss erst mal duschen. Als ich dich gesucht habe, bin ich so viel gelaufen, dass ich die Kälte überhaupt nicht mehr gespürt habe«, erklärt Daniel. »Möchtest du mitkommen?«

»Ich kippe gleich um vor Müdigkeit. Geh nur, ich warte auf dich.«

Als Daniel hinausgehen will, fragt Anita: »Stört es deine Eltern nicht, dass ich so plötzlich hier auftauche? Und dass ich bei dir in deinem Zimmer schlafe?«

Daniel lächelt sie an. »Mach dir keine Sorgen. Die Engländer sind sehr diskrete Leute.«

»Aber deine Mutter ist Italienerin …«

»Morgen früh seid ihr die beiden Einzigen, denen irgendetwas peinlich ist«, sagt Daniel erheitert und geht hinaus.

Anita holt ihr Handy aus der Hosentasche und schickt Barbara eine Nachricht.

Entschuldige. Ich erklär dir das alles später. Danke noch mal für alles. Ich weiß, wie schwer es dir gefallen ist, mir zu helfen.

Die Antwort lässt nicht lange auf sich warten, obwohl es schon fast fünf Uhr morgens ist.

Du hast nicht die geringste Ahnung, wie schwer mir das gefallen ist. Ich bin bei Jan, der schnarchend neben mir liegt.

Anita antwortet nur mit einem zwinkernden Smiley. Sie werden noch genug Zeit zum Reden haben, aber jetzt ist sie einfach zu müde. Sie denkt daran, dass Barbara und Jan nun endlich zusammen sind. Ohne es zu bemerken, schläft sie ein.

Daniel kommt zurück, im Bademantel und mit nackten Füßen, die Wasserflecken auf dem Teppichboden hinterlassen, und sieht Anita an, die angezogen auf dem Bett liegt und schläft. Er lächelt, und könnte er dieses Lächeln sehen, es würde ihn überraschen. Noch nie hat er für einen Menschen das empfunden, was er für Anita empfindet. Durch diese Mischung aus Begehren, Zärtlichkeit und Beschützerinstinkt fühlt er sich zum ersten Mal als Mann. Behutsam, um sie nicht zu wecken, zieht er sie bis auf die Unterwäsche aus, und während sie im Schlaf etwas vor sich hin murmelt, schiebt er sie sanft unter die Decke. Dann zieht er den Bademantel aus, legt sich neben sie und umarmt sie vorsichtig. Dabei fällt ihm eine Passage aus dem Buch von Kundera ein, das auf seinem Nachttisch liegt. Dort steht, dass die Liebe sich nicht in dem Begehren ausdrückt, mit einer Frau zu schlafen – denn dieses Begehren verspürt man bei vielen Frauen –, sondern in dem Wunsch danach, miteinander einzuschlafen. Und diesen Wunsch verspürt man nur bei einer einzigen Frau.

»Du bist meine einzige«, flüstert er Anita im Dunkeln zu.

Am Neujahrstag sind sie mittags wie immer bei Paolos Schwester. Claudia ist so angespannt, dass sie Angst hat, alle anderen anzublaffen. Mattia ist aufgedreht, bleibt keine Sekunde ruhig in seinem Kindersitz und fragt andauernd, ob sie schon da sind.

Heute Morgen haben Claudia und Paolo nur »Informationen ausgetauscht«. An jeder roten Ampel überkommt Claudia die Lust, die Tür zu öffnen und auszusteigen, doch dann denkt sie an Mattia und daran, wie sehr er sich darauf freut, den Tag mit seinen Cousins und Cousinen zu verbringen, und zwingt sich, ruhig zu bleiben. Paolo wirft ihr Blicke zu, die sie nicht versteht, aber auch gar nicht verstehen will. Sie will nur, dass dieser Tag so schnell wie möglich vorübergeht. In ihrer Tasche klingelt das Handy, und sie holt es heraus, um zu sehen, wer sie anruft. Wie sie erwartet hat, ist es ihre Schwester, aber sie will nicht mit ihr sprechen, solange sie noch im Auto sitzt.

»Warum gehst du denn nicht ran?«, fragt Paolo.

»Das war Chiara. Ich rufe sie später zurück.«

»Vielleicht will sie dir etwas von deinem Freund aus Mailand ausrichten.«

Claudia wendet sich zu Paolo, der nach dieser spitzen Bemerkung wieder hoch konzentriert auf die Straße starrt. Sie will vor Mattia keinen Streit anfangen, aber sie spürt, wie mit jeder Minute die Spannung zwischen ihnen steigt. Als sie angekommen sind, nimmt Paolo Mattia bei der Hand und geht mit ihm auf das Haus seiner Schwester zu. Als Claudia zurückbleibt, dreht Mattia sich um und ruft: »Mama! Komm!«

»Gleich, mein Süßer«, entgegnet sie. »Geht ihr schon mal vor.«

Sie holt ihr Handy und die Zigaretten aus der Tasche, zündet sich eine an, nimmt ein paar hektische Züge, wählt dann die Nummer ihrer Schwester und hält sich das Telefon ans Ohr.

»Na, wie geht's dir?«, fragt Chiara zur Begrüßung. »Frohes Neues!«

Sie wirkt gut gelaunt und zufrieden, und weil Claudia ihr nicht die Stimmung vermiesen will, versucht sie, ihre Nervosität zu überspielen.

»Alles in Ordnung. Und bei dir?«

»Komm schon, erzähl mir nichts, Schwesterchen. Wie war Silvester?«

»Mattia sagt immer ›Siwester‹.«

Chiara lacht. »Du solltest diese ganzen kleinen Versprecher aufschreiben. Irgendwann kann er richtig sprechen, und dann vergisst du sie, und das wäre doch schade.«

»Das stimmt. Vielleicht schreibe ich mir den gleich auf, wenn ich wieder zu Hause bin.«

»Du hast noch nicht auf meine Frage geantwortet.«

»Ja, ich weiß, aber das geht jetzt nicht. Ich stehe vor dem Haus meiner Schwägerin und muss allmählich nach oben gehen.«

»Niemand zwingt dich, so zu sein, wie sie dich haben wollen«, sagt Chiara. »Sei einfach du selbst, und wenn ihnen das nicht passt – was kümmert's dich?«

»Und wenn ich sie alle nur anblaffe?«

»Dann werden sie es schon verdient haben.«

Claudia hat die Zigarette zu Ende geraucht. Und jetzt noch länger zu telefonieren, wäre auffällig.

Sie verabschieden sich, Claudia klingelt und jemand öffnet ihr die Tür, ohne an der Sprechanlage etwas zu sagen.

Als Anita aufwacht, strömt Sonnenlicht ins Zimmer. Daniel liegt dicht neben ihr und schläft, das Gesicht unter den Haaren verborgen. Sie sieht sich um und entdeckt ihre Kleidung, die sorgfältig zusammengefaltet auf dem Schreibtischstuhl liegt. Sie kann sich nicht erinnern, sich ausgezogen zu haben, sie weiß nur noch, dass sie sich aufs Bett gelegt hat. Ihre Unterwäsche hat sie noch an, also hat Daniel es dabei belassen, ihr die Kleidung auszuziehen und sich neben sie zu legen, bevor ihn wahrscheinlich auch die Müdigkeit übermannt hat. Noch nie hat etwas sie so sehr erschöpft, wie gestern den Koffer durch die verschneiten Straßen zu ziehen, und auch Daniel muss fix und fertig gewesen sein. Was hatte er gesagt? »Auf der Suche nach dir bin ich durch Straßen gekommen, von denen ich nicht mal wusste, dass es sie gibt.« Behutsam schiebt sie ihm die Haare aus dem Gesicht und sieht ihn an. Wenn sie nicht fürchten müsste, ihn dadurch aufzuwecken, würde sie ihn mit Küssen bedecken. Langsam entwindet sie sich seiner Umarmung und steht auf. Sie muss dringend auf die Toilette, weiß aber nicht, wo sie ist. Daniel hat gesagt, dass seine Eltern zu Hause sind, also muss sie sich etwas überziehen, bevor sie aus dem Zimmer geht. Sie zieht eine Hose und eins von Daniels T-Shirts an, das sie unter dem Kopfkissen gefunden hat, und macht die Tür einen Spalt weit auf. Im Erdgeschoss sind Geräusche zu hören. Sie fasst sich ein Herz und geht hinaus. Auf dem Flur sind noch drei weitere Türen. Hinter welcher verbirgt sich wohl das Bad? Während sie noch zögert, einfach die nächstgelegene zu öffnen, kommt aus der dritten eine Frau. Sie sieht Daniel nicht ähnlich, ist eher ein dunkler Typ, aber sie muss seine Mutter sein. Anita nimmt ihren Mut zusammen und sagt: »*Good morning.*«

Die Überraschung im Gesicht von Daniels Mutter weicht einem Lächeln, und sie sagt, mit einem Blick auf das T-Shirt, das Anita trägt: »Guten Morgen. Ich glaube, wir können auch Italienisch reden. Du bist … das Mädchen aus Rom, stimmt's?«

Anita wird rot und weiß nicht, was sie sagen soll.

»Suchst du das Bad?«

»Ehrlich gesagt, ja.«

Daniels Mutter öffnet die mittlere Tür.

»Das ist hier. Saubere Handtücher sind in der obersten Schublade. Und den roten Bademantel, der innen an der Tür hängt, kannst du auch benutzen.«

»Vielen Dank.«

»Ich heiße Marta.«

»Vielen Dank … Marta. Ich bin Anita.«

Marta nickt. »Wenn du willst, komm runter. Das Frühstück ist gleich fertig.«

Jetzt entdeckt Anita die Ähnlichkeit: Sie haben das gleiche Lächeln.

Als sie, in den roten Bademantel gehüllt, ins Zimmer zurückkommt, liegt Daniel noch im Bett, hat aber die Augen geöffnet.

»Ich kann noch gar nicht glauben, dass du wirklich hier bist«, sagt er glücklich.

Sie setzt sich auf die Bettkante und küsst ihn auf die Stirn. Er legt die Arme um sie und lässt seine Lippen über ihren Hals wandern. Sie versucht sofort, sich zu befreien.

»Wir müssen runtergehen! Ich bin eben deiner Mutter über den Weg gelaufen, sie macht gerade Frühstück.«

»Was hat sie sonst noch gesagt, abgesehen vom Frühstück?«, fragt er belustigt und schließt die Arme noch fester um sie.

»Woher weiß sie denn, wer ich bin? Hast du ihr gesagt, wie ich aussehe?«

»Eigentlich weiß sie nur, dass du schwarze Haare hast. Und sie weiß, dass ich dich vergöttere. Auch wenn ich ihr das nicht gesagt habe«, erwidert Daniel und löst den Gürtel des Bademantels.

»Aber deine Eltern sind unten in der Küche!«

Daniel sieht sie ungläubig an, breitet die Arme aus und entlässt Anita aus seiner Umarmung. »Wir hier machen uns über so etwas keine Gedanken«, sagt er und steht auf.

Sie sieht ihm zu, wie er nackt durchs Zimmer geht, und das Begehren flammt kurz in ihr auf. Dann wendet sie rasch den Blick ab und öffnet ihren Koffer.

»Aber ich bin keine Engländerin«, gibt sie zurück und schlüpft in ihre Unterwäsche.

»Unsinn! Du willst mich einfach nur verrückt machen.«

Anita lacht auf.

Kapitel 36

»Und was machst du in Rom so, Anita?«, fragt Marta auf Englisch und bestreicht eine Toastscheibe mit Butter.

»Na ja …«

»Sie ist Sängerin«, antwortet Daniel, bevor Anita ein paar verlegene Worte über die Universität vorbringen kann. »Sie hat eine unglaubliche Stimme.«

Anita wird rot. Sie wäre nie auf die Idee gekommen, sich als Sängerin zu bezeichnen.

»Tatsächlich? Aber das ist ja fantastisch!«, sagt Marta. »Ich hätte immer so gerne ein bisschen musikalische Begabung besessen …«

»Stattdessen quälst du uns bloß mit der Callas«, wirft Daniels Vater lachend ein.

Anita lässt den Blick über die Runde schweifen, die um den Küchentisch versammelt ist: Marta, Daniels Vater, sie selbst, Daniel und sein Bruder Peter, der vor Neugier fast platzt, sie keine Sekunde aus den Augen lässt und so tut, als wäre nichts, wenn ihre Blicke sich begegnen.

»Ihr könnt ja nachher einen Spaziergang zum Pier machen«, schlägt Marta vor. »Bist du zum ersten Mal in Brighton, Anita?«

»Ja. Ich bin überhaupt zum ersten Mal in England.«

»Und bist du ein paar Tage in London geblieben?«, fragt Max, Daniels Vater.

»Nein. Ich wollte so schnell wie möglich hierher«, antwortet Anita und merkt erst danach, dass sie damit zu viel von sich preisgegeben hat. Was werden sie jetzt von ihr denken? Dass sie dermaßen in Daniel verknallt ist, dass sie ihm überallhin nachläuft?

Sollen sie es ruhig glauben. Es stimmt ja auch. Sie sieht Daniel an, der sie ebenfalls ansieht und sie anlächelt. Als sie den Blick senkt, um nicht wieder zu erröten, erkennt sie, dass Marta sie überrascht, ja fast verblüfft anschaut.

Vor dem Fenster erstreckt sich der mit einer weißen Schneedecke überzogene Strand. Ein sagenhafter Anblick.

Daniel, Anita und Marta trinken Cappuccino und streichen Marmelade auf Toastscheiben, wohingegen die anderen beiden mit dem Brot die Reste ihres Spiegeleis von den Tellern wischen und Tee trinken. Anita verkneift sich ein Lächeln. Daniel bemerkt das und sieht sie fragend an.

»Nichts …«, antwortet sie auf die Frage, die er ihr nur mit den Augen gestellt hat. »Mir ist nur gerade aufgefallen, dass ihr auf unterschiedliche Weise frühstückt.«

»Ich habe mich nie mit dem anfreunden können, was sie hier zum Frühstück essen«, sagt Marta mit einem Seitenblick auf ihren Mann.

»Und das hat sie mir vererbt«, fügt Daniel hinzu.

»Bei Peter dagegen ist mir das nicht gelungen«, bemerkt Marta lachend.

Peter sieht von seinem Teller auf. Er fühlt sich beobachtet und lächelt verlegen. Er ist ein schöner, großer Junge, größer als Daniel, obwohl er jünger ist, und vom selben Typ wie seine Mutter, mit schwarzen Haaren und dunklen Augen. Daniel dagegen kommt eher nach dem Vater, mit seinen tiefblauen Augen, den braunen Haaren und der hellen Haut.

»Nun gut«, sagt Max und steht auf. »Ich fahre kurz in die Stadt. Kommt jemand mit?«

»Ich«, antwortet Peter. »Ich bin so halb mit ein paar Kumpels verabredet.«

Während er laut den Stuhl zurückschiebt, sieht er Anita an, als wolle er etwas zu ihr sagen, aber dann verabschiedet er sich nur mit einem Nicken und geht hinaus. Max dagegen reicht Anita die Hand.

»Ich freue mich, dass du hier bist, Anita. Du bleibst hoffentlich noch ein bisschen.«

»Aber klar bleibt sie hier«, antwortet Daniel, ohne zu zögern. »Und wenn die Uni wieder anfängt«, setzt er an Anita gewandt hinzu, »fliegen wir gemeinsam zurück nach Rom.«

Anita erkennt ihn kaum wieder. Noch nie hat sie ihn so offenherzig und glücklich erlebt. Er sieht sie an, als habe er nie in seinem Leben etwas Schöneres gesehen, wie ein kleiner Junge, der am Weihnachtsmorgen endlich die Spielzeugeisenbahn bekommen hat, die er sich so lange gewünscht hat.

***

Claudia hat es fast geschafft. Sie hat durchgehalten, hat den kleinen Sticheleien widerstanden, den Anspielungen, die oft genug alles andere als versteckt waren, den verlogenen freundlichen Mienen und dem Getuschel hinter ihrem Rücken. Doch dann, gerade als sie diese Wohnung verlassen will und nur noch daran denken kann, dass sie endlich vorbei sind, all die Stunden, die sie geduldig ausgeharrt hat, sich auf die Lippen gebissen hat, um nichts zu sagen, und sich mit eisernem Willen zusammengerissen hat, wischt ihr Sohn mit einem Mal all das beiseite, indem er einen seiner Cousins schubst und ihn dabei »Bödmann« nennt. Claudia muss sich zurückhalten, um nicht zu lachen, erkennt aber, dass sie die Einzige ist, die das komisch findet. Einen Moment lang herrscht Schweigen, und alle starren auf den Übeltäter, der immer noch wütend dreinschaut, aber auch stolz, weil er sich zu verteidigen gewusst hat. Dann reden auf einmal alle durcheinander und Claudia geht vor Mattia in die Hocke und sieht ihn an.

»Was ist denn los, Matti?«, fragt sie ihn leise.

»Diego hat mich gezwickt.«

Mattia hat den Ärmel seines Sweatshirts hochgeschoben. Claudia untersucht seinen Arm und entdeckt eine rote Stelle, die wahrscheinlich bald ein blauer Fleck wird. Sie zieht den Ärmel wieder nach unten, streichelt Mattia das Gesicht und lächelt ihn an.

»Und warum hat er das gemacht?«

»Er wollte das rote Auto, aber das gehört mir!«

Da sagt Paolo in das Stimmengewirr der Erwachsenen hinein: »Schluss jetzt. Das sollen die Kinder unter sich ausmachen.«

Die Mutter des Opfers ist Paolos Schwester. Sie hat ihren Kleinen liebevoll in die Arme geschlossen und entgegnet ihrem Bruder: »Weißt du, mein Lieber, wenn die Mütter bei ihren Kindern bleiben würden, anstatt sich immer nur um sich selbst zu kümmern, dann würden gewisse Dinge einfach nicht passieren. Du siehst ja, wie aggressiv die Kinder dann werden.«

Alle schweigen jetzt und warten auf Claudias Antwort. Sie erhebt sich langsam und nimmt Mattia an der Hand, der sich an sie schmiegt.

»Diego hat Mattia gezwickt, weil er ihm sein Auto wegnehmen wollte, Alice. Mein Sohn und ich, wir gehen jetzt nach Hause, und dann werden auch gewisse Dinge nicht mehr passieren, weil wir nie wieder einen Fuß in diese Wohnung setzen werden. Bist du jetzt zufrieden?«, sagt sie zu ihrer Schwägerin. Die Stille ist so groß, dass alle es hören können. »Ach ja, fast hätte ich es vergessen: euch allen ein frohes Neues!« Dann öffnet sie die Tür und geht hinaus, Mattia noch immer an der Hand.

Unter der Wärme der Sonne sind auch die letzten Schneereste am Meeresufer geschmolzen. Anita zieht Schuhe und Socken aus, um den Sand unter ihren Füßen zu spüren.

»Verdammt, der Sand ist ja eisig!«, ruft sie aus.

»Wenn du noch ein bisschen wartest, wird er wärmer«, sagt Daniel.

»Nein, es ist einfach zu schön!«

Sie trippelt zum Wasser, und bevor Daniel sie zurückhalten kann, umspült die Brandung ihre Füße und entlockt ihr einen leisen Schrei. Daniel geht ihr nach, umfasst sie an der Hüfte und zieht sie zurück, weg vom Wasser.

»Dir frieren noch die Zehen ab! Selbst im Sommer ist Baden hier kein Spaß!«

»Aber wenigstens leidet ihr hier nicht unter dieser drückenden Hitze, wie sie bei uns herrscht«, entgegnet Anita, setzt sich in den Sand und reibt sich die Füße, um sie aufzuwärmen.

Daniel sieht sie lächelnd an.

»Was ist denn los? Wieso schaust du mich so an?«

Er schluckt, kniet sich vor sie hin und nimmt ihr Gesicht in beide Hände.

»Danke, dass du hier bist. Danke, dass du meinen Brief ignoriert hast.«

»Eigentlich müsste ich mich bei dir entschuldigen, für das, was ich an diesem Morgen in Barbaras Wohnung zu dir gesagt habe. Das tut mir leid.«

Er schüttelt den Kopf, setzt sich hinter sie und umarmt sie. Eine Weile bleiben sie so sitzen, ihr Kopf an seine Brust gelehnt, und schauen aufs Meer.

»Weißt du noch, was du mal gesagt hast?«, fragt sie und dreht sich zu ihm um. »Du hast gesagt, wenn ich nicht da bin, kannst du es nicht erwarten, mich zu sehen, und wenn wir zusammen sind, willst du nur noch weg von mir.«

Daniel nickt.

»Gestern Abend ging es mir genauso. Ich habe eine halbe Weltreise gemacht, bis ich endlich hier war, habe dich überall in der Stadt gesucht, und als ich dich dann endlich gefunden hatte, kam es mir auf einmal so vor, als wäre ich fehl am Platz.«

»Wegen der Blonden?«

»Nein. Ich habe gesehen, wie du sie angelächelt hast. Das war kein typisches Daniel-Lächeln.«

»Kein typisches Daniel-Lächeln?«

»Du weißt schon, dieses Lächeln, bei dem du hier kleine Fältchen bekommst.« Anita tippt ihm mit der Fingerspitze auf den Augenwinkel. »Aber die Blonde hast du so angelächelt, wie du es tust, wenn du jemanden anlächeln musst, um ihn nicht zu verletzen. Ein Lächeln nur mit den Lippen, und der Rest des Gesichtes bleibt starr.«

Daniel legt den Kopf etwas weiter zurück, um Anita besser anschauen zu können.

»Du kannst bei mir verschiedene Arten des Lächelns unterscheiden?«, fragt er ungläubig.

»Ja klar. In dem Brief hast du geschrieben, dass wir fast nichts voneinander wissen, aber ich glaube, das stimmt nicht. Du hast verschiedene Arten zu lächeln, die für die anderen alle gleich aussehen, aber ich weiß, worin sie sich unterscheiden. Und ohne dass ich es dir sage, weißt du immer ganz genau, wenn ich nicht reden will, wenn ich müde bin, wenn ich mich unwohl fühle oder glücklich bin. Du weißt das einfach und verhältst dich entsprechend. Glaubst du wirklich, das kann so sein, wenn zwei sich nicht kennen?«

Daniel antwortet nichts und sieht sie einfach weiterhin an, als wäre sie nicht von dieser Welt.

»Jedenfalls sind sie gelb«, ergänzt Anita.

»Was ist gelb?«

»Die Wände meines Zimmers.«

Daniel bricht in Lachen aus.

»Und ich lese gern Krimis«, fügt Anita eilig hinzu. »Aber auch Liebesgeschichten, solche, die einem wirklich ans Herz gehen. Über meinem Bett hängt das Plakat einer Ausstellung, die ich vor vielen Jahren in Mailand gesehen habe, und an der Wand über meinem Schreibtisch steht der Text eines Songs von Bob Dylan.«

Daniel lacht weiter, ohne den Blick von ihr zu nehmen. Anita fährt fort: »Ich habe mich mit Barbara angefreundet, weil sie eine außergewöhnliche Frau ist und mir hilft, mich nicht immer so ernst zu nehmen. Als wir uns kennengelernt haben, hat sie gesagt, ich sehe aus wie eine Heuschrecke mit Perücke, worüber ich dermaßen lachen musste, dass ich nicht darauf geachtet habe, wo ich hinlaufe, und gegen einen Laternenpfahl gerannt bin.«

Daniels Lachen ist in ein leichtes und überraschtes, fast verdutztes Lächeln übergegangen. Mit seinem Blick liebkost er ihre Gesichtszüge, er hört ihr zu, ohne sie zu unterbrechen, und achtet dabei auf jede noch so geringe Veränderung in ihrer Stimme.

»Und in dich habe ich mich verliebt, weil du anders bist als alle Menschen, die ich je kennengelernt habe. Auch wenn du glaubst, dass dich nichts von den anderen unterscheidet, stimmt das nicht. Du bist mein Daniel, und ich will nie wieder vor dir davonlaufen. Und wenn du willst, erzähle ich dir meine Vergangenheit bis ins kleinste Detail. Wir können sofort anfangen und bis tief in die Nacht reden, morgen früh weitermachen und immer so weiter, bis ich dir alles bis zum heutigen Tag erzählt habe.«

»Das brauchst du nicht«, antwortet er, drückt sie an sich und vergräbt sein Gesicht in ihrem Haar, damit sie die Tränen nicht sieht, die ihm in die Augen steigen. »Ich glaube, du hast genau das gerade getan.«

Auf der Fahrt nach Hause ist Mattia in seinem Kindersitz eingeschlafen, erschöpft von dem langen Tag und dem letzten Vorfall, bei dem er im Mittelpunkt stand.

»Wir sollten ihn bestrafen«, sagt Paolo und wirft im Rückspiegel einen Blick auf Mattia. »Er soll nicht glauben, dass Gewalt ein adäquates Mittel ist, um die eigenen Interessen durchzusetzen.«

»Spinnst du? Diego hat ihn so heftig gezwickt, dass er morgen einen riesigen blauen Fleck auf dem Arm hat, und du meinst, er hätte das einfach über sich ergehen lassen sollen?«

»Er hätte es mir sagen sollen. Oder auch dir. Dann hätten wir Diego geschimpft, und meine Schwester hätte ihn auch geschimpft.«

»Und das wäre in deinen Augen wahrscheinlich eine wertvolle pädagogische Maßnahme gewesen.«

»Musst du immer so sarkastisch sein?«

Claudia sieht durch das Fenster auf die Häuser, die die Straße säumen und vom Licht der Straßenlaternen erhellt werden. Sie versucht, langsamer zu atmen und das Zittern zu besänftigen, das sie in sich aufsteigen fühlt. Im Grunde hat Paolo ja recht. Warum ist sie immer nur so sarkastisch?

»Gewalt ist keine Lösung, das stimmt«, sagt sie, leiser als zuvor. »Aber wenn Mattia allein im Kindergarten ist, muss er sich verteidigen können. Oder glaubst du, die Kindergärtnerinnen sind immer da, um ihm zu helfen?«

»Dafür werden sie doch bezahlt, oder?«

»Na klar! Und in den Kindergärten und in den Schulen läuft alles blendend! Es gibt kein Mobbing, und es gibt auch keine Kinder, die von anderen rabiaten Kindern dermaßen terrorisiert werden, dass sie nicht mehr hingehen wollen und sogar krank davon werden.«

»Alles Märchen.«

»Sag mal, in welcher Welt lebst du eigentlich?«

»In meiner, und du scheinst leider in einer anderen zu leben, die sich jeden Tag weiter von meiner entfernt. Ständig behauptest du das Gegenteil von dem, was ich sage.«

»Du meinst, ich widerspreche dir, nur um dir zu widersprechen?«

»Ja. Genau das meine ich.«

»Da täuschst du dich, Paolo. Menschen verändern sich. Und vielleicht habe ich mich einfach verändert, und du hast es nicht bemerkt.«

Sie haben alle zusammen zu Mittag gegessen, an dem großen Küchentisch, an dem sie auch gefrühstückt haben. Marta hat Spaghetti mit Tomatensauce serviert und danach gebratenes Hühnchen mit Johannisbeersoße, also eine italo-englische kulinarische Mischung, und alle haben mit großem Appetit gegessen. Anita stand natürlich im Zentrum der Aufmerksamkeit und hat auf alle Fragen geantwortet: Wo wohnt sie in Rom? (In der Nähe der Piazza Maggiore.) Was würde ihr an Italien fehlen, wenn sie nicht mehr dort leben würde? (Vielleicht das Klima.) Wo haben Daniel und sie sich kennengelernt? (In einer Bar.) Welches Lied singt sie am liebsten? (»Grow« von Rae Morris.) Was gefällt ihr an England am besten? (Daniel.) Bei dieser Antwort hat Peter losgelacht und seinem Bruder auf die Schulter geklopft, und ihre Eltern haben amüsierte Blicke gewechselt. Sie haben die meiste Zeit Englisch gesprochen, weil außer Marta nur noch Daniel Italienisch spricht. Marta hat es ihm als Kind beigebracht, während er Englisch gelernt hat, in der Hoffnung, so würde auch ihr Mann dazu angeregt, was aber nicht geschehen ist. Mit der Zeit hat Anita mitbekommen, dass zwischen Marta und Max eine gewisse Anspannung herrscht, als wäre eine Schnur zwischen ihnen gespannt, die sie zugleich verbinden und trennen würde. Auch die Äußerungen der Missbilligung sind ihr nicht entgangen, die er von sich gegeben hat, wenn sie in ihre englischen Sätze immer wieder ein paar Brocken Italienisch eingeschoben hat, als ginge es ihm auf die Nerven, dass sie so offenkundig Sehnsucht nach ihrer Muttersprache hat. Daniel hat am wenigsten gesagt. Er hat Anita nur angesehen, an das zurückgedacht, was sie am Strand gesagt hatte, und sich bemüht, der Versuchung zu widerstehen, sie zu berühren, sie mitten im Satz zu unterbrechen und zu küssen, so als wären sie allein. Nach dem Mittagessen hat Peter verkündet, dass er zu einem Freund geht, und die Eltern wollten Max' Mutter besuchen. Daniel hat Marta nicht fragend angesehen, obwohl er weiß, wie zuwider ihr die Besuche bei der Schwiegermutter sind, sondern ihr nur einen dankbaren Blick zugeworfen, worauf sie mit einem Lächeln geantwortet hat.

Während die anderen sich zum Ausgehen fertig gemacht haben, sind Daniel und Anita im Wohnzimmer geblieben, haben das Fotoalbum der Familie angeschaut und darauf gewartet, dass die Haustür ins Schloss fällt. Als es so weit war, ist Daniel aufgestanden, hat Anita angesehen und ihr die Hand gereicht. Sie sind in Daniels Zimmer hinaufgegangen und haben sich dabei immer wieder ernste Blicke zugeworfen. Als sie dort angekommen sind, gab es nur noch Hände, Lippen, Haut und atemlose Küsse, bei hellem Tageslicht und mit offenen Augen, um einander auch nicht für einen Augenblick zu verlieren.

Kapitel 37

Das Licht des Abendrots fällt durch das Fenster in Daniels Zimmer und legt sich über Anitas Körper.

»Du hattest natürlich recht«, murmelt sie, während Daniel sie an sich drückt, als fürchte er, sie könne jeden Augenblick verschwinden. »Andrea hat mich erpresst.«

Daniels Miene verfinstert sich. Dieser Name schleudert ihn zurück nach Rom und in den Albtraum, dem sie beide entflohen sind. Er bleibt ruhig liegen, damit Anita nichts von seiner Anspannung merkt. Er sagt nichts, denn er weiß, jetzt wird sie ihm alles erzählen.

»Er hat damit gedroht, dich anzuzeigen, wenn ich mich weigere, noch ein letztes Mal mit ihm ins Bett zu gehen.«

Daniel hält den Atem an.

»Ich hab's nicht getan, Dany«, sagt Anita und sieht zu ihm auf.

Er drückt sie noch fester an sich, streicht ihr durchs Haar, sucht ihre Lippen mit den seinen und legt in diesen Kuss all die Erleichterung, Dankbarkeit und Liebe, die er empfindet.

Als sie sich voneinander lösen, erzählt Anita weiter: »Ich habe dich nur deshalb angelogen, weil ich Angst hatte, du würdest auf der Stelle zur Polizei gehen und dich selbst anzeigen oder Andrea zur Rede stellen. Und in beiden Fällen hatte ich Angst vor dem, was dir passieren könnte. Dann hast du mir, als wir bei Barbara waren, erzählt, dass du bei ihm gewesen warst und ihm gesagt hattest, er soll die Finger von mir lassen. Als ich ihn das nächste Mal gesehen habe, hatte ich den Mut, ihm zu sagen, dass ich nicht tun würde, was er von mir verlangt. Ich habe ihm sogar damit gedroht, meiner Mutter von uns beiden zu erzählen, falls dir etwas passieren würde.«

Von uns beiden. Bei dem Gedanken an Anita und Andrea zieht sich Daniel der Magen zusammen, aber er bemüht sich, Anita nicht merken zu lassen, wie sehr ihm diese Vorstellung wehtut, auch wenn das alles geschehen ist, als er noch nicht in Rom war. Er rührt sich nicht, hält Anita weiterhin umschlungen und wartet.

»Als ich dich kennengelernt habe«, fährt sie fort, »war für mich die Sache mit ihm längst beendet. Es waren auch nur ein paar Monate gewesen. Ich habe versucht, ihm aus dem Weg zu gehen, aber an diesem Abend …« Sie war schon wochenlang nicht mehr im Daimon gewesen, hatte dann aber plötzlich den Impuls verspürt, wieder einmal hinzugehen. »Aus irgendeinem Grund habe ich auf einmal beschlossen, noch kurz im Daimon vorbeizuschauen. Und da sind wir uns zum ersten Mal begegnet. Von da an bin ich jeden Abend hin, nur um dich zu treffen. Andrea hat sofort gemerkt, was los war, und ist eifersüchtig geworden. Er kennt mich. Zu Hause kam ich mir regelrecht verfolgt vor. Morgens bin ich nicht einfach gegangen, sondern buchstäblich geflohen, denn meine Mutter hat ein Bekleidungsgeschäft und muss immer ziemlich früh los, und Andrea geht nie vor Mittag aus dem Haus. Abends und nachts war meine Mutter zum Glück immer da. Wenn ich dich also sehen wollte, musste ich ins Daimon gehen.«

»Und warum warst du anfangs dann so abweisend mir gegenüber?«

»Hast du dich mal im Spiegel angeschaut, Dany?«, entgegnet sie und sieht ihn an. »Ein wohlerzogener junger Mann, zuvorkommend, nachsichtig ... Ich hätte mir nie träumen lassen, dass einer wie du mit einer wie mir etwas zu tun haben will, und ehrlich gesagt, verstehe ich das heute noch nicht.«

Daniel stützt sich auf einen Ellbogen. In Anitas Augen stehen Tränen.

»Was soll das heißen: ›eine wie du‹?«, fragt er und zwingt sie, ihn anzusehen.

»Eine, die sich an ihrer Mutter rächt, indem sie sich in ihrem Bett von ihrem Freund ficken lässt.«

Sie spuckt diese Worte geradezu aus, diesen ordinären Ausdruck, den sie absichtlich benutzt. Sie will Daniel die bittere Pille nicht versüßen, sie will ihn ansehen, während er diesen Schlag einsteckt, will sehen, ob sich in seinem Gesicht eine Spur von Abscheu zeigt. Sie beobachtet seine dunklen Augen, er schluckt, sieht kurz ernst drein und lächelt sie dann völlig unvermittelt an. Er zieht sie an sich, und gemeinsam rollen sie über das Bett, bis Anita auf dem Rücken liegt und er auf ihr, und er sieht sie an, noch immer ein Lächeln auf den Lippen.

»Hab ich die Prüfung bestanden?«, fragt er.

Ganz schön frech, der Bursche. Jetzt lächelt auch Anita.

»Eins mit Stern.«

Sie küssen sich, und während dieses Kusses, der wieder den Geschmack des Begehrens in sich trägt, geht unten die Haustür auf; Anita schiebt Daniel ruckartig von sich und setzt sich auf.

»*Babe*, wann entspannst du dich endlich?«, fragt Daniel mit einem Seufzen.

»Erst wenn wir allein wohnen«, antwortet Anita und zieht ihre Hose an.

»Ich hatte fest vor, nach Rom zurückzukommen, Nita. Und nach meiner Rückkehr hätte ich mich sofort auf die Suche nach dir gemacht.«

»Das weiß ich jetzt. Du brauchst mir nichts mehr zu versprechen.«

»Ich will dir trotzdem etwas versprechen«, entgegnet Daniel und steht auf. »Ich verspreche dir, dass ich immer für dich da sein werde. Immer. Was auch geschehen mag.«

Letztlich spricht Paolo wegen des Zwischenfalls bei Alice dann doch nicht mit Mattia. Der Kleine ist müde und quengelig und geht nach dem Abendessen bereitwillig ins Bett, will aber, dass Claudia ihm vorliest. Sie freut sich über diesen Wunsch und kommt ihm sofort nach.

Als sie mit Mattia die Küche verlässt, sieht sie zu Paolo, der am Tisch sitzt, den Blick auf seinen noch immer vollen Teller gerichtet. Mit der Gabel schiebt er das Essen hin und her, ohne einen Bissen zu nehmen. Er tut Claudia leid, so wie sie sich selbst leidtut.

Als Mattia schläft, geht sie zurück in die Küche. Paolo hat gerade angefangen aufzuräumen, und sie hilft ihm, ohne etwas zu sagen. Sie haben das alles schon so oft miteinander gemacht, dass ihre Handgriffe perfekt aufeinander abgestimmt sind. Sie räumt die Spülmaschine aus, und er stellt das saubere Geschirr ins Regal, legt das Besteck in die Schublade und räumt die Töpfe in die Schränke. Dann wischt er die Essensreste von den benutzten Tellern und sie stellt sie in die Spülmaschine und anschließend, in umgekehrter Reihenfolge, die Gläser, das Besteck und die Töpfe. Handgriffe, die seit Jahren eingespielt sind, zu mehr oder weniger immer denselben Tages- und Nachtzeiten, schweigend ausgeführt, weil es keiner Worte bedarf und auch keiner von ihnen noch viel zu sagen hat. Als sie fertig sind, öffnet Paolo eine Flasche Wein, holt zwei Gläser aus dem Regal, schenkt ein und setzt sich wieder an den Tisch. Auch Claudia setzt sich und nimmt sich ein Glas.

»Du hast recht«, sagt Paolo. »Du hast dich verändert.«

»Auch du hast dich verändert. Wir alle verändern uns. Das ist ganz normal.«

»Nein. Schau dir meine Schwester an. Die wird sich nie ändern.«

»Ich weiß nicht, ob das erfreulich oder bedauerlich ist«, erwidert Claudia und trinkt einen Schluck Wein.

»Hast du das ernst gemeint, dass du nie wieder einen Fuß in ihre Wohnung setzen wirst?«

Claudia sieht ihn an. »Ja. Das tut mir leid. Ich hätte schon vor Jahren den Kontakt abbrechen sollen, bevor ich auf dich sauer geworden bin, weil ich mich verpflichtet gefühlt habe, mit deiner Familie zu verkehren.«

»Wenn man zusammenlebt, ist es normal, dass man mit der Familie des Partners zu tun hat.«

»Nicht, wenn diese Familie ein Schlangennest ist«, entgegnet Claudia.

Sie versteht nicht, was sie umtreibt. Zum ersten Mal in all den Jahren sagt sie ihrem Mann genau das, was sie denkt, frei von jeder Angst. Jetzt erkennt sie, dass sie immer Angst hatte, ihn zu verletzen.

»Entschuldige.«

»Vielleicht hast du recht. Aber es ist trotzdem meine Familie.«

»Ja, natürlich. Du und Mattia, ihr werdet sie auch weiterhin besuchen, das ist ja klar, aber ich, ich werde nicht mehr hingehen.«

»Auch ich fühle mich bei deiner Familie nicht besonders wohl.«

»Na ja, im Grunde ist das ja nur meine Schwester.«

»Und die konnte mich noch nie leiden.«

»Chiara hat nichts gegen dich, sie findet einfach nur, dass wir nicht zueinander passen.«

»Glaubst du das auch?«

Claudia stellt ihr Glas langsam vor sich auf den Tisch. Erst dann sieht sie Paolo an und antwortet: »Ehrlich gesagt: ja.«

»Seit wann?«

»Das kann ich nicht so genau sagen. Vielleicht seit ein paar Jahren, aber erst vor Kurzem ist mir klar geworden, dass sich die Dinge zwischen uns grundlegend verändert haben.«

Paolo nickt, doch Claudia weiß, dass er damit nur zum Ausdruck bringt, dass er ihre Worte zur Kenntnis genommen hat.

»Und dieser Typ aus Mailand, spielt der eine Rolle dabei, dass dir das klar geworden ist?«, hakt er nach.

»Eine sehr unbedeutende Rolle«, antwortet sie. Sie hat beschlossen, durch und durch ehrlich zu sein.

Paolo schweigt eine Weile, nippt an seinem Wein und nickt. Claudia sieht ihm zu, wie er den Kopf fortwährend rhythmisch auf und ab bewegt, und ein Schauer läuft ihr über den Rücken. Der Anblick ist gruseliger, als wenn er ihr eine Szene machen würde.

»Hast du mit ihm geschlafen?«

Sie antwortet nicht zu schnell, weil das wie ein Schuldeingeständnis wirken könnte. »Nein«, sagt sie. »Aber ich habe mit dem Gedanken gespielt.«

»Und warum hast du es nicht getan?«

Die Ruhe in seiner Stimme wird immer beängstigender. Paolo war schon immer ein ruhiger Typ, einer, der selten laut wird. Doch nach so vielen gemeinsam verbrachten Jahren entwickelt sich zwischen zwei Menschen eine instinktive Art der Kommunikation, und man braucht keine Untertitel, um zu wissen, dass sich hinter so viel zur Schau gestelltem Phlegma eine Menge anderer Gefühlsregungen verbergen kann. Und die Ruhe, die Paolo heute Abend ausstrahlt, ist nur die Windstille vor dem losbrechenden Gewitter.

»Es hätte nichts gebracht. Wenn du mit einem anderen ins Bett gehst, weißt du deshalb noch lange nicht, ob du deinen Mann noch liebst. Du fühlst dich höchstens schuldig.«

Unmerklich scheint Paolo sich zu entspannen. Gerade eben war er noch ein gespannter Bogen, der jeden Augenblick seinen Pfeil losschießen konnte. Jetzt hat er den Pfeil aus dem Bogen genommen und hält beides in der Hand. Als Claudia klar wird, dass sie einzuschätzen versucht, ob ihr Mann sie jetzt gleich angreift oder nicht, je nachdem, was sie noch weiter sagt, überkommt sie plötzlich gewaltige Wut. Warum fühlt sie sich beschuldigt, verdammt noch mal? Sie hat doch nichts getan!

»Ist das das Einzige, was dich interessiert?«, fragt sie impulsiv. »Ob ich mit einem anderen Mann geschlafen habe?«

»Ich halte das nicht für unbedeutend.«

»Ich habe es zwar nicht getan, aber mit dem Gedanken gespielt. Und ich habe mir ausgemalt, wie es wäre.«

»Aber du hast es nicht getan«, wiederholt er auf etwas dümmliche Art. »Oder etwa doch?«

Claudia schüttelt den Kopf. »Ich bin müde. Das war ein anstrengender Tag. Ich gehe ins Bett.«

Gerade als sie aufstehen will, lässt das Geräusch von splitterndem Glas sie zusammenzucken. Paolo hat sein Glas in der Hand zerdrückt und eine rötliche Mischung aus Wein und Blut tropft auf den Tisch.

»Du wirst jetzt nicht ins Bett gehen«, sagt er, ohne auf seine Verletzung zu achten.

Sie versucht, ihm die Glasscherben aus der Hand zu nehmen, aber er zieht die Hand zurück.

»Hör auf!«, schreit er sie an, woraufhin sie sofort innehält. »Und setz dich wieder hin!«

Claudia gehorcht. Er nimmt eine Serviette und wickelt sie sich um die Hand.

»Ich will wissen, ob du mit ihm geschlafen hast oder nicht. Wenn du es nicht getan hast, dann entscheide dich, ob du bei mir bleiben oder mich verlassen willst. Und zwar jetzt!«

»Und wenn ich es getan hätte?«, fragt sie, ohne seinem Blick auszuweichen, um ihre Angst nicht zu verraten.

»Dann verlasse ich dich.«

Claudia wendet den Blick von ihm ab, und endlich löst sich der Nebel auf, der in den letzten Monaten ihre Gedanken verschleiert hat. Ein befreiendes Gefühl.

»Ach, so ist das«, erwidert sie. Eine unnatürliche Ruhe macht sich in ihr breit. »Also, dann noch mal zum Mitschreiben: Ich habe nicht mit Davide geschlafen.«

Als sich auf Paolos Gesicht Erleichterung breitmacht, fügt sie rasch hinzu: »Und ich verlasse dich.«

Paolo verzieht das Gesicht, als hätte ihm jemand einen Schlag in den Magen verpasst. »Aber warum das denn? Wir können es doch noch einmal versuchen, miteinander reden …«

Claudia schüttelt den Kopf. »Wenn ich dir gesagt hätte, dass ich mit ihm geschlafen hätte, dann hättest du über gar nichts mehr reden wollen.«

»Weil das bedeutet hätte, dass du dich für ihn entschieden hast und nicht für mich.«

»Aber er hat doch mit der ganzen Sache nichts zu tun! Ich will ihn nicht, und dich will ich auch nicht!«

Jetzt ist es Claudia, die schreit, und ihre Angst vor einer möglichen Reaktion Paolos ist vollkommen verschwunden. Er schaut sie an, als sähe er sie zum ersten Mal, und Claudia bemerkt, dass die Serviette, die er sich um die Hand gewickelt hat, voller Blut ist.

»Du solltest lieber mal die Wunde versorgen.«

»Tu doch nicht so, als würde dich das interessieren! Und hör auf, das besorgte Eheweibchen zu spielen!«

»Aber ich bin nun mal ein besorgtes Eheweibchen. Das war ich schon immer. Hast du jemals irgendwas vermisst? Na los, raus mit der Sprache!«

»Ich weiß nicht«, sagt Paolo leise und sieht zu Boden. »Ich glaube nicht.«

Er hebt den Kopf und sieht Claudia mit tränenüberlaufenen Augen an. Hat sie Paolo jemals weinen sehen? Nur einmal, als sein Vater gestorben ist, und da hat sie rasch den Blick abgewandt. Sie erträgt es nicht, wenn er weint.

»Verlass mich nicht, Claudia! Wir haben doch Mattia, wir können versuchen, noch einmal von vorn anzufangen … Du brauchst nicht mehr mit zu meiner Schwester zu kommen und auch nicht zu meiner Mutter. Und du kannst deine Schwester besuchen, so oft du willst.«

Sie sieht ihn an und spürt, dass jetzt auch ihr die Tränen in die Augen steigen. Sie bringt kein Wort heraus.

»Und ich werde mich bemühen, dir von mir zu erzählen«, fährt Paolo fort, »und dir zuzuhören. Es gibt noch so vieles, was ich dir sagen will, und so vieles, was ich von dir wissen will.«

Er klingt überzeugend. Die Versuchung, Ja zu sagen, noch einmal von vorn anzufangen und sich auf dem bequemen Bett der Gewohnheit auszustrecken, ist gewaltig. Doch dann fällt ihr wieder ein, was er vorhin gesagt hat: »Dann verlasse ich dich.«

Paolo ist es egal, dass sie schon seit Langem unglücklich ist, dass sie das Gefühl hat, nichts mehr wert zu sein. Für ihn zählt nur, ob sie ihn betrogen hat oder nicht. Hätte sie es getan, dann würde er sie wegwerfen wie einen verfilzten Pullover.

Sie steht auf, und diesmal versucht er nicht, sie zurückzuhalten.

»Und was, wenn ich wirklich mit ihm geschlafen hätte?«, sagt sie und geht.

Kapitel 38

Ellie lässt den Blick nicht von ihr, versucht aber, sich nichts anmerken zu lassen. Daniel wollte sie unbedingt seinen Freunden vorstellen und hat sie mit in den Pub genommen, in den er schon als Jugendlicher gegangen ist, als er sehnsüchtig auf das Sprießen des ersten Bartflaums gewartet hat. Damals war für die Halbwüchsigen nur Cola erlaubt, aber heute fließt das Bier in Strömen, und das Stimmengewirr ist so laut, dass man kaum noch die Worte seines Nachbarn versteht. Fast alle schauen die ganze Zeit auf Anita. So wie Daniel in Rom der Exot war, ist sie hier in Brighton die Exotin, auch wenn in den letzten Jahren immer mehr Italiener nach England gekommen sind. Und wenn einer der Kumpel, mit denen man sich als Zehnjähriger Schneeballschlachten geliefert hat, mit einer Ausländerin zusammen ist, ist man natürlich erst recht neugierig. Ellie platzt gleich vor Neugier, aber auch vor Eifersucht und einem Gefühl der Schmach. Auch ohne sie anzusehen, spürt Anita ihre vernichtenden Blicke. Hauptsächlich deshalb hat sie Daniels Vorschlag, gemeinsam in den Pub zu gehen, zuerst abgelehnt. Aber dann hat sie nachgegeben, als er gesagt hat, er wolle, »dass das ganze *fucking village* sieht, was für ein umwerfendes Mädchen sich der arme Danny geangelt hat«.

»Warum denn ›der arme Danny‹?«, hat sie ihn auf dem Weg in den Pub gefragt.

Er hat erst gelacht und dann geantwortet: »Mein Spezialgebiet war es, Mädchen zu trösten, die verzweifelt waren, weil ihnen mal wieder irgendein Idiot etwas vorgegaukelt und sie dann enttäuscht hatte. Ich war derjenige, der zugehört und Fragen gestellt hat, so etwas wie ein bester Freund, mit dem man hin und wieder ins Bett geht. Ich habe immer nur solche Mädchen abbekommen. Ich habe sie gemocht, das will ich gar nicht bestreiten. Aber schon bald hatte ich den Ruf eines Pechvogels weg, auch weil sie mich alle früher oder später ohne viel Aufhebens verlassen haben.«

»Das ist ja furchtbar«, sagt Anita. »In der Zeit ging es dir bestimmt ziemlich schlecht.«

Er beißt sich auf die Lippen, legt Anita den Arm um die Schultern und zieht sie an sich. Als sie sich voneinander lösen und Hand in Hand weitergehen, sagt Anita: »Aber Ellie sieht nicht aus wie eine, die sich von irgendeinem Idioten etwas vorgaukeln lässt.«

»Trotzdem hat sie mich verlassen, mit einer SMS.«

»Diese Schlange! Aber so, wie sie sich Silvester an dich gehängt hat, scheint sie es sich anders überlegt zu haben.«

Daniel zuckt mit den Schultern. »Das liegt nur daran, dass ich nicht mehr da bin. Drei Monate in Rom, und schon interessiert sie sich wieder für mich, worauf ich allerdings liebend gern verzichten könnte.«

»Und wenn ich dich nicht gesucht hätte, wenn du mich nicht gefunden hättest, wenn wir jetzt nicht zusammen wären, wärst du dann nicht vielleicht schwach geworden? Und sei es nur, um es ihr heimzuzahlen …«

»Du bist die erste Frau, der ich gesagt habe, dass ich sie liebe. Glaubst du, dass meine Gefühle sich in nur einer Woche so stark verändern können, dass ich zu meiner Ex zurückkehre?«

Anita sieht zu Boden. »Nein, natürlich nicht. Entschuldige.«
Er legt ihr einen Finger unter das Kinn, sodass sie zu ihm aufsieht. »Wie viel braucht es denn noch, Nita?«
»Wozu?«
»Damit du mir endlich vertraust.«

Paolo hat auf dem Sofa geschlafen. Als Claudia am Morgen aufgewacht ist, nach wenigen Stunden unruhigen Schlafs, lag ihre Fleecedecke ausgebreitet auf dem Sofa, daneben zwei leicht zusammengedrückte Kissen. Von Paolo in der ganzen Wohnung keine Spur. Wahrscheinlich ist er in der Kleidung aus dem Haus gegangen, die er gestern Abend anhatte. Claudia verspürt eine Leere in sich, dort, wo vorher Paolo war, und sie malt sich lieber nicht aus, wo er jetzt sein könnte. In der Küche ist alles in Ordnung, die Scherben des Glases, das in Paolos Hand zu Bruch gegangen ist, sind verschwunden wie auch die Blutspuren auf dem Tisch. Auch die schmutzige Serviette ist weg, wahrscheinlich ist sie im Müll gelandet. Claudia kommt es vor, als hätte auch ihre Diskussion gestern Abend gar nicht stattgefunden. *Vielleicht habe ich das nur geträumt. Vielleicht war das alles nur ein Albtraum. Oder wäre es ein Albtraum, wenn es diese Diskussion* nicht *gegeben hätte?*, fragt sie sich.

Mattias Stimme in ihrem Rücken lässt sie aufschrecken.
»Hallo, Mama! Papa?«
»Der ist nicht da, mein Schatz«, antwortet Claudia und rückt das Kissen auf seinem Stuhl zurecht.

Mattia klettert auf den Stuhl und fragt nach seinen Frühstückskeksen. Claudia holt die viereckige Blechschachtel aus der Anrichte, die sie schon vor Mattias Geburt verwendet hat und an der sie sehr hängt. Während sie ihm seine Milch warm macht, klingelt ihr Handy. Wie zu erwarten, ist es Chiara. Claudia bleibt vage in dem, was sie sagt, und weil ihre Schwester im Hintergrund das Gebrabbel des Kleinen hört, versteht sie, weshalb. Nach einer Weile fragt Mattia, ob er ins Wohnzimmer gehen und fernsehen darf.

»Kannst du jetzt reden?«, fragt Chiara.

»Ja.«

Es wird ein langes Gespräch. Als Claudia fertig ist, hört sie am anderen Ende der Leitung ein Seufzen.

»Bist du erleichtert oder wütend?«

»Ich glaube, beides. Ich finde zwar, dass deine Entscheidung richtig war, aber ich mache mir trotzdem Sorgen um dich.«

»Das musst du nicht, mir geht's gut. Und wenn mir jemals Zweifel kommen sollten, brauche ich nur an das zu denken, was Paolo gesagt hat. Was er tun würde, wenn ich mit Davide geschlafen hätte.«

»Ich glaube, so eine Reaktion ist ganz normal. Du weißt doch, wie die Männer sind. Sie glauben, dass es nichts Schlimmeres gibt, als betrogen zu werden. Aber dann ändern sie doch meistens ihre Meinung.«

»Ich hätte so etwas nie zu ihm gesagt.«

»Du bist ja auch kein Mann. Hast du nicht Lust, mit Mattia ein paar Tage zu mir zu kommen? Ich habe noch eine Weile Urlaub, und du musst doch bestimmt auch erst nach Dreikönig wieder in die Uni.«

»Danke, ich überlege mir das mal. Aber ich kann nicht einfach so mit Mattia wegfahren, ohne es mit Paolo abzusprechen, und mit ihm zu reden ist so ziemlich das Letzte, wonach mir im Moment der Sinn steht.«

»Wovor hast du denn Angst? Dass er dich anzeigt wegen Kindesentführung? Immerhin seid ihr noch verheiratet.«

»Ja, schon, aber ich kann so etwas nicht hinter seinem Rücken tun. Er vergöttert Mattia, und er ist ein wunderbarer Vater.«

Sie verabschieden sich, und als Claudia das Gespräch beendet, hört sie hinter sich Paolos Stimme.

»Wag es nicht einmal, daran zu denken«.

Das Bier und die Kälte, die ihr noch immer in den Knochen sitzt, sind irgendwann stärker als Anitas Wille, am Tisch sitzen zu bleiben und zu reden, also steht sie auf und geht auf die Toilette. Daniel sieht ihr nach, bis sie um die Ecke verschwunden ist. Als sie aus der Kabine kommt, nachdem sie mindestens zwei Minuten gepinkelt und dabei leise gelacht hat, steht Ellie vor ihr und sieht sie mit ernster Miene an. Anita erwidert ihren Blick und zieht die Augenbrauen hoch, eine Miene, die seit jeher alle Sprachbarrieren überwindet.

»Also du bist das«, sagt Ellie.

»Was bin ich?«, erwidert Anita.

»Die Frau, wegen der mein Danny nicht wiederzuerkennen ist.«

»An deiner Stelle würde ich nicht mehr ›mein‹ Danny sagen«, rät Anita ihr mit einem Lächeln und will zur Tür gehen.

Ellie stellt sich ihr in den Weg. »Du wirst nicht ewig hierbleiben. Und wenn du weg bist, hol ich ihn mir wieder.«

»Er wird aber mit mir nach Italien zurückgehen.« Mit einem entschiedenen Handgriff öffnet sie die Tür und geht hinaus. Barbara hätte das an ihrer Stelle sicher besser gelöst, aber eigentlich hat sie sich ganz gut geschlagen. *Jetzt muss ich nur noch meine Hände dazu bringen, nicht mehr zu zittern*, denkt sie.

»Es sind doch nur ein paar Tage«, bringt Claudia in bedächtigem Ton vor. »Warum sollte ich nicht mit ihm zu seiner Tante fahren?«

Paolo hat eine Miene aufgesetzt, die sie noch nie an ihm gesehen hat. Wenn Blicke Feuer legen könnten, wäre von ihr wohl nur noch ein Häufchen verkohlter Knochen übrig. Mit fahlem

Gesicht steht er vor ihr, auf den Wangen der Schatten eines Bartes. Seine Kleidung ist zerknittert, und er wirkt, als habe er schon eine Weile kein Auge mehr zugemacht. Hätte in seinen Worten von vorhin nicht so ausgesprochener Zorn gelegen, er täte ihr fast leid.

»Ganz einfach«, entgegnet er und sieht sie an. »Ich glaube nicht, dass du allein für ihn sorgen kannst.«

»Machst du Witze? Ich bin seine Mutter!«

»Dass man einen Sohn zur Welt gebracht hat, bedeutet nicht automatisch, dass man auch für ihn sorgen kann. Du wolltest ihn doch einem Babysitter überlassen, hast du das schon vergessen?«

Claudia ahnt, worauf er hinaus will. »Du weißt ganz genau, dass das nicht stimmt. Ich kann sehr wohl für ihn sorgen, genauso gut und sogar besser als du!«

»Hör auf zu schreien«, sagt Paolo kalt. »Das bringt nichts.«

Sie erkennt ihn nicht wieder. Im vergangenen Jahr war er oft barsch zu ihr, grob, manchmal auch aggressiv, aber jetzt liegt ein Hass in seiner Stimme, der ihr Angst macht. »Ich habe vor, die Scheidung einzureichen. Und ich werde das alleinige Sorgerecht für Mattia bekommen, darauf kannst du dich verlassen.«

Claudia zittert von Kopf bis Fuß. »Das kannst du vergessen«, erwidert sie, in der Hoffnung, selbstsicherer zu wirken, als sie sich fühlt. »Dazu müsstest du beweisen, dass ich nicht mehr zurechnungsfähig bin.«

Er geht auf sie zu, und sie widersteht dem Impuls, einen Schritt zurück zu machen.

»Wollen wir wetten?«, sagt er leise und mit einem schwachen Lächeln.

Jetzt siegt in Claudia die Wut über die Angst. »Ich bin Universitätsdozentin, habe keinen Eintrag im Strafregister und war noch nie im Leben in psychiatrischer Behandlung. Eine rundum anständige Frau. Das ist selbst für einen gewieften Anwalt wie dich ein harter Brocken.«

»Es mit einem Studenten zu treiben, ist nicht gerade ein Beweis für Seriosität, findest du nicht?«

»Du weißt ganz genau, dass ich mit keinem meiner Studenten was habe!«

»Aber es gibt bestimmt eine Menge Leute, die bezeugen würden, dass sie dich mit ihm in einer Bar gesehen haben oder in deinem Büro in der Uni. Und wer weiß, was ihr da so alles gemacht habt … Das akademische Milieu ist von Missgunst geprägt, meine Liebe, das solltest du wissen. Ganz zu schweigen von meiner Familie, die von dir auch nicht gerade begeistert ist, nicht wahr?«

In diesem Moment erscheint Mattia in der Küchentür. »Mama …«

Claudia sieht ihn an und geht sofort auf ihn zu.

»Warum streitet ihr?«

»Ja, du hast recht. Wir hören auf. Einverstanden?«

Mattia nickt, wirkt aber nicht überzeugt.

»Mattia«, schaltet sich Paolo ein, »hast du Lust, nachher zum Spielen zur Oma zu gehen? Dein Cousin wird auch da sein.«

»Nein. Ich will bei der Mama bleiben.«

Claudia würde am liebsten in Tränen ausbrechen, hält sich aber zurück. »Wie wär's, wenn wir beide ins Kino gehen?«, schlägt sie ihm vor. »In diesen Zeichentrickfilm, den du so magst.«

»Ja«, antwortet Mattia, aber ohne zu lächeln.

Claudia schämt sich. Ihr scheint, als würde sie sich das Wohlwollen ihres Sohnes erkaufen. Aber wird sie das nicht künftig immer so machen müssen?

Paolo kommt zu ihnen. Er ist ganz blass.

»Dann machen wir es doch so: Erst gehst du mit der Mama ins Kino, und dann gehen wir zur Oma zum Abendessen.«

»Kommt die Mama auch mit zur Oma?«

»Ich glaube, die Mama muss heute Abend arbeiten. Stimmt's, Liebling?«

Anders als Mattia erkennt Claudia das Stahlseil, das Paolo mit seinen ruhigen Worten vor ihr gespannt hat und über das sie zu stolpern droht. Sie sieht Mattia an und ringt sich ein Lächeln ab.

»Papa hat recht«, erklärt sie und versucht, ruhig zu bleiben. »Die Mama muss heute Abend noch etwas erledigen, aber du gehst zur Oma. Das wird bestimmt schön, und wenn du wiederkommst, lese ich dir etwas vor. Einverstanden?«

Wiederum nickt Mattia, ohne den Anflug eines Lächelns.

Anita wird von der Sonne geweckt, die ihr ins Gesicht scheint. Sie ärgert sich über die englische Unsitte, die Fenster nicht mit Rollläden auszustatten, und dreht sich zu Daniel um, der neben ihr liegt. Auch er schläft nicht mehr, und seine Augen verraten, dass er schon längere Zeit wach ist.

»Na?«, fragt sie und streichelt seine Wange, die sich etwas rau anfühlt. »Alles in Ordnung?«

»Ich habe geträumt, dass ich aufwache und du nicht mehr da bist. Als ich dann wirklich aufgewacht bin, habe ich, als ich noch die Augen zuhatte, gespürt, dass du neben mir liegst, und da war ich so erleichtert, dass mir fast die Tränen gekommen sind.«

Anita schluckt, um nicht selbst loszuweinen, sieht in Daniels blaue Augen und bringt kein Wort heraus.

»Und da habe ich es erkannt«, fügt Daniel hinzu.

»Was?«

»Dass ich mir wünsche, dass es immer so ist. Ich will jeden Morgen neben dir aufwachen. Ich will nie wieder ohne dich sein.«

Anita legt den Kopf auf seine Brust und drückt ihn an sich. Eine Träne tropft ihm auf die Haut. »Ich will nicht zurück nach Rom. Ich will hier bei dir bleiben.«

Er streicht ihr mit der Hand über das Haar und den Rücken. »Ich verstehe das nicht. Es ist, als wären wir hier zwei völlig andere Menschen. Wir haben mal gesagt, dass wir nicht miteinander auskommen, dass wir uns andauernd gegenseitig verletzen, aber seit wir uns vor vier Tagen gefunden haben, gab es nicht einem Moment, in dem ich von dir weg wollte.«

»Und deswegen will ich nicht zurück«, entgegnet Anita.

Daniel hebt den Kopf und sieht sie an. »Und ich will genau deswegen wieder nach Rom«, sagt er. »Ich will mich vergewissern, dass wir uns nicht verändern, nur weil sich die Umstände ändern.«

»Nein. Lass uns hierbleiben, Dany. Wir suchen uns Arbeit und mieten eine Wohnung. Du kannst auch weiterstudieren, vielleicht findest du einen Nebenjob, und ich finde bestimmt auch irgendetwas. Das würde doch gehen.«

Daniel schüttelt langsam den Kopf. Er lächelt und streichelt Anita die Wange. »Du bist Sängerin. Du musst singen.«

»Ohne dich bin ich nichts. Als du weg warst, hat es sich angefühlt, als wäre mit dir auch die Musik verschwunden.«

»Das stimmt nicht, das weißt du doch. Niemand kann dir die Musik wegnehmen. Du hast sie schon in dir getragen, lange bevor wir uns kennengelernt haben. Und glaubst du wirklich, sobald wir in Rom sind, platzt unsere Beziehung wie eine Seifenblase und alles ist aus?«

»Nein, natürlich nicht! Wie kannst du so was auch nur denken.«

Daniel setzt sich auf und lehnt sich an das Kopfteil des Bettes. Anita will ihn wieder umarmen, aber etwas hält sie zurück. »Warte!«

»Hast du Angst vor Andrea? Ist es das?«, fragt er.
Anita nickt.
»Er kann uns nur etwas antun, wenn wir es zulassen, Nita. Jetzt, wo zwischen uns alles klar ist, welche Mittel hat er da noch?«
»Er kann dich immer noch anzeigen. Er hat das doch alles absichtlich gemacht, um dich zu provozieren.«
»Ich habe schon mit meinen Eltern darüber gesprochen. Wenn er mich anzeigt, dann stelle ich mich dem.«
Anita seufzt, antwortet aber nichts. Sie beschließt, die böse Vorahnung zu unterdrücken, die sie seit Tagen plagt, und schmiegt sich noch näher an Daniel.

Kapitel 39

Claudia hat nicht den Mut aufgebracht wegzufahren, weder mit Mattia noch allein.

»Er wollte dir nur Angst einjagen«, sagt Chiara während eines der endlosen Telefonate, die sie jeden Tag führen. »Das alleinige Sorgerecht für Mattia kriegt er nie. Die Mutter bleibt immer die Mutter. Was glaubt er denn?«

»Aber wenn er mich wegen meiner Freundschaft mit Daniel tatsächlich beim Senat der Universität anzeigt? Dann verliere ich meinen Sohn und meine Arbeit!«

»Du und dieser junge Mann, ihr hattet immer nur ein freundschaftliches Verhältnis. Um jemandem etwas anzuhängen, braucht es Beweise.«

»Aber nicht, um jemanden zu verleumden. Und wen interessiert schon die Wahrheit, wenn der Skandal einmal ruchbar geworden ist?«

»Das wird ihm nie gelingen.«

»Du hast sein Gesicht nicht gesehen und wie er mich angeschaut hat«, entgegnet Claudia. Bei der Erinnerung daran läuft es ihr wieder kalt über den Rücken. »Ich habe ihn nicht wiedererkannt. So habe ich ihn noch nie gesehen.«

»Wo ist er denn jetzt? Ist er noch zu Hause?

»Nein, er wohnt jetzt erst mal bei seiner Mutter, aber bevor er gegangen ist, hat er mir angedroht, dass ich nicht mehr lange in der Wohnung werde bleiben können.«

»Du hast ein kleines Kind. Glaubt er etwa, er kann dich einfach so rausschmeißen?«

»Ganz genau. Alleiniges Sorgerecht für ihn, und ich muss aus der Wohnung raus.«

Chiara seufzt und sagt dann: »Sag mal … dieser Student, kommt der nach Rom zurück?«

»Keine Ahnung. Das Semester dauert noch drei Monate, aber als er über Weihnachten nach Hause gefahren ist, wusste er noch nicht, ob er es zu Ende machen wird. Wieso fragst du?«

»Vielleicht ist es besser, wenn er nicht zurückkommt. Dann wäre Paolo zumindest etwas der Wind aus den Segeln genommen. Wenn er nicht mehr da ist, wen kümmert es dann, wenn man euch ein paarmal zusammen gesehen hat.«

* * *

Daniel und Anita haben beschlossen, vor dem Rückflug nach Italien zwei Tage in London zu verbringen. Anita ist vor Freude ganz aus dem Häuschen. Daniel sieht ihr zu, wie sie die wenigen Sachen, die sie dabeihat, in ihren Koffer packt. Sie singt dabei leise vor sich hin, und sie so gut gelaunt zu sehen, ist für ihn ein weiteres Geschenk ihres gemeinsamen Aufenthalts in England. Zwar hat sie auch in Rom hin und wieder gelächelt, vor allem, wenn sie zu zweit in seinem Zimmer waren, aber die Leichtigkeit, die sie jetzt an den Tag legt, lässt ihn ein Wort hervorkramen, das lange in der verstaubtesten Ecke seines Vokabulars verborgen lag. *Sie strahlt*, denkt er. *Heute strahlt sie einfach. Als hätte sie die Angst vor der Rückkehr weggepackt. Wie hat sie das nur geschafft?*

Sie dreht sich zu ihm um. Er steht noch immer da und sieht sie an. In der Hand hält er einen Stapel zusammengefalteter Boxershorts, ohne ihn in den Koffer zu legen. Anita lacht los.

»Wenn du weiter so rumstehst, bin ich noch vor dir fertig. Dann geh ich runter und frag deine Mutter, ob sie Lust hat, bei einer Tasse Tee ein bisschen zu quatschen.«

»Okay, schon verstanden. Ich beeil mich ja schon«, sagt Daniel und tut so, als sei er entsetzt.

Anita lacht erneut, macht ihren Koffer zu und setzt sich aufs Bett, neben den noch offenen Koffer, den Daniel jetzt hastig füllt.

»Warum findest du eigentlich die Vorstellung so schlimm, dass deine Mutter und ich ein bisschen miteinander plaudern?«, fragt sie ihn.

»Weil ich genau weiß, wie das endet: Sie erzählt dir irgendwelche Geschichten aus meiner Kindheit, die sie lustig findet. Du fändest das total süß, und mir wäre es unendlich peinlich.«

»Du solltest dich nicht immer so ernst nehmen. In der Hinsicht bist du wirklich sehr, sehr englisch, Dany«, sagt Anita. »Was hast du eigentlich von deiner Mutter geerbt, außer dem Lächeln? Du bleibst immer ruhig, schlägst nie über die Stränge, wirst nie laut und übertreibst nie.«

»Woher willst du denn wissen, dass die Engländer alle so sind? Geh mal freitagabends in einen Pub … Eine wild gewordene Horde von Suffköpfen, die durcheinanderschreien und sich über ordinäre Witze kaputtlachen. Wäre es dir lieber, wenn ich so wäre?«

Anita steht auf, nimmt sein Gesicht in beide Hände und lächelt ihn an. »Wer sagt denn, dass ich will, dass du anders bist? So wie du bist, bist du absolut perfekt«, erwidert sie mit besonderer Betonung auf den letzten beiden Worten.

»Und der Traumprinz, auf den du als kleines Mädchen gewartet hast, war ein ruhiger, gemäßigter und ein bisschen langweiliger Kerl?«, fragt er lachend.

Anita nimmt ihre Hände von seinem Gesicht und setzt sich wieder aufs Bett. Das Leuchten ist aus ihren Augen verschwunden, und ihre Miene verwandelt sich im Handumdrehen in eine Maske des Trübsals.

»Ich habe als Mädchen nicht von einem Prinzen geträumt«, sagt sie mit gesenktem Kopf. »Ich habe mich von den Jungs ferngehalten und sie sich von mir.«

Daniel hört auf, seinen Koffer zu packen, und kniet sich vor sie hin. »Das glaube ich nicht. Wie könnte ein Junge sich denn von dir fernhalten?«

Anita streichelt ihm die Wange. Das Kompliment entlockt ihr wenigstens ein schwaches Lächeln. »Jeans, am besten möglichst alt und ausgeleiert, verfilzte Pullover, klobige Arbeiterschuhe und Haare, die einem andauernd ins Gesicht hängen. Das wirkt Wunder, das kannst du mir glauben.«

Darauf sagt Daniel nichts. Er sieht sie nur an und wartet.

»Bis zur zehnten Klasse habe ich kein einziges Mal die Lippen eines Jungen berührt. Und ehrlich gesagt, wollte ich auch gar nicht wissen, wie das so ist, wie das schmeckt. Wenn man zwölf Jahre lang ein Paar wie das meiner Eltern vor Augen hat, verdirbt einem das wahrscheinlich die Lust darauf, selbst Teil eines Paars zu werden. Ich konnte mir nie etwas anderes vorstellen, als allein zu leben.«

Daniel setzt sich vor ihr im Schneidersitz auf den Boden und ergreift ihre Hände. »Und was ist dann passiert?«, fragt er.

»Ich habe einen kennengelernt, der sich weder von meiner Kleidung noch von meiner miesepetrigen Miene hat abschrecken lassen.«

»Ein Klassenkamerad?«

Anita wendet den Kopf ab, um Daniels Blick auszuweichen. Dann sieht sie aus dem Fenster und erzählt weiter. »Nicht direkt. Er war mein Sportlehrer. Er dürfte damals so um die dreißig gewesen sein, vielleicht ein bisschen jünger.«

Sie wartet darauf, dass Daniel ihre Hände loslässt, doch er hält sie weiter fest. Sie sieht ihn an. Sein Gesichtsausdruck hat sich nicht verändert, er sieht sie an wie ein Verdurstender, für den ihre Worte wie Wasser sind.

»Einmal bin ich beim Volleyball gestürzt. Er hat mich in den Erste-Hilfe-Raum gebracht und mir dort die Schürfwunde am Knie desinfiziert. Dabei hat er mich keine Sekunde aus den Augen gelassen. Ich habe mich furchtbar unwohl gefühlt. Dann hat er sich vor mich hingekniet, so wie du gerade eben, und mir eine Mullkompresse angelegt. Er hat mir die Haare aus dem Gesicht gestrichen, und im nächsten Moment hat er mich geküsst. Ich saß wie versteinert da. Auch bei einem Gleichaltrigen hätte ich nicht gewusst, was ich tun soll, aber er hat sich nicht abbringen lassen und mich weiter auf den geschlossenen Mund geküsst … bis ich ihn geöffnet habe.«

Anita wird rot, und Daniel gelingt etwas, was er nicht für möglich gehalten hätte: Er hält Anita weiterhin ganz sanft bei den Händen.

»Von dem Tag an hat er jede Gelegenheit genutzt, um mit mir allein zu sein.«

Ohne es zu bemerken, hält Daniel fast den Atem an.

»Einmal hat er vorgeschlagen, dass wir uns nachmittags treffen, außerhalb der Schule, und ich habe Ja gesagt.« Als Anita bemerkt, dass Daniel noch blasser ist als gewöhnlich, fragt sie ihn: »Willst du, dass ich weitererzähle?«

Daniel nickt ein paarmal.

»Ja. Ich will das wissen. Ehrlich.«

Anita sieht ihn verdutzt an, fährt aber fort. »Und schließlich hat er mich zu sich nach Hause eingeladen.«

Anita hält inne und beobachtet, wie Daniel auf diese Worte reagiert. Er sitzt reglos da und scheint nicht einmal mehr zu atmen. Nur seine Augen verfinstern sich für einen Moment.

»Er lebte allein, und seine Wohnung war hübsch und aufgeräumt. Er hat mir eine Cola angeboten und sich selbst ein Bier aufgemacht, dann hat er eine CD eingelegt und wir haben uns auf das Sofa gesetzt.«

Die Stille in Daniels Zimmer ist größer als in einer Kirche, und es ist fast dunkel, aber keiner von beiden steht auf und macht Licht. Anita seufzt leise und erzählt weiter: »Es war ... eigenartig. Ich hatte keine Freundinnen, die mir hätten sagen können, was passiert, wie es sich anfühlt. Meine Mutter hatte ein paarmal probiert, mit mir darüber zu sprechen, aber ich habe das immer abgeblockt. Ich fand es unerträglich, wenn sie die besorgte Mutter spielte, nach all dem, was ich ihretwegen mit meinem Vater hatte erleben müssen.«

Daniel verspürt einen bitteren Geschmack im Mund, und an den Händen bricht ihm der Schweiß aus.

»Er war dann sehr sanft, und ich habe zwar nichts Besonderes gespürt, aber es hat auch nicht wehgetan, höchstens nur ganz kurz.«

Daniel lässt ihre Hände los und steht auf. Er geht zum Fenster und sieht hinaus, kann aber nichts erkennen. Er hat die Hände zu Fäusten geballt, seine kurzen Fingernägel graben sich in seine Haut, und er atmet schnell, um sich zu beruhigen. Anita schweigt, beißt sich auf die Lippen und wartet.

»Du warst noch ein Mädchen«, sagt Daniel nach einer Weile, ohne sich umzudrehen. »Und dieser Mistkerl hat dich ausgenutzt.«

Anita steht auf und geht zu ihm, bleibt aber hinter ihm stehen, ohne ihn zu berühren. »Ist es das, was dir so wehtut?«, fragt sie ihn behutsam. »Oder bist du sauer auf mich?«

Als er ihre Stimme so nah bei sich hört, dreht Daniel sich ruckartig um. »Auf dich? Nein! Warum denn?«

Anita betrachtet sein Gesicht. Sie glaubt ihn mittlerweile zu kennen und weiß, dass er die Wahrheit sagt. Sie fühlt sich, als könne sie endlich einen Rucksack mit schweren Steinen zu Boden fallen lassen, den sie schon seit sehr langer Zeit mit sich herumschleppt. Diese Geschichte hat sie noch nie jemandem erzählt, nicht einmal Barbara. Und jetzt ist es, als würde die Scham, die sich jahrelang aufgestaut hat, plötzlich verfliegen. Sie legt die Arme um Daniel, und er erwidert die Umarmung, drückt sie an sich, küsst sie auf die Schläfe, die Wange und den Mund. Anfangs ist sein Kuss noch zärtlich, doch das Bild von Anita mit diesem Mann geht ihm nicht aus dem Kopf, und er wird immer erregter und schiebt ihr die Hände unter den Pullover und auf die nackte Haut, sucht ihre Zunge mit seiner und atmet immer schneller. Er schiebt sie zum Bett, spürt ihren weichen Körper, als er sich ohne zu überlegen gegen sie drückt, ein einziges Bündel aus Muskeln und Nerven und Blut, das durch seine Adern schießt. Als sie auf die Matratze sinken, stößt Anita einen leisen Schrei aus und er hält inne. Er löst seine Lippen von ihren und macht die Augen auf. Sie sieht ihn unverwandt an, den Mund halb offen, und ihre Miene verrät ihm, dass sie ihn begehrt. Er dreht sich auf den Rücken und vergräbt das Gesicht in den Händen.

»Entschuldige. Es tut mir leid«, sagt er keuchend. »Ich weiß nicht, was mich da gepackt hat.«

Anita setzt sich auf. Auch ihr Atem geht schnell. »Warum hast du denn aufgehört?«

»Nita«, murmelt Daniel, ohne sie anzusehen, »die Vorstellung von euch beiden hat mich erregt, verstehst du? Ich habe das vor mir gesehen und …«

»Natürlich verstehe ich das. Und?«

»Er hat dich ausgenutzt! Und anstatt empört zu sein und dich zu trösten, habe ich ... als würde ich dich beschimpfen!«

Sie umarmt ihn, aber er regt sich nicht. »Es ist alles gut, Dany. Ich hatte nur solche Angst, du hältst mich für eine ...«

»Wofür?«, sagt er und öffnet die Augen.

»Du weißt schon. Wie würdest du denn eine Sechzehnjährige nennen, die mit ihrem dreißigjährigen Lehrer ins Bett geht?«

Daniel legt ihr die Hand auf die Wange, dreht ihr Gesicht zu sich und sieht sie an.

»Eine unbedarfte Minderjährige, die von einem skrupellosen Erwachsenen verführt wird«, antwortet er ernsthaft.

Anita seufzt und schmiegt sich an ihn. Jetzt legt auch er die Arme um sie.

»Ich habe mich überhaupt nicht beschimpft gefühlt. Im Gegenteil, eher geschmeichelt, akzeptiert. Ich mag es, wenn du mich so begehrst.«

»Egal, warum?«

»Ich weiß schon, warum. Du bist in mich verliebt.«

Paolo war zwei Tage lang verschwunden. Er hat öfter angerufen, um mit Mattia zu sprechen, und hat Claudia immer nur darum gebeten, mit ihm reden zu können. Heute früh ist er wieder aufgetaucht. Als Claudia ihren Kaffee getrunken und gehört hat, wie die Tür aufging, ist sie gleich in den Flur gegangen. Sie haben sich kurz angesehen, ohne etwas zu sagen, und versucht, den Seelenzustand des anderen zu erfassen. Dann hat Paolo erklärt: »Ich hole nur noch ein paar Sachen. Das dauert nicht lange.«

»Kein Problem«, hat Claudia entgegnet. »Möchtest du einen Kaffee?«

Paolo hat kurz gezögert und dann Ja gesagt. Jetzt sitzen sie an dem Tisch, der auch Schauplatz ihrer letzten Auseinandersetzung war. Claudia versucht, ein Gespräch anzufangen.

»Wie geht's dir denn?«

Paolo zuckt mit den Schultern. »Geht so.«

Er sieht aus, als sei er in den letzten Tagen ganz schön gealtert, denkt Claudia. *Aber vielleicht sehe ich ja auch so aus. Jedenfalls fühle ich mich so.*

»Arbeitest du wieder?«, fragt sie weiter.

Er nickt nur. Der Kaffee in den Tassen wird kalt, aber sie scheinen ihn beide vergessen zu haben. Sie sehen in verschiedene Richtungen, als hätten sie in dieser Küche in den letzten Jahren nicht Hunderte, ja Tausende Stunden verbracht, als wären sie nicht mit allen Dingen vertraut und müssten sie genau in Augenschein nehmen.

Gerade als Claudia wieder etwas sagen will, nur um das Schweigen zu brechen, trinkt Paolo mit einem Schluck seine Tasse aus, steht auf und geht zur Tür.

»Ich habe nicht viel Zeit. Ich gehe meine Sachen holen.«

»Soll ich dir helfen?«

Paolo dreht sich zu ihr um. »Hast du nicht schon genug für mich getan?«

»Wie meinst du das?«

Er schüttelt den Kopf. »Glaubst du vielleicht, mir macht es Spaß, wieder bei meiner Mutter zu wohnen, in meinem alten Kinderzimmer?«

»Aber das ist doch nicht meine Schuld.«

»Ach nein? Wer ist denn hier unzufrieden? Wer ist denn hier auf romantische Schwärmereien aus?«

Während Claudia noch nach den richtigen Worten sucht, fährt er in schneidendem Ton fort: »Willst du noch immer wissen, wovon ich träume? Ich träume davon, dass du aus dieser Wohnung verschwindest wie eine einsame alte Hündin!«

Obwohl sie weiß, dass auch er leidet, treffen sie diese Worte wie eine Ohrfeige. Schluchzend steht sie im Flur und lehnt sich an die Wand. Paolo steht reglos vor ihr, und ohne ihn anzusehen, spürt sie seinen Blick, mit dem er sie festhält und daran hindert, sich dorthin zu flüchten, wo seine Worte sie nicht erreichen und verletzen können. So verharren sie eine Weile, sie steht weinend an die Wand gelehnt, er sieht sie schweigend an, bis Claudias Schluchzen verstummt.

»Ich komme später wieder und hole meinen Sohn. Sorg dafür, dass er angezogen ist, und pack ihm Sachen zum Wechseln in den Rucksack.«

»Wo willst du denn mit ihm hin?«, fragt sie ihn und trocknet sich mit den Händen die Augen.

»Das geht dich nichts an. Er bleibt heute Nacht bei mir.«

»Und wann bringst du ihn mir zurück?«

»Morgen Abend.«

»Wir müssen mit ihm reden und ihm erklären, was los ist.«

»Mach du das! Sag ihm, dass du seinen Vater hinausgeworfen hast. Sag ihm, dass sein Leben von jetzt an nur noch beschissen sein wird.«

Claudia schlägt die Hände vors Gesicht. Als sie ihn die Wohnung verlassen sieht, denkt sie, dass er recht hat. Was soll jetzt aus Mattia werden? Aus seiner Heiterkeit, seiner Leichtigkeit? Will sie wirklich seine Welt aus den Angeln heben? Wieder steigen ihr Tränen in die Augen. In ihrem ganzen Leben hat sie sich noch nie so einsam gefühlt.

Kapitel 40

Als sie am Londoner Flughafen angekommen sind, ruft Anita Barbara an. Daniel und sie haben bereits eingecheckt und die Sicherheitskontrollen passiert, und jetzt warten sie am Gate auf ihren Flug nach Rom. Daniel sitzt auf einer Bank und betrachtet Anita. Sie steht mit dem Rücken zu ihm vor der Glaswand, telefoniert mit ihrer Freundin und sieht den Flugzeugen beim Starten und Landen zu. Er denkt darüber nach, ob es richtig ist, nach Rom zurückzukehren, oder ob sie nicht besser Anitas Vorschlag hätten folgen sollen und in England bleiben, eine Wohnung und einen Job suchen. Zusammenbleiben.

Die Fahrt vom Hotel zum Flughafen heute Morgen glich der Reise zu einer Beerdigung. Anita hat seit gestern Abend fast kein Wort gesagt und auch nicht gelächelt. Auch jetzt, während sie mit Barbara spricht, ist von ihr kein Lachen zu hören, kein Ausruf der Freude. Vielmehr spricht sie so leise, dass er sie kaum versteht, obwohl sie keine zwei Meter entfernt ist.

Anita wirkt plötzlich nicht mehr nur traurig, sondern erschrocken.

»Es tut mir leid«, sagt Barbara. »Ich wäre nie auf die Idee gekommen, dass ich ihnen im Kino über den Weg laufen könnte. Noch dazu bei einem japanischen Film. Ich hätte nie gedacht, dass der Geschmack von deiner Mutter und Andrea in diese Richtung geht.«

»Haben sie dich irgendwas gefragt? Hat meine Mutter dich angesprochen?«

»Nein, aber ich bin mir sicher, dass sie mich gesehen haben. So wie sie das Gesicht verzogen hat …«

»Das kann ich mir vorstellen. Sie hat eins und eins zusammengezählt und kapiert, dass ich gar nicht mit dir im Urlaub bin.«

»Aber sag mal, ihr müsst doch nicht alle beide wiederkommen, oder? Also offiziell, meine ich. Du könntest deiner Mutter sagen, dass Daniel sich entschieden hat, in Brighton zu bleiben. Wenn Andrea das mitkriegt, umso besser. Und wenn Daniel sich dann vom Daimon und eurer Wohnung fernhält, ist die Sache doch geritzt, oder?«

»Du kennst Andrea nicht, Barbi. Ich weiß nicht, ob Rom groß genug ist. Irgendwie hab ich kein gutes Gefühl, aber ich weiß nicht, wieso. Wie auch immer, ich will auf jeden Fall so schnell wie möglich aus dieser Wohnung raus.«

»Du kannst jederzeit bei mir wohnen.«

»Das ist lieb von dir, aber ich wollte mir eigentlich etwas Eigenes suchen. Und dann schaue ich, dass ich einen Job finde, als Verkäuferin oder so.«

Daniel kommt auf Anita zu, legt ihr eine Hand auf die Schulter und bedeutet ihr, das Gespräch zu beenden, weil das Boarding für ihren Flug begonnen hat.

»Ich muss jetzt aufhören, Barbara. Wir müssen einsteigen.«

Daniel sieht sie an, weil er ihre Besorgnis erkannt hat. Anita antwortet umgehend auf die Frage, die er ihr nicht gestellt hat.

»Barbara ist im Kino Andrea und meiner Mutter begegnet. Also wissen sie jetzt, dass ich nicht mit ihr in den Bergen bin. Sondern hier bei dir.«

»Und das heißt?«

»Wenn Andrea mich wiedersieht, wird er ahnen, dass wir beide nach Rom zurückgekehrt sind.«

Daniel schüttelt den Kopf und schiebt Anita behutsam in die Reihe der wartenden Passagiere. »Glaubst du, er wird mich durch die ganze Stadt verfolgen?«

»Du kennst ihn nicht so, wie ich ihn kenne.«

»Da hast du allerdings recht.« Darauf erwidert Anita nichts, und Daniel entschuldigt sich sofort: »Tut mir leid. Das sollte keine Anspielung sein. Ehrlich nicht.«

Sie wirft ihm einen finsteren Blick zu. »Siehst du? Wir sind noch nicht mal wieder in Rom, und schon streiten wir uns.«

»Das ist doch jetzt kein Streit.«

Als sie zum Schalter am Gate kommen, verstummen beide. Kurz darauf, im Flugsteig, sagt Daniel: »Mach dir keine Sorgen, Nita. Ich habe keine Angst vor Andrea.«

»Solltest du aber.«

Er seufzt, steigt ein, sucht ihre Plätze und setzt sich. Anita folgt ihm und setzt sich neben ihn, mit starrer, ernster Miene.

»In der Wohnung kannst du jedenfalls nicht bleiben«, fährt Daniel fort. »Du kannst eine Weile bei mir wohnen, und in der Zeit suchen wir uns gemeinsam etwas.«

»Und wie sollen wir eine eigene Wohnung bezahlen?«

»Wir suchen uns Arbeit. In England hättest du das doch auch gemacht, warum also nicht in Rom?«

Anita entgegnet nichts.

Daniel stößt einen Fluch auf Englisch aus, schließt den Sicherheitsgurt, dreht sich demonstrativ zur Seite und sieht durch das Fenster aufs Rollfeld. Anita steigen Tränen in die Augen. Sie hasst dieses Flugzeug, sie hasst Andrea, sie hasst Rom, und manchmal scheint es ihr, als würde sie sogar Daniel hassen. Als das Flugzeug zur Startbahn rollt, wendet sich Daniel ihr wieder zu und bemerkt, wie sie weint. Am liebsten würde er sich ohrfeigen. Das Flugzeug beschleunigt, und Daniel ergreift ihre Hand. Sie sehen sich an, die Finger ineinander verschränkt, und steigen in den Himmel auf.

Am 7. Januar bringt Claudia Mattia morgens in den Kindergarten. Mattia sitzt wortlos und schlecht gelaunt in seinem Kindersitz, und Claudia fragt ihn, ob er sich denn nicht freut, dass der Kindergarten wieder anfängt. »Du wirst alle deine Freunde wiedersehen und ihr werdet zusammen spielen!«

»Mhm.«

»Und weißt du, was wir heute Nachmittag machen? Wir gehen ins Kindermuseum. Das ist toll, da wirst du ganz viel Spaß haben!«

»Mhm.«

Claudia gibt auf und konzentriert sich aufs Fahren. Als sie das Auto vor dem Kindergarten parkt, fragt Mattia: »Wann kommt Papa wieder nach Hause?«

»Das weiß ich noch nicht«, antwortet Claudia und dreht sich zu ihm um. »Er muss sehr viel arbeiten, und weil die Wohnung von der Oma näher an seinem Büro ist als unsere, wohnt er zurzeit bei der Oma.«

»Ich will, dass er wiederkommt.«

»Morgen holt er dich vom Kindergarten ab und dann verbringt ihr den ganzen Nachmittag zusammen.«

»Ich will, dass wir alle drei zusammen sind, zu Hause.«

Ein Freund Mattias kommt angelaufen, klopft wie wild ans Autofenster und erlöst Claudia so aus ihrer Erklärungsnot. Sie steigen aus, und während die beiden Kinder sich begrüßen, wechselt Claudia ein paar Worte mit der Mutter des anderen Jungen.

»Alles in Ordnung?«, fragt die andere Mutter.

»Ja, danke«, sagt Claudia und bemüht sich, diese Lüge mit einem Lächeln zu begleiten. »Und bei dir?«

»Ja, obwohl ich fix und fertig bin. Die Ferien bringen mich jedes Mal fast um!«, antwortet sie lachend. »Ach, übrigens, wir machen nächsten Monat ein Karnevalsfest. Ich hoffe doch, dass ihr kommt, Paolo und du.«

»Na, bis dahin ist ja noch eine ganze Weile ... Aber ich glaube schon, vielen Dank. Aber jetzt muss ich wirklich los. Schönen Tag noch!«

Unwillkürlich läuft sie fast davon, sodass die andere Mutter ihr perplex nachsieht, während sie zu ihrem Auto eilt. Als sie im Inneren in Sicherheit sitzt, schließt sie einen Moment die Augen.

Und das ist erst der Anfang, denkt sie. *Am besten gewöhne ich mich schon mal ans Lügen.*

Das Flugzeug ist sanft in Rom gelandet. Es ist ein sonniger, aber sehr kalter Tag, und als sie draußen vor dem Terminal stehen, schaudert Anita und hält sich an Daniels Arm fest, während er mit Jan telefoniert.

»Er ist gleich da«, erklärt Daniel, nachdem er das Gespräch beendet hat. »Er holt uns mit dem Auto ab und fährt uns in die Stadt.«

»Ach, wie schön! Auf den Zug hätte ich jetzt überhaupt keine Lust«, sagt Anita. »Ich habe fast ein bisschen Angst, dass Rom mir trostlos vorkommt, nach den Eindrücken aus London.«

»Sag das bloß nicht, wenn Römer in der Nähe sind!«, bemerkt Daniel lachend. »Für die gibt es doch keine schönere Stadt als Rom.«

»Blödsinn! Ich bin gerade erst wieder zurückgekommen und wäre am liebsten schon wieder weg. Ich habe ... ich weiß, das klingt komisch, aber in London habe ich mich vom ersten Moment an zu Hause gefühlt.«

»Da bist du nicht die Erste, der es so geht.«

»Aber jetzt sind wir erst einmal in Rom. Während des Flugs, als ich so getan habe, als würde ich schlafen, habe ich über das nachgedacht, was du gesagt hast. Mir ist klar geworden, dass ich mit dir leben will. Und zwar jetzt. Ich will, dass wir uns gemeinsam eine Wohnung suchen, und wenn sie noch so winzig ist. Ich suche mir einen Job, und du machst dein Auslandssemester zu Ende. Am Abend singe ich, und danach holst du mich ab und wir gehen gemeinsam nach Hause.«

»Ich kann auch ganz hierherziehen und mein Studium hier abschließen«, sagt Daniel freudig. »Aber ich glaube nicht, dass du noch lange im Ypsilon singen wirst, jetzt, wo dieser Produzent auf dich aufmerksam geworden ist. Wann trefft ihr euch?«

»In drei Tagen. Und du kommst mit, ja?«

»Natürlich. Ich hatte schon gehofft, dass du mich das fragst.«

»Was denn sonst? Ich will einfach immer mit dir zusammen sein. Aber zu Claudia darfst du schon noch gehen«, sagt Anita und lacht.

»Ich möchte sie dir unbedingt einmal vorstellen.«

»Na endlich! Ich bin allmählich schon eifersüchtig geworden.«

»Sag das nicht mal im Spaß. Und außerdem reden wir früher oder später immer über dich.«

»Dann hat sie wahrscheinlich schon die Nase voll von mir, bevor sie mich überhaupt kennengelernt hat.«

Beide lachen los, und in diesem Moment fährt Jan vor, in einem Auto, das Anita nur allzu gut kennt.

»Wie schön, euch lachen zu sehen!«, sagt er, als er aussteigt.

Kurz darauf geht die Beifahrertür auf und Barbara steigt aus.

»Endlich hast du sie mir zurückgebracht«, sagt sie mit dröhnender Stimme zu Daniel.

Anita fällt ihrer Freundin mit einem Juchzer um den Hals.

Der Besuch mit Mattia im Kindermuseum ist nur ein halber Erfolg. Der Kleine geht durch die Ausstellungshalle, ohne dass irgendetwas seine Aufmerksamkeit wecken könnte, weder die Kinderküche, in der man richtig kochen kann, noch der Teil, in dem erklärt wird, wie ein Zeichentrickfilm entsteht, und auch nicht der Nachbau eines Supermarktes mit kleinen Einkaufswagen. Erst der Brunnen mit den Wasserspielen sorgt für etwas Aufhellung in seinem Gesicht, aber die einzige wirkliche Attraktion für ihn ist das echte Feuerwehrauto, in das die Kinder steigen können. Eifrig zieht er sich Stiefel an und setzt einen Helm auf und klettert mit einem strahlenden Lächeln auf den Fahrersitz. Claudia setzt sich auf eine Bank in der Nähe, sieht ihm zu und ist ein wenig erleichtert. Erst wollte er auf keinen Fall hierherkommen, und um ihn zu überzeugen, musste sie ihm versprechen, dass sie zum Abendessen Pizza mit extra viel Mozzarella bestellen. Während Mattia am Lenkrad des Feuerwehrautos dreht, klingelt Claudias Handy.

»Dürfte ich erfahren, wohin du meinen Sohn gebracht hast?« Paolo versucht gar nicht erst, höflich zu sein.

»Wir sind im Kindermuseum.«

»Und wann hast du vor zurückzukommen?«

»Ich wusste doch nicht, dass du heute Abend zu Hause bist. Du hast gesagt, dass du ihn morgen vom Kindergarten abholst.«

»Kann ich etwa nicht bei meinem Sohn sein, wenn ich will, angesichts der Tatsache, dass ich nicht mehr in derselben Wohnung wohne? In spätestens einer halben Stunde will ich ihn hier sehen«, fordert Paolo in einem Ton, der keinen Widerspruch duldet.

»Das werden wir nicht schaffen. Ihm gefällt es hier sehr gut, und die Fahrt dauert mindestens eine Stunde«, entgegnet Claudia ruhig.

»Soll das heißen, ihr seid erst zum Abendessen zurück?«

»So ist es«, antwortet Claudia, ohne die Fassung zu verlieren. »Und ich habe ihm auch schon versprochen, dass wir zum Abendessen Pizza bestellen.«

»Natürlich, bei dir bekommt er ja nur widerliches Zeug zu essen.«

Claudia beschließt, auf diese Provokation nicht einzugehen. »Wenn du willst, kannst du zum Essen bleiben. Mattia würde sich bestimmt freuen.«

Schweigen. Claudia vermutet, dass Paolo die Möglichkeiten abwägt, die sich ihm bieten: Entweder spielt er den strengen Vater und nimmt seinen Sohn vor dem Abendessen mit, oder er erlaubt ihm, Pizza zu essen, und überwindet sich, eine Stunde mit seiner Fast-Exfrau zu verbringen. Er entscheidet sich für die Alternative, die ihm die Dankbarkeit seines Sohnes sichert.

»Na gut«, sagt er, von so weit oben herab, dass Claudia die Worte fast aufschlagen hört. »Aber dann beeilt euch wenigstens! Ich kann nicht ewig aufbleiben, ich muss morgen früh raus.«

Claudia hört, wie er das Gespräch beendet. Sie steckt ihr Handy in die Tasche zurück und beglückwünscht sich dazu, dass sie sich während des ganzen Telefonats nicht aus der Ruhe hat bringen lassen.

Ich hatte genauso wenig Lust, mich von ihm zu verabschieden, denkt sie mit einem Schulterzucken.

Kapitel 41

Als Paolo und Mattia gegangen sind, ist die Wohnung still und dunkel. Den Kleinen dazu zu überreden, bei der Großmutter zu übernachten, war eine wahre Herkulesaufgabe, der sich schließlich auch Claudia angeschlossen hat, nur um Paolo nicht noch wütender zu machen. Aber dass Mattia dann völlig niedergeschlagen war, als sie gegangen sind, hat ihr einen Stich ins Herz versetzt. Sie hat die Küche aufgeräumt, die Dias für die erste Vorlesung nach den Weihnachtsferien vorbereitet, hat im Esszimmer Staub gewischt und die Bluse gebügelt, die sie morgen anziehen will. Als sie schon im Bett liegt, erhält sie auf ihrem Handy eine Nachricht.

Ich weiß, es ist schon spät, aber ich bin in Rom, und dich in meiner Nähe zu wissen, lässt mich nicht schlafen. Davide.

Claudia liest die Nachricht einmal, dann noch einmal. Sie will die Taste drücken, um ihn anzurufen, hält dann aber inne und tippt stattdessen eine Antwort:

Ich schlafe auch noch nicht. Du kennst die Adresse.

Einen Test, das hat sie mit ihm vor. Kein Small Talk, kein Austausch von Höflichkeiten, kein »Darf ich dir einen Kaffee anbieten?«. Sie will ihm überhaupt nichts anbieten, sondern abwarten, was er sich nimmt.

Barbara und Jan haben sie zu Daniels Wohnung gebracht, und Anita ist bei ihm geblieben. Weder Marco noch Sergio sind da, also mussten sie niemandem etwas erklären. Anschließend will Anita nicht nach Hause, sondern zu ihrer Mutter in den Laden, um Hallo zu sagen, und bittet Daniel, sie zu begleiten. Er sieht sie fragend an.

»Normalerweise bin ich auf ihre Gegenwart nicht besonders scharf, aber ehrlich gesagt, hat sie mir doch gefehlt. Vielleicht, weil ich andauernd dich und deine Mutter vor Augen hatte. Ihr scheint euch blind zu verstehen. Vielleicht sollte ich es mit meiner Mutter auch noch mal versuchen.«

Daniel schenkt ihr ein aufrichtiges Lächeln und umarmt sie. »England hat dir richtig gutgetan, oder?«

Anita bleibt ernst. »Du bist es, der mir guttut. Verlass mich nicht noch einmal, Dany. Bleib bei mir.«

»Ich bin bei dir. Und ich bleibe bei dir.«

Als sie in der Straßenbahn sitzen, sprechen sie voller Freude über Barbaras Kapitulation. Sie hat sich ihre Gefühle für Jan endlich eingestanden und sie alle drei für morgen Abend zu einem italienischen Festmahl eingeladen, damit sie »die kulinarische Trostlosigkeit Englands vergessen«.

Als sie in der Nähe des Ladens sind, steigen sie aus.

»Ich würde dich gerne meiner Mutter vorstellen«, sagt Anita.

»Früher oder später musst du das sowieso.«

Sie sieht sich um und küsst ihn rasch auf den Mund.

»Wie soll ich es nur bis morgen früh ohne dich aushalten?«, fragt Daniel.

»Immerhin hast du meine Stimme.«

»Du meinst, ich kann mich von dir in den Schlaf singen lassen? Vielleicht probiere ich das mal …«

Er gibt ihr ihren Koffer, streichelt ihr mit dem Handrücken über die Wange, entfernt sich von ihr, indem er rückwärts geht, und lächelt dabei immer weiter. Anita fragt sich, ob sie jemals glücklicher sein wird als jetzt.

Es ist sieben Uhr. In einer halben Stunde schließt ihre Mutter den Laden und geht nach Hause. Als Anita das Geschäft betritt, ist ihre Mutter allein. Traurig und mit gesenktem Kopf steht sie am Verkaufstisch und legt T-Shirts zusammen.

»Hallo, Mama.«

Kaum hat Lisa sie bemerkt, verändert sich ihr Gesichtsausdruck. Ungläubig, aber voller Freude und mit einem strahlenden Lächeln sieht sie sie an. Für Anita fühlt sich das wie eine Ohrfeige an. Sie ist überrascht, was für starke Schuldgefühle ihr die Freude ihrer Mutter verursacht. Lisa kommt um den Verkaufstisch herum und umarmt sie. Wann hat sie das zum letzten Mal getan?

»Bist du direkt vom Flughafen hierhergekommen?«, fragt sie. »Das war sehr klug von dir.«

»Ich war ja auch schon lange nicht mehr hier«, antwortet Anita. So richtig wohl fühlt sie sich nicht.

»Komm schon, setz dich!«

Hinter dem Verkaufstisch steht ein Hocker, auf dem Anitas Mutter oft sitzt, wenn keine Kundinnen im Laden sind. Anita sieht sich um. Der Raum ist voller Kleidung, und etwas Ordnung würde ihm nicht schaden. Tagsüber scheint die Sonne durchs Schaufenster und heitert die Stimmung ein wenig auf, aber am Abend wirkt er im fahlen Licht der Straßenlaternen ziemlich trübselig. *Will sie sich wirklich bis zur Rente allein hier einsperren?*, fragt sich Anita.

»Du warst bei Daniel, stimmt's?«

Anita hat mit einem Mal genug von den Lügen und nickt. »Aber sag Andrea nichts davon.«

»Ihm war das sofort klar, als wir Barbara im Kino gesehen haben. Er hat gesagt, wenn Barbara in Rom ist, bist du ganz sicher bei Daniel in England.«

Anita nickt. Das hat sie sich schon gedacht.

»Was hältst du davon«, fragt ihre Mutter, »wenn wir nicht nach Hause gehen, sondern in dieses chinesische Restaurant, das du so gern mochtest, das mit dem roten Schild?«

»Willst du so früh schon zumachen?«

»Warum nicht? Ich habe Hunger, und du?«

»Ich auch«, sagt Anita. Sie hat tatsächlich Hunger.

Sie lassen den Rollladen herunter, verstauen Anitas Koffer in Lisas Auto und gehen zu Fuß zum Restaurant. Noch sind keine Gäste da, also können sie sich einen ruhigen Tisch in der Ecke aussuchen, weit weg vom Eingang und den kalten Windstößen, die jedes Mal hereinwehen, wenn die Tür aufgeht. Sie setzen sich und bestellen ihre Lieblingsgerichte, die sie auch früher immer bestellt haben, als sie regelmäßig hier waren, in der Zeit, bevor Andrea vor fast zwei Jahren in ihrer beider Leben getreten ist.

Lisa sieht Anita eindringlich an, als hätte sie vergessen, wie sie aussieht. Dann sagt sie: »Willst du mir ein bisschen von ihm erzählen?«

»Nur wenn du mir versprichst, Andrea nichts davon zu sagen.«

Anstatt genervt zu seufzen, nickt Lisa verständnisvoll. »Ich weiß, dass sie sich nicht besonders gut verstanden haben und dass Daniel nicht mehr im Daimon arbeitet.«

Anita versucht, die Worte ihrer Mutter zu interpretieren, aber im Gegensatz zu früher kann sie ihre Gedanken nicht mehr lesen. Wer von ihnen hat sich in letzter Zeit so stark verändert?

»Bist du allein geflogen?«, fragt ihre Mutter.

»Ja.«

»Und dabei hast du noch nie ein Flugzeug bestiegen! Dann wolltest du ihn wirklich unbedingt wiedersehen. Du bist auch sonst kaum wiederzuerkennen. Deine Augen leuchten, wie ich es noch nie gesehen habe.«

Anita senkt den Blick, als würde sie die Vorstellung erschrecken, dass sie die Rollen getauscht haben und jetzt ihre Mutter ihre Gedanken lesen kann.

»Wie alt ist er denn, und was macht er so?«

»Er ist dreiundzwanzig, fast vierundzwanzig, und studiert Kunstgeschichte. Er macht in Rom sein Auslandssemester.«

»Das heißt, er geht anschließend wieder nach England zurück?«

Anita zögert mit einer Antwort. Sie sollte ihre Mutter anlügen und ihr sagen, dass Daniel nicht mit ihr nach Rom zurückgekommen ist. Jetzt bedauert sie fast, dass sie sich von dem Bedürfnis hat hinreißen lassen, wieder engeren Kontakt zu ihr zu suchen.

Ihre Mutter scheint ihre Bedenken zu ahnen. Sie ergreift ihre Hand und sagt: »Ich weiß, du willst nicht, dass Andrea irgendetwas über Daniel erfährt. Als ich Silvester im Daimon war, habe ich mitbekommen, dass die beiden aneinandergeraten sind. Ich verstehe zwar noch immer nicht, warum sie sich nicht ausstehen können …«

Anita würde sie am liebsten anschreien: *Was ist denn da so schwer zu verstehen? Was muss denn noch alles passieren, damit dir die Augen aufgehen?* Doch zum Glück verkneift sie sich das und antwortet stattdessen in aller Ruhe: »Ich stelle meine Gefühle einfach ungern zur Schau. Versprichst du mir, dass du das, was ich dir sage, für dich behältst? Und Andrea ist schließlich nicht mein Vater.«

»Nein, das stimmt schon. Du hast recht«, entgegnet Lisa und richtet sich ein wenig auf. Jetzt kann sie das Vertrauen ihrer

Tochter zurückgewinnen. Diese Gelegenheit sollte sie nicht vermasseln. »Ich werde niemandem irgendetwas erzählen.«

Ihre Mutter wirkt aufrichtig. Anita braucht das Gefühl, ihr vertrauen zu können.

»Ich weiß nicht, ob er nach England zurückgeht«, sagt sie und gibt damit unausgesprochen zu verstehen, dass Daniel wieder in Rom ist. »Aber ich hoffe nicht. Und falls doch, gehe ich mit.«

»Du bist wirklich sehr in ihn verliebt, stimmt's?«

»Ich will ihn nicht verlieren. Ja, ich bin in ihn verliebt«, sagt Anita. Es fühlt sich an, als hätte sie gerade eine Mauer in ihrem Inneren eingerissen, nicht nur gegenüber ihrer Mutter, sondern auch gegenüber sich selbst. »Was ich für ihn empfinde, habe ich noch nie für jemanden empfunden.«

Ihre Mutter lächelt so, wie Anita es sich immer gewünscht hat. Ihr Gesichtsausdruck lässt erkennen, dass sie genau weiß, wie es ihrer Tochter geht, und dass sie sich aufrichtig für sie freut.

»Er ist etwas Besonderes, oder?«

Sie fragt, wie er so ist, welche Augenfarbe er hat, woher er stammt.

Sie unterhalten sich wie zwei Freundinnen, die sich einander anvertrauen, und Anita spürt auf einmal eine so große Zuneigung, dass sie fürchtet, jeden Moment in Tränen auszubrechen.

Was hast du nur mit mir angestellt, Dany? Was hast du nur mit meiner Rüstung gemacht?, denkt sie.

Der Kellner kommt ihr zu Hilfe und bringt das Hühnchen mit Mandeln, den gebratenen Reis, die Sojaspaghetti und das Schweinefleisch süß-sauer, und sie fangen an zu essen.

»Ich war auch mal in Brighton«, erzählt ihre Mutter. »Mit neunzehn. Zusammen mit zwei Freundinnen. London war uns zu teuer, und außerdem hatten wir Lust, ans Meer zu fahren.

Wir waren eine Woche dort, und nur den letzten Tag haben wir in London verbracht. Das war ein toller Urlaub.«

Anita kann das kaum glauben. Das muss vor langer Zeit gewesen sein. Bevor ihre Mutter ihren Vater kennengelernt hat und eine zerbrechliche und schreckhafte Person geworden ist, der Schatten einer Frau, war sie eine lebenslustige junge Frau, die mit ihren Freundinnen in Urlaub gefahren ist.

»Warum hast du ihn geheiratet, Mama?«, fragt sie unwillkürlich, als wüsste ihre Mutter, was in ihrem Kopf vorgeht, als hätte Anita laut gedacht.

Lisa wirkt nicht überrascht. Sie sieht Anita an, hört auf zu lächeln, denn wenn man über diesen Mann spricht, verbietet es sich zu lächeln, und sagt: »Ich hatte keine Wahl.«

Das Restaurant ist noch immer fast leer, und Anita wagt sich etwas weiter vor. »Magst du mir davon erzählen? Das würde ich gerne hören.«

»Er war der Sohn eines Kollegen meines Vaters und etwa zehn Jahre älter als ich. Einmal sind wir gemeinsam ausgegangen. Es war ein schöner Abend. Er war sehr zuvorkommend, und ich war noch zu jung, um bestimmte Anzeichen richtig zu deuten. Anstatt mich nach Hause zu bringen, ist er mit dem Auto auf einen Feldweg gefahren. Ich hatte ein bisschen getrunken, um mich erwachsen zu geben, und es hat ihn nicht viel Mühe gekostet, sich das zu holen, was er wollte.«

»Er hat dich genötigt?«, fragt Anita. Sie hat die Verhaltensweisen ihres Vaters noch gut in Erinnerung.

»Nein. Auch wenn ich gern sagen würde, dass mich keine Schuld trifft. An diesem Abend bist du gezeugt worden. Ich hätte dabei auch lieber in einem Bett gelegen und nicht angetrunken auf einem Autositz.«

»Soll das heißen, du musstest ihn heiraten, weil du schwanger warst?«

»Das kannst du dir nicht vorstellen, oder? Du kannst dich auch kaum noch an deinen Großvater erinnern.«

»Fast gar nicht.«

»Umso besser.«

Der Blick ihrer Mutter geht in die Ferne, und Anita würde sie am liebsten trösten oder sie zumindest berühren, aber etwas hält sie davon ab.

»Ich musste ihn heiraten, um dich nicht zu verlieren. Sonst hätte mein Vater mich zur Abtreibung gezwungen, und das wollte ich auf keinen Fall.«

»Aber hast du ihn denn geliebt?«, will Anita wissen. Sie kann diese Frage einfach nicht zurückhalten.

Sie haben nie über ihren Vater gesprochen, und jetzt hat sie das Gefühl, nicht mehr aufhören zu können. Jetzt will sie alles wissen.

»Nie. Auch nicht eine Sekunde lang. Ich glaube, er wusste das und ist unter anderem deswegen so gewalttätig geworden.«

»Aber warum hast du ihn dann nicht verlassen?«

Anitas Worte prallen in der Stille des leeren Lokals gegen die Wände, als hätte sie geschrien. Sie lässt sich davon nicht irritieren. Sie sieht Lisa an und fordert sie mit ihrem Blick zu einer Antwort auf.

»Das ist nicht so leicht zu erklären. Ich habe mich mit jedem Tag wertloser gefühlt. Jeden Morgen, sobald er aus dem Haus ist, sagst du dir, das du ihn verlassen wirst, aber dann fühlst du dich mit jeder Stunde, die vergeht, schwächer und schwächer. Und wenn er dann am Abend wieder vor dir steht, wird dir klar, dass du es einfach nicht schaffst.«

»Und was war mit mir? Hättest du es nicht für mich tun können?«

Das Essen auf ihren Tellern ist mittlerweile kalt geworden. Lisa steigen Tränen in die Augen, und Anita wünscht sich, sie hätte diese letzte Frage nicht gestellt.

»Dass ich es nicht einmal für dich tun konnte, wird mir für immer auf der Seele liegen«, sagt Lisa mit zitternder Stimme.

Kaum eine Viertelstunde später ist Davide da. Als Claudia ihm die Tür öffnet, trägt sie einen Bademantel und hat keine Schuhe an. Er hat eine Flasche Wein in der Hand, die Claudia keines Blickes würdigt. Sie tritt einen Schritt zurück, um ihn hereinzulassen. Keiner von beiden sagt ein Wort. Claudia geht langsam voraus ins Wohnzimmer, und Davide folgt ihr schweigend. Als sie im Wohnzimmer sind, stellt er die Flasche ab, steht im nächsten Augenblick vor ihr, fährt ihr mit einer Hand durchs Haar und löst mit der anderen den Gürtel ihres Bademantels.

Kapitel 42

Daniels Lächeln verschwindet, sobald er um die Ecke gebogen ist und Anita ihn nicht mehr sehen kann. Er hat sich ihr gegenüber unaufgeregt gegeben, und was Andrea angeht, macht er sich auch keine Sorgen wegen sich selbst. *Der Typ ist doch ein Feigling*, denkt er. *Als ich in seinem Büro war, stand ihm die Angst geradezu ins Gesicht geschrieben.* Außerdem ist er ziemlich sicher, dass Andrea zwar nicht ihn im Visier hat, dafür aber Anita. Denn er weiß jetzt, dass sie in England war, und die Eifersucht könnte ihn jede Vorsicht vergessen lassen.

Außerdem war Anita rund zwei Wochen nicht zu Hause, weshalb er sie nicht heute schon fragen wollte, ob sie bei ihm schlafen will. Was die Nacht angeht, macht er sich nicht allzu viele Sorgen, weil ihre Mutter ja zu Hause ist. Aber was wird morgen sein, wenn ihre Mutter in den Laden geht? Dann sind Andrea und Anita allein zu Hause. Er beschließt, ihr später eine Nachricht zu schreiben und ihr vorzuschlagen, dass sie sich morgen gleich in der Früh treffen unter dem Vorwand, gemeinsam Arbeit zu suchen. Dann hat sie eine Ausrede, rasch aus dem Haus zu gehen.

Nachdem er diesen Entschluss gefasst hat, beschleunigt er seine Schritte in Richtung seiner Wohnung. Er will sich vor den Computer setzen und die Stellenanzeigen durchforsten, um so schnell wie möglich irgendeinen Job zu finden, am besten abends, denn dann könnte er weiter die Vorlesungen besuchen. Als er an die Universität denkt, fallen ihm Claudia wieder ein und das Bild, das er in London für sie gekauft hat. Er nimmt sich vor, es ihr morgen mitzubringen. Er freut sich sehr, sie wiederzusehen und ihr alles zu erzählen, was in letzter Zeit passiert ist. Außerdem ist er neugierig zu hören, wie es ihr geht, allerdings wird er ihr keine Fragen stellen. Schließlich ist sie trotz allem noch seine Professorin.

Anita kann es noch immer kaum fassen. Zehn Jahre des Schweigens zwischen ihr und ihrer Mutter sind nach einer Stunde in einem halb leeren chinesischen Restaurant wie weggefegt. Auf der Fahrt nach Hause im Auto ihrer Mutter spürt Anita, dass sie diese Wohnung nicht wieder betreten will, auch nicht ihr Zimmer, das für sie immer ein Zufluchtsort war. Sie will nicht an dem Zimmer vorübergehen, in dem Lisa und Andrea schlafen, und daran erinnert werden, dass sie selbst vor einer Weile dort lag, an der Stelle ihrer Mutter.

Am liebsten würde sie die letzten zwei Jahre aus ihrer Erinnerung löschen, mit Ausnahme der Zeit, die sie mit Daniel verbracht hat. Sie und ihre Mutter schweigen jetzt, und zwischen ihnen herrscht die betretene Atmosphäre, die zwischen zwei Menschen entsteht, die sich einander etwas anvertraut haben und sich dann ein wenig dafür schämen. Zehn Jahre des Schweigens lassen sich eben doch nicht in einer Stunde ungeschehen machen.

Als sie nach Hause kommen, ist auch Andrea da. Er kommt sofort aus der Küche, und als er Lisa umarmt, sieht er über ihre Schulter hinweg Anita an mit einem Blick, in dem sich Wut und Begehren mischen und in dem auch, da ist Anita sicher, eine Drohung liegt. Einen Moment lang ist sie versucht, sich ihren Koffer zu schnappen und auf der Stelle kehrtzumachen, ohne sich noch einmal umzudrehen.

»Unsere Weltenbummlerin ist also wieder da«, sagt Andrea und lächelt dabei, wie immer.

Anita will in ihr Zimmer gehen.

»Und?«, hakt er nach. »Wie ist es so, das grüne England?«

»Grün«, antwortet Anita nach einer Weile.

»Wie kommt es, dass du zu Hause bist?«, fragt Lisa Andrea.

»Im Daimon war nicht viel los. Das schafft Jan alleine.«

Anita vermutet, dass er zu Hause geblieben ist, um sie zu sehen. Wahrscheinlich hat er damit gerechnet, dass sie einen Tag vor Vorlesungsbeginn zurückkommt. Er kann ja nicht wissen, dass sie schon seit Wochen keinen Fuß mehr in die Uni setzt.

»Ich bin müde, Mama«, sagt sie. »Ich dusche und gehe dann ins Bett, okay?«

»Na klar«, sagt Lisa und umarmt sie.

Andrea ist überrascht angesichts dieser seltenen Geste. *Unangenehm überrascht*, denkt Anita. Sie bringt den Koffer in ihr Zimmer und geht ins Bad. Dort sperrt sie die Tür hinter sich ab, dreht das Wasser in der Dusche auf und ruft Daniel von ihrem Handy aus an.

»Hallo, Dany. Wie geht's dir?«

»Schlecht ohne dich. Sag mal, wollen wir uns morgen gleich in der Früh treffen? Wir könnten zusammen frühstücken und dann die Stellenanzeigen in der Zeitung durchschauen.«

»Einverstanden.«

»Was ist denn das für ein Lärm?«

»Die Dusche. Ich hab mich im Bad eingesperrt. Andrea ist zu Hause.«

»Aber deine Mutter ist auch da?«

Seine Stimme springt schlagartig eine Oktave höher.

»Ja, sie ist hier. Wir haben heute Abend viel geredet. Das erzähle ich dir morgen.«

»In Ordnung. Wollen wir uns um acht treffen? Ich warte an der Straßenecke auf dich.«

»Alles klar. Dann gute Nacht.«

Stille in der Leitung.

»Dany? Bist du noch dran?«

»Ja. Ich muss mich nur beherrschen, um nicht auf der Stelle loszulaufen und dich da rauszuholen.«

»Die Nacht geht schnell vorüber. *I love you*, Dany.«

»*I love you too, honey.*«

Claudia schreckt vom Sofa hoch, als sie Davides Stimme ganz nah an ihrem Ohr hört, so tief ist sie in ihre Gedanken versunken.

»Bereust du es?«, fragt er sie.

»Nein.«

Er dreht sie zu sich, sodass er ihr in die Augen sehen kann.

»Sicher? Du bist so still …«

»Du auch.«

Er streichelt ihr die Wange, die Stirn, die Lippen. Erst jetzt, als sie ihn ansieht, wird ihr bewusst, dass sie in ihrer Wohnung auf dem Sofa, auf dem Paolo und sie seit Jahren nebeneinandersitzen, nackt neben einem Mann liegt, der ebenfalls nackt und nicht ihr Ehemann ist. Das erscheint ihr beschämend, jetzt, da die Emotionen sich gelegt haben. Wie hat ihre Schwester gesagt? »Manches gräbt sich einem einfach ein, da kann man nichts dagegen machen.« Es kommt ihr fast so vor, als stünde ihre Mutter neben ihr und sähe sie angewidert an. Chiara hatte recht. Sie weicht Davides Blick aus und entwindet sich seiner Umarmung. Sie wendet ihm den Rücken zu und zieht ihren Bademantel wieder an. Sie lässt sich dabei Zeit, in der Hoffnung, dass auch Davide sich wieder anzieht, sodass er, wenn sie sich wieder umdreht, angezogen vor ihr steht und sie wenigstens für ein paar Momente so tun können, als sei zwischen ihnen nichts gewesen. Aber als sie sich umwendet, liegt er noch immer nackt auf dem Sofa und sieht sie an.

»Ist das deine Art, mir zu verstehen zu geben, dass ich gehen soll?«, fragt er. »Indem du dich wieder anziehst?«

Das schmerzliche Lächeln, mit dem er sie ansieht, bereitet ihr Unbehagen. Sie bemüht sich, ihn ebenfalls anzulächeln, und setzt sich neben ihn auf das Sofa.

»Es war schön mit dir, Davide. Ehrlich.«

»Chiara hat mir gesagt, dass dein Mann ausgezogen ist.«

»Das habe ich mir gedacht.«

»Sonst hätte ich mich auch gar nicht bei dir gemeldet, obwohl ich seit damals ununterbrochen an dich denke. Und ich verzeihe mir bis heute nicht, dass ich dich habe gehen lassen.«

Claudia lacht kurz auf. »Hör auf, dir Vorwürfe zu machen. Ich bin sehr froh, dass es so gelaufen ist. Wenn ich geblieben wäre, dann hätte ich mich bis in alle Ewigkeit schuldig gefühlt.«

Davide setzt sich auf, nimmt ihren Kopf in beide Hände und gibt ihr einen langen Kuss. Als sie ihre Hände auf seine nackte Brust legt, überkommt sie ein Schaudern, und sie spürt, dass ihr Verlangen noch längst nicht gestillt ist und dass sie noch einmal miteinander schlafen werden, wenn er sie weiter so küsst und sie den Bademantel wieder auszieht. Aber er könnte dieses erneute Aufflammen der Leidenschaft falsch verstehen, also unterbricht sie den Kuss und löst ihre Hände von seiner Brust.

»Es tut mir leid, aber ich glaube, es ist besser, wenn du jetzt gehst.«

Davide steht vom Sofa auf und hebt seine Kleidung auf.

»Möchtest du einen Kaffee?«, fragt sie ihn.

Er nickt, und Claudia geht rasch in die Küche, um ihn nicht mehr im Blick zu haben. Als die Espressokanne schon auf dem Herd steht, kommt er nach.

»Ich habe es nicht eilig, Claudia«, sagt er und setzt sich an den Tisch.

Sie entgegnet nichts.

»Ich kann warten«, fügt er hinzu. »Und ich werde dich in keiner Weise drängen.«

»Und wenn mir dann irgendwann klar wird, dass ich nicht schon wieder etwas anfangen will, oder zumindest nicht mit dir?«

Davide lächelt kurz.

»Habe ich dir schon einmal gesagt, wie sehr ich deine Offenheit bewundere?«

»Ich weiß auch nicht, woher das kommt. So kenne ich mich gar nicht.«

»Ich bin dir jedenfalls dankbar dafür. In meinem Alter macht man sich keine Illusionen mehr.«

Claudia schenkt den Kaffee ein. »Ist dir eigentlich klar, dass ich so gut wie nichts über dich weiß, Davide?«

»Ich bin geschieden und habe keine Kinder. Ich habe jung geheiratet, auch kirchlich. Als sie erkannt hat, dass ich ihr nicht das geben konnte, was sie so sehr wollte, hat sie mich verlassen.«

»Und was war das?«

»Ein Kind. Ich wollte keins.«

Claudia sieht ihn schweigend an.

»Ich weiß schon«, sagt er. »Ein ganz natürlicher Wunsch, überhaupt nichts Ungewöhnliches. Aber ich konnte einfach nicht. Damals jedenfalls nicht.«

»Und da hast du es in Kauf genommen, sie zu verlieren?«

»Ich habe lieber sie verloren als mich selbst. Es wäre so oder so zu Ende gegangen, und dann wäre auch noch ein Kind im Spiel gewesen und hätte darunter gelitten.«

Claudia senkt den Blick. Beim Gedanken an Mattia hat sie das Gefühl, als würden ihr tausend Stecknadeln in die Haut stechen. Davide ergreift ihre Hand.

»Es wird alles gut gehen. Du bist eine wundervolle Mutter«, sagt er beruhigend, als könne er ihre Gedanken lesen.

»Woher willst du das wissen?«

»Ich weiß so manches. Zum Beispiel, dass du die sinnlichste Frau bist, die ich je kennengelernt habe. Und ich habe so einige Frauen kennengelernt.«

»Ach was!«, gibt sie lachend zurück.

Davide dagegen bleibt auf fast schon demonstrative Art ernst. »Aber mit keiner habe ich das empfunden, was ich heute Nacht mit dir empfunden habe.«

Jetzt wird auch Claudia wieder ernst.

Davide trinkt seinen Kaffee, der inzwischen kalt geworden ist, und steht auf. Claudia begleitet ihn zur Tür.

»Morgen Abend fahre ich nach Mailand zurück. Ruf an, wenn du willst, oder schreib mir.«

Claudia küsst ihn zum Abschied, und als er die Wohnung verlässt, verspürt sie das rasende Verlangen, ihn beim Arm zu packen und wieder zu sich hereinzuziehen, aber sie beherrscht sich. Er wirft ihr noch einmal einen Blick aus seinen hell leuchtenden grünen Augen zu, lächelt sie kurz an und ist im Treppenhaus verschwunden. Claudia bleibt noch lange in der offenen Tür stehen.

Als Anita aus dem Bad kommt, steht Andrea vor der Tür zu ihrem Zimmer. »Wir sollten miteinander reden, findest du nicht?«

»Nein. Wo ist meine Mutter?«

»Sie schläft. Sie war müde.«

Anitas Magen verkrampft sich, wie immer, wenn sie Andrea allein gegenübersteht. Sie versucht, so zu tun, als sei sie ruhig, ja gelassen.

»Ich bin auch müde. Ich gehe schlafen«, erklärt sie und legt die Hand auf die Klinke.

In diesem Moment vibriert ihr Handy in der Tasche ihres Bademantels. Andrea steht so dicht neben ihr, dass er es bemerkt, und im Handumdrehen hat er das Telefon an sich genommen.

»Gib es mir sofort zurück!«, ruft Anita, ohne Erfolg.

Andrea schaut auf das Display, auf dem der Name des Anrufers erscheint: Daniel.

Die Sekunden verstreichen, und Anita starrt fassungslos auf ihr Handy, das nicht aufhört zu vibrieren. Andrea lächelt, sein Lächeln ist wieder makellos, von der Zahnlücke genau in der Mitte, die Daniel ihm geschlagen hat, ist keine Spur mehr zu sehen. Dann gibt das Telefon endlich Ruhe und das Display zeigt einen verpassten Anruf an.

»Ich habe gehört, dass er nach England zurückgegangen ist«, sagt Andrea. »Aber offenbar ist er noch immer hinter dir her. Vielleicht ist er ja auch wieder in Rom …«

»Er ist in England. Wahrscheinlich hat er angerufen, weil er wissen will, ob ich gut angekommen bin.«

»Ich wusste doch, dass du zu ihm gefahren bist.«

»Es geht dich überhaupt nichts an, wohin ich fahre.«

Lisas Stimme lässt sie beide aufschrecken. »Was ist denn hier los?«, fragt sie. Sie steht verschlafen in der Tür des Schlafzimmers.

Wahrscheinlich haben sie zu laut geredet.

Beide schweigen eine Weile, dann sagt Andrea beschwichtigend: »Haben wir dich geweckt, mein Schatz? Ich habe Anita nur gefragt, wie ihre Reise war.«

Anita nutzt die Gelegenheit und verschwindet in ihrem Zimmer. Kaum hat sie sich hinter der verschlossenen Tür in Sicherheit gebracht, schickt sie Daniel eine Nachricht:

Entschuldige, ich war kurz eingeschlafen. Es ist alles okay.

Kapitel 43

Der Morgen ist herrlich. Am tiefblauen Himmel stehen nur wenige Wolken, die eher weiße Streifen als Wolken sind, und obwohl noch ein wenig morgendlicher Dunst in der Luft liegt, ahnt man, dass die Sonne bald ganz hervortreten wird und ein warmer Tag bevorsteht. Daniel sieht zum Himmel auf, während er an der Straßenecke vor Anitas Haus wartet. Er ist zehn Minuten zu früh dran, aber als er sich nach einer unruhigen Nacht im Bett nur noch hin und her gedreht hat, ist er um sechs Uhr aufgestanden, hat geduscht und gefrühstückt, um sieben Uhr das Haus verlassen und ist zu Fuß hierhergegangen.

Kurz nachdem er aufgestanden war, ist er Sergio über den Weg gelaufen, der ihn völlig verdattert angesehen hat. »Was machst du denn hier?«

»Wie meinst du das? Ich war nur über die Ferien weg.«

»Aber es hieß, du würdest in England bleiben ...«

Daniel hat ihn sarkastisch angegrinst. »Tut mir leid. Ich weiß schon, dass es dir lieber gewesen wäre, mich nicht wiederzusehen.«

»Nein, darum geht's doch gar nicht ...«, hat Sergio aufrichtig und fast ein bisschen besorgt geantwortet.

Als Daniel später die Wohnung verlassen wollte, kam Valentina aus Sergios Zimmer, in Jeans und Bluse und barfuß. Sie haben sich überrascht angesehen, er, weil er nicht glauben konnte, dass Sergio sie tatsächlich rumgekriegt hatte, und sie, weil sie vielleicht nicht damit gerechnet hatte, dass Daniel zurückkommt, wie Sergio gesagt hatte.

»Hallo«, hat er gegrüßt.

Sie hat nur mit einem Nicken zurückgegrüßt.

»Alles in Ordnung?«

Wieder nur ein Kopfnicken, dazu noch immer die überraschte, ja verblüffte Miene, so wie bei Sergio.

Während Daniel jetzt, an einen heruntergelassenen Rollladen gelehnt, auf Anita wartet, denkt er an diese seltsame Reaktion zurück. Kurz darauf kommt Anita fast im Laufschritt auf ihn zu und unterbricht ihn abrupt in seinen Gedanken.

»Hallo hallo hallo hallo«, sagt sie und drückt ihm nach jedem Hallo einen Kuss ins Gesicht, jedes Mal an eine andere Stelle.

Daniel lacht und umarmt sie. »So stürmisch?«

»Ich habe Hunger, ich habe noch nicht gefrühstückt. Gehen wir in diese Bar bei der Uni, wo es Hörnchen mit Nutella gibt?«

»Wohin auch immer du willst! Aber wieso hast du denn nicht gefrühstückt?«

»Ich wollte dich unbedingt sehen!« Anita nimmt ihn bei der Hand und will ihn animieren, schneller zu gehen.

Aber Daniel bleibt stehen, sodass auch Anita nicht mehr weitergehen kann. Sie dreht sich zu ihm um. Sie braucht ihn nicht zu fragen, weshalb er stehen geblieben ist.

»Ja, ich geb's zu«, sagt sie mit gesenktem Kopf. »Ich wollte Andrea nicht über den Weg laufen.«

»Was war gestern Abend los?«

»Das Übliche. Er hat gesagt, dass wir reden müssen, ich wollte nicht, und dann ist meine Mutter dazugekommen.«

»Ich will nicht, dass du auch nur einen Tag länger in dieser Wohnung bleibst.«

»Du hast recht. Wenn du willst, komme ich sofort zu dir.«

Damit hat Daniel nicht gerechnet. Er sieht Anita nur an und wartet. »Meinst du das ernst?«

»Ja. Nachher gehe ich zu meiner Mutter in den Laden und sage ihr, dass ich bei dir wohnen will, dass ich schon lange nicht mehr in die Uni gehe, dass ich Sängerin werden will … einfach alles.«

»Warum bist du denn auf einmal so entschlossen? Ich habe dir das schon tausend Mal vorgeschlagen, aber du wolltest nie.«

»Vor den Ferien habe ich geglaubt, dass wir beide nicht zusammen sein können, ohne uns gegenseitig wehzutun, auch wenn das mit Andrea nicht gewesen wäre. Aber die Woche bei deinen Eltern hat mir gezeigt, dass das nicht stimmt. Mir tut es vielmehr weh, wenn ich nicht bei dir bin, und deswegen will ich das nicht mehr.«

Sie umarmen sich und bleiben schweigend auf dem Gehsteig stehen. Immer mehr Passanten hasten an ihnen vorüber und machen einen Bogen um sie.

Schließlich nimmt Anita Daniel bei der Hand. »Gehen wir. Das mit dem Hunger habe ich auch ernst gemeint.«

Weil Paolo heute an der Reihe ist, Mattia in den Kindergarten zu bringen, hat Claudia, vielleicht zum ersten Mal seit Mattias Geburt, morgens ausreichend Zeit, sich in Ruhe auf den Tag vorzubereiten. Sie steht vor dem Spiegel und schminkt sich. In ihrem Kopf schwirren eine Menge zusammenhangloser Bilder umher, von Davide auf dem Sofa, von ihr selbst, von Paolo, der sie anstarrt, während sie weinend an der Wand des Flurs lehnt.

Der Lidstrich verläuft in einer perfekten dünnen Linie, und der Mascara hat sich nicht auf die Haut um ihre Augen verteilt. Als Claudia das Haus verlässt, geht sie in Gedanken noch einmal die bevorstehende Vorlesung durch sowie die genaue Abfolge der Dias.

Im Auto fällt ihr Blick im Rückspiegel auf den leeren Kindersitz. Sie wird kurz schwermütig, tröstet sich aber mit dem Gedanken, dass sie ihn vom Kindergarten abholen wird und sie gemeinsam nach Hause gehen werden, auch wenn sie noch nicht weiß, wie es ablaufen wird, ob Mattia traurig oder wütend oder wundersamerweise vielleicht sogar gut gelaunt sein wird. Aber das ist im Grunde auch nicht so wichtig. Sie wird es schon hinkriegen, schließlich ist sie seine Mutter. Sie liebt ihn über alles, und außerdem muss sie sich nicht vor ihrem Ehemann rechtfertigen, wenn sie nachmittags um fünf Uhr mit ihrem Sohn auf dem Sofa sitzt und sie bei einer Tüte Popcorn im Fernsehen Trickfilme anschauen.

Als sie vor der Universität parkt, muss sie an Daniel denken. Ob er zurückgekommen ist? Obwohl Chiara sie zur Vorsicht gemahnt hat, ist sie neugierig auf das Geschenk, das er ihr versprochen hat.

Aber Daniel erscheint nicht zur Vorlesung, was Claudia bedauert. Daher schickt sie ihm, sobald sie wieder in ihrem Büro ist, eine Nachricht. Sie weiß, dass sie das nicht tun sollte, aber ihre Finger fliegen wie von selbst über die Tasten.

Alles in Ordnung? Bist du wieder da?

Daniels Antwort lässt nicht lange auf sich warten.

Ja, danke! Und bei dir? Tut mir leid, dass ich nicht in der Vorlesung war. Kann ich morgen Vormittag vorbeikommen?
Klar. Bei mir alles gut. Turbulente Ferien. Anita?
Sie zieht zu mir!

Auf Claudias Gesicht macht sich ein Lächeln breit. Vielleicht kommt für die beiden doch noch alles ins Lot.

Ich freue mich für dich. Bis morgen!

Wie am Vorabend hat Daniel Anita zum Laden ihrer Mutter begleitet, nachdem sie den Vormittag mit Nutellahörnchen verbracht haben, mit Lachen und Küssen und Umarmungen, die in der Öffentlichkeit nicht unbedingt als statthaft gelten. Sie haben jedoch jede Möglichkeit genutzt, sich zu verstecken, hinter den Bäumen in der Villa Borghese und den antiken Pfeilern im Pincio, in den Hauseingängen der Gassen um die Via del Corso und hinter den Bücherstapeln in der Buchhandlung in der Galleria Colonna.

Sie haben ein paar Kleinanzeigenblättchen gekauft und die interessanten Anzeigen mit einem gelben Leuchtstift markiert, den Anita in ihrem Rucksack hatte. Und sie haben sich in den Schaufenstern der Geschäfte nach Aushängen mit Personalgesuchen umgesehen.

Während Daniel die Treppe zu seiner Wohnung hochsteigt, denkt er an den Vormittag zurück. Als er die Tür öffnet, liegt noch immer ein Lächeln auf seinen Lippen, und als er seine Jacke auszieht, hört er aus der Küche die Stimmen von Sergio und Valentina. Behutsam schließt er leise die Tür und bleibt im Flur stehen. Normalerweise lauscht er nicht, aber dieses seltsame Gespräch weckt seine Aufmerksamkeit.

»Das kannst du nicht machen!«, sagt Sergio.

»Warum denn nicht? Er hat es doch nicht anders verdient«, entgegnet Valentina. »Ich dachte immer, du bist auch auf ihn sauer. Hast du dich etwa wieder beruhigt?«

»So eine feige Aktion.«

»Er hat sich doch genauso feige benommen.«

Dummerweise fallen in diesem Moment die Wohnungsschlüssel zu Boden, die Daniel nachlässig in die hintere Tasche seiner Jeans gesteckt hat. Das Gespräch in der Küche bricht ab. Daniel flucht innerlich, öffnet leise die Tür und schließt sie gut hörbar wieder, geht dann an der Küche vorüber und sieht die beiden an, als wüsste er nicht, dass sie dort sitzen.

»Hallo«, sagt er, worauf die beiden nur mit leeren Blicken antworten. Dann geht er in sein Zimmer und schließt die Tür hinter sich. Was sollte er auch sonst tun?

Als Anita in den Laden kommt, bedient Lisa gerade eine ältere Kundin, die misstrauisch einen Pullover mit einem Fantasiemuster in Weiß und Beige beäugt.

»Nun, die Farben sind ein bisschen langweilig«, meint die Kundin.

»Neutral und elegant«, sagt Lisa und lächelt geduldig. Sie begrüßt Anita mit einem Augenzwinkern und wendet sich wieder der Kundin zu. »Und fühlen Sie einmal, wie weich er ist. Das ist Kaschmir, wie man ihn heutzutage kaum noch bekommt.«

»Der ist aber hübsch!«, schaltet sich Anita ein. »Und er macht schlank, mit den vertikalen Streifen. Gibt es den auch in meiner Größe? Der passt bestimmt auch zu Jeans, so elegante Farben kann man ja zu fast allem tragen.«

Die Kundin sieht Anita an und betrachtet dann wieder den Pullover. »Finden Sie, Fräulein? Na ja …«, sagt sie, jetzt schon etwas überzeugter, und streicht über die Wolle.

Schließlich ist der Pullover verkauft, und Lisa macht sich daran, den Laden zu schließen.

»Danke dir! Alleine hätte ich sie wahrscheinlich nicht überzeugt. Sie kommt immer wieder mal vorbei, lässt sich alles Mögliche zeigen und kauft dann meistens doch nichts.«

»Sind nicht die meisten Kundinnen so?«

»Ja, leider!«, antwortet Lisa und lacht. »Aber was machst du denn eigentlich hier? Müsstest du nicht in der Uni sein?«

»Ich würde gerne mit dir reden. Auch über die Uni.«

Lisa zuckt nicht mit der Wimper, und Anita begreift, dass es so manches gibt, was sie schon weiß, auch wenn sie sich nie etwas hat anmerken lassen. *Ich muss ihr das jetzt endlich alles sagen*, denkt sie.

»Sollen wir uns bei dem Bäcker an der Ecke eine knusprige Pizza holen und sie dann im Park essen?«, schlägt Lisa vor.

»Ich könnte mir kein schöneres Mittagessen vorstellen!«, sagt Anita und lächelt.

Claudia parkt vor Mattias Kindergarten und geht auf das große Eisentor zu, durch das die Kinder gleich herauslaufen werden. Unter den wartenden Eltern ist auch Paolo. Er steht vor dem Tor und blickt durch die Gittertür auf den Eingang des Gebäudes.

»Sollte ich ihn heute nicht abholen?«, sagt Claudia, als sie neben ihm steht. »Oder bring ich da was durcheinander?«

»Nein«, entgegnet Paolo, streift sie nur kurz mit einem Blick und sieht dann wieder auf den Eingang. »Aber ich habe meine Pläne geändert.«

Bevor sie darauf etwas erwidert, atmet Claudia einmal tief durch, um ihren Unmut zu besänftigen. »Was soll das heißen?«

»Das soll heißen, dass ich mir heute freigenommen habe und den Tag mit meinem Sohn verbringen möchte.«

Claudia sieht sich um. Einige Mütter haben sich zu ihnen umgedreht und beobachten sie neugierig. Normalerweise kommt nur einer von ihnen, um Mattia abzuholen. *Wahrscheinlich fragen sie sich, was bei uns los ist, und wir sind in Windeseile in aller Munde*, denkt Claudia.

»Hättest du mir nicht Bescheid geben können?«, fragt sie Paolo und versucht, dabei leise zu bleiben. »Ich muss mich immer ziemlich abhetzen, um rechtzeitig hier zu sein. Und heute war noch dazu furchtbar viel Verkehr.«

»Für mich ist es auch nicht einfach. Ich weiß nicht immer genau, wann ich mir freinehmen kann.«

»Tut mir leid, aber so geht das nicht. Du kannst nicht einfach machen, was du willst.«

Sie unterbrechen ihr Gespräch, weil die Kinder herausgelaufen kommen, und halten Ausschau nach Mattia. Er ist fast der Letzte und allein, und als er sie beide entdeckt, geht er verunsichert auf sie zu und sieht abwechselnd zwischen ihnen hin und her. Sein Anblick versetzt Claudia einen Stich ins Herz. Am liebsten würde sie auf ihn zulaufen, ihn in den Arm nehmen und ihm sagen, dass alles in Ordnung ist. Aber sie weiß, dass sie das nicht machen kann, denn Paolo würde sie davon abhalten, und außerdem ist eben nicht alles in Ordnung. Als Mattia vor ihnen steht, sieht er sie an.

Paolo sagt als Erster etwas. »Hallo, Matti!«, ruft er aus, betont fröhlich, um überzeugend zu wirken. »Wie war es heute?«

»Schön«, antwortet der Kleine ernsthaft. »Gehen wir jetzt alle nach Hause?«

»Die Oma macht Pommes für dich. Die magst du doch so gern.«

»Ich will mit Mama nach Hause gehen«, wiederholt Mattia. Er klingt, als würde er jeden Moment losheulen.

Claudia sagt nichts, aus Angst, den Kleinen noch weiter zu verunsichern, und auch Paolo scheint ratlos.

»Aber schau«, sagt er, »die Oma macht jetzt schon das Mittagessen, und wenn wir nicht kommen, ist sie sehr traurig.«

Du manipulativer Fiesling, denkt Claudia.

Mattia schaut seinen Vater nur schweigend und mit feuchten Augen an.

»Kommt die Mama auch mit?«, fragt er leise.

»Ich kann leider nicht«, sagt Claudia zu ihm und bemüht sich, ihn anzulächeln, trotz der Tränen, die ihr schon über die Wangen laufen. »Aber wenn du nach Hause kommst, bin ich da, und dann gibt es am Nachmittag Popcorn. Einverstanden?«

Mattia nickt ein paarmal, und Claudia beißt sich auf die Lippe, um nicht noch heftiger zu weinen.

»Aber jetzt gehen wir, ja?« Paolo nimmt Mattia auf den Arm. »Sag Tschüss zur Mama!«

Mattia gehorcht seinem Vater und winkt Claudia unwillig zu.

»Mir ist schon lange klar, dass du keine Ärztin werden willst«, sagt Anitas Mutter. »Ich habe mir auch nie richtig vorstellen können, dass du studierst.«

»Es tut mir leid, Mama. Ich habe eine Ewigkeit gebraucht, bis ich begriffen habe, dass ich so nicht weitermachen kann. Aber ich habe nicht nur dir etwas vorgemacht, sondern auch mir selbst.«

»Und ich wusste einfach nicht, wie ich dir helfen sollte. Du bist auf Distanz zu mir gegangen, und ich hatte nicht den Mut, dich auf irgendetwas anzusprechen.«

Anita schweigt eine Weile. Obwohl sie und ihre Mutter sich angenähert haben, fällt es ihr schwer, aufrichtig zu sein, denn sie schämt sich noch immer für das, was zwischen ihr und Andrea passiert ist. Sie hofft, dass ihre Mutter es nie erfährt, und vielleicht wäre es deshalb gut, wenn sie weggeht, aber sie hat Angst, dass Andrea irgendwann damit herauskommt. Sie kann sich noch gut an die blanke Wut erinnern, die gestern Abend in seiner Stimme lag.

»Ich singe, Mama«, sagt sie schließlich. »Und die meisten Leute finden mich ziemlich gut. Seit ein paar Monaten trete ich regelmäßig in einem Club in San Lorenzo auf. Neulich ist ein Produzent auf mich zugekommen und hat vorgeschlagen, dass wir uns treffen und über meine ›musikalische Zukunft‹ sprechen.«

Lisa bekommt vor Überraschung den Mund nicht mehr zu und braucht eine Weile, um sich wieder zu fangen. »Warum hast du mir davon nie etwas erzählt?«

»Es gibt so vieles, wovon ich dir nie etwas erzählt habe«, antwortet Anita und seufzt.

Kapitel 44

Claudia geht mit großen Schritten im Wohnzimmer auf und ab. Es ist schon vier Uhr und von Paolo und Mattia noch immer keine Spur. Falls er ihren Zorn auf sich ziehen will, gelingt ihm das hervorragend. Vorhin hat sie mit ihrer Schwester telefoniert, und Chiara hat ihr nahegelegt, geduldig zu sein.

»Dass du dich aufregst, ist doch genau das, was er will. Du darfst einfach nicht auf seine Provokationen reagieren.«

»Ja, ich weiß schon«, hat Claudia leise zugegeben.

»Ach, und sag mal ... Davide hat erwähnt, dass ihr euch vor Kurzem getroffen habt. Warum hast du mir denn nichts erzählt?«

»Na ja ... ich bin nicht gerade stolz auf das, was an diesem Abend passiert ist. Tut mir leid.«

»Er ist ja ganz Gentleman. Er hat mir nur gesagt, dass er dich besucht hat.«

»So kann man es auch nennen.«

»Na endlich! Und, wie war's?«

»Schön.«

»Mehr nicht?«

»Das habe ich mich auch gefragt. Ich hatte irgendwie das Gefühl, ich würde neben mir stehen, als würde mein Geist meinen Körper beobachten, aber ohne an der Lust teilzuhaben, ehrlich gesagt.«

Chiara hat einen ernsten Ton angenommen. »Vielleicht warst du noch nicht so weit, vielleicht brauchst du noch Zeit.«

»Mag ja sein, dass ich ein bisschen aus der Übung bin, aber ich weiß noch sehr gut, wie es sich anfühlt, wenn ein Mann mein Herz schneller schlagen lässt, und normalerweise braucht es da auch keinen zweiten Anlauf. Entweder spürst du es beim ersten Mal oder nie.«

Eine Weile haben sie beide geschwiegen, dann hat Chiara gefragt: »Und was macht dein englischer Student?«

»Heute Vormittag war er nicht in der Vorlesung.«

»Also ist er wieder da? Und du glaubst wirklich, dass er nichts mit dem zu tun hat, was zwischen dir und Davide passiert ist?«

»Ganz sicher. Seine Freundin zieht gerade zu ihm.«

Im nächsten Augenblick erkennt Claudia ihren Fehler. »Also habt ihr miteinander gesprochen!«

»Na ja, nachdem er nicht in der Vorlesung war, habe ich ihm eine Nachricht geschickt.«

»Spinnst du? Lass bloß die Finger von ihm, Claudia! Das meine ich ernst.«

»Ich hab es satt, dass andere Leute darüber entscheiden, was das Beste für mich ist, Chiara.«

Darauf hat Chiara nichts geantwortet.

»Entschuldige, ich bin nicht sauer auf dich«, hat Claudia eilig hinzugefügt. »Ich finde nur, dass da nichts Schlimmes dabei ist.«

»Es ist ja verständlich, dass du dich nach Freiheit sehnst, aber du musst aufpassen, dass du deinem Mann nichts lieferst, was er gegen dich verwenden könnte. Und deine Freundschaft mit diesem Jungen könnte dich ganz schön in die Bredouille bringen.«

Nicht lange, nachdem sie sich voneinander verabschiedet haben, kommt Paolo endlich zurück. Mattia läuft sofort auf Claudia zu. Er hat sich in letzter Zeit verändert, ist ein richtiges Goldstück geworden. Als Mattia sich in ihre Arme wirft, sieht Paolo sie verdrossen an, als hätte sie Mattias Zuneigung nicht verdient.

»Na, du kleiner Fratz, war's schön bei der Oma?«

Mattia zuckt mit den Schultern, ohne zu lächeln. Claudia spürt kurz Genugtuung in ihrem Inneren aufflackern, schämt sich aber gleich dafür. *Habe ich ihm jetzt etwa auch den Krieg erklärt?*, fragt sie sich. Mattia geht ins Wohnzimmer, um fernzusehen, und Claudia fragt Paolo, wie sie den nächsten Tag organisieren.

»Holst du ihn ab?«

»Nein, ich glaube nicht. Ich habe viel zu tun.«

»Also was jetzt: ja oder nein?«

»Ich weiß es nicht. Wenn ich nicht da bin, heißt das, dass ich es nicht rechtzeitig geschafft habe. Und wenn ich da bin, kannst du wieder gehen.«

»Ah, du willst ein bisschen spielen. Bist du dann weniger frustriert, wenn du dich so aufführst?«

»Glaub doch, was du willst«, erwidert Paolo und geht zur Tür.

»Paolo!«

Er dreht nur den Kopf zu ihr um.

»Ich glaube nicht, dass die Spannung zwischen uns Mattia guttut.«

»Das hättest du dir vorher überlegen sollen.«

Schließlich hat sie ihr fast alles erzählt, und hinter diesem »fast« verbirgt sich natürlich nur die Sache mit Andrea. Anita hat mit dem Gedanken gespielt, ihr die ganze Wahrheit zu sagen, weil Andrea eine Frau wie sie nicht verdient und Lisa sich vielleicht endlich von ihm befreien würde, wenn sie erfährt, was zwischen ihnen beiden war, befürchtet jedoch, dass sie auch den Kontakt zu ihr abbrechen könnte. Immerhin war sie zwölf Jahre lang nicht in der Lage, sich selbst und ihre Tochter zu schützen, und um ein Vertrauen aufzubauen, das so lange Zeit gefehlt hat, braucht es mehr als nur ein paar Gespräche unter vier Augen.

Aber das Wichtigste hat sie ihr gesagt: dass sie bei Daniel wohnen wird und sie sich gemeinsam eine Wohnung suchen werden, zumindest für die Zeit, die er noch in Rom studiert.

»Und könnt ihr euch vorstellen, anschließend in England zu leben?«, fragt ihre Mutter.

»Das hängt auch von dem Gespräch morgen mit dem Produzenten ab. Aber eine Möglichkeit wäre es.«

Lisa sieht sie lange an, bevor sie fragt: »Bedeutet er dir so viel?«

»Ich dachte, das hättest du verstanden.«

»Und du würdest mich wegen ihm allein lassen?«

»Du bist doch nicht allein«, entgegnet Anita zögerlich. »Du ... du hast Andrea.«

Anita könnte nicht sagen, warum, aber mit einem Mal scheint es eisig kalt zu werden, und das hat nichts damit zu tun, dass Januar ist.

»Ich muss jetzt los«, sagt sie.

»Ja, ich auch. Ich muss den Laden wieder aufmachen«, sagt ihre Mutter und steht auf.

Anita legt ihr eine Hand auf die Schulter. »Bist du eigentlich glücklich, wenn du den ganzen Tag da drin verbringen musst?«

»Ja. Der Laden gehört mir, und ich bin mein eigener Herr. Es fühlt sich gut an, einen Ort zu haben, an dem mir niemand sagt, was ich zu tun oder zu lassen habe.«

Jetzt lässt Anita sich Zeit mit einer Antwort. »Da hast du recht. Das freut mich für dich.«

Drei Stunden hat Daniel vor dem Computer verbracht. Er hat Jobangebote und Telefonnummern rausgeschrieben, hat angerufen und Termine für morgen vereinbart. Er ist in Hochstimmung, auch wenn die beste Aussicht darin besteht, als Verkäufer in einer großen Buchhandlung zu landen, in der mehr Handyzubehör verkauft wird als Bücher. Aber als Kellner will er auf keinen Fall wieder arbeiten, und auch in Bekleidungsgeschäfte für Jugendliche, wo die Lichter blitzen und die Musik dröhnt, will er keinen Fuß mehr setzen. Er steht vom Schreibtisch auf und geht ein wenig hin und her, um sich die Beine zu vertreten. Dabei fällt sein Blick auf das kleine Gemälde, das er Claudia morgen mitbringen wird. Er hat es ausgepackt, um es Anita zu zeigen, und er ist gespannt, ob es ihr genauso gut gefallen wird wie ihm. Er muss wieder an den gelangweilten jungen Mann an der Kasse denken, bei dem er das Bild gekauft hat. *Das wäre die ideale Arbeit für mich. Eine eigene Galerie.* Der Gedanke ist wie eine Erleuchtung. Er malt sich aus, wie er durch große weiße Räume geht, vor Bildern in den buntesten Farben stehen bleibt, vor winzigen Skulpturen und leuchtenden Installationen, wie er ein Gemälde zurechtrückt, Staub von einem Sockel bläst, die Lautstärke eines Videos regelt. Er verharrt lange in dieser imaginären Szenerie und entdeckt immer mehr Details. Es ist kein Museum, sondern eine kleine Abfolge von Räumen, die sich aneinanderreihen, bis zum Eingang, wo ein Tisch aus hellem Holz steht, darauf eine hohe, schmale Vase, in der eine einzelne gelbe Rose mit unbeschreiblich langem Stiel steckt, daneben ein Kalender und ein Notizblock. Hinter dem Schreibtisch ein Stuhl aus demselben hellen Holz, an der Wand ein Schild mit seinem Namen in blauer Druckschrift: *Daniel Anderson.*

Das Signal einer neuen Nachricht auf seinem Handy reißt ihn aus diesem wunderbaren Traum, und er lacht über sich selbst, bevor er die SMS öffnet.

Ich gehe jetzt ins Ypsilon, ein bisschen mit »meinen« beiden Musikern quatschen. Sehen wir uns um acht bei Barbara?

Daniel antwortet nicht sofort, und in der Zwischenzeit schickt Anita eine weitere Nachricht.

Wenn du mitkommen willst, hol ich dich ab.

Jetzt lächelt Daniel und antwortet:

Stehe schon vor der Tür. Beeil dich, es ist kalt. :-)

Schon als sie die Treppe zu Barbaras Wohnung hinaufsteigen, riechen sie den Duft der Lasagne.
»Ich hätte nie geglaubt, dass deine Freundin kochen kann«, meint Daniel.
»Sie kann nicht einfach nur kochen, sie ist eine exzellente Köchin«, erwidert Anita. »Ihre Eltern sind nie da, und so probiert sie schon seit Jahren herum.«
Daniel läutet, und Jan macht ihnen auf.
»Na endlich! Wir haben schon mächtig Hunger!«, ruft er und bittet sie herein.
Alle vier sind bester Stimmung. Sie begrüßen einander, und während sie darauf warten, dass die Lasagne fertig ist, stehen sie bei einem Bier in der Küche und unterhalten sich angeregt. Dann tragen Daniel und Jan Teller und Gläser ins Esszimmer und die beiden jungen Frauen sind allein.
»Wo warst du denn gestern Nachmittag?«, fragt Barbara. »Ich hab dich auf dem Handy angerufen, aber du bist nicht rangegangen.«
»Wir waren im Ypsilon. Lorenzo und Sandro wollten wissen, ob ich in der Band weitermache. Morgen treffe ich den

Produzenten, und dann schaue ich mal, was er mir so vorschlägt. Wenn da nichts draus wird, mach ich auf jeden Fall im Ypsilon weiter.« Anita hält kurz inne. »Jedenfalls solange wir hierbleiben.«

Barbara sieht von der Auflaufform auf, die sie gerade aus dem Ofen geholt hat und in der die Lasagne dampft, und starrt Anita an.

»Wir haben das alles erst gestern beschlossen. Ich ziehe erst mal zu Daniel, aber wir wollen uns so schnell wie möglich eine kleine Wohnung suchen, zumindest für die Zeit, die er noch hier studiert. Anschließend gehen wir vielleicht nach England.«

Anita hat das mit gesenktem Kopf gesagt. Weil sie mit ihren Worten nur Schweigen erntet, blickt sie auf und sieht Barbara an. Ihre Freundin strahlt über das ganze Gesicht.

»Endlich hast du dich entschieden!«, ruft sie aus. »Das wurde aber auch Zeit! Dann krieg ich wenigstens nicht mehr andauernd die Krise, wenn ich daran denke, dass du mit diesem Arschloch unter einem Dach wohnst.«

Anita lacht los. »Daniel sagt das Gleiche, auch wenn er es ein bisschen anders formuliert …«

»Er ist ja auch ein feiner englischer Herr«, gibt Barbara zurück. »Der benutzt keine ordinären Wörter, der wird gleich handgreiflich.«

Darüber lachen sie beide, und als Daniel und Jan wieder in die Küche kommen, um noch weitere Sachen ins Esszimmer zu bringen, wechseln sie erheiterte Blicke.

»Und was hältst du von der Idee, nach England zu gehen?«, fragt Anita, als die beiden wieder weg sind.

»Ein sehr guter Plan. Wenn ich könnte, würde ich mitkommen, aber Jan will unbedingt hierbleiben.«

Anita reißt die Augen auf. »Soll das heißen, dass …«

»Er hat vorgeschlagen, dass wir zusammenziehen.«

»Und du hast Ja gesagt! Das glaub ich jetzt nicht!« Anita umarmt ihre Freundin.

Barbara lässt es geschehen. »Vielleicht ist das die größte Dummheit meines Lebens, wer weiß? Jedenfalls bist du schuld dran.«

»Wieso denn ich?«

»Weißt du noch, als du das mit den Bäumen gesagt hast?«

»Dass ihr keine Bäume seid, meinst du?«

»Genau. Jan hat gesagt, er würde gerne hierbleiben, aber wenn ich weg will, dann kommt er sofort mit. Ganz egal, wohin. Da habe ich mir gedacht, dass ich zwar kein Baum bin und leben kann, wo ich will, aber dass ich bis jetzt noch nie mit einem bestimmten Menschen zusammenleben wollte. Und dann kommt dieser Deutsche daher und erklärt, dass er überallhin mitkommt, und da ist mir klar geworden, dass er der Einzige ist, mit dem ich leben könnte. Ganz egal, wo.«

Anita ist zu aufgewühlt, um etwas zu sagen, und umarmt Barbara noch einmal.

Kapitel 45

Die Lasagne war hervorragend, und der Wein mit dem kräftigen Bouquet, den Jan mitgebracht hat, ist in rauen Mengen geflossen. Als sie alle vier schon ein bisschen betrunken waren, haben sie sich Episoden aus ihrer kurzen gemeinsamen Vergangenheit in Erinnerung gerufen und sich Geschichten aus ihrem eigenen Leben erzählt und sich dabei vor Lachen kaum noch eingekriegt. Als Jan gerade von seinen Zukunftsplänen in Sachen Musik erzählt, klingelt sein Handy.

»Das ist Corrado, vom Daimon«, sagt er und steht auf. »Da muss ich rangehen.«

»Hat Jan heute nicht frei?«, fragt Daniel Barbara, nachdem Jan mit dem Handy am Ohr in den Flur verschwunden ist.

»Ja, aber dieser Corrado stellt sich noch dümmer an als du. Manchmal ruft er an, und dann muss Jan ihm zu Hilfe eilen, weil er mit der Menge an Gästen einfach überfordert ist.«

»Ein Kellner, der sich noch dümmer anstellt als ich? Das gibt es nicht!«, sagt Daniel belustigt.

Jan kommt ins Esszimmer zurück. Er wirkt ungehalten, stößt auf Deutsch ein paar Flüche aus und geht dann zu Barbara. »Tut mir leid, ich muss da jetzt hin. Heute Abend scheint der

Teufel los zu sein, und Corrado kriegt es überhaupt nicht mehr gebacken.«

»Na gut«, sagt Anita und steht auf. »Wir müssen eigentlich auch los. Morgen Vormittag treffe ich diesen Produzenten, da will ich nicht halb verschlafen ankommen.«

Sie verabschieden sich voneinander, und Jan küsst Barbara auf den Mund, woraufhin die anderen beiden leicht betreten lächeln. Als Jan von ihr ablässt, ist Barbara röter als der Fußabstreifer vor der Tür. Rasch geht sie wieder hinein und murmelt etwas über das mangelnde Schamgefühl der Deutschen.

»Eigentlich sind die Deutschen für ihre Reserviertheit bekannt«, meint Daniel und lacht, als er Hand in Hand mit Anita die Treppe hinuntergeht.

»Na ja, jedenfalls habe ich Barbara noch nie so rot gesehen.«

Jan ist schon vorausgegangen, und Daniel lässt Anitas Hand los und sagt, dass er noch etwas mit ihm besprechen muss. Er geht schneller und verschwindet. Anita geht weiter langsam die Treppe hinunter, zufrieden mit sich und der Welt, nach einem der schönsten Abende, die sie je erlebt hat. Das Handy in ihrer Tasche signalisiert, dass sie eine neue Nachricht erhalten hat. Als sie es herausholt, erwartet sie ein paar kommentierende Worte von Barbara. Doch auf dem Display steht Andreas Name.

Sie bleibt auf einer Stufe stehen. Sie zögert, drückt aber dann auf das Icon für die SMS.

Ich muss mit dir reden. Komm bitte sofort ins Daimon. Allein. Es geht um deine Mutter.

Ihre Mutter? Ob ihr etwas zugestoßen ist? Daniel ist schon unten, also kann er es nicht hören, wenn sie jetzt mit Andrea spricht. Sie ruft Andrea an und lässt es lange läuten, aber er geht nicht ran. Entweder hat er es nicht gehört oder er will nicht mit ihr sprechen. Also bleibt ihr nichts anderes übrig, als ins Daimon zu fahren. Aber was erzählt sie dann Daniel?

Daniel und Jan stehen vor der Haustür und unterhalten sich.

»Ich muss los«, sagt Jan, als Anita zu ihnen tritt. »Soll ich euch mitnehmen?«

»Wir sind mit Anitas Roller da«, antwortet Daniel.

»Ich muss vorher noch mal nach Hause und ein paar Sachen holen«, sagt Anita zu Daniel. »Aber Jan kann dich ja mitnehmen, und ich komme dann nach. Länger als eine halbe Stunde brauche ich nicht.«

Sie sieht ihm in die Augen und hofft inständig, dass er ihr die Lüge nicht anmerkt. Wahrscheinlich ist er überglücklich, weil er weiß, dass sie heute Nacht bei ihm schlafen wird, so wie auch die darauffolgende Nacht und alle künftigen Nächte, und außerdem ist er ein bisschen betrunken und ein bisschen müde. Er lächelt sie an und streichelt ihr die Wange.

»Okay, aber fahr vorsichtig, ja?«, ermahnt er sie. »Ich warte zu Hause auf dich.«

Er küsst sie kurz und sanft auf den Mund, bis Jan ihn ruft und er ihm schweren Herzens folgt. Anita fummelt ein bisschen am Schloss des Rollers herum, bis Jans Auto verschwunden ist, dann setzt sie den Helm auf, steigt auf und saust davon.

Sie kennt sich auf Roms Straßen besser aus als Jan, und außerdem fährt er erst zu Daniel, bevor er ins Daimon kommt. Also hat sie ein wenig Vorsprung und wird sich unbemerkt in Andreas Büro schleichen können. Rasch fährt sie den Viale Regina Margherita entlang und ist zehn Minuten später im Viertel San Lorenzo vor dem Daimon. Sie parkt ihren Roller zwischen den vielen anderen, die entlang der Straße stehen, packt den Helm in die Gepäckbox und betritt den Club. Langsam geht sie durch den düsteren Flur und bleibt dann am Eingang zum Hauptraum stehen. Sie hat damit gerechnet, dass der neue Barkeeper von Dutzenden Gästen belagert wird, die genervt sind, weil sie warten müssen. An den Tischen und an der Bar sitzen jedoch nur vereinzelt ein paar Leute, und Corrado spült in aller Ruhe Gläser ab. Aber warum hat er Jan dann angerufen und um Hilfe gebeten? Vorsichtig geht Anita zu Andreas kleinem Büro, ohne dass Corrado sie bemerkt. Ihr Herz schlägt wie verrückt.

Jan hat inzwischen vor Daniels Haus gehalten und Daniel steigt aus.

»Dann sehen wir uns morgen, oder?«, fragt er.

»Ja klar, wir kommen auch ins Ypsilon. Ich hole Barbara ab, und dann genehmigen wir uns ein paar Bierchen, und ihr erzählt uns, wie es mit dem Produzenten gelaufen ist.«

»Ich fürchte, Anita wird heute Nacht kein Auge zukriegen. Die Ärmste.«

»Na, dann sorg wenigstens dafür, dass sie ein bisschen Spaß hat!«

Jan lacht, hebt die Hand zum Gruß und fährt weiter. Daniel geht ein Stück den Weg entlang, der zum Haus führt, und bleibt dann kurz stehen und sieht zu dem Flecken dunklen Himmels zwischen den Häusern auf. So wie jetzt hat er sich noch nie gefühlt. So glücklich, so voller Vorfreude auf das Leben, so voller Tatendrang. Als wären die Fesseln verschwunden, die ihn zurückgehalten haben, als wäre die andauernde Unentschlossenheit verflogen, dieses undeutliche Gefühl von Nutzlosigkeit, das ihn belastet hat. Wenn Anita jetzt hier wäre, könnte er sie auf den Arm nehmen und sie die drei Stockwerke hinauftragen, so viel Energie spürt er in sich. Er würde sie aufs Bett fallen lassen, sie mit Küssen bedecken, während er sie ausziehen würde, rasch in sie eindringen und sie dann ansehen, wie sie mit geschlossenen Augen sanft lächelt, ihr Gesicht umrahmt von ihren schwarzen Haaren, die sich über dem Kissen ausbreiten.

Mir scheint, ich hab ein bisschen zu viel erwischt, denkt er und lächelt. Dann holt er seine Schlüssel hervor und schließt die Haustür auf.

Anita bleibt reglos stehen und ignoriert den Stuhl vor dem Schreibtisch, auf den Andrea gedeutet hat.
»Ich hab keine Zeit. Was willst du mir sagen?«
Andreas Miene verändert sich, das Lächeln auf seinem Gesicht verschwindet. Aber seine Stimme ist noch einlullender als sonst. »Deine Mutter hat mir erzählt, dass du zu deinem Engländer ziehen willst. Stimmt das?«
»Das geht dich nichts an. Du hast gesagt, es geht um sie. Also, was ist los?«
»Ist dir klar, was das für deine Mutter bedeutet? Du lässt sie allein.«
»Sie ist nicht allein. Du bist doch da.«
»Das stimmt. Ich bin ja da.«
Andrea schweigt eine Weile, als suche er nach den richtigen Worten. Anita zittert. Worauf zum Teufel will er hinaus?
»Du würdest ihr wahrscheinlich fehlen.«
»Alle Kinder ziehen früher oder später aus.«
»Ihr ging es immer gut, weil wir beide da waren. Aber wenn du gehst, könnte mich das sehr traurig machen und manchmal auch sehr wütend. Weißt du, ich habe deine Mutter nur genommen, weil ich dich haben wollte, und wenn du jetzt gehst …«
»Dann verlässt du sie? Was Besseres kann ihr gar nicht passieren. Nur zu.«
Andrea sieht sie unverwandt an, und sie ahnt mit Schrecken, was er gleich sagen wird.
»Aber nein, weshalb sollte ich sie verlassen? Sie sorgt für mich, und ein warmes Bett ist immer besser als ein kaltes, auch wenn in Sachen Sex nicht mehr viel läuft. Aber wenn du nicht

mehr da bist, werde ich bestimmt leicht reizbar, und da könnte mir durchaus hin und wieder die Hand ausrutschen.«

Anita spürt, wie sie wütend wird, und macht mit zornigem Blick einen Schritt auf den Schreibtisch zu. In diesem Moment geht die Tür auf und Jan steht im Raum. Als er Anita sieht, zwinkert er ungläubig.

»Was machst du denn hier?«, fragt er verdutzt.

»Die Frage geht an dich zurück!«, ruft Andrea. »Ist das eine Art, ein Zimmer zu betreten?«

»Du hast Corrado gesagt, er soll mich anrufen. Aber da draußen sitzen höchstens zehn Leute.«

»Als ich ihm gesagt habe, er soll dich anrufen, war hier die Hölle los. Er kommt offensichtlich schon ganz gut zurecht. Du brauchst nicht zu glauben, dass du der einzige Barkeeper bist, der's drauf hat.«

Jan runzelt die Stirn und sieht verwirrt zwischen Andrea und Anita hin und her.

»Ich finde das nicht besonders toll, ohne Grund an meinem freien Abend gestört zu werden«, sagt er.

»Glaubst du, mich interessiert es, was du toll findest und was nicht?«, erwidert Andrea.

»Jetzt hör mir mal gut zu, du Wichser«, schleudert Jan ihm entgegen. Monatelang hat er Andreas unmögliches Benehmen ertragen müssen. Der Wein, den er heute Abend getrunken hat, verleiht ihm Schwung. »Du kannst mich am Arsch lecken, und zwar auf der Stelle!«

Andrea ist sprachlos. Damit hat er nicht gerechnet.

»Komm, wir gehen, Anita.« Jan ergreift ihre Hand.

»Lass sie sofort los!«, schreit Andrea, der seine Stimme wiedergefunden hat.

»Sie kommt mit mir«, erklärt Jan. Er sieht Andrea an, Anita noch immer fest an der Hand. »Und du rührst dich nicht vom Fleck, sonst kriegst du von mir das, was dir mein Kumpel erspart hat.«

Andrea schüttelt den Kopf und fängt plötzlich an zu lachen, als wäre Jans letzter Satz zum Brüllen komisch.

Anita läuft ein Schauder über den Rücken. In diesem unangemessenen Ausbruch von Heiterkeit liegt etwas Bedrohliches. Andreas Lachen klingt ihr noch im Ohr, als sie sich umdreht und hinausgeht, geführt von Jan, der ihre Hand nicht loslässt.

Als er auf dem Treppenabsatz ankommt, hat er noch immer ein Lächeln auf den Lippen. Er ist langsam heraufgestiegen, in Gedanken noch bei dem gerade vergangenen Abend, an sie, an ihre weiche Haut unter seinen Lippen, an ihre Haare auf dem Kopfkissen, ihren Duft. Er weiß, dass er ein bisschen zu viel getrunken hat, und vielleicht führen die Nachwirkungen des Alkohols oder auch das anhaltende Glücksgefühl dazu, dass er nicht merkt, dass da etwas hinter ihm ist. Er will den Schlüssel ins Schloss stecken, ist aber nicht schnell genug und wird plötzlich nach hinten gezogen. Jemand hat ihn an den Schultern gepackt und um die eigene Achse gedreht. Das Licht im Treppenhaus ist schwach, aber er glaubt zu erkennen, dass sie zu zweit sind.

»Was ...?« Er kann die Frage nicht beenden, weil ihn in diesem Moment der erste Faustschlag in den Magen trifft. Der Schmerz ist so stark, dass er sich zusammenkrümmt. Jemand stützt ihn und zwingt ihn dazu, sich wieder aufzurichten, dann prasseln ihm weitere Fausthiebe ins Gesicht. Er hat das Gefühl, als würde sein Gehirn gegen das Innere seines Schädels geschleudert.

Er kann sich nicht mehr auf den Beinen halten.

Nicht jetzt, bitte nicht, so kann es doch nicht zu Ende gehen, jetzt, wo sich alles zum Guten wendet.

Der alte schwarz-weiße Steinfußboden kommt ihm schwankend entgegen. Er sackt zusammen, aber die Schläge hören nicht auf. Jetzt treffen ihn keine Fausthiebe mehr, sondern wütende Fußtritte.

Er will nach ihr schreien, aber das Einzige, was seinen Mund füllt, ist der Geschmack von Blut.

Kurz bevor er ins Dunkel stürzt, hört er, wie die Wohnungstür aufgeht und eine vertraute Stimme seinen Namen ruft.

»Wer zum Teufel seid ihr? Was wollt ihr hier?«, schreit Sergio.

Das Dröhnen der schweren Schritte verhallt im Treppenhaus, während Sergio sich über Daniel beugt. Valentina erscheint in der Wohnungstür und sieht entsetzt auf Daniel hinab, der reglos und mit blutverschmiertem Gesicht auf dem Boden liegt.

»Ruf einen Krankenwagen!«, schreit Sergio sie an.

Sie scheint vor Schreck gelähmt.

»Jetzt ruf verdammt noch mal einen Krankenwagen!«, brüllt Sergio noch einmal. »Beweg deinen Arsch, sonst stirbt er noch! Das ist alles deine Schuld!«

Erst als sie draußen in der kalten Januarnacht stehen, fragt Jan Anita, warum sie ins Daimon gekommen ist.

»Ich flehe dich an, sag Daniel nichts davon«, bittet sie ihn.

Jan schüttelt nur den Kopf. »Danny will dich beschützen, das weißt du. Aber wenn du ihm Lügen auftischst …«

»Jan«, sagt Anita und fasst ihn am Arm. »Ich habe Daniel heute Abend aus einem einzigen Grund angelogen. Ich will nicht, dass er meine Kämpfe austrägt und dabei zwischen die Fronten gerät.«

»Aber ich kann ihn nicht auch noch anlügen. Wenn er rauskriegt, dass ich weiß, dass du hier warst, und ich es ihm nicht sage, bringt er mich um.«

»Jan, bitte. Wie soll er das denn rauskriegen, solange du es ihm nicht erzählst? Er und Andrea reden ja nun nicht besonders viel miteinander …«, wendet Anita mit einem bitteren Lächeln ein. »Aber heute Abend hat Andrea es geschafft, dass auch dir der Geduldsfaden gerissen ist.«

»Ich konnte ihn noch nie ausstehen, aber solange Daniel da war, habe ich mich zusammengerissen. Ich hätte diesen Job schon längst hinschmeißen sollen.«

»Jetzt hast du keine Arbeit mehr.«

»Ich werde schon wieder eine finden«, erwidert Jan und zuckt die Achseln. »Es ist schon spät und es wird langsam kalt. Lass den Roller hier stehen, und ich bring dich mit dem Auto zu Danny.«

Claudia hat mit Mattia einen Kuchen gebacken und dabei viel Freude gehabt, auch wenn der Kleine ihr die ganze Zeit eigentlich nur zugeschaut und eine Menge Fragen gestellt hat und zum Schluss den Schokoladenteig aus der Schüssel kratzen wollte und sich dabei, bis über beide Ohren grinsend, das Gesicht bekleckert hat. Paolo hätte ihm das nie erlaubt, wegen der rohen Eier, der Unmengen Zucker … Claudia kann sich erinnern, dass sie das als kleines Kind auch immer gemacht hat, die wenigen Male, die ihre Mutter einen Kuchen gebacken hat, und sich dabei nie eine Salmonellenvergiftung oder eine Magenverstimmung zugezogen hat. Also hat sie nicht eingegriffen, als Mattia die Reste des rohen Teigs aufgeschleckt und dabei gelacht und das Ganze fröhlich genossen hat. Sein Gemüse hat er an diesem Abend ohne einen Mucks gegessen, als sei das Abendessen eine Aufgabe, die mit größter Sorgfalt erledigt werden muss und für die als Preis ein Stück des Kuchens winkt, der, als er aus dem Ofen kommt, wie von Zauberhand fertig gebacken ist. »Wenn du dein Gemüse isst, bekommst du anschließend ein Stück Kuchen« – das war die Abmachung gewesen, und Mattia hat sich wie ein Ehrenmann verhalten. Als sie ihn ins Bett gebracht hat, war sie ganz überrascht, dass sie am liebsten noch mehr Zeit mit ihm verbracht hätte, wo sie es doch sonst kaum erwarten kann, dass er endlich schläft und sie Zeit für sich selbst hat.

Als sie die Vorlesung für morgen vorbereitet, während im Hintergrund eine alte Platte von Phil Collins läuft, vibriert ihr Handy.

»Na, wird's bei dir heute mal wieder später?«, fragt Chiara.

»Bei dir aber anscheinend auch!«, erwidert Claudia lachend.

»Was gibt's denn?«

Ihre Schwester seufzt. »Paolo hat mich gerade angerufen.«

Claudia setzt sich aufrecht hin, als stünde Paolo leibhaftig vor ihr. Er findet es furchtbar, wenn sie schlampig dasitzt.

»Und warum?«

»Erst hat er mir Vorwürfe gemacht. Er meint, ich sei zu großen Teilen für deine Entscheidung verantwortlich.«

»Das tut mir leid, Chiara. Aber wenn ich wirklich auf dich hören würde, hätte ich ihn gar nicht erst geheiratet.«

Chiara lacht kurz. »Aber dann hat er sich wieder beruhigt. Er hat gesagt, dass er viel nachgedacht hat und dass es stimmt, dass er im Grunde nie über seine Gefühle gesprochen hat. Und dass er glaubt, er kann sich ändern.«

»Heißt das, er hat dich angerufen, damit du mich dazu bringst, meine Meinung zu ändern?«

»Das hat er natürlich so nicht gesagt, aber ja, genau darum ging es ihm. Glaub mir, das war mir ganz schön unangenehm.«

Claudia schweigt eine Weile.

»Bist du noch dran?«, fragt Chiara.

»Ja, klar. Ich muss das nur erst mal verdauen. Ich hätte nie geglaubt, dass er so was machen könnte. Wenn wir uns sehen, behandelt er mich wie den letzten Dreck, als würde er mich regelrecht hassen. Und dann ruft er meine Schwester an und bittet sie um Hilfe.«

»So abwegig ist das gar nicht. Er behandelt dich schlecht, weil du ihn verlassen willst, und darunter leidet er natürlich.«

Claudia seufzt, entgegnet aber nichts.

»Und du, wie geht's dir dabei?«

»Mattia und ich, wir kriegen das bestens hin. Es ist seltsam, aber erst jetzt, wo Paolo nicht mehr hier wohnt, fühle ich mich wirklich wie seine Mutter. Davor bin ich mir immer irgendwie unzureichend vorgekommen.«

»Und du glaubst, das liegt an ihm?«

»Zum Teil schon. Er hat ja keine Gelegenheit ausgelassen, mir meine Unzulänglichkeit vorzuhalten. Aber andererseits habe ich es auch zugelassen, dass er mich so behandelt. Wenn ich nur etwas selbstsicherer gewesen wäre …«

»… dann hättest du ihn nicht geheiratet«, ergänzt Chiara.

Claudia würde gern über diese Bemerkung lachen, aber es gelingt ihr nicht. Ihr Mann leidet so sehr, dass er sich dazu herablässt, seine Schwägerin anzurufen, die er noch nie ausstehen konnte. Nicht zu fassen!

Kapitel 46

Nur wenige Minuten von Daniels Haus entfernt kreuzen sich die gelben Lichter eines Krankenwagens, der mit heulendem Martinshorn dahinrast, mit denen der Scheinwerfer von Jans Auto. Weder Jan noch Anita fällt das auf. In einer so großen Stadt ist dieses durchdringende Geräusch immer irgendwo zu hören. Aber vor Daniels Haus treffen sie wiederum auf ein Blaulicht, das eines Polizeiautos.

Anita und Jan gehen durch die Haustür, die weit offen steht, und laufen die Treppe hinauf. Vor der offenen Tür von Daniels Wohnung im dritten Stock steht ein Polizist und schreibt etwas in sein Notizbuch.

»Was ist passiert?«, fragt Anita, mit einer Stimme, die nicht wiederzuerkennen ist.

Im schwachen Licht der Deckenlampe entdeckt Jan die Blutflecken auf dem hellen Boden des Treppenabsatzes und stellt sich so vor Anita, dass sie sie nicht sehen kann.

»Wohnen Sie hier?«, fragt der Polizist.

»Ja, seit heute Abend!«

»Dann gehen wir lieber mal hinein.«

In diesem Moment kommt Valentina aus der Wohnung. Sie ist leichenblass.

»Was ist passiert?«, schreit Anita sie an und packt sie bei den Schultern.

»Daniel …«, stammelt Valentina.

»Was ist mit Daniel? Red schon, du Schlampe!«

Sie schüttelt sie wie einen Baum, aber der Polizist geht dazwischen.

»Beruhigen Sie sich bitte! Daniel Anderson wurde von Unbekannten angegriffen und ist soeben ins Krankenhaus gebracht worden.«

Anita steht mit offenem Mund da, bekommt keine Luft mehr und sackt zusammen.

Jan fängt sie auf, bevor sie zu Boden stürzt. »Wie geht es ihm?«, fragt er den Polizisten.

»Als wir gekommen sind, war er nicht bei Bewusstsein. Zum Glück wurden die beiden Angreifer von einem jungen Mann überrascht, der auch hier wohnt. Er hat den Lärm der Auseinandersetzung gehört und ist zur Tür gekommen. Sonst hätte es auch schlimmer ausgehen können. Das waren Profis.«

»In welches Krankenhaus ist er gebracht worden?«

»In die Poliklinik.«

»Los«, sagt Anita aufgeregt. »Wir müssen zu ihm!«

Anita weint nicht. Sie steht neben sich, als sähe sie alles aus einer riesigen Entfernung, als wäre sie mit einem Schlag in eine Parallelwelt geschleudert worden, die sie sich bis jetzt nicht einmal hat vorstellen können. Sie steigt über die Schranke an der Einfahrt zur Poliklinik und rennt, so schnell sie kann, zur Notaufnahme. Jan parkt inzwischen das Auto. Als sie die automatische Glastür passiert hat, fällt ihr Blick auf Sergio, der inmitten anderer Wartender steht. Er lehnt an der Wand, ist fahl im Gesicht und wirkt völlig verwirrt, und an seinen Händen klebt getrocknetes Blut. Sie bleibt vor ihm stehen, und als sie das Blut sieht, bricht sie zusammen. Sie schluchzt auf und spürt, wie ihr die Beine den Dienst versagen. Sergio stützt sie und bringt sie zu einer Sitzreihe im Flur. Anita setzt sich und atmet heftig, um sich wieder in den Griff zu bekommen.

»Beruhige dich, Anita, er hat es überlebt«, sagt Sergio, dem jetzt auch Tränen in die Augen steigen. »Gleich erfahren wir mehr.«

»Was ist denn …«

»Ich weiß es nicht. Ich hab nur plötzlich draußen Aufruhr gehört und hab nachgeschaut. Als ich die Tür aufgemacht habe, sind zwei Typen die Treppe runtergelaufen. Keine Ahnung, wer die waren.«

Es fällt ihm schwer, Anitas verzweifeltem Blick nicht auszuweichen. Plötzlich packt sie ihn am Arm.

»Was verschweigst du mir?«

In diesem Moment kommt ein Arzt aus dem Behandlungsraum und Sergio springt auf.

»Herr Doktor …«

»Ah, da bist du ja.«

Der Arzt ist um die vierzig und hat ein rundes, freundliches Gesicht. Er sieht, dass Anita in Tränen aufgelöst ist.

»Bist du Daniels Freundin?«

Anita nickt nur. Ihr Mund ist so trocken, dass sie kein Wort herausbringt.

»Wir haben ihn stationär aufgenommen. Sein Zustand ist nicht besonders gut, aber er wird es überstehen.«

»Was haben sie ihm angetan?«

Der Arzt zögert kurz mit der Antwort, als wäge er die Worte genau ab. »Er hat zwei gebrochene Rippen und die Nasenscheidewand ist verschoben, aber die konnten wir schon wieder korrigieren. Er hat ein blaues Auge, aber er hat noch alle Zähne und keine Frakturen im Gesicht. Am meisten Sorgen macht uns das Schädeltrauma. Am Kopf hat er ganz schön was abbekommen, aber das Hämatom ist nicht sehr stark ausgeprägt. Wir haben ein CT gemacht.«

»Ist er denn wieder zu Bewusstsein gekommen?«, fragt Sergio.

»Nur kurz, aber das hat ausgereicht, um uns zu beruhigen. Im Moment ist er noch sediert, aber in ein paar Stunden wacht er auf, und dann können wir mit Sicherheit sagen, ob das Hirn in Mitleidenschaft gezogen ist, aber ich glaube es nicht. Er hat Glück im Unglück gehabt.«

Anita atmet tief durch, aber ihre Beine werden wieder schwach, und sie hält sich an Sergio fest, der sie zu den Sitzen führt. Der Arzt folgt ihnen.

»Alles in Ordnung?

»Ja, schon gut. Es ist nichts.«

»Bist du Nita?«, fragt der Arzt.

Verblüfft sieht sie zu ihm auf.

»Das war das Einzige, was Daniel gesagt hat, als er ein paar Momente wach war.«

Anita sitzt an Daniels Bett. Sie lässt den Blick nicht von seinem Gesicht. Sein linkes Auge ist aufgequollen und lila umrandet, die Nase ist geschwollen und über die Wange verläuft eine vernähte Wunde. Unter dem Kopfverband lugen Strähnen seines braunen Haars hervor, die mit Blut befleckt sind. Auch um die Brust, die teilweise vom Laken bedeckt ist, trägt er einen Verband, und in seiner rechten Hand steckt eine Infusionsnadel. Der Zeigefinger der linken Hand, die Anita hält, steckt in einer kleinen Schiene, die über ein Kabel mit einem Monitor verbunden ist, der den Herzschlag kontrolliert.

Sie sitzt ruhig da, sieht ihm ins Gesicht und wartet darauf, dass er die Augen öffnet. Dabei achtet sie auf jede noch so kleine Bewegung. Hinter ihr steht Barbara. Sie ist angespannt und ernst, und auf der anderen Seite des Bettes steht Jan und lehnt sich an die Wand. Keiner von ihnen spricht. Barbara und Jan wechseln hin und wieder sorgenvolle Blicke, und das einzige Geräusch im Raum ist das beruhigende regelmäßige Piepsen des Monitors.

Irgendwann bricht Barbara das Schweigen. »Wir müssen seine Eltern informieren«, sagt sie leise, als wolle sie Daniel nicht aufwecken.

»Hast du Daniels Handy, Anita?«, fragt Jan.

Sie deutet mit einer Kopfbewegung auf den Nachttisch neben dem Bett, auf dem ihre Tasche liegt.

Jan holt Daniels Handy sowie sein Portemonnaie heraus. »Ausrauben wollten sie ihn jedenfalls nicht. Das Geld ist noch da.«

»Sag bloß, du hast jemals an Raub gedacht«, erwidert Barbara. »Das war ein Hinterhalt. Sie haben auf ihn gewartet.«

Anita dreht sich zu Barbara um und sagt zum ersten Mal seit Stunden etwas. »Was meinst du damit?«

»Du wartest nicht im Treppenhaus auf jemanden, um ihn auszurauben, und schon gar nicht, wenn du nicht weißt, wie viel er dabeihat. Alle im Haus wissen, dass in dieser Wohnung Studenten wohnen, und Studenten sind notorisch pleite.«

»Das heißt?«

»Das heißt, dass sie gezielt auf ihn gewartet haben. Und zwar nur, um ihn zu schlagen.«

»Es gibt nur einen, der sauer auf ihn ist, und das ist Andrea«, sagt Anita. »Aber Jan und ich waren bei ihm im Daimon, als das passiert ist.«

Jan und Barbara sehen sich an.

»An der Sache ist doch was faul«, sagt Barbara. »Corrado ruft Jan an, und als der ins Daimon kommt, stellt sich heraus, dass man ihn überhaupt nicht braucht. Andrea bestellt dich ebenfalls dorthin, mit dem einzigen Argument, das dich überzeugen kann, nämlich dass er mit dir über deine Mutter sprechen muss. Das riecht alles danach, als hätte er sicherstellen wollen, dass Daniel allein ist.«

»Aber woher wusste er denn, dass Jan und ich mit ihm zusammen waren?«, wirft Anita ein. »Er hätte ja auch zu Hause sein können, es hätte ja auch sein können, dass er gar nicht ausgegangen war.«

»Hast du deiner Mutter gesagt, dass du zum Abendessen bei mir warst?«

»Ja, schon, aber ...«

»Dann hat sie es ihm wahrscheinlich erzählt. Sie weiß schließlich nichts von all dem, außer dass Andrea und dein Freund nicht miteinander auskommen. Und wenn sie ihm erzählt hat, dass du zu mir zum Essen kommst, hat er wahrscheinlich vermutet, dass Daniel auch dabei ist.«

»Ist das nicht ein bisschen an den Haaren herbeigezogen?«, murmelt Jan.

Barbara sieht ihn streng an.

Anita streichelt Daniel die Wange. Er liegt noch immer schlafend und reglos im Bett.

Um sechs Uhr morgens schläft Daniel noch immer. Als der freundliche Arzt von der Notaufnahme vorbeikommt, fragt Anita ihn, warum Daniel noch nicht aufgewacht ist.

»Er müsste jeden Moment die Augen aufmachen. Hat er sich bewegt?«

»Nur einmal die Hand, ganz kurz. Aber das war eher wie eine automatische Bewegung, wie man sie im Schlaf häufig macht. Wenn er schläft, bewegt er sich sehr viel«, antwortet sie und sieht Daniel mit einem zärtlichen Lächeln an.

Der Arzt legt ihr eine Hand auf die Schulter. »Mach dir keine Sorgen. Du musst nur ein bisschen Geduld haben«, sagt er sanftmütig. »Wenn sich in den nächsten Stunden nichts ändert, machen wir noch einmal ein CT, aber im Moment bleibt uns nichts anderes übrig, als zu warten.«

Er verabschiedet sich mit einem Nicken von Jan und Barbara und geht hinaus. Anita vergräbt das Gesicht in den Händen. Sie ist zu Tode erschöpft.

»Du solltest nach Hause gehen, dich ausruhen und etwas essen«, schlägt Barbara vor.

»Das kann ich nicht. Aber ihr könnt ja gehen. Und wenn ihr wieder zurück seid, rufe ich seine Eltern an. Jetzt ist es noch zu früh, finde ich.«

Jan und Barbara sehen sich an, und Barbara steht auf.

»Einverstanden. Wir gehen für ein paar Stunden nach Hause und duschen. Dann kommen wir wieder und lösen dich ab.«

»Ich rühr mich hier nicht von der Stelle, Barbara.«

Ohne Daniels Hände loszulassen, lässt Anita den Kopf auf das Bett sinken, ganz nah bei ihm, sodass sie seinen Atem auf ihrer Haut spürt, und schließt die Augen.

Kapitel 47

Anita fährt aus dem Schlaf hoch, hebt den Kopf und sieht Daniel an. Er schläft noch immer und liegt noch immer so reglos da wie zuvor. Anita seufzt, erhebt sich schwerfällig vom Stuhl und geht ein wenig im Zimmer auf und ab, streckt die Arme aus und bewegt die taub gewordenen Muskeln. Vor dem Fenster bleibt sie kurz stehen. Der Himmel ist grau, und anders als gestern ist keine Spur von Sonne zu sehen.

Der gestrige Vormittag, an dem sie gemeinsam durch Rom gestreift sind, wie sie es sich seit Monaten erträumt hatte, scheint eine Ewigkeit her zu sein.

Sie dreht sich um und sieht ihn an, und für einen Moment schnürt ihr die Panik, er könnte nie wieder aufwachen, die Kehle zu. Dann ruft sie sich die Worte des Arztes in Erinnerung, seinen beruhigenden Blick. Sie geht ins Bad und wäscht sich, so gut es geht. Sie hat keinen Hunger, nur riesige Lust auf Kaffee. Sie ignoriert dieses Verlangen und setzt sich wieder neben Daniel. Ihr fällt ein, dass sie unbedingt seine Eltern anrufen muss. In Brighton ist es jetzt acht Uhr morgens. Sie holt Daniels Handy hervor und sieht, dass der Akku fast leer ist. Sie sucht im Verzeichnis nach der Nummer seiner Eltern und speichert sie in ihrem eigenen Telefon, das voll aufgeladen ist. Dann steckt sie sein Telefon in die Hosentasche, und gerade als sie die Andersons anrufen will, klingelt ihr Handy. Die Nummer des Anrufers ist ihr nicht bekannt. Vielleicht ist es der Produzent. Ist sie nicht jetzt mit ihm verabredet? Sie geht ran, doch es ist nicht der Produzent, sondern Sergio.

»Wie geht's Daniel?«

»Er ist immer noch nicht aufgewacht.«

»Was? Und was sagen die Ärzte?«

Anita antwortet erst nach ein paar Sekunden. »Sie sagen, dass er jeden Moment aufwachen müsste, aber das sagen sie schon seit Stunden.«

»Das tut mir echt leid, Anita.«

Sie ist Sergio nur ein paarmal begegnet, und sie weiß, dass er und Daniel sich nicht besonders grün sind. Er klingt jedoch so aufrichtig und betroffen, dass sie Angst hat, schon wieder in Tränen auszubrechen. Außerdem war es Sergio, der den Aufruhr auf dem Treppenabsatz bemerkt und sofort eingegriffen und die Angreifer in die Flucht geschlagen hat. Wenn er nicht dazwischengegangen wäre, hätten sie Daniel vielleicht erschlagen.

»Valentina ist gerade bei mir«, fährt Sergio fort. Anita spürt einen Kloß im Hals und erstarrt. »Sie macht sich auch große Sorgen wegen Daniel.«

Im Hintergrund hört Anita, wie Valentina mit tränenerstickter Stimme sagt: »Ich hätte doch nie geglaubt ... Ich wusste doch nicht ...«

Obwohl sie sich vor Sorge und Müdigkeit kaum noch aufrecht halten kann, spitzt Anita die Ohren. »Was redet sie denn da? Was wusste sie nicht?«, fragt sie und schreit dabei fast.

»Nichts, sie ist einfach durcheinander«, erwidert Sergio beschwichtigend. Noch immer ist Valentina zu hören, jetzt etwas gedämpfter. Vielleicht hält Sergio die Hand vor das Telefon. Aber Anita versteht trotzdem jedes Wort.

»Ich hätte es ihm doch nie gesagt, wenn ich gewusst hätte, dass er dann so was macht!«, sagt Valentina schluchzend.

»Wem hat sie was gesagt?« Anitas Nerven liegen blank, und sie will jetzt genau wissen, was los ist. Als sie kurz davor ist, ihre Fragen ins Telefon zu brüllen, hört sie, wie neben ihr ihr Name gemurmelt wird.

»Nita …«

Ihr Herzschlag setzt kurz aus. Daniel hat endlich die Augen geöffnet und sieht sie an. Sein linkes Auge ist noch immer lila umrandet und halb zugeschwollen, aber das andere ist weit offen. Sein Mund ist zu einer Grimasse verzerrt. Vielleicht versucht er zu lächeln, was ihm aber vermutlich noch Schmerzen bereitet, so wie der Versuch, die Augen offen zu halten. Er schließt sie auch gleich wieder. Anita beendet kurzerhand das Telefonat und setzt sich wieder neben Daniel. Als sie seine Hand ergreift, erwidert er den Druck.

»Du bist hier …«, flüstert er.

»Natürlich bin ich hier. Wo sollte ich denn sonst sein?«, entgegnet Anita. Sie muss sich zusammenreißen, um nicht zu weinen.

»Mein Kopf tut weh.«

»Ich weiß, mein Schatz, ich weiß …« Anita streichelt ihm die Wange und kann jetzt ihre Tränen nicht mehr zurückhalten.

»Nicht weinen …« Daniel drückt ihre Hand. »Was ist passiert?«

»Du bist verprügelt worden. Du warst stundenlang bewusstlos. Ich bin vor Angst fast gestorben.«

»Ich kann mich an nichts erinnern.« Daniel macht die Augen wieder auf, was ihn sichtlich Anstrengung kostet.

»Du hast ein Schädeltrauma, da ist es normal, dass du dich an nichts erinnern kannst.«

In diesem Moment kommt der Arzt herein. »Na also. Hab ich doch gesagt, dass er bald wieder aufwacht«, sagt er zufrieden zu Anita. »Könntest du uns für einen Augenblick allein lassen? Ich muss den jungen Mann mal kurz unter die Lupe nehmen.«

Anita geht hinaus und der Arzt schließt die Tür hinter ihr. Als sie im Flur auf einen Stuhl sinkt, hört sie die Stimme von Barbara, die auf sie zugelaufen kommt.

»Und, wie steht's?«

»Er ist aufgewacht! Er hat gesprochen!« Anita springt vom Stuhl auf.

Bei diesen Worten kann Jan, der hinter ihr steht, seine Tränen nicht mehr zurückhalten. Barbara sieht ihn an und umarmt ihn, und bei dieser ungewohnten Zuneigungsbekundung seitens ihrer Freundin, die sich sonst vehement dagegen sperrt, sich gehen zu lassen, muss auch Anita wieder weinen.

»Das ist ja nicht zu fassen. Was sind wir nur für!«, stellt Barbara fest, um die Situation etwas aufzulockern.

Jan versucht, die Fassung wiederzugewinnen. Alle drei umarmen sich, mitten auf dem Flur. Dann setzen sie sich und warten darauf, dass der Arzt aus Daniels Zimmer kommt.

»Vorhin hat Sergio mich angerufen«, sagt Anita.

Sie berichtet kurz von dem Gespräch und davon, wie es unterbrochen wurde. Jans Miene verfinstert sich.

»Dieses perfide Püppchen!«, sagt Barbara. »Der würde ich am liebsten persönlich die Fresse polieren!«

»Warum denn?«, fragt Anita. »Hat sie was mit dem Angriff auf Dany zu tun?«

Jan antwortet an Barbaras Stelle. Er erzählt ihr davon, wie er Valentina und Sergio vor Weihnachten im Daimon gesehen hat und dass Valentina mit Andrea gesprochen hat. Dann erzählt er ihr von dem zwielichtigen Typen, der vor ein paar

Tagen bei Andrea war, und gemeinsam zählen sie eins und eins zusammen.

»Moment mal«, sagt Anita leise. »Valentina hat Andrea also Daniels Adresse gegeben und ihm gesagt, dass ich gestern zu dir, Barbara, zum Abendessen gehen würde. Dann hat Andrea unter einem Vorwand mich und Jan ins Daimon gelockt, um sicherzustellen, dass Daniel allein nach Hause geht, und sich gleichzeitig ein Alibi zu verschaffen. Und zur selben Zeit hat er zwei Schläger zu Daniel geschickt, die ihm eine Lektion erteilen sollten.«

Jetzt, wo sie das alles verstanden hat, fühlt Anita sich seltsam ruhig. In ihrem Inneren vermischen sich Schrecken, Unglaube und Gewissensbisse. Denn letztlich ist es ihre Schuld, dass Andrea Daniel so sehr hasst, dass er ihm eine solche Abreibung verpasst hat. Und es ist ihre Schuld, dass Daniels Leben in Gefahr war. Für ihn wäre es besser gewesen, wenn er sie niemals kennengelernt hätte.

Barbara blickt sorgenvoll in Anitas verstörtes Gesicht, aber in diesem Moment kommt der Arzt lächelnd aus dem Zimmer, und Jan und sie gehen zu ihm, um zu hören, was er zu sagen hat. Anita bleibt im Flur sitzen. Daniels Handy in ihrer Tasche gibt ein Signal, dass eine neue Nachricht eingetroffen ist.

Wo steckst du denn? Wolltest du mir nicht mein Geschenk vorbeibringen?

Die Nachricht ist von Claudia, Daniels Professorin. Anita speichert die Nummer in ihrem Handy und ruft Claudia an.

»Claudia? Hallo, hier ist Anita.«

»Anita? Ach ja, hallo«, sagt die Stimme am anderen Ende der Leitung. Eine warme, freundliche Stimme. »Ich habe versucht, Daniel zu erreichen, und ihm eine Nachricht geschickt.«

»Ja, die hab ich gelesen. Ich hab sein Handy hier.«

»Ja, aber … ist ihm etwas zugestoßen?«, fragt Claudia, nachdem sie Anitas zurückhaltenden Tonfall bemerkt hat.

»Er ist gestern Abend angegriffen worden, bei sich zu Hause vor der Wohnungstür. Jetzt liegt er im Krankenhaus.«

»O mein Gott …«, sagt Claudia. Nach einer Weile fragt sie: »Wie geht es ihm?«

»Er ist ganz schön mitgenommen, aber gerade eben ist er endlich aufgewacht, und er hat auch schon sprechen können.«

»In welchem Krankenhaus ist er denn?«

»In der Poliklinik.«

»Ich mach mich gleich auf den Weg.«

»Das ist nicht nötig. Ich bin da, und unsere Freunde auch.«

»Wenn du nicht möchtest, dass ich komme, dann sag es einfach«, entgegnet Claudia. »Ich mag Daniel sehr. Er ist ein ganz besonderer Junge, das brauche ich dir nicht zu sagen. Ich hoffe, du weißt, dass das zwischen uns nie mehr als eine gute Freundschaft war.«

»Ja, das weiß ich.«

»Ich würde ihn wahnsinnig gerne sehen, wenn es dir recht ist. Das wäre mir wirklich wichtig.«

»Aber natürlich, Claudia.« Als Anita das sagt, kommt ihr eine Idee. »Und wenn Sie da sind, möchte ich Sie um etwas bitten.«

Sie geht zurück ins Zimmer, wo der Arzt gerade noch einmal mit Daniel spricht. Als er sie sieht, wendet er sich sofort an sie, als sei sie diejenige, die er am meisten beruhigen müsste.

»Es ist alles in Ordnung, Nita. Er wird noch eine Zeit lang Kopfschmerzen haben, und bis die Rippen wieder stabil sind, wird es auch noch eine Weile dauern. Er muss noch mindestens eine Woche hierbleiben, aber das Auge wird abschwellen und die Nase wird wieder so wie früher. Schon bald ist dein Süßer wieder wie neu.«

Anita lächelt. Sie versteht zwar nicht, wie sich in ihrem Herzen, in dem so viel Wut und Zorn herrschen, jetzt die Freude ausbreiten kann, doch es geschieht trotzdem, so wie ein Sonnenstrahl durch dichten Nebel dringt.

»Danke.«

»Aber er braucht Ruhe. Ihr dürft ihn nicht andauernd alle belagern. Weiß seine Familie eigentlich Bescheid?«

»Ja«, antwortet Jan. »Ich habe sie inzwischen informiert. Sie sind unterwegs.«

Als Claudia eintrifft, sind Jan und Barbara zum Flughafen unterwegs, um Daniels Eltern abzuholen, und Daniel ist wieder eingeschlafen. Anita sitzt noch immer neben ihm auf dem Bett. Je länger sie ihn ansieht, in seiner Hilflosigkeit, mit Verbänden um Kopf und Rumpf, mit dem geschwollenen blauen Auge und der aufgedunsenen Nase, desto größer wird ihre Wut.

Claudia klopft leise an die offene Tür und Anita geht zu ihr hinaus auf den Flur.

»Hallo, Claudia.« Anita reicht ihr die Hand.

»O mein Gott, du bist wirklich wunderschön«, sagt Claudia und ergreift ihre Hand.

Anita wird rot. Sie sehen sich eine Weile an, und Anita fühlt sich sofort wohl beim Anblick der warmen braunen Augen, der hellbraunen Haare, die Claudia bis über die Ohren reichen, der schlichten Eleganz des Hosenanzugs und der weißen Bluse mit einer Kette aus Leder und Bernstein.

»Du siehst erschöpft aus«, stellt Claudia fest. »Wie lange bist du denn schon hier?«

»Seit gestern Abend.«

Natürlich, denkt Claudia. Sie ist ganz ergriffen von dieser bedingungslosen Hingabe, wie sie nur eine Liebe unter jungen Menschen hervorbringen kann oder eine Liebe, die auf wundersame Weise die Zeit überdauert hat. *Meine Liebe hat nicht einmal den Sticheleien einer Schwägerin widerstanden.*

»Soll ich dich ablösen, damit du mal kurz nach Hause gehen kannst?«, fragt sie Anita.

»Genau darum wollte ich Sie bitten«, antwortet Anita.

Claudia kennt sie nicht, aber etwas in Anitas Miene verrät ihr, dass sie nicht nach Hause gehen und duschen und Kaffee trinken will. Sie hat etwas vor.

»Sag bitte Du zu mir. Jetzt und hier bin ich einfach nur eine Freundin von Daniel.«

»Danke, dass du gekommen bist.«

»Wie geht's ihm?«

»Er schläft. Der Arzt hat gesagt, er braucht Ruhe. Er hat zwei gebrochene Rippen, ein Schädeltrauma, eine Menge Blutergüsse ... Und wenn er schläft, spürt er die Schmerzen nicht.«

Claudias Gesicht zeigt ihre ganze Anteilnahme. »Ich bleibe bei ihm. Lass dir so lange Zeit, wie du brauchst«, sagt sie.

»Seine Eltern sind zwar schon unterwegs, aber ich will nicht, dass er allein ist, wenn er wieder aufwacht. Wenn er die Augen aufmacht, soll er ein vertrautes Gesicht sehen.«

»Na dann hoffen wir mal, er freut sich, wenn er mein Gesicht sieht«, gibt Claudia lächelnd zurück.

»Ganz bestimmt freut er sich«, meint Anita und legt ihr kurz die Hände auf die Schultern.

Anita geht in das Zimmer zurück, und Claudia bleibt in der Tür stehen und sieht Daniel an, wie sie auch Mattia ansehen würde, wenn er in dieser Situation wäre, mit einer Mischung aus Zuneigung, Zärtlichkeit und Schmerz. Anita küsst Daniel sanft auf den Mund, flüstert ihm etwas ins Ohr und streichelt ihm die Wange, dann nimmt sie ihre Tasche und geht. Sie wartet in der Tür, bis Claudia ihren Platz neben dem Bett eingenommen hat.

»Vielen Dank noch mal«, sagt sie.

»Anita.« Claudia wendet sich um und sieht sie an. »Pass auf dich auf, was auch immer du vorhast. Daniel lebt und wird wieder gesund werden. Er wird wieder der von früher.«

Anita nickt, dreht sich um und geht.

Kapitel 48

Vorsichtig und leise schließt Anita die Wohnungstür auf, tritt ein und macht die Tür wieder hinter sich zu. Im Flur bleibt sie stehen und horcht, wie schon so viele Male zuvor. Zu dieser morgendlichen Stunde hat Lisa bereits das Haus verlassen und ist auf dem Weg in den Laden. In der Stille ist deutlich das Rauschen des Wassers in der Dusche zu hören. Anita zieht die Schuhe aus, stellt sie neben die Tür und geht in die Küche. Kurz darauf verlässt sie die Küche wieder und setzt sich im Wohnzimmer aufs Sofa. Sie wartet. Sie hat im Krankenhaus höchstens eine Stunde geschlafen, den Kopf auf Daniels Bett gestützt, aber sie ist nicht müde. Sie hat auch keinen Hunger und spürt weder ihre Erschöpfung noch ihre Angst. Ihre Augen sind trocken. Sie sieht sich im Wohnzimmer um. Es ist ihr so vertraut, dass sie im Dunkeln darin umhergehen könnte, ohne irgendwo anzustoßen. Das Geräusch des Wassers aus dem Bad verstummt. Sie ist ruhig und unaufgeregt wie schon lange nicht mehr, wie vielleicht noch nie.

Die Tür des Badezimmers geht auf und Andrea erscheint. Er trägt einen Bademantel und ist barfuß. Anita bleibt reglos sitzen, und als er auf dem Weg zur Küche vor der Wohnzimmertür vorübergeht, sagt sie: »Guten Morgen.«

Andrea zuckt leicht zusammen und bleibt stehen. Als er sich umdreht, fällt sein Blick auf Anita. Sie schaut ihn ruhig und unverwandt an. Ein paar Sekunden lang sehen sie einander in die Augen, und diesmal dauert es ein wenig, bis er sein Lächeln zeigt. Doch dann setzt er es auf, und ein Spalier perfekter weißer Zähne erhellt sein Gesicht.

»Gleichfalls einen wunderschönen guten Morgen, meine Liebste. Was für eine angenehme Überraschung«, sagt er leicht verwundert und geht auf Anita zu.

Daniel wacht erneut auf. Nur mit Mühe kann er die Augen öffnen. An jeder Stelle seines Oberkörpers brennt der Schmerz. Bei jedem Atemzug fährt ihm ein Stich durch die Brust, und weil es ausgeschlossen ist, dass er sich umdreht, tun ihm auch Arme und Beine weh, die schon seit Stunden in derselben Stellung liegen. Er kann das linke Auge nicht öffnen, versucht es aber auch nicht weiter, denn Licht verschlimmert nur seine Kopfschmerzen, weshalb er es so weit wie möglich vermeidet. Er bemüht sich, im Halbdunkel des Zimmers etwas zu erkennen, aber einzig in der Hoffnung, neben sich die vertraute Gestalt Anitas zu sehen. Wenn er sie in den wenigen Momenten, in denen er aufwacht, sehen kann und weiß, dass sie noch immer bei ihm ist, verfliegen die Ängste, die ihn heimsuchen, und er kann wieder einschlafen. Er würde weinen, wenn er nicht fürchten müsste, dass dadurch die Rippenschmerzen erneut stärker werden. Bei der Visite hat ihm der Arzt haarklein aufgezählt, wo er überall Schläge abbekommen hat. Obwohl er dabei gelächelt und ihn sehr behutsam berührt hat, konnte Daniel es nicht erwarten, bis er wieder draußen war und Anita wieder zu ihm durfte.

Er verspürt keine Wut, sondern fühlt sich nur maßlos erniedrigt. Wie damals im Kindergarten, als ihm dieser Schwachkopf namens Phil, der mit fünf schon so groß war wie ein

Zehnjähriger, eine Ohrfeige verpasst hat. Seine Wange brennt, er sitzt mit angezogenen Beinen in einer Ecke der Toilette, auf dem schmutzigen Boden neben der stinkenden Schüssel. Er hat sich hier versteckt, weil ihn hier niemand finden wird, und wenn er die Augen weiterhin ganz fest geschlossen hält, wird niemand ihn entdecken, selbst wenn er die Tür aufmacht und hereinschaut. Achtzehn Jahre später ist er noch immer dasselbe feingliedrige Kind und hält die Augen ganz fest geschlossen, um sich vor der Welt zu verstecken und nicht in den Blicken der anderen die eigene Schmach erkennen zu müssen. Er weiß noch genau, was die Erzieherin gesagt hat: »Phil ist derjenige, der sich schämen muss, nicht du, Danny.« Aber was wusste sie schon von solchen Dingen? Sie war bestimmt ein Mädchen mit Zöpfen gewesen, das mit Schleifchen besetzte Kleider trug und keine andere Form der Berührung als Liebkosungen kannte. Was wusste sie schon von der Angst, von diesem ekelhaften Geschmack, der ihm aus der Tiefe seiner Kehle in den Mund stieg und ihm Übelkeit verursachte, sobald er sah, wie vor dem Fenster das Auto von Phils Vater hielt, der seinen unerträglichen Sohn zur Schule brachte? Sie hatte keine Ahnung, wie es sich anfühlte, wenn ihm die Knie weich wurden und ihm ein Schauer über den Rücken lief, sobald Phil das Klassenzimmer betrat und seinen Blick so lange schweifen ließ, bis er ihn entdeckt hatte und seine Augen zu zwei Schlitzen wurden bei der Vorfreude darauf, ihn den ganzen Vormittag lang zu quälen. Aus Angst, Phil könnte ihm nachstellen, verkniff Daniel es sich sogar, auf die Toilette zu gehen, was dazu führte, dass er wegen einer Harnwegsinfektion ins Krankenhaus musste und so eine ganze Woche Ruhe und Frieden genießen konnte, weitab von der Schule. Er bat nie jemanden um Hilfe, und auch seinen Eltern erzählte er nicht, was Phil ihm antat, wenn die anderen es nicht sehen konnten, bis schließlich die Erzieherin eines

Tages draufkam und alle vier Eltern zu sich bestellte. Wie sehr er sie dafür hasste! Niemand hätte es erfahren dürfen, und jetzt lief diese widerliche blöde Gans herum, faselte etwas von korrektem Verhalten, Ehrenhaftigkeit und dem Recht des Schwächeren und stellte ihn dadurch ins Rampenlicht, während alle um ihn herum ihm »Schwächling!« entgegenriefen! Dann war der Kindergarten vorbei und der Sommer kam, und Daniel vergrub sich zu Hause, während die anderen an den Strand gingen. Als er im September zum ersten Mal den Fuß in die Grundschule setzte, erfuhr er, dass Phil mit seiner Familie nach London gezogen war, und für nichts schämte er sich so sehr wie für die Woge der Erleichterung, die ihn in diesem Moment durchfuhr.

Jetzt, da er erniedrigt worden ist und am ganzen Leib Schmerzen empfindet, ist er wieder dieses kleine Kind, doch heute kann er nicht einmal weinen.

Während er auf sie zugeht, sieht er sie aus seinen grünen Augen mit samtweichem Blick an. Mein Gott, wie gut sie ihn kennt! Sie weiß, was er jetzt sagen wird und in welchem Tonfall. Weil sie ihn nicht reden hören will, kommt sie ihm zuvor.

»Ich habe beschlossen, deinem Rat zu folgen«, sagt sie. Ihre Stimme bringt Andrea auf halber Strecke zwischen der Wohnzimmertür und dem Sofa, auf dem sie sitzt, zum Stehen. »Ich bleibe hier. Ich will meine Mutter nicht alleine lassen.«

Sein Lächeln wird etwas stärker, kann aber das Misstrauen in seinem Blick nicht überspielen.

»Das freut mich zu hören«, entgegnet er und setzt sich in den Sessel gegenüber dem Sofa.

»Da hast du recht«, fährt Anita fort. »Im Grunde kommen wir drei gut miteinander aus. Vor allem wir beide.«

Andrea nickt, scheint jedoch verwirrt. Auch sein Lächeln ist nicht mehr so selbstsicher. Es wirkt jetzt eher wie eine Grimasse.

»Das überrascht mich. Ich dachte, du wolltest unsere ... Beziehung nicht weiterführen. In diesem Punkt warst du ziemlich rigoros.«

»Ja, das stimmt. Ich hatte nicht den Eindruck, dass du es wirklich verstanden hast, als ich dir immer wieder gesagt habe, dass es zwischen uns vorbei ist. Mir schien, du wolltest es nicht akzeptieren.«

»Ich wollte nicht, dass du denkst, ich würde einfach so auf dich verzichten, als wärst du mir egal«, erwidert Andrea mit einer Stimme, die noch samtweicher ist als seine samtweichen Augen.

Seine Stimme ist wundervoll und nuancenreich. Die Stimme eines großen Schauspielers. Gegen ihren Willen bewundert Anita ihn dafür.

»Ach so. Jetzt verstehe ich.« Anita bemüht sich, auch ihrer Stimme etwas Schmachtendes, Weiches zu verleihen. Mit dem Blick liebkost sie Andreas Körper vom Scheitel bis zur Sohle. »Setz dich doch zu mir«, fordert sie ihn auf.

»Soll ich mir vorher nicht lieber etwas anziehen?« Andrea behält sein Lächeln beharrlich bei, aber das Misstrauen in seinen Augen wird immer offensichtlicher. Er ist nicht dumm. »Was hält Daniel denn von deiner Entscheidung? Du hast deine Meinung ja ziemlich abrupt geändert.«

Jetzt geht er also zum Angriff über. Anita atmet langsam durch den leicht geöffneten Mund aus, um ihr Lächeln und ihren ruhigen Blick aufrechtzuerhalten. Er hat nicht »der Engländer« oder »dein kleiner Danny« gesagt. Er war immer der Gerissenste im Kreis seiner gerissenen Freunde, die ihm jederzeit in den Rücken fallen würden, so wie er ihnen.

»Ich mag ihn«, sagt Anita ruhig und betont dabei jede einzelne Silbe. »Aber heute Nacht haben wir viel geredet, und da ist mir klar geworden, dass er zu jung für mich ist.«

Andrea sieht sie mit großen Augen an, bemüht sich dann aber sofort, diese instinktive Reaktion zu verschleiern. Anita hat sie jedoch bemerkt und weiß sie zu deuten. Kommen ihm erste Zweifel an dem Bericht, den seine Schläger ihm erstattet haben?

»*Heute Nacht* habt ihr also miteinander geredet?«, fragt er nach.

»Ja, sehr lange. Ich bin zu Barbara gegangen, weil er dort auf mich gewartet hat, und den ganzen Weg vom Daimon dorthin habe ich über das nachgedacht, was du gesagt hattest, Andrea. Vor allem darüber, dass du meine Mutter nur genommen hast, weil du mich haben wolltest.«

»Na ja, also … Als ich dich zum ersten Mal gesehen habe, war mir auf der Stelle klar, dass ich auf keinen Fall zulassen konnte, dass du wieder aus meinem Leben verschwindest.«

Anita lächelt, als fühle sie sich geschmeichelt, und schließt kurz die Augen. »Das hast du mir nie gesagt. Das ist sehr liebevoll.«

»Wenn du mich lässt, kann ich durchaus sehr liebevoll sein.«

»Das kann ich mir vorstellen. Daniel ist auch sehr liebevoll, manchmal sogar zu sehr. Du hast ihn einmal mit einem Hundewelpen verglichen, weißt du noch? Welpen sind süß und anschmiegsam, man kann sie gut knuddeln und sich von ihnen die Hände ablecken lassen … Ein Welpe weicht dir nie von der Seite und will dauernd gestreichelt werden. Eine Weile ist das ja ganz angenehm, aber er versteht es nicht, wenn du genug hast und deine Ruhe haben willst. Und das kann auf Dauer ganz schön nerven.«

»Also hast du allmählich genug von deinem kleinen Danny?«

Andreas Argwohn ist jetzt fast mit Händen zu greifen. Anita muss vorsichtig sein, ihn ins Schlingern bringen.

»Heute Nacht, als wir miteinander geschlafen haben«, fährt sie fort und wendet den Blick von ihm ab, »habe ich mich danach gesehnt, wie du mich gevögelt hast. Daniel ist immer so ... zärtlich. Wenn du verstehst, was ich meine«, fügt sie mit einem leisen Lachen hinzu.

Andrea sieht sie mit offenem Mund an. Jetzt lächelt er nicht mehr. Noch nie hat sie so offen gesprochen und so explizite Ausdrücke benutzt, und er will jetzt unbedingt herausfinden, was sie im Schilde führt. Aber ihre Worte haben ihn auch aufgereizt, die Erregung in seinem Inneren wächst, und das Verlangen, in ihr zu versinken, verschleiert ihm die Sicht. Genau in diesem Moment spreizt Anita die Beine, die sie bis jetzt übereinandergeschlagen hatte, und rekelt sich leise stöhnend auf dem Sofa. Im nächsten Augenblick ist Andrea über ihr, presst seine Lippen auf ihre, greift mit den Händen nach ihren Brüsten und drückt ihre Beine auseinander. Mit seiner Zunge versucht er, in ihren geschlossenen Mund einzudringen, mit seinem Körper presst er sie auf das Sofa, und er ist völlig irritiert, als er, heftig atmend und mit einer gewaltigen, fast schmerzhaften Erektion, plötzlich die Spitze des Küchenmessers bemerkt, das Anita gegen seine Kehle hält.

Claudia betrachtet Daniel im Halbschatten des Zimmers. Er tut ihr unendlich leid, und am liebsten würde sie ihn in den Arm nehmen und trösten und seine Schmerzen lindern, wie sie es auch mit ihrem Sohn machen würde. Sie hat gesehen, wie er versucht hat, die Augen zu öffnen, und es wieder aufgegeben hat. Das hat sie ein wenig bedauert, denn es hätte sie gefreut, wenn er sie gesehen hätte, wie sie an seinem Bett sitzt und ihm Beistand leistet, auch wenn sie nicht weiß, ob er über den Wechsel von Anita zu ihr glücklich gewesen wäre. Anita hat sie sehr beeindruckt. Sie hatte gewusst, dass sie ein besonderer Mensch sein musste, weil auch Daniel ein besonderer Mensch ist, sie hatte allerdings nicht damit gerechnet, dass sie so schön und vor allem so sehr *Frau* ist. Die Art, wie sie ihr die Hand gegeben und sie angesehen hat, direkt in die Augen, mit entschlossener Miene, die zwar Schmerz erahnen ließ, in der aber auch Gefasstheit, Ruhe und Ausgeglichenheit lagen. Von Daniel weiß sie, dass Anita eine schwierige Vergangenheit hat, eine leidgeplagte Kindheit. Sie hat in ihr jedoch im ersten Moment einen der wenigen Menschen erkannt, die eine schmerzliche Phase ihres Lebens überstanden haben und gestärkt daraus hervorgegangen sind, indem sie bis dahin verborgene Kräfte mobilisiert haben, ohne sich je unterkriegen zu lassen. Als Anita sich zu dem schlafenden Daniel hinabgebeugt, ihn geküsst und ihm etwas ins Ohr gemurmelt hat, wirkte diese Geste so innig und intensiv, dass Claudia sich unwohl fühlte, als hätte sie die beiden in ihrem Zimmer in einem Moment der Intimität gestört.

Waren Paolo und ich auch jemals so?, fragt sie sich. *Bestand zwischen uns jemals so eine Verbindung?*

Erst jetzt wird ihr klar, dass sie vom Anblick dieser Liebe so fasziniert war, dass sie ganz vergessen hat, warum Daniel hier in diesem Krankenhausbett liegt, mit blauen Flecken übersät und von Schmerzen geplagt. Wer wollte ihn nur so schlimm zurichten? Wenn sie an all das zurückdenkt, was Daniel ihr über Anitas Stiefvater erzählt hat, kommt ihr nur einer in den Sinn. Aber was treibt jemanden dazu, professionelle Schläger anzuheuern, um einen jungen Mann verprügeln zu lassen?

Anita hat das Messer aus der Küche geholt, kurz nachdem sie die Wohnung betreten hatte. Es ist nicht sehr lang, dafür aber spitz und außerdem so scharf, dass ihre Mutter es schon oft wegwerfen wollte, weil sie sich laufend daran schneidet. Andrea muss nun auch feststellen, dass die Klinge ihn wie ein Rasiermesser schneidet, sobald er sich zu bewegen versucht. Ein Rinnsal Blut läuft ihm den Hals hinab.

»Was soll der Scheiß? Nimm sofort dieses Ding weg!«, sagt er, diesmal aber darauf bedacht stillzuhalten.

Anita sieht ihn an, und ihre Miene verrät nicht die mindeste Gefühlsregung. So kalt zu bleiben, fällt ihr leicht, wenn sie daran denkt, dass Daniel im Dunkeln angegriffen, blutig geprügelt und nur deshalb ohnmächtig im Treppenhaus liegen gelassen wurde, weil Sergio rechtzeitig die Tür geöffnet hat. Aber jetzt wird sie Andrea zu einem Geständnis zwingen. Sie wird ihm die Wahrheit entlocken. Nur zu diesem Zweck hat sie das Messer geholt und so getan, als wollte sie bei ihm sein.

»Was bist du eigentlich für ein Mann?«, sagt sie zu ihm. »Ein echter Held, oder?«

»Wovon redest du denn?«, versetzt er, während Anita die Messerspitze leicht gegen seinen Hals drückt. »Hör auf! Verdammt noch mal, hör auf damit!«

Jetzt ist es Anita, die lächelt, auf die gleiche selbstsichere und herablassende Weise, in der sonst Andrea immer lächelt.

»Du hast nicht einmal versucht, mit dem kleinen Danny persönlich abzurechen. Du hast Leute aus dem Milieu geschickt. Du wolltest nicht noch mal deine Zähne aufs Spiel setzen.«

Andrea bemüht sich, seine Kaltblütigkeit zurückzugewinnen, schluckt trocken und lächelt. »Was meinst du damit? Hat ihn etwa jemand verprügelt?«

Anita zieht die Messerspitze über seine Haut und drückt sie etwas tiefer ein. Jetzt laufen schon drei Blutspuren an seinem Hals hinab.

»Der Humor ist dir also noch nicht vergangen, Respekt. Gib zu, dass du die beiden zu Daniel geschickt hast. Ich will es aus deinem Mund hören.«

»Du bist doch verrückt!«

Plötzlich packt Andrea ihre Hand, die das Messer hält, und Anita versucht in ihrer Überraschung, sich zu befreien und ihm einen Schlag zu versetzen. Er schreit vor Schmerz auf, und da bemerkt sie, dass sie ihm eine lange Wunde in der Wange zugefügt hat. Entsetzt lässt sie das Messer fallen und springt vom Sofa auf, während Andrea sich eine Hand auf die Wange drückt und noch immer stöhnt.

»Um Gottes willen! Was ist denn hier los?«, hört sie Lisas Stimme hinter sich.

Anita und Andrea drehen sich zu ihr um. Sie haben nicht gehört, wie sich der Schlüssel im Schloss gedreht hat.

»Deine Tochter hat mich verletzt, das ist hier los!«, ruft Andrea, die Hand noch immer auf das Gesicht gepresst. Blut läuft ihm über die Finger und das Kinn.

Lisa sieht erst zu Anita, dann zu Andrea.

»Was hast du getan, Andrea?«, fragt sie und sieht ihm direkt in die Augen. Ihre Stimme ist fremdartig und scheint wie aus der Tiefe zu kommen.

»Nichts! Sie ist verrückt geworden! Bring mir ein Handtuch, sieh, wie das blutet!«

Als Anita den Tonfall ihrer Mutter gehört hat, hat sie alles verstanden. Sie hat sie erst einmal in dieser Weise reden hören, mit dieser Stimme, die nicht ihre eigene zu sein scheint. Das war an dem Tag, als sie ihrem Vater gesagt hat, dass sie und Anita ihn verlassen würden und er es keinesfalls wagen sollte, sie daran zu hindern. Andrea kennt Lisa aber nicht so gut wie Anita.

Lisa kommt aus dem Badezimmer zurück. Sie hat ein Handtuch dabei und reicht es Andrea. In der anderen Hand hält sie das Messer, das Anita auf den Boden hat fallen lassen.

»Setz dich, Andrea!«, fordert sie ihn auf.

Ihre Worte sind keine Einladung, sondern ein Befehl. Als Andrea sich das Handtuch auf das Gesicht hält, sieht er das Messer in ihrer Hand. Langsam und ungläubig setzt er sich auf das Sofa. Anita steht wie versteinert hinter ihrer Mutter. Lisa fragt ihn mit ruhiger Stimme: »Warum hat meine Tochter dich verletzt?«

»Weil sie übergeschnappt ist! Was weiß denn ich?«

Lisa wendet sich zu Anita um, das Messer weiterhin fest in ihrer Rechten. Anita erkennt, dass in diesem Moment alles, was ihre Mutter bis jetzt über den Mann, den sie liebt, und über sie, ihre einzige Tochter, gedacht hat, in tausend Stücke zerspringt. Sie bringt kein Wort heraus, sondern kann sie nur mit einem Blick aus ihren tränenerfüllten Augen um Verzeihung bitten.

»Nein, Andrea«, widerspricht Lisa. »Sag mir die Wahrheit!«

Andrea drückt sich weiterhin das mittlerweile blutgetränkte Handtuch gegen die Wange.

»Willst du das wirklich wissen? Von mir aus. Deine Tochter wollte sich über mich hermachen, ich habe mich geweigert, und sie hat sich auf diese Weise gerächt.«

»Das stimmt nicht!«, widerspricht Anita.

»Willst du etwa leugnen, dass du in unserem Bett gelegen hast?«, legt Andrea nach.

Anita sieht ihre Mutter an. Sie wirkt nicht überrascht. Sie hat es gewusst. Vielleicht hat sie es auch nur vermutet, aber dann hat sie jetzt die Gewissheit, dass ihre Vermutung nicht grundlos war.

»Okay, ich geb's zu«, sagt Anita mit tränenüberströmtem Gesicht. »Wir hatten etwas miteinander, aber das hat nicht lange gedauert. Ich wollte Schluss machen, aber er hat das nie akzeptiert, und jetzt hat er sich dafür an Daniel gerächt. Gestern Abend hat er zwei Typen geschickt, die ihn bis aufs Blut verprügelt haben.«

Lisas Gesicht ist schmerzverzerrt und kaum wiederzuerkennen. Das Messer weiterhin fest in der Rechten, fasst sie in einer unverhofften Geste der Solidarität mit der anderen Hand ihre Tochter am Arm.

Andrea traut seinen Augen nicht und will aufstehen. »Ich muss ins Krankenhaus, sonst verblute ich noch!«

»Mach kein Theater!«, erwidert Lisa ungerührt. »Das ist nur eine kleine Schnittwunde. Du hättest viel Schlimmeres verdient. Stimmt es, dass du Daniel hast verprügeln lassen?«

Andrea schüttelt den Kopf. Jetzt tropft das Blut auch vom Handtuch herab. »Natürlich habe ich ihn verprügeln lassen, diese Ratte. Er hat mir einen Fausthieb verpasst und mir einen Zahn ausgeschlagen!«

»Also war das gar kein Autounfall. Und warum hast du ihn nicht selbst zur Rede gestellt? Du sagst doch immer, dass er nur ein kleines Bürschchen ist.«

»Die hätten ihn fast umgebracht!«, wirft Anita ein. »Wenn Sergio sie nicht erwischt hätte …«

»Was habt ihr denn erwartet? Dass ich mich von so einem englischen Grünschnabel unterkriegen lasse?«

Andrea wird immer wütender. Lisas Blick bemerkt er dabei nicht. Die Augen dieser Frau, die sonst immer so höflich und zurückhaltend, so nachsichtig und leidensfähig ist, sind jetzt nur noch zwei Schlitze.

»So ist das also«, sagt sie schließlich, ohne laut zu werden. »Erst gehst du mit meiner Tochter ins Bett, dann verlässt sie dich, und du rächst dich, indem du ihren Freund abschlachten lässt. Glaubst du etwa, ich habe nicht vom ersten Tag an gewusst, dass du viel mehr auf sie als auf mich aus warst? Es ist alles meine Schuld. Ich hätte nie gedacht, dass du dich das trauen würdest … aber wie du sie angesehen hast, das war eindeutig.«

Andrea entgegnet nichts. Anita erkennt jetzt die Angst in seinen Augen, aus denen der samtweiche Blick verschwunden ist.

»Du hast darauf gesetzt, dass du die Situation ausnutzen kannst, stimmt's?«, fährt Lisa fort. »Wir waren ja auch ziemlich mitgenommen ... Du wusstest, dass ich mich zwölf Jahre lang hatte misshandeln lassen, also warum solltest nicht auch du meine Schwäche ausnutzen können.«

»Deine Schwäche ist wirklich bemerkenswert«, gibt Andrea zurück. »Wenn du das alles durchschaut hast, warum hast du dann nicht eingegriffen?«

»Weil ich nicht glauben wollte, dass du genauso ein mieser Kerl bist wie der andere. Dabei bist du noch viel schlimmer.« Die Tränen schießen ihr aus den Augen wie ein Sturzbach.

»Mir ist schon klar, warum du keinen Mucks gemacht hast«, sagt Andrea, durch ihre Tränen ermutigt. Er steht auf und macht einen Schritt auf sie zu. »Du wolltest nicht, dass es aufhört. Es hat dir nichts ausgemacht, dass ich deine Tochter gevögelt habe, solange ich auch dich gevögelt habe.«

Lisa steht mit tränenüberströmtem Gesicht und offenem Mund da, die Augen weit aufgerissen. Ihr Atem geht schnell und heftig. Sie hebt die Schultern, schließt den Mund, presst die Lippen zu einem schmalen Strich zusammen und richtet den Blick auf Andrea. Er begreift nichts, macht einen weiteren Schritt auf sie zu und streckt mit einem leicht spöttischen Lächeln den Arm aus, um ihr das Messer abzunehmen. Im selben Moment stößt sie es ihm mit einer schnellen und fließenden Bewegung in den Bauch.

Kapitel 49

Claudia sieht auf die Uhr. Es ist elf, und um zwölf kommt Mattia aus dem Kindergarten. Auch wenn Daniels Eltern nicht bald eintreffen, wird sie trotzdem gehen müssen.

Nein, denkt sie. *Das kann ich nicht machen. Ich habe Anita versprochen, dass ich hierbleibe. Dann muss Paolo ihn abholen.*

Dann wacht Daniel endlich auf. Als er die Augen öffnet, sieht er Claudia, die neben ihm sitzt und ihn anlächelt.

»Hallo, mein Lieber ... Wie fühlst du dich?«

Er dreht sich ein wenig zu ihr und verzieht dabei vor Schmerz das Gesicht.

»Furchtbar«, antwortet er aufrichtig. »Aber wie kommt es denn, dass du hier bist?«

»Heute Morgen habe ich dir eine Nachricht geschickt, weil du doch bei mir im Büro vorbeikommen wolltest. Anita hat sie gelesen und mich dann angerufen.«

Daniel versucht zu lächeln.

»Ich habe sie vorhin kennengelernt«, fährt Claudia fort. »Jetzt verstehe ich, warum du dich in sie verliebt hast. Sie ist eine wunderbare Frau.«

Daniel nickt. Das Sprechen macht ihm große Mühe. »Wo ist sie jetzt?«, fragt er.

»Sie wollte kurz nach Hause. Sie war die ganze Zeit hier, von gestern Abend bis heute Morgen, als ich gekommen bin.«

Daniel macht sich Sorgen. Er kennt Anita gut genug, um zu wissen, dass sie ihn nie allein lassen würde, nur um zu duschen oder etwas zu essen. Was hatte sie vor? Vom gestrigen Abend ist ihm nichts mehr in Erinnerung.

»Weiß sie, wer die Schläger waren? Hat sie irgendetwas gesagt?«

»Sie hat nur gesagt, dass sie eine Vermutung hat«, antwortet Claudia zögerlich. Sie zweifelt, ob sie Daniel davon erzählen soll.

Er sieht sie argwöhnisch an und versucht, sich aufzusetzen.

»Du darfst dich nicht bewegen, Danny! Bitte!«

»Du kennst sie nicht. Sie ist zu ihm gegangen, ganz sicher«, sagt Daniel verzweifelt, und bei jedem Wort spürt er ein Brennen in der Brust und glaubt, sein Kopf zerspringt. »Ruf sie an, bitte ... Du musst sie aufhalten ...«

Claudia nimmt ihr Handy und wählt Anitas Nummer, die noch im Verzeichnis der eingegangenen Anrufe steht. Aber am anderen Ende der Leitung bleibt alles still.

In diesem Moment klopft es an der Tür. Es sind Daniels Eltern. Als Daniel seine Mutter sieht, hebt er die Hand, wie um sie zu sich zu rufen. Im Nu ist sie bei ihm und umarmt ihn behutsam. Daniels Vater, der am Fußende des Bettes steht, treten Tränen in die Augen.

Claudia geht auf den Flur hinaus, um mit Barbara und Jan zu sprechen, die die Andersons begleitet haben.

»Ich bin Claudia. Eine Professorin von Daniel«, stellt sie sich vor.

»Wo ist Anita?«, fragt Barbara unumwunden.

Claudia erzählt, was passiert ist. »Daniel meint, sie sei zu Andrea gegangen, und so wie er das gesagt hat, klang es, als sei er sicher, dass sie etwas vorhat, was sie schon bald bereuen wird.«

»Um Gottes willen, ja natürlich!«

Im nächsten Augenblick machen die beiden kehrt und laufen zum Ausgang der Station. Claudia bleibt allein auf dem Flur zurück und ruft Paolo an, der zum Glück beim ersten Läuten rangeht.

»Hallo. Du, es tut mir leid, aber ich kann Mattia heute nicht abholen. Er hat in einer halben Stunde Schluss.«

»Hättest du mir das nicht früher sagen können? So schnell kann ich nicht dort sein.«

»Ich rufe im Kindergarten an und frage, ob sie ihn noch kurz dabehalten können, bis du kommst. Ich bin im Krankenhaus. Mein englischer Student ist überfallen worden. Deshalb schaffe ich es nicht rechtzeitig in den Kindergarten, Paolo.«

Am anderen Ende der Leitung ein kurzes Schweigen.

»Dieser Bursche ist dir also wichtiger als dein Sohn.«

Claudia ist der Wechsel des Pronomens nicht entgangen. Aus »unser« Sohn ist »dein« Sohn geworden.

»Was soll denn das?«, entgegnet sie genervt. »Daniel braucht mich jetzt, und Mattia kannst du genauso gut abholen.«

»Er braucht dich? Was redest du denn da? Du bist nur seine Dozentin!«

»Ich bin seine Freundin.«

»Eine vierzigjährige Frau ist nicht die ›Freundin‹ eines jungen Burschen! Sie ist höchstens seine Mutter, seine Schwester, seine Tante, aber ganz sicher nicht seine ›Freundin‹!«

»Paolo, je länger wir hier telefonieren, desto länger muss Mattia allein darauf warten, dass jemand kommt und ihn abholt.«

»Also gut. Ich kann wirklich nicht. Kümmer du dich drum.«

Das Gespräch bricht ab.

Ungläubig blickt Claudia auf das Display ihres Handys. Sie ist kurz versucht, Paolo noch einmal anzurufen, aber dann atmet sie einmal tief durch und steckt das Telefon wieder ein. Jetzt muss sie erst einmal Daniel beruhigen. Zum Kindergarten wird sie es dann schon irgendwie schaffen.

Als Barbara und Jan vor Anitas Wohnung ankommen, versperrt ihnen ein Polizist den Weg. Im Hintergrund können sie das Wohnzimmer sehen, das dem Drehort eines Horrorfilms ähnelt. Überall Blutspuren: auf dem Sofa, auf den Fenstervorhängen, auf einem weißen Handtuch, das neben einer großen Lache auf dem Boden liegt. Barbara reißt die Augen auf.

»Wo ist Anita?«, fragt sie den Polizisten. »Die junge Frau, die hier wohnt«, fügt sie erklärend hinzu, weil der Beamte offenbar nicht versteht, wen sie meint.

»Wer sind Sie denn?«

»Freunde … Ich bin ihre beste Freundin … quasi ihre Schwester!«, ruft Barbara.

»Folgen Sie mir. Bleiben Sie auf der linken Seite.«

Der Polizist führt sie in die Küche, wo Anita auf einem Stuhl sitzt, den Kopf in die Hände vergraben. Vor ihr sitzt ein weiterer Polizist.

»Nun gut«, erklärt er und steht auf. »Jetzt, wo Sie nicht mehr allein sind, kann ich gehen. Sie haben mir alles gesagt, was ich wissen muss. Kommen Sie später auf die Wache, um das Protokoll zu unterschreiben.«

Anita entgegnet nichts.

»Gehen Sie nicht ins Wohnzimmer«, sagt der Polizist zu Barbara und Jan. »Helfen Sie ihr, ihre Sachen zu packen, und nehmen Sie sie mit. Die Wohnung darf nicht betreten werden. Wenn die Spurensicherung durch ist, wird sie versiegelt.«

Die beiden Polizisten gehen hinaus, und herein kommen ein Typ mit einer Kamera und einer mit einem großen

Koffer. Barbara legt einen Finger an Anitas Kinn, um sie dazu zu bringen, zu ihr aufzusehen. Anitas Augen sind gerötet und geschwollen, und ihr Gesichtsausdruck ist leer und abwesend.

»Was ist hier passiert, Anì?«

Anita starrt ihre Freundin eine Weile an und antwortet dann: »Meine Mutter hat Andrea mit einem Messer angegriffen.«

Barbara sieht sich nach Jan um.

Auch er ist fassungslos. »Das kann doch nicht sein. Deine Mutter erschlägt ja nicht mal Fliegen.«

»Ich war dabei, Barbara, ich habe es gesehen.«

Barbara entgegnet nichts, dafür schaltet Jan sich ein: »Ist er tot?«

»Keine Ahnung. Als der Krankenwagen kam, hat er noch geatmet.«

»Und wo ist deine Mutter jetzt?«

Erneut steigen Anita Tränen in die Augen. »Die Polizei hat sie festgenommen. Sie hat sie selbst gerufen.« Anitas Stimme ist dünn und schwach.

Barbara will verhindern, dass Anita sich gehen lässt.

»Hast du gehört, was der Polizist gesagt hat? Wir müssen hier raus. Also pack deine Sachen und komm mit zu mir.«

»Ich will zurück ins Krankenhaus, zu Daniel.«

»Später. Jetzt kommst du erst mal mit zu mir, duschst und isst was. Außerdem sind seine Eltern bei ihm, du brauchst dir also keine Sorgen zu machen.«

»Ich gehe zu Daniel, Anita«, sagt Jan. »Er hat sich riesige Sorgen um dich gemacht.«

»Bitte sag ihm, dass es mir leidtut. Alles.«

»Mach ich. Ich bringe euch nach Hause, und dann fahre ich zu ihm.«

Anita wirft Jan noch einmal einen Blick zu. Er versucht, ihr ein aufmunterndes Lächeln zu schenken. Dann zieht Barbara sie in ihr Zimmer.

Als Claudia völlig abgehetzt am Kindergarten ankommt, ist es zehn nach zwölf. Mattia sitzt im Eingangsbereich, neben ihm seine Erzieherin. Sobald er Claudia sieht, geht er ihr entgegen. Er wirkt ernst, ja wütend. Sie hilft ihm in den Mantel, nimmt ihn bei der Hand, bedankt sich bei der Erzieherin und verabschiedet sich.

Im Auto schaut Mattia wortlos aus dem Fenster, und Claudia kann kein einziges Mal im Rückspiegel seinen Blick erhaschen. Sie möchte mit ihm sprechen, doch sie schafft es einfach nicht. Sie kann einfach nicht mehr. Andauernd muss sie ihn beobachten, um herauszufinden, ob er glücklich oder unzufrieden ist, ob er darunter leidet, dass sie sich von Paolo trennt, ob er wütend auf sie ist …

Auf der Fahrt nach Hause wird ihr klar, dass sie einsam ist, und das nicht erst seit gestern. Schon seit Jahren fühlt sie sich so. Sie denkt an Daniel und Anita, an ihre Jugend, die wie ein Sprungbrett in eine Zukunft ist, die erst noch geschrieben werden muss, und dabei kommt sie sich alt und erledigt vor. Sie weiß, dass es nicht Paolos Schuld ist, sie weiß, dass es letztlich niemandes Schuld ist, sondern dass es nur an ihren Ängsten liegt, die sie auf den gangbarsten Weg geführt haben, an dessen Ende eine einladende Landschaft auszumachen war, das Ziel einer beschwerlichen, aber vorhersehbaren Reise. Am liebsten würde sie die Zeit zurückdrehen und sich eine Ohrfeige verpassen für jede Gelegenheit, bei der sie Nein statt Ja gesagt hat zu den Abenteuern, zum Unvorhersehbaren, zu den ungewöhnlichen Möglichkeiten, die auch nur um ein Geringes von einem Leben abwichen, das vorherbestimmt war und das sie fast auf den Millimeter genau plangemäß gelebt hat.

Sie sucht einen Parkplatz vor dem Haus, findet aber erst einen Block weiter eine Lücke. Mattia will nicht laufen, also zieht sie ihn an der Hand, bis sie ihn irgendwann auf den Arm nimmt, weil das weniger anstrengend ist. Ihr Make-up ist nach dem Morgen im Krankenhaus leicht verschmiert, ihr Haar nicht mehr ganz in Ordnung, und trotz der Kälte steht ihr der Schweiß auf der Stirn, weil sie Mattia tragen muss. An der Haustür trifft sie auf Paolo.

Er sieht sie übellaunig an, und dieser Blick ist der sprichwörtliche Tropfen, der das Fass ihrer Verbitterung zum Überlaufen bringt. Grußlos übergibt sie ihm den Kleinen.

»Nimmst du ihn bitte? Er ist ganz schön schwer.«

»Warum lässt du ihn dann nicht zu Fuß gehen?«

»Weil er nicht will!«, gibt sie laut zurück und geht ins Haus. »Weil es viel mühsamer ist, ihn hinter mir her zu ziehen, als ihn auf dem Arm zu tragen, deshalb!«

»Schrei nicht«, zischt Paolo ihr zu. »Oder sollen die Nachbarn mitbekommen, wie es zwischen uns steht?«

Sie betreten den Lift. Paolo setzt Mattia ab, der noch immer ernst dreinblickt und schweigt. Claudia und Paolo sehen sich nicht an, was in der Enge des Raums nicht ganz leicht ist. Claudia starrt auf ihre Fußspitzen und er auf Mattias Blondschopf. Als sie auf ihrer Etage angekommen sind, schließt sie die Wohnungstür auf und sie gehen hinein.

»Ich habe Hunger«, erklärt Mattia.

»Ich mach dir gleich was«, sagt Claudia.

Paolo bleibt im Flur stehen.

»Hast du schon gegessen?«, fragt sie ihn.

»Nein, aber ich möchte auch nichts.«

Ohne ihn nach dem Grund zu fragen, geht sie in die Küche und holt aus dem Gefrierfach eine Dose mit Tomatensoße für die Pasta. Paolo ist ihr gefolgt. Aus dem Wohnzimmer ist die Erkennungsmelodie von einem von Mattias Lieblingstrickfilmen zu hören.

»Wenn du sie heute Morgen aus dem Gefrierfach geholt hättest, wäre sie jetzt schon aufgetaut«, bemerkt Paolo mit Bezug auf die Tomatensoße, in dem üblichen Tonfall, in den sich Verärgerung und Verachtung für Claudias Unfähigkeit mischen. »Es wird eine Ewigkeit dauern, bis sie aufgetaut ist. Und du wirst deinem Sohn ja nicht Pasta mit Eiswürfeln vorsetzen wollen, oder?«

Claudia sieht ihn eine Weile an. Dann erkennt sie schlagartig die ganze Absurdität der Situation. »Warum kümmerst du dich nicht um deine Angelegenheiten? Wir sind doch getrennt, oder täusche ich mich?«

»Was du meinem Sohn zu essen gibst, *ist* meine Angelegenheit.«

»Frag ich dich vielleicht, was er gegessen oder was er nicht gegessen hat, wenn du mit ihm zu deiner Mutter gehst? Und was machst du überhaupt hier? Du hast keine Zeit, ihn abzuholen, aber um mir auf die Nerven zu fallen, dafür hast du Zeit!«

»Ich habe dir schon mal gesagt, dass es sich schlecht auf deine Umgangsformen auswirkt, wenn du dich mit Halbwüchsigen umgibst«, entgegnet Paolo ruhig und tritt einen Schritt zurück.

»Ich bin erwachsen und rede so, wie es mir passt.«

»Nein, das tust du nicht, wenn das bedeutet, dass du vor meinem Sohn ordinäre Ausdrücke gebrauchst.«

»Jetzt reicht's!«, schreit Claudia ihn an. »Er ist nicht nur dein Sohn, er ist auch mein Sohn! Und wenn er bei mir ist, dann entscheide ich, was er isst und wie er es isst. Und jetzt geh! Ich will dich in dieser Wohnung nicht mehr sehen! Wenn du mit Mattia zusammen sein willst, kannst du ihn abholen und ihn mir anschließend zurückbringen.«

»Natürlich, damit du hier ungestört bist«, gibt Paolo zurück. Jetzt wird auch er laut. »Damit du dir einladen kannst, wen du willst, vielleicht einen deiner Studenten, denen du so zugetan bist, und hier machen kannst, was du willst.«

»Es geht dich nichts mehr an, wie ich mein Leben führe. Was ist denn überhaupt mit der Scheidung? Warum habe ich eigentlich noch nichts von deinem Anwalt gehört?«

Paolo wendet den Blick ab. »Ich war noch nicht bei ihm.«
»Und warum?«
»Vielleicht, weil ich glaube, dass wir es doch noch hinkriegen können und zusammenbleiben, um des Wohles unseres Kindes willen. Schließlich ist nichts passiert, was nicht wiedergutzumachen wäre.«

Claudia stützt sich auf dem Spülbecken ab und sieht Paolo an. Es tut ihr leid für ihn. Er ist in den letzten Wochen deutlich gealtert, und sie vermutet, dass er sie lange Zeit dafür hassen wird, dass sie ihn gezwungen hat, noch einmal von vorn anzufangen, sich eine neues Leben aufzubauen, als er schon gehofft hatte, bis zur Pensionierung und darüber hinaus so weitermachen zu können und immer dieselben Dinge zu tun, die er schon immer getan hat: die Sonntage bei seiner Mutter, die Abendessen vor dem Fernseher, die paar Nächte im Monat, in denen er sich seiner Frau zuwendet, weil es ihn doch manchmal drängt und sie gerade daliegt, die Abende vor dem Computer und vor Bildern von gespreizten Beinen, auf die er seine Fantasien projizieren kann.

»Ich will die Scheidung«, wiederholt sie unaufgeregt. »Morgen gehe ich zu meinem Anwalt. Und du irrst dich. Es ist sehr wohl etwas passiert, das nicht wiedergutzumachen ist: Ich liebe dich nicht mehr.«

Paolo sieht sie an, als traue er seinen Ohren nicht.

Claudia füllt einen Topf mit Wasser, stellt ihn auf den Herd und entzündet die Flamme. Als sie sich umdreht, um die Dose mit der Soße in die Mikrowelle zu stellen, ist Paolo verschwunden.

Kapitel 50

»Das ist ein Albtraum, Barbara. Ein einziger Albtraum. Und es ist alles meine Schuld. Was habe ich mir nur gedacht, als ich dieses Messer geholt habe?«

»Schon gut. Das war eine Dummheit, ja, aber du konntest doch nicht ahnen, dass deine Mutter nach Hause kommt und Andrea das Messer in den Bauch rammt.«

»Du hättest sie sehen sollen ... Sie war nicht wiederzuerkennen. Er ist zusammengebrochen, überall auf dem Boden war Blut, und sie hat mich zurückgehalten, damit ich nicht reintrete. Schauderhaft ... Dann ist sie ins Bad gegangen, um meine Fingerabdrücke vom Griff des Messers abzuwaschen. Wie eine professionelle Mörderin!«

»Es war klar, dass sie früher oder später explodiert, Anì. Erst zwölf Jahre mit diesem Arschloch, in denen sich in euch beiden die Wut angestaut hat, und jetzt auch noch dieser Typ. Das war einfach zu viel.«

»Aber wenn ich nicht mit ihm ins Bett gegangen wäre ...«

»Hast du denn noch immer nicht kapiert, was für ein Mistkerl er ist? Irgendwann musste etwas zwischen ihnen passieren! Und sie hat ihn ja schließlich nicht umgebracht. Du hast doch gehört, was Jan gesagt hat. Durch den Stich wurde kein lebenswichtiges Organ verletzt. Der kommt schon durch! Mal wieder …«

»Das klingt fast so, als hättest du Mitleid mit ihm.«

»Ich bin erleichtert, wegen deiner Mutter. Zwischen Mord und versuchtem Mord ist kein kleiner Unterschied. Aber Andrea ist mir so was von egal. Manche Leute sollten unschädlich gemacht werden. Und dass du ihn im Gesicht erwischt hast, war sehr gut. Damit dürfte ihm das Lächeln ordentlich vergangen sein.«

Barbara betrachtet ihre Freundin. Sie ist blass und hat Ringe unter den geröteten Augen. Sie sieht aus, als würde sie jeden Moment in Ohnmacht fallen.

»Aber jetzt musst du schlafen«, sagt Barbara kategorisch.

»Nein. Ich muss zu Daniel.«

»Sonst noch was! Damit du vor Müdigkeit auf ihn draufkippst und ihm noch ein paar Rippen brichst.«

Anita will es erst nicht wahrhaben, aber sie spürt, wie aus ihrem Bauch eine Art Blubbern aufsteigt, und eine Sekunde später bricht sie in schallendes Lachen aus. Barbara stimmt erst in das Gelächter ein, aber dann erkennt sie, dass Anita auf diese Weise die immense Spannung löst, die sich in den letzten Stunden in ihr aufgebaut hat. Als das Lachen in Schluchzen übergeht, nimmt sie sie in die Arme und hält sie fest, bis sie sich wieder beruhigt hat.

Daniel hat seine Eltern endlich überzeugen können, ins Hotel zu gehen. Seine Mutter hat ihm versprochen, gegen Abend wiederzukommen, was für ihn, wie er sich eingestehen muss, eine schöne Aussicht darstellt. Er fühlt sich hilflos, ein gestaltloser Haufen geschundener Knochen, und sein einziger Wunsch besteht darin, nicht mehr bei jedem Atemzug das Gefühl zu haben, sein Kopf würde zerspringen, und keinen Stich mehr in der Brust zu spüren. Als er seine Mutter gesehen hat und sie sich zu ihm gesetzt und ihm sanft das Gesicht gestreichelt hat, ließ der Schmerz, der seinen Kopf wie eine Schraubzwinge im Griff hält, ein wenig nach, und auch das Atmen fiel ihm leichter. Die Erschütterung, die er beim Weinen in den Rippen verspürt hat, war furchtbar, aber Tränen zu vergießen hat ihm auch gutgetan, es hat ein wenig das Gefühl der Erniedrigung gemildert, das ihn aufzufressen drohte.

Jetzt ist er allein und denkt an das, was Jan ihm erzählt hat. Er weiß nicht, was er bei der Vorstellung empfindet, dass Andrea zwei Etagen unter ihm verletzt und schmerzgeplagt in einem Bett liegt. Dass Andrea überlebt hat, freut ihn nur, weil Anitas Mutter dadurch eine mildere Strafe erhalten wird, doch er macht sich keine Illusionen darüber, wie schwer die Folgen dieses Vorfalls auf der Frau lasten werden, die er liebt.

Wäre es nicht so schmerzhaft, er würde lachen angesichts des Tempos, das sein Leben in nur rund drei Monaten angenommen hat. Jahrelang hatte er in den Tag hinein gelebt, ohne größere oder kleinere Pläne, fast sogar ohne Wünsche. Dann kam alles auf einmal: die Liebe, der seelische Schmerz, zum ersten Mal eine Zukunft, die er sich ausmalen konnte, und der Wille, diese Zukunft zu gestalten und dabei seinen Wünschen zu folgen, die so eindeutig waren, dass es fast schicksalhaft schien. Und dann wirst du hinterrücks überfallen und verprügelt von jemandem, der nicht einmal weiß, wer du bist, und kommst dir wie der größte Idiot auf der ganzen Welt vor, weil du geglaubt hast, du könntest dein Leben selbst bestimmen. Hätte Sergio nicht eingegriffen, wie Jan ihm erzählt hat, wäre er jetzt vielleicht tot.

Kurz bevor er gegangen ist, hat Jan lachend gesagt, dass ihm eigentlich alles in allem nichts Schlimmeres hätte passieren können, als Anita kennenzulernen, und da musste auch Daniel kurz lachen. Jetzt aber denkt er sich, dass das natürlich nicht stimmt, denn als er sie kennengelernt hat, ist er gleichsam ins Leben hineingeschleudert worden. Seitdem durchlebt er Empfindungen, die ihm zuvor völlig unbekannt waren, seitdem schlägt sein Herz heftig, ja manchmal sogar zu heftig. Er muss es wieder beruhigen, dafür sorgen, dass es langsamer schlägt und ihn nicht andauernd mit neuen Vorhaben, neuen Wünschen und neuen Träumen bedrängt.

Im Moment fühlt er sich natürlich elend, aber er wird wieder gesund werden, weil er noch jung ist, weil er so viel Kraft in sich verspürt wie noch nie, weil es Unmengen Dinge gibt, die er noch tun will, Unmengen Ziele, die er erreichen will. Er will studieren, arbeiten, mit seinen Freunden lachen, zu Hause in England im eiskalten Meer baden, nach New York reisen, sich betrinken, nachts am Strand tanzen, im Morgengrauen durch die Gassen Roms schlendern. Er will Anita zum Lachen bringen, mit ihr schlafen, ihr sagen, dass er alles, was er im Leben noch vorhat, zusammen mit ihr erleben will.

Sie ist in die Nationalgalerie für Moderne Kunst gegangen, allein, nachdem Paolo Mattia abgeholt und dabei nur fünf Worte durch die Sprechanlage gesagt hat: »Bring mir den Kleinen runter.« Sie hat sich zu diesem Besuch entschlossen, weil die Kunst ihr Beruf und ihre Leidenschaft ist und sie schon viel zu lange nicht mehr dort war.

Außer ihr sind in den weitläufigen Sälen nur wenige Besucher unterwegs, die meisten von ihnen Touristen. Sie verweilt lange vor den Werken ihrer Lieblingskünstler, Fattori, Canova, Segantini sowie Balla, de Chirico, Casorati, und vor dem überwältigenden »Watery Paths« von Jackson Pollock, das sie noch immer fesselt. Sie sieht darin alle Fortschritte und Rückschritte ihres Lebens, das Dickicht ihrer Emotionen, die Vielschichtigkeit des menschlichen Wesens. Die Menschen ziehen keine Gerade, um von A nach B zu gelangen. Sie schaukeln auf den Wellen des Lebens. Sie irren sich, sind ratlos, schieben Entscheidungen auf. Aber sie leben.

Claudia kann es sich nicht erklären, und es erscheint ihr unangemessen, ja fast unschicklich, aber mit jedem ihrer Schritte, die in den Ausstellungssälen widerhallen, gewinnt sie ein wenig Leichtigkeit zurück, und das, obwohl ihre Lebenslage noch nie so kompliziert, so traurig und so schmerzhaft war wie heute.

Sie lässt sich treiben, ohne bestimmte Ziele anzusteuern, und bleibt vor einem Akt von Modigliani stehen. Die Frau, die dort abgebildet ist, hingestreckt und schlafend, kommt ihr weitaus sinnlicher vor als die auf der Fotografie von Man Ray im Saal daneben, die doch deutlich provokanter und konkreter ist. Wie ein Mann wohl diese beiden Kunstwerke erlebt? Claudia hat den Eindruck, als hätte sie die Männer nie verstanden, und ihre äußerst beschränkte Erfahrung auf diesem Gebiet hat ihr dabei sicher nicht geholfen.

»Gefällt es Ihnen?«

Und schon steht ein Mann neben ihr, als hätte sie ihn heraufbeschworen. Jeans, weißes Hemd, für den Winter etwas zu sehr gebräunt, schöne dunkle Augen, mit denen er sie prüfend ansieht. Claudia antwortet aufrichtig: »Gerade eben habe ich mir gedacht, dass ich es viel sinnlicher als die Fotografien von Man Ray im Saal nebenan finde.«

Der Mann lächelt. Sein Lächeln breitet sich über das ganze Gesicht aus, als kenne es keine Grenzen, als sei Claudias Antwort genau das, was er hören wollte.

»Da haben Sie vollkommen recht. Die Fotografie eines nackten Frauenkörpers, auch wenn es sich um eine wunderschöne Frau handelt, ist nicht für sich genommen schon sinnlich. Auch wenn Man Ray sicher sein Bestes gegeben hat …«

Jetzt ist es Claudia, die lächelt.

* * *

Anita hat in Barbaras Gästezimmer ein paar Stunden geschlafen und ist dann abrupt aufgewacht, um sieben Uhr abends an diesem grauenvollen Tag nach einer noch grauenvolleren Nacht.

Von Barbara ist nichts zu sehen, doch als Anita durch den Spalt in ihrer Tür schaut, entdeckt sie sie. Auch sie schläft, erschöpft von der schlaflosen Nacht im Krankenhaus.

Anita kann nicht länger warten. Wenn sie nicht sofort zu Daniel geht, wird ihre Welt weiterhin nur eine Ansammlung von Puzzleteilen sein, ohne eine Vorlage, an der sie sich beim Zusammensetzen orientieren könnte. Sie muss ihn sehen, ihn berühren, mit ihm sprechen. Nur er kann ihr helfen, alles wieder zusammenzusetzen. Sie fürchtet nur, dass er in der Zwischenzeit nachgedacht hat und zu dem Schluss gekommen ist, dass ihm, seit er sie kennt, nur Unheil widerfahren ist. *Und das wäre gar nicht mal so falsch*, denkt sie.

Auf dem Weg zur Garderobe geht sie an Barbaras Zimmer vorüber.

»Du gehst zu ihm, oder?«

Anita macht die Tür auf und steckt den Kopf ins Zimmer. Barbara liegt noch immer so da wie vorhin, hat aber jetzt die Augen geöffnet. Sie sieht sie mit einem leichten Lächeln an.

»Ich muss zu ihm, Barbi. Gestern Abend wollte ich doch zu ihm ziehen, und du weißt ja, wie der Abend verlaufen ist …«

»Kommst du anschließend wieder?«

»Wenn sie mich nicht mit Gewalt vor die Tür setzen, bleibe ich bei ihm. Kann ich morgen Vormittag noch mal vorbeikommen, bevor ich zur Polizei gehe?«

Barbara setzt sich auf. »Hast du das immer noch nicht kapiert, Anì? Du kannst diese Wohnung als deine betrachten, bis ihr beide etwas Eigenes gefunden habt, du und dein

Engländer. Aber du gehst nicht allein zur Polizei. Ich komme mit, keine Widerrede.«

»Wieso nennst du ihn immer noch ›meinen Engländer‹?«

Barbara zögert mit der Antwort. »Weil ich allmählich Gefallen an ihm finde«, sagt sie schließlich. »Und wenn ich ihn bei seinem Namen nenne, gefällt er mir vielleicht irgendwann zu sehr. Ich hab mich ja inzwischen mit meinem Deutschen abgefunden … Ich werde noch richtig verweichlicht!«

»Mir gefällst du so ganz gut«, entgegnet Anita und geht hinaus, bevor Barbara einen ihrer beißenden Kommentare anbringen kann.

Sie sind gemeinsam weiter durch die Ausstellungsräume gegangen, haben über die Werke gesprochen, jeder aus seiner eigenen Perspektive, und waren oft derselben Ansicht. Die wenigen Male, die sie unterschiedlicher Auffassung waren, fand Claudia seine Meinung klug und originell. Seine Überlegungen waren von der Art, die im eigenen Denken ein Fenster öffnen, auch wenn man diese Gedanken schon seit Langem liebgewonnen hat. Während des gemeinsamen Rundgangs hat sie erfahren, dass er Leonardo heißt und fast sechsundvierzig Jahre alt ist und dass seine Bräune von seinem Beruf als Landschaftsfotograf herrührt.

»Ich bin andauernd im Freien und ständig in ganz Italien unterwegs«, hat er ihr erklärt, »und dabei findest du letztlich immer die Sonne, oder die Sonne findet dich.«

Sie setzen ihr Gespräch im Museumscafé fort, und jetzt erzählt auch Claudia ihm etwas von ihrem Leben, vor allem von ihrer Arbeit an der Universität und von ihrem Sohn, wobei sie – auf elegante Weise, wie sie hofft – den Vater ihres Kindes unerwähnt lässt.

»Ich habe auch einen Sohn, er ist vierzehn. Er bringt mich regelmäßig auf die Palme, aber ich mag ihn … Ich bin sicher, dir würde er auch gefallen«, fügt er hinzu und geht dabei nonchalant zum Du über.

»Mit Jugendlichen habe ich kaum Erfahrung. Meine Studenten sind alle über zwanzig, und Mattia ist erst vier.«

»Ich habe nur wenige Erinnerungen an die Zeit, in der Nico in diesem Alter war. Ich war so gut wie nie da, und noch heute bedaure ich es, diese wunderbaren Jahre mit ihm versäumt zu haben. Und auch meine Ehe ist in die Brüche gegangen, weil ich ständig weg war.«

Claudia ist beeindruckt. Er hat ihr zu verstehen gegeben, dass er nicht mehr verheiratet ist, ohne den Anschein zu erwecken, dass er es ihr ausdrücklich mitteilen wollte.

»Also gibst du dir die Schuld daran.«

»Zu mindestens siebzig Prozent, würde ich sagen.«

»Ich weiß noch nicht, welchen Prozentsatz ich da bei mir veranschlagen muss«, gesteht sie und überrascht mit dieser Äußerung auch sich selbst.

Leonardos Blick wird wärmer.

Daniel ist wach. Er hat nur etwas gegessen, weil seine Mutter ihn wie ein Kind gefüttert hat und er daher die Haltung, in der er am wenigsten Schmerzen in den gebrochenen Rippen spürt, nicht verändern musste. Jetzt sind seine Eltern wieder gegangen, weil Daniel behauptet hat, er sei müde und müsse schlafen. Aber er will alles andere als schlafen. Er will allein sein und auf Anita warten, auch wenn er nach all dem, was sie in den letzten Stunden durchgemacht hat, nicht den Mut hat, sie anzurufen und zu bitten, so schnell wie möglich zu ihm zurückzukommen. Also sehnt er sie fieberhaft herbei und malt sich aus, wie sie zur Tür hereinkommt. Und schließlich ist sie da. Sie sieht ihn abwartend an, als sei sie nicht sicher, ob ihm ihr Besuch recht ist. Daniel nimmt all seine Kräfte zusammen, streckt beide Hände nach ihr aus und lächelt sie an, als wäre sie die Mutter Gottes.

»Wenn du nicht auf der Stelle herkommst, dann hol ich dich«, sagt er.

Auch Anita lächelt, und mit einem Mal scheint der Schrecken des zurückliegenden Tages von ihr abzufallen. Mit wenigen Schritten ist sie neben dem Bett und hat im nächsten Moment den Kopf auf seine Schulter gelegt, streichelt mit den Fingerspitzen seine Lippen und hofft inständig, dass niemand sie von seiner Seite verjagen wird.

»Ich liebe dich, Dany. Ich liebe dich. Ich liebe dich.«

»Mit einem blauen Auge, einem zertrümmerten Schädel und eingewickelt wie eine Mumie?«

»Immer. In alle Ewigkeit.«

Kapitel 51

Im März herrscht in Rom für gewöhnlich fast schon Frühling. Aber dieses Jahr scheint sich der bislang milde Winter noch einmal aufzubäumen. Ein eisiger Nordwind fegt durch die Straßen, der Himmel ist grau, und wer seine Freunde zum Flughafen begleitet hat, verabschiedet sich hastig von ihnen, um sich möglichst schnell wieder im Auto zu verkriechen, während die Reisenden sich in die künstliche Wärme des Terminals flüchten. So halten es auch Barbara und Jan. Sie verabschieden sich eilig von Daniel, am Tag, nachdem sie mit ihm seinen letzten Abend in Rom verbracht haben.

Am Vorabend waren sie alle bei Daniel und Marco, und auch Sergio war da, der ein paar Tage vor dem Angriff auf Daniel mit Valentina Schluss gemacht hat. Er hatte sich die ganze Zeit schuldig gefühlt, bis Daniel aus dem Krankenhaus zurück war, noch immer etwas lädiert und mit einer Narbe auf der Wange, und ihn in der Wohnungstür umarmt und sich bei ihm dafür bedankt hatte, dass er an jenem verhängnisvollen Abend eingeschritten war.

»Du brauchst dich nicht zu bedanken«, hatte Sergio mit gesenktem Kopf erwidert. »Ich hätte das alles vielleicht verhindern können. Aber ich habe es nicht getan.«

»Wenn es nicht an diesem Abend passiert wäre, dann wäre es am nächsten Abend passiert«, entgegnete Daniel. »Und dann wäre vielleicht niemand dagewesen, der hätte dazwischengehen können.«

Als sich auch Anita bei ihm bedankte, wenngleich auch nicht ganz so überschwänglich, beruhigte er sich endlich und wurde wieder ganz der alte Sergio, lärmend, ernüchtert und mit einer ausgesprochenen Leidenschaft für Nudeln mit Butter. Er bat Daniel auch um Unterstützung, falls er den großen Schritt wagen und nach England gehen würde.

Als Marco in diesem Augenblick ins Wohnzimmer kam, zwischen den Fingern wie immer einen Joint, und die beiden miteinander reden sah, rief er: »Hier passt doch ein Tütchen wie die Faust aufs Auge, oder, Sergione?«

Und Sergio hatte, sehr zur Überraschung der anderen beiden und zu seiner eigenen, Ja gesagt.

Am Abend des 21. März war auch Claudia zum Abendessen eingeladen. Sie kam in Begleitung eines braun gebrannten Mannes, der sie den ganzen Abend nicht aus den Augen ließ, und sie konnte sich erst von ihm befreien, als Daniel sie in sein Zimmer bat, weil er ihr endlich ihr Weihnachtsgeschenk geben wollte.

»Er wirkt, als hätte er Angst, du könntest dich in Luft auflösen, sobald er den Blick von dir abwendet«, sagte Daniel lachend zu ihr, als er die Zimmertür hinter sich geschlossen hatte.

Claudia stimmte in sein Lachen ein.

»Ich hatte schon ganz vergessen, was es heißt, auf diese Weise angeschaut zu werden und wie gut es sich anfühlt. Auch wenn ich zugeben muss, dass ich mich immer ein bisschen erleichtert fühle, wenn wir nicht zusammen sind. Das klingt absurd, aber es ist nicht leicht, einen derart bewundernden Blick zu ertragen.

Wir Menschen sind kompliziert und manchmal auch ein bisschen dumm. Wir können es einfach nie gut sein lassen.«

»Dann haben also nicht nur Zwanzigjährige damit zu kämpfen!«

»Im Gegenteil ... Mir scheint, mit dem Alter wird es sogar noch schlimmer. Früher war ich zufrieden, hatte mich mit dem Grau abgefunden. Und jetzt kann mir keine Farbe leuchtend genug sein.«

Daniel nahm das Bild, das er in London gekauft hatte, und reichte es Claudia. Als sie es betrachtete, war sie sehr bewegt.

»Das ist wunderschön, Danny!«

»Gefällt es dir wirklich? Sagst du das nicht nur aus Höflichkeit?«

»Überhaupt nicht! Ich finde, es ist wirklich ein sehr schönes Bild. Es ist außergewöhnlich und« – hier hielt sie kurz inne – »kraftvoll.«

»Das Gleiche habe ich auch gedacht. Genau das ist es: kraftvoll. Als ich es gesehen habe, bin ich wie angewurzelt davor stehen geblieben. Im Handumdrehen war mir klar, dass ich es kaufen musste.«

Claudia hat ihn spontan umarmt, jedoch mit Vorsicht, denn seine Rippen sind noch nicht wieder ganz in Ordnung, weshalb alle ihn behandeln, als wäre er aus böhmischem Kristallglas.

»Ich muss dich etwas fragen, Claudia. Was würdest du sagen, wenn ich vorhätte, in London oder Brighton eine kleine Galerie zu eröffnen? Würdest du mich für eingebildet halten? Würdest du denken, dass ich meine Fähigkeiten überschätze?«

Claudia wartete kurz, dann antwortete sie: »Ein Galerist braucht nicht nur Fähigkeiten, sondern vor allem einen guten Riecher. Deine Fähigkeiten kannst du noch ausbauen, wenn du dich fortbildest, aber den richtigen Riecher hast du meiner Ansicht nach schon. Ich habe nie vergessen, was du über die

›Stehende Frau‹ von Giacometti gesagt hast, als du sie zum ersten Mal gesehen hast. Was hält Anita denn von deiner Idee?«

»Sie findet sie perfekt. Sie sagt, sie kann sich das sehr gut vorstellen, wie ich die Nase andauernd in Kunstkataloge stecke, allein und fern jeder blonden Versuchung.«

»Sie will es einfach nicht glauben … Hat sie denn immer noch nicht verstanden, dass keine Frau dir jemals so viel bedeuten wird wie sie?«

Jetzt war es Daniel, der sich bewegt zeigte. »Wenn ich mir das alles vor Augen führe: dass ich sie getroffen habe, was ich für sie empfinde … und dass ich mir ein Leben ohne sie überhaupt nicht mehr vorstellen kann, dann wird mir ganz anders.«

»Darf dir deine alte Professorin einen Rat geben?«, fragte Claudia mit einem zärtlichen Lächeln. »Bleib immer wachsam. Mach nie den Fehler zu glauben, dass ihr jetzt ein Paar seid und dass nichts euch jemals trennen kann. Halte das, was ihr habt, nie für selbstverständlich. Das Leben reißt dich mit und spült dich fort. Es ist an dir, innezuhalten und dir die nötige Zeit zu nehmen, um festzustellen, wo du gelandet bist, und jeden Tag aufs Neue zu entscheiden, ob du dort bist, wo du sein willst, oder ob du dort nicht sein willst und es an der Zeit ist, etwas zu ändern.«

Daniel sah sie ernsthaft, ja fast besorgt an.

»Das wird eine mühevolle Aufgabe«, fuhr Claudia fort, »und manchmal wirst du versucht sein, die Hände in den Schoß zu legen, und dir sagen, dass du ja auch morgen noch darüber nachdenken kannst, aber genau dann wirst du allmählich sie und dich selbst verlieren. Meiner Ansicht nach haben Liebende nur eine einzige Verpflichtung: sich jeden Tag wieder füreinander zu entscheiden.«

»Ich hoffe nur, mir gelingt das, Claudia.«

»Glaub mir, mein Kleiner, auf dich würde ich noch mein letztes Hemd verwetten.«

Sie umarmten sich noch einmal, ohne weitere Worte zu machen. Als sie zurück ins Wohnzimmer kamen, flüsterte Anita ihm ins Ohr: »Das lass ich dir nur durchgehen, weil Claudia nicht blond ist.« Dann lachte sie laut los.

Kurz darauf trafen auch Sandro, Lorenzo und Daniela ein. Marcos Wohnung war so voll wie noch nie.

Nach dem Essen hob Barbara ihr Sektglas. »Ihr wisst, ich bin nicht der Typ für Trinksprüche, aber ich bin eigentlich für eine Menge Sachen nicht der Typ, und mir scheint, genau diese Sachen habe ich in letzter Zeit alle gemacht …«

Ein Lachen ging durch die Runde, während sie mit Jan einen komplizenhaften Blick wechselte. Ihren römischen Dialekt hatte sie für diesen Anlass geflissentlich vorübergehend abgelegt.

»Ich will also«, fuhr sie fort, »einen Toast auf uns ausbringen und darauf, dass wir trotz allem, was uns in den letzten Monaten widerfahren ist, noch am Leben sind« – an dieser Stelle sah sie Daniel an, der mit einem Lächeln antwortete – »und so lebenslustig, dass wir gerne zusammenkommen und zusammen essen, trinken und lachen.«

Nachdem alle einen Schluck Sekt getrunken hatten, setzte Barbara ihre kleine Ansprache fort: »Möglicherweise verlieren wir uns in den nächsten Jahren aus den Augen, werden weit voneinander entfernt leben, denn, wie Anita gerne sagt, wir sind keine Bäume … Ich hoffe, dass die, die sich gefunden haben, zusammenbleiben, aber wirklich sicher ist in diesem Leben nichts. Daher schlage ich vor, dass wir uns in genau zehn Jahren, was auch immer wir dann tun werden und mit wem auch immer wir es tun werden, wieder zu einem Abend wie dem heutigen zusammenfinden.«

Anita zeigte sich als Erste von dem Vorschlag begeistert. »Das ist eine fantastische Idee. Aber wo sollen wir uns treffen?«

»Na ja«, sagte Jan, »in Rom, wo denn sonst? Hier haben wir uns schließlich kennengelernt.«

»Ja schon, aber wo?«

»Wenn ihr wollt, dann gerne hier«, schlug Marco vor. »Das kann ich euch jetzt schon zusagen. Ich mache keine größeren Reisen …«

»Du machst jeden Tag deine ganz besonderen ›Reisen‹!«, rief Barbara lachend, und auch Marco stimmte in das Lachen ein. »Aber ich glaube, der Ort ist nicht so wichtig, und wenn Marco damit einverstanden ist …«

»Wir können unsere E-Mail-Adressen austauschen«, schlug Claudia vor, »und wenn es in dieser Wohnung nicht geht, dann finden wir eine andere Lösung. Telefonnummern ändern sich, aber ein E-Mail-Postfach kann man ja durchaus so lange behalten, oder? Auf diese Weise werden wir einander verbunden bleiben.«

Schließlich kamen sie überein, einige Tage vor dem 21. März in zehn Jahren per E-Mail miteinander in Kontakt zu treten und zu vereinbaren, wo sie sich treffen würden. Anschließend verabschiedeten sie sich nach und nach.

Als sie in der Wohnungstür stand, umarmte Claudia erst Daniel, der am nächsten Tag abreisen würde, und dann Anita und lud sie ein, sie hin und wieder in der Uni zu besuchen.

»Das mache ich bestimmt«, versicherte Anita, »aber nur, wenn du mir versprichst, dass du mich auch mal im Ypsilon besuchst.«

»Aber nur noch so lange, wie sie mit uns dort auftritt«, schaltete Lorenzo sich ein. »Und ich glaube, allzu lange wird das nicht mehr sein.«

»Gibt es etwas Neues in der Hinsicht?«, fragte Claudia.

»Ja«, sagte Anita freudig und schmiegte sich in Daniels Arme. »Ich nehme demnächst eine EP auf, mit einem Coversong und drei Stücken, die ich mit Sandro zusammen geschrieben habe. Marco hat sie arrangiert.«

»Aber das ist ja fantastisch! Ich komme auf jeden Fall. Dann kaufe ich deine Platte und mache überall Werbung für dich«, versprach Claudia. Dann verabschiedete sie sich noch einmal und ging, Hand in Hand mit Leonardo.

Daniela und die beiden Musiker gingen als Nächste, nachdem sie Daniel zum Abschied umarmt hatten, und dann waren Barbara und Jan an der Reihe.

»Wir sehen uns dann morgen«, sagte Jan zu Daniel. »Ich bringe dich zum Flughafen.«

Die Anspielung auf die Abreise ließ Daniels Blick trübsinnig werden, aber Jan legte ihm aufmunternd die Hand auf die Schulter. »Es ist die richtige Entscheidung, Danny. Und es ist nicht endgültig. Entweder kommt sie nach, oder du kommst zurück. Ihr werdet nicht lange getrennt sein. Schau uns an«, fügte er hinzu und wies auf Barbara, die mit Anita sprach. »Wenn mir jemand gesagt hätte, ich würde einmal mit einer Frau zusammenleben wollen, hätte ich ihn ausgelacht. Und jetzt bringen mich keine zehn Pferde mehr von ihr weg.«

Daniel und Anita gingen sofort danach ins Bett, völlig erschöpft. Noch einmal schliefen sie miteinander, trotz seiner angeschlagenen Rippen, mit einer fast verzweifelten Leidenschaft, als wäre es das letzte Mal.

Jetzt sind alle am Flughafen. Barbara und Jan sitzen im Auto vor dem Terminal, Anita und Daniel stehen vor der Sicherheitskontrolle.

»Ich will nicht weg«, sagt Daniel leise.

Er schließt kurz die Augen und seufzt. Anita umarmt ihn, bedacht darauf, ihm nicht wehzutun.

»Ich komme, sobald ich kann«, versichert sie ihm. »Aber erst mal muss ich noch eine Weile hierbleiben, wegen meiner

Mutter. Der Anwalt geht fest davon aus, dass die Strafe gegen Ableistung von Sozialdienst zur Bewährung ausgesetzt wird, und dann braucht sie mich.«

»Ich weiß. Du hast ja recht.«

»Und es ist gut, wenn du bei deinen Eltern bleibst, bis du wieder ganz hergestellt bist. Lass dich von deiner Mutter pflegen und werd wieder gesund, und bald bin ich dann bei dir. Und die Räume in London, in denen du deine Galerie eröffnen willst, werden nicht auf ewig frei sein. Das ist eine einmalige Gelegenheit, da musst du zugreifen.«

»Ich weiß ja noch nicht einmal, was ich da zeigen will und wie ich das finanzieren soll.«

»Geld wird sich schon finden, und du wirst auch etwas finden, das du dort ausstellen kannst. Das wird ein Riesenerfolg, da bin ich mir sicher. Und weißt du noch, das Treffen in zehn Jahren, das Barbara vorgeschlagen hat?«

»Was ist damit?«

»Da werden wir gemeinsam hingehen, du und ich. Das verspreche ich dir.«

Was hatte Claudia gesagt? Sich jeden Tag aufs Neue füreinander entscheiden. Genau das werden sie dann getan haben.

Jetzt endlich lächelt Daniel und umarmt Anita erneut. Sie küssen sich, und jemand betrachtet sie mit liebevollem Blick. Dann nimmt Daniel Anitas Gesicht in die Hände und sagt: »Ich verspreche es dir auch.«

Dann reißt er sich geradezu von ihr los und geht davon.

Anita lächelt nicht mehr. Sie spürt eine Hand auf ihrem Arm. »Komm, mein Schätzchen. Gehen wir«, sagt Barbara.

Anita unterdrückt die Tränen und lässt sich wegführen.

Kapitel 52

Epilog

Zehn Jahre später

Der blonde Junge stürmt in die Galerie, als wäre ihm der Teufel auf den Fersen. Daniel wendet sich kurz von der Kundin ab, die vor ihm steht, einer attraktiven Dame, die sich nicht zwischen zwei kleinen Bildern entscheiden kann, und wirft ihm einen tadelnden Blick zu. Der Junge lässt sich nicht im Geringsten einschüchtern, stellt sich geradewegs neben die Dame und neigt den Kopf, um ebenfalls die beiden Gemälde zu betrachten.

»Das hier, ohne Frage«, sagt er und deutet auf das rechte der beiden Bilder, die auf der Empfangstheke liegen. Es sind zwei Seestücke, in Hellblau und Grau gehalten.

»Und weshalb bist du dir da so sicher?«, fragt ihn die Kundin höflich.

Der Junge zuckt mit den Schultern. »Es gefällt mir einfach. Das andere sieht aus wie mit den Füßen gemalt.«

Die Dame sieht ihn überrascht an und macht einen Schritt zur Seite, als wolle sie auf Distanz zu dem Jungen gehen.

»Kinder lassen sich bekanntlich vom Instinkt leiten«, erklärt Daniel mit einem breiten Lächeln. »Urteile in Sachen moderne Malerei sind immer sehr persönlich«, fährt er unverbindlich fort. Er deutet auf das Bild, das der Junge als entsetzlich abgetan hat. »Dieses hier ist geprägt von der ganzen Wucht und Dynamik des Seegangs. In dem anderen spiegelt sich die Ruhe unserer nordischen Gewässer.«

Die Dame sammelt sich wieder und nickt. »Da haben Sie recht«, sagt sie. »Ich glaube, ich werde noch einmal darüber nachdenken und morgen wiederkommen.«

»Gerne, wie Sie möchten. Ich werde beide für Sie zurücklegen.«

»Vielen Dank, Mr Anderson«, antwortet die Kundin mit einem Lächeln und legt zum Gruß ihre Hand auf Daniels.

Dann wirft sie dem Jungen noch einmal einen Blick zu und verlässt die Galerie. Kaum hat sich die Tür hinter ihr geschlossen, platzt Daniel heraus: »Verdammt noch mal! Ich hatte es fast schon verkauft. Wie kommst du bloß darauf, so etwas zu sagen? Du verbringst zu viel Zeit bei Barbara, ich muss das deiner Mutter noch mal sagen. Dieses rüpelhafte Verhalten kannst du nur bei ihr gelernt haben.«

»Blödsinn! Sie wollte das Bild doch gar nicht kaufen. Sie hat sich nur nicht entschieden, damit sie morgen wiederkommen kann, und vielleicht auch übermorgen noch mal ... Hast du nicht gesehen, wie sie dich angelächelt hat? Und dann hat sie auch noch deine Hand genommen! Das erzähl ich Anita, wenn sie wieder da ist!«

Daniel lacht wider Willen.

»Nein, Matti, erzähl ihr das bloß nicht! Sonst schmollt sie wieder eine Woche lang, und wenn sie sich wieder eingekriegt hat, muss sie schon wieder los ...«

»Selber schuld. Du hättest ja keine Sängerin heiraten müssen.«

Daniel nickt erheitert. »Hast du schon gepackt? Es ist schon elf. Du verschläfst dein halbes Leben.«

»Mann, du bist ja schlimmer als meine Mutter. Entspann dich! Klar hab ich schon gepackt.«

Daniel schüttelt den Kopf und widmet sich wieder dem Verzeichnis, das vor ihm liegt. Dabei schiebt er die kleine Vase zur Seite, in der wie immer eine gelbe Rose mit langem Stiel steckt, während Mattia durch die Galerie schlendert.

»Danny …«

»Ja?«

»Warum muss ich eigentlich heute schon wieder fahren? Diesmal war ich nur eine Woche hier.«

»Wir fahren heute gemeinsam nach Rom, weil morgen doch unser Treffen stattfindet. Und außerdem hast du schon eine ganze Woche in der Schule versäumt.«

»Aber dafür habe ich eine Woche lang Englisch üben können! Und sobald ich mit der Schule fertig bin, ziehe ich hierher zu dir.«

»Das müssen wir erst noch sehen. Woher willst du wissen, dass ich einen so schlecht erzogenen Jungen bei mir zu Hause haben will?«

»Anita fände das toll, wenn ich auf dich aufpassen würde, wenn sie auf Tour ist.«

»Was soll das denn heißen? Ich bin doch kein Schürzenjäger, der andauernd den Frauen hinterherläuft.«

»Barbara sagt, dass alle Männer Schürzenjäger sind.«

»Das werde ich Jan morgen erzählen, und dann wird er seiner Frau schon den Kopf zurechtrücken«, entgegnet Daniel seelenruhig. »Er wird seine Geschlechtsgenossen verteidigen.«

»Das glaubst du doch selbst nicht! Er hängt an ihren Lippen. Als ich das letzte Mal bei ihnen in Wien war, hat sie ihn nachts um zwei rausgejagt, damit er ihr Mozartkugeln besorgt.«

»Na ja, weißt du, nachdem sie als Kinderärztin so viele andere Kinder behandelt hat, erwartet sie jetzt selbst eins ... Aber du bist ständig entweder bei ihnen oder hier. Wann gehst du eigentlich in die Schule?«

»Das stimmt nicht, dass ich entweder hier oder bei Barbara bin«, erwidert Mattia und gibt sich empört. »Ich bin auch ziemlich oft bei Tanta Chiara in Mailand.«

»Du kleiner Weltenbummler!« Belustigt wirft Daniel ihm den Antistressball in Gestalt eines Globus zu, den Anita ihm von einer ihrer Reisen mitgebracht hat, und Mattia fängt ihn mit einer eleganten Bewegung auf. »Hast du deiner Mutter Bescheid gesagt, dass wir heute Abend kommen?«

»Ja, ich hab sie gestern angerufen. Sie ist mit Leo irgendwo unterwegs, in Metera, Motera, irgendwas in der Richtung, aber morgen Vormittag ist sie wieder zurück.«

»Der Ort heißt Matera, du Dummkopf. Das ist eine der schönsten Städte Italiens. Manchmal denke ich mir, dass Leonardo wirklich ein Glückspilz ist. Er hat eine wunderbare Arbeit.«

»Aber für dich wär das nichts. Wenn du London und deine Galerie verlassen musst, kriegst du doch kaum noch Luft.«

Daniel zuckt mit den Schultern. »Irgendjemand muss ja im Basislager bleiben«, gibt er zurück. »Anita ist ständig auf Achse ...«

»Nervt dich das nicht, dass sie nie zu Hause ist?«

»Es ist ja nicht so, dass sie wirklich *nie* zu Hause ist. Und wenn sie hier ist, dann ist sie nur für mich da. Sie schaltet sogar ihr Handy aus.«

»Meine Fresse, was für ein Kraftakt!«

»Jetzt reicht's!«, ruft Daniel und streckt den Finger gegen Mattia aus. »Du fährst mir nicht mehr nach Wien! Morgen spreche ich mit deiner Mutter darüber.«

* * *

Anita kommt ins Daimon, das inzwischen nicht mehr Daimon heißt, sondern Ypsilon, nachdem Sandro, Lorenzo und Daniela es übernommen haben, als Andrea es vor Jahren verkauft hat und dann weiß Gott wohin verschwunden ist.

Lisa hat für alles die Schuld auf sich genommen, nicht nur für den Messerstich in Andreas Bauch, sondern auch für die Wunde im Gesicht, die Anita ihm zugefügt hat. Andrea selbst hat geschwiegen. Es wäre unvorteilhaft für ihn gewesen, wenn er hätte erklären müssen, dass er der Auftraggeber für einen Überfall war, der sich an der Grenze zum Mordversuch bewegte.

Das neue Ypsilon ist viel schöner als früher, mit einer großen Bühne und einer Theke ganz aus Glas, hinter der Daniela das Regiment führt. Anita hat ihnen beim Kauf mit den Tantiemen von ihrer ersten Platte unter die Arme gegriffen, und sie kommt noch immer gern vorbei, wenn sie um die Welt reist und in Rom Station macht. Auch heute besucht sie ihre Freunde von früher, nachdem sie mit ihrer Mutter und deren neuem Freund zu Mittag gegessen hat. Als sie den Raum betritt, kommt Daniela hinter der Theke hervor und geht auf sie zu. Sie umarmen sich, dann setzt Anita sich auf einen der Hocker, Daniela geht wieder an ihren Platz und stellt Anita ein Bier hin.

»Und, wie ist er so?«, fragt sie mit Bezug auf Lisas neuen Freund.

»Total sympathisch«, antwortet Anita. »Ein sehr heiterer und liebevoller Typ. Ich hatte ja Angst, dass sie wieder so ein Ungeheuer an Land zieht, aber sie hat mich überrascht. Offenbar hat sie ihre Lektion gelernt. Sie war echt tapfer, meine Mama. Mittlerweile verstehen wir uns wirklich unglaublich gut. Übermorgen kommt sie mit mir nach London.«

»Und wie findet Daniel das?«

»Es war seine Idee. Er weiß, wie viel sie mir bedeutet und dass ich sie nur selten sehe.«

»Aber ihn siehst du doch auch nicht besonders oft.«

Anita senkt den Kopf und ihr Gesicht verfinstert sich. »Ich bin ziemlich erschöpft. Ich muss langsamer machen. Ich will Zeit mit ihm verbringen, mit ihm in Urlaub fahren … Die Zeit vergeht, und wir bleiben nicht ewig jung.«

»Und denkt ihr daran … die Familie zu erweitern?«, fragt Daniela.

»Ich weiß nicht. Ich habe nie an eine eigene Familie gedacht angesichts dessen, wie es meiner Mutter ergangen ist. Jahrelang war mir klar, dass ich keine Kinder haben würde. Aber das war, noch bevor ich Daniel kennengelernt habe.«

»Und wie denkt er darüber?«

Anita sieht ihre Freundin an. »Das hat er mir nie erzählt. Und du kannst dir nicht vorstellen, was ich für eine Angst davor habe, Mutter zu werden. Meine Karriere ist da nur eine Ausrede. Es gibt eine Menge Sängerinnen, die Kinder haben. Sie nehmen sich eine Auszeit und machen dann weiter.«

»Findest du nicht, dass du mal mit Daniel darüber sprechen solltest?«

»Unbedingt. Er bedeutet mir alles. Er ist alles, was ich will. Ohne ihn wäre auch die Musik für mich sinnlos. Noch heute singe ich nur für ihn, wenn ich auf der Bühne stehe. Wenn er den Mut aufbringt, mit mir ein Kind zu haben, dann werde auch ich diesen Mut aufbringen.«

Daniela legt ihr eine Hand auf die Schulter, wie sie es schon so oft getan hat. »Ich wusste immer, dass ihr zusammenbleiben würdet. Ich kann mir dich ohne ihn überhaupt nicht vorstellen.«

»Genau wie bei dir und Lorenzo!«

»Weißt du noch, was Barbara gesagt hat, damals, an Daniels letztem Abend, bevor sie das Wiedersehenstreffen vorgeschlagen hat? Dass wir uns wahrscheinlich alle ein bisschen aus den

Augen verlieren würden, und dabei … Sie ist mit Jan nach Wien gegangen und hat dort angefangen zu praktizieren, nachdem er als Dozent für klassische Gitarre am Konservatorium angenommen worden ist. Und jetzt erwarten sie ein Kind. Du und Daniel, ihr habt geheiratet, ich und Lorenzo auch, und Claudia ist noch immer mit Leo zusammen, den wir an diesem Abend das erste Mal gesehen haben.«

»Und nicht zu vergessen Mattia, der mal bei uns ist, dann bei Jan und Barbara, manchmal bei Marco wohnt und manchmal sogar Sergio in Edinburgh besucht. Ich habe noch nie einen Vierzehnjährigen gesehen, der so viel unterwegs ist und so viel mitnimmt. Wenn ich nicht da bin und er mit Daniel allein ist, dann leben sie wie Hund und Katze.«

»Aber ich habe sie doch zusammen gesehen. Ich glaube, sie mögen sich sehr.«

»Ja, das stimmt schon. Vielleicht hast du recht, was Kinder angeht. Ich glaube nicht, dass Daniel Matti so ins Herz geschlossen hätte, wenn er nicht selbst irgendwann einmal Vater werden wollte. Manchmal verstehen die beiden sich ohne ein einziges Wort. Ich kann mir gut vorstellen, dass Paolo, Mattias Vater, da manchmal eifersüchtig wird.«

»Wie soll man denn auf Daniel nicht eifersüchtig sein? Du hast dir ein ganz schönes Prachtexemplar geangelt, meine Liebe.«

Das Läuten von Anitas Handy unterbricht ihr Gespräch. Anita geht sofort ran, denn es ist Daniel.

»Bist du schon im Rom?«

»Ja, ich bin bei Daniela, im Ypsilon. Wann kommt ihr denn an?«

»Um sieben.«

»Ich hol euch ab.«

»Das brauchst du nicht, wir können auch allein in die Stadt fahren.«

»Machst du Witze? Wenn ich dich nicht bis spätestens acht Uhr im Arm halte, dann passiert etwas ganz Furchtbares, ich kriege keine Luft mehr und falle tot um.«

Daniel lacht am anderen Ende der Leitung.

»Ich habe Barbara angerufen«, sagt Anita. »Die Wohnung ihrer Eltern ist frei, wenn wir wollen, können wir heute auch dort übernachten.«

»Ja, aber Mattia bringen wir vorher zu seiner Mutter.«

»Klar, den schicken wir auf der Stelle zu Claudia. Ich will nur schnell was essen und dann eine ganze Nacht lang zügellosen Sex mit dir.«

Beide lachen.

»Ich kann mir nichts Schöneres vorstellen«, sagt Daniel leise.

»Ich auch nicht. Es *gibt* nämlich nichts Schöneres.«

* * *

Claudia betritt die Wohnung, lässt die Tür offen und stellt ihre Reisetasche ab. Wie jedes Mal geht sie noch kurz durch die Wohnung, bevor sie die Schuhe auszieht, und betrachtet glückselig jedes einzelne der Möbelstücke, die Leonardo und sie gemeinsam ausgesucht haben, als sie sich entschieden haben zusammenzuziehen. Sie liebt diese Wohnung, und sie liebt auch Leonardo. Er wird gleich heraufkommen, zusammen mit Nico, seinem Sohn, der mittlerweile ein erwachsener Mann ist und auf eigenen Beinen steht, aber seinen Vater hin und wieder auf dessen beruflichen Reisen begleitet. Sie werden gemeinsam zu Abend essen, sobald auch Mattia zurückgekehrt ist, der wieder einmal bei Daniel zu Besuch war. Claudia staunt noch immer darüber, wie eng die beiden befreundet sind, schon seit dem Tag, an dem sie sie in London einander vorgestellt hat, als Mattia noch keine sechs Jahre alt war. Um bei Daniel sein zu können, hat Mattia gelernt, allein zu reisen, früher als irgendeiner seiner Altersgenossen, die Claudia kennt. Auch wenn er Jan, Barbara, Marco und die Jungs vom Ypsilon mag, die inzwischen alle gute Freunde von ihr geworden sind, weiß Claudia genau, dass er Daniel am meisten bewundert. Diesen Daniel, der so zurückhaltend ist, in seiner kleinen, exklusiven Galerie in London, noch immer höflich und zuvorkommend, so wie sie ihn damals kennengelernt hat.

Wer hätte gedacht, dass sie sich nicht aus den Augen verlieren würden, ja sogar einander immer wieder sehen würden, an einem der Orte, in die es sie alle verschlagen hat, fest verbunden durch eine Freundschaft, die so ungewöhnlich wie unerschütterlich ist? Und zwischen ihr und Anita? Sie sind siebzehn Jahre auseinander, und mittlerweile verbringen sie Stunden am Telefon. Claudia geht auch morgens um drei noch an ihr Handy, denn vielleicht ist Anita gerade irgendwo, wo es Vormittag ist, und jedes Mal spricht sie gern mit ihr.

Gerade als Leonardo und Nico kommen und das Gepäck bringen, läutet Claudias Handy. Sie lächelt Leonardo zu und geht ran.

»He, Clà, alles in Ordnung?«

»Barbara! Ja, alles bestens. Ich bin gerade wieder zurück.«

»Wir kommen morgen früh. Sag mal, kümmerst du dich um die Nachspeise?«

»Tiramisu, wie immer?«

»Ja klar, was denn sonst? Schuster, bleib bei deinen Leisten!«, entgegnet Barbara lachend.

»Einverstanden. Hast du was von Anita gehört?«

»Ja, sie ist in Rom. Daniel kommt gemeinsam mit Mattia, Marco geht sowieso nie aus dem Haus, und Sergio kommt, glaube ich, morgen. Die Musiker sind schon alle da. Wenn die noch einen Gitarristen brauchen, dann kommt Jan aus seinem

Konservatorium, und dann ist die Kapelle komplett. Sie machen morgen sogar das Ypsilon zu.«

»Perfekt!«

»Also, dann mache ich die Lasagne und den Braten. Denn wenn *ich* nicht ans Kochen denke …«

»Du bist aber auch eine fantastische Köchin.«

»Jetzt schmier mir keinen Honig ums Maul«, versetzt Barbara, aber in ihrer Stimme ist deutlich ein Lächeln zu hören. »So, jetzt muss ich mich aber hinlegen. Dieser Bursche wiegt einen halben Zentner … Ich kann's kaum erwarten, dass er auf die Welt kommt.«

Als Claudia das Gespräch beendet, hat sie noch ein Lächeln auf den Lippen.

Am nächsten Abend geht die Tür zu Marcos Wohnung fortwährend auf, um die zahlreichen Gäste einzulassen, und jedes Mal entsteht ein lärmender Wirbel aus Begrüßungen, Umarmungen und Gelächter. Marco und Sergio, der zu diesem Anlass aus Edinburgh nach Rom gekommen ist, wechseln sich an der Tür ab.

Als Erste kommen Barbara und Jan, Barbara schon mit einem enorm großen Bauch, und Jan bepackt mit Taschen, in denen sich die von Barbara vorbereiteten Speisen befinden. Während sie vor dem Hauseingang darauf gewartet haben, dass Marco ihnen öffnet, hat er sich zu ihr gebeugt und sie geküsst, und sie hat ihn lachend von sich gestoßen. Dann hat sie ihn am Kragen seiner Jacke gepackt und an sich gezogen, und sie haben sich ein weiteres Mal geküsst.

Kurz darauf treffen Lorenzo und Daniela ein, die Wein mitbringen, und Sandro, der seinen Sohn auf dem Arm hat, der wie er selbst gelocktes schwarzes Haar hat. Seine Freundin hat ihn vor zwei Jahren verlassen, aber er kommt trotzdem gut zurecht, und der Kleine hat eine Menge Paten, die ihn verwöhnen.

Einige Minuten später sind auch Claudia, Leonardo und Martin da. Die Männer gehen vorneweg und reden über Rugby, ein Sport, für den sie beide eine Leidenschaft haben. Claudia folgt ein paar Schritte hinter ihnen und betrachtet sie mit freudeerfülltem Blick, in der Hand einen Behälter mit ihrem berühmten Tiramisu.

Als Letzte kommen Daniel und Anita. Hand in Hand gehen sie den Weg entlang, der zum Hauseingang führt. Sie sprechen leise miteinander, lächeln sich an, und bevor sie läuten, halten sie kurz inne.

»Sei ganz ehrlich«, sagt Anita zu Daniel. »Macht es dir wirklich nichts aus, dieses Haus wieder zu betreten? Löst das keine schlechten Erinnerungen aus?«

»Nur schöne Erinnerungen«, antwortet Daniel. »Hier habe ich zum ersten Mal für Jan Nudeln gekocht, hier habe ich dich zum ersten Mal geküsst, hier haben wir zum ersten Mal miteinander geschlafen … Hier haben wir gemeinsam meinen letzten Abend verbracht, vor zehn Jahren. Und Claudia hat mir gesagt, dass mein Plan, eine Galerie zu eröffnen, genau das Richtige ist. Damals waren alle da, die auch heute da sind, und noch immer sind diese Menschen meine besten Freunde, abgesehen von der Frau, die ich liebe.«

»Hab ich dir jemals gesagt, dass ich im Leben nichts will außer dir?«, sagt Anita und nimmt sein Gesicht in beide Hände.

»Vielleicht … tausend Mal?«, antwortet Daniel und küsst sie auf den Hals.

»Dann sind's jetzt tausendundein Mal.«

Sie läuten, dann öffnet sich die Haustür und sie gehen hinein.

Quellen

Little black submarines aus dem Album *El Camino*, The Black Keys, 2011
Another love aus dem Album *Long Way Down*, Tom Odell, 2013
Ma il cielo è sempre più blu, Rino Gaetano, 1975
Lonely press play aus dem Album *Every Day Robots*, Damon Albarn, 2014
I knew you were trouble, Taylor Swift, 2012
Let her go aus dem Album *All the Little Lights*, Passenger, 2012
In the end aus dem Album *Hybrid Theory*, Linkin Park, 2000
Every seas of love aus dem Album *Every Day Robots*, Damon Albarn, 2014
Turning tables aus dem Album *21,* Adele, 2011
Photograph aus dem Album *X,* Ed Sheeran, 2014
Ragazze dell'est aus dem Album *Strada facendo*, Claudio Baglioni, 1982
It takes a lot to know a man aus dem Album *My Favorite Faded Fantasy*, Damien Rice, 2014

Danksagung

Mein Dank gilt wie immer meinem Mann und meinem Sohn, für den Respekt und vor allem das Vertrauen, das sie mir entgegenbringen, wenn ich pausenlos vor dem Computer sitze und den Blick ins Leere schweifen lasse.

Dank auch an Marina Migliavacca, Freundin, fantastische Lektorin mit unendlicher Geduld, Leuchtturm in der Nacht, fester Halt am stürmischen Himmel des Geschichtenerzählens.

Danke an das gesamte Team von De Agostini, für die Professionalität und die Freundlichkeit, besonders an Francesca Cristoffanini, die dieses Buch vom ersten Moment an geliebt und mir das auf der Stelle mitgeteilt hat.

Dank an meine unverwüstlichen Freundinnen, Zweitleserinnen, Korrektorinnen und Unterstützerinnen, die mich immer dann aufgeheitert haben, wenn mein Mut zu sinken drohte: Chiara Mezzalama, Cristina Rampelli, Daniela Maiuri.

Dank an Amabile Giusti, die Schriftstellerin, Freundin, unvergleichliche Gefährtin bei literarischen Abenteuern und Schiffbrüchen.

Dank an Virginia Bramati, die Schriftstellerin und Freundin. Das nächste Glas Weißwein wartet schon auf uns.

Dank an meine Agentin Laura Ceccacci.

Dank an alle Musiker, Liedermacher und Sänger, die in diesem Roman zitiert werden. Wie könnte man träumen, wenn es keine Musik gäbe?

Und schließlich ein Dankeschön an meine Großmutter Antonia für die Starrköpfigkeit, die sie mir vererbt hat. Wo auch immer du jetzt bist, früher oder später werde ich auch deine Geschichte erzählen, und es wird die schönste Geschichte von allen sein.